Dieses Buch gehört:

....

....

KATZEN GESCHICHTEN

Ein
Sammelband
mit den
schönsten
Katzengeschichten

tosa

Umschlag von HP-Graph unter Verwendung einer Illustration
von Christian Mogg

Druck Ueberreuter Print

Inhalt

Tove Jansson

Die Katze

Die Katze war sehr klein, als sie kam. Milch konnte sie nur aus der Saugflasche trinken. Zum Glück war Sophias Sauger noch auf dem Dachboden. Anfangs lag die kleine Katze in der Kaffeehaube, doch als sie auf eigenen Beinen stehen konnte, durfte sie in Sophias Bett im Spielhäuschen schlafen. Sie hatte ihr eigenes Kissen neben Sophias Kopfkissen.

Die Katze, eine graue Fischerkatze, wuchs rasch. Eines Tages verließ sie das Spielhäuschen und zog in das Haus hinauf. Dort verbrachte sie ihre Nächte unter dem Bett in der Kiste, in der das gebrauchte Geschirr aufbewahrt wurde. Sie hatte nämlich schon da ihre ganz eigenen Ideen. Sophia trug die Katze wieder zum Spielhäuschen zurück, sie tat alles, um sich einzuschmeicheln, doch je mehr sie sie liebte, desto schneller war die Katze wieder oben in der Geschirrkiste. Wenn die Kiste zu voll wurde, schrie die Katze, und dann mußte irgend jemand Geschirr spülen. Die Katze hieß Ma Petite und wurde Mappe genannt.

»Komisch ist das mit der Liebe«, sagte Sophia. »Je mehr man den anderen liebt, desto weniger kann einen der andere leiden.«

»Das stimmt genau«, bestätigte die Großmutter. »Und was macht man da?«

»Man liebt weiter«, antwortete Sophia drohend. »Man liebt immer mehr und mehr.«

Ihre Großmutter seufzte und schwieg.

Mappe wurde an alle netten Plätze getragen, die einer Katze eigentlich gefallen müßten, dort sah sie sich um und ging ihrer Wege. Sie wurde umarmt und zärtlich platt gedrückt, ertrug es höflich und kroch in die Geschirrkiste. Die innigsten Geheimnisse wurden ihr anvertraut, worauf sie ihren gelben Blick abwandte. Diese Katze schien sich für nichts auf der Welt zu interessieren, außer für Schlafen und Essen.

»Weißt du was«, sagte Sophia. »Manchmal glaube ich, daß ich Mappe hasse. Ich schaff's einfach nicht mehr, sie zu lieben. Die ganze Zeit muß ich an sie denken!«

Woche um Woche wurde die Katze von Sophia verfolgt. Sophia sprach mild auf sie ein und schenkte ihr Trost und Verständnis, und nur ganz selten konnte es vorkommen, daß ihr die Geduld riß und sie aufbrüllen und die Katze am Schwanz ziehen mußte. Da fauchte Mappe und fuhr zischend unters Haus; hinterher hatte sie einen besseren Appetit und schlief noch länger als sonst, in ihre unerreichbare Weichheit eingerollt, die Pfote anmutig über die Schnauze gelegt.

Sophia hörte auf zu spielen und bekam Alpträume. Sie konnte an nichts anderes mehr denken als an die Katze, die nicht anhänglich sein wollte. Unterdessen wuchs Mappe und wurde eine magere und wilde kleine Katze, und in einer schönen Juninacht kehrte sie nicht in ihre Geschirrkiste zurück. Morgens kam sie ins Haus herein, streckte sich, schloß die Augen und begann ihre Krallen am Schaukelstuhl zu wetzen. Danach sprang sie ins Bett hinauf, um dort zu schlafen. Die ganze Katze strömte ruhige Überlegenheit aus.

Sie hat angefangen zu jagen, dachte die Großmutter.

Sie hatte recht. Schon am nächsten Morgen kam die Katze herein und legte einen kleinen graugelben Vogel auf die Schwelle. Der Hals war fein säuberlich abgebissen, und auf dem glänzenden Federkleid glitzerten ein paar rote Blutstropfen. Sophia wurde blaß und betrachtete unablässig den ermordeten Vogel. Mit kleinen steifen Seitenschritten ging sie an der Mörderin Mappe vorbei, machte kehrt und stürzte hinaus.

Später erwähnte die Großmutter, wie eigenartig es doch sei, daß Raubtiere, zum Beispiel Katzen, den Unterschied zwischen einem Vogel und einer Ratte nicht begreifen könnten.

»Dann sind sie dumm«, sagte Sophia kurz. »Eine Ratte ist scheußlich, und ein Vogel ist nett. Ich werde drei Tage lang nicht mit Mappe sprechen.« Und sie sprach nicht mehr mit ihrer Katze.

Jede Nacht verschwand die Katze in den Wald hinaus, und morgens schlug sie ihre Beute und trug sie in das Haus, um bewundert zu werden, und jedesmal wurde der Vogel ins Meer geworfen. Kurz darauf stand Sophia draußen am Fenster und schrie:

»Kann man hereinkommen? Ist die Leiche weggeräumt?« Sie bestrafte Mappe und vergrößerte ihren eigenen Schmerz durch ihre Härte der Katze gegenüber. Manchmal schrie sie: »Habt ihr die Blutflecken weggewaschen?« Oder: »Wie viele sind heute ermordet worden?« Und das Frühstück war nicht mehr das, was es einmal war.

Es war eine große Erleichterung, als Mappe endlich lernte, ihre Verbrechen zu verstecken. Eine Blutlache zu sehen ist etwas ganz anderes, als nur von ihr zu wissen. Vermutlich fand Mappe das ewige Geschrei und Gezeter lästig, vielleicht glaubte sie auch, die Familie äße ihre Vögel auf. Eines Morgens, als die Großmutter ihre erste Zigarette auf der Veranda rauchen wollte, fiel ihr das Mundstück hinunter und rollte in eine Bodenritze hinein. Die Großmutter nahm eines der Bretter hoch, und da sah sie, was Mappe angestellt hatte – eine Reihe schön abgenagter kleiner Vögel. Natürlich hatte sie gewußt, daß die Katze weiterhin jagte und es nicht bleibenlassen konnte, aber als Mappe sich das nächste Mal flüchtig an ihre Beine rieb, zog sie sich zurück und flüsterte: »Du schlauer, kleiner Teufel.« Die Katzenschüssel, in der Plötzen lagen, blieb unberührt neben der Treppe stehen und sammelte Fliegen.

»Weißt du, was«, sagte Sophia. »Ich wollte, Mappe wäre nie geboren worden. Oder ich wäre nie geboren worden. Das wäre viel besser gewesen.«

»Ihr sprecht also immer noch nicht miteinander?« fragte die Großmutter.

»Kein Wort«, antwortete Sophia. »Ich weiß nicht, was ich tun soll. Es macht überhaupt keinen Spaß, ihr zu verzeihen, da es ihr ja doch ganz egal ist!« Und die Großmutter wußte nicht, was sie darauf sagen sollte.

Mappe wurde eine wilde Katze und kam nur noch selten ins Haus. Sie hatte die Farbe der Insel, ein helles Graugelb mit streifenartigen Schattierungen, die an Felsen oder Sonnenflecken auf sandigem Meeresgrund denken ließen. Wenn die Katze durch das Strandgras schlich, glichen ihre Bewegungen dem Spiel des Windes in den

Halmen. Stundenlang lag sie lauernd im Gebüsch, eine unbewegliche Silhouette, zwei spitze Ohren, die sich gegen den Sonnenuntergang abzeichneten und plötzlich verschwanden . . . Und dann ein kurzes Piepsen, nur ein einziges Mal. Vom Regen durchnäßt und mager wie ein Strich, verschwand sie unter den Zwergtannen, und wenn die Sonne wieder hervorkam, putzte sie sich voller Wollust.

Mappe war eine vollkommen glückliche Katze, aber sie ließ niemanden an ihrem Glück teilhaben. An heißen Tagen rollte sie sich auf der glatten Felsplatte, und manchmal fraß sie Gras und würgte nach Katzenart ruhig und friedlich ihre eigenen Haare wieder heraus. Und was sie in der Zeit dazwischen tat, das wußte niemand.

Eines Sonnabends kam die Familie Övergard zu Besuch. Sophia ging an den Strand hinunter und besah sich ihr Boot. Es war groß und voller Tüten und Benzinkanister und Körbe, und in einem der Körbe miaute eine Katze. Sophia hob den Deckel hoch, und die Katze leckte ihr die Hand. Die Katze war groß und weiß und hatte ein breites Gesicht. Als Sophia sie in den Arm nahm und an Land trug, schnurrte sie unentwegt.

»Aha, du hast die Katze gefunden«, stellte Övergards Anna fest. »Sie ist lieb, fängt aber keine Mäuse, daher wollten wir sie eigentlich euch schenken.«

Sophia setzte sich mit der schweren Katze im Arm aufs Bett. Die Katze schnurrte pausenlos. Sie war weich und warm und unterwürfig.

Der ganze Tauschhandel verlief sehr einfach, mit einer Flasche Rum als Unterpfand. Mappe wurde eingefangen, und erst als Övergards Boot zum Dorf hinüber unterwegs war, begriff sie, was eigentlich passiert war.

Die neue Katze hieß Svante. Svante aß Fische und hatte es gern, wenn man sie streichelte. Sie zog in das Spielhäuschen ein und schlief jede Nacht in Sophias Armen, und jeden Morgen kam sie zum Frühstück herein und schlief im Bett neben dem Herd weiter. Wenn die Sonne schien, rollte sie sich auf dem warmen Felsen.

»Nein, da nicht!« rief Sophia. »Das ist Mappes Platz!« Sie trug die Katze ein Stück weg, die Katze schleckte ihr die Nase ab und rollte sich brav an der neuen Stelle.

Der Sommer wurde immer schöner, eine lange Reihe ruhiger, blauer Sommertage. Jede Nacht schlief Svante mit der Schnauze an Sophias Wange.

»Ich bin schon komisch«, sagte Sophia. »Mir geht das schöne Wetter auf die Nerven.«

»Tatsächlich?« sagte ihre Großmutter. »Dann bist du genau wie Großvater, der hatte den Sturm auch so gern.« Aber bevor sie mehr über Großvater sprach, ging Sophia.

Und allmählich kam irgendwann in der Nacht ein ganz vorsichtiger Wind auf, der am Morgen schon ein anständiger Südwest war und Schaum über den ganzen Berg sprühte.

»Wach auf«, flüsterte Sophia. »Wach auf, mein Schatz, draußen ist Sturm!«

Svante schnurrte und streckte ihre bettwarmen Beine in alle Richtungen, das Leintuch war voller Katzenhaare.

»Steh auf!« schrie Sophia. »Draußen ist Sturm!« Die Katze drehte sich nur auf ihrem breiten Bauch um. Da packte Sophia plötzlich ein ganz fürchterlicher Zorn, sie trat die Tür auf, schleuderte die Katze in den Wind hinaus und sah, wie sie die Ohren anlegte.

»Los! Jage! Tu etwas! Benimm dich wie eine Katze!« schrie sie. Dann fing sie an zu weinen und lief zum Haus hinauf und hämmerte an die Tür.

»Was ist denn los?« fragte die Großmutter.

»Ich will Mappe zurückhaben!« schrie Sophia.

»Aber du weißt, was geschieht«, sagte die Großmutter.

»Es wird schrecklich«, sagte Sophia ernst. »Aber ich kann nur Mappe lieben.«

Und dann tauschten sie die Katzen wieder aus.

GUY DE MAUPASSANT

Über Katzen

I

Neulich saß ich im vollen Sonnenschein auf einer Bank vor meiner Tür; vor mir stand ein Körbchen mit blühenden Anemonen. Ich las ein unlängst erschienenes Buch, und zwar ein gediegenes Buch, was etwas Seltenes ist, und zugleich ein liebenswertes: »Le Tonnelier«, »Der Böttcher«, von Georges Duval. Eine große weiße, dem Gärtner gehörende Katze sprang mir auf die Knie; durch den Ruck klappte das Buch zu, und ich legte es neben mich und streichelte das Tier.

Es war warm; ein Duft gerade erst erblühter Blumen, ein noch scheuer, dann und wann aussetzender leichter Duft durchzog die Luft; sie wurde hin und wieder auch von kühlen Strömungen von den hohen weißen Gipfeln her durchglitten, die ich in der Ferne gewahrte.

Doch die Sonnenstrahlen brannten und stachen; sie durchwühlten die Erde und brachten sie zum Leben; sie brachten die Samenkörner zum Zerspringen, damit die schlafenden Keime erwachten, und die Knospen zum Bersten, damit die jungen Blätter hervorsprossen. Die Katze wälzte sich auf meinen Knien; sie lag auf dem Rücken, die Pfoten in der Luft; sie streckte die Krallen hervor und zog sie wieder ein; sie zeigte zwischen den Lippen die spitzen Fangzähne und im fast geschlossenen Spalt der Lider die grünen Augen. Ich streichelte und kraulte das weiche, nervige Tier; es war glatt und geschmeidig wie Seide, sanft, warm, köstlich und gefährlich. Es schnurrte wohlig und war zum Beißen bereit; denn Katzen kratzen genauso gern, wie sie sich schöntun lassen. Sie reckte den Hals; sie schmiegte sich in wellender Bewegung, und wenn ich mit dem

Streicheln aufhörte, machte sie einen Buckel und schob den Kopf unter meine erhobene Hand.

Ich machte sie nervös, und sie machte mich ebenfalls nervös; denn ich habe eine Schwäche für diese bezaubernden, treulosen Tiere und kann sie gleichzeitig nicht leiden. Es verursacht mir ein Lustgefühl, wenn ich sie streichle, wenn ich die Hand über ihr seidiges, knisterndes Fell gleiten lasse, wenn ich ihre Wärme durch das Fell hindurch spüre, durch das feine, erlesene Pelzwerk. Es gibt nichts Weicheres, es gibt nichts, was der Haut eine köstlichere, raffiniertere, seltenere Empfindung vermittelte als das lauwarme, vibrierende Gewand einer Katze. Doch dieses lebendige Gewand überträgt auf die Finger ein befremdliches, wildes Verlangen, das gestreichelte Tier zu erdrosseln. Ich wittere in ihm die Lust, mich zu beißen und mich zu zerfleischen, ich wittere sie und nehme sie in mich auf, diese Lust, wie ein Fluidum, das sich mir mitteilt; ich nehme sie aus dem warmen Fell durch die Fingerspitzen in mich auf, und sie steigt in mir empor, sie gleitet an meinen Nerven, meinen Gliedern entlang, bis in mein Herz, bis in meinen Kopf; sie erfüllt mich, überrieselt meine Haut; sie läßt mich die Zähne zusammenbeißen. Und unablässig, unablässig verspüre ich an den Spitzen meiner zehn Finger den eindringlichen, leichten Kitzel, und er durchdringt und überwältigt mich.

Und wenn das Tier dann anfängt, wenn es mich beißt, wenn es mich krallt, dann packe ich es am Halse, wirbele es herum und werfe es in die Ecke wie einen geschleuderten Stein – so jäh und so brutal, daß ihm nie Zeit zur Rache bleibt.

Ich weiß noch, daß ich schon als Kind Katzen mit dem wild aufzuckenden Begehren liebte, sie mit meinen kleinen Händen zu erdrosseln, und daß ich eines Tages hinten im Garten, dort, wo er in das Gehölz überging, plötzlich etwas Graues gewahrte, das sich im hohen Gras wälzte. Ich lief hin: es war eine in eine Schlinge geratene, gewürgte, röchelnde, sterbende Katze. Sie wand sich, schlug die Krallen in die Erde, sprang hoch, fiel schlaff nieder, fing wieder von vorn damit an, und ihr scharrender, schneller Atem machte ein Geräusch wie eine Pumpe, ein abscheuliches Geräusch; ich habe es noch heute in den Ohren.

Ich hätte einen Spaten nehmen und die Schlinge durchstechen, ich hätte den Diener holen oder es meinem Vater sagen können. – Nein, ich wich nicht vom Fleck; klopfenden Herzens und mit einer grausamen, zitternden Freude sah ich ihrem Sterben zu: es war ja eine Katze! Wäre es ein Hund gewesen, so hätte ich den Messingdraht lieber mit den Zähnen durchgebissen, als ihn auch nur noch eine Sekunde länger leiden zu lassen.

Und als sie tot war, ganz tot, aber noch warm, ging ich hin, betastete sie und zog sie am Schwanz.

II

Dabei sind sie entzückend, ganz entzückend, weil man, wenn man sie streichelt, wenn sie sich an uns schmiegen, schnurren, sich auf unsern Knien wälzen und kugeln und uns dabei mit ihren gelben Augen anschauen, die uns nie zu sehen scheinen – weil man dann nur zu sehr das Unzuverlässige ihrer Zärtlichkeit und die treulose Selbstsucht ihrer Lust spürt.

Auch Frauen lösen diese Empfindung in uns aus, bezaubernde, sanfte Frauen mit klaren, falschen Augen, Frauen, die uns auserkoren haben, damit sie sich an der Liebe reiben können. Liegt man bei ihnen, wenn sie die Arme ausbreiten und die Lippen darbieten, wenn man sie mit wild klopfendem Herzen umschlingt, wenn man die sinnliche, schwelgerische Wonne ihrer weich schmeichelnden Liebkosungen auskostet, dann hat man die Empfindung, als halte man eine Katze umfangen, eine Katze mit Krallen und Fangzähnen, eine treulose, tückische, verliebte Feindin, die beißen wird, sobald sie der Küsse überdrüssig ist.

Alle Dichter haben Katzen geliebt. Baudelaire hat sie auf göttliche Weise besungen. Jeder kennt sein wundervolles Sonett:

Die strengen Weisen und die Liebesvollen,
Sie mögen beide in der Reife Zeit
Die üppigen Katzen, Stolz der Häuslichkeit,
Die wie sie seßhaft sein und Wärme wollen.

Nach Wissen gierig und nach tiefen Lüsten
Sind ihnen lieb das Schweigen und die Nacht;

Zu Rennern hätte Hades sie gemacht,
Wenn sie der Knechtschaft sich zu beugen wüßten.

Beim Sinnen haben sie den edlen Stand
Der Sphinxe, die am Saum der großen Stillen
Sich reihn in Schlaf voll Träumen ohne Ende;

Von Zauberfunken sprüht die trächtge Lende,
Und goldner Splitter Spreu, wie feiner Sand,
Besternt das Weltgeheimnis der Pupillen.

III

Ich hatte eines Tages die seltsame Empfindung, ich hätte einmal im verzauberten Palast »Zur weißen Katze« gewohnt; es war ein Märchenschloß, das eins dieser schmiegsamen, geheimnisvollen, betörenden Tiere beherrschte; sie sind vielleicht die einzigen unter allen Geschöpfen, die man nie gehen hört.

Das geschah mir im letzten Sommer, hier an der Mittelmeerküste.

In Nizza war es entsetzlich heiß, und ich erkundigte mich, ob die Landesbewohner nicht etwas höher in den Bergen über ein kühles Tal verfügten, wo sie aufatmen könnten.

Es wurde mir das Tal von Thorenc genannt. Ich wollte es mir mal anschauen.

Zunächst mußte ich nach Grasse fahren, der Stadt der Duftstoffe; von ihr werde ich eines Tages erzählen und berichten, wie die Blumenessenzen und Quintessenzen hergestellt werden, die bis zu zweitausend Francs das Liter kosten. Ich habe dort den Abend und die Nacht in einem alten Hotel mitten in der Stadt zugebracht, einer mäßigen Unterkunft, wo die Qualität der Speisen genauso anfechtbar ist wie die Sauberkeit der Zimmer. Am andern Morgen bin ich weitergereist.

Die Straße schob sich immer weiter ins Gebirge hinein, an tiefen Schluchten entlang; steile, spitzige, unzugängliche Schroffen überragten sie. Ich überlegte, was für ein absonderlicher Sommeraufenthalt mir da gewiesen worden sei; ich schwankte sogar, ob es nicht empfehlenswerter sei, noch am gleichen Abend nach Nizza zurückzukehren, als ich plötzlich auf einem Berge, der ein ganzes Tal zu versperren schien, eine riesige, wunderbar schöne Ruine gewahrte; sie hob sich mit Türmen, geborstenen Mauern, der gesamten bizzaren Architektur einer erstorbenen Burg vom Himmel ab. Es war eine alte Komturei der Tempelherren, der ehemaligen Beherrscher des Gebietes von Thorenc.

Ich wanderte um den Berg herum und gewahrte danach ein langgestrecktes, grünes, kühles, ruhevolles Tal. Tief unten Wiesen, ein Bachrinnsal, Weidenbäume; und auf den Hängen bis an den Himmel hinan Fichten.

Gegenüber der Komturei, an der andern Talseite, indessen tiefer, erhebt sich ein bewohntes Schloß, das Schloß »Les Quatre-Tours«; es wurde um 1530 erbaut. Allein es läßt sich daran noch keine Spur des Renaissancestils wahrnehmen.

Es ist ein gedrungenes, schwerfälliges viereckiges Gebäude von machtvoller Wirkung, das, wie bereits sein Name besagt, von vier Wehrtürmen flankiert wird.

Ich hatte ein Empfehlungsschreiben an den Eigentümer dieses Herrensitzes; er ließ es nicht zu, daß ich in einem Hotel übernachtete.

Das wirklich ganz reizende Tal ist einer der bezauberndsten Sommeraufenthalte, die sich erträumen lassen. Ich durchwanderte es bis zum Abend; dann stieg ich nach dem Essen hinauf in die mir zugedachten Zimmer.

Zunächst durchschritt ich eine Art Wohnzimmer, dessen Wände alte kordovanische Ledertapeten bedeckten, dann einen andern Raum, an dessen Wänden ich sogleich im Schein meiner Kerze alte Damenbildnisse gewahrte, Bilder wie jene, von denen Théophile Gautier gesagt hat:

Ich seh euch in euren Rahmen, den ovalen,
Gebräunte Bilder schöner Fraun vergangner Zeiten
Mit Rosen in der Hand, ein wenig blassen, fahlen,
Wie's Blumen ziemt, die ein Jahrhundert sahn entgleiten.

Dann gelangte ich in das Zimmer, in dem mein Bett stand.

Als ich allein war, sah ich es mir genauer an. Es war mit altertümlichen, bemalten Leinentapeten ausgestattet; sie stellten rosa Burgtürme in blauen Landschaften dar und ferner große, phantastische Vögel unter Laubwerk aus Edelsteinen.

Mein Ankleidekabinett lag in einem der Wehrtürme. Die nach innen breiten, nach außen, nach dem Tageslicht zu, schmalen Fenster ließen die Dicke der Mauern erkennen; sie waren letztlich nur Schießscharten, also Öffnungen, durch die hindurch Menschen getötet wurden. Ich schloß meine Tür ab, ging zu Bett und schlief ein.

Und ich träumte; man träumt stets ein wenig von den Geschehnissen des Tages. Ich war auf einer Reise; ich kam in ein Gasthaus; vor dem Kamin saßen ein Diener in großer Livree und ein Maurer bei Tische – eine leidlich absonderliche Gemeinschaft, über die ich mich indessen nicht wunderte. Die beiden Leute redeten über den gerade gestorbenen Victor Hugo, und ich beteiligte mich an ihrem Gespräch. Endlich legte ich mich in einem Zimmer schlafen, dessen Tür nicht zuging, und plötzlich nahm ich wahr, daß der Diener und der Maurer, beide mit Ziegelsteinen bewaffnet, leise an mein Bett herantraten.

Ich fuhr jäh auf, und es dauerte eine kurze Weile, bis ich mir darüber klar war, wo ich mich befand. Dann fielen mir die Geschehnisse des vergangenen Tages ein, meine Ankunft in Thorenc, der liebenswürdige Empfang durch den Schloßherrn . . . Gerade wollte ich die Augen wieder zumachen, als ich im Nachtdunkel mitten im Zimmer ungefähr in Manneshöhe deutlich, überdeutlich zwei mich anstarrende feurige Augen sah.

Ich langte nach einem Streichholz, und während ich es anriß, hörte ich ein Geräusch, ein leichtes, weiches Geräusch, als falle feuchte zusammengerollte Wäsche zu Boden, und als das Streichholz aufflammte, sah ich lediglich mitten im Zimmer einen großen Tisch stehen.

Ich stand auf, durchsuchte die beiden Räume, schaute unter mein Bett, in die Schränke – nichts.

Also meinte ich, mein Traum habe nach dem Aufwachen noch ein bißchen fortgedauert, und schlief wieder ein, was mich einige Mühe kostete.

Abermals träumte ich. Auch diesmal reiste ich wieder, aber im Orient, in einem Lande, das ich sehr gern habe, und ich kam zu einem mitten in der Wüste wohnenden Türken. Es war ein großartiger Türke; kein Araber, sondern ein dicker, liebenswürdiger, reizender, als Türke gekleideter Türke mit Turban und einem ganzen Seidenladen auf dem Buckel, ein richtiger Türke vom Théâtre-Français; er saß auf einem köstlichen Diwan, machte mir Komplimente und bot mir süßes Naschwerk an.

Dann führte mich ein kleiner Neger in mein Schlafzimmer – alle meine Träume pflegten so zu enden –, ein himmelblaues, durchduftetes Schlafzimmer mit Tierfellen auf dem Fußboden, und vor dem Kamin – die Vorstellung des Kamins verfolgte mich also bis in die Wüste – wartete meiner auf einem niedrigen Stuhl eine kaum bekleidete Frau.

Sie war vom reinsten orientalischen Typus, trug Sterne auf Wangen, Stirn und Kinn, hatte übergroße Augen und einen wundervollen leicht gebräunten Körper; es war ein warmes, berauschendes Braun. – Sie schaute mich an, und ich dachte: »Das nenne ich wahre Gastfreundschaft! In unsern stumpfsinnigen Ländern mit ihrer albernen Ziererei, ihrer widerwärtigen Prüderie, ihrer schwachsinnigen Moral würde man einen Fremden schwerlich auf diese Weise empfangen.«

Ich trat zu ihr hin und redete sie an; aber sie antwortete mir nur durch Zeichen; sie verstand kein einziges Wort meiner Sprache, die mein Türke, ihr Herr, so trefflich konnte.

Ich war es überaus zufrieden, daß sie nicht plappern würde; ich nahm sie bei der Hand, führte sie zu meiner Lagerstatt und streckte mich an ihrer Seite aus . . . Daß man doch immer in dergleichen Augenblicken aufwachen muß! Ich wachte nämlich auf und war nicht einmal allzu überrascht, als ich unter meiner Hand etwas Warmes, Weiches fühlte, das ich verliebt streichelte.

Als mir dann klarer im Kopf wurde, merkte ich, daß es eine Katze war, eine große, an meine Wangen geschmiegte und dort vertrauensvoll schlafende Katze. Ich ließ sie liegen; ich tat wie sie, abermals.

Als es dämmerte, war sie verschwunden, und ich glaubte, ich hätte geträumt; denn ich begriff nicht, wie sie hatte in mein Zimmer kommen und wieder hinausgelangen können, da die Tür verschlossen gewesen war.

Als ich meinem liebenswürdigen Gastgeber mein Abenteuer

(nicht das ganze) erzählte, fing er an zu lachen und sagte: »Sie ist durch den Katzenschlupf gekommen.« Er hob einen Vorhang an und zeigte mir ein kleines, dunkles rundes Loch in der Wand.

Und ich erfuhr, daß nahezu alle alten Behausungen dieser Gegend mit solchen langen, engen Gängen durch die Mauern hindurch versehen sind; sie führen vom Keller bis zum Speicher hinauf, von der Kammer der Zofe zum Schlafzimmer des Herrn und machen die Katze zur Königin und Beherrscherin des Hauses.

Sie streicht nach Belieben umher, sie durchstreift ihren Bereich nach Gutdünken, sie kann in allen Betten schlafen, alles sehen und alles hören; sie kennt alle Geheimnisse, alle Gewohnheiten oder alle Schandflecke der Hausbewohner. Sie ist überall daheim, da sie überall hinein kann: das Tier, das keinerlei Geräusch vollführt, der schweigsame Herumstreicher, der nächtliche Wanderer durch Mauerhohlgänge.

Und es fielen mir andere Verse Baudelaires ein:

Sie ist des Hauses guter Geist;
Sie richtet, herrscht und schaltet weise
Und zieht um jedes Ding die Kreise;
Ob man sie Fee, ob Göttin heißt?

Roy Vickers

Miss Paisleys Katze

Einige Menschen hegen eine besondere Liebe zu Katzen, andere dagegen empfinden körperliche oder sogar sittliche Abscheu gegen sie. Zäh hält sich der Glaube, daß Katzen einen Menschen beeinflussen können – vor allem alte Jungfern und hauptsächlich zum Bösen. Es ist wahr, daß Miss Paisleys Katze die unmittelbare Ursache dafür war, daß diese seelisch verkümmerte alte Jungfer einen gewissen Grad irregeleiteter Größe – oder moralischer Verderbtheit erreichte, je nachdem, von welchem Standpunkt aus man es sieht. Aber dies läßt sich erklären, ohne Zuflucht zum Mystizismus nehmen zu müssen. Das Verhalten der Katze war jedenfalls durchaus katzenmäßig.

Die Katze sprang in Miss Paisleys Leben, als sie vierundfünfzig und die Katze vielleicht zwei Jahre alt war. Miss Paisley war körperlich gesund und rührig – eine harmlose, adrett gekleidete, in sich gekehrte alte Schraube. Als Tochter eines wohlhabenden Geschäftsmannes – die Mutter war gestorben, als das Kind laufen lernte – hatte sie ihre Jugendjahre in dem goldenen Zeitalter des Mittelstandes verbracht, als jede alleinstehende Vorstadtvilla die Attribute eines freiherrlichen Landsitzes aufwies: wenn auch keine Gutsbesitzer zu Besuch kamen, so gingen doch stets ein paar gewohnheitsmäßig servile Händler aus und ein – ganz zu schweigen von einer ständigen zahlreichen Dienerschaft.

Als sie mit achtzehn Jahren ein Mädchenpensionat in Paris besuchte, das ihrer Erziehung den letzten Schliff geben sollte, zog ihr Vater sich mitten in der Neugestaltung seines Geschäftsunternehmens eine Lungenentzündung zu und starb. Miss Paisley erbte die Möbel des Hauses, ein paar Hunderter in bar und eine jährliche Rente von hundertzwanzig Pfund.

Ihre Verwandten in den verschiedenen Teilen des Landes zeigten sich der veränderten Sachlage gewachsen. Ohne sachverständigen Rat erklärten sie eine weitere Erziehung oder Berufsausbildung des Mädchens für unnötig und kamen unter sich überein, daß sie es verheiraten müßten – was nicht zu schwierig sein sollte. Miss Paisley hatte es nie zur Schönheitskönigin eines Balles gebracht, aber sie war ein gutgewachsenes Mädchen, wohlerzogen und mit dem üblichen Liebreiz der Jugend.

In der ersten Runde des Herumgereichtwerdens nahm sie die warmen Willkommensbezeugungen unbesehen entgegen – obwohl sie kein übermäßig eingebildetes Mädchen war. Ihr Vater hatte in ihr den Glauben bestärkt, daß allein ihre Gesellschaft schon eine Gunst bedeutete. Und auch die Erziehungstechnik des Pensionats war auf der gleichen Grundlage aufgebaut gewesen.

Während der zweiten Besuchsrunde – jede dauerte ungefähr ein halbes Jahr – machte sie jedoch die Entdeckung, daß ihre Gesellschaft eher geduldet als erwünscht war – eine harte Wahrheit, der Miss Paisley auf der Stelle zu entfliehen suchte.

Es folgte eine Zeit als Gouvernante bei Kindern reicher Eltern und als Gesellschafterin alter Damen. Die Kinder machten ihr harte Arbeit, und die alten Damen waren sehr enttäuschend. Wenn man für seine Gesellschaft bezahlt wird, muß man nämlich selbst den Erzählungen vergangener Herrlichkeit lauschen.

An Geiz grenzende Sparsamkeit und alte Damen machten sie zu einem demütigen Geschöpf, dankbar für die Brosamen des Lebens. Sie war Anfang Zwanzig, als sie eine ständige Beschäftigung als »Büroangestellte« in einem Regierungsamt erhielt. Damals machte sie Rumbold Chambers in Marpleton zu ihrem Heim, ungefähr fünfzehn Meilen von London und etwa eine Meile von dem Haus entfernt, das einst ihrem Vater gehört hatte. »The Chambers« – ein elegantes Wort aus dem Zeitalter König Edwards VII., das in diesem Falle nichts anderes als Kleinwohnungen bezeichnete – hatten schon bessere Tage gesehen und sollten noch viel schlimmere erleben.

Die Miete würde zwar die Hälfte ihrer jährlichen Rente verzehren, aber ihrer Meinung nach hatten »The Chambers« Atmosphäre. Von dem freigewordenen Appartement aus konnte man über den alten Friedhof zu der Flußbrücke aus dem siebzehnten Jahrhundert blicken. Sie unterzeichnete einen Mietvertrag auf Lebenszeit. Also wohnte sie in jenem Appartement, als zweiunddreißig Jahre später die Katze kam.

Von ihren geerbten Möbeln hatte sie so viele aus dem Speicher geholt, wie sie nur in der kleinen Wohnung unterbringen konnte. Die Wände hatte sie mit sechs vergrößerten, etwas pompös gerahmten Photographien von dem Haus und Garten ihres Vaters geschmückt.

Das Radio wurde zum allgemeinen Gebrauchsgegenstand, der Tonfilm kam auf, und die zivile Luftfahrt gewann immer mehr an Bedeutung – Ereignisse, die ihr Leben völlig unberührt ließen. Die Leichtindustrie hatte in Marpleton und dem umliegenden Bezirk ihren Einzug gehalten. Ungefähr alle drei Monate pflegte sie an ihrem früheren Heim vorüberzugehen, bis es abgerissen wurde, um einer Fabrik Platz zu machen.

Wenn sie sich keine Feinde schuf, so doch auch gewiß keine Freunde. Die Erziehung im Pensionat hatte mit Erfolg ihren von Natur aus vorhandenen Geselligkeitstrieb verkrüppelt. Am Ende eines jeden Arbeitstages pflegte sie sich um rund dreißig Jahre in ihre Vergangenheit zurückzuversetzen.

Als die Katze erschien, sprach Miss Paisley gerade angeregt mit sich selbst, wie es die Gewohnheit der Einsamen ist.

»Manchmal glaube ich, Vater hat einen Fehler gemacht, den Rasen als Croquetplatz zu belassen. Croquet ist so altmodisch . . . Oh! Wie, um alles in der Welt, bist du hier heraufgekommen!«

Eine Katze stand auf dem Fensterbrett – ein ganzes Stockwerk und einen guten Meter über dem Erdboden. »Tiere sind in den Chambers nicht erlaubt, also mußt du wieder gehen . . . Geh, bitte. *Husch!*«

Die Katze blinzelte und sprang mit einem etwas unbeholfenen Satz in das Zimmer.

»Was für eine häßliche Katze! Ich werde nie Tante Lisas Perserkatze vergessen. Sie sah wunderschön aus, und alle waren ganz vernarrt in sie. Ich glaube kaum, daß jemand *dich* streicheln möchte. Die Leute dulden dich und wünschen wahrscheinlich, du wärest lieber nicht geboren, armes Ding!« Die Katze hatte sich auf ihre Hinterbeine gesetzt und starrte Miss Paisley an. »Na schön, meinetwegen kannst du zum Tee dableiben. Ich habe keinen Fisch, aber da ist noch etwas Bücklingspaste, die ich vergessen habe wegzuwerfen – und auch noch etwas Milch von gestern.«

Miss Paisley machte sich daran, ihren Tee zu bereiten. Es war Sonnabendnachmittag. Sie hatte zwei Schokoladenbiskuits und zwei Sahneéclairs für heute sowie zwei Schokoladenbiskuits und zwei Baisers für Sonntag besorgt. Als das Wasser im Kessel gekocht und sie den Tee aufgegossen hatte, kratzte sie aus einer fast leeren Dose einen Rest Bücklingspaste, den sie auf eine dünne Scheibe Brot strich. Auf den Teppich – er war aus dem Teppich geschnitten worden, der vor vierunddreißig Jahren im großen Wohnzimmer gelegen hatte – breitete sie eine Zeitung. Die Katze, die diese Vorbereitungen beobachtete, schnurrte beifällig.

»Armes Ding! Wie dankbar es ist«, sagte Miss Paisley, während sie das Brot mit der Bücklingspaste und eine Untertasse mit der Milch vom Vortage auf die Zeitung setzte.

Die Katze beugte ihren Kopf herunter und roch an der Bücklingspaste, berührte sie aber nicht. Sie probierte die Milch, schleckte einmal daran, setzte sich wieder auf die Hinterbeine und starrte Miss Paisley an.

Das Starren von Miss Paisleys Katze war für Menschen nicht gerade angenehm. Natürlich war es ein ganz normales Starren, wie Katzen es eben tun, und aus ebenfalls ganz normalen Augen, wenn sie auch fast nicht so aussahen; denn ein weißer Streifen lief von einem Augenlid zum gegenüberliegenden Ohr und von dort aus in feinen Spritzern über den Rücken. Eine Narbe von einem Luftbüchsengeschoß hatte die eine Wange etwas verkürzt und entblößte die Zähne an dieser Seite, wodurch ihr Ausdruck an ein höhnisches menschliches Grinsen erinnerte. Wenn man sich dazu noch ihr steifes Vorderbein denkt, das ihren Gang unbeholfen machte, kann man sich leicht eine äußerst garstige Katze vorstellen – eine ständige Herausforderung für jugendliche Zielübungen.

»Eine dumme Katze bist du auch noch«, sagte Miss Paisley. »Eine gute Gelegenheit weißt du anscheinend nicht zu schätzen.«

Miss Paisley setzte sich zum Tee. Die Katze sprang auf den Tisch, packte eines der Eclairs, stieg vorsichtig herunter und fraß es auf dem Teppich, etliche Zentimeter von der Zeitung entfernt.

Jetzt starrte Miss Paisley die Katze an.

»Das ist ja ein unerhörtes Benehmen!« rief sie aus. »Du drängst dich mir auf, obwohl ich dich gar nicht haben will. Ich erweise dir jede Freundlichkeit, und du . . .«

Die Katze hatte das Eclair verspeist. Miss Paisley starrte sie weiter an. Dann wanderte ihr Blick zu ihrer Hand, die sich anscheinend unabhängig von ihrem Willen bewegte. Sie beobachtete sich selbst, wie sie das zweite Eclair ergriff und sich damit zu der Katze herabbeugte, die es behutsam aus ihren Fingern nahm.

Sie zog die Untertasse unter ihrer noch immer leeren Teetasse hervor, goß frische Milch hinein und stellte sie auf den Fußboden. Fasziniert hörte sie zu, wie die Katze sie ausschleckte. Ihr Herz klopfte in der Aufregung einer inhaltsschweren Entdeckung.

Und dann, zum ersten Mal seit rund dreißig Jahren, brach Miss Paisley in Tränen aus.

»Geh weg!« schluchzte sie. »Ich will dich nicht. Es ist zu spät – ich bin vierundfünfzig!«

Als ihre Atemzüge wieder ruhiger wurden, hatte die Katze sich auf Miss Paisleys Schlafsofa zusammengerollt.

Es dauerte einen Monat oder länger, bis Miss Paisley mit Sicherheit wußte, daß sie hoffte, die Katze würde für immer bei ihr bleiben. Ihre Einstellung war frei von jener Art Sentimentalität, die man von einer alten Jungfer mit einer Katze erwartet. Sie respektierte die Eigenart der Katze, ohne ihr menschliche Qualitäten beimessen zu wollen. Ihre Beziehungen zu diesem Tier waren zu subtil, um einen derartigen Vorwand zu benötigen. Zugegeben, sie sprach viel zu ihr. Aber sie sprach wie zu einer Zimmergenossin, von der man nicht erwartet, daß sie gerade zuhört. In diese Beziehung konnte man die Rolle der Katze mit der einer bezahlten Gesellschafterin vergleichen.

»Entschuldigen Sie bitte, Madame!« Jenkins, der Wachhund und Mieteneinzieher zugleich darstellte und den Portier glücklicherer Tage ersetzte, hatte sie in der kleinen Halle angehalten. »Ist diese Katze mit der schwarzweißen Schnauze zufällig die Ihre?«

Noch vor einem Monat würde Miss Paisley zitternd Entschuldigungen wegen der Übertretung der Regeln gestammelt und sofortige Befolgung gelobt haben.

»Es ist meine Katze, Jenkins. Und ich würde Ihnen sehr gern eine halbe Krone pro Woche für die Umstände zahlen, die sie Ihnen vielleicht bereiten könnte.«

»Das ist sehr freundlich von Ihnen, Madame, vielen Dank. Ich wollte Ihnen nur sagen, daß ich sie aus Mr. Rinditchs Fenster springen sah, mit einem Stück Fisch im Maul, das Mr. Rinditch vom Frühstück übriggelassen hatte.« Er blickte den Korridor hinunter, um sich zu vergewissern, daß Mr. Rinditchs Tür geschlossen war. »Sie wissen, wer Mr. Rinditch ist!«

Miss Paisley wußte, daß er ein Winkelbuchmacher war und eine Anzahl Hilfsleute beschäftigte, die umherliefen und Wetten für ihn annahmen, und daß Jenkins vor ihm als dem einzigen Mieter mit finanzieller Substanz in Ehrfurcht erstarrte. Mr. Rinditch war ein untersetzter, beleibter Mann mit einem breiten, mürrischen Gesicht und einem sehr breiten Nacken. Miss Paisley fand, daß er vulgär aussah, und zwar aus charakterlichen Gründen, während die übrigen Mieter eben nur gewöhnlich aussahen, wofür sie nichts konnten.

»Ich werde ihr in Zukunft ein anständiges Stück Fleisch geben, dann wird sie nicht mehr stehlen.«

»Ich danke Ihnen, Madame.«

Das »Madame« kostete Miss Paisley ungefähr vier Pfund im Jahr. Keine der anderen Frauen war »Madame«, und keiner der Männer war »Sir« – nicht einmal Mr. Rinditch. Zwei Pfund zu Weihnachten und hier und da eine halbe Krone für kleine, meist überflüssige Dienste. Für Miss Paisley war dieses Geld gut angelegt. In ihrem Traumleben sah sie sich als eine Emigrantin, die auf den Heimruf in einen Lebensstil wartete, der in Wirklichkeit – was sie jedoch nicht erkannte – in England aufgehört hatte zu existieren. Sie tat, als bedeuteten diese rund dreißig Jahre ungelernter Büroarbeit nur eine zeitliche Überbrückung. Durch ihre Katze eignete sie sich eine neue Philosophie an, aber der Traum blieb davon unberührt.

»Ich muß dein Fleisch schneiden«, erklärte sie an jenem Abend, »und eigentlich habe ich Angst davor. Du mußt wissen, daß ich noch nie zuvor rohes Fleisch angefaßt habe. In meiner Erziehung wurde das nicht als eine notwendige Kenntnis angesehen. Ich erinnere mich allerdings – wir machten ein Picknick am Fluß – zwei Diener wurden mit dem Essenkorb herausgefahren . . .«

Sie mußte Jenkins um Rat fragen. Er lieh ihr ein Messer – ein fürchterliches Ding mit einem schwarzen Griff und einer spitz zulaufenden Klinge. Ein Tranchiermesser, erzählte er ihr, und sie könnte ein solches in jeder Eisenwarenhandlung kaufen – was sie dann auch am folgenden Tage tat. Das schauerliche Geschäft des Fleischschneidens aber blieb ihr. Sie opferte ein Erinnerungsstück – ein Paar lederne Handschuhe, die sie während der Schulferien zum Reiten getragen hatte.

Am dritten Tag des vierten Monats erschien die Katze nicht zu ihrer Abendmahlzeit. Miss Paisley war beunruhigt. Sie ging eine Stunde später als gewöhnlich zu Bett und lag bis zur Morgendämmerung wach, gegen die jetzt unausweichliche Tatsache ankämpfend, daß die Katze ihr unentbehrlich geworden war – wenn sie sich auch nicht erklären konnte, weshalb das sich so verhielt. Sie versuchte sich zu beweisen, daß es nicht wahr sei. Miss Paisley wußte, wie vernarrt einige alte Jungfern in ihre Katzen waren, sie dauernd hätschelten und kindisches Zeug auf sie einredeten. Sie empfand für ihre Katze keine derartigen Regungen. Sie wußte, daß ihre Katze ziemlich schmutzig war, und berührte sie überhaupt nicht gern. Im Grunde mochte sie Katzen gar nicht. Aber an dieser Katze war etwas Besonderes ...

Kurz nach der Morgendämmerung kletterte die Katze durch das offene Fenster. Miss Paisley stieg aus dem Bett und deckte das Fleisch auf. Die Katze gähnte, streckte sich und beachtete es nicht; dann sprang sie auf das Fußende des Bettes, ging einmal im Kreis herum, ließ sich nieder und war bereits eingeschlafen, bevor Miss Paisleys Kopf noch das Kissen wieder berührt hatte. Miss Paisley hatte sich inzwischen genügend Katzenverstand angeeignet, um zu wissen, daß sie irgendwo anders gefressen haben mußte; und daraus zog sie den beunruhigenden Schluß, daß eine Katze, die einmal herumgestreunt war, wieder herumstreunen würde.

Am nächsten Tag kaufte sie ein Halsband, in dessen Metallschild sie ihren Namen und ihre Adresse eingravieren ließ sowie, in Klammern, *Ein Pfund Belohnung für Rückgabe.* Sie konnte unbesorgt Ausgaben dieser Art entgegensehen, denn in diesen rund dreißig Jahren hatte sie über fünfhundert Pfund gespart.

Am gleichen Abend legte sie dem Tier das Halsband an. Die Katze streifte es ab. Miss Paisley machte den Sicherheitsverschluß auf und versuchte es wieder – versuchte es fünfmal, bevor sie weitere Anstrengungen auf später verschob.

»Du hast mir ja selbst gezeigt, wie man eine solche Situation meistert«, sagte sie am nächsten Abend. »Du hast die Bücklingspaste und die nicht mehr ganz frische Milch abgelehnt. Du hattest recht! Nun wäre es zwar jammerschade, wenn wir uns wegen dieser Angelegenheit entzweien würden und auseinandergingen, aber – kein Halsband – kein Fleisch!«

Nach kleinen anfänglichen Mißverständnissen duldete die Katze das Halsband für die Dauer der Mahlzeit. Am dritten Abend vergaß sie, es nach dem Fressen abzustreifen. Nach einer Woche unverdrossener Bemühungen von Miss Paisley stellte sich heraus, daß die Katze das Halsband nicht mehr als Fremdkörper empfand. Selbst wenn sie beim Kratzen einmal hinter den Riemen hakte, machte sie keine Anstalten, es herunterzureißen. Sie trug das Halsband für den Rest ihres Lebens.

Nach dem Zwischenspiel mit dem Halsband fußten ihre Beziehungen auf einer festeren Grundlage. Miss Paisley kaufte sich neue Kleider – darunter einen Hut, der eigentlich viel zu jugendlich für sie war, und eine Jacke aus grünem Wildleder, so grün wie die Augen einer Katze.

Es folgte ein friedlicher Monat, nur durch eine Warnung von Jenkins überschattet, daß die Katze ihre gewohnheitsmäßigen Besuche von Mr. Rinditchs Zimmer nicht eingestellt hätte. Sie bemerkte etwas Hämisches in der Art, wie Jenkins es ihr erzählte, als ob er es sichtlich genoß. Zum ersten Mal kam ihr der Verdacht, daß sein »Madame« ironisch gemeint und eine Quelle heimlichen Vergnügens für Jenkins sein könnte.

Am folgenden Sonnabend erhielt sie den Beweis, daß Jenkins wenigstens in dieser Sache die Wahrheit gesprochen hatte. Für gewöhnlich erreichte sie ihr Heim an Wochenenden kurz nach ein Uhr. Während sie nun durch die Halle zur Treppe ging, öffnete sich die Tür zu Mr. Rinditchs Zimmer. Miss Paisleys Katze wurde sichtbar, gefolgt von Mr. Rinditchs Fuß. Der Tritt schleuderte die Katze etwa eineinhalb Meter über den Korridor. Als sie gegen die Holzverkleidung der Treppe schlug, fühlte Miss Paisley einen heftigen Schmerz in ihren Rippen. Sie sprang hinzu und versuchte das Tier aufzunehmen. Die Katze fauchte sie an und hinkte fort. Einen Moment lang starrte sie verletzt wegen dieses Benehmens hinter ihr her. Dann aber klärte sich plötzlich ihr Gesicht.

»Du willst kein Mitleid!« murmelte sie. Sie warf den Kopf in den Nacken, und ihre Augen funkelten in einem Glücksgefühl, das ihr völlig neu war. Sie klopfte an Mr. Rinditchs Tür. Als das breite, mürrische Gesicht erschien, begegnete sie ihm mit einem katzenartigen Starren.

»Sie haben meine Katze getreten!«

»Ihre Katze ist das also! Dann wäre ich Ihnen dankbar, wenn Sie das Tier von meinem Zimmer fernhalten würden.«

»Ich bedaure den Übertritt –«

»Ich ebenfalls. Wenn ich sie noch einmal hier erwische, muß sie baumeln, das lassen Sie sich von mir gesagt sein.« Mr. Rinditch warf die Tür zu.

Miss Paisley, in deren Traumwelt volkstümliche Redeweisen keinen Eingang gefunden hatten, fragte sich nach dem Sinn seiner Worte. Und da sie etwas anzudeuten schienen, was sie einfach nicht wahrhaben konnte, beruhigte sie sich damit, daß sie wohl nichts auf sich hätten. Sie begann sich über ihre Kühnheit zu wundern, mit der sie einem rohen, gemeinen Mann wie Mr. Rinditch getrotzt hatte, der gut einen Streit hätte anfangen können.

In der Zwischenzeit war die Katze die Treppe hinaufgekrochen und wartete vor ihrer Wohnungstür auf sie. Sie wollte sich immer noch nicht berühren lassen. Aber als Miss Paisley vor der Bereitung ihres Mittagessens noch ein wenig im Lehnstuhl ausruhte, sprang die Katze, zum ersten Mal seit ihrem Einzug, zu ihr auf den Schoß. Sie knurrte, räkelte sich und stemmte sich mit ihren Krallen ab, die Miss Paisleys Kleid durchdrangen und sie kratzten. Dann ließ sie sich nieder, schnurrte ein wenig und schlief ein. Die Uhr, die früher im Speisezimmer ihres Vaters gestanden hatte, schlug zwei: Miss Paisley entdeckte, daß sie keinen Hunger verspürte.

Am Sonntag nahm die Katze ihren üblichen Lebenswandel wieder auf; der Fußtritt schien ihr nicht geschadet zu haben. Sie verzehrte ihre Fleischration mit Heißhunger und beschloß ihr Mahl mit Miss Paisleys zweitem Baiser. Aber das entschuldigte nicht die übertriebene Roheit von Mr. Rinditch.

Am Montagmorgen hielt sie Jenkins auf dem Treppenabsatz im ersten Stock an und fragte ihn nach Mr. Rinditchs vollem Namen, indem sie erklärte, sie wollte ihn wegen Tierquälerei anzeigen.

»Wenn ich dazu etwas sagen darf, Madame, *den* werden Sie nicht mit einer Strafe von zehn Shilling beeindrucken können. Der zahlt ja schon seinen Laufburschen an die fünfzig Pfund Provision im Monat und macht sich nicht mehr daraus als Sie aus Ihrem Zugfahrgeld!«

Miss Paisley war etwas niedergeschlagen. Jenkins ließ sich weiter über Mr. Rinditch aus.

»Sie würden staunen, Madame, wenn Sie wüßten, wieviel Geld so bei ihm zusammenläuft. Am Abend vor einem großen Rennen kommt er um sechs Uhr mit mehreren hundert Pfund in seiner Aktentasche nach Hause, und um Viertel vor acht geht er noch einmal los, um die Kneipen abzuklappern; gegen zehn Uhr dreißig kommt er dann mit genausoviel Zaster wieder.«

Die Höhe der Geldstrafe, sagte sich Miss Paisley, war unwesentlich. Es ging ihr einfach um das Prinzip. Dem Rechtsanwalt, den sie während ihrer Mittagspause konsultierte, leuchtete das Prinzip nicht ein. Er sagte ihr, daß er ihre Behauptungen nicht beweisen könnte: da die Katze zugegebenerweise keine sichtbaren Zeichen des Angriffs trüge, würde der Fall wegen Geringfügigkeit »aus dem Gerichtssaal gelacht werden«.

Sie hatte diesen Fachausdruck noch nie gehört und nahm ihn übel; ihr Verdruß darüber war jedoch von einer unbestimmten ängstlichen Vorahnung begleitet.

Als sie ihr Heim erreichte, fand sie die Katze an der Seite des Schreibsekretärs kauern. Das Tier nahm keine Notiz von ihr, aber sie konnte nicht länger warten, ihr Herz auszuschütten.

»Wir sollen aus dem Gerichtssaal gelacht werden«, sagte sie. »Mit anderen Worten, Mr. Rinditch kann uns einen Fußtritt versetzen, und das Gericht lacht auch noch über uns. Wahrscheinlich müssen wir sehr lächerlich aussehen, wenn wir in Not sind!«

Miss Paisley konnte keinen unglücklicheren Augenblick für diese Bemerkung wählen. Wenn sie nicht so sehr mit sich selbst beschäftigt gewesen wäre, hätte sie das Verhalten der Katze deuten können, hätte sie erkennen müssen, daß sie auf der Lauer lag. Sie sprach noch über ihre Unterredung mit dem Rechtsanwalt, als die Katze zusprang und sich dann ihr zuwendete, eine lebendige, zappelnde Maus zwischen den Zähnen.

»Du meine Güte!« Sie akzeptierte die Situation mit einem Seufzer. Sie kannte die eingewurzelte Furcht der meisten Frauen vor Mäusen nicht – sie hielt sie für niedliche kleine Dinger und würde sie noch in ihrem Treiben bestärkt haben, wenn sie nicht so unhygienische Angewohnheiten besäßen.

Miss Paisley wußte nun wohl – wenn schon nicht aus Erfahrung, so doch vom Hörensagen –, wie eine Katze mit einer Maus umzugehen pflegt. Jedoch traf dies Ereignis sie unvorbereitet und stürzte sie in einen unüberwindbaren seelischen Konflikt.

»Nicht – oh, *bitte nicht!* Halt ein! Verstehst du denn nicht? . . . Wir sind nicht besser als Mr. Rinditch! O Gott, bitte, laß sie aufhören! Ich kann das nicht zulassen. Ich *darf* das nicht zulassen! Hilft denn kein Beten? Lachst du auch?«

Miss Paisley hatte ihren Körper in diesem Augenblick nicht in der Gewalt; sie konnte sich nicht bewegen. Die Kälte in ihrem Rückgrat wechselte zu Hitze und breitete sich prickelnd über ihren ganzen Körper aus. In ihren Ohren brauste es, als ob trockenes Unkraut prasselnd verbrannte.

Ihre Atemzüge wurden gelöster. Das seit undenklichen Zeiten geübte Ritual zog erst ihre Aufmerksamkeit, dann ihr Interesse auf sich.

Nach einigen Minuten lächelte Miss Paisley. Dann kicherte sie. Die Katze, der von den Menschen so viele menschliche Züge angedichtet werden, schien mit ihrer Maus vor einem Theaterpublikum zu spielen und hart um ein Lachen zu kämpfen. Miss Paisley lachte.

Es kam eine ruhige Zeit, ereignislose Monate, in denen ein Tag dem anderen zu gleichen schien, und Miss Paisley sah sich als eine ganz normale ältere Dame, die zufällig eine Katze hielt.

Sie schloß aus ihren Beobachtungen, daß die Katze ziemlich weit herumstreifte und manchmal Nahrung von unbekannten Personen erbettelte oder stahl. Sie hatte sich fast eingeredet, daß die Katze ihre gefährliche Gewohnheit, Mr. Rinditchs Zimmer zu besuchen, aufgegeben hatte. Eines Abends im Frühsommer, ungefähr vierzehn Tage vor dem Ende, wurde diese Hoffnung zunichte.

Um halb neun, kurz nach ihrer Abendmahlzeit, war die Katze nach draußen gegangen. Miss Paisley sah aus dem Fenster und wartete träge auf ihre Rückkehr. Nach kurzer Zeit sah sie das Tier auf der Mauer, die den Hof von dem alten Friedhof trennte. Sie winkte ihm zu; es starrte zu ihr herüber und fuhr dann fort, sich zu putzen. Zehn Minuten lang. Dann glitt es über einen Werkzeugschuppen hinunter; aber anstatt geradewegs auf das Regenrohr zuzulaufen, das an Miss Paisleys Fensterbrett vorbeiführte, wechselte es die Richtung. Indem Miss Paisley sich aus dem Fenster beugte, konnte sie schräg auf das Fenster von Mr. Rinditchs Zimmer hinabsehen.

Sie eilte die Treppe hinunter und den Korridor entlang, vorbei an Mr. Rinditchs Wohnung zu der Hoftür, bog um eine Gruppe von sechs Aschkübeln und gelangte unter Mr. Rinditchs Schiebefenster, das vom Sims aus gerechnet etwa vierzig Zentimeter offenstand. Sie konnte die Katze auf Mr. Rinditchs Bett liegen sehen. Sie wußte, daß das Tier so kurz nach seiner Mahlzeit nicht mit Nahrung zu verführen war. Zuerst rief sie zärtlich lockend, dann verzweifelt.

»Wir befinden uns in großer Gefahr«, flüsterte sie. »Fürchtest du dich denn gar nicht?«

Die Katze starrte sie an und schloß dann die Augen. Miss Paisley musterte das Zimmer. Es war spärlich, aber nicht billig möbliert. Die Wandtäfelung war mit Kalendern und metallenen Kleiderhaken verunziert.

Das Fensterbrett lag etwas über ein Meter zwanzig über der Erde. Sie drängte ihre Schultern durch die Öffnung und wand sich mit dem ganzen Körper hinein. Dann packte sie die Katze im Genick, mit einem Finger unter dem Halsband, und hielt sie fest, während sie in die Sicherheit des Hofes zurückkletterte. Dabei vergaß sie, das Fenster wieder in seine übliche Stellung herabzuziehen. Beide erreichten ihre Wohnung, ohne jemandem zu begegnen.

Während dieser letzten vierzehn Tage, die ihnen noch verblieben, erhielt Miss Paisley – wie sie sich ausgedrückt haben würde – eine letzte Lehre von der Katze. Es war an einem warmen Abend, und sie kam gerade von der Arbeit nach Hause. Fünfzig Schritt von den Chambers entfernt sah sie die Katze, die sich auf dem Bürgersteig sonnte. Aus der entgegengesetzten Richtung kam ein Mann mit einem Dobermann an der Leine. Plötzlich machte der Hund einen Satz und riß dem Mann die Leine aus der Hand.

»*Gefahr!* Lauf weg!« schrie Miss Paisley.

Die Katze sah ihren Feind eine Sekunde zu spät. Ihr steifes Bein machte außerdem eine Flucht unmöglich. Während Miss Paisley vorwärtsrannte, den heißen Atem des Hundes im Nacken spürte, hörte sie im Geist schon ihre Knochen knacken. Doch da geschah, wie es ihr schien, das Unglaubliche: der Hund prallte von der Katze zurück, rannte im Kreis umher und jaulte vor Schmerz, während die Katze auf den nächsten Zaunpfahl baumte.

Der Mann hatte die Leine aufgegriffen und besänftigte den Hund. Miss Paisley sprach in Gedanken ein schnelles Dankgebet. Doch dann gewann langjährige Gewohnheit die Oberhand über die Lehre, die sie von der Katze erhalten zu haben glaubte.

»Ich fürchte, Sir, meine Katze hat Ihren Hund verletzt. Es tut mir sehr leid. Wenn ich irgendwie helfen kann –«

»Schon gut, Miss«, antwortete eine freundliche Stimme in der Cockney-Mundart des waschechten Londoners. »Was er haben wollte, hat er bekommen.« Der Hund blutete am Hals, und zwei lange Striemen liefen über seine Brust. »Das ist die Art, wie Katzen zu kämpfen pflegen – ran an den Feind und nach oben geschlagen!«

»Ich habe etwas Jod in meiner Wohnung –«

»Ach was, das braucht er nicht! Vielleicht hat Ihre Katze ihn davor bewahrt, bei der nächsten ein Auge zu verlieren. Denken Sie nicht mehr daran, Miss!«

Miss Paisley gab nach, traurig verwirrt in ihrer sozialen Rangeinstufung, nach der sich auch ihre moralische Bewertung der Umwelt richtete. Der Cockney-Akzent des Mannes und seine vorzüglichen Manieren waren bis vor kurzem unvereinbar für sie gewesen. Miss Paisleys Welt änderte sich zu rasch für sie.

Sie genoß noch sechs Tage und Nächte die Gesellschaft der Katze. Die viereinhalb Tage im Büro kann man dabei getrost mitrechnen, denn die Aufmerksamkeit, die sie ihrer Arbeit widmete, war automatisch geworden und störte nicht ihre spürbare innere Verbundenheit mit dem Tier. Sie hatte nie versucht, sich dieses Verhältnis zu erklären, und hatte es auch nicht einmal merkwürdig empfunden, daß sie der Katze keinen Namen gegeben hatte ...

Es war ein Dienstagabend. Die Katze war nicht zu Hause, als sie aus der Stadt kam.

»Du fängst schon wieder an, zu spät zum Essen zu kommen«, brummte sie. »Aber zufällig kann ich dir heute abend noch zehn Minuten genehmigen.« Ihr Abonnement für ein wöchentlich erscheinendes illustriertes Gesellschaftsblatt war abgelaufen. Sie füllte das Erneuerungsformular aus und ging los, um eine Zahlkarte zu kaufen.

In der Halle vernahm sie Mr. Rinditchs Stimme durch die geschlossene Tür seines Appartements – er schien vor sich hin zu fluchen. Ein gedämpfter, zischender Laut folgte, als würde eine Schnur stramm über Metall gezogen. Dann hörte sie ein seltsames knurrendes Keuchen und Kratzen – ein Geräusch, wie es wohl die Krallen einer Katze an einer Holztäfelung machen konnten, wenn ihr Körper frei in der Luft über dem Boden schwebte.

Sie blieb stehen und hielt den Atem an, gelähmt von dem Gefühl, etwas unternehmen zu müssen, das ihre Sinne zu erklären sich weigerten. Sie schien in sich selbst gefangen zu sein, unfähig, ein Entrinnen zu wünschen. Das Geräusch des Kratzens wurde schwächer und schwächer, bis sie schließlich daran zweifelte, überhaupt etwas gehört zu haben.

»Du siehst schon am hellen Tage Gespenster!« sagte sie sich.

Sie lächelte und setze ihren Weg zum Postamt fort. Das Lächeln blieb wie eingefroren auf ihrem Gesicht stehen. Man muß in seinen Handlungen sehr vorsichtig sein, sagte sie sich. Wenn sie jedesmal mit ihren Nachbarn zu streiten anfinge, wenn sie sich einbildete – nun, dies oder das –, würden die Leute sie bald für eine überspannte alte Jungfer halten. Sie wünschte, sie könnte aufhören zu lächeln.

Sie kaufte die Zahlkarte, füllte sie aus, zahlte das Geld ein und kehrte zu ihrem Appartement zurück; dabei versicherte sie sich, daß überhaupt nichts passiert sei.

Nach dieser Einsicht konnte alles seinen gewohnten Gang nehmen.

»Noch nicht zu Hause! Auch gut, ich werde nicht auf dich warten. Ich werde jetzt dein Fleisch aufschneiden, und wenn es trocken wird, hast du es dir selbst zuzuschreiben.« Sie zog die Handschuhe an, mit denen sie vor siebenunddreißig Jahren die Zügel gehalten hatte. »Etwas über ein Jahr ist es jetzt her! Über dreihundertmal muß ich sie nun benutzt haben, um das Fleisch für dich aufzuschneiden, und sie eignen sich immer noch zum Tragen. Heutzutage kann man solche Handschuhe nicht mehr kaufen. Ich mag keinen Lachs aus der Konservendose. Ich glaube, ich werde mir eine Omelette machen. Unsere Köchin hatte immer Schwierigkeiten mit ihren Omeletten.«

Sie bereitete ihre Omelette sorgfältig, aß sie aber hastig. Nachdem sie Kaffee getrunken hatte, trat sie an ihr Bücherregal über dem Schreibsekretär. Seit über zehn Jahren hatte sie die Glastüren nicht mehr geöffnet. Sie nahm *Ivanhoe* heraus, das ihr Vater ihrer Mutter vor der Hochzeit geschenkt hatte.

Um Viertel vor zehn schloß sie das Buch.

»Du weißt, ich bin niemals aufgeblieben, bis du kommst! Und ich werde auch jetzt nicht damit anfangen.«

Gewöhnlich ließ sie die Vorhänge ein wenig geöffnet – ungefähr so weit, daß eine Katze durchschlüpfen konnte. Heute abend schloß sie die Gardinen. Als sie im Bett lag, konnte sie das Mondlicht durch die Öffnungen neben den Ringen sehen . . . und schließlich das Tageslicht.

Am Morgen gab sie sich Mühe, nicht mit Jenkins zusammenzutreffen. Aber als ob er auf sie gewartet hätte, schoß er aus der Pförtnerloge heraus.

»Guten Morgen, Madame. Ich habe Ihre Pussykatze heute früh noch nicht gesehen.«

Pussykatze! Was für eine ekelhafte Art, von ihrer Katze zu sprechen!

»Ich mache mir keine Sorgen, Jenkins! Sie verschwindet oft für ein paar Tage. Ich habe mich heute morgen etwas verspätet.«

Sie hatte sich nicht verspätet – sie erreichte ihren Zug nach London mit dem üblichen Spielraum bis zur Abfahrt. Ihre Kollegen im Büro schienen lebhafter als sonst zu sein. Bruchstücke ihrer Unterhaltung drangen bis zu ihr. »Wenn *Einsamer* morgen nicht gewinnt, werde ich meinen Sommerurlaub in London verbringen.« Natürlich ein Rennpferd. Eines der sogenannten klassischen Rennen morgen, aber sie wußte nicht, welches. Es erinnerte sie an Mr. Rinditch. Ein sehr gemeiner, brutaler Mann! Ihre Gedanken wechselten zu dem so netten Mann mit dem Hund über. Ein Gentleman von Natur aus! ›Ran an den Feind und nach oben geschlagen!‹

In der Mittagspause verließ sie nicht das Büro, kaufte also auch kein Fleisch für ihre Katze.

An jenem Abend, ein paar Minuten vor acht Uhr, hörte sie Jenkins' Schritte auf dem Treppenabsatz. Er klopfte an ihre Tür.

»Guten Abend, Madame. Hoffentlich störe ich Sie nicht. Wenn Sie ein paar Minuten Zeit hätten, würde ich Ihnen gerne etwas zeigen.«

Während sie mit ihm die Treppe hinunterstieg, ging Miss Paisley die Wahrheit über sich selbst und Jenkins auf. Madame! Sie erkannte jetzt den Hohn in seiner Stimme, konnte fast das wiehernde Gelächter seiner Bekannten über seine Anekdoten von der Büroangestellten hören, die sich den Anschein einer Lady in vorübergehend bedrängten Umständen gab. Aber ihre unnahbare Würde war mit der Zeit zu einem Teil ihrer selbst geworden.

Er führte sie den Korridor entlang, durch die Tür zum Hof und zu den sechs Aschkübeln. Er hob einen Deckel hoch. Oben auf dem Müll sah sie den Kadaver ihrer Katze. Um den Hals lag noch die Schlinge von einem Ende grüner Vorhangschnur.

»Nun, Jenkins?« Ihr starres Lächeln machte ihn unsicher.

»Sie war wieder in Mr. Rinditchs Zimmer, bald nachdem Sie gestern abend nach Hause kamen. Sie können sich eigentlich nicht beklagen. Sie wußten ja, was er gesagt hat. Und wenn man es richtig macht, wie er es getan hat, ist es keine Quälerei, ein Tier zu erhängen. Ich glaube nicht, daß Ihre arme kleine Pussykatze Schmerzen gehabt hat. Er hat einfach die Schnur über den Kleiderhaken gezogen, und alles war vorüber.«

»Das ist unwesentlich!« Sie wußte, daß ihre kalte Unbeteiligtheit diesem Schakal nicht die sadistische Befriedigung verschaffte, die er sich versprochen hatte. »Woher sollen wir wissen, daß Mr. Rinditch verantwortlich ist? Jeder hier im Haus kann es getan haben, Jenkins.«

»Ich versichere Ihnen, er war es! Gestern abend, als meine Frau wie immer mit seinem Abendbrot zu ihm hineinging, sah sie ein

Stück von dieser Vorhangschnur unter seinem Bett hervorlugen. Und ein paar grüne Fusseln klebten an dem Kleiderhaken, wo die Schnur gescheuert hatte. Meine Frau spionierte noch etwas weiter herum, als sie das Geschirr abräumen ging, und da sah sie das Halsband der Katze im Papierkorb. Wegen des Metallteils daran kann man eine Katze mit so einem Halsband nicht richtig hängen. Sie sagte, der Lederriemen daran wäre glatt durchgeschnitten – wie mit einem Rasiermesser.«

Miss Paisley blickte ein zweites Mal in den Ascheimer. Das Halsband war tatsächlich entfernt worden. Jenkins, der sie beobachtete, dachte, sie wollte ihm immer noch nicht glauben. Und wie alle gewohnheitsmäßigen Lügner versuchte er stets übertrieben ängstlich seine Worte zu beweisen, wenn er zufällig einmal die Wahrheit sprach.

»Da fällt mir ein, das Halsband wird sicher noch in seinem Papierkorb liegen«, sagte er, wie zu sich selbst. »Hören Sie! Er hat ihn dicht neben dem Fenster nach der Vorderseite stehen; kommen Sie mit ums Haus herum, dann können Sie es selbst sehen.«

Der Papierkorb war aus geflochtenem Rohr. Durch die Zwischenräume konnte Miss Paisley genug von dem Halsband sehen, um alle Zweifel zu bannen.

Sie konnte sich hören, wie sie zu Jenkins sprach, genau wie sie sich auch neben dem Ascheimer hatte stehen sehen, schon im voraus wissend, was unter dem Deckel lag, bevor Jenkins ihn lüftete. Wie einfach war das doch, ruhig zu bleiben, wenn man sich entschieden hatte!

Als sie in ihr Zimmer zurückkehrte, war es erst fünf Minuten nach acht. Das machte nichts. Ihre Ruhe würde so lange andauern, wie sie sie benötigte. In zwei Stunden und fünfundzwanzig Minuten würde Mr. Rinditch nach Hause kommen. Sie fröstelte. Sie zog sich die grüne Wildlederjacke an und setzte sich aufrecht in ihren Lehnsessel; die ausgestreckten Hände steckte sie in die Falten zwischen Sitz- und Lehnpolster.

»Bevor Mr. Rinditch zurückkehrt, möchte ich dir noch sagen, daß ich dich an seiner Wand habe kratzen hören. Da warst du noch am Leben. Wir haben bereits eingesehen, daß du noch jetzt leben würdest, wenn ich an die Tür gehämmert und – Lärm geschlagen hätte.

Darüber wollen wir uns nicht streiten. Wir könnten beide eine Menge gegeneinander vorbringen – wollen wir also gar nicht erst anfangen, uns Vorwürfe zu machen.«

Miss Paisley saß schweigend bis fünfundzwanzig Minuten nach zehn. Dann stand sie auf und zog die Reithandschuhe an, als wollte sie Fleisch für ihre Katze schneiden. Das Messer lag an seinem üblichen Platz auf dem Regal. Ihre Hand schnappte nach dem Griff, als wollte jemand es ihr wegnehmen.

»Ran an den Feind und nach oben geschlagen!« flüsterte sie – und dann war Miss Paisley plötzlich zum wiederholten Mal nicht Herrin über ihren Körper. Sie umklammerte den Griff des Messers, aber sie konnte es nicht vom Regal wegziehen. Sie bildete sich ein, ihre Muskeln anzuspannen und mit aller Kraft an einem überaus schweren Gewicht zu ziehen. Verschwommen hörte sie, wie Mr. Rinditch nach Hause kam und die Tür zuschlug.

»Ich habe mich zu sehr aufregen lassen! Ich muß mich erst beruhigen.«

Noch immer in Handschuhen und Wildlederjacke ging sie zu ihrem Sessel zurück.

»In meinem Alter kann ich die Gewohnheiten eines Lebens nicht mehr ändern – und wenn ich es versuche, zieht es mich in zwei Richtungen zugleich. Ich habe dir schon zu Beginn unserer Bekanntschaft gesagt, daß du zu spät gekommen bist. Du hättest nicht in Mr. Rinditchs Zimmer gehen dürfen. Er hat dich heimtückisch getötet, und ich habe dich verraten – o ja, das habe ich! – und jetzt kann ich nicht einmal beten.«

Miss Paisleys Gedanken wälzten Rätsel und verursachten Alpträume, die nicht mit ihrer feinen Erziehung im Einklang standen. Als sie ihre Umgebung wieder mit vollem Bewußtsein wahrnahm, war es ein Viertel vor drei in der Frühe. Das elektrische Licht brannte, und sie trug weder die Handschuhe noch die grüne Wildlederjacke.

»Ich kann mich nicht erinnern, daß ich das Licht angedreht habe – ich bin auch zu müde, mich an irgend etwas zu erinnern.« Sie nahm sich vor, am Morgen auszuschlafen und einen Tag nicht ins Büro zu gehen. Sie zog sich aus und ging ins Bett. Zum ersten Mal seit über einem Jahr schlief sie ein, ohne an die Katze zu denken.

Kurz nach sieben wurde sie durch eine Anzahl ungewöhnlicher Geräusche geweckt – Klappern in der Halle und laute Stimmen, Kommen und Gehen auf den Treppen. Sie setzte sich auf und lauschte. Im Erdgeschoß schrie und weinte Mrs. Jenkins zu gleicher Zeit – eine Angewohnheit des Arbeitervolkes, die Miss Paisley erbärmlich fand. Jemand, den sie an seiner Stimme als den Heizer erkannte, der im obersten Stockwerk wohnte, rief laut die Treppe hinauf zu seiner Frau.

»O Emma! Sie haben ihn mitgenommen. Mit Handschellen und so!«

Miss Paisley zog ihren langen Wintermantel an, schlug den Kragen bis übers Kinn hoch und öffnete die Tür.

»Was hat dieser ganze Lärm zu bedeuten?« fragte sie den Heizer.

»Dieser Buchmacher im Erdgeschoß, Miss. Jemand hat ihm heute nacht die Kehle durchgeschnitten. Die Polizei hat Jenkins einkassiert.« Er fügte hinzu: »Handschellen und so!«

»Oh!« sagte Miss Paisley. »Ich verstehe!«

Miss Paisley schloß die Tür. Sie zog sich an und machte sich mit mehr Sorgfalt als gewöhnlich zurecht. Sie erinnerte sich daran, wie sie versucht hatte, das Messer aufzunehmen – erinnerte sich, wie sie sich voller Selbstverachtung hingesetzt hatte und wie dann eine Bewußtseinstrübung sie umnebelte, in der Zeit und Raum versanken. Aber in diesem Nebel waren Lichtpunkte. *»Ran an den Feind und nach oben geschlagen!«* war ein Lichtpunkt – der Wahlspruch, begleitet von einem Gefühl unbändigen Stolzes. Gab es noch mehr Lichtpunkte? Eine verschwommene Erinnerung, daß sie wie eine Katze durch nächtliche Schatten geschlichen war – zum Fluß? . . . Händewaschen in kaltem Wasser . . . Rückkehr zu ihrem Sessel. Rückkehr . . . Rückgabe. *Ein Pfund Belohnung für Rückgabe.* In ihrem Kopf drehte es sich. Gleichviel, ›jemand hat ihm heute nacht die Kehle durchgeschnitten‹.

Weit davon entfernt, sich niedergeschmettert zu fühlen, fand Miss Paisley, daß sie die Kraft zum Beten wiedererlangt hatte.

»Ich habe gemordet und sehe daher ein, daß es absurd wäre, um etwas zu bitten. Aber für die nächsten Stunden muß ich unbedingt Ruhe bewahren. Wenn du mir dazu verhelfen willst, bitte, kann ich mit dem Rest allein fertigwerden.«

Auf der örtlichen Polizeiwache gab Miss Paisley eine geschickte Zusammenfassung der Ereignisse, die zu der Vernichtung ihrer Katze geführt hatten, sowie ihrer eigenen nachfolgenden Handlungen, ›während denen sie sich in einem hypnoseartigen Zustand befunden hätte‹.

Der wachhabende Sergeant unterdrückte ein Gähnen. Er holte ein Formular hervor und stellte ihr eine Anzahl Fragen über ihre Person und ihre Beschäftigung, fragte aber überhaupt nicht nach dem Mord. Nachdem er die Antworten niedergeschrieben hatte, las er sie ihr vor.

»Und Sie behaupten, Miss Paisley«, sagte er dann, »daß Sie William Rinditch getötet haben, in – in einem hypnoseartigen Zustand, sagten Sie, nicht wahr?«

Miss Paisley bestätigte dies und unterzeichnete ihre Aussage.

»Im Augenblick ist der Inspektor gerade sehr beschäftigt«, erklärte der Sergeant. »Ich muß Sie daher bitten, im Warteraum Platz zu nehmen.«

Miss Paisley, die erwartet hatte, daß die Unterredung mit Handschellen enden würde, bewahrte eisern ihre Ruhe und saß über eine Stunde im Warteraum – unbewacht, was sie beinahe als eine Beleidigung empfand. Dann lud man sie mürrisch ein, in einen Polizeiwagen zu steigen, der sie zum Polizeihauptamt des Bezirks brachte.

Chefinspektor Green, der seine Lehrzeit bei Scotland Yard verbracht hatte, waren schon zwanzig oder mehr Fälle hysterischer Selbstankläger begegnet. Er wußte, daß ungefähr einer von vieren zu behaupten pflegte, er hätte den Mord in einem hypnoseartigen Zustand begangen; er wußte aber auch, daß diese Sorte am unangenehmsten werden konnte, wenn sie glaubten, nicht ernst genommen zu werden.

»Dann glauben Sie also, Miss Paisley, Rinditch hat Ihre Katze getötet, weil Jenkins es Ihnen erzählt hat?«

»Aber keinesfalls!« Sie beschrieb das Halsband der Katze und die Methode des Tötens, welche die Entfernung des Halsbandes notwendig machte. Sie erzählte auch, wie sie mit Jenkins das Halsband im Papierkorb gesehen hatte.

»Dann ist das Halsband also immer noch in jenem Papierkorb, wenn Jenkins die Wahrheit gesagt hat?«

Aber eine sofortige Untersuchung ergab, daß sich weder im Papierkorb noch sonstwo im Appartement von Mr. Rinditch ein Katzenhalsband befand. Miss Paisley war erstaunt – sie wußte genau, daß sie es in jenem Papierkorb gesehen hatte.

Die Unterredung wurde in ihrer kleinen Wohnung fortgesetzt, wo sie dem Inspektor versicherte, daß sie Mr. Rinditch schon bei seiner Rückkehr um zehn Uhr dreißig zu töten beabsichtigt hätte, zu jener Zeit aber ungenügend vorbereitet gewesen wäre. Sie wüßte nicht, um welche Zeit sie ihn getötet hätte, sie wüßte aber, daß es nicht später als ein Viertel vor drei in der Frühe gewesen sein könnte. Als Waffe hätte sie das Messer benutzt, das sie ausschließlich zum Schneiden des Katzenfleisches angeschafft und verwendet hätte.

»An die Tat selbst kann ich mich überhaupt nicht erinnern, Inspektor. Ich weiß lediglich, daß ich nur von dem einen Gedanken besessen war: ran an den Feind und nach oben geschlagen!«

Der Inspektor blinzelte, zögerte und versuchte es in einer anderen Richtung.

»Sie sagten, daß es nach zehn Uhr dreißig gewesen wäre – also nachdem er sich für die Nacht eingeschlossen hatte. Wie sind Sie hineingekommen?«

»Das kann ich wieder nicht sagen. Ich kann nicht gut gegen seine Tür gehämmert haben, denn dann hätte mich jemand gehört. Vielleicht bin ich – ja, so wird es gewesen sein – ich bin sicher durch sein Fenster geklettert. Leider muß ich gestehen, daß ich schon früher einmal auf diese Weise in seine Wohnung gedrungen bin, um meine Katze herauszuholen, die auf mein Rufen nicht kommen wollte.«

»Wie sind Sie auf den Hof gelangt? Die Tür ist des Nachts abgeschlossen.«

»Wahrscheinlich hat Jenkins den Schlüssel darin steckenlassen – er ist sehr nachlässig.«

»Demnach haben Sie also überhaupt keine Erinnerung an das Verbrechen selbst? Sie reimen sich da etwas zusammen, weil Sie glauben, Sie müßten es getan haben?«

Miss Paisley erinnerte sich daran, daß sie um Ruhe gebetet hatte.

»Ich erkenne das Gewicht Ihrer Bemerkung an, Inspektor. Aber ich möchte Ihnen zu bedenken geben, daß es für eine Frau meines Vorlebens und meiner Gepflogenheiten zumindest ungewöhnlich wäre, sich einer traurigen Berühmtheit wegen fälschlich anzuklagen. Ich bitte Sie, mir zu glauben, daß ich um zehn Uhr dreißig in diesem Stuhl hier saß und daß meine nächste klare Erinnerung daran ist, wie ich um ein Viertel vor drei wieder in diesem Stuhl saß. Außerdem gibt es noch andere Anzeichen –«

»Richtig! Wir wollen also annehmen, daß Sie diesen Sessel verlassen haben – wenn Sie sich auch nicht daran erinnern können. Sie mögen auch irgendwelche andere Sachen getan haben, aber ich will Ihnen beweisen, daß *Sie nicht* Mr. Rinditch getötet haben. Als erstes zeigen Sie mir einmal das Mordmesser.«

Miss Paisley ging zu dem Regal.

»Es ist nicht da!« rief sie aus. »Aber ja, natürlich! Ich muß es – ich meine, haben *Sie* nicht das Messer gefunden?«

Inspektor Green war enttäuscht. Er hätte die Angelegenheit sofort erledigt haben können, wenn sie das Messer vorgezeigt hätte – das in der Tat im Körper des Ermordeten gefunden worden war. Ein Messer, wie man es im ganzen Land bei jedem Eisenwarenhändler kaufen und das man nicht von einem gleichen unterscheiden konnte.

»Wenn Sie Rinditchs Zimmer betreten hätten, würden Sie Fingerabdrücke hinterlassen haben –«

»Aber ich habe doch Reithandschuhe getragen –«

»Zeigen Sie die einmal, Miss Paisley.«

Miss Paisley ging wieder ans Regal. Die Handschuhe mußten auf dem obersten Bord liegen. Sie waren nicht da.

»Ich kann mich nicht erinnern, wo ich sie hingetan habe«, stammelte sie.

»Das spielt auch keine Rolle!« seufzte Green. »Lassen Sie sich dies von mir sagen, Miss Paisley: der Mann – oder wenn Sie wollen, die Frau – wer also Rinditch getötet hat, kann nicht ohne ein paar recht ansehnliche Blutflecken auf seinen – oder ihren – Kleidern davongekommen sein.«

»Es würde nicht durch meine Lederjacke gesickert sein«, murmelte Miss Paisley.

»Durch welche Lederjacke?«

»Oh! Ich vergaß sie zu erwähnen – beziehungsweise ich hatte

noch keine Gelegenheit dazu. Als ich mich um zehn Uhr dreißig in diesen Sessel setzte, trug ich eine grüne Wildlederjacke. Als ich in den frühen Morgenstunden wieder zu mir kam, trug ich sie nicht mehr.«

»Dann müßten wir also irgendwo in diesem Appartement eine Damen-Lederjacke finden, die stark mit Blut befleckt ist. Ich werde unter alle Gegenstände sehen, und Sie sehen bitte in allen nach.«

Als die Suche ergebnislos verlaufen war, fuhr Miss Paisley, die sich in die Enge getrieben fühlte, verzweifelt auf den Inspektor los.

»Sie glauben mir nicht!«

»Ich glaube, daß Sie das alles glauben, Miss Paisley. Sie fühlten, daß Sie den Mann töten mußten, der Ihre Katze umgebracht hatte. Ihr Unterbewußtsein sagte Ihnen aber, daß Sie zu einem Mord nicht fähig sein würden, besonders nicht mit einem Messer. Und so bekamen Sie einen Nervenzusammenbruch, oder wie man es nennen mag, in dem Sie sich einbildeten, daß Sie den Mord begangen hätten.«

»Dann habe ich also mein Fleischmesser, meine alten Reithandschuhe und meine Lederjacke versteckt, um Sie zu täuschen?« rief Miss Paisley schrill.

»Nicht um mich zu täuschen, Miss Paisley – um sich selbst zu täuschen! Wenn Sie meine Meinung hören wollen, haben Sie das Messer und die Jacke und die Handschuhe versteckt, weil sie *nicht* blutbefleckt waren. Nervenzusammenbruch, wie ich schon sagte. Vielleicht werden Sie sich später daran erinnern können, wo Sie die Sachen versteckt haben.«

Miss Paisley wurde es ein wenig schwindlig. Green führte sie zu ihrem Lehnsessel.

»Es braucht Ihnen nicht übel zu werden, weil Sie ihn *nicht* getötet haben«, sagte er, in sich hineinlächelnd. »Ich will Ihnen etwas verraten – in ein oder zwei Tagen werden Sie es in den Zeitungen lesen können: heute früh um sieben Uhr sah ein Polizist, wie Jenkins eine Aktentasche im Fluß versenken wollte. Die Tasche gehörte Rinditch, der sie nachts unter sein Bett zu legen pflegte. Und Jenkins hatte an die zweihundertdreißig Pfund in bar bei sich, für die er keine Erklärung geben konnte.«

Miss Paisley antwortete nicht. Sie hatte ihre Ruhe bewahrt, aber sie hatte nichts erreicht. Die recht offensichtlich noble Absicht, die sie zu dem Geständnis des Verbrechens getrieben hatte, schrumpfte zu der Anstrengung zusammen, das Gesicht zu wahren.

»Vielleicht haben Sie immer noch so ein Gefühl, als ob Sie Rinditch getötet hätten?« Miss Paisley nickte zustimmend. »Dann denken Sie immer daran: wenn Ihnen der Verstand einmal einen Streich gespielt hat, kann er Ihnen auch leicht wieder einen spielen.«

Inspektor Green hatte sich sehr freundlich und verständnisvoll gezeigt, sagte sich Miss Paisley hinterher. Es war ihre Pflicht, seine Entscheidung zu respektieren – besonders, da sie keinen anderen Ausweg sah – und seine Deutung ihrer Handlungsweise zu akzeptieren. Der nichtswürdige Jenkins – ein abscheulicher Mensch, der sie jahrelang zur Zielscheibe seines Gespötts gemacht hatte – würde wahrscheinlich gehängt werden. Letzten Endes, so dachte Miss Paisley, kamen doch alle Dinge ganz von selbst wieder ins richtige Geleise . . .

Jenkins wurde dem Amtsrichter vorgeführt und des Mordes angeklagt. Sein Fall sollte im Herbst im Old Bailey zur Verhandlung kommen. Miss Paisley wandte ihr Interesse anderen Dingen zu.

Eines Abends im Frühherbst saß Miss Paisley in ihrem Lehnstuhl und legte sich in Gedanken wieder einmal die Frage vor, ob ihr Vater mit dem Croquet-Rasen einen Fehler gemacht hatte. Sie entdeckte neue Argumente zu seinen Gunsten, die es zu widerlegen galt. In ihrem Eifer stieß sie ihre Hände tief zwischen die Polsterfalten. Ihre Finger berührten einen harten Gegenstand. Sie fuhr mit dem Fingernagel, dann mit dem Finger darunter – und zog das Halsband ihrer toten Katze hervor.

Mit beiden Händen hielt sie es fest, während sie sich lebhaft daran erinnerte, wie sie an der Seite von Jenkins durch Mr. Rinditchs Fenster gespäht und das Halsband im Papierkorb liegen gesehen hatte . . . Der Verschluß war noch ungeöffnet. Das Lederband war wie von einem Rasiermesser durchtrennt. Sie las die Inschrift: ihren Namen und ihre Adresse und *Ein Pfund Belohnung für Rückgabe.*

»Ich habe es aus dem Papierkorb genommen – *hinterher!*« Sie erlebte noch einmal den ekstatischen Augenblick, in dem sie Rinditch getötet hatte. Der Nebel in ihrem Hirn war wie fortgeblasen, nachdem er seinen Dienst getan hatte. Jede Einzelheit sah sie jetzt klar umrissen. Nach *oben* geschlagen! – wie die Katze es getan hatte – und in die Sicherheit entsprungen. Sie hatte einen Handschuh abgestreift, das Halsband aus dem Papierkorb geschnappt und unter den Kragen ihres Pullovers gesteckt; dann hatte sie den Handschuh wieder angezogen, bevor sie aus dem Zimmer geklettert und zum Fluß geschlichen war. Wieder in ihrem Sessel, hatte sie das Halsband hervorgeholt.

Da war es nun, zwischen ihrem Daumen und Zeigefinger . . . Miss Paisley war in Rechtsangelegenheiten nicht bewandert, aber sie wußte ganz sicher, daß sie ein Beweisstück in Händen hielt – ein Beweisstück, das sie den Rechtsanwälten melden mußte, die Jenkins verteidigten.

Verschwunden war die Begeisterung, die sie bei ihrem ersten Gang zur Polizei gestützt hatte. Sie erhob sich und blieb aufrecht stehen, wie damals, als sie in der Halle auf das Kratzen an der Wandtäfelung gelauscht und sich geweigert hatte, eine unerträgliche Wahrheit zu glauben. Und wieder hatte sie die Illusion, eingeschlossen zu sein – in der Erkenntnis, daß es kein Entrinnen vor sich selbst gab. All die Ereignisse im Bannkreis des Mordes, die noch vor einem Augenblick mit erschreckender Deutlichkeit umrissen waren, begannen jetzt zu verblassen.

Es blieb das Halsband – unwiderlegbarer Beweis, aber man konnte ihm entrinnen.

»Wenn ich dies zur Erinnerung aufhebe, werde ich bald wieder durcheinandergeraten und mich des Mordes anklagen! Was hat doch dieser nette Inspektor gesagt? – »Wenn einem der Verstand einmal einen Streich gespielt hat, kann er einem auch leicht wieder einen spielen.«

Sie lächelte, als sie das Halsband in ihre Handtasche gleiten ließ, einen Mantel überzog und – diesmal auf dem geradesten Weg – zu der Brücke aus dem siebzehnten Jahrhundert ging. Sie warf das Halsband in den Fluß und wußte, daß es unter dem Gewicht eines Metallbeschlages versinken würde – anders als die blutbefleckte Wildlederjacke und die Reithandschuhe, die sie – wie Miss Paisley sich plötzlich erinnerte – mit aus der Erde des alten Friedhofs gekratzten Steinen beschwert hatte . . .

Monica Edwards

Cheetah

Mir scheint, daß alle Katzenkenner der Meinung sind, daß es einfach nicht möglich ist, einen unkastrierten Kater frei im Hause zu halten, insbesondere keinen, der einer orientalischen Katzenart angehört. Meine eigenen Erfahrungen scheinen zu beweisen, daß es in manchen Fällen möglich, meistens aber *unmöglich* ist. In den letzten 15 Jahren habe ich mit sechs verschiedenen Katern den Versuch gemacht, alles Siamesen oder Burmesen. Nur einer, Cheetah genannt und angenehm im Gedächtnis behalten, war ein voller Erfolg. Was die anderen betrifft, so waren da die beiden Simbas, die wir in der Jugend kastrieren lassen mußten; der zweite verschwand, wie ich schon früher sagte, ohne daß sich sein Verbleib jemals klären ließ. Mit Cheetah erlebten wir dasselbe, jedoch erst nach vier sehr glücklichen Jahren, viel glücklicher für ihn – und auch für uns! –, als wenn er eingesperrt oder kastriert worden wäre. Zwei von den übrigen drei zwangen uns sozusagen selbst durch ihre zunehmende Wildheit, sie zu kastrieren, und mit dem letzten probieren wir es noch.

Wie viele andere Tierfreunde sind auch wir der Meinung, daß man in den natürlichen Ablauf des Lebens der Tiere möglichst wenig eingreifen soll. Mir ist bewußt, daß es sich trotzdem in unserer zivilisierten Welt sehr oft nicht umgehen läßt. Es würde z. B. unmöglich sein, Schlachtvieh mit Gewinn aufzuziehen, wenn man nicht die Mehrzahl der Bullenkälber zu Ochsen machen würde. Viele Menschen würden nicht reiten können, wenn man aus wilden Hengsten nicht Wallache machte. Und die Milch wäre so teuer wie Wein, wenn man allen Kühen gestatten würde, ihre Kälber zu nähren und aufzuziehen. Wir selbst debattierten lange, bevor wir uns entschlossen, unseren Milchkühen die Hörner abnehmen zu lassen.

Auch sonst wurden wir so oft durch bestimmte Umstände gezwungen, in die natürlichen Gegebenheiten im Dasein unserer Tiere einzugreifen, daß ich bei jeder Gelegenheit erst alles versuche, um einen Eingriff zu vermeiden. Ich war diejenige in der Familie, die sich am meisten gegen das Abnehmen der Hörner sträubte, bis ich dann nachgab, weil ich einsehen mußte, daß die Hörner eine Gefahr für die Kühe selbst bildeten unter den für sie unnatürlichen Bedingungen ihrer Haltung. Mehrfach hatten sich sogar unsere sanften Jersey-Kühe mit den Hörnern durchbohrt, solange wir sie ihnen noch nicht abgenommen hatten.

Das Katerproblem liegt ähnlich. Einen Kater in seiner Natur zu belassen bringt so viele Nachteile mit sich, daß man meistens gezwungen ist, ihn zu kastrieren. Alle Kater spritzen häufig wahllos irgendwohin, und gewöhnlich, allerdings nicht immer, verursacht das einen schrecklichen Geruch. Es ist für einen Kater ein so selbstverständlicher Naturtrieb wie für jede Katze das Mäuse- und Vögelfangen oder für einen Vogel das Fangen von Insekten – und für uns mit einigen schönrednerischen Umschreibungen das Verzehren von Rindfleisch und Hühnchen. Diejenigen unter uns, die eine Katze tadeln oder gar strafen für diese Dinge, sollten sich zuerst an die eigene Brust schlagen.

Unkastrierte Kater zu halten scheint im Hinblick auf unsere einheimischen Katzen eher möglich zu sein als mit Siamesen oder Burmesen, weil diese im Alter sehr viel wilder werden. Unsere beiden Simbas waren nicht als wild zu bezeichnen, doch haben wir sie nur als junge Tiere gekannt. Schon damals waren wir von mehreren Experten gewarnt worden, nicht den Versuch zu machen, sie ganz und gar als Haustiere mit voller Freiheit zu halten. Nachdem auch Simba II verschwunden war, wurde ich skeptischer in bezug auf das Wagnis, frei umherstreifende Siamkater zu halten und verzichtete auf den Kauf eines neuen. Entweder mußte Distel fortan wieder zu Zuchtkatern geschickt werden, oder aber wir mußten sie ebenfalls sterilisieren lassen.

Gerade zu dieser Zeit bekam ich einen Brief von einer sehr alten Freundin, Frau Williamson, die sowohl Vashti als auch Freyni gezüchtet hatte. Sie fragte an, ob ich einen nichtkastrierten Blue-Point-Siamesen-Kater als Geschenk annehmen würde. Er war neun Monate alt und hatte einen besonders zärtlichen Charakter. Sie hatte ihn ursprünglich als Zuchtkater verkaufen wollen, weil er ein ungewöhnlich schönes Exemplar seiner Rasse war – zu wertvoll, um kastriert zu werden. Er hatte auch schon Preise auf Ausstellungen gewonnen. Jedoch, schrieb Frau Williamson, je mehr sie ihn kennen und lieben lernte, desto weniger wollte es ihr in den Sinn, ihn einem Dasein zu überantworten, in dem er in einem Käfig gehalten wurde, mochte dieser noch so prächtig, geräumig und warm sein. Bei ihr hatte er bis jetzt seine volle Freiheit genossen und sehr viel Liebe und menschliche Gesellschaft dazu. Sie gab zu, daß sie selbst und ihre Familie in dieser Beziehung mehr getan hätten, als es für einen zukünftigen Zuchtkater richtig war, weil diese zu guter Letzt beinah ausnahmslos eingeschlossen gehalten werden müßten, doch sie hatten seiner Liebebedürftigkeit nicht widerstehen können. Jetzt mußte eine Entscheidung getroffen werden, weil er bald erwachsen sein würde und sie ihn in ihrem Haus nicht länger frei herumstreifen lassen konnte. Ihr war eine Lösung des Problems eingefallen, als sie erfuhr, daß wir für Distel keinen Partner mehr hatten. Durfte sie uns »Cheetah« anbieten?

Ich geriet in einen schweren Zwiespalt. Nachdem wir hintereinander die beiden Simbas verloren hatten und von allen Experten gewarnt worden waren, schien es unsinnig, mit Cheetah das Experiment zu wiederholen. Meine Familie widersprach mir. Bill und die Kinder wiesen darauf hin, daß der erste Simba aller Wahrscheinlichkeit nach an Blutvergiftung eingegangen, der zweite gestohlen worden war. Sie sagten, daß ein Leben in Freiheit, wenn es auch kurz und gefährlich war, ganz sicher einem langen Leben im Käfig vorzuziehen wäre. Überdies würde Distel natürlich entzückt sein . . .

Tatsächlich war sie das! Von allen drei Kätzinnen war sie die einzige, die Cheetah willkommen hieß und ihn vom ersten Augenblick an liebte. Vashti und Freyni, die beide sterilisiert waren, benahmen sich so ungewöhnlich feindselig, daß ich den armen Cheetah anfänglich zu seinem eigenen Schutz in einen Hühnerbrutkorb setzen mußte. Er stand in der Küche nahe beim Herd, so daß der Kater es warm und behaglich hatte und aus der Sicherheit hinter dem Gittergeflecht zurückschimpfen konnte. Er tat es nicht halb so wild wie die beiden Katzen, wie er überhaupt für einen Kater von erstaunlich sanfter Gemütsart war.

Er war bereits sehr groß – Blue-Points werden meistens viel größer als Seal-Points – und beim Laufen gelegentlich ein bißchen unbeholfen. Das sollte – wie mir Frau Williamson mitgeteilt hatte – teilweise die Folge der neuartigen Antibiotika sein, mit denen er behandelt worden war, als er sich auf einer Ausstellung für Jungkatzen eine Infektion zugezogen hatte. Mein Tierarzt meinte allerdings, es sei mehr auf die Infektion selber als auf die Medikamente zurückzuführen. Sei dem wie ihm wolle, Cheetah litt sein Leben lang an einer Gleichgewichtsstörung in der Hinterhand. Seine Kraft war in keiner Weise beeinträchtigt. Wenn er geradeaus lief, war er einer der schnellsten Kater, die ich je gesehen habe; aber wenn er sich in einem bestimmten Winkel drehte, geriet er ins Schwanken. Freyni, so schien es mir, entdeckte diese Schwäche schnell und nutzte sie aus, wenn sie verfolgt wurde oder ihn verfolgte. Sie ließ sich aus irgendeinem dunklen Grund ihr Lebtag lang gern jagen. Nachdem sie ihre anfängliche Feindseligkeit überwunden hatte, regte sie diesen freundlichen großen Kater vorsätzlich dazu an, hinter ihr her zu rennen, schlug dann Haken wie ein Hase und sah über die Schulter – wie es schien, grinsend – zurück, wenn er ins Schwanken geriet. Wäre sie dagegen weiter geradeaus gerannt, hätte er sie mit wenigen Sprüngen eingeholt.

Nachdem ich ihn aus dem Brutkorb herausließ, wurde er zunächst von Vashti und Freyni noch deutlich zurückgewiesen, mit einigen kritischen Bemerkungen und Zischlauten, die sich anhörten, als ob man Kattun zerriß. Distel indessen trillerte ihn verliebt an und rückte beziehungsvoll in ihrem Korb ein Stückchen beiseite.

Cheetah war nicht der Kater, der gute Gelegenheiten im Leben verpaßte; er nahm unverzüglich den freigewordenen Platz ein. Von Zeit zu Zeit immer wieder trillernd, begann Distel sofort, ihn zu waschen, besonders hinter den Ohren, um ihm zu zeigen, was für eine häusliche und anspruchslose Katze sie war. Hätte er Socken getragen, so bin ich sicher, daß sie sofort begonnen haben würde, diese zu stopfen, obwohl sie nie im Leben die Geduld aufgebracht hätte, die Arbeit fertigzustellen.

Cheetah war selbstverständlich entzückt. Er ließ seine silbrigen

Ohren herunterhängen, damit sie besser herankonnte, genau in derselben Weise, wie er es späterhin noch oft tat, wenn junge Kätzchen im Korb waren, damit sie recht bequem darauf herumkauen konnten. Vashti und Freyni, die »Tanten«, sahen dem Idyll von ihrem erhöhten Sitzplatz auf der Aga zu, hin und wieder ihr Mißfallen äußernd, denn selbst Freyni begann schon den Traum junger Liebe mit altjüngferlicher Zimperlichkeit zu betrachten.

War Cheetah schon groß, als er zu uns kam, so wurde er nun schnell noch größer, schwerer und kräftiger, obwohl es immer noch möglich war, ihn nur durch ein etwas derberes Streicheln umzustoßen, wenn es ihm überraschend kam. Je mehr er an Umfang und Stärke zunahm, um so freundlicher und zärtlicher wurde sein Charakter. Für einen Kater von dieser Größe – und tatsächlich zuweilen beobachteter Wildheit – war diese Sanftheit wirklich erstaunlich. Er behielt sie unbeirrbar Distel, den beiden anderen Katzen, seinen vielen späteren Kindern und unseren Familienmitgliedern gegenüber bei. Überraschenderweise benahm er sich jedoch gelegentlich gegen die stets freundliche Freyni barsch und schroff. Freilich war sie seine Schwiegermutter, vielleicht machte das den Unterschied.

Distel beeilte sich, ihn schnell zum Vater einer wimmelnden Kinderschar zu machen. Im Handumdrehen – wie es so häufig geschieht – sah sich der jungen Liebe Traum der nüchternen Wirklichkeit gegenüber. Man stelle sich einen verliebten jungen Ehemann vor, der plötzlich vor der Notwendigkeit steht, für muntere Drillinge sorgen zu müssen, während seine Gattin mit einem anderen tanzen geht – das passierte Cheetah! Und zwar nicht einmal, sondern regelmäßig während seiner stürmischen Ehejahre mit Distel. Er begegnete dieser Lage mit einer für ihn charakteristischen Mischung von Freundlichkeit und Wirklichkeitssinn. Solange seine Kinder geduldige Elternliebe brauchten, war er zuverlässig derjenige, der sie ihnen gab. Sobald sie jedoch so weit herangewachsen waren, daß sie ohne ihn auskommen konnten, ging er seinen eigenen Unternehmungen nach.

Kein anderer Katzenvater konnte freundlicher zu seinem Nachwuchs sein als dieser Riesenbursche. Solange die Kätzchen ihn brauchten, rollte er sich in ihrem Korb zusammen und beruhigte seine schreienden und sich miteinander balgenden Kinder mit hastig leckender, liebevoller Zunge. Er war so dick und unbeholfen, daß er sich manchmal mit seinem ganzen Gewicht auf eins der Kleinen legte, wenn er zu ihnen in den Korb kam, wobei jeder sehen konnte, daß er sich die größte Mühe gab, es zu vermeiden. Er schien das Mißgeschick nie eher zu bemerken, als bis noch lauteres Geschrei als gewöhnlich ihn veranlaßte, seinen schweren Körper zu heben und anders zu legen; auf diese Weise wurde das flachgedrückte Kind wieder befreit. Doch dieses gelegentliche Mißgeschick schien die Kätzchen nicht zu stören.

Eines Tages brachte ich einen leeren Schuhkarton mit heim zum Schutz der umherwimmelnden Kleinen, die sich neuerdings mit Vorliebe vor dem Herd aufhielten, wo sie ständig in Gefahr waren, von dem, der gerade mit Kochen beschäftigt war, getreten zu werden. Es war ein ganz gewöhnlicher Schuhkarton, genau passend für drei zappelnde Kätzchen. (Distel hatte gewöhnlich nur drei; ich glaube, sie dachte, ein größerer Wurf sei unfein.) Ich stellte den Karton vor dem Herd auf den Boden, zwischen die Tür des Aschenloches und die Ofentür, und legte ein altes Buch als Stufe für die Kleinen davor, mit dem sie auch spielen konnten. Es paßte ausgezeichnet für so junge Wesen, denn sein Titel lautete: »Auf jede Frage eine Antwort!« Im Lauf der Jahre nutzte es sich außerordentlich ab . . .

Die Kätzchen bezogen den Karton mit Begeisterung. Sie waren drinnen vor Zug geschützt; die Seiten bogen sich, wenn sie sich dagegenlehnten, und sie liebten es, aufrecht zu sitzen und über die Seiten hinauszuschauen, um das lebhafte Treiben in unserer Küche zu beobachten. Vashti und Freyni ihrerseits lehnten sich oben über den Rand der Herdplatte, um dem Treiben in dem überfüllten Karton zuzusehen. Denn überfüllt wurde er wirklich! Überfüllter, als man es für möglich halten sollte! Der erste, der sich zu den Kindern gesellte, war ihr Papa. Immer darauf bedacht, seinen Kindern Zärtlichkeiten zu erweisen, quetschte er seine umfangreiche Gestalt in die winzige freigebliebene Ecke. Alle die Szene mitansehenden Familienmitglieder fanden es reizend und bewunderungswürdig; doch wer beschreibt unser Erstaunen, als sich auch Distel, so unglaublich es klingt, noch mit hineinzwängte. Im Grunde füllten die drei strammen jungen Kätzchen den mittelgroßen Schuhkarton völlig aus. Theoretisch war es vollkommen unmöglich, daß daneben noch ihre Mutter Platz fand und obendrein ein dicker großer Kater! Aber unsere Schuhkartons reichten dafür aus! Ich spreche in der Mehrzahl, weil sie oft erneuert werden mußten. Sie verloren allmählich ihre normale rechteckige Form, wurden ausgebaucht und schlapp wie eine Matrone, die sich gehenläßt. Als die Kätzchen größer wurden, mußten Papa und Mama aufrecht im Karton sitzen, und später, als die Kätzchen noch mehr wuchsen, passierte regelmäßig, was wir als das »Zahnpasta-Phänomen« bezeichneten. Eines der Kätzchen wurde nämlich unter dem anhaltenden Druck der vielen Körper langsam hochgedrückt und quoll zwischen den anderen heraus wie Zahnpasta aus einer Tube. Dann plötzlich – vielleicht, weil der Vater einmal ein bißchen tiefer Luft holte – flog es mit einem kleinen Ruck über den Rand und landete auf dem Läufer vor dem Karton. Flink raffte es sich auf, kletterte wieder hinein und tauchte mit dem Kopf voran – mit den Pfoten rudernd wie ein Maulwurf – hinein in die pelzigen Tiefen. Eine kleine Welle entstand auf der Oberfläche der ineinander verschmolzenen Familie, und ein anderes Kätzchen wurde allmählich hochgedrückt.

Ein ähnlicher, wenn auch weniger bemerkenswerter Anblick bietet sich uns häufig, wenn keine Jungen vorhanden sind und alle vier Katzen sich zusammen in unserem nicht sehr breiten, runden Katzenkorb niederlassen. Er steht mit einem Großvaterstuhl und der Aga neben der Kaminfeuerstelle. Vier ausgewachsene Katzen füllen den Platz im Korb gut aus, und zwar ohne nennenswertes Gedränge. Alle liegen locker; keine ist gezwungen, aufrecht zu sitzen. Aber der Platz muß genau eingeteilt werden, und es ist schwer herauszufinden, wo die eine Katze anfängt und die andere aufhört. Sie atmen natürlich nicht alle im gleichen Rhythmus, so daß sich die Oberfläche wellenähnlich bewegt wie eine leichte Meeresdünung. Es ist durchaus möglich, den ganzen Korb voll Katzen zu bewegen, ohne daß sich die Insassen stören lassen. Wir haben ihn schon manchmal mit allen vier Bewohnern weggetragen, entweder von der Küche ins Wohnzimmer, weil wir sie abends zur Gesellschaft bei uns haben wollten, oder aber ihn vom Boden auf den Küchentisch gehoben, weil der Fußboden gescheuert werden sollte.

Gelegentlich bekommen sie es fertig, sich in einem perfekten Kreis zu arrangieren, der Kopf der einen jeweils am Schwanz der anderen, die Beine alle zusammen in der Mitte durcheinander. Es ist ein sehr friedliches Bild, vier Katzen zu einem Bündel vereinigt. Nur hier und da wird der Frieden erschüttert durch eine inwendige Explosion, die die Katzen heftig hochwirft mit Geräuschen, wie sie dem Ausbruch eines Vulkans entsprechen.

Das allerhübscheste ist, wenn alle Katzen und alle jungen Kätzchen in ihrem Korb beieinanderliegen, sogar die Schwiegermutter liebevoll inbegriffen, und alle waschen einander in lobenswerter Eintracht – ein seltener und ungewöhnlich reizvoller Anblick.

Nachdem Cheetah voll ausgewachsen war, mußte man ihn als eine Persönlichkeit ansprechen. Er war groß, schwer, muskulös und – obwohl nicht angriffslustig – ein furchtloser und tödlich entschlossener Wächter seines Gebietes. Im Gegensatz zu seinem Nachfolger, Mister Forsyte, brach er selten in kriegerischer Absicht auf fremden Territorium ein, jedoch konnte jeder andere Kater, der es wagte, sich auf unserem Land zu zeigen, von Glück sagen, wenn er mit dem Leben davonkam. Ich sah Cheetah einmal einen Rivalen in unseren hohen Taxusbaum hinaufjagen; da dort oben aber kein Kampf ausgetragen werden konnte, brachte er seinen Feind nach einem kurzen Geplänkel und mit lautem Gekeif aus dem Gleichgewicht, sprang hinter ihm her auf die Erde und verabreichte ihm einen Denkzettel. Wie ich hörte, mußte der Besiegte eine Zeitlang zu Hause bleiben, bis seine vielen Wunden geheilt waren. Auf unserem Gebiet ließ er sich nie wieder blicken.

Das war die Zeit, in der Cheetah seinen Beinamen »Der Schrekken der Punchbowlfarm« erhielt, die Zeit, in der ich ihn einmal auf den brachliegenden Äckern einen voll ausgewachsenen Fuchs herausfordern sah, der zufällig in einer Gegend jagte, die Cheetah für sich beanspruchte. Ich ging dort mit einem Sack und einer Schaufel herum, um Erde aus verrotteten Blättern für meine jungen Azaleen zu holen, und sah das Zusammentreffen unter den Birken in »Jägers Feld«, das damals noch einem Dschungel glich.

Cheetah bot einen erschreckenden Anblick. Ihn als wütend zu bezeichnen wäre eine Untertreibung gewesen. Nein, er schien die Wut in Person! Jedes Haar, jeder Muskel drückte tödliche Wildheit, restlose Unversöhnlichkeit aus. Der Fuchs stand knurrend und ein wenig unsicher da; das Rostrot seines Pelzes hob sich von dem Braunrot des Farnkrauts ab. Cheetah ging auf steifen Beinen langsam vorwärts, unhörbar auf seinen riesigen Pfoten, die Krallen herausgestreckt wie an den Fängen eines Falken. Den ganzen Rücken entlang, von den Ohren bis zur äußersten Schwanzspitze, standen seine silbrigen Haare kriegerisch aufrecht. Die von den Kätzchen zerkauten Ohren lagen flach am Kopf, den er schlangenähnlich vom Nacken her vorstreckte. Und während der ganzen Zeit stieß er ein seltsames Heulen aus, das mir bis in die Magengrube zu dringen schien. Dem Fuchs ging es wohl ebenso, denn urplötzlich drehte er sich um und verschwand im Farnkraut.

Der Unterschied zwischen diesem Wüterich mit gesträubtem Fell und dem liebevoll-zärtlichen Hauskater, den ich kannte, war enorm. Ich sprach ihn versuchsweise an, aber er war zu blind vor Zorn, um mich zu hören. Ich schlug einen großen Bogen um das Raubtier, dankbar, daß ich meine Gartenschaufel in der Hand hatte.

Als er eine halbe Stunde danach in die Küche kam, war er sein altes freundliches Selbst, beruhigt, besänftigt und zärtlich. Ich hatte das Gefühl, daß er sich auch in seinem Triumph sonnte; zwar hatte er den Fuchs nicht im Kampf besiegt, aber er hatte ihn in die Flucht geschlagen, und sein Zorn war verraucht.

Soviel von seiner Furchtlosigkeit. Seine unerhörte Körperkraft wurde einer harten Probe unterworfen, als er bei zwei Gelegenheiten in Kaninchenschlingen geriet. Er kam eines Nachts nicht heim, was bei diesem haustreuen Kater höchst alarmierend war. Nachdem ich die umliegenden Felder und Waldungen mehrmals durchsucht hatte, telefonierte ich unsere Nachbarn an, um zu fragen, ob sie auf ihren Ländereien Kaninchenfallen aufgestellt hatten. Alle verneinten, und wir selbst stellten niemals Fallen auf. Unsere Freunde wunderten sich über unsere Besorgnis und versuchten uns mit Beispielen von der Wanderlust anderer Kater zu trösten, doch wir konnten nicht glauben, daß Cheetah aus freiem Willen vom Haus fortblieb. Verzweiflung und Trauer bemächtigten sich unser. Seine jungen Kätzchen vermißten ihn schmerzlich, und Distel suchte klagend im Haus und im Garten nach ihm.

Am nächsten Morgen saßen wir beim Frühstück. Die Küchentür stand offen, damit die warme Julisonne hereinscheinen konnte, als wir alle das unverwechselbare tiefe Heulen vernahmen, das Cheetahs Kommen ankündigte. Katzen und Menschen sprangen auf, um ihn zu empfangen. Er kam schwingend den Gartenweg entlang stolziert in seiner charakteristischen Gangart, die so »hoch und überlegen« wirkte, in Wahrheit aber aus der Schwäche seiner Hinterhand resultierte. Um seine Lenden lief ein blutunterlaufener Striemen; dort hatte die Drahtschlinge eingeschnitten während seines langen Kampfes, von ihr loszukommen.

Er trank ausgiebig und frühstückte mit Genuß, und der Tierarzt sagte, er würde bald wieder auf dem Kriegspfad wandeln . . .

Beim zweitenmal blieb er drei volle Nächte aus; ich fürchtete bereits, er wäre tot. Wir hatten wieder alles abgesucht und mit allen Leuten telefoniert, von denen wir Hilfe zu bekommen hofften. Jeder stritt ab, Fallen gestellt oder Schlingen gelegt zu haben, doch das war ja beim erstenmal auch geschehen. Es hieß, Wilddiebe trieben in der Gegend ihr Unwesen, aber keiner konnte genau sagen, wo. Shelley und ich fanden die ganze Zeit über nur wenige Stunden Schlaf, denn der Gedanke, Cheetah habe sich irgendwo in einer Schlinge gefangen, kämpfe, um sich zu befreien und warte auf unsere Hilfe, beraubte uns der Ruhe; wir suchten, bis uns die Kräfte verließen. In der dritten Nacht goß es dann auch noch in Strömen.

Spät am Nachmittag des vierten Tages kam er an, diesmal ohne ankündigendes Geheul, denn er war zu schwach dazu. Niemand brachte das sonderbare krächzende Geräusch an der Tür mit Cheetah zusammen. Die Drahtschlinge hing noch um seinen Hals und war einen Zentimeter von seiner Nase entfernt abgerissen. Eine Drahtschlinge mit der eigenen unbezähmbaren Kraft zu zerreißen bedeutet für eine Katze soviel, wie wenn ein Mann ein Stahlseil zerreißt, und ist somit ein unglaubliches Kunststück. Diese Schlingen bestehen aus geflochtenem Kupferdraht und sind imstande, ausgewachsene Füchse zu erdrosseln.

Das abgerissene Ende des Drahtes ragte hinter Cheetahs Kopf hervor wie ein Spieß; der Rest des Drahtes war unsichtbar, weil er sich tief in das dicke geschwollene Fleisch eingegraben hatte. Sein ganzes Gesicht, die Kehle und die Kiefer waren gleichfalls verschwollen, und als er zu trinken versuchte, war er nicht dazu imstande.

Wir wollten den Draht zerschneiden, waren aber nicht imstande, ihn mit unseren Zangen zu erreichen. Dabei war höchste Eile geboten, denn Cheetah hatte Schwierigkeiten mit dem Atmen nach seinem (wahrscheinlich langen) Weg von der Stelle seines Unglücks bis nach Hause. Bill war mit unserem Wagen weggefahren; doch zufällig rief gerade unser Freund Bob Weston an, und er zögerte keinen Augenblick, uns zu Hilfe zu kommen. Wir waren inzwischen zu einem anderen Tierarzt übergegangen, der 17 Kilometer entfernt wohnte. Bob fuhr uns so schnell zu ihm, wie ich noch nie zuvor gefahren war.

Es schien unser Schicksal zu sein, niemals den gewünschten Tierarzt anzutreffen, wenn wir uns in solchen Nöten befanden. Ein hübsches jungen Mädchen vertrat ihn; sie kam sicherlich ganz frisch von der Universität, doch sie wirkte ruhig, überlegt und zuversichtlich, als ich ihr Cheetah übergab. Allzu zuversichtlich, dachte ich, besorgt um ihre Sicherheit, und ich erzählte ihr, wie ungeheuer wild er sein konnte und daß er sie in seinem jetzigen Zustand möglicherweise angreifen würde. Ich riet ihr, lieber lange Lederhandschuhe anzuziehen, aber sie lächelte ruhig und fuhr fort mit der Untersuchung, ohne daß etwas Böses passierte. Ich vermute, daß ihre Zuversichtlichkeit auf Cheetah überging, so daß er Vertrauen gewann und davon überzeugt wurde, daß sie ihm helfen wollte, obwohl sie ihm weh tun mußte. Sie nahm eine Spezialzange, tastete sich damit vorsichtig an den ins Fleisch eingebetteten Draht heran, schnitt ihn durch und zog ihn mitsamt Haut- und Fellteilchen heraus. Cheetah streckte nicht eine Kralle hervor. Die Wunde wurde gereinigt und bandagiert, und wir fuhren mit unserm Patienten nach Hause. Er war ein so kräftiger Kerl, daß er in knapp einer Woche wieder der alte wurde, bis auf die Narbe um seinen Hals, über die nie wieder Fell wuchs.

Cheetah hatte zwei Stimmen: ein lautes herausforderndes Heulen, mit dem er die Kater der Nachbarschaft von den hoch über unserm Farmhaus liegenden Feldern aus verhöhnte und herausforderte, und einen sanften Ton, den er für seine Familie und uns reservierte. Manchmal ging der eine in den andern über, nämlich wenn wir seinen Kriegsruf draußen erschallen hörten und dann vors Haus hinausgingen und ihn riefen. Wenn er lauthals schrie und uns trotzdem hörte, ging sein Hohngeschrei plötzlich in den leisen zärtlichen Familiengesang über. Ich wurde nie müde, ihn zu diesem reizenden Wechsel zu veranlassen.

Wie alle unsere Katzen war er ein großer Jäger. Vashti jagte mit Hilfe ihrer Schnelligkeit, Distel, indem sie die Beute beschlich und mit List fing, Cheetah brachte seine überlegenen Kräfte in Anwendung. Seine Sprünge waren erstaunlich, dem Angriff mit einem geschleuderten Schmiedehammer vergleichbar. Er benutzte seine Kraft auch, um seine Beute nach Hause zu schleppen. Ich habe ihn ein riesengroßes Kaninchen über die Schulter geworfen tragen sehen, wie ein Mann einen Sack trägt.

Shelley sagte oft von ihm – nicht ohne einen Anflug von Stolz! –, daß er »wild, wollig und wütig« wäre. Wollig war er bestimmt; sein weiches, dicht anliegendes, silbriges Fell war dick und kurz und erinnerte an ein Lammfell. Wir bezeichneten ihn oft kurzweg als »den Wolligen«. Wild war er auch bei gewissen Anlässen. Aber »wütig« im Sinne von böse war er nicht. Ich bezweifle, daß überhaupt ein Tier von Natur aus böse ist; ich glaube vielmehr, daß es nur solche gibt, die von Menschen durch falsche Behandlung böse gemacht worden sind. Mir will scheinen, daß nur *Menschen* von Natur aus böse sind.

Cheetah hatte große Freude am Leben und am Spielen. Einer seiner Bewunderer war ein deutscher Student, Drews Tägge, der mehrmals von Hamburg herüberkam, um uns auf der Farm zu helfen. Drews sagte: »Cheetah ist mir die liebste von allen Katzen, weil man bei ihm immer etwas zum Lachen hat.«

Drews hat kleine, schmale Augen, und wenn er lacht, verschwinden sie ganz. Er fing immer Spinnen für Cheetah. Wenn er von draußen hereinkam, hielt er meistens die Hände hohl geschlossen und ging zu einer spanischen Deckelvase, die er als Spinnenkäfig benutzte. Ich hütete mich deshalb sehr, sie umzustoßen. Abends enthielt sie dann eine ganze Sammlung von Spinnen in verschiedenen Farben und unterschiedlicher Größe. Cheetah hatte natürlich die großen am liebsten; Drews nannte sie »Rindfleischspinnen«.

Ich glaube, daß sich Cheetah schon während seines ganzen, mit Jagen, Lieben und Kinderbetreuen ausgefüllten Tages auf das abendliche Spinnenspiel freute. Sobald er hereinkam, sah er nach, ob Drews schon anwesend war, und redete ihn in seiner lauten Siamesenart an. Drews und Cheetah gingen dann miteinander ins Wohnzimmer, und ich folgte ihnen, um zuzusehen, doch legte ich meine Beine wohlweislich auf das Sofa, wenn Drews die Spinnen herausließ. Sie gefielen Cheetah sehr, wahrscheinlich weil er das Spielen mit ihnen liebte, er beschlich sie, sprang darauf zu und tat so, als ob es sehr wilde Tiere wären. Mich entsetzten sie seltsamer- und unvernünftigerweise. Obwohl ich mich weder vor Mäusen noch vor Schlangen grause wie andere Frauen, schrecke ich vor Spinnen zurück. Es handelt sich um eine rein instinktive Reaktion, da von den englischen Spinnenarten keinerlei Gefahr droht. Viele Menschen prallen vor allen drei genannten Tierarten oder einer von ihnen zurück. Wie behauptet wird, soll dies daran liegen, daß sie die einzigen Tierarten waren, vor denen sich der primitive Mensch vor Jahrtausenden nicht schützen konnte. Ob er in Höhlen, auf Bäumen oder in Hütten lebte, nirgends war er vor ihnen sicher. Ich mag Mäuse und sogar Schlangen, aber eine Spinne jagt mir einen Schauer über den Rücken, was meines Erachtens wirklich nur mit einem atavistischen Instinkt zu erklären ist. Und die Idee, auf diese Weise immer noch mit meinen Vorfahren vor Jahrtausenden, die sich in Höhlen zusammendrängten, verbunden zu sein, gefällt mir.

Nachdem Drews nach Hamburg zurückgekehrt war, fehlten Cheetah die Spinnen. Ich machte ihm eine große künstliche aus Pfeifenreinigern und befestigte sie an einem Bindfaden. Dieses Spielzeug liebte er und spielte damit, bis es in Fetzen ging. Er verbarg es hinter den Möbeln und forderte immer wieder einen von uns auf, es für ihn »lebendig« zu machen.

Einmal zeigte ich ihm ein Bild von einer Spinne. Es wird gesagt, daß Tiere Bilder nicht erkennen können, aber zu meinem Erstaunen sprang Cheetah sofort darauf los. Es handelte sich um eine naturgetreue Zeichnung, die den größten Teil einer Seite der Zeitschrift »Landleben« einnahm. Ich legte das Blatt vor ihn auf den Boden, eigentlich keine Reaktion erwartend, aber das Erkennen und Drauflosspringen erfolgte augenblicklich. Wenn er wirklich wußte, daß es ein *Bild* einer Spinne war, war dies das einzige mir bekannte Beispiel eines Tieres, das ein unbewegtes Bild richtig erkannte. Wenn ich mich irrte – worauf sprang er dann los?

Ich muß hinzufügen, daß ich keine Minute angenommen habe, er halte das Bild für eine wirkliche Spinne, genausowenig, wie er das Spielzeug aus Pfeifenreinigern dafür hielt. Was ich glaube, ist, daß er sich aus purem Spaß auf beide Abbilder stürzte.

Auch andere Dinge weckten seinen Sinn für Spaß. Bunte Wollknäuel fand er unwiderstehlich und konnte sich stundenlang mit ihnen amüsieren. Er jagte sie, schleppte sie zurück und zerfleischte sie mit wütend zuhauenden Pfoten. Wenn er an Winterabenden ins Wohnzimmer kam, ging er oft an die linke Seite des alten Schrankes, in dem ich restliche Wollknäuel aufzubewahren pflegte. Er wußte, welche Tür er öffnen mußte, und tat das sehr geschickt, indem er seine Pforte um den Griff bog. Er stellte sich dann aufrecht auf die Hinterbeine, griff hinein und ließ die Knäuel herausrollen, bis er einen fand, der ihm besonders gefiel. Meistens war es ein roter. An und für sich halte ich Katzen für farbenblind; wenn das zutrifft, muß es eine besondere Eigenschaft roter Wolle gewesen sein, die es ihm antat.

Er hatte es gern, wenn jemand mit ihm spielte, und brachte seine Wollbälle unermüdlich immer wieder an, wenn ihm jemand den Gefallen tat. Manchmal bekamen wir es satt, sie ihm immer wieder zuzuwerfen oder sie auf und ab tanzen zu lassen, und überließen sie ihm allein. Bald fanden wir aber heraus, daß das nicht ratsam war, denn als ich eines Abends von meinem Buch aufblickte, sah ich gerade das letzte Restchen des roten Knäuels an seinem Hals verschwinden. Ich war eben noch imstande, ihm das Maul aufzureißen und den nassen roten Ball herauszuziehen, ehe er hinuntergeschlungen wurde.

Noch unangenehmer war es für uns, als er entdeckte, wie man Eier von dem hölzernen Aufbewahrungsgestell mit der Pfote herunterstoßen konnte, so daß sie zunächst auf die Anrichte und von dort auf den Boden rollten, wo sie zerbrachen und ihm dann wundervoll schmeckten. Wir verloren eine beträchtliche Anzahl, ehe wir beschlossen, das Gestell woanders zu plazieren, wo es für ihn weniger bequem zu erreichen war – für uns aber leider auch.

Genau wie seine Schwiegermutter Freyni liebte er es, auf den Küchenläufern zu »rodeln«, nur war seine Art herzhafter. Unsere Kater liebten fast alle eine gelegentlich richtig rauhe Behandlung, und

Cheetah bildete keine Ausnahme. Er ließ sich gern mit dem Läufer mehrmals auf dem Boden herumwirbeln, wobei er sich mit den Krallen festklammerte. Glitt er bei einer Schwenkung mit seinem schweren Hintergestell ab, so trampelte er wie verrückt, um wieder hinauf zu gelangen, kratzte und biß in den Stoff hinein, während er auf dem Boden herumfuhr.

Er liebte es auch, in einem Korb herumgeschwungen zu werden, allerdings nicht ganz herum über den Kopf, wie es immer Vashtis Vergnügen war. Deren Vergnügen am Schubkarrenfahren teilte er auch nicht; genausowenig mochte er aufs Pferd gehoben werden, wenn ich ausritt. Wenn wir ihm auf den Feldern oder im Wald begegneten, tat er eisern, als ob er uns nicht kenne, und vollständig unangreifbar blieb er für Fremde außerhalb des Hauses. Dadurch waren wir einer Sache durchaus sicher: was immer ihm zustoßen konnte in seinem Leben mit uns, eines auf keinen Fall, nämlich – gestohlen zu werden.

P. G. Wodehouse

Katzen wollen Katzen sein

In der Gaststube von »Anglers Ruh« herrschte gerade einmal das erholsame Schweigen, das die abendlichen Feste des Geistes und den Redestrom der Seelen an diesem behaglichen Ort von Zeit zu Zeit unterbrach. ›Whisky gespritzt‹ beendete es.

»Ich habe«, sagte er und wandte sich an Mr. Mullimer, »intensiv über Ihren Kater da, diesen Webster, nachgedacht.«

»Hat sich Mr. Mullimer einen Kater namens Webster angeschafft?« erkundigte sich ›Kleines Helles‹, der ein paar Tage verreist gewesen war und heute zum erstenmal wieder an unserer Stammtischrunde teilnahm.

Mullimer, der Philosoph der Gaststube, schüttelte lächelnd sein Haupt. »Webster«, sagte er, »gehört mir nicht. Er war das Eigentum des Dechanten von Bolsover, der das Tier seinem Neffen, meines Vetters Edward Sohn Lancelot, dem Maler, in Pflege gegeben hatte. Der Dechant war nämlich zum Bischof von West-Afrika ernannt worden und mußte dorthin fahren, um seine neuen Pflichten in Bongo-Bongo, dem Bischofssitz, zu übernehmen. Solange er abwesend war, sollte Lancelot den Kater pflegen. Ich habe den Herren hier neulich erzählt, wie Webster eine Zeitlang das Leben Lancelots vollständig in Unordnung brachte. Seine Erziehung in der Umgebung des geistlichen Herrn hatte ihn streng und tadelsüchtig gemacht, und er offenbarte dem Sohn meines Vetters die ganze Macht einer kraftvollen Persönlichkeit.«

»Er stierte Lancelot ununterbrochen an und machte ihn dadurch ganz nervös«, erklärte ›Gläschen Bitterbier‹.

»Lancelot mußte sich jeden Tag rasieren und das Rauchen aufgeben«, fügte ›Zitronenlimonade‹ hinzu.

»Er fand Lancelots Verlobte, Gladys Bingley, zu sinnlich veranlagt«, sagte ›Milch mit Rum‹, »und versuchte ihn mit Brenda Carberry-Pirbright zusammenzubringen.«

»Eines Tages jedoch«, fügte Mr. Mullimer hinzu, »entdeckte Lancelot, daß das Tier, trotz aller seiner zur Schau getragenen strengen Grundsätze, selber Schmutz an den Pfoten hatte und nicht besser war als er. Als der Kater einmal zufällig an eine Flasche mit einem alkoholischen Getränk geriet, tat er einen tiefen Schluck, und in betrunkenem Zustand führte er sich sehr betrüblich auf, was zur Folge hatte, daß seine Macht augenblicklich gebrochen war. – Welcher Gesichtspunkt«, fragte er ›Whisky gespritzt‹, »hat denn Ihre Gedanken beschäftigt?«

»Der psychologische Aspekt«, antwortete dieser. »Wie ich die Sache ansehe, kann man von einem großen Seelenkampf in dieser Katze sprechen. Ich nehme an, daß ihr gutes und ihr schlechtes Selbst von da an im Kampf lagen! Sie hatte den ersten verkehrten Schritt getan. Wie ging die Sache nun weiter?«

»Wenn Sie wissen wollen, was mit Webster geschah, so kann ich Ihnen das erzählen. Jedenfalls gab es nichts, was man einen Kampf zwischen seinem guten und schlechten Selbst nennen könnte – das schlechte Selbst gewann ohne weiteres die Oberhand! Von dem Augenblick an, in dem er zum erstenmal seinen majestätischen Schlachtruf erschallen ließ, wurde der einstmals so würdevolle Kater der Bohemien der Bohemiens. Schon am Ende der zweiten Woche war Websters linkes Ohr nur noch zur Hälfte vorhanden, infolge unaufhörlicher Kämpfe mit andern Katzen, und sein Kriegsgeschrei war den Bewohnern der Bott-Street in Chelsea, wo Lancelot wohnte, so zur Gewohnheit geworden wie das allmorgendliche Erscheinen des Milchmanns.«

»Und wie verhielt sich Lancelot dem gegenüber?« fragte ›Milch mit Rum‹.

»Lancelot«, sagte Mr. Mullimer, »war nachsichtig gegen die Exzesse des Tieres. Zu Gladys Bingley, die eines Abends Websters rechtes blutendes Auge mit Borwasser kühlte, sagte er, Katzen wollten eben Katzen sein. Tatsächlich würde er keinen Gedanken an die Angelegenheit verschwendet haben, wäre nicht eines Morgens ein auf der Fahrt durchs Mittelmeer abgeschicktes Telegramm von seinem Onkel gekommen mit der Ankündigung, daß er aus Gesundheitsgründen auf seinen Bischofssitz verzichtet hätte und daher in Kürze wieder in England sein würde. Die Nachricht schloß mit den Worten: ›Meine besten Grüße an Webster‹. Wenn ich Ihnen den Stand der Dinge zwischen Lancelot und dem Bischof von Bongo-Bongo schildere, werden Sie sogleich verstehen, wie schwer diese unerwartete Neuigkeit den jungen Mann traf. Das Telegramm wirkte wie ein Bombentreffer! Lancelot verdiente mit seinem Pinsel zwar genug für sich selbst, hatte aber die Absicht gehabt, seinen Onkel um das Geld zu bitten, das er brauchte, Gladys Bingley zu heiraten und sich ein eigenes Heim zu schaffen. Da gerade er von den vielen Verwandten des Bischofs ausgewählt worden war, Webster aufzunehmen, hatte er die Erfüllung dieses Wunsches für sicher gehalten. Ganz bestimmt, sagte er sich, würde die selbstverständliche Dankespflicht dem Betreuer Websters gegenüber genügen, seinen Onkel zu veranlassen, das Scheckheft zu zücken und sich freigiebig zu zeigen. Aber was nun, nachdem Webster sich so verändert hatte?«

»Du hast das Telegramm ja gelesen«, sagte Lancelot, die Sache aufgeregt mit Gladys besprechend. »Onkel Theodors erste Handlung nach der Landung in England wird unzweifelhaft sein, hierherzukommen, um Webster zu holen. Und was wird er vorfinden? Einen Wüterich! Einen Gangster!! Einen Casanova!!!«

»Was«, fügte Lancelot sichtbar zitternd hinzu, »wird Onkel Theodor sagen, wenn er diesen Ausbund aller Katzenlaster erblickt? Er wird die ganze Schuld mir geben! Und damit wird meine Chance, ihm die paar Kröten aus der Tasche zu ziehen, verspielt sein.«

»Wann erwartest du deinen Onkel denn?« fragte Gladys.

»Jede Stunde! Das Schiff muß bereits angekommen sein!«

In diesem Augenblick hörten sie einen Brief in den Kasten fallen, der vorn an der Tür angebracht war. Lancelot ging arglos hinaus. Wenige Augenblicke später hörte Gladys einen Freudenschrei, und er kam eiligst wieder hereingerannt.

»Hör dir das an!« sagte er. »Von Onkel Theodor! Er ist unten in Hampshire an einem Ort, der ›Widdrington Manor‹ heißt. Aber die Hauptsache ist: Er wünscht Webster vorerst gar nicht zu sehen! Ich will dir vorlesen, was er schreibt.« Und Lancelot las:

»Mein lieber Lancelot,

ohne Zweifel wirst Du erstaunt sein, daß ich mich nicht beeilt habe, Dich ungesäumt zu begrüßen, nachdem ich wieder im Lande bin. Die Erklärung ist, daß ich die Gastfreundschaft von Lady Widdrington genieße, der Witwe des letzten Sir George Widdrington, C.B.E., sowie ihrer Mutter, Frau Pulteney-Banks. Die Bekanntschaft der beiden Damen machte ich an Bord des Schiffes, das ich zu meiner Heimreise benutzte. Ich genieße eine vergnügliche und erholsame Ruhepause. Beide, Lady Widdrington wie auch ihre Mutter, sind die Liebenswürdigkeit in Person, hauptsächlich die erstgenannte, die meine ständige Begleiterin auf meinen Spaziergängen ist. Sie liebt die Katzen wie ich, und das ist ein starkes Bindeglied. Dies, mein lieber Junge, bringt mich auf Webster! Wie Du Dir gewiß vorstellen kannst, hege ich den lebhaften Wunsch, ihn wiederzusehen; aber ich möchte nicht, daß Du ihn mir hierher schickst. Es ist nämlich so, daß Lady Widdrington, obwohl sie eine reizende Frau ist, im Hinblick auf Katzen kein Urteilsvermögen zu haben scheint. Sie besitzt und vergöttert ein ganz unmögliches orangefarbenes Vieh mit Namen Percy, dessen Gesellschaft sich für Webster mit seinen strengen Grundsätzen nur unheilvoll auswirken könnte. Wenn ich Dir berichte, daß diese Percy gerade in der letzten Nacht einen wütenden Kampf mit einem großen schildpattfarbenen Kater direkt unter meinem Fenster ausgetragen hat, dann wirst Du verstehen, was ich meine.

Behalte daher Webster bei Dir, mein lieber Lancelot, bis ich selber ihn holen komme.

Mit herzlichen Grüßen
Dein Dich liebender Onkel Theodor«

Gladys Bingley stieß einen Seufzer der Erleichterung aus. »Nun, das gibt uns wenigstens noch eine kleine Frist!«

»Ja«, setzte Lancelot hinzu, »Zeit, zu versuchen, ob wir in diesem Vieh nicht wenigstens ein schwaches Echo seiner früheren Selbstachtung wecken können! Ich werde ihn dem Tierarzt übergeben; vielleicht kann der ihn auf irgendeine Weise zwingen, ein anständiges Leben zu führen.«

So herrschte für annähernd zwei Wochen ziemlich Ruhe in Bott-

Street, Chelsea. Der Tierarzt gab ermutigende Berichte. Er behauptete, eine sichtbare Besserung in Websters Charakter konstatieren zu können, obgleich er hinzufügte, daß er es noch nicht wagen würde, ihm nachts in einer einsamen Gasse zu begegnen.

Und dann kam eines Abends ein Telegramm von Onkel Theodor, das Lancelot veranlaßte, verwirrt die Brauen zu runzeln. Es lautete:

»nach empfang dieses komme unverzüglich widdrington manor punkt bereite dich auf zeitlich unbegrenzten besuch vor punkt umstände komma die ich hier nicht erläutern kann komma zwingen zu harmloser täuschung semikolon gib deshalb bei deiner ankunft vor komma du wärst mein juristischer berater und gekommen komma um wichtige familienumstände zu besprechen punkt laß mich nicht aufsitzen ausrufungszeichen werde alles erklären komma wenn du hier bist punkt grüße für webster punkt«

Lancelot sah Gladys, die ihn gerade besuchte, mit hochgezogenen Augenbrauen an. »Der alte Knabe soll wahrscheinlich verkuppelt werden!« mutmaßte er.

Gladys zögerte. »Mir scheint eher, daß er nicht mehr ganz bei Trost ist! Warum will er denn, daß du dich als Rechtsanwalt ausgibst? Und wie sollst du das anstellen? Wenn du wirklich hinfährst, wird es notwendig sein, daß du dich vorher ein wenig präparierst!«

»Ach was, das wird schon in Ordnung gehen!« sagte Lancelot. »Es wird mir möglich sein, Onkel ins Ohr zu beißen, bevor er Webster zu Gesicht bekommt! Sag mal, wieviel würden wir den brauchen, um bequem heiraten zu können?«

»Mindestens fünfhundert Pfund!«

»Gut, das werde ich mir merken«, versprach Lancelot.

Er hatte gehofft, Onkel Theodor würde die erste Person sein, der er in Widdrington Manor bei seiner Ankunft begegnete, schon, damit er voll ins Bild gesetzt werden könnte. Aber als der Butler ihn ins Wohnzimmer führte, waren nur Lady Widdrington, ihre Mutter, Mrs. Pulteney-Banks, und ihr Kater Percy anwesend. Lady Widdrington reichte ihm die Hand. Mrs. Pulteney-Banks verneigte sich von ihrem Lehnstuhl aus, in dem sie in Schals gewickelt saß. Aber als Lancelot dann vortrat in der freundlichen Absicht, den Kater Percy unter dem rechten Ohr zu kitzeln, warf er dem jungen Mann einen bitterbösen Blick aus dem Augenwinkel zu und riß ihm mit einem wohlgezielten, kräftigen Hieb seiner stahlkrallenbewehrten Pfote einen Fetzen Fleisch aus der Hand.

Lady Widdrington erstarrte. »Ich bin schockiert, daß Percy Sie nicht mag!« rief sie.

»Er weiß, er weiß . . .!« fügte Mrs. Pulteney-Banks nornenhaft hinzu.

Lancelot sank in einen Stuhl und betrachtete die Gesellschaft mit kritischen Augen. Es schienen ihm hübsch harte Brocken zu sein! Von Mrs. Pulteney-Banks konnte er nur wenig sehen, sie war in Schals gehüllt wie eine Schmetterlingspuppe in ihren Kokon; Lady Widdrington dagegen saß genügend im Hellen. Lancelot liebte diese Art diktatorisch veranlagter Frauen nicht. Percy war zweifellos pures Gift, Körper orangefarben und Seele tintenschwarz! Er lag ausgestreckt auf dem Teppich, Anmaßung und Haß ausströmend.

Lancelot war froh, als der Gong erklang und er in sein Zimmer flüchten konnte, um sich rasch zum Abendessen umzuziehen.

Er war gerade dabei, den Knoten seiner Krawatte zu knüpfen, als der Bischof von Bongo-Bongo eintrat.

»Lancelot, mein Junge!« sagte er.

»Lieber Onkel!« rief Lancelot.

Sie schüttelten einander die Hände. Mehr als vier Jahre waren vergangen, seit sie sich zuletzt gesehen hatten, und Lancelot war erschrocken über das Aussehen seines Verwandten. Als er England verlassen hatte, war der Onkel ein heiterer, blühender Mann gewesen. Jetzt schien er zusammengeschrumpft; er sah hager und gehetzt aus.

»Macht dir irgend etwas Verdruß, Onkel Theodor?« fragte Lancelot.

»Ich habe großen Kummer«, antwortete der Bischof, dann schwieg er einen Augenblick. »Bist du Lady Widdrington schon begegnet?«

»Jawohl.«

»Nun, dann wirst du meine Unruhe verstehen, wenn ich dir sage, daß ich unaufhörlich auf der Hut sein muß, weil sie zweifellos auf einen Heiratsantrag von mir aus ist . . .«

Lancelot schnappte nach Luft. »Aber warum willst du dich denn in eine so törichte Sache einlassen?«

»Ich *will* es durchaus nicht, mein Junge«, erklärte der Bischof, »der springende Punkt ist, daß Lady Widdrington und ihre Mutter mich dazu bestimmen wollen! Und du wirst ja gesehen haben, daß sie willensstarke, despotische Frauen sind . . .«

Lancelot sah ihn mitleidig an: »Wie hat denn das angefangen?«

»An Bord des Schiffes!« berichtete der Bischof. »Während einer solchen Reise, besonders abends, läßt man sich verleiten, mit besonderer Wärme und Herzlichkeit zu sprechen, obwohl man sich gleich selber sagt, daß das töricht ist. Ich fürchte, mein Junge, daß ich mich da gegenüber Lady Widdrington zu sehr habe gehenlassen.«

Lancelot begann zu verstehen. »Dann hättest du aber wenigstens nicht in ihr Haus gehen sollen!«

»Als ich die Einladung annahm, stand ich noch unter dem Einfluß der Reise! Erst später, nachdem ich acht oder zehn Tage hier war, wurde ich mir der Gefahr bewußt, in der ich mich befand. Aber nun wollten sie mir um keinen Preis erlauben, abzureisen. Ich bin in Wirklichkeit ein Gefangener in diesem Haus, Lancelot! Neulich sagte ich, daß ich dringende geschäftliche Angelegenheiten mit meinem Anwalt zu besprechen hätte und infolgedessen unbedingt sofort nach London fahren müsse.«

»Das dürfte gewirkt haben!« meinte Lancelot.

»Keineswegs! Sie bestanden darauf, daß ich meinen Anwalt einladen sollte, hierherzukommen! Sag mir doch, Lancelot, um einen Augenblick auf ein erfreuliches Thema zu kommen, wie geht's denn meinem lieben Webster? Und was für Dispositionen hast du für ihn während meiner Abwesenheit getroffen?«

»Die allerbesten!« gab Lancelot Auskunft. »Ich habe ihn für diese Zeit beim fähigsten Tierarzt in London untergebracht – Dr. J. G. Robinson, Bott-Street, Chelsea.«

»Ich weiß, ich kann dir vertrauen, daß du alles zum Besten für ihn angeordnet hast«, sagte der Bischof gerührt. »Sonst hätte ich es lieber unterlassen, dich um deinen Besuch hier zu bitten.«

»Bloß – kann ich dir hier denn von Nutzen sein?« zweifelte Lancelot.

»Gewiß! Und wie!« versicherte ihm der Bischof. »Du mußt Lady Widdrington und mich aufs schärfste beobachten; sobald du uns zusammen weggehen siehst, mußt du schleunigst kommen und mich holen unter dem Vorwand, Rechtsfragen mit mir besprechen zu müssen.«

»Ich verstehe vollkommen«, lachte Lancelot. »Ein famoser Plan! Vertraue auf mich!«

»Von jetzt an, mein Junge, mußt du mein nicht abzuschüttelnder standhafter Schatten sein! Und wenn, was ich sicher glaube, unsere Anstrengungen belohnt werden, wirst du mich nicht undankbar finden! Wenn da irgendeine Angelegenheit sein sollte, für die du etwas Geld brauchen könntest . . .«

»Ich bin sehr froh«, sagte Lancelot, »daß du auf dieses Thema kommst, Onkel Theodor! Es könnte sein, daß ich sehr bald fünfhundert Pfund benötige, eventuell sogar tausend . . .«

Der Bischof ergriff seine Hand. »Hilf mir aus dieser Patsche, mein lieber Junge, und du sollst das Geld haben!«

Glücklicherweise blieb Lancelot in den folgenden Tagen durch die Aussicht auf die tausend Pfund in bester Stimmung. Sonst wäre er wohl kleinmütig und schwach geworden.

Einem feinfühligen Menschen sind wenige Dinge peinlicher als die Vorstellung, daß er ein unwillkommener Gast ist. Als die Tage dahingingen und der junge Mann Tag für Tag mit großer Gewandtheit jedes geplante Tête-à-tête unterbrach, wurde die Atmosphäre immer kühler. Lady Widdrington rühmte mit deutlicher Bezugnahme auf Lancelot die ausgezeichnete Zugsverbindung zwischen Bottleby-in-the-Vale und London, Mrs. Pulteney-Banks murmelte aus ihren Tüchern heraus etwas von Dummköpfen, die ihre Zeit faul auf dem Lande verbringen, statt ihre eigentlichen Pflichten und Interessen in der Hauptstadt wahrzunehmen.

Am schlimmsten aber war für den jungen Mann die Beobachtung, daß seines Auftraggebers Widerstandskraft unentwegt sank. Ungeachtet des bereits sichtbaren Erfolges ihrer Maßnahmen, war es augenscheinlich, daß der Bischof die beständige Spannung als zu schwer empfand.

Eines Abends, als Lancelot gerade sein Licht gelöscht hatte und sich zum Schlafen zurechtlegte, wurde er von lautem Kreischen aufgeschreckt, dem eine ungewöhnliche Unruhe in der Halle folgte. Einen Schlafrock überwerfend, eilte er hinunter.

Ein seltsames Bild bot sich ihm: Die Bewohnerschaft von Widdrington Manor schien sich vollzählig in der Halle versammelt zu haben. Da waren Lady Widdrington, Mrs. Pulteney-Banks, der Butler, zwei Diener, einige Hausmädchen und der Boy, der die Schuhe putzte. Alle starrten mit großem Erstaunen auf den Bischof von Bongo-Bongo, der fix und fertig angezogen nahe der Haustüre stand, in einer Hand einen Regenschirm, in der andern einen schweren Koffer tragend. In einer Ecke saß Percy, der Kater, leise vor sich hin fluchend.

Als Lancelot hinzukam, blinzelte ihm der wie benommen aussehende Bischof zu. »Ich glaube, ich bin im Schlaf gewandelt . . .«

»Ist nicht möglich!« sagte Mrs. Pulteney-Banks.

»Es tut mir leid, die Ursache zu sein, daß sämtliche Hausbewohner aus ihrem wohlverdienten Schlummer gerissen worden sind«, stammelte der Bischof nervös. »Wahrscheinlich wird es das beste sein, wenn ich mich jetzt in mein Zimmer zurückziehe.«

»Ganz sicher!« bekräftigte Mrs. Pulteney-Banks.

»Ich will dir hinaufhelfen«, erbot sich Lancelot rasch.

Als er in seinem Schlafzimmer vor den beobachtenden Blicken sicher war, sank der Bischof erschöpft auf sein Bett.

»Was ist denn passiert?« fragte Lancelot.

»Ich habe mir die ganze Geschichte nochmals überlegt«, sagte der Bischof, »und entschieden, daß es am besten sein würde, unter dem Schutze der Nacht stillschweigend zu verschwinden. Aber gerade als ich die Haustür öffnete, trat ich auf den Kater! Es ist eine kleine Genugtuung für mich in meiner Not, daß ich Percys Schwanz beinahe plattgetreten haben muß . . . Sein Geschrei hat das ganze Haus alarmiert. Und das«, schloß er mit einem tiefen Seufzer, »ist das Ende. Ich gebe auf, ich ergebe mich.«

»Oh, sag doch so etwas nicht, Onkel . . .«

»Doch, ich sage es«, erwiderte der Bischof. »Ich kapituliere.«

Still preßte Lancelot seine Hand und ging hinaus.

In Mrs. Pulteney-Banks' Zimmer fand unterdessen eine ernste Unterredung statt.

»Paah! So etwas – schlafwandeln!« sagte Mrs. Pulteney-Banks.

Lady Widdrington schien mit dem Tonfall ihrer Mutter nicht einverstanden zu sein. »Warum soll er denn nicht geschlafwandelt haben? Er war ja ganz verängstigt . . .!«

»Verängstigt, daß ich nicht lache!« schnaufte Mrs. Pulteney-Banks.

»Jawohl, verängstigt!« wiederholte Lady Widdrington gefühlvoll. »Du verstehst eben Theodor nicht so gut wie ich!«

»Glatt wie ein Aal!« murrte Mrs. Pulteney-Banks. »Er hat versucht, nach London zu verschwinden!«

»Jawohl! Genau das!« sagte Lady Widdrington. »Zu seiner Katze nämlich! Du verstehst nicht, was es für Theodor bedeutet, von Webster getrennt zu sein. Er härmt sich ab nach ihm! Morgen, sogleich nach dem Frühstück, telegrafiere ich an Dr. Robinson, Bott-Street, Chelsea, in dessen Pflege sich Webster gegenwärtig befindet, daß er ihn mit dem ersten Zug hierher schickt.«

»Abwarten!« sagte Mrs. Pulteney-Banks.

Während des folgenden Tages herrschte in Widdrington Manor eine bedrückende Atmosphäre. Die leicht begreifliche Verlegenheit des Bischofs wurde durch Mrs. Pulteney-Banks' Haltung noch verschlimmert: Sie starrte ihn aus ihrem Gewirr von Schals heraus an und schnüffelte dabei bedeutungsvoll vor sich hin.

Mit Erleichterung nahm er am Spätnachmittag Lancelots Aufforderung an, sich zu einer Besprechung in die Bibliothek zu begeben.

Die Bibliothek befand sich im Erdgeschoß und hatte einen Ausblick auf hübsche Rasenflächen und blühende Sträucher. Es war eine Szenerie, die die betrübteste Seele besänftigt haben würde, aber der Bischof saß da, den Kopf voller Hoffnungslosigkeit in die Hände gestützt.

»Dieses Schnüffeln . . .!« sagte er und schüttelte sich.

»Sie wird sich einen Schnupfen zugezogen haben«, behauptete Lancelot.

»Nein, die Ursache liegt tiefer! Das scheußliche alte Weib hat meine Ausrede gestern abend durchschaut. Von jetzt ab wird die Wachsamkeit noch verschärft werden, und das Ende kann nur noch eine Frage der Zeit sein!« Er verfiel in verärgertes Schweigen. »Es ist nicht bloß«, fuhr er fort, »daß mich der Gedanke, Lady Widdrington zu heiraten und ihre Mutter dauernd auf dem Hals zu haben, mit Schrecken und Beunruhigung erfüllt, es sind vielmehr die eigentümlichen Bedingungen meiner Tragödie, die mich der Verzweiflung ausliefern! Denn wenn ich mich tatsächlich mit Lady WiddringTon verbinde, so ist es mein Los, Webster niemals wiederzusehen! Ich kann seiner Sittenstrenge ein Leben in Widdrington Manor nicht zumuten, das, mag es sein, wie es will, das dauernde Zusammensein mit dem Biest Percy zur Folge haben würde. Webster würde befleckt werden! Du kennst ja Webster, Lancelot! Du kennst die Erhabenheit seiner Ideale!«

Für einen Augenblick schoß Lancelot ein Bild durch den Sinn – das Bild Websters, wie er ihn vor ganz kurzer Zeit gesehen hatte: auf dem Hofe stehend mit dem Rückgrat eines Herings im Maul, einen Kriegsgesang gegen die Gassenkatze kreischend, der er den guten Happen gestohlen hatte. Aber er antwortete ohne Zögern: »Gewiß!«

»Und seine große Würde!« fuhr der Bischof fort. »Ich verurteile Stolz und Selbstüberschätzung: aber Websters bewunderungswürdige Selbstsicherheit hat nichts gemein mit diesen schlechten Eigenschaften. Sie beruht vielmehr auf einem guten Gewissen und dem Bewußtsein, daß er, selbst als junges Kätzchen, seine Füße nie mit Schmutz in Berührung gebracht hat. So hat er nie mit Wollknäueln gespielt; er zog es vor, im Schatten der Kirchenmauer zu sitzen und dem Gesang des Chors zu lauschen, der in die süße Stille des Sommertags hinausströmte. Gerade dann konnte man sehen, daß tiefe Gedanken Websters Geist beschäftigten. Ich erinnere mich noch, einmal . . .«

Diese Erinnerung war bestimmt, der Welt verlorenzugehen, denn in diesem Augenblick klopfte es. Der Bischof rief »Herein!«, die Tür öffnete sich, und der Butler trat ein. Er trug einen großen Transportkorb, aus dem die grimmigen Schreie einer wütenden Katze tönten.

»Um Gottes willen!« rief der Bischof erschrocken.

Die ohnmächtige Empfindung, daß jetzt das Schicksal sprechen würde, verdüsterte Lancelots Seele, der sogleich Websters Stimme erkannte. »Halt!« rief er. »Öffne den Korb nicht, Onkel Theodor!«

Aber es war zu spät, denn auch der Bischof hatte Websters Stimme erkannt. Schon durchschnitt er die Schnur und hob den Deckel. »Webster!« rief er mit zitternder Stimme. Und heraus aus dem Korb schoß Webster mit wilden Verwünschungen. Er raste voller Wut im Zimmer herum, offensichtlich den Mann suchend, der ihn in den verwünschten Korb gesperrt hatte. Als er ruhiger geworden war, setzte er sich nieder und begann sich zu putzen, und jetzt hatte der Bischof Gelegenheit, ihn genauer zu betrachten.

Drei Wochen unter der Obhut des Tierarztes hatten Webster gutgetan; aber es war nicht genug gewesen. Jedenfalls stieß der Bischof bei seinem Anblick einen lauten schmerzlichen Schrei aus. »Auf diese Weise, Lancelot Mullimer, hast du also deinen heiligen Schwur erfüllt?!«

»Es ist nicht meine Schuld, Onkel! Er war nicht zu halten! Überdies, was schadet eine gelegentliche gesunde Rauferei mit einem der Nachbarn? Katzen wollen nun einmal Katzen sein!«

»Ein klägliches Argument!« sagte der Bischof schwer atmend.

»Ich selbst«, fuhr Lancelot fort, jedoch ohne Überzeugungskraft, weil ihm klar wurde, wie hoffnungslos seine Lage war, »wäre stolz auf ihn, wenn Webster mir gehören würde! Bedenke seinen Rekord: Er kommt in die Bott-Street, ohne vorher jemals auch nur einen Kampf ausgetragen zu haben. Trotz seiner Unerfahrenheit beweist er so viel Schneid und Tatkraft, daß er innerhalb von zwei Wochen alle Kater straßenweise im Umkreis in Respekt versetzt, so sehr, daß sie, wenn sie ihn nur von weitem auftauchen sehen, vor Angst über Mauern und auf Laternenpfähle klettern . . .«

Der Bischof hob seine Hand. Sein Gesicht war müde. »Genug!« rief er. »Ich bin unsagbar betrübt! Ich . . .« Er hielt inne und fuhr herum. Neben ihm war soeben etwas auf das Fensterbrett gesprungen. Es war Percy, der eine fremde Katzenstimme gehört hatte und nun nachforschen kam. Das Fenster stand offen.

Percy war offensichtlich in böser Laune. Seine schwarze Seele sprach aus seinen nahe beieinanderstehenden Augen. Er schlug mit dem Schwanz hin und her und stand einen Augenblick, Webster anstarrend, mit herausforderndem Hohnlächeln da. Dann bewegten sich seine Schnurrhaare, und er sagte etwas mit leiser Stimme.

Bis dahin hatte Webster sein Kommen nicht bemerkt. Aber als er Percys Stimme vernahm, fuhr er auf und blickte hoch. Als er jetzt Percy entdeckte, legte er seine Ohren an, und ein kampfeslustiges Funkeln trat in seine Augen. Eine kleine Pause entstand. Beide Katzen starrten einander an. Dann, den Schwanz auf und ab schlagend, wiederholte Percy seine Bemerkung in lauterem Ton.

Webster antwortete mit einem zischenden Laut und sprang auf

seinen Gegner zu, in voller Bereitschaft, den Kampf zu beginnen. Einen Augenblick später plumpste ein verschlungener Klumpen, der aussah wie siebzehn ineinander verkrallte Katzen, vom Fensterbrett in das Zimmer.

Ein Katzenkampf besseren Grades ist immer ein sehenswertes Schauspiel, aber so lebhaft und spannend dieses Gefecht auch zu werden versprach, Lancelots Aufmerksamkeit war nicht auf die Kater, sondern auf den Bischof von Bongo-Bongo konzentriert.

In den ersten Augenblicken des Aufeinanderprallens verrieten die Gesichtszüge des alten Mannes keine andere Bewegung als bekümmerten Schrecken und Schmerz. Aber dann, ziemlich plötzlich, erwachte in ihm ein leidenschaftlicher Stolz auf Websters Tapferkeit, im Verein mit dem Sportsgeist, der bei Engländern stets so nahe an der Oberfläche liegt.

Knallrot im Gesicht tanzte der Bischof um die Kämpfer herum, indem er seinen Auserwählten mit Worten und Gesten anfeuerte: »Großartig! Prächtig! Ha, schlag fest zu, Webster!«

»Gib ihm einen linken Haken, Webster!« schrie Lancelot.

»Genau getroffen!« dröhnte der Bischof.

»Tränke es ihm ein, Webster!«

»Nur drauf! Feste drauf!« setzte der Bischof hinzu. »Mit allen Kräften, zahl es ihm heim, Webster!«

Gerade in diesem Augenblick stürzte Lady Widdrington ins Zimmer. Sie kam eben recht, um ihren Percy türmen zu sehen. Mit einem Satz sprang er auf das Fensterbrett, dicht gefolgt von Webster. Percy hatte längst gemerkt, daß er bei der Herausforderung dieses Gegners über seine Klasse hinausgegangen war. Alles, was er jetzt wünschte, war Flucht. Aber Webster dachte nicht daran, ihn entwischen zu lassen, und gleich darauf besagten Schreie von draußen, daß die Schlacht auf dem Rasen noch einmal von vorn angefangen hatte.

Lady Widdrington stand wie angewurzelt. Sie war nun nicht länger die ruhige, überlegte Frau, die sich vorgenommen hatte, den Bischof zum Altar zu führen, und sei es mit Hilfe von Chloroform; sie war eine beleidigte Katzenliebhaberin.

»Was hat das zu bedeuten?« fragte sie.

»Ihr widerwärtiges Vieh forderte Webster heraus, und Webster zahlt es ihm heim!« erwiderte stolz der Bischof.

»Das hat er getan!« bekräftigte Lancelot. »Es gibt keinen Kater in ganz London, der Webster schlagen könnte!«

»In London?« rief der Bischof leidenschaftlich. »In ganz England nicht: Oh, bewunderungswürdiger Webster!«

Lady Widdrington stampfte wütend mit dem Fuß auf. »Ich bestehe darauf, daß Sie dieses hinterlistige Untier töten!«

Webster erschien gerade auf dem Fensterbrett. Er keuchte leicht, und sein Ohr war in schlechterem Zustand als sonst, aber auf seinem Gesicht stand das befriedigte Lächeln des Siegers.

»Ich verlange, daß dieses wilde Tier getötet wird!« wiederholte Lady Widdrington.

Der Bischof begegnete ihrem Blick mit Festigkeit. »Gnädige Frau«, erwiderte er, »ich denke nicht daran, Ihnen diesen Wunsch zu erfüllen.«

»Sie weigern sich?«

»Gewiß, ich weigere mich! Nie habe ich Webster so hoch eingeschätzt wie in diesem Augenblick! Schon Jahre muß jeder rechtlich denkende Mensch den Wunsch gehegt haben, Ihren abscheulichen Percy so zu behandeln, wie Webster ihn eben behandelt hat, und ich habe kein anderes Gefühl für Webster wie Dankbarkeit und Bewunderung! Ich bin ganz versessen darauf, ihm zur Belohnung persönlich und mit meinen eigenen Händen eine große Schüssel mit Fisch vorzusetzen . . .«

Lady Widdrington rang schwer nach Atem. »Hier werden Sie das nicht tun!« sagte sie und drückte auf den Klingelknopf. »Fotheringay«, befahl sie mit schneidend kalter Stimme, als der Butler erschien, »der Herr Bischof verläßt uns heute abend. Sein Anwalt auch. Bitte sehen Sie doch zu, daß die beiden Herren noch zum Zuge sechs Uhr einundvierzig zurechtkommen.« Damit fegte sie aus dem Zimmer.

Der Bischof drehte sich mit wohlwollendem Lächeln Lancelot zu. »Ich werde gerade noch Zeit haben«, sagte er, »dir den Scheck auszuschreiben, mein Junge!«

GOTTFRIED KELLER

Spiegel, das Kätzchen

Ein Märchen

Wenn ein Seldwyler einen schlechten Handel gemacht hat oder angeführt worden ist, so sagt man zu Seldwyla: Er hat der Katze den Schmer abgekauft! Dies Sprichwort ist zwar auch anderwärts gebräuchlich, aber nirgends hört man es so oft wie dort, was vielleicht daher rühren mag, daß es in dieser Stadt eine alte Sage gibt über den Ursprung und die Bedeutung dieses Sprichwortes.

Vor mehreren hundert Jahren, heißt es, wohnte zu Seldwyla eine ältliche Person allein mit einem schönen, grau und schwarzen Kätzchen, welches in aller Vergnügtheit und Klugheit mit ihr lebte und niemandem, der es in Ruhe ließ, etwas zuleide tat. Seine einzige Leidenschaft war die Jagd, welche es jedoch mit Vernunft und Mäßigung befriedigte, ohne sich durch den Umstand, daß diese Leidenschaft zugleich einen nützlichen Zweck hatte und seiner Herrin wohlgefiel, beschönigen zu wollen und allzusehr zur Grausamkeit hinreißen zu lassen. Es fing und tötete daher nur die zudringlichsten und frechsten Mäuse, welche sich in einem gewissen Umkreise des Hauses betreten ließen, aber diese dann mit zuverlässiger Geschicklichkeit; nur selten verfolgte es eine besonders pfiffige Maus, welche seinen Zorn gereizt hatte, über diesen Umkreis hinaus und erbat sich in diesem Falle mit vieler Höflichkeit von den Herren Nachbarn die Erlaubnis, in ihren Häusern ein wenig mausen zu dürfen, was ihm gerne gewährt wurde, da es die Milchtöpfe stehenließ, nicht an die Schinken hinaufsprang, welche etwa an den Wänden hingen, sondern seinem Geschäfte still und aufmerksam oblag und, nachdem es dieses verrichtet, sich mit dem Mäuslein im Maule anständig entfernte. Auch war das Kätzchen gar nicht scheu und unartig, sondern zutraulich gegen jedermann und floh nicht vor vernünftigen Leuten; vielmehr ließ es sich von solchen einen guten Spaß gefallen und selbst ein bißchen an den Ohren zupfen, ohne zu kratzen; dagegen ließ es sich von einer Art dummer Menschen, von welchen es behauptete, daß die Dummheit aus einem unreifen und nichtsnutzigen Herzen käme, nicht das mindeste gefallen und ging ihnen entweder aus dem Wege oder versetzte ihnen einen ausreichenden Hieb über die Hand, wenn sie es mit einer Plumpheit molestierten.

Spiegel, so war der Name des Kätzchens wegen seines glatten und glänzenden Pelzes, lebte so seine Tage heiter, zierlich und beschaulich dahin, in anständiger Wohlhabenheit und ohne Überhebung. Er saß nicht zu oft auf der Schulter seiner freundlichen Gebieterin, um ihr die Bissen von der Gabel wegzufangen, sondern nur, wenn er merkte, daß ihr dieser Spaß angenehm war, auch lag und schlief er den Tag über selten auf seinem warmen Kissen hinter dem Ofen, sondern hielt sich munter und liebte es eher, auf einem schmalen Treppengeländer oder in der Dachrinne zu liegen und sich philosophischen Betrachtungen und der Beobachtung der Welt zu überlassen. Nur jeden Frühling und Herbst einmal wurde dies ruhige Leben eine Woche lang unterbrochen, wenn die Veilchen blühten oder die milde Wärme des Altweibersommers die Veilchenzeit nachäffte. Alsdann ging Spiegel seine eigenen Wege, streifte in verliebter Begeisterung über die fernsten Dächer und sang die allerschönsten Lieder. Als ein rechter Don Juan bestand er bei Tag und Nacht die bedenklichsten Abenteuer, und wenn er sich zur Seltenheit einmal zu Hause sehen ließ, so erschien er mit einem so verwegenen, burschikosen, ja liederlichen und zerzausten Aussehen, daß die stille Person, seine Gebieterin, fast unwillig ausrief: »Aber Spiegel? Schämst du dich denn nicht, ein solches Leben zu führen?« Wer sich aber nicht schämte, war Spiegel; als ein Mann von Grundsätzen, der wohl wußte, was er sich zur wohltätigen Abwechslung erlauben durfte, beschäftigte er sich ganz ruhig damit, die Glätte seines Pelzes und die unschuldige Munterkeit seines Aussehens wiederherzustellen, und er fuhr sich so unbefangen mit dem feuchten Pfötchen über die Nase, als ob gar nichts geschehen wäre.

Allein dies gleichmäßige Leben nahm plötzlich ein trauriges Ende. Als das Kätzchen Spiegel eben in der Blüte seiner Jahre stand, starb die Herrin unversehens an Altersschwäche und ließ das schöne Kätzchen herrenlos und verwaist zurück. Es war das erste Unglück, welches ihm widerfuhr, und mit jenen Klagetönen, welche so schneidend den bangen Zweifel an der wirklichen und rechtmäßigen Ursache eines großen Schmerzes ausdrücken, begleitete es die Leiche bis auf die Straße und strich den ganzen übrigen Tag ratlos im Hause und rings um dasselbe her. Doch seine gute Natur, seine Vernunft und Philosophie geboten ihm bald, sich zu fassen, das Unabänderliche zu tragen und seine dankbare Anhänglichkeit an das Haus seiner toten Gebieterin dadurch zu beweisen, daß er ihren lachenden Erben seine Dienste anbot und sich bereitmachte, denselben mit Rat und Tat beizustehen, die Mäuse ferner im Zaume zu halten und überdies ihnen manche gute Mitteilung zu machen, welche die Törichten nicht verschmäht hätten, wenn sie eben nicht unvernünftige Menschen gewesen wären. Aber diese Leute ließen Spiegel gar nicht zu Worte kommen, sondern warfen ihm die Pantoffeln und das artige Fußschemelchen der Seligen an den Kopf, sooft er sich blicken ließ, zankten sich acht Tage lang untereinander, begannen endlich einen Prozeß und schlossen das Haus bis auf weiteres zu, so daß nun gar niemand darin wohnte.

Da saß nun der arme Spiegel traurig und verlassen auf der steinernen Stufe vor der Haustüre und hatte niemand, der ihn hineinließ. Des Nachts begab er sich wohl auf Umwegen unter das Dach des Hauses, und im Anfang hielt er sich einen großen Teil des Tages dort verborgen und suchte seinen Kummer zu verschlafen; doch der Hunger trieb ihn bald an das Licht und nötigte ihn, an der warmen Sonne und unter den Leuten zu erscheinen, um bei der Hand zu sein und zu gewärtigen, wo sich etwa ein Maulvoll geringer Nahrung zeigen möchte. Je seltener dies geschah, desto aufmerksamer wurde der gute Spiegel, und alle seine moralischen Eigenschaften gingen in dieser Aufmerksamkeit auf, so daß er sehr bald sich selber nicht mehr gleichsah. Er machte zahlreiche Ausflüge von seiner Haustüre aus und stahl sich scheu und flüchtig über die Straße, um manchmal mit einem schlechten unappetitlichen Bissen, dergleichen er früher nie angesehen, manchmal mit gar nichts zurückzukehren. Er wurde von Tag zu Tag magerer und zerzauster, dabei gierig, kriechend und feig; all sein Mut, seine zierliche Katzenwürde, seine Vernunft und Philosophie waren dahin. Wenn die Buben aus der Schule kamen, so kroch er in einen verborgenen Winkel, sobald er sie kommen hörte, und guckte nur hervor, um aufzupassen, welcher von ihnen etwa eine Brotrinde wegwürfe, und merkte sich den Ort, wo sie hinfiel. Wenn der schlechteste Köter von weitem ankam, so sprang er hastig fort, während er früher gelassen der Gefahr ins Auge geschaut und böse Hunde oft tapfer gezüchtigt hatte. Nur wenn ein grober und einfältiger Mensch daherkam, dergleichen er sonst klüglich gemieden, blieb er sitzen, obgleich das arme Kätzchen mit dem Reste seiner Menschenkenntnis den Lümmel recht gut erkannte; allein die Not zwang Spiegelchen, sich zu täuschen und zu hoffen, daß der Schlimme ausnahmsweise einmal es freundlich streicheln und ihm einen Bissen darreichen werde. Und selbst wenn er statt dessen nun doch geschlagen oder in den Schwanz gekneift wurde, so kratzte er nicht, sondern duckte sich lautlos zur Seite und sah dann noch verlangend nach der Hand, die es geschlagen und gekneift und welche nach Wurst oder Hering roch.

Als der edle und kluge Spiegel so heruntergekommen war, saß er eines Tages ganz mager und traurig auf seinem Steine und blinzelte in der Sonne. Da kam der Stadthexenmeister Pineiß des Weges, sah das Kätzchen und stand vor ihm still. Etwas Gutes hoffend, obgleich es den Unheimlichen wohl kannte, saß Spiegelchen demütig auf dem Stein und erwartete, was der Herr Pineiß etwa tun oder sagen würde. Als dieser aber begann und sagte: »Na, Katze! Soll ich dir deinen Schmer abkaufen?«, da verlor es die Hoffnung, denn es glaubte, der Stadthexenmeister wolle es seiner Magerkeit wegen verhöhnen. Doch erwiderte es bescheiden und lächelnd, um es mit niemand zu verderben: »Ach, der Herr Pineiß belieben zu scherzen!« – »Mitnichten!« rief Pineiß, »es ist mir voller Ernst! Ich brauche Katzenschmer vorzüglich zur Hexerei; aber er muß mir vertragsmäßig und freiwillig von den werten Herren Katzen abgetreten werden, sonst ist er unwirksam. Ich denke, wenn je ein wackeres Kätzlein in der Lage war, einen vorteilhaften Handel abzuschließen, so bist es du! Begib dich in meinen Dienst; ich füttere dich herrlich heraus, mache dich fett und kugelrund mit Würstchen und gebratenen Wachteln. Auf dem ungeheuer hohen alten Dache meines Hauses, welches nebenbei gesagt das köstlichste Dach von der Welt ist für eine Katze, voll interessanter Gegenden und Winkel, wächst auf den sonnigsten Höhen treffliches Spitzgras, grün wie Smaragd, schlank und fein in den Lüften schwankend, dich einladend, die zartesten Spitzen abzubeißen und zu genießen, wenn du dir an meinen Leckerbissen eine leichte Unverdaulichkeit zugezogen hast. So wirst du bei trefflicher Gesundheit bleiben und mir dereinst einen kräftigen brauchbaren Schmer liefern!«

Spiegel hatte schon längst die Ohren gespitzt und mit wässerndem Mäulchen gelauscht; doch war seinem geschwächten Verstande die Sache noch nicht klar, und er versetzte daher: »Das ist soweit nicht übel, Herr Pineiß! Wenn ich nur wüßte, wie ich alsdann, wenn ich doch, um Euch meinen Schmer abzutreten, mein Leben lassen muß, des verabredeten Preises habhaft werden und ihn genießen soll, da ich nicht mehr bin?« – »Des Preises habhaft zu werden?« sagte der Hexenmeister verwundert, »den Preis genießest du ja eben in den reichlichen und üppigen Speisen, womit ich dich fett mache, das versteht sich von selber! Doch will ich dich zu dem Handel nicht zwingen!« Und er machte Miene, sich von dannen begeben zu wollen. Aber Spiegel sagte hastig und ängstlich: »Ihr müßt mir wenigstens eine mäßige Frist gewähren über die Zeit meiner höchsten erreichten Rundheit und Fettigkeit hinaus, daß ich nicht so jählings von hinnen gehen muß, wenn jener angenehme und ach! so traurige Zeitpunkt herangekommen und entdeckt ist!«

»Es sei!« sagte Herr Pineiß mit anscheinender Gutmütigkeit, »bis zum nächsten Vollmond sollst du dich alsdann deines angenehmen Zustandes erfreuen dürfen, aber nicht länger! Denn in den abnehmenden Mond hinein darf es nicht gehen, weil dieser einen vermindernden Einfluß auf mein wohlerworbenes Eigentum ausüben würde.«

Das Kätzchen beeilte sich zuzuschlagen und unterzeichnete einen Vertrag, welchen der Hexenmeister im Vorrat bei sich führte, mit seiner scharfen Handschrift, welche sein letztes Besitztum und Zeichen besserer Tage war.

»Du kannst dich nun zum Mittagessen bei mir einfinden, Kater!« sagte der Hexer. »Punkt zwölf Uhr wird gegessen!« – »Ich werde so frei sein, wenn Ihr's erlaubt!« sagte Spiegel und fand sich pünktlich um die Mittagsstunde bei Herrn Pineiß ein. Dort begann nun während einiger Monate ein höchst angenehmes Leben für das Kätzchen; denn es hatte auf der Welt weiter nichts zu tun, als die guten Dinge zu verzehren, die man ihm vorsetzte, dem Meister bei der Hexerei zuzuschauen, wenn es mochte, und auf dem Dache spazierenzugehen. Dies Dach glich einem ungeheuren schwarzen Nebelspalter oder Dreiröhrenhut, wie man die großen Hüte der schwäbischen Bauern nennt, und wie ein solcher Hut ein Gehirn voller Nücken und Finten überschattet, so bedeckte dies Dach ein großes, dunkles und winkliges Haus voll Hexenwerk und Tausendsgeschichten. Herr Pineiß war ein Kann-Alles, welcher hundert Ämtchen versah, Leute kurierte, Wanzen vertilgte, Zähne auszog und Geld auf Zinsen lieh; er war der Vormünder aller Waisen und Witwen, schnitt in seinen Mußestunden Federn, das Dutzend für einen Pfennig, und machte schöne schwarze Tinte; er handelte mit Ingwer und Pfeffer, mit Wagenschmiere und Rosoli, mit Heftlein und Schuhnägeln, er renovierte die Turmuhr und machte jährlich den Kalender mit der Witterung, den Bauernregeln und dem Aderlaßmännchen; er verrichtete zehntausend rechtliche Dinge am hellen Tag um mäßigen Lohn und einige unrechtliche nur in der Finsternis und aus Privatleidenschaft, oder hing auch den rechtlichen, ehe er sie aus seiner Hand entließ, schnell noch ein unrechtliches Schwänzchen an, so klein wie die Schwänzchen der jungen Frösche, gleichsam nur der Possierlichkeit wegen. Überdies machte er das Wetter in schwierigen Zeiten, überwachte mit seiner Kunst die Hexen, und wenn sie reif waren, ließ er sie verbrennen; für sich trieb er die Hexerei nur als wissenschaftlichen Versuch und zum Hausgebrauch, so wie er auch die Stadtgesetze, die er redigierte und ins reine schrieb, unter der Hand probierte und verdrehte, um ihre Dauerhaftigkeit zu ergründen. Da die Seldwyler stets einen solchen Bürger brauchten, der alle unlustigen kleinen und großen Dinge für sie tat, so war er zum Stadthexenmeister ernannt worden und bekleidete dies Amt schon seit vielen Jahren mit unermüdlicher Hingebung und Geschicklichkeit, früh und spät. Daher war sein Haus von unten bis oben vollgestopft mit allen erdenklichen Dingen, und Spiegel hatte viel Kurzweil, alles zu besehen und zu beriechen.

Doch im Anfang gewann er keine Aufmerksamkeit für andere

Dinge als für das Essen. Er schlang gierig alles hinunter, was Pineiß ihm darreichte, und mochte kaum von einer Zeit zur anderen warten. Dabei überlud er sich den Magen und mußte wirklich auf das Dach gehen, um dort von den grünen Gräsern abzubeißen und sich von allerhand Unwohlsein zu kurieren. Als der Meister diesen Heißhunger bemerkte, freute er sich und dachte, das Kätzchen würde solcherweise recht bald fett werden, und je besser er daran wende, desto klüger verfahre und spare er im ganzen. Er baute daher für Spiegel eine ordentliche Landschaft in seiner Stube, indem er ein Wäldchen von Tannenbäumchen aufstellte, kleine Hügel von Steinen und Moos errichtete und einen kleinen See anlegte. Auf die Bäumchen setzte er duftig gebratene Lerchen, Finken, Meisen und Sperlinge, je nach der Jahreszeit, so daß da Spiegel immer etwas herunterzuholen und zu knabbern vorfand. In die kleinen Berge versteckte er in künstlichen Mauslöchern herrliche Mäuse, welche er sorgfältig mit Weizenmehl gemästet, dann ausgeweidet, mit zarten Speckriemchen gespickt und gebraten hatte. Einige dieser Mäuse konnte Spiegel mit der Hand hervorholen, andere waren zur Erhöhung des Vergnügens tiefer verborgen, aber an einen Faden gebunden, an welchem Spiegel sie behutsam hervorziehen mußte, wenn er diese Lustbarkeit einer nachgeahmten Jagd genießen wollte. Das Becken des Sees aber füllte Pineiß alle Tage mit frischer Milch, damit Spiegel in der süßen seinen Durst löschte, und ließ gebratene Gründlinge darin schwimmen, da er wußte, daß Katzen zuweilen auch die Fischerei lieben. Aber da nun Spiegel ein so herrliches Leben führte, tun und lassen, essen und trinken konnte, was ihm beliebte und wann es ihm einfiel, so gedieh er allerdings zusehends an seinem Leibe; sein Pelz wurde wieder glatt und glänzend und sein Auge munter; aber zugleich nahm er, da sich seine Geisteskräfte in gleichem Maße wieder ansammelten, bessere Sitten an; die wilde Gier legte sich, und weil er jetzt eine traurige Erfahrung hinter sich hatte, so wurde er nun klüger als zuvor. Er mäßigte sich in seinen Gelüsten und fraß nicht mehr, als ihm zuträglich war, indem er zugleich wieder vernünftigen und tiefsinnigen Betrachtungen nachging und die Dinge wieder durchschaute. So holte er eines Tages einen hübschen Krammetsvogel von den Ästen herunter, und als er denselben nachdenklich zerlegte, fand er dessen kleinen Magen ganz kugelrund angefüllt mit frischer unversehrter Speise. Grüne Kräutchen, artig zusammengerollt, schwarze und weiße Samenkörner und eine glänzend rote Beere waren da so niedlich und dicht ineinandergepfropft, als ob ein Mütterchen für ihren Sohn das Ränzchen zur Reise gepackt hätte. Als Spiegel den Vogel langsam verzehrt und das so vergnüglich gefüllte Mäglein an seine Klaue hing und philosophisch betrachtete, rührte ihn das Schicksal des armen Vogels, welcher nach so friedlich verbrachtem Geschäft so schnell sein Leben lassen gemußt, daß er nicht einmal die eingepackten Sachen verdauen konnte. »Was hat er nun davon gehabt, der arme Kerl«, sagte Spiegel, »daß er sich so fleißig und eifrig genährt hat, daß dies kleine Säckchen aussieht wie ein wohlvollbrachtes Tagewerk? Diese rote Beere ist es, die ihn aus dem freien Walde in die Schlinge des Vogelstellers gelockt hat. Aber er dachte doch, seine Sache noch besser zu machen und sein Leben an solchen Beeren zu fristen, während ich, der ich soeben den unglücklichen Vogel gegessen, daran mich nur um einen Schritt näher zum Tode gegessen habe! Kann man einen elenderen und feigeren Vertrag abschließen, als sein Leben noch ein Weilchen fristen zu lassen, um es dann um diesen Preis doch zu verlieren? Wäre nicht ein freiwilliger und schneller Tod vorzuziehen gewesen für einen entschlossenen Kater? Aber ich habe keine Gedanken gehabt, und nun, da ich wieder solche habe, sehe ich nichts vor mir als das Schicksal dieses Krammetsvogels; wenn ich rund genug bin, so muß ich von hinnen, aus keinem andern Grunde, als weil ich rund bin. Ein schöner Grund für einen lebenslustigen und gedankenreichen Katzmann! Ach, könnte ich aus dieser Schlinge kommen!«

Er vertiefte sich nun in vielfältige Grübeleien, wie das gelingen möchte; aber da die Zeit der Gefahr noch nicht da war, so wurde es ihm nicht klar, und er fand keinen Ausweg; aber als kluger Mann ergab er sich bis dahin der Tugend und der Selbstbeherrschung, welches immer die beste Vorschule und Zeitverwendung ist, bis sich etwas entscheiden soll. Er verschmähte das weiche Kissen, welches ihm Pineiß zurechtgelegt hatte, damit er fleißig darauf schlafen und fett werden sollte, und zog es vor, wieder auf schmalen Gesimsen und hohen gefährlichen Stellen zu liegen, wenn er ruhen wollte. Ebenso verschmähte er die gebratenen Vögel und die gespickten

Mäuse und fing sich lieber auf den Dächern, da er nun wieder einen rechtmäßigen Jagdgrund hatte, mit List und Gewandtheit einen schlichten lebendigen Sperling oder auf den Speichern eine flinke Maus, und solche Beute schmeckte ihm vortrefflicher als das gebratene Wild in Pineißens künstlichem Gehege, während sie ihn nicht zu fett machte; auch die Bewegung und Tapferkeit sowie der wiedererlangte Gebrauch der Tugend und Philosophie verhinderten ein zu schnelles Fettwerden, so daß Spiegel zwar gesund und glänzend aussah, aber zu Pineißens Verwunderung auf einer gewissen Stufe der Beleibtheit stehenblieb, welche lange nicht das erreichte, was der Hexenmeister mit seiner freundlichen Mästung bezweckte; denn dieser stellte sich darunter ein kugelrundes, schwerfälliges Tier vor, welches sich nicht vom Ruhekissen bewegte und aus eitel Schmer bestand. Aber hierin hatte sich seine Hexerei eben geirrt, und er wußte bei aller Schlauheit nicht, daß, wenn man einen Esel füttert, derselbe ein Esel bleibt, wenn man aber einen Fuchs speiset, derselbe nichts anders wird als ein Fuchs; denn jede Kreatur wächst sich nach ihrer Weise aus. Als Herr Pineiß entdeckte, wie Spiegel immer auf demselben Punkte einer wohlgenährten, aber geschmeidigen und rüstigen Schlankheit stehenblieb, ohne eine erkleckliche Fettigkeit anzusetzen, stellte er ihn eines Abends plötzlich zur Rede und sagte barsch: »Was ist das, Spiegel? Warum frissest du die guten Speisen nicht, die ich dir mit so viel Sorgfalt und Kunst präpariere und herstelle? Warum fängst du die gebratenen Vögel nicht auf den Bäumen, warum suchst du die leckeren Mäuschen nicht in den Berghöhlen? Warum fischest du nicht mehr in dem See? Warum pflegst du dich nicht? Warum schläfst du nicht auf dem Kissen? Warum strapazierst du dich und wirst mir nicht fett?« – »Ei, Herr Pineiß!« sagte Spiegel, »weil es mir wohler ist auf diese Weise! Soll ich meine kurze Frist nicht auf die Art verbringen, die mir am angenehmsten ist?« – »Wie?« rief Pineiß, »du sollst so leben, daß du dick und rund wirst, und nicht dich abjagen! Ich merke aber wohl, wo du hinauswillst! Du denkst mich zu äffen und hinzuhalten, daß ich dich in Ewigkeit in diesem Mittelzustande herumlaufen lasse? Mitnichten soll dir das gelingen! Es ist deine Pflicht, zu essen und zu trinken und dich zu pflegen, auf daß du dick werdest und Schmer bekommst! Auf der Stelle entsage daher dieser hinterlistigen und kontraktwidrigen Mäßigkeit, oder ich werde ein Wörtlein mit dir sprechen!«

Spiegel unterbrach sein behagliches Spinnen, das er angefangen, um seine Fassung zu behaupten, und sagte: »Ich weiß kein Sterbenswörtchen davon, daß in dem Kontrakt steht, ich solle der Mäßigkeit und einem gesunden Lebenswandel entsagen! Wenn der Herr Stadthexenmeister darauf gerechnet hat, daß ich ein fauler Schlemmer sei, so ist das nicht meine Schuld! Ihr tut tausend rechtliche Dinge des Tages, so lasset dieses auch noch hinzukommen und uns beide hübsch in der Ordnung bleiben; denn Ihr wißt ja wohl, daß Euch mein Schmer nur nützlich ist, wenn er auf rechtliche Weise erwachsen!« – »Ei du Schwätzer!« rief Pineiß erbost, »willst du mich belehren? Zeig her, wie weit bist du denn eigentlich gediehen, du Müßiggänger? Vielleicht kann man dich doch bald abtun!« Er griff dem Kätzchen an den Bauch; allein dieses fühlte sich dadurch unangenehm gekitzelt und hieb dem Hexenmeister einen scharfen Kratz über die Hand. Diesen betrachtete Pineiß aufmerksam, dann sprach er: »Stehen wir so miteinander, du Bestie? Wohlan, so erkläre ich dich hiermit feierlich, kraft des Vertrages, für fett genug! Ich begnüge mich mit dem Ergebnis und werde mich desselben zu versichern wissen! In fünf Tagen ist der Mond voll, und bis dahin magst du dich noch deines Lebens erfreuen, wie es geschrieben steht, und nicht eine Minute länger!« Damit kehrte er ihm den Rücken und überließ ihn seinen Gedanken.

Diese waren jetzt sehr bedenklich und düster. So war denn die Stunde doch nahe, wo der gute Spiegel seine Haut lassen sollte? Und war mit aller Klugheit gar nichts mehr zu machen? Seufzend stieg er auf das hohe Dach, dessen Firste dunkel in den schönen Herbstabendhimmel emporragten. Da ging der Mond über der Stadt auf und warf seinen Schein auf die schwarzen bemoosten Hohlziegel des alten Daches, ein lieblicher Gesang tönte in Spiegels Ohren, und eine schneeweiße Kätzin wandelte glänzend über einen benachbarten First weg. Sogleich vergaß Spiegel seine Todesaussichten, in welchen er lebte, und erwiderte mit seinem schönsten Katerliede den Lobgesang der Schönen. Er eilte ihr entgegen und war bald im hitzigen Gefecht mit drei fremden Katern begriffen, die er mutig und wild in die Flucht schlug. Dann machte er der Dame feurig und ergeben den Hof und brachte Tag und Nacht bei ihr zu, ohne an den Pineiß zu denken oder im Hause sich sehen zu lassen. Er sang wie eine Nachtigall die schönen Mondnächte hindurch, jagte hinter der weißen Geliebten her über die Dächer, durch die Gärten, und rollte mehr als einmal im heftigen Minnespiel oder im Kampfe mit den Rivalen über hohe Dächer hinunter und fiel auf die Straße; aber nur um sich aufzuraffen, das Fell zu schütteln und die wilde Jagd seiner Leidenschaften von neuem anzuheben. Stille und laute Stunden, süße Gefühle und zorniger Streit, anmutiges Zwiegespräch, witziger Gedankenaustausch, Ränke und Schwänke der Liebe und Eifersucht, Liebkosungen und Raufereien, die Gewalt des Glückes und die Leiden des Unsterns ließen den verliebten Spiegel nicht zu sich selbst kommen, und als die Scheibe des Mondes voll geworden, war er von allen diesen Aufregungen und Leidenschaften so heruntergekommen, daß er jämmerlicher, magerer und zerzauster aussah als je. Im selben Augenblicke rief ihm Pineiß aus einem Dachtürmchen: »Spiegelchen, Spiegelchen! Wo bist du? Komm doch ein bißchen nach Hause!«

Da schied Spiegel von der weißen Freundin, welche zufrieden und kühl miauend ihrer Wege ging, und wandte sich stolz seinem Henker zu. Dieser stieg in die Küche hinunter, raschelte mit dem Kontrakt und sagte: »Komm Spiegelchen, komm Spiegelchen!«, und Spiegel folgte ihm und setzte sich in der Hexenküche trotzig vor den Meister hin in all seiner Magerkeit und Zerzaustheit. Als Herr Pineiß erblickte, wie er so schmählich um seinen Gewinn gebracht war, sprang er wie besessen in die Höhe und schrie wütend: »Was seh ich? Du Schelm, du gewissenloser Spitzbube! Was hast du mir getan?« Außer sich vor Zorn griff er nach einem Besen und wollte Spiegelein schlagen; aber dieser krümmte den schwarzen Rücken, ließ die Haare emporstarren, daß ein fahler Schein darüber knisterte, legte die Ohren zurück, prustete und funkelte den Alten so grimmig an, daß dieser voll Furcht und Entsetzen drei Schritt zurücksprang. Er begann zu fürchten, daß er einen Hexenmeister vor sich habe, welcher ihn foppe und mehr könne als er selbst. Ungewiß und kleinlaut sagte er: »Ist der ehrsame Herr Spiegel vielleicht vom Handwerk? Sollte ein gelehrter Zaubermeister beliebt haben, sich in dero äußere Gestalt zu verkleiden, da er nach Gefallen über sein

Leibliches gebieten und genau so beleibt werden kann als ihm angenehm dünkt, nicht zu wenig und nicht zu viel, oder unversehens so mager wird wie ein Gerippe, um dem Tode zu entschlüpfen?«

Spiegel beruhigte sich wieder und sprach ehrlich: »Nein, ich bin kein Zauberer! Es ist allein die süße Gewalt der Leidenschaft, welche mich so heruntergebracht und zu meinem Vergnügen Euer Fett dahingenommen hat. Wenn wir übrigens jetzt unser Geschäft von neuem beginnen wollen, so will ich tapfer dabeisein und dreinbeißen! Setzt mir nur eine recht schöne und große Bratwurst vor, denn ich bin ganz erschöpft und hungrig!« Da packte Pineiß den Spiegel wütend am Kragen, sperrte ihn in den Gänsestall, der immer leer war, und schrie: »Da sieh zu, ob dir deine süße Gewalt der Leidenschaft noch einmal heraushilft und ob sie stärker ist als die Gewalt der Hexerei und meines rechtlichen Vertrages! Jetzt heißt's: Vogel friß und stirb!« Sogleich briet er eine lange Wurst, die so lecker duftete, daß er sich nicht enthalten konnte, selbst ein bißchen an beiden Zipfeln zu schlecken, ehe er sie durch das Gitter steckte. Spiegel fraß sie von vorn bis hinten auf, und indem er sich behaglich den Schnurrbart putzte und den Pelz leckte, sagte er zu sich selber: »Meiner Seel! Es ist doch eine schöne Sache um die Liebe! Die hat mich für diesmal wieder aus der Schlinge gezogen. Jetzt will ich mich ein wenig ausruhen und trachten, daß ich durch Beschaulichkeit und gute Nahrung wieder zu vernünftigen Gedanken komme! Alles hat seine Zeit! Heute ein bißchen Leidenschaft, morgen ein wenig Besonnenheit und Ruhe, ist jedes in seiner Weise gut. Dies Gefängnis ist gar nicht so übel, und es läßt sich gewiß etwas Ersprießliches darin ausdenken!« Pineiß aber nahm sich nun zusammen und bereitete alle Tage mit aller seiner Kunst solche Leckerbissen und in solch reizender Abwechslung und Zuträglichkeit, daß der gefangene Spiegel denselben nicht widerstehen konnte; denn Pineißens Vorrat an freiwilligem und rechtmäßigem Katzenschmer nahm alle Tage mehr ab und drohte nächstens ganz auszugehen, und dann war der Hexer ohne dies Hauptmittel ein geschlagener Mann. Aber der gute Hexenmeister nährte mit dem Leibe Spiegels dessen Geist immer wieder mit, und es war durchaus nicht von dieser unbequemen Zutat loszukommen, weshalb auch seine Hexerei sich hier als lückenhaft erwies.

Als Spiegel in seinem Käfig ihm endlich fett genug dünkte, säumte er nicht länger, sondern stellte vor den Augen des aufmerksamen Katers alle Geschirre zurecht und machte ein helles Feuer auf dem Herd, um den lang ersehnten Gewinn auszukochen. Dann wetzte er ein großes Messer, öffnete den Kerker, zog Spiegelchen hervor, nachdem er die Küchentüre wohl verschlossen, und sagte wohlgemut: »Komm, du Sapperlöter! Wir wollen dir den Kopf abschneiden vorderhand und dann das Fell abziehen! Dieses wird eine warme Mütze für mich geben, woran ich Einfältiger noch gar nicht gedacht habe! Oder soll ich dir erst das Fell abziehen und dann den Kopf abschneiden?« – »Nein, wenn es Euch gefällig ist«, sagte Spiegel demütig, »lieber zuerst den Kopf abschneiden!« »Hast recht, du armer Kerl!« sagte Herr Pineiß, »wir wollen dich nicht unnütz quälen! Alles, was recht ist!« – »Dies ist ein wahres Wort!« sagte Spiegel mit einem erbärmlichen Seufzer und legte das Haupt ergebungsvoll auf die Seite. »Oh, hätt ich doch jederzeit getan, was recht ist, und nicht eine so wichtige Sache leichtsinnig unterlassen, so könnte ich jetzt mit besserm Gewissen sterben, denn ich sterbe gern; aber ein Unrecht erschwert mir den sonst so willkommenen Tod; denn was bietet mir das Leben? Nichts als Furcht, Sorge und Armut und zur Abwechslung einen Sturm verzehrender Leidenschaft, die noch schlimmer ist als die stille, zitternde Furcht!« – »Ei, welches Unrecht, welche wichtige Sache?« fragte Pineiß neugierig. »Ach, was hilft das Reden jetzt noch«, seufzte Spiegel, »geschehen ist geschehen, und jetzt ist Reue zu spät!« – »Siehst du, Sappermenter, was für ein Sünder du bist«, sagte Pineiß, »und wie wohl du deinen Tod verdienst? Aber was Tausend hast du denn angestellt? Hast du mir vielleicht etwas entwendet, entfremdet, verdorben? Hast du mir ein himmelschreiendes Unrecht getan, von dem ich noch gar nichts weiß, ahne, vermute, du Satan? Das sind mir schöne Geschichten! Gut, daß ich noch dahinterkomme! Auf der Stelle beichte mir, oder ich schinde und siede dich lebendig aus! Wirst du sprechen oder nicht?« – »Ach nein!« sagte Spiegel, »wegen Euch habe ich mir nichts vorzuwerfen. Es betrifft die zehntausend Goldgülden meiner seligen Gebieterin – aber was hilft Reden! – Zwar – wenn ich bedenke und Euch ansehe, so möchte es vielleicht doch nicht ganz zu spät sein – wenn ich Euch betrachte, so sehe ich, daß Ihr ein noch ganz schöner und rüstiger Mann seid, in den besten Jahren – sagt doch, Herr Pineiß: habt Ihr noch nie etwa den Wunsch verspürt, Euch zu verehelichen, ehrbar und vorteilhaft? Aber was schwatze ich! Wie wird ein so kluger und kunstreicher Mann auf dergleichen müßige Gedanken kommen! Wie wird ein so nützlich beschäftigter Meister an törichte Weiber denken! Zwar allerdings hat auch die Schlimmste noch irgendwas an sich, was etwa nützlich für einen Mann ist, das ist nicht abzuleugnen! Und wenn sie nur halbwegs was taugt, so ist eine gute Hausfrau etwa weiß am Leibe, sorgfältig im Sinne, zutulich von Sitten, treu von Herzen, sparsam im Verwalten, aber verschwenderisch in der Pflege ihres Mannes, kurzweilig in Worten und angenehm in ihren Taten, einschmeichelnd in ihren Handlungen! Sie küßt den Mann mit ihrem Munde und streichelt ihm den Bart, sie umschließt ihn mit ihren Armen und krault ihm hinter den Ohren, wie er es wünscht, kurz, sie tut tausend Dinge, die nicht zu verwerfen sind. Sie hält sich ihm ganz nah zu oder in bescheidener Entfernung, je nach seiner Stimmung, und wenn er seinen Geschäften nachgeht, so stört sie ihn nicht, sondern verbreitet unterdessen sein Lob in und außer dem Hause; denn sie läßt nichts an ihn kommen und rühmt alles, was an ihm ist! Aber das Anmutigste ist die wunderbare Beschaffenheit ihres zarten leiblichen Daseins, welches die Natur so verschieden gemacht hat von unserm Wesen bei anscheinender Menschenähnlichkeit, daß es ein fortwährendes Meerwunder in einer glückhaften Ehe bewirkt und eigentlich die allerdurchtriebenste Hexerei in sich birgt! Doch was schwatze ich da wie ein Tor an der Schwelle des Todes! Wie wird ein weiser Mann auf dergleichen Eitelkeiten sein Augenmerk richten! Verzeiht, Herr Pineiß, und schneidet mir den Kopf ab!«

Pineiß aber rief heftig: »So halt doch endlich inne, du Schwätzer! und sage mir: Wo ist eine solche, und hat sie zehntausend Goldgülden?«

»Zehntausend Goldgülden?« sagte Spiegel.

»Nun ja«, rief Pineiß ungeduldig, »sprachest du nicht eben erst davon?«

»Nein«, antwortete jener, »das ist eine andere Sache! Die liegen vergraben an einem Orte!«

»Und was tun sie da, wem gehören sie?« schrie Pineiß.

»Niemand gehören sie, das ist eben meine Gewissensbürde, denn ich hätte sie unterbringen sollen! Eigentlich gehören sie jenem, der eine solche Person heiratet, wie ich eben beschrieben habe. Aber wie soll man drei solche Dinge zusammenbringen in dieser gottlosen Stadt: zehntausend Goldgülden, eine weiße, feine und gute Hausfrau und einen weisen, rechtschaffenen Mann? Daher ist eigentlich meine Sünde nicht allzugroß, denn der Auftrag war zu schwer für eine arme Katze!«

»Wenn du jetzt«, rief Pineiß, »nicht bei der Sache bleibst und sie verständlich der Ordnung nach dartust, so schneide ich dir vorläufig den Schwanz und beide Ohren ab! Jetzt fang an!«

»Da Ihr es befehlt, so muß ich die Sache wohl erzählen«, sagte Spiegel und setzte sich gelassen auf seine Hinterfüße, »obgleich dieser Aufschub meine Leiden nur vergrößert!«

Pineiß steckte das scharfe Messer zwischen sich und Spiegel in die Diele und setzte sich neugierig auf ein Fäßchen, um zuzuhören, und Spiegel fuhr fort:

»Ihr wisset doch, Herr Pineiß, daß die brave Person, meine selige Meisterin, unverheiratet gestorben ist als eine alte Jungfer, die in aller Stille viel Gutes getan und niemanden zuwider gelebt hat. Aber nicht immer war es um sie her so still und ruhig zugegangen, und obgleich sie niemals von bösem Gemüt gewesen, so hatte sie doch einst viel Leid und Schaden angerichtet; denn in ihrer Jugend war sie das schönste Fräulein weit und breit, und was von jungen Herren und kecken Gesellen in der Gegend war oder des Weges kam, verliebte sich in sie und wollte sie durchaus heiraten. Nun hatte sie wohl große Lust, zu heiraten und einen hübschen, ehrenfesten und klugen Mann zu nehmen, und sie hatte die Auswahl, da sich Einheimische und Fremde um sie stritten und einander mehr als einmal die Degen in den Leib rannten, um den Vorrang zu gewinnen. Es bewarben sich um sie und versammelten sich kühne und verzagte, listige und treuherzige, reiche und arme Freier, solche mit einem guten und anständigen Geschäft und solche, welche als Kavaliere zierlich von ihren Renten lebten; dieser mit diesen, jener mit jenen Vorzügen, beredt oder schweigsam, der eine munter und liebenswürdig, und ein anderer schien es mehr in sich zu haben, wenn er auch etwas einfältig aussah; kurz, das Fräulein hatte eine so vollkommene Auswahl, wie es ein mannbares Frauenzimmer sich nur wünschen kann. Allein sie besaß außer ihrer Schönheit ein schönes Vermögen von vielen tausend Goldgülden, und diese waren die Ursache, daß sie nie dazu kam, eine Wahl treffen und einen Mann nehmen zu können, denn sie verwaltete ihr Gut mit trefflicher Umsicht und Klugheit und legte einen großen Wert auf dasselbe, und da nun der Mensch immer von seinen eigenen Neigungen aus andere beurteilt, so geschah es, daß sie, sobald sich ihr ein achtungswerter Freier genähert und ihr halbwegs gefiel, alsobald sich einbildete, derselbe begehre sie nur um ihres Gutes willen. War einer reich, so glaubte sie, er würde sie doch nicht begehren, wenn sie nicht auch reich wäre, und von den Unbemittelten nahm sie vollends als gewiß an, daß sie nur ihre Goldgülden im Auge hätten und sich daran gedächten gütlich zu tun, und das arme Fräulein, welches doch selbst so große Dinge auf den irdischen Besitz hielt, war nicht imstande, diese Liebe zu Geld und Gut an ihren Freiern von der Liebe zu ihr selbst zu unterscheiden oder, wenn sie wirklich etwa vorhanden war, dieselbe nachzusehen und zu verzeihen. Mehrere Male war sie schon so gut wie verlobt, und ihr Herz klopfte endlich stärker; aber plötzlich glaubte sie aus irgendeinem Zuge zu entnehmen, daß sie verraten sei und man einzig an ihr Vermögen denke, und sie brach unverweilt die Geschichte entzwei und zog sich voll Schmerzen, aber unerbittlich zurück. Sie prüfte alle, welche ihr nicht mißfielen, auf hundert Arten, so daß eine große Gewandtheit dazu gehörte, nicht in die Falle zu gehen, und zuletzt keiner mehr sich mit einiger Hoffnung nähern konnte, als wer ein durchaus geriebener und verstellter Mensch war, so daß schon aus diesen Gründen endlich die Wahl wirklich schwer wurde, weil solche Menschen dann zuletzt doch eine unheimliche Unruhe erwecken und die peinlichste Ungewißheit bei einer Schönen zurücklassen, je geriebener und geschickter sie sind. Das Hauptmittel, ihre Anbeter zu prüfen, war, daß sie ihre Uneigennützigkeit auf die Probe stellte und sie alle Tage zu großen Ausgaben, zu reichen Geschenken und zu wohltätigen Handlungen veranlaßte. Aber sie mochten es machen, wie sie wollten, so trafen sie doch nie das Rechte; denn zeigten sie sich freigebig und aufopfernd, gaben sie glänzende Feste, brachten sie ihr Geschenke dar oder anvertrauten ihr beträchtliche Gelder für die Armen, so sagte sie plötzlich, dies alles geschehe nur, um mit einem Würmchen den Lachs zu fangen oder mit der Wurst nach der Speckseite zu werfen, wie man zu sagen pflegt. Und sie vergabte die Geschenke sowohl wie das anvertraute Geld an Klöster und milde Stiftungen und speiste die Armen; aber die betrogenen Freier wies sie unbarmherzig ab. Bezeigten sich dieselben aber zurückhaltend oder gar knauserig, so war der Stab sogleich über sie gebrochen, da sie das noch viel übler nahm und daran eine schnöde und nackte Rücksichtslosigkeit und Eigenliebe zu erkennen glaubte. So kam es, daß sie, welche ein reines und nur ihrer Person hingegebenes Herz suchte, zuletzt von lauter verstellten, listigen und eigensüchtigen Freiersleuten umgeben war, aus denen sie nie klug wurde und die ihr das Leben verbitterten. Eines Tages fühlte sie sich so mißmutig und trostlos, daß sie ihren ganzen Hof aus dem Hause wies, dasselbe zuschloß und nach Mailand verreiste, wo sie eine Base hatte. Als sie über den Sankt Gotthard ritt auf einem Eselein, war ihre Gesinnung so schwarz und schaurig wie das wilde Gestein, das sich aus den Abgründen emportürmte, und sie fühlte die heftigste Versuchung, sich von der Teufelsbrücke in die tobenden Gewässer der Reuß hinabzustürzen. Nur mit der größten Mühe gelang es den zwei Mägden, die sie bei sich hatte und die ich selbst noch gekannt habe, welche aber nun schon lange tot sind, und dem Führer, sie zu beruhigen und von der finstern Anwandlung abzubringen. Doch langte sie bleich und traurig in dem schönen Land Italien an, und so blau dort der Himmel war, wollten sich ihre dunklen Gedanken doch nicht aufhellen. Aber als sie einige Tage bei ihrer Base verweilt, sollte unverhofft eine andere Melodie ertönen und ein Frühlingsanfang in ihr aufgehen, von dem sie bis dato noch nicht viel gewußt. Denn es kam ein junger Landsmann in das Haus der Base, der ihr gleich beim ersten Anblick so wohl gefiel, daß man wohl sagen kann, sie verliebte sich jetzt von selbst und zum ersten Mal. Es war ein schöner Jüngling, von guter Erziehung und edlem Benehmen, nicht arm und nicht reich zur Zeit, denn er hatte nichts als zehntausend Goldgülden, welche er von seinen verstorbenen Eltern ererbt und womit er, da er die Kaufmannschaft erlernt hatte, in Mailand einen Handel mit Seide begründen wollte; denn er war unternehmend und klar von Gedanken und hatte eine glückliche Hand, wie es unbefangene und unschuldige Leute oft haben; denn auch dies war der junge Mann; er schien, so wohlgelehrt er war, doch so arglos und unschuldig wie ein Kind. Und obgleich er ein Kaufmann war und ein so unbefangenes Gemüt, was schon zusammen eine köstliche Seltenheit ist, so war er doch fest und ritterlich in seiner Haltung und trug sein Schwert so keck zur Seite, wie nur ein geübter Kriegsmann es tragen kann. Dies alles sowie seine frische Schönheit und Jugend bezwangen das Herz des Fräuleins dermaßen, daß sie kaum an sich halten konnte und ihm mit großer Freundlichkeit begegnete. Sie wurde wieder heiter, und wenn sie dazwischen auch traurig war, so geschah dies in dem Wechsel der Liebesfurcht und Hoffnung, welche immerhin ein edleres und angenehmeres Gefühl war als jene peinliche Verlegenheit in der Wahl, welche sie früher unter den vielen Freiern empfunden. Jetzt kannte sie nur eine Mühe und Besorgnis, diejenige nämlich, dem schönen und guten Jüngling zu gefallen, und je schöner sie selbst war, desto demütiger und unsicherer war sie jetzt, da sie zum ersten Male eine wahre Neigung gefaßt hatte. Aber auch der junge Kaufmann hatte noch nie eine solche Schönheit gesehen oder war wenigstens noch keiner so nahe gewesen und von ihr so freundlich und artig behandelt worden. Da sie nun, wie gesagt, nicht nur schön, sondern auch gut von Herzen und fein von Sitten war, so ist es nicht zu verwundern, daß der offene und frische Jüngling, dessen Herz noch ganz frei und unerfahren war, sich ebenfalls in sie verliebte und das mit aller Kraft und Rückhaltlosigkeit, die in seiner ganzen Natur lag. Aber vielleicht hätte das nie jemand erfahren, wenn er in seiner Einfalt nicht aufgemuntert worden wäre durch des Fräuleins Zutulichkeit, welche er mit heimlichem Zittern und Zagen für eine Erwiderung seiner Liebe zu halten wagte, da er selber keine Verstellung kannte. Doch bezwang er sich einige Wochen und glaubte die Sache zu verheimlichen; aber jeder sah ihm von weitem an, daß er zum Sterben verliebt war, und wenn er irgend in die Nähe des Fräuleins geriet oder sie nur genannt wurde, so sah man auch gleich, in wen er verliebt war. Er war aber nicht lange verliebt, sondern begann wirklich zu lieben mit aller Heftigkeit seiner Jugend, so daß ihm das Fräulein das Höchste und Beste auf der Welt wurde, an welches er ein für allemal das Heil und den ganzen Wert seiner eigenen Person setzte.

Dies gefiel ihr über die Maßen wohl; denn es war in allem, was er sagte oder tat, eine andere Art, als sie bislang erfahren, und dies bestärkte und rührte sie so tief, daß sie nun gleichermaßen der stärksten Liebe anheimfiel und nun nicht mehr von einer Wahl für sie die Rede war. Jedermann sah diese Geschichte spielen, und es wurde offen darüber gesprochen und vielfach gescherzt. Dem Fräulein war es höchlich wohl dabei, und indem ihr das Herz vor banger Erwartung zerspringen wollte, half sie den Roman von ihrer Seite doch ein wenig verwickeln und ausspinnen, um ihn recht auszukosten und zu genießen. Denn der junge Mann beging in seiner Verwirrung so köstliche und kindliche Dinge, dergleichen sie niemals erfahren und für sie einmal schmeichelhafter und angenehmer waren als das andere. Er aber in seiner Gradheit und Ehrlichkeit konnte es nicht lange so aushalten; da jeder darauf anspielte und sich einen Scherz erlaubte, so schien es ihm eine Komödie zu werden, als deren Gegenstand ihm seine Geliebte viel zu gut und heilig war, und was ihr ausnehmend behagte, das machte ihn bekümmert, ungewiß und verlegen um sie selber. Auch glaubte er sie zu beleidigen und zu hintergehen, wenn er da lange eine so heftige Leidenschaft zu ihr herumtrüge und unaufhörlich an sie denke, ohne daß sie eine Ahnung davon habe, was doch gar nicht schicklich sei und ihm selber nicht recht! Daher sah man ihm eines Morgens von weitem an, daß er etwas vorhatte, und er bekannte ihr seine Liebe in einigen Worten, um es *ein* Mal und nie zum zweiten Mal zu sagen, wenn er nicht glücklich sein sollte. Denn er war nicht gewohnt zu denken, daß ein solches schönes und wohlbeschaffenes Fräulein etwa nicht ihre wahre Meinung sagen und nicht auch gleich zum ersten Mal ihr unwiderrufliches Ja oder Nein erwidern sollte. Er war ebenso zart gesinnt als heftig verliebt, ebenso spröde als kindlich und ebenso stolz als unbefangen, und bei ihm galt es gleich auf Tod und Leben, auf Ja oder Nein, Schlag um Schlag. In demselben Augenblicke aber, in welchem das Fräulein sein Geständnis anhörte, das sie so sehnlich erwartet, überfiel sie ihr altes Mißtrauen, und es fiel ihr zur unglücklichen Stunde ein, daß ihr Liebhaber ein Kaufmann sei, welcher am Ende nur ihr Vermögen zu erlangen wünsche, um seine Unternehmungen zu erweitern. Wenn er daneben auch ein wenig in ihre Person verliebt sein sollte, so wäre ja das bei ihrer Schönheit kein sonderliches Verdienst und nur um so empörender, wenn sie eine bloße wünschbare Zugabe zu ihrem Golde vorstellen sollte. Anstatt ihm daher ihre Gegenliebe zu gestehen und ihn wohl aufzunehmen, wie sie am liebsten getan hätte, ersann sie auf der Stelle eine neue List, um seine Hingebung zu prüfen, und nahm eine ernste, fast traurige Miene an, indem sie ihm vertraute, wie sie bereits mit einem jungen Mann verlobt sei in ihrer Heimat, welchen sie auf das allerherzlichste liebe. Sie habe ihm das schon mehrmals mitteilen wollen, da sie ihn, den Kaufmann nämlich, als Freund sehr lieb habe, wie er wohl habe sehen können aus ihrem Benehmen, und sie vertraue ihm wie einem Bruder. Aber die ungeschickten Scherze, welche in der Gesellschaft aufgekommen seien, hätten ihr eine vertrauliche Unterhaltung erschwert; da er nun aber selbst sie mit seinem braven und edlen Herzen überrascht und dasselbe vor ihr aufgetan, so könne sie ihm für seine Neigung nicht besser danken, als indem sie ihm ebenso offen sich anvertraue. Ja, fuhr sie fort, nur demjenigen könne sie angehören, welchen sie einmal erwählt habe, und nie würde es ihr möglich sein, ihr Herz einem andern Mannesbilde zuzuwenden, dies stehe mit goldenem Feuer in ihrer Seele geschrieben, und der liebe Mann wisse selbst nicht, wie lieb er ihr sei, so wohl er sie auch kenne. Aber ein trüber Unstern hätte sie betroffen: ihr Bräutigam sei ein Kaufmann, aber so arm wie eine Maus; darum hätten sie den Plan gefaßt, daß er aus den Mitteln der Braut einen Handel begründen solle; der Anfang sei gemacht und alles auf das beste eingeleitet, die Hochzeit sollte in diesen Tagen gefeiert werden, da wollte ein unverhofftes Mißgeschick, daß ihr ganzes Vermögen plötzlich ihr angetastet und abgestritten wurde und vielleicht für immer verlorengehe, während der arme Bräutigam in nächster Zeit seine ersten Zahlungen zu leisten habe an die Mailänder und venezianischen Kaufleute, worauf sein ganzer Kredit, sein Gedeihen und seine Ehre beruhe, nicht zu sprechen von ihrer Vereinigung und glücklichen Hochzeit! Sie sei in der Eile nach Mailand gekommen, wo sie begüterte Verwandte habe, um da Mittel und Auswege zu finden; aber zu einer schlimmen Stunde sei sie gekommen; denn nichts wolle sich fügen und schicken, während der Tag immer näherrücke, und wenn sie ihrem Geliebten nicht helfen könne, so müsse sie sterben vor Traurigkeit. Denn es sei der liebste und beste Mensch, den man sich denken könne, und würde sicherlich ein großer Kaufherr werden, wenn ihm geholfen würde, und sie kenne kein anderes Glück mehr auf Erden, als dann dessen Gemahlin zu sein! Als sie diese Erzählung beendet, hatte sich der arme schöne Jüngling schon lange entfärbt und war bleich wie ein weißes Tuch. Aber er ließ keinen Laut der Klage vernehmen und sprach nicht ein Sterbenswörtchen mehr von sich selbst und von seiner Liebe, sondern fragte bloß traurig, auf wieviel sich denn die eingegangenen Verpflichtungen des glücklich unglücklichen Bräutigams beliefen? Auf zehntausend Goldgülden! antwortete sie noch viel trauriger. Der junge traurige Kaufherr stand auf, ermahnte das Fräulein, guten Mutes zu sein, da sich gewiß ein Ausweg zeigen werde, und entfernte sich von ihr, ohne daß er sie anzusehen wagte; so sehr fühlte er sich betroffen und beschämt, daß er sein Auge auf eine Dame geworfen, die so treu und leidenschaftlich einen anderen liebte. Denn der Arme glaubte jedes Wort von ihrer Erzählung wie ein Evangelium. Dann begab er sich ohne Säumnis zu seinen Handelsfreunden und brachte sie durch Bitten und Einbüßung einer gewissen Summe dahin, seine Bestellungen und Einkäufe wieder rückgängig zu machen, welche er selbst in diesen Tagen auch grad mit seinen zehntausend Goldgülden bezahlen sollte und worauf er seine ganze Laufbahn baute, und ehe sechs Stunden verflossen waren, erschien er wieder bei dem Fräulein mit seinem ganzen Besitztum und bat sie um Gottes willen, diese Aushilfe von ihm annehmen zu wollen. Ihre Augen funkelten vor freudiger Überraschung, und ihre Brust pochte wie ein Hammerwerk; sie fragte ihn, wo er denn dies Kapital hergenommen, und er erwiderte, er habe es auf seinen guten Namen geliehen und würde es, da seine Geschäfte sich glücklich wendeten, ohne Unbequemlichkeit zurückerstatten können. Sie sah ihm deutlich an, daß er log und daß es sein einziges Vermögen und ganze Hoffnung war, welche er ihrem Glücke opferte; doch stellte sie sich, als glaubte sie seinen Worten. Sie ließ ihren freudigen Empfindungen freien Lauf und tat grausamerweise, als ob diese dem Glücke gälten, nun doch ihren Erwählten retten und heiraten zu dürfen, und sie konnte nicht Worte finden, ihre Dankbarkeit auszudrücken. Doch plötzlich besann sie sich und erklärte, nur unter *einer* Bedingung die großmütige Tat annehmen zu können, da sonst alles

Zureden unnütz wäre. Befragt, worin diese Bedingung bestehe, verlangte sie das heilige Versprechen, daß er an einem bestimmten Tage sich bei ihr einfinden wolle, um ihrer Hochzeit beizuwohnen und der beste Freund und Gönner ihres zukünftigen Ehegemahls zu werden sowie der treuste Freund, Schützer und Berater ihrer selbst. Errötend bat er sie, von diesem Begehren abzustehen; aber umsonst wandte er alle Gründe an, um sie davon abzubringen, umsonst stellte er ihr vor, daß seine Angelegenheiten jetzt nicht erlaubten, nach der Schweiz zurückzureisen und daß er von einem solchen Abstecher einen erheblichen Schaden erleiden würde. Sie beharrte entschieden auf ihrem Verlangen und schob ihm sogar sein Gold wieder zu, da er sich nicht dazu verstehen wollte. Endlich versprach er es, aber er mußte ihr die Hand darauf geben und es ihr bei seiner Ehre und Seligkeit beschwören. Sie bezeichnete ihm genau den Tag und die Stunde, wann er eintreffen solle, und alles dies mußte er bei seinem Christenglauben und bei seiner Seligkeit beschwören. Erst dann nahm sie sein Opfer an und ließ den Schatz vergnügt in ihre Schlafkammer tragen, wo sie ihn eigenhändig in ihrer Reisetruhe verschloß und den Schlüssel in den Busen steckte. Nun hielt sie sich nicht länger in Mailand auf, sondern reiste ebenso fröhlich über den Sankt Gotthard zurück, als schwermütig sie hergekommen war. Auf der Teufelsbrücke, wo sie hatte hinabspringen wollen, lachte sie wie eine Unkluge und warf mit hellem Jauchzen ihrer wohlklingenden Stimme einen Granatblütenstrauß in die Reuß, welchen sie vor der Brust trug, kurz, ihre Lust war nicht zu bändigen, und es war die fröhlichste Reise, die je getan wurde. Heimgekehrt, öffnete und lüftete sie ihr Haus von oben bis unten und schmückte es, als ob sie einen Prinzen erwartete. Aber zu Häupten ihres Bettes legte sie den Sack mit den zehntausend Goldgülden und legte des Nachts den Kopf so glückselig auf den harten Klumpen und schlief darauf, wie wenn es das weichste Flaumkissen gewesen wäre. Kaum konnte sie den verabredeten Tag erwarten, wo sie ihn sicher kommen sah, da sie wußte, daß er nicht das einfachste Versprechen, geschweige denn einen Schwur brechen würde, und wenn es ihm um das Leben ginge. Aber der Tag brach an, und der Geliebte erschien nicht, und es vergingen viele Tage und Wochen, ohne daß er von sich hören ließ. Da fing sie an, an allen Gliedern zu zittern und verfiel in die größte Angst und Bangigkeit; sie schickte Briefe über Briefe nach Mailand, aber niemand wußte ihr zu sagen, wo er geblieben sei. Endlich aber stellte es sich durch einen Zufall heraus, daß der junge Kaufherr aus einem blutroten Stück Seidendamast, welches er von seinem Handelsanfang her im Haus liegen und bereits bezahlt hatte, sich ein Kriegskleid hatte anfertigen lassen und unter die Schweizer gegangen war, welche damals eben im Solde des Königs Franz von Frankreich den Mailändischen Krieg mitstritten. Nach der Schlacht bei Pavia, in welcher so viele Schweizer das Leben verloren, wurde er auf einem Haufen erschlagener Spaniolen liegend gefunden, von vielen tödlichen Wunden zerrissen und sein rotes Seidengewand von unten bis oben zerschlitzt und zerfetzt. Eh er den Geist aufgab, sagte er einem neben ihm liegenden Seldwyler, der minder übel zugerichtet war, folgende Botschaft ins Gedächtnis und bat ihn, dieselbe auszurichten, wenn er mit dem Leben davonkäme: ›Liebstes Fräulein! Obgleich ich Euch bei meiner Ehre, bei meinem Christenglauben und bei meiner Seligkeit geschworen habe, auf Eurer Hochzeit zu erscheinen, so ist es mir dennoch nicht möglich gewesen, Euch nochmals zu sehen und einen andern des höchsten Glückes teilhaftig zu erblicken, das es für mich geben könnte. Dieses habe ich erst in Eurer Abwesenheit verspürt und habe vorher nicht gewußt, welch eine strenge und unheimliche Sache es ist um solche Liebe, wie ich zu Euch habe, sonst würde ich mich zweifelsohne besser davor gehütet haben. Da es aber einmal so ist, so wollte ich lieber meiner weltlichen Ehre und meiner geistlichen Seligkeit verloren und in die ewige Verdammnis eingehen als ein Meineidiger, denn noch einmal in Eurer Nähe erscheinen mit einem Feuer in der Brust, welches stärker und unauslöschlicher ist als das Höllenfeuer und mich dieses kaum wird verspüren lassen. Betet nicht etwa für mich, schönstes Fräulein, denn ich kann und werde nie selig werden ohne Euch, sei es hier oder dort, und somit lebt glücklich und seid gegrüßt!‹ So hatte in dieser Schlacht, nach welcher König Franziskus sagte: ›Alles verloren, außer der Ehre!‹, der unglückliche Liebhaber alles verloren, die Hoffnung, die Ehre, das Leben und die ewige Seligkeit, nur die Liebe nicht, die ihn verzehrte. Der Seldwyler kam glücklich davon, und sobald er sich in etwas erholt und außer Gefahr sah, schrieb er die Worte des Umgekommenen getreu auf seine Schreibtafel, um sie nicht zu vergessen, reiste nach Hause, meldete sich bei dem unglücklichen Fräulein und las ihr die Botschaft so steif und kriegerisch vor, wie er zu tun gewohnt war, wenn er sonst die Mannschaft seines Fähnleins verlas; denn es war ein Feldleutnant. Das Fräulein aber zerraufte sich die Haare, zerriß ihre Kleider und begann so laut zu schreien und zu weinen, daß man es die Straße auf und nieder hörte und die Leute zusammenliefen. Sie schleppte wie wahnsinnig die zehntausend Goldgülden herbei, zerstreute sie auf dem Boden, warf sich der Länge nach darauf hin und küßte die glänzenden Goldstücke. Ganz von Sinnen, suchte sie den umherrollenden Schatz zusammenzuraffen und zu umarmen, als ob der verlorene Geliebte darin zugegen wäre. Sie lag Tag und Nacht auf dem Golde und wollte weder Speise noch Trank zu sich nehmen; unaufhörlich liebkoste und küßte sie das kalte Metall, bis sie mitten in der Nacht plötzlich aufstand, den Schatz emsig hin und her eilend nach dem Garten trug und dort unter bitteren Tränen in den tiefen Brunnen warf und einen Fluch darüber aussprach, daß er niemals jemand anderm angehören solle.«

Als Spiegel so weit erzählt hatte, sagte Pineiß: »Und liegt das schöne Geld noch in dem Brunnen?« – »Ja, wo sollte es sonst liegen?« antwortete Spiegel, »denn nur ich kann es herausbringen und habe es bis zur Stunde noch nicht getan!« – »Ei ja so, richtig!« sagte Pineiß, »ich habe es ganz vergessen über deiner Geschichte! Du kannst nicht übel erzählen, du Sapperlöter! und es ist mir ganz gelüstig worden nach einem Weibchen, die so für mich eingenommen wäre; aber sehr schön müßte sie sein! Doch erzähle jetzt schnell noch, wie die Sache eigentlich zusammenhängt!« »Es dauerte manche Jahre«, sagte Spiegel, »bis das Fräulein aus bittern Seelenleiden so weit zu sich kam, daß sie anfangen konnte, die stille alte Jungfer zu werden, als welche ich sie kennenlernte. Ich darf mich berühmen, daß ich ihr einziger Trost und ihr vertrautester Freund geworden bin in ihrem einsamen Leben bis an ihr stilles Ende. Als sie aber dieses herannahen sah, vergegenwärtigte sie sich noch einmal die Zeit ihrer fernen Jugend und Schönheit und erlitt noch einmal mit milderen ergebenen Gedanken erst die süßen Erregungen und dann die bittern Leiden jener Zeit, und sie weinte still sieben Tage und Nächte hindurch über die Liebe des Jünglings, deren Genuß sie durch ihr Mißtrauen verloren hatte, so daß ihre alten Augen noch kurz vor dem Tode erblindeten. Dann bereute sie den Fluch, welchen sie über jenen Schatz ausgesprochen, und sagte zu mir, indem sie mich mit dieser wichtigen Sache beauftragte: ›Ich bestimme nun anders, lieber Spiegel! und gebe dir die Vollmacht, daß du meine Verordnung vollziehst. Sieh dich um und suche, bis du eine bildschöne, aber unbemittelte Frauensperson findest, welcher es ihrer Armut wegen an Freiern gebricht! Wenn sich dann ein verständiger, rechtlicher und hübscher Mann finden sollte, der sein gutes Auskommen hat und die Jungfrau ungeachtet ihrer Armut, nur allein von ihrer Schönheit bewegt, zur Frau begehrt, so soll dieser Mann mit den stärksten Eiden sich verpflichten, derselben so treu, aufopfernd und unabänderlich ergeben zu sein, wie es mein unglücklicher Liebster gewesen ist, und dieser Frau sein Leben lang in allen Dingen zu willfahren. Dann gib der Braut die zehntausend Goldgülden, welche im Brunnen liegen, zur Mitgift, daß sie ihren Bräutigam am Hochzeitmorgen damit überrasche!‹ So sprach die Selige, und ich habe meiner widrigen Geschicke wegen versäumt, dieser Sache nachzugehen, und muß nun befürchten, daß die Arme deswegen im Grabe noch beunruhigt sei, was für mich eben auch nicht die angenehmsten Folgen haben kann!«

Pineiß sah den Spiegel mißtrauisch an und sagte: »Wärst du wohl imstande, Bürschchen! mir den Schatz ein wenig nachzuweisen und augenscheinlich zu machen?«

»Zu jeder Stunde!« versetzte Spiegel, »aber Ihr müßt wissen, Herr Stadthexenmeister, daß Ihr das Gold nicht etwa so ohne weiteres herausfischen dürftet. Man würde Euch unfehlbar das Genick umdrehen; denn es ist nicht ganz geheuer in dem Brunnen, ich habe darüber bestimmte Inzichten, welche ich aus Rücksichten nicht näher berühren darf!«

»Hei, wer spricht denn von Herausholen?« sagte Pineiß etwas furchtsam, »führe mich einmal hin und zeige mir den Schatz! Oder vielmehr will ich dich führen an einem guten Schnürlein, damit du mir nicht entwischest!«

»Wie Ihr wollt!« sagte Spiegel, »aber nehmt auch eine andere lange Schnur mit und eine Blendlaterne, welche Ihr daran in den Brunnen hinablassen könnt; denn der ist sehr tief und dunkel!«

Pineiß befolgte diesen Rat und führte das muntere Kätzchen nach dem Garten jener Verstorbenen. Sie überstiegen miteinander die Mauer, und Spiegel zeigte dem Hexer den Weg zu dem alten Brunnen, welcher unter verwildertem Gebüsche verborgen war. Dort ließ Pineiß sein Laternchen hinunter, begierig nachblickend, während er den angebundenen Spiegel nicht von der Hand ließ. Aber richtig sah er in der Tiefe das Gold funkeln unter dem grünlichen Wasser und rief: »Wahrhaftig, ich seh's, es ist wahr! Spiegel, du bist ein Tausendskerl!« Dann guckte er wieder eifrig hinunter und sagte: »Mögen es auch zehntausend sein?« »Ja, das ist nun nicht zu schwören!« sagte Spiegel, »ich bin nie da unten gewesen und hab's nicht gezählt! Ist auch möglich, daß die Dame dazumal einige Stücke auf dem Wege verloren hat, als sie den Schatz hierher trug, da sie in einem sehr aufgeregten Zustand war.« – »Nun, seien es auch ein Dutzend oder mehr weniger!« sagte Herr Pineiß, »es soll mir darauf nicht ankommen!« Er setzte sich auf den Rand des Brunnens, Spiegel setzte sich auch nieder und leckte sich das Pfötchen. »Da wäre nun der Schatz!« sagte Pineiß, indem er sich hinter den Ohren kratzte, »und hier wäre auch der Mann dazu; fehlt nur noch das bildschöne Weib!« – »Wie?« sagte Spiegel. – »Ich meine, es fehlt nur nur noch diejenige, welche die Zehntausend als Mitgift bekommen soll, um mich damit zu überraschen am Hochzeitsmorgen, und welche alle jene angenehmen Tugenden hat, von denen du gesprochen!« – »Hm!« versetzte Spiegel, »die Sache verhält sich nicht ganz so, wie Ihr sagt! Der Schatz ist da, wie Ihr richtig einseht; das schöne Weib habe ich, um es aufrichtig zu gestehen, allbereits auch schon aufgespürt; aber mit dem Mann, der sie unter diesen schwierigen Umständen heiraten möchte, da hapert es eben; denn heutzutage muß die Schönheit obenein vergoldet sein wie die Weihnachtsnüsse, und je hohler die Köpfe werden, desto mehr sind sie bestrebt, die Leere mit einigem Weibergut nachzufüllen, damit sie die Zeit besser zu verbringen vermögen; da wird dann mit wichtigem Gesicht ein Pferd besehen und ein Stück Sammet gekauft, mit Laufen und Rennen eine gute Armbrust bestellt, und der Büchsenschmied kommt nicht aus dem Hause; da heißt es: ich muß meinen Wein einheimsen und meine Fässer putzen, meine Bäume putzen lassen und mein Dach decken; ich muß meine Frau ins Bad schicken, sie kränkelt und kostet mich viel Geld, und muß mein Holz fahren lassen und mein Ausstehendes eintreiben; ich habe ein Paar Windspiele gekauft und meine Bracken vertauscht, ich habe einen schönen eichenen Ausziehtisch eingehandelt und meine große Nußbaumlade dran gegeben; ich habe meine Bohnenstangen geschnitten, meinen Gärtner fortgejagt, mein Heu verkauft und meinen Salat gesäet, immer mein und mein vom Morgen bis zum Abend. Manche sagen sogar: ich habe meine Wäsche die nächste Woche, ich muß meine Betten sonnen, ich muß eine Magd dingen und einen neuen Metzger haben, denn den alten will ich abschaffen; ich habe ein allerliebstes Waffeleisen erstanden, durch Zufall, und ich habe mein silbernes Zimmetbüchschen verkauft, es war mir so nichts nütze. Alles das sind wohlverstanden die Sachen der Frau, und so verbringt ein solcher Kerl die Zeit und stiehlt unserm Herrgott den Tag ab, indem er alle diese Verrichtungen aufzählt, ohne einen Streich zu tun. Wenn es hoch kommt und ein solcher Patron sich etwa ducken muß, so wird er vielleicht sagen: unsere Kühe und unsere Schweine, aber –« Pineiß riß den Spiegel an der Schnur, daß er miau! schrie, und rief: »Genug, du Plappermaul! Sag jetzt unverzüglich: wo ist sie, von der du weißt?« Denn die Aufzählung aller dieser Herrlichkeiten und Verrichtungen, die mit einem Weibergute verbunden sind, hatte dem dürren Hexenmeister den Mund nur noch wäßriger gemacht. Spiegel sagte erstaunt: »Wollt Ihr denn wirklich das Ding unternehmen, Herr Pineiß?«

»Versteht sich, will ich! Wer sonst als ich? Drum heraus damit: wo ist diejenige?«

»Damit Ihr hingehen und sie freien könnt?«

»Ohne Zweifel?«

»So wisset, die Sache geht nur durch meine Hand! Mit mir müßt Ihr sprechen, wenn Ihr Geld und Frau wollt!« sagte Spiegel kaltblütig und gleichgültig und fuhr sich mit den beiden Pfoten eifrig über die Ohren, nachdem er sie jedesmal ein bißchen naß gemacht. Pineiß besann sich sorgfältig, stöhnte ein bißchen und sagte: »Ich merke, du willst unsern Kontrakt aufheben und deinen Kopf salvieren!«

»Schiene Euch das so uneben und unnatürlich?«

»Du betrügst mich am Ende und belügst mich wie ein Schelm!«

»Dies ist auch möglich!« sagte Spiegel.

»Ich sage dir: betrüge mich nicht!« rief Pineiß gebieterisch.

»Gut, so betrüge ich Euch nicht!« sagte Spiegel.

»Wenn du's tust!«

»So tu ich's.«

»Quäle mich nicht, Spiegelchen!« sprach Pineiß beinahe weinerlich, und Spiegel erwiderte jetzt ernsthaft:

»Ihr seid ein wunderbarer Mensch, Herr Pineiß! Da haltet Ihr mich an einer Schnur gefangen und zerrt daran, daß mir der Atem vergeht! Ihr lasset das Schwert des Todes über mich schweben seit länger als zwei Stunden, was sag ich! seit einem halben Jahre! und nun sprecht Ihr: quäle mich nicht, Spiegelchen! Wenn Ihr erlaubt, so sage ich Euch in Kürze: Es kann mir nur lieb sein, jene Liebespflicht gegen die Tote doch noch zu erfüllen und für das bewußte Frauenzimmer einen tauglichen Mann zu finden, und Ihr scheint mir allerdings in aller Hinsicht zu genügen; es ist keine Leichtigkeit, ein Weibstück wohl unterzubringen, so sehr dies auch scheint, und ich sage noch einmal: ich bin froh, daß Ihr Euch hiezu bereit finden lasset! Aber umsonst ist der Tod! Eh ich ein Wort weiter spreche, einen Schritt tue, ja eh ich nur den Mund noch einmal aufmache, will ich erst meine Freiheit wiederhaben und mein Leben versichert! Daher nehmt diese Schnur weg und legt den Kontrakt hier auf den Brunnen, hier auf diesen Stein, oder schneidet mir den Kopf ab, eins von beiden!«

»Ei du Tollhäusler und Obenhinaus!« sagte Pineiß, »du Hitzkopf, so streng wird es nicht gemeint sein? Das will ordentlich besprochen sein und muß jedenfalls ein neuer Vertrag geschlossen werden!« Spiegel gab keine Antwort mehr und saß unbeweglich da, ein, zwei und drei Minuten. Da ward dem Meister bänglich, er zog seine Brieftasche hervor, klaubte seufzend den Schein heraus, las ihn noch einmal durch und legte ihn dann zögernd vor Spiegel hin. Kaum lag das Papier dort, so schnappte es Spiegel auf und verschlang es; und obgleich er heftig daran zu würgen hatte, so dünkte es ihn doch die beste und gedeihlichste Speise zu sein, die er je genossen, und er hoffte, daß sie ihm noch auf lange wohl bekommen und ihn rundlich und munter machen würde. Als er mit der angenehmen Mahlzeit fertig war, begrüßte er den Hexenmeister höflich und sagte: »Ihr werdet unfehlbar von mir hören, Herr Pineiß, und Weib und

Geld sollen Euch nicht entgehen. Dagegen macht Euch bereit, recht verliebt zu sein, damit Ihr jene Bedingungen einer unverbrüchlichen Hingebung an die Liebkosungen Eurer Frau, die schon so gut wie Euer ist, ja beschwören und erfüllen könnt! Und hiemit bedanke ich mich des vorläufigen für genossene Pflege und Beköstigung und beurlaube mich!«

Somit ging Spiegel seines Weges und freute sich über die Dummheit des Hexenmeisters, welcher glaubte, sich selbst und alle Welt betrügen zu können, indem er ja die gehoffte Braut nicht uneigennützig, aus bloßer Liebe zur Schönheit, ehelichen wollte, sondern den Umstand mit den zehntausend Goldgülden vorher wußte. Indessen hatte er schon eine Person im Auge, welche er dem törichten Hexenmeister aufzuhalsen gedachte für seine gebratenen Krammetsvögel, Mäuse und Würstchen.

Dem Hause des Herrn Pineiß gegenüber war ein anderes Haus, dessen vordere Seite auf das sauberste geweißt war und dessen Fenster immer frisch gewaschen glänzten. Die bescheidenen Fenstervorhänge waren immer schneeweiß und wie soeben geplättet, und ebenso weiß war der Habit und das Kopf- und Halstuch einer alten Beghine, welche in dem Hause wohnte, also daß ihr nonnenartiger Kopfputz, der ihre Brust bekleidete, immer wie aus Schreibpapier gefaltet aussah, so daß man gleich darauf hätte schreiben mögen; das hätte man wenigstens auf der Brust bequem tun können, da sie so eben und so hart war wie ein Brett. So scharf die weißen Kanten und Ecken ihrer Kleidung, so scharf war auch die lange Nase und das Kinn der Beghine, ihre Zunge und der böse Blick ihrer Augen; doch sprach sie nur wenig mit der Zunge und blickte wenig mit den Augen, da sie die Verschwendung nicht liebte und alles nur zur rechten Zeit und mit Bedacht verwendete. Alle Tage ging sie dreimal in die Kirche, und wenn sie in ihrem frischen, weißen und knitternden Zeuge und mit ihrer weißen spitzigen Nase über die Straße ging, liefen die Kinder furchtsam davon, und selbst erwachsene Leute traten gern hinter die Haustüre, wenn es noch Zeit war. Sie stand aber wegen ihrer strengen Frömmigkeit und Eingezogenheit in großem Rufe und besonders bei der Geistlichkeit in hohem Ansehen, aber selbst die Pfaffen verkehrten lieber schriftlich mit ihr als mündlich, und wenn sie beichtete, so schoß der Pfarrer jedesmal so schweißtriefend aus dem Beichtstuhl heraus, als ob er aus einem Backofen käme. So lebte die fromme Beghine, die keinen Spaß verstand, in tiefem Frieden und blieb ungeschoren. Sie machte sich auch mit niemand zu schaffen und ließ die Leute gehen, vorausgesetzt, daß sie ihr aus dem Wege gingen; nur auf ihren Nachbarn Pineiß schien sie einen besonderen Haß geworfen zu haben; denn sooft er sich an seinem Fenster blicken ließ, warf sie ihm einen bösen Blick hinüber und zog augenblicklich ihre weißen Vorhänge zu, und Pineiß fürchtete sie wie das Feuer und wagte nur zuhinterst in seinem Hause, wenn alles gut verschlossen war, etwa einen Witz über sie zu machen. So weiß und hell aber das Haus der Beghine nach der Straße zu aussah, so schwarz und räucherig, unheimlich und seltsam sah es von hinten aus, wo es jedoch fast gar nicht gesehen werden konnte als von den Vögeln des Himmels und den Katzen auf den Dächern, weil es in eine dunkle Winkelei von himmelhohen Brandmauern ohne Fenster hineingebaut war, wo nirgends ein menschliches Gesicht sich sehen ließ. Unter dem Dache dort hingen alte zerrissene Unterröcke, Körbe und Kräutersäcke, auf dem Dache wuchsen ordentliche Eibenbäumchen und Dornsträucher, und ein großer rußiger Schornstein ragte unheimlich in die Luft. Aus diesem Schornstein aber fuhr in der dunklen Nacht nicht selten eine Hexe auf ihrem Besen in die Höhe, jung und schön und splitternackt, wie Gott die Weiber geschaffen und der Teufel sie gern sieht. Wenn sie aus dem Schornstein fuhr, so schnupperte sie mit dem feinsten Näschen und mit lächelnden Kirschenlippen in der frischen Nachtluft und fuhr in dem weißen Scheine ihres Leibes dahin, indes ihr langes rabenschwarzes Haar wie eine Nachtfahne hinter ihr her flatterte. In einem Loch am Schornstein saß ein alter Eulenvogel, und zu diesem begab sich jetzt der befreite Spiegel, eine fette Maus im Maule, die er unterwegs gefangen.

»Wünsch' guten Abend, liebe Frau Eule! Eifrig auf der Wacht?« sagte er, und die Eule erwiderte: »Muß wohl! Wünsch' gleichfalls guten Abend! Ihr habt Euch lang nicht sehen lassen, Herr Spiegel!«

»Hat seine Gründe gehabt, werde Euch das erzählen. Hier habe ich Euch ein Mäuschen gebracht, schlecht und recht, wie es die Jahreszeit gibt, wenn Ihr's nicht verschmähen wollt! Ist die Meisterin ausgeritten?«

»Noch nicht, sie will erst gegen Morgen auf ein Stündchen hinaus. Habt Dank für die schöne Maus! Seid doch immer der höfliche Spiegel! Habe hier einen schlechten Sperling zur Seite gelegt, der mir heut zu nahe flog; wenn Euch beliebt, so kostet den Vogel! Und wie ist es Euch denn ergangen?«

»Fast wunderlich«, erwiderte Spiegel, »sie wollten mir an den Kragen. Hört, wenn es Euch gefällig ist!« Während sie nun vergnüglich ihr Abendessen einnahmen, erzählte Spiegel der aufmerksamen Eule alles, was ihn betroffen und wie er sich aus den Händen des Herrn Pineiß befreit habe. Die Eule sagte: »Da wünsch ich tausendmal Glück, nun seid Ihr wieder ein gemachter Mann und könnt gehen, wo Ihr wollt, nachdem Ihr mancherlei erfahren!«

»Damit sind wir noch nicht zu Ende«, sagte Spiegel, »der Mann muß seine Frau und seine Goldgülden haben!«

»Seid Ihr von Sinnen, dem Schelm noch wohlzutun, der Euch das Fell abziehen wollte?«

»Ei, er hat es doch rechtlich und vertragsmäßig tun können, und da ich ihn in gleicher Münze wieder bedienen kann, warum sollt ich es unterlassen? Wer sagt denn, daß ich ihm wohltun will? Jene Erzählung war eine reine Erfindung von mir, meine in Gott ruhende Meisterin war eine simple Person, welche in ihrem Leben nie verliebt noch von Anbetern umringt war, und jener Schatz ist ein ungerechtes Gut, das sie einst ererbt und in den Brunnen geworfen hat, damit sie kein Unglück daran erlebe. ›Verflucht sei, wer es da herausnimmt und verbraucht‹, sagte sie. Es macht sich also in betreff des Wohltuns!«

»Dann ist die Sache freilich anders! Aber nun, wo wollt Ihr die entsprechende Frau hernehmen?«

»Hier aus diesem Schornstein! Deshalb bin ich gekommen, um ein vernünftiges Wort mit Euch zu reden! Möchtet Ihr denn nicht einmal wieder frei werden aus den Banden dieser Hexe? Sinnt nach, wie wir sie fangen und mit dem alten Bösewicht verheiraten!«

»Spiegel, Ihr braucht Euch nur zu nähern, so weckt Ihr mir ersprießliche Gedanken.«

»Das wußt ich wohl, daß Ihr klug seid! Ich habe das meinige getan, und es ist besser, daß Ihr auch Euren Senf dazu gebt und neue Kräfte vorspannt, so kann es gewiß nicht fehlen!«

»Da alle Dinge so schön zusammentreffen, so brauche ich nicht lang zu sinnen, mein Plan ist längst gemacht!«

»Wie fangen wir sie?«

»Mit einem neuen Schnepfengarn aus guten, starken Hanfschnüren; geflochten muß es sein von einem zwanzigjährigen Jägerssohn, der noch kein Weib angesehen hat, und es muß schon dreimal der Nachttau darauf gefallen sein, ohne daß sich eine Schnepfe gefangen; der Grund aber hievon muß dreimal eine gute Handlung sein. Ein solches Netz ist stark genug, die Hexe zu fangen.«

»Nun bin ich neugierig, wo Ihr ein solches hernehmt«, sagte Spiegel, »denn ich weiß, daß Ihr keine vergeblichen Worte schwatzt!«

»Es ist auch schon gefunden, wie für uns gemacht; in einem Walde nicht weit von hier sitzt ein zwanzigjähriger Jägerssohn, welcher noch kein Weib angesehen hat; denn er ist blind geboren. Deswegen ist er auch zu nichts zu gebrauchen als zum Garnflechten und hat vor einigen Tagen ein neues, sehr schönes Schnepfengarn zustande gebracht. Aber als der alte Jäger es zum ersten Male ausspannen wollte, kam ein Weib daher, welches ihn zur Sünde verlocken wollte; es war aber so häßlich, daß der alte Mann voll Schreckens davonlief und das Garn am Boden liegen ließ. Darum ist ein Tau darauf gefallen, ohne daß sich eine Schnepfe fing, und war also eine gute Handlung daran schuld. Als er des andern Tages hinging, um das Garn abermals auszuspannen, kam eben ein Reiter daher, welcher einen schweren Mantelsack hinter sich hatte; in diesem war ein Loch, aus welchem von Zeit zu Zeit ein Goldstück auf die Erde fiel. Da ließ der Jäger das Garn abermals liegen und lief eifrig hinter dem Reiter her und sammelte die Goldstücke in seinen Hut, bis der Reiter sich umkehrte, es sah und voll Grimm seine Lanze auf ihn richtete. Da bückte der Jäger sich erschrocken, reichte ihm den Hut dar und sagte: ›Erlaubt, gnädiger Herr, Ihr habt hier viel Gold verloren, das ich Euch sorgfältig aufgelesen!‹ Dies war wiederum eine gute Handlung, in dem das ehrliche Finden eine der schwierigsten und besten ist; er war aber so weit von dem Schnepfengarn entfernt, daß er es die zweite Nacht im Walde liegen ließ und den nähern Weg nach Hause ging. Am dritten Tag endlich, nämlich gestern, als er eben wieder auf dem Wege war, traf er eine hübsche Gevattersfrau an, die dem Alten um den Bart zu gehen pflegte und der er schon manches Häslein geschenkt hat. Darüber vergaß er die Schnepfen gänzlich und sagte am Morgen: ›Ich habe den armen Schnepflein das Leben geschenkt; auch gegen Tiere muß man barmherzig sein!‹ Und um dieser drei guten Handlungen willen fand er, daß er jetzt zu gut sei für diese Welt, und ist heute vormittag beizeiten in ein Kloster gegangen. So liegt das Garn noch ungebraucht im Walde und ich darf es nur holen.« – »Holt es geschwind!« sagte Spiegel, »es wird gut sein zu unserm Zweck!« – »Ich will es holen«, sagte die Eule, »steht nur so lang Wache für mich in diesem Loch, und wenn etwa die Meisterin den Schornstein hinaufrufen sollte, ob die Luft rein sei? so antwortet, indem Ihr meine Stimme nachahmt: Nein, es stinkt noch nicht in der Fechtschul'!« Spiegel stellte sich in die Nische, und die Eule flog still über die Stadt weg nach dem Wald. Bald kam sie mit dem Schnepfengarn zurück und fragte: »Hat sie schon gerufen?« – »Noch nicht!« sagte Spiegel.

Da spannten sie das Garn aus über den Schornstein und setzten sich daneben still und klug; die Luft war dunkel, und es ging ein leichtes Morgenwindchen, in welchem ein paar Sternbilder flackerten. »Ihr sollt sehen«, flüsterte die Eule, »wie geschickt die durch den Schornstein heraufzusäuseln versteht, ohne sich die blanken Schultern schwarz zu machen!« – »Ich hab sie noch nie so nah gesehen«, erwiderte Spiegel leise, »wenn sie uns nur nicht zu fassen kriegt!«

Da rief die Hexe von unten: »Ist die Luft rein?« Die Eule rief: »Ganz rein, es stinkt herrlich in der Fechtschul'!«, und alsobald kam die Hexe heraufgefahren und wurde in dem Garne gefangen, welches die Katze und die Eule eiligst zusammengezogen und verbanden. »Halt fest!« sagte Spiegel und »Binde gut!« die Eule. Die Hexe zappelte und tobte mäuschenstill wie ein Fisch im Netz; aber es half ihr nichts, und das Garn bewährte sich auf das beste. Nur der Stiel ihres Besens ragte durch die Maschen. Spiegel wollte ihn sachte herausziehen, erhielt aber einen solchen Nasenstüber, daß er beinahe in Ohnmacht fiel und einsah, wie man auch einer Löwin im Netz nicht zu nahe kommen dürfe. Endlich hielt sich die Hexe still und sagte: »Was wollt ihr denn von mir, ihr wunderlichen Tiere?«

»Ihr sollt mich aus Eurem Dienste entlassen und meine Freiheit zurückgeben!« sagte die Eule. »So viel Geschrei und wenig Wolle!«

sagte die Hexe, »du bist frei, mach dies Garn auf!« – »Noch nicht!« sagte Spiegel, der immer noch seine Nase rieb, »Ihr müßt Euch verpflichten, den Stadthexenmeister Pineiß, Euren Nachbarn, zu heiraten auf die Weise, wie wir Euch sagen werden, und ihn nicht mehr zu verlassen!« Da fing die Hexe wieder an zu zappeln und zu prusten wie der Teufel, und die Eule sagte: »Sie will nicht dran!« Spiegel aber sagte: »Wenn Ihr nicht ruhig seid und alles tut, was wir wünschen, so hängen wir das Garn samt seinem Inhalte da vorn an den Drachenkopf der Dachtraufe, nach der Straße zu, daß man Euch morgen sieht und die Hexe erkennt! Sagt also: Wollt Ihr lieber unter dem Vorsitze des Herrn Pineiß gebraten werden oder ihn braten, indem Ihr ihn heiratet?«

Da sagte die Hexe mit einem Seufzer: »So sprecht, wie meint Ihr die Sache?« Und Spiegel setzte ihr alles zierlich auseinander, wie es gemeint sei und was sie zu tun hätte. »Das ist allenfalls noch auszuhalten, wenn es nicht anders sein kann!« sagte sie und ergab sich unter den stärksten Formeln, die eine Hexe binden können. Da taten die Tiere das Gefängnis auf und ließen sie heraus. Sie bestieg sogleich den Besen, die Eule setzte sich hinter sie auf den Stiel und Spiegel zuhinterst auf das Reisigbündel und hielt sich da fest, und so ritten sie nach dem Brunnen, in welchen die Hexe hinabfuhr, um den Schatz heraufzuholen.

Am Morgen erschien Spiegel bei Herrn Pineiß und meldete ihm, daß er die bewußte Person ansehen und freien könne; sie sei aber allbereits so arm geworden, daß sie, gänzlich verlassen und verstoßen, vor dem Tore unter einem Baum sitze und bitterlich weine. Sogleich kleidete sich Herr Pineiß in sein abgeschabtes gelbes Samtwämschen, das er nur bei feierlichen Gelegenheiten trug, setzte die bessere Pudelmütze auf und umgürtete sich mit seinem Degen; in die Hand nahm er einen alten grünen Handschuh, ein Balsamfläschchen, worin einst Balsam gewesen und das noch ein bißchen roch, und eine papierne Nelke, worauf er mit Spiegel vor das Tor ging, um zu freien. Dort traf er ein weinendes Frauenzimmer sitzen unter einem Weidenbaum, von so großer Schönheit, wie er noch nie gesehen; aber ihr Gewand war so dürftig und zerrissen, daß, sie mochte sich auch schamhaft gebärden, wie sie wollte, immer da oder dort der schneeweiße Leib ein bißchen durchschimmerte. Pineiß riß die

Augen auf und konnte vor heftigem Entzücken kaum seine Bewerbung vorbringen. Da trocknete die Schöne ihre Tränen, gab ihm mit süßem Lächeln die Hand, dankte ihm mit einer himmlischen Glokkenstimme für seine Großmut und schwur, ihm ewig treu zu sein. Aber im selben Augenblicke erfüllte ihn eine solche Eifersucht und Neideswut auf seine Braut, daß er beschloß, sie vor keinem menschlichen Auge jemals sehen zu lassen. Er ließ sich bei einem uralten Einsiedler mit ihr trauen und feierte das Hochzeitsmahl in seinem Hause, ohne andere Gäste als Spiegel und die Eule, welche ersterer mitzubringen sich die Erlaubnis erbeten hatte. Die zehntausend Goldgülden standen in einer Schüssel auf dem Tisch, und Pineiß griff zuweilen hinein und wühlte in dem Golde; dann sah er wieder die schöne Frau an, welche in einem meerblauen Sammetkleide dasaß, das Haar mit einem goldenen Netze umflochten und mit Blumen geschmückt, und den weißen Hals mit Perlen umgeben. Er wollte sie fortwährend küssen, aber sie wußte verschämt und züchtig ihn abzuhalten, mit einem verführerischen Lächeln, und schwur, daß sie dieses vor Zeugen und vor Anbruch der Nacht nicht tun würde. Dies machte ihn nur noch verliebter und glückseliger, und Spiegel würzte das Mahl mit lieblichen Gesprächen, welche die schöne Frau mit den angenehmsten, witzigsten und einschmeichelndsten Worten fortführte, so daß der Hexenmeister nicht wußte, wie ihm geschah vor Zufriedenheit. Als es aber dunkel geworden, beurlaubten sich die Eule und die Katze und entfernten sich bescheiden; Herr Pineiß begleitete sie bis unter die Haustüre mit einem Lichte und dankte dem Spiegel nochmals, indem er ihn einen trefflichen und höflichen Mann nannte, und als er in die Stube zurückkehrte, saß die alte weiße Beghine, seine Nachbarin, am Tisch und sah ihn mit einem bösen Blick an. Entsetzt ließ Pineiß den Leuchter fallen und lehnte sich zitternd an die Wand. Er hing die Zunge heraus, und sein Gesicht war so fahl und spitzig geworden wie das der Beghine. Diese aber stand auf, näherte sich ihm und trieb ihn vor sich her in die Hochzeitskammer, wo sie mit höllischen Künsten ihn auf eine Folter spannte, wie noch kein Sterblicher erlebt. So war er nun mit der Alten unauflöslich verehelicht, und in der Stadt hieß es, als es ruchbar wurde: »Ei seht, wie stille Wasser tief sind! Wer hätte gedacht, daß die fromme Beghine und der Herr

Stadthexenmeister sich noch verheiraten würden! Nun, es ist ein ehrbares und rechtliches Paar, wenn auch nicht sehr liebenswürdig!«

Herr Pineiß aber führte von nun an ein erbärmliches Leben; seine Gattin hatte sich sogleich in den Besitz aller seiner Geheimnisse gesetzt und beherrschte ihn vollständig. Es war ihm nicht die geringste Freiheit und Erholung gestattet, er mußte hexen vom Morgen bis zum Abend, was das Zeug halten wollte, und wenn Spiegel vorbeiging und es sah, sagte er freundlich: »Immer fleißig, fleißig, Herr Pineiß?«

Seit dieser Zeit sagt man zu Seldwyla: Er hat der Katze den Schmer abgekauft!, besonders wenn einer eine böse und widerwärtige Frau erhandelt hat.

Ernest Thompson Seton

Die Katze aus dem Hinterhof

1

Die kleine Katze aus den Slums, wie man das Gewirr verrufener Gassen in der Hafengegend New Yorks nennt, war noch nicht sechs Wochen alt; aber sie war allein in dem alten Hinterhof. Ihre Mutter, in der Nacht zuvor weggegangen, um zwischen den Müllkästen Futter zu suchen, war nicht zurückgekehrt. Daher war das Kätzchen sehr hungrig, als der zweite Abend kam. Ein unbewußter Trieb zwang es hinweg von seinem Lager, der alten Kekskiste, um etwas Eßbares aufzuspüren. Vorsichtig ertastete es sich seinen Weg zwischen Schutt und Abfällen. Die kleine Katze beroch alles, was eßbar schien, aber sie fand nichts. Zuletzt kam sie zu den hölzernen Stufen, die zu Jap Malees Tierhandlung im Keller am äußersten Ende des Hofes hinabführten. Die Tür stand spaltbreit offen; so ging sie hinein. Ein Neger saß müßig auf einer Kiste in einem Winkel und betrachtete sie neugierig. Sie näherte sich einem Lattenkäfig, in dem ein Fuchs kauerte. Seine Augen glühten. Die kleine Katze tastete sich schnuppernd an den Latten empor, zwängte das Köpfchen durch einen Zwischenraum, schnupperte erneut und strebte dann stracks auf den Futternapf zu. Der Fuchs packte sie blitzschnell. Sie stieß ein erschrockenes »Miau« aus. Da sprang der Neger hinzu und spuckte dem Fuchs so kräftig ins Gesicht, daß er das Kätzchen losließ und in einen Winkel zurückwich, wo er mit boshaft blinzelnden Augen verharrte.

Der Neger zog das Kätzchen heraus. Es torkelte ein paarmal im Kreis herum, kam dann wieder zu sich, und als ein paar Minuten später Jap Malee zurückkam, schnurrte es im Schoß des Negers, sich augenscheinlich an nichts Böses erinnernd.

Jap war kein Japaner; er war als typischer Londoner Straßenjunge aufgewachsen; aber seine Augen bildeten so kleine schräge Schlitze in seinem runden, flachen Gesicht, daß sein eigentlicher Name längst vergessen und durch den weit bezeichnenderen Spitznamen »Jap« ersetzt worden war.

Obwohl er durch den Verkauf von Tieren sein Leben fristete, war er kein richtiger Tierfreund; jedenfalls wollte er das Hinterhof-Kätzchen nicht haben.

Deshalb gab der Neger der kleinen Katze so viel zu fressen, wie sie mochte, und brachte sie dann zu einem entfernten Häuserblock, wo er sie in einem Hof voller altem Eisen und Gerümpel absetzte. Hier lebte sie und fand irgendwie genug Freßbares, um zu wachsen, bis eine ausgedehnte Entdeckungsfahrt sie Wochen später in ihr altes Quartier, den verfallenen Hof, zurückführte. Froh, wieder zu Hause zu sein, ließ sie sich hier endgültig nieder.

Aus dem kleinen Kätzchen war mittlerweile eine auffallend getigerte Katze geworden. Ihre Merkzeichen waren schwarz mit einem blassen Grau; vier allerliebste weiße Flecken auf Nase, Ohren und Schwanzspitze verliehen ihr eine gewisse Vornehmheit. Sie war nun erfahren genug, um für ihren Lebensunterhalt zu sorgen; immerhin hatte sie schwere Tage durchzumachen und war oft nahe am Verhungern. Einmal hatte sie ihren Ehrgeiz so weit verleugnet, daß sie einen Sperling fing. Lange Zeit lebte sie ganz allein; aber dann trat eine neue Macht in ihr Leben.

Eines Septembertages lag sie in der Sonne, als ein großer schwarzer Kater auf der Mauer daherspaziert kam. An seinem zerbissenen Ohr erkannte sie in ihm sofort einen Feind. Sie machte sich aus dem Staube und verbarg sich in ihrer alten Kiste. Der Kater setzte seinen Weg lautlos fort in Richtung auf einen Schuppen, der sich am Ende des Hofes befand, und kreuzte gerade die Dachrinne, als ein gelber Kater auftauchte. Der Schwarze blickte wild umher und knurrte, der Gelbe tat dasselbe. Beider Schwänze peitschten aufgeregt ihre Flanken. Sie näherten sich, die Ohren zurückgelegt, alle Muskeln gespannt.

»Jau – jau – jau!« sagte der Schwarze.

»Mau – mau – mau!« war die noch etwas tiefer geknurrte Antwort.

»Jauuuu!« sagte der Schwarze, einen Zoll näherrückend.

»Mauuuuu!« war die Antwort des Gelben, während er sich zu seiner vollen Größe aufrichtete und mit großer Würde einen ganzen Zoll vorwärts trat. »Mauuuu!« Und er kam noch näher, derweil sein Schwanz wie eine Gerte von einer Seite zur andern schlug.

»Jauu!« schrie der Schwarze mit erhobener Stimme und bewegte sich einen Viertelmeter rückwärts, als er das große unerschrockene Tier unmittelbar vor sich sah.

Viele Fenster im Umkreis wurden aufgerissen, Menschenstimmen waren zu hören, aber die beiden Kater kümmerten sich nicht darum.

»Mauu!« grollte der Gelbe gefährlich, seine Stimme senkend, wie der andere die seine hob. »Mau!« Und er ging noch einen Schritt voran. Jetzt waren ihre Nasen nur noch um Zentimeter voneinander entfernt; sie standen schräg gegeneinander, beide kampfbereit, aber einer auf den andern wartend. Sie starrten sich mit funkelnden Augen an, für einige Minuten stumm und steif wie Statuen, abgesehen von den beiden zuckenden Schwanzspitzen.

Der Gelbe begann erneut in tiefem Ton: »Mauuu!«

»Jaaauu!« schrie der Schwarze mit der Absicht, Schrecken zu verbreiten; aber er zog sich dabei ein kleines Stück zurück.

Der Gelbe dagegen rückte um so weiter vor; jetzt berührten sich ihre Schnurrhaare; noch einen Zentimeter näher, und ihre Nasen stießen aneinander.

»Mauuu!« sagte der Gelbe, tief wie ein Stöhnen.

»Jauuuu!« brüllte der Schwarze, aber er zog sich wieder ein wenig zurück.

Da begann der gelbe Krieger die Schlacht und packte zu wie ein Dämon.

Oh, wie sich das wälzte und biß und zerrte – am schlimmsten der Gelbe! Wie sie stampften und zupackten und sich ineinander verkrallten – aber hauptsächlich der Gelbe!

Manchmal war der eine oben, manchmal der andere, meistens aber der Gelbe, und dann rollten sie über die Dachrinne hinaus in den Hof. Beifällige Zurufe erschollen aus allen Fenstern. Die Kämpfer verloren keine Sekunde bei diesem Sturz in den Hof, sie rissen und kratzten selbst im Fallen, hauptsächlich der Gelbe; und als sie am Boden aufschlugen, kämpften sie weiter. Der oben lag, war fast immer der Gelbe; und bevor sie voneinander abließen, hatten sie beide reichlich genug, hauptsächlich der Schwarze! Er kletterte die Mauer empor und verschwand blutend und knurrend, derweil die Neuigkeit von Fenster zu Fenster schwirrte, daß Cayleys »Nig« dem »Orange-Billy« unterlegen war.

Entweder war der gelbe Kater ein besonders findiger Sucher, oder aber die junge Hinterhof-Katze war nicht sehr tief versteckt; jedenfalls entdeckte er sie bald zwischen den Kisten, und sie machte keine Anstalten, wegzulaufen. Wahrscheinlich war sie Zeugin des Kampfes gewesen.

Es gibt kein besseres Mittel, das weibliche Herz zu gewinnen, als Erfolg im Raufen, und demgemäß wurden der gelbe Billy und die Hinterhof-Katze sehr gute Freunde, keineswegs, indem sie ihr Leben und ihre Nahrung teilten – Katzen tun das meistens nicht –, aber sie erkannten einer dem anderen ausgesprochen freundschaftliche Vorrechte zu.

Als die kurzen Oktobertage kamen, trat in der alten Kekskiste ein bemerkenswertes Ereignis ein. Wenn Orange-Billy sich die Mühe genommen hätte, einmal nachzusehen, hätte er fünf kleine Kätzchen entdeckt, die sich an ihre Mutter, die kleine Hinterhof-Katze, schmiegten. Es war ein herrliches Erlebnis für sie. Sie fühlte den großen Stolz, den jede Tiermutter fühlt, das ganze Entzücken, wenn sie ihre Liebe bezeugte und die Jungen beleckte.

So hatte sie endlich eine Freude in ihrem freudlosen Dasein; aber sie hatte auch eine schwere Bürde. Alle ihre Kräfte wurden von jetzt an eingesetzt, Nahrung aufzutreiben. Deshalb ging sie eines Tages, angelockt von einem verführerischen Geruch, in den Keller des Tierhändlers und in einen offenen Käfig. Alles blieb still; sie sah schönes Futter und streckte sich, um es zu holen – da fiel die Käfigtür mit einem Schnapp zu, und sie war gefangen. In dieser Nacht tat der Neger die kleinen Kätzchen ab, und er war im Begriff, mit der Mutter ebenso zu verfahren, als dem Tierhändler ihre außergewöhnlich hübsche Zeichnung auffiel. Daraufhin beschloß er, sie zu behalten, und taufte sie Kitty.

2

Jap Malee war ein ziemlich vulgärer Londoner Proletentyp. Er handelte in seinem Keller hauptsächlich mit billigen Kanarienvögeln. Er war sehr, sehr arm, und der Neger lebte mit ihm, weil der Engländer bereit war, Bett und Tisch mit ihm zu teilen. Jap war, was seine Tiere betraf, ehrlich; aber er hatte durch sie keine ins Gewicht fallenden Einnahmen. Zweifellos stammte sein eigentlicher Verdienst vom Einfangen und Verkaufen oder Abliefern fremder Hunde und Katzen. Den Fuchs und das halbe Dutzend Kanarienvögel hielt er mehr zum Vorwand. Die Zeitungsinserate, die Verlustmeldungen von Hunden und Katzen betrafen, waren die einzigen, die Jap interessierten; außerdem schnitt er Notizen über die Zucht von Pelztieren aus und hob sie auf. Die Pelztierzucht war sein Steckenpferd, und unter dem Einfluß dieser Ideen plante er ein Experiment mit der Hinterhof-Katze. Erst rieb er ihr schmutziges Fell mit einem Mittel ein, um das Ungeziefer, das sie hatte, zu beseitigen. Nachdem das Mittel gewirkt hatte, badete er sie sorgfältig.

Kitty war wütend über die Prozedur; aber eine wunderbare Wärme überkam sie, als sie in einem Käfig beim Ofen trocknete. Ihr Pelz glänzte jetzt flaumig und wundervoll weich und rein.

Jap und sein Gehilfe freuten sich sehr über diese Verwandlung; aber das war erst die Vorbereitung.

»Nichts ist so gut für das Wachstum des Haarkleides wie ölhaltige Nahrung und fortgesetzte Einwirkung von Kälte«, sagte der Händler. Das hatte er oft gelesen.

Nun, der Winter war zur rechten Zeit gekommen, und Jap Malee setzte Kittys Käfig in den Hof hinaus, wo sie dem Regen und dem Wind preisgegeben war, und fütterte sie mit so viel Ölkuchen und Fischköpfen, wie sie verzehren konnte. Nach einer Woche zeigte sich die Veränderung, sie wurde rasch fett. Sie hatte ja nichts anderes zu tun, als zuzunehmen und sich zu putzen. Ihr Käfig wurde sauber gehalten, und die Natur tat das ihre mit kaltem Wetter und ölhaltiger Nahrung, um Kittys Fell von Tag zu Tag dicker und glänzender zu machen, so daß sie um Weihnachten herum eine ungewöhnlich schöne Katze war mit dichtem, feinem Fell und so herrlich gezeichnet, daß man sie als Seltenheit betrachten konnte. Warum sollte man eine solche Katze nicht auf die bevorstehende Katzenausstellung schicken?!

»Ich möchte sie nicht als gewöhnliche Katze anmelden, verstehst du, Sammy«, bemerkte Jap zu seinem Gehilfen. »Aber man müßte ihr einen Stammbaum besorgen. Außerdem brauchen wir einen besonders attraktiven Namen. Irgend etwas mit ›königlich‹, nichts verspricht so viel Erfolg wie irgend etwas mit ›königlich‹! Sag einmal, Sammy, wie heißt doch noch die Insel, auf der du geboren bist?«

»Du meinst die Analostan-Insel. Das war mein Geburtsort.«

»Ha, das ist famos, bei Gott! Da haben wir's: Royal Analostan – das klingt! Das ist das richtige! Die einzige königliche Analostan-Katze mit Stammbaum auf der ganzen Ausstellung! Sollte das nicht Geld einbringen?!«

Beider Gelächter klang ineinander.

»Aber zuerst müssen wir einen Stammbaum zusammenstellen«, beschlossen sie und stellten eine lange gefälschte Ahnentafel her. Das offizielle Formular und die nötigen Stempel besorgte ihnen ein Bekannter, der sich auf solche Dinge verstand.

Ein paar Tage später lieferte Sam, einen geborgten Zylinder auf dem Kopf, Katze und Stammbaum bei der Annahmestelle der Ausstellung ab. Er war von Beruf Coiffeur und konnte in fünf Minuten mehr von sich hermachen als Jap Malee sein ganzes Leben lang, und dies war zweifellos einer der Gründe für die achtungsvolle Aufnahme, die der Royal Analostan-Katze auf der Schau zuteil wurde.

Jap hegte den großen Respekt der Straßenjungen für die oberen Klassen. Er war stolz, einer der Aussteller zu sein, aber als er am Eröffnungstag an den Eingang kam, war er ganz überwältigt von dem Andrang feiner Leute mit Autos. Der Pförtner sah ihn scharf an, ließ ihn aber mit seinem Billett passieren; zweifellos hielt er ihn für den Angestellten eines Ausstellers. In der großen Halle lagen Velourläufer vor der langen Reihe der Käfige. Jap ging daran vorüber, schielte nach den ausgestellten Katzen, betrachtete die blauen und die roten Bänder und schaute herum, ohne die Frage nach seiner eigenen Katze zu wagen, innerlich zitternd bei dem Gedanken, was die prächtige Versammlung vornehmer Leute sagen würde, wenn der Betrug entdeckt wurde, den er an ihnen verübt hatte. Jedoch er sah nicht das geringste von seiner Hinterhof-Kitty.

In der Mitte des Raumes war ein erhöhtes Podium für die Katze, die den ersten Preis bekommen hatte. Dort herrschte großes Gedränge. Der Durchgang war mit einem Seil versperrt, und zwei Polizisten regelten den Verkehr. Jap mischte sich unter die Menge; er war zu kurz geraten, um über die Leute hinwegschauen zu können, aber er erriet aus all den Anzeichen, daß der Clou der Ausstellung hier zu sehen war.

»Oh, wie hübsch sie ist!« sagte eine dicke Frau.

»Wirklich vornehm!« lautete die Antwort.

»Man kann das gewisse Etwas gar nicht verkennen, das einzig und allein das Resultat erstklassiger reinblütiger Paarungen durch Generationen hindurch ist!«

»Was würde ich dafür geben, dieses wunderbare Geschöpf zu besitzen!«

Nach und nach kam Jap nahe genug heran, um wenigstens einen Blick auf den Käfig werfen zu können. Er sah ein Plakat, das verkündete: »Das Blaue Band und die Goldmedaille von Knickerbokkers großer Katzenausstellung wurde der rein gezüchteten Stammbaum-Katze Royal Analostan zugesprochen, importiert und ausgestellt von J. Malee. Nicht verkäuflich.« Jap verschlug es den Atem. Er starrte hin, ja, tatsächlich! Dort oben in einem vergoldeten Käfig auf einem Samtkissen, mit dem glänzend schwarz und blaßgrau schimmernden Fell, den bläulichen Augen, die sie halb geschlossen hielt, lag seine Hinterhof-Kitty, das Bild einer Katze, die sich tödlich langweilte . . .

Jap Malee lungerte stundenlang in der Nähe des Käfigs herum, von einem so stolzen Hochgefühl gepackt, wie er es nie zuvor erlebt hatte. Jedoch er sah ein, daß es weise war, unbekannt zu bleiben; zur Regelung des geschäftlichen Teiles schickte er besser wieder seinen »Diener« vor.

Die Hinterhof-Kitty war es, die aus dieser Ausstellung einen Erfolg machte! Jeden Tag stieg ihr Wert in den Augen ihres Besitzers. Er war nicht im Bilde über die Preise, die für erstklassige Katzen bezahlt wurden, und dachte, es wäre eine Rekordsumme, als er durch seinen »Diener« dem Geschäftsführer die Ermächtigung erteilte, die Katze für hundert Dollar zu verkaufen.

Auf diese Weise fand sich Kitty eines schönen Tages in einer hochherrschaftlichen Wohnung in der Fünften Avenue wieder. Sie bezeigte eine unberechenbare Wildheit und andere Eigentümlichkeiten. Ihren Rückzug vor dem Schoßhund auf die Mitte des Eßtisches deutete man als ererbte, wenn auch irrtümliche Abneigung vor einer beschmutzenden Berührung. Die aristokratische Art, in der sie den Deckel einer Milchkanne fassen wollte, erzielte besonderen Beifall, während ihr häufiges Wälzen im Mülleimer als Manifestation einer verzeihlichen hochwohlgeborenen Überspanntheit verstanden wurde. Sie wurde gefüttert und verzärtelt, gezeigt und gepriesen; aber sie war nicht glücklich. Sie kratzte an dem blauen Band um ihren Hals, bis sie es abgerissen hatte; sie sprang gegen den Spiegel, weil sie glaubte, es wäre der Weg nach draußen. Sie starrte nur immer auf die Dächer und Höfe auf der Rückseite des Hauses hinaus, und sie wünschte innig, sie könnte ihren Aufenthalt wechseln und dort unten sein.

Sie wurde streng bewacht – nie durfte sie hinaus –, so daß die beglückenden Mülleimer-Exzesse immer wieder stattfanden, da es die Möglichkeit gab, sie im Hause zu genießen. Aber in der Frühe einer Märznacht entdeckte die Royal Analostan, daß das Küchenmädchen, daß gerade die Kehrichteimer hinaustrug, die Küchentür halb offen gelassen hatte, nahm ihre Chance wahr, schlüpfte hinaus und war verschwunden.

Natürlich entstand bald darauf ein großer Aufruhr im Hause; aber Kitty wußte das nicht und hätte sich auch nicht darum gekümmert. Ihr einziger Gedanke war: heimgehen. Ein rauher Ostwind hatte sich erhoben, und er wehte ihr eine besonders freundliche Botschaft zu. Menschen hätten es einen häßlichen Hafengeruch genannt, jedoch für Kitty war es ein willkommener Gruß aus ihrer Heimat. Sie trottete durch die lange Straße gen Osten, durch die endlose Reihe der Vorgärten hindurch, wartete zuweilen bewegungslos wie eine Statue oder kreuzte die Straße, um in den Schutz der dunkelsten Seite zu kommen. Endlich erreichte sie das Hafenviertel und das Wasser, doch der Ort war ihr fremd. Sie konnte nach Norden oder nach Süden gehen; ein geheimes Etwas trieb sie südwärts. Sie wich den Docks aus und den Hunden, den Wagen und den Katzen, und ein oder zwei Stunden später sah sie sich inmitten vertrauter Szenen und Gerüche. Bevor die Sonne aufging, war sie daheim. Schwach und fußlahm schlüpfte sie durch dasselbe alte Loch in demselben Zaun und über die Mauer in ihren verfallenen Hof hinter dem Vogelkeller, ja, zurück in genau dieselbe alte Kekskiste, in der sie geborgen war. Nach einer langen Ruhepause tauchte sie wieder auf und stieg geruhsam die Stufen zu Japs Keller hinunter, genau wie früher auf der Suche nach etwas Eßbarem. Die Tür öffnete sich, und da stand der Neger. Er rief nach hinten dem Tierhändler zu: »Boß, komm schnell her! Hast du Worte, die Royal Analostan ist zurückgekommen!«

Jap kam gerade zurecht, die Katze auf die Mauer springen zu sehen. Die Royal Analostan war ein Glücksfall für ihn gewesen, war das Mittel gewesen, manches in dem Keller zu verbessern und ein paar Gefangene mehr in den Käfigen zu halten. Jetzt war es von größter Wichtigkeit, die Majestät einzufangen. Alte Fischköpfe und andere unfehlbare Köder wurden ausgelegt, bis Kitty verführt werden konnte, einen großen Fischkopf in einer Kistenfalle zu verspeisen. Der Neger betrachtete sie und zog an der Schnur, die den Dekkel hinabfallen ließ. Eine Minute später war die Analostan wieder im Keller in einem Käfig. Unterdessen durchsuchte Jap eifrig die Zeitungsspalten mit den Verlustmeldungen. Da war die Anzeige schon: »25 Dollar Belohnung« usw. Am selben Abend sprach Mr. Malees »Diener« mit der vermißten Katze in der Fünften Avenue-Etage vor. Natürlich wollte Mr. Malee keine Belohnung, aber sein »Diener« hatte die Katze ja hergebracht, und er war augenscheinlich einer kleinen Aufmerksamkeit von 25 Dollar nicht abgeneigt.

Nach diesem Ereignis wurde Kitty noch sorgfältiger bewacht. Allein, gerade das alte Leben hatte ihr zugesagt, und aus der Fürsorge machte sie sich gar nichts. Sie wurde noch wilder und unzufriedener als zuvor.

Der Sommer war inzwischen mit aller Macht gekommen, und die Familie in der Fünften Avenue dachte an ihr Landhaus. Sie packten die Koffer, verschlossen das Haus und reisten in ihre Sommerresidenz, einige achtzig Kilometer weit weg. Kitty wurde in einem verschlossenen Korb mitgenommen.

Der Korb war auf den Rücksitz des Wagens gesetzt worden. Allerlei neue Geräusche und vorbeihuschende Gerüche kamen und gingen. Manchmal stieß und rüttelte der Korb; überall knarrte und ratterte es. Als das alles endlich ein Ende hatte und der Wagen hielt, blinzelte ein Sonnenstrahl durch den Korbdeckel; doch jetzt erhob sich ein neuer, noch schrecklicherer Lärm – das Bellen von Hunden, großen und kleinen, abscheulich nahe. Der Korb wurde hochgehoben, und Kitty hatte ihr ländliches Heim erreicht.

Jedermann benahm sich aufdringlich freundlich gegen sie. Alle wünschten, der königlichen Katze zu gefallen, aber leider gelang das niemand außer der großen, dicken Köchin, die Kitty entdeckte, als sie die Küche inspizierte. Diese fettige Frau roch mehr nach den Hinterhöfen, als alles, was ihr während der letzten Monate begegnet war, und das zog die Royal Analostan außerordentlich an. Als die Köchin erfuhr, daß man Sorge hatte, die Katze könnte wieder entwischen, sagte sie: »I nein, die läuft nicht mehr weg! Sobald eine Katze ihr Fell putzt, fühlt sie sich zu Hause!«

Geschwind nahm sie die unnahbare königliche Hoheit in ihre Schürze und beging das abscheuliche Sakrileg, ihre Fußsohlen mit Fett einzuschmieren. Kitty nahm das natürlich übel; sie nahm an diesem Ort alles übel. Sowie sie wieder zu Boden gesetzt wurde, begann sie ihre Pfoten zu säubern, und sie fand das Fett wundervoll schmackhaft. Eine volle Stunde leckte sie an allen vier Füßen herum, und die Köchin verkündete triumphierend, daß es nun sicher war, sie würde bleiben und nicht auskneifen.

Tatsächlich, sie blieb, aber sie bekundete eine sehr überraschende und ihrer Herrschaft unangenehme Vorliebe für die Küche, die Köchin und den Mülleimer. Die Familie, obwohl nicht eben erfreut über diese hochwohlgeborenen Überspanntheiten, war endlich doch befriedigt, die Royal Analostan fortan zufriedener und nicht mehr ganz so unnahbar zu finden.

Nach einer oder zwei Wochen gab man ihr mehr Freiheit, beschützte sie aber vor jeder Bedrohung. Die Hunde wurden gelehrt, sie zu respektieren. Kein Mann und kein Knabe am Ort hätte auch nur davon zu träumen gewagt, einen Stein nach der berühmten Stammbaumkatze zu werfen. Sie bekam so viel Futter, wie sie wollte. Und trotzdem war sie nicht glücklich. Sie hatte Sehnsucht nach vielen Dingen, obwohl sie kaum wußte, nach welchen. Sie hatte ungefähr alles, ja, aber sie wünschte sich etwas ganz anderes. Eine

Menge zu essen und zu trinken, ja, gut! Aber die Milch taugt nicht recht, wenn man jederzeit jede beliebige Menge aus einer Porzellanschale trinken kann – nein, man muß sie aus einem Zinknapf stehlen gehen, von Hunger getrieben, das ist das Richtige, dann hat sie den richtigen Geschmack! Wie Kitty das alles haßte!

Das einzig Angenehme an diesem scheußlichen Ort war ein süß duftender Strauch, an dem sie sich mit Wonne rieb, und dessen Äste sie beknabberte; er bedeutete den einzigen Lichtblick in ihrem Leben auf dem Lande.

Eines Tages nach einem Sommer des Mißvergnügens traten Ereignisse ein, die die Hinterhoftriebe der königlichen Gefangenen in Aufruhr versetzten. Eine große Kiste mit Waren aus dem Hafen traf auf dem Landsitz ein. Was sie enthielt, war nicht von Belang; aber die Gerüche, die pikanten Slum-Gerüche, die sie an sich hatte!

Durch die Düfte, die auf ihre Nase eindrangen, wurden alle die Saiten von Kittys Gedächtnis angerührt, die ihr die Vergangenheit mit gefährlicher Macht bewußtmachten.

Am gleichen Abend fiel es dem jüngsten Sohn des Hauses, einem kleinen Rohling ohne jedes Verständnis für königliche Würden, plötzlich ein, eine Blechdose an Kittys Schwanz zu binden. Kitty bedankte sich dafür mit einem kräftigen Tatzenhieb, der Blut fließen ließ. Das Geheul des blessierten Buben rief die Mutter auf den Plan. Flink und echt weiblich warf sie ein Buch nach der Missetäterin, traf aber nicht. Kitty floh. Nach oben selbstverständlich.

Ein aufgestörter Schoßhund rannte nach unten, ein Jagdhund rannte nach oben, eine verfolgte Katze sauste noch höher hinauf. Sie verbarg sich im Dachgeschoß und wartete, bis die Nacht kam. Dann schlich sie wieder hinunter, untersuchte alle Türen, fand eine nicht zugeklinkt und flüchtete hinaus in die schwarze Augustnacht, die stockdunkel war für Menschenaugen und lichtgrau für Kitty. Sie glitt zwischen dem für sie häßlichen Buschwerk und den Blumenbeeten hindurch, rieb sich ein letztes Mal an dem kleinen Strauch, der für sie der einzige anziehende Fleck in dem Garten gewesen war, und nahm dann kühn den Weg zurück unter die Pfoten wie damals im Frühjahr.

Wie konnte sie den Weg zurückverfolgen, den sie nie gesehen hatte? Nun, Tieren ist ein Gefühl für die Richtung angeboren. Es ist beim Menschen nur gering ausgebildet, stark dagegen beim Pferd, und Katzen haben eine große Begabung dafür. Dieser geheimnisvolle Führer zog Kitty westwärts, nicht klar und genau bestimmt, aber mit einem starken Impuls. Die leichteste Art des Vorwärtskommens bot die Landstraße. In einer Stunde hatte sie den Hudson erreicht. Ihre Nase hatte ihr mehrfach bestätigt, daß ihr Weg richtig war. Einen Geruch nach dem andern fand sie wieder.

Neben dem Fluß lief die Eisenbahnstrecke entlang. Kitty konnte nicht ins Wasser gehen; sie mußte die nördliche oder südliche Richtung wählen. Aber hier war ein Fall, in dem ihr Richtungssinn ihr klar befahl: südwärts! Und sie trabte vorwärts auf dem schmalen Pfad zwischen den Eisenbahnschienen und dem Zaun.

3

Katzen können sehr schnell auf einen Baum oder über eine Mauer klettern, jedoch wenn es auf Ausdauer ankommt, auf stetiges Laufen Kilometer für Kilometer, Stunde um Stunde, so fördert wohl eines Hundes Trab, aber nicht das Katzengehoppel. Kitty wurde müde, und die Füße schmerzten sie. Sie dachte gerade an eine kleine Erholungspause, als ein Hund an den Zaun geprescht kam und dicht neben ihr in ein so wütendes Gebell ausbrach, daß sie entsetzlich erschrak.

Sie stürzte, so schnell sie konnte, den Pfad hinunter auf die Schienen. Das Bellen nahm zu, wurde zu einem lauten Dröhnen und Brüllen, einem fürchterlichen Donner. Ein Licht flammte auf; Kitty blickte flüchtig hinter sich und sah nicht den Hund, sondern ein ungeheuerliches schwarzes Ding mit einem flammenden Auge.

Es kam näher mit Fauchen und Spucken wie ein ganzer Hof voller wilder Kater. Sie nahm alle Kraft zusammen und rannte in einem Tempo, wie sie es ihr Leben lang noch nicht angeschlagen hatte, aber sie wagte nicht, den Zaun zu überspringen. Sie rannte dahin wie ein Hund – beinahe fliegend! Alles war vergeblich: Das Ungeheuer, das sie verfolgte, holte sie ein, aber es verfehlte sie in der Dunkelheit und sauste davon in die Nacht hinein, während Kitty nach Atem ringend hocken blieb.

Das war ihr erstes Zusammentreffen mit den seltsamen Ungeheuern, seltsam für ihre Augen; ihre Nase glaubte sie zu kennen und sagte ihr, dies wären nur die Zeichen, daß sie sich auf dem richtigen Weg nach Hause befand. Zum Glück waren die Ungeheuer sehr dumm, wie sie bald merkte, und konnten sie nicht finden, wenn sie sich schnell versteckte und ruhig verharrte. Bevor es Morgen wurde, war sie vielen dieser Art begegnet und allen unversehrt entkommen.

Vor Sonnenaufgang erreichte sie eine reizende kleine Schmutzgasse und hatte das Glück, in einem Aschenhaufen einige wenn auch hygienisch nicht einwandfreie eßbare Dinge zu finden. Sie verbrachte den Tag in einem Stall. Es war ganz ähnlich wie zu Hause; aber sie dachte nicht im Traum daran, hierzubleiben. Sie wurde von einer inneren Begierde angetrieben, die weder Hunger noch Furcht war. Am nächsten Abend trottete sie weiter. Sie hatte nun die »einäugigen Donnergroller« den ganzen Tag vorbeifahren sehen und sich an sie gewöhnt. Diese Nacht ging genauso hin wie die vorherige. Auch weiterhin verbrachte sie die Tage damit, sich in Scheunen zu verstecken, sich vor Hunden und Knaben zu hüten, und nachts hinkte sie den Bahnschienen nach, denn sie hatte wunde Füße bekommen. Aber sie wanderte, Kilometer für Kilometer, südwärts, immer südwärts – Hunde, Kinder, brüllende Ungetüme, Hunger – Hunde, Kinder, brüllende Ungetüme, Hunger . . . Tag für Tag wanderte sie trotz zunehmender Erschöpfung, und ihre Nase sagte ihr als vertrauenswürdige Berichterstatterin: »Ganz gewiß ist dies oder jenes ein Geruch, den wir schon im Frühjahr auf dem Heimweg fanden.«

So ging Woche um Woche hin, und Kitty langte schmutzig, ohne blaues Seidenband, mit wunden Füßen und schwach, an der Harlem-Brücke an. Obwohl die Brücke in wunderbare Gerüche eingehüllt war, liebte sie den Anblick nicht. Die halbe Nacht wanderte sie auf und nieder, ohne eine andere Möglichkeit zu entdecken, ans gegenüberliegende Ufer zu gelangen; wenn nicht diese, dann mußte sie eine andere Brücke wählen. Irgendwie mußte sie zu ihr zurückkehren, nicht nur ihre Gerüche waren vertraut, sondern von Zeit zu Zeit, wenn ein »einäugiger Donnergroller« hinüberfuhr, gab es die ganz besonderen rumpelnden Geräusche, die die Sensation ihrer Frühlingswanderung gewesen waren. Sie sprang auf den Bahnkörper und glitt von Schwelle zu Schwelle. Unter ihr war das Wasser. Sie hatte beinahe ein Drittel des Weges zum andern Ufer zurückgelegt, als ein »einäugiger Donnergroller« brüllend vom andern Ende daherkam. Sie erschrak sehr; aber da sie inzwischen gelernt hatte, daß die Dinger nicht sehen konnten, kroch sie zu einer niedrigen Schwelle und kauerte sich hin. Natürlich verfehlte das dumme Ungeheuer sie und fuhr vorüber, und alles wäre gutgegangen; doch es kam zurück, oder ein anderes, das ebenso aussah, war nun ganz plötzlich hinter ihr. Kitty sprang auf das große Geleise zurück und verfolgte ihren Weg in Richtung auf das heimatliche Ufer zu. Sie hatte es beinahe erreicht, als ihr ein drittes einäugiges Schreckgespenst röhrend von dieser Seite her entgegenkam. Sie rannte, so schnell sie es vermochte, aber jetzt war sie gefangen zwischen zwei Feinden. Da gab es nichts weiter als einen verzweifelten Sprung von den Schwellen in die Leere, denn sie wußte nicht, was unter ihr war! Hinunter – hinunter – hinunter – plitsch! platsch! Untergetaucht in das tiefe Wasser, nicht kalt, denn es war August, aber ach! – schauderhaft! Spuckend und hustend versuchte sie das Ufer zu gewinnen. Sie hatte niemals schwimmen gelernt, und doch schwamm sie, aus dem einfachen Grund, weil die Katze beim Schwimmen nur dieselben Bewegungen zu machen braucht wie beim Gehen. Sie war an einen Ort geraten, den sie nicht liebte; selbstverständlich versuchte sie schleunigst hinauszukommen. Das Resultat war, daß sie ans Ufer schwamm. Welches Ufer? Da war kein Zweifel – das südliche Ufer, das Ufer, das ihrer Heimat am nächsten lag. Sie kroch hinaus, triefnaß, tropfend, den moorigen Damm hinauf und durch die Kohlen- und Schutthaufen hindurch, so schwarz, schmutzig und unköniglich aussehend, wie eine Katze nur aussehen kann.

Als der Schreck überwunden war, fühlte sich die Landstreicherin mit dem königlichen Stammbaum besser als vor dem Untertauchen. Nach dem unfreiwilligen Bad durchströmte ihren Körper eine belebende Wärme; überdies überkam sie ein ebenso belebender Triumph; denn hatte sie nicht drei der fürchterlichsten Schreckgespenster überlistet?

Ihre Nase, ihr Gedächtnis und ihr Richtungssinn machten sie dazu geneigt, auf das Geleise zurückzugehen; aber die großen Donnergroller rannten dort hin und her, und das machte sie unruhig. Ihre Klugheit veranlaßte sie, sich zur Seite zu wenden und dem Ufer mit seinen nach Moschus riechenden heimatlichen Erinnerungen zu folgen.

Länger als zwei Tage lernte sie die nicht endenden Gefahren und Schwierigkeiten der Docks auf dem östlichen Ufer kennen, und endlich, in der dritten Nacht, erreichte sie vertrautes Gelände, den Platz, den sie in der Nacht ihrer ersten Flucht gekreuzt hatte. Von jetzt an war ihr Lauf unbeirrt und schnell. Jetzt wußte sie, wo sie war und wohin sie wollte. Sie lief sicherer und fühlte sich glücklicher. In ganz kurzer Zeit würde sie in ihrem geliebten alten Hinterhof sein. Noch eine Wendung, und der Block mußte vor ihr liegen.

Aber was war das? Er war nicht mehr da! Kitty wollte ihren Augen nicht trauen! Dort, wo sie krumm und schief und verfallen gestanden hatten, die Häuser des Blocks, waren nur noch große Haufen von Steinen und Gerümpel, neben einigen Löchern im Boden!

Kitty strich um alles herum. Sie erkannte an einem stehengebliebenen Pfosten und an gewissen Farben des Pflasters, daß sie in ihrer Heimat war; daß hier der Tierhändler gewohnt hatte und daß dort der alte Hinterhof gewesen war; aber alles war dahin, völlig dahin mitsamt den vertrauten Gerüchen.

Kitty verfiel in tiefste Hoffnungslosigkeit. Ihre Heimliebe war ihre bestimmteste Regung. Sie hatte alles aufgegeben, um zu einem Heim zurückzukehren, das nicht mehr existierte, und mit einem Male war die tapfere kleine Seele völlig niedergebrochen. Sie wanderte über die stummen Schutthaufen und fand weder Tröstung noch Eßbares. Der Untergang hatte mehrere dieser Wohnblocks betroffen und reichte bis hinunter zum Wasser. Ein Feuer hatte es nicht vollbracht. Kitty hatte so etwas einmal gesehen. Sie konnte ja nicht wissen von der großen Brücke, die just von dieser Stelle aus errichtet werden sollte.

Als die Sonne heraufkam, war Kitty um einen Unterschlupf für sich besorgt. Ein angrenzender Block stand noch mit wenigen Veränderungen, und die Royal Analostan zog sich dorthin zurück. Sie kannte hier einige Fährten; nur eines überraschte sie unangenehm: Sie fand die Hinterhöfe von Katzen wimmelnd, die, genau wie sie selbst, von ihren alten Plätzen vertrieben worden waren. Wenn die Mülleimer herausgestellt wurden, kamen auf jeden einzelnen mehrere Katzen. Das bedeutete eine Hungersnot für die Katzen dieser Gegend.

Kitty sah sich das einige Tage mit an und wanderte dann aus, um ihr anderes Heim an der Fünften Avenue wiederzufinden. Aber ach, sie fand es leer und verschlossen. So kehrte sie in der folgenden Nacht zu ihrem übervölkerten Hinterhof zurück.

September und Oktober gingen vorbei. Viele Katzen starben an Hunger oder waren zu sehr entkräftet, um ihren Feinden zu entgehen. Kitty jedoch, jung und stark, blieb am Leben.

Große Veränderungen begaben sich mit dem Ruinenblock. Kitty beobachtete sie; es wimmelte da alle Tage von lärmenden Arbeitern. Ende Oktober war ein großes Bauwerk vollendet, und Hinterhof-Kitty schlich, vom Hunger getrieben, an einen Eimer heran, den ein Neger draußen hingesetzt hatte. Unglücklicherweise enthielt er keinen Abfall, sondern es war – eine Neuheit in dieser Gegend – ein Scheuereimer! Eine traurige Enttäuschung; doch sie brachte einen kleinen Trost: Da war die Spur einer vertrauten Berührung am Griff. Während sie daran schnüffelte, kam der farbige Fahrstuhlführer wieder heraus. Trotz seinem blauen Anzug bestätigte der Eigengeruch des Mannes Kittys guten Eindruck. Für alle Fälle jedoch zog sie sich auf die andere Seite der Straße zurück. Er starrte zu ihr hinüber. »Oho!« rief er, »die sieht ja ganz aus wie unsere Analostan! Komm her, Kitty! Kitty! Kitty, komm doch her! Ich glaube, sie ist sehr hungrig!«

Hungrig! Seit Monaten hatte sie keine richtige Mahlzeit mehr gehabt! Der Neger ging in das Haus zurück und erschien dann wieder mit einem Teil seines eigenen Frühstücks. »Hier, Kitty! Komm, Kitty!« Er legte das Fleisch aufs Pflaster und trat in die Tür zurück.

Kitty kam und fand es wohlschmeckend, schnüffelte noch einmal, ergriff es dann und entfloh damit wie eine kleine Tigerin, um ihre Beute in Frieden zu verzehren.

4

Dieser Tag war für Kitty der Beginn einer neuen Epoche. Sie kam an die Tür des Gebäudes, wenn der Hunger sie plagte, und ihre Zuneigung zu dem Neger wuchs. Sie hatte diesen Mann früher nicht verstanden; jetzt war er ihr Freund, der einzige, den sie hatte.

Einmal fing sie eine Ratte. Sie kreuzte die Straße vor dem neuen Gebäude, als ihr Freund gerade einem wohlgekleideten Herrn die Tür öffnete.

»Da! Sehen Sie mal, was das für eine tüchtige Katze ist!« sagte der Herr.

»Ganz gewiß, mein Herr! Das ist meine Katze, mein Herr! Sie ist der Schrecken aller Ratten, Herr! Sie ist bloß immerfort hinter ihnen her, darum ist sie so mager.«

»Nun, lassen Sie sie nur nicht hungern«, sagte der Herr, der wie ein Großgrundbesitzer aussah. »Können Sie sie denn ernähren?«

»Der Metzger kommt regelmäßig, mein Herr, einen Vierteldollar gebe ich wöchentlich für sie aus«, sagte der Neger, indem er sich insgeheim ausrechnete, daß diese famose Idee ihre fünfzehn Cent wert war.

»Geht in Ordnung«, sagte der Herr, »die Kosten übernehme ich!«

Seit dieser Stunde hat der Neger von der Idee oft profitiert. Er weiß genau, daß es nur eine Frage weniger Tage ist, bis die königliche Analostan wieder zurückkehrt, wenn sie einmal verschwindet. Sie hat gelernt, den Fahrstuhl zu ertragen und gelegentlich darin hinauf- und hinunterzufahren. Der Neger behauptet steif und fest, einmal hätte sie den Metzger kommen gehört, während sie im oberen Stockwerk war. Daraufhin habe sie den Knopf betätigt, der den Fahrstuhl herauf rief, damit er sie hinunter beförderte.

Sie ist jetzt wieder glatt und schön. Sie ist nicht bloß irgendeine von vielen Katzen, die den Metzger umstreichen, wenn er mit seinem Wagen angefahren kommt, sondern sie gehört zu seinen Kunden.

Aber trotz ihrer Erfolge, ihrer gesellschaftlichen Stellung, ihrem königlichen Namen und ihrem gefälschten Stammbaum ist es für sie das größte Vergnügen ihres Lebens, hinauszuschlüpfen und herumzustreunen. Denn auch jetzt ist sie genau wie in ihren früheren Lebensabschnitten in ihrem Herzen nichts anderes als eine schmutzige kleine Katze aus dem Hinterhof.

Ella Maillart

Ti-Puss

Als sich das Taxi dem gewellten Kamm näherte, auf dem Kalimpong 1300 Meter über dem Meere liegt, war keiner der Riesengipfel des Himalaja zu sehen. Der Ort hatte sich als letzte Etappe der Karawanen, die Wolle aus Tibet bringen, zu einem bedeutenden Handelszentrum entwickelt. Denn die Maultiere, die an das fast 4300 Meter hohe, von Schneestürmen gepeitschte Plateau von Phari gewöhnt sind, vertragen den Höhenunterschied zur Endstation am Grunde des heißen und engen Tales nicht. Stallungen, Lagerhäuser, Gasthöfe, Scheunen und Gebetsfahnen erstrecken sich östlich von dem Basar, dem Marktplatz und der Hauptstraße.

Die meisten Villen und auch zwei kleine Hotels verstreuen sich jedoch über die Westseite des Kammes, der sich weit hinzieht und in einem bewaldeten Hügel endet. Alles in allem muß sich das bewohnte Gebiet über zehn Kilometer ausdehnen.

Wir schlugen weder die östliche noch die westliche Richtung ein. Auf dem Sattel des Kammes angelangt – wo die Hauptstraße, gehütet von einer Büste der Königin Victoria, gewachsen war –, bog der Chauffeur nordwärts in eine kurze Gasse ein, die man aus dem Berghang gehauen hatte, der in einem einzigen Schwung zu dem drunten zwischen immergrünen Urwaldbäumen dahinrauschenden Tista abfiel.

Wir fuhren unterhalb der Werkstätten für Kunst und Kunstgewerbe an einigen Gemüsegärten vorbei und hielten bei einem Zaun, der einen terrassenförmigen Obstgarten namens »Flower Patch« schützte. Hier war kein anderes Gebäude in Sicht außer einem kleinen Haus, das weiter unten, nach Norden gerichtet, auf einem vorspringenden Plateau über einem steilen Buschwald stand. Weiter unten gewahrte ich wie auf einem chinesischen Bild ein paar strohgedeckte Hütten, die von Bambusdickicht umgeben waren.

Geradeaus hatte man einen weiten Ausblick auf unzählige Berge, ähnlich dem unseren, aber ohne Dörfer . . . fünfundsiebzig Kilometer weit erstreckten sich Berge und Täler bis zum Kangtschendsonga, den immer noch Nebel verhüllte.

Und nun erklärte mir Beryl alles am Kamin bei einer Kanne dampfenden Kaffees. Nicht nur war das Gastzimmer immer noch besetzt, sondern das Töchterchen Clio kam auch erst anfangs März ins Pensionat. Außerdem würde die noch nicht einjährige Siamesenkatze Winnie eine öffentliche Gefahr werden, wenn eine andere Katze ihr Haus betrat. Aber Beryl hatte für mich ein Zimmer gemietet; alles war in schönster Ordnung; sobald das Wetter milder war, wollten wir uns nach dem wenig bekannten Norden aufmachen, wo sie mit ihrem Mann während seines letzten Urlaubs gewesen war.

Um der eingesperrten Katze willen war ich erpicht darauf, mein Zimmer zu sehen. Steil aufwärts durch den Wald über der Gasse führte Beryl mich; dann ging es einen schroffen Pfad hinauf, den totes Laub völlig verdeckte, an zwei Blockhäusern vorbei zur Kammhöhe, die ein zivilisierter Teil der Erde war – mit einem Tennisplatz, breiten Wegen, einem Sanatorium und zwei Villen. Diesen Weg sollte ich sechsmal am Tag gehen, manchmal mit Ti-Puss zusammen.

In der zweiten Villa hatte ich ein kaltes Zimmer, wo ich die erste Nacht in meinem Schlafsack schlief. Ti-Puss freute sich so sehr, daß sie mich wiederhatte, daß sie Laute von sich gab, die ich als Freudengegurgel bezeichnete.

Nach drei Tagen vollständiger Ruhe, in denen ich für Ti-Puss von »Flower-Patch« Futter holte, nahmen wir unsere täglichen Spaziergänge wieder auf. Ich liebte die trockene Kälte; das tote Laub raschelte aufregend für die Katze. Eine ganz neue Welt bot sich uns. Aber die Freiheit brachte Ti-Puss als erstes einen großen Schrecken. An einem sonnigen Plätzchen vor meinem Fenster war an einem Pfosten ein Affe angekettet, der sich keine Minute still verhielt. Ti-Puss hatte einen weiten Bogen um ihn gemacht, als wir zusammen an ihm vorbeigekommen waren. Weiter unten, gerade über der Straße, die zum tibetischen Basar führte, trabten Ponys vorbei, und Tibeter schlenderten dort in der lässigen Haltung an Land gegangener Matrosen; ihre Arme waren frei von dem Mantel, den sie sich um die Leibesmitte gebunden hatten, und mit ihren hohen Stiefeln, dem weißen Hemd und dem großen Filzhut sahen sie wirklich sehr flott aus.

Auf den Steinstufen rasselte eine Kette: Der Affe war uns nachgekommen. Da raste Ti-Puss bergauf, während der Affe neben mir stehenblieb, bevor er zu seiner Behausung ging. Oh, diese panische Angst! Die Katze vergaß alles, das Haus und ihr offenes Zimmer, vertraute nur der Geschwindigkeit, der wunderbaren Geschwindigkeit, und vielleicht auch einem hohen Baum, auf dem sie stundenlang bleiben konnte.

Ich ging sie suchen. Es war ihr keine andere Wahl geblieben, als bergauf zu laufen – entweder über den malerischen Waldweg, der zu einer Schule führte und weiter ostwärts zu dem lauten und bunten tibetischen Tempel oder oberhalb des Sanatoriums über den schmalen Weg, der der Kammhöhe folgte.

Ich rief. Ich saß wartend oder spähte nach Sträuchern und Astgabeln. Ich horchte auf ihre leichten Schritte in raschelndem Laub. Ich lauschte der Angst in meinem Herzen: Würde sie mich für immer verlassen und das Band zerreißen, das uns verknüpfte, dieses Band, das ihr Leben nicht nur einmal, sondern schon viele Male behindert hatte?

Zwei Stunden später befand ich mich auf der Nordseite des Kammes, und dort kam sie verstohlen zu mir. Die tiefe Freude dieses Augenblicks . . . Liebe wallte auf zu meinen geschlossenen Augen; die Katze und ich selbst waren vergessen im großen Frieden der Wunschlosigkeit! Als wir zusammen zwischen den Wurzeln eines alten Baumes saßen, lag ganz Sikkim zwischen uns und dem bevölkerten Himalaja fern im Norden. Gerade unter uns war in dem nie gestörten Schweigen dieses großen Berghanges der waagrechte Streifen des christlichen Friedhofs aus dem Walde gerodet worden – sicher einer der ergreifendsten Friedhöfe der Welt, einfach und so schmucklos, daß sich die Symbolik der sterblichen Erde und des ewigen Himmels in der vollkommenen Harmonie windumspielter Blätter in vollendeter Schönheit ausdrücken konnte.

Da Beryl übers Wochenende verreist war, beschloß ich, Ti-Puss in Winnies Reich zu bringen, um zu sehen, was geschehen würde. Je früher, desto besser, dachte ich; denn sie mußten ja wahrscheinlich beisammen bleiben, wenn wir nach Tibet gingen. Bisher sah dieses Unternehmen noch ziemlich zweifelhaft aus. Ich hatte Pangda Tschan aufgesucht, den Handelsagenten dieses weiten Landes, der mit seiner Frau und seinen Angestellten in einem modernen gelben Betonhaus wohnte. Seine Frau trug dieselbe hübsche Schürze, die ich zum erstenmal auf dem Bahnhof von Sealdah gesehen hatte, nicht unähnlich den Schürzen, die zur norwegischen Tracht gehören. Dieser tibetische Beamte hatte keine Befugnis, Reisenden ein Einreisevisum zu geben; bestenfalls konnte er deswegen nach Lhassa schreiben. Ich erfuhr, daß gerade das tibetische Neujahrsfest gefeiert wurde – daher das Dröhnen, Trommeln und Muschelblasen im Lamakloster.

Auf dem Rückweg von Pangda Tschan schlenderte ich am östlichen Ende von Kalimpong durch den Basar und sprach den indischen Leiter eines Stoffgeschäftes an, weil er außerordentlich intelligent aussah. Seine Firma besaß Karawanen und hatte eine Filiale in Gangtok. Ja, ich konnte mit seinen Maultieren reisen; was Kulis betraf, so konnte man sie leicht für eine Rupie im Tag dingen. Sicher war sein Agent in Gangtok imstande, mir zu helfen; er gab mir einen Brief für diesen Mann, falls ich die Reise von dort anträte. Anscheinend mußte ich mir von den Beamten dieser kleinen Hauptstadt weiterhelfen lassen.

Um eine Vorstellung von der allgemeinen Lage zu gewinnen, suchte ich den Besitzer »unseres« Affen auf, einen Ladaki-Tibeter namens Tartschin, der Herausgeber der damals einzigen tibetischen Zeitung war. Ich freute mich, wieder einmal unter Tibetern zu sein. Ich liebe ihr offenes Gesicht, ihr häufiges Lächeln, die jugendliche Kraft und Geradheit, die ihnen eigen sind, ihre besondere Mischung von Grobheit und Verfeinerung. Ohrringe aus Türkisen, dicke Zöpfe, hohe Wollstiefel, große silberne Amulette, die am Hals getragen werden, Schnupftabaksfläschchen, die freigebig herumgereicht werden, bilden einen hübschen Anblick, und ohne Mühe wischte ich mir genau wie sie die Nase am Ärmel ab.

In eine rote Toga gehüllt, hockten zwei Lamapriester am Boden und tranken Tee aus chinesischen Tassen, die von einer freundlichen Frau oft nachgefüllt wurden. Tartschin war der Dolmetscher Sir Basil Goulds gewesen, als dieser zur Einsetzung des vierzehnten Dalai-Lama nach Lhassa gegangen war. Was meinen Plan betraf, so meinte er, daß wir vielleicht Erfolg hätten, wenn wir versprächen, nicht von der Hauptstraße abzuweichen.

Als Clio an diesem Abend im Bett war, holte ich mir Ti-Puss, trug sie den steilen und schlüpfrigen Waldweg hinunter und zeigte ihr jedes Zimmer von »Flower Patch«. Das Wohnzimmer ließ ich bis zuletzt, und dort griff mich trotz meiner feierlichen Vorstellung die teuflische kleine Winnie an, sprang mir auf die Schulter und begann mich zu zerkratzen! In sicherer Entfernung von Ti-Puss hielt ich sie auf einem Kissen fest; während ich sie besänftigte und ihr ehrlich zugab, daß sie alles Recht habe, mich zu hassen, versuchte ich ihr klarzumachen, daß unser Besuch nur von vorübergehender Dauer sei, nur so lange, um meine kindliche Sehnsucht, Tibet wiederzusehen, zu befriedigen.

Am folgenden Abend wiederholte ich das Experiment. Ich setzte jede Katze in einen Sessel, den ich allmählich näher zum Kamin rückte, und fütterte beide gleichzeitig. Winnie war noch jung, sehr ähnlich ihrer verspielten, wunderhübschen Mutter Smuts, die ihr Kind vor einem Monat verlassen hatte, weil sie nach Bombay ging. Ti-Puss wirkte im Vergleich recht erwachsen; aber wenn sie verwirrt war, blickten ihre großen Scheinwerferaugen noch voll kätzchenhafter Verwunderung. Sie reagierte auf Winnie mit viel Nachsicht; zweifellos erinnerte die kleine Katze sie an Monty, der dieselbe schöne hellgelbe und dunkelbraune Iltiszeichnung gehabt hatte.

Ob die Erinnerung etwas damit zu tun hatte oder nicht, am nächsten Tage teilte Ti-Puss der Welt mit, daß sie traurig sei, gattenlos zu sein! Ich Arme befürchtete, mit einer ganzen Katzenfamilie durch Indien reisen zu müssen, und hielt sie wie einen Hund an der Leine. Wie muß sie mich gehaßt haben . . . Oder war sie zu elend, um überhaupt etwas zu merken? Jedenfalls verweigerte sie jegliche Nahrung.

Wir übersiedelten beide nach »Flower Patch«, und das Leben wurde für uns leichter. Wir konnten unsere Augen nun am Kangtschendsonga weiden, der bei Sonnenaufgang, ehe die Nebel sich um ihn ballten, eine Weile sichtbar wurde. Hinter den vielen blauen und grünen Schatten der zahlreichen Berghänge, die sich zu Füßen der kolossalen weißen Pyramide wellten und abstürzten, erhob sie sich zu 8693 Meter Höhe, wie die Achse der Welt an der Grenze von Nepal, Tibel und Sikkim. Simwu und Sinioltschu waren dort seit ungezählten Zeitaltern im reinen Äther unter den niedrigeren Gipfeln zu weißen Wellen gefroren.

Wir gingen jetzt immer auf unserer Seite von Kalimpong spazieren, auf der wilden nördlichen Seite, die den Friedhof barg. Auf dem Wege dorthin durchquerten wir eine Schlucht, wo die Abfälle von Kalimpong abgeladen wurden; der Müll verweste fortwährend, und ein leicht säuerlicher Geruch schwebte über dem urwaldartigen Gebüsch.

Etwas weiter kamen wir zwischen engen Felsenklippen an den Überresten zufälliger hinduistischer Verbrennungsplätze vorbei, auch an Löchern, die Schakale gegraben hatten, und in denen man einen Knochen oder einen Schädel sehen konnte. Zuerst überraschte mich dieser Anblick; aber in Indien haben solche Orte gar nichts Unheimliches. Sie gehören zur natürlichen Ordnung der Dinge. Ich fand sie sogar beruhigend. Wenn ich in Tiruvannamalai spät abends nach Hause gegangen war, hatte ich oft den schmalen Weg am Fuße des Berges gewählt, weil er mich über Brachland führte, wo manchmal noch verlassene Scheiterhaufen brannten; nach Vollendung ihrer sauberen und nützlichen Arbeit sah die glimmende Kohle im dunklen Samt der Nacht wunderbar aus.

Noch weiter unten kreuzten wir den Kulipfad, der sich bis nach Malli hinunterschraubte, einem Dorf am Tista, das 1200 Meter tiefer lag. Dort konnten unsere scharfen Augen die Leptscha verfolgen, die eine Holzkohlenladung von achtzig Pfund bergauf trugen; in der einen Hand hielten die Frauen und Männer einen gegabelten Stock, den sie während des öfteren Rastens unter die Last schoben, um Atem zu schöpfen. Genau wie Kamele, dachte ich, wenn sie ihre Höchstlast tragen. Es ist für sie viel zu ermüdend, sich niederzutun und nach der Ruhepause mit der Ladung aufzustehen. Die dicken Beine der Leptscha waren überentwickelt, ihre breiten Gesichter mit den hohen Backenknochen sehr angespannt. Manche von ihnen kletterten zweimal am Tag hinauf. Als ich einmal, mit Clio auf einem Pony, hinunterging, um im Tista zu baden, hatten wir Gelegenheit, diese armen Kulis zu betrachten.

Gerade unterhalb von »Flower Patch« hatten wir zwischen dichtem Gebüsch eine Art Privatweg. Weiter westlich mußten die Felder und Hütten wegen Ti-Puss' Ängstlichkeit vermieden werden; zuweilen kam ich ohne sie nach Hause.

Nach einiger Zeit bewegte sie sich frei und freute sich des Lebens bis auf den Waffenstillstand zwischen ihr und Winnie. Im Garten hüteten sie sich, allzu nahe beieinander in der Sonne zu liegen, und wenn ich Ti-Puss liebkoste, gab Winnie keine Ruhe, bis Beryl auch mit ihr zärtlich war.

Die Nächte waren immer noch kalt, und die Katze kroch weiterhin zu mir ins Bett, wo sie sich voll ausgestreckt schnurrend entspannte. Diese Schnurrorgie setzte sich fort, während ihr Kinn unbarmherzig auf meinem Arm ruhte. Was für einen schönen Körper sie hatte, fest, obwohl weich und der Hand nachgebend, mit zarten Knochen und drahtigen Sehnen!

Wenn ich die Decke hob, begegnete sie meinem Blick mit ihren großen Vamp-Augen, als wollte sie sagen: »Sind sie nicht erstaunlich? Hast du jemals so etwas gesehen?« Und dann zupfte sie mit ihren gefährlichen Pfoten Fäden aus dem Kissen, wobei sich der sehnige Körper aufmerksam spannte und die Augen sich wonnevoll halb schlossen.

Dann kam der Morgen meiner Abreise nach Gangtok.

Ich ließ Ti-Puss in »Flower Patch« zurück. Auch wenn Beryl mir später nachreiste, der Koch war ein wackerer und verläßlicher Mann: Er sollte meine Katze einmal am Tag, um sechs Uhr abends, füttern, und zwar in meinem Zimmer, wo sie über Nacht eingesperrt werden sollte . . . sonst könnte sie das Herumstreunen im dunklen Urwald auf allzu viele wilde Gedanken bringen.

Als ich mich auf die Suche nach ihr machte, fand ich sie auf der Veranda; es beglückte sie, in der Morgensonne zu liegen. Ich hob sie auf und gab ihr auf der Veranda etwas frische Milch; dann trug ich sie wieder zu ihrem Sonnenplätzchen, dabei hielt ich sie eng an meine Wange . . . sie war anschmiegsam, hingegeben und weich . . .

weich wie seidige Kaschmirwolle. Ich war in großer Eile, weil ich mit Beryl zu lange über verschiedene und gleicherweise mögliche Schwierigkeiten gesprochen hatte; ich wußte, daß ich den ganzen Weg der Holzkohlenkulis im Lauf- und Sprungschritt zurücklegen mußte, um meinen Autobus in Malli am Tista zu erreichen.

Der britische Gesandte hatte mich eingeladen, bei ihm zu wohnen, und ich hatte mich nicht getraut, ihn zu fragen, ob er Katzen liebte. Höchstwahrscheinlich besaß er Hunde, und da ich keine Vamp-Augen wie Ti-Puss hatte, durfte ich das Wagnis nicht eingehen, ihn gegen mich aufzubringen: Allzuviel hing von ihm ab. In drei bis vier Wochen wollte ich zurück sein.

In bezug auf unsere Reise nach Tibet gab es eine Regel, welche besagte: »Im Winter dürfen keine weißen Frauen über die Pässe«; und jetzt hatten wir Anfang März. Eine andere Vorschrift war hinzugefügt worden: »Weiße Frauen müssen von einem weißen Mann begleitet werden.« Außerdem konnten Ausländer im Gegensatz zu britischen Untertanen, die auf der Treatystraße gewisse Vorrechte genossen, nicht ohne Zustimmung von Lhassa reisen.

Indes der erste Duft des Frühlings den Bergausläufer umgab, auf dem Gangtok mit seinen zerstreuten Häusern und Gebetsfahnen liegt, und große Magnolien ihre köstlichen Blüten entfalteten, wurden diese Schwierigkeiten nacheinander überwunden.

Während dieses Aufenthalts, der sehr erfreulich gewesen wäre, hätte die Ungewißheit nicht immer noch meine Zukunft verschleiert, brachte mir ein Besucher Nachricht über Ti-Puss, nämlich einen Brief von Tom Sullivan. Er war eingeladen worden, mein Zimmer zu benützen, doch nur unter der Bedingung, daß er für meinen kostbaren Liebling sorgte. Ti-Puss weckte ihn, wenn sie zu Bett gehen wollte, indem sie seine Wange bepfotete; versuchte er sie zu streicheln, so biß sie ihn, und sie lehnte es ab, ihn als meinen Nachfolger anzuerkennen. Er wagte sich nicht mehr im Bett umzudrehen ... Was Winnie betraf, so hatte sie Ti-Puss am Tage nach meiner Abreise angegriffen.

Das waren schlechte Nachrichten. Ich konnte meine kleine Freundin nicht mehr beschützen.

Nahrungsmittel wurden eingekauft und Kulis gesucht – diejenigen, die ich in weiser Voraussicht angestellt hatte, streikten, als sie hörten, daß die 4300 Meter hohen Pässe erneut von Schneemassen bedeckt waren. Raja Dordjé half mir, ebenso der Gesandte und der tibetische Handelsagent. Beryl holte mich in der Herberge von Tangu ein. Ich war durch das tropische Klima arg geschwächt und mußte in langsamem Tempo beginnen. Wie geplant, gingen wir nach Phari Dzong, der höchstgelegenen tibetischen Stadt, die in 4300 Meter Höhe unweit des herrlich einsam aufstrebenden Tschomolharigipfels, der göttlichen »Königin der Berge«, liegt.

Unterwegs schmeichelte ich allen tibetischen Katzen, denen ich begegnete, und bat sie, Ti-Puss, die wohl ungeduldig auf mich wartete, meine liebevollen Gedanken zu überbringen. Im ganzen waren sie immer noch in Winterschlafstimmung und reagierten überhaupt nicht auf meine Annäherungsversuche. In Ritschingong hinter dem Dschelep La sprach ich mit einem verschlafenen Kater, der in ein außerordentlich dickes graues Fell gehüllt war; er lag vor dem Kamin eines Gasthofs für Maultiertreiber, wo Beryl und ich tapfer alles Eßbare kosteten.

Im Kloster Dungkar über der kleinen Ebene von Lingmatang streichelte ich den dreifarbigen Liebling eines Lamaschneiders, der uns in seinem gutgepolsterten Zimmer neben seiner Nähmaschine Tee vorsetzte. Das war gewiß eine der glücklichsten Katzen von Tibet; und »Flower Patch« schien sehr weit entfernt von unserem schneesturmgepeitschten Tal. Wir hatten einen anderen Erdteil betreten . . . Ein unbehagliches Gefühl erwachte in mir, wenn ich daran dachte, daß ich mir nicht die Zeit genommen hatte, Ti-Puss zu erklären, um was es sich handelte, und wie viele Tage ich fort sein würde. Das hatte ich früher immer getan, in Ponditscherri, als ich für vierzehn Tage nach Madras fahren mußte, auch in Trivandram, als ich die Lagunen im Norden des Staates durchsegelte.

Auf dem Rückweg legten wir drei Etappen an einem Tage zurück (Beryl mir weit voraus, weil ich dachte, ich könnte es vor Müdigkeit nicht schaffen). Wir freuten uns über unsere Leistung. Wir hatten schrecklich gefroren, wie wir es uns gewünscht hatten, und einmal waren wir bis zu den Hüften in tiefem Schnee umhergetappt, auf der Suche nach einem Weg, der den Nathu La mit dem Dschelep La verbinden sollte.

Ein freundlicher, aber sehr wackliger Jeep brachte uns nach Kalimpong und ersparte uns den langsamen Autobus. Hinunter zu der großen Brücke, hinauf über die Haarnadelkurven; jetzt vorbei an der Büste der Königin Victoria unter ihrem tibetischen Baldachin ... dann der Abstieg nach »Flower Patch« ... dort war der Zaun, das Tor ... Und Beryl rief auf dem Pfad ihre Katze ... Ich folgte ihr und lockte: »Ti-Puss? Minou-Pussely?«

Da war Winnie, überschäumend vor Wiedersehensfreude; ihr dunkler Schwanz stand in die Höhe wie eine kleine Tanne, und liebevolle Arme hoben sie auf. Mein Herz krampfte sich zusammen ... Keine graue Ti-Puss sprang auf mich zu, und ich erkannte, daß sie nicht da war. Trotzdem ging ich ums Haus herum und rief sie laut, obwohl ich von einer mir unbekannten Kinderfrau erfuhr, daß mein Liebling in den letzten vierzehn Tagen nicht mehr gesehen worden war.

Zwei Wochen – das war nichts im Vergleich zu den sechs Wochen in Kodai Road oder sogar zu den zwölf Tagen in Raipur, als sie das Schlüsselbein gebrochen hatte. Sie mußte wiederkommen, und wenn ich sie oft genug rief, hörte sie wohl meine Stimme und wußte, daß sie nichts mehr zu fürchten hatte.

Doch dann berichtete mir Beryl einige Einzelheiten, die sie verschwiegen hatte, um mir die Reise nicht zu verderben.

Sie hatte ihrer Freundin Mary eine große Gefälligkeit erwiesen und ihr »Flower Patch« zwei Wochen früher abgetreten, als vereinbart worden war. Mary war mit ihren drei Buben, zwei Terriern und vielem von Kulis herbeigeschlepptem Hausrat eingezogen, und in der ersten Nacht hatten die beiden Katzen nach der Fütterung, verjagt von den beiden Hunden, unglückseligerweise draußen geschlafen. Am folgenden Morgen kehrte Winnie zurück, während man Ti-Puss nur einen Hund anfauchen hörte. Und das war alles, was man von ihr wußte.

Für den Fall, daß sich Ti-Puss immer noch in der Gegend aufhielt und sich meiner erinnerte, wollte ich alles Menschenmögliche tun, um sie wissen zu lassen, daß ich wieder da war.

Die Dämmerung senkte sich herab, als ich rasch durch den steilen

Wald zu meinem früheren Haus hinaufstieg. Vielleicht wartete die verwirrte Katze dort auf mich. Den ganzen Weg rief ich, blieb stehen und lauschte mit klopfendem Herzen, oft glaubend, ich hätte ein leises »Mie« gehört.

Ja, wahrscheinlich war es meine kleine Katze gewesen, die vor einer Woche durch ihr Zimmer gelaufen sei, sagten mir die Burmaninnen, die früher meine Nachbarinnen gewesen waren; sie wollten mich sofort benachrichtigen, wenn es wiederum geschah.

Beryl wohnte jetzt in einem andern Haus, und ich war zu den Odlings gezogen, anstatt sofort abzureisen; aber ich beschloß, drei Nächte in »Flower Patch« auf dem Sofa im Wohnzimmer zu verbringen, wo ich Milch und Fleisch aufs Fensterbrett stellte. In der Nacht stand ich oft auf. Ich saß im Garten und rief mit leiser, unterdrückter Stimme, die weit durch die reine, kristallklare Stille trug, in der das Flüstern eines fallendes Blattes wie in Ewigkeit eingeätzt war. Meim Herz hämmerte vor freudiger Erwartung, sooft in den Sträuchern unter der Terrasse leise Schritte hörbar wurden.

Einmal fühlte ich mich sogar so sicher, daß es Ti-Puss war – zu ängstlich, heraufzukommen –, daß ich in der Dunkelheit Stufe um Stufe hinabkletterte, wobei ich mich an Zweigen festhielt, um nicht auszurutschen. Dann saß ich lange an der Stelle, wo wir so oft zusammen gewesen waren, und bat den Luftzug, ihr meine Worte zuzutragen: »Ti-Puss, mein kleiner Liebling, komm wieder zu mir! Laß mich dich berühren, laß mich dein Kinn in die Hand nehmen und dir Lebewohl sagen, wenn du wirklich lieber in der Wildnis leben willst. Du kannst nicht fern sein. Wenn du auf Jagd warst, mußt du in all diesen Nächten meine Stimme gehört haben. Drei ganze Jahre haben wir miteinander gelebt, nur wir beide zusammen, du kannst dich noch nicht ganz gelöst haben. Du kannst nicht sehr fern sein. Komm zu mir! Ich brauche ein Zeichen.«

Im dunklen Unterholz mochte sie nahe sein, lauschend, zögernd: »Ja, ich habe dich gekränkt, habe mich in deine Lebensweise gemischt, obwohl ich dich glücklich machen wollte. Ich wollte mir nicht nur das Dasein erleichtern, sondern dir auch Leid ersparen. Ich wollte dir nur Gutes bringen, so daß unsere Freundschaft reich würde und du mir restloses Vertrauen schenktest. Ich ersehnte Vollkommenheit in allem, was uns beide betraf. Ich versprach dir zuviel . . . und vergaß, daß es nur im Paradies möglich ist, wo es Zeitlosigkeit gibt! Hier fürchtete ich es teilweise, weil ich in der Zukunft lebte. Ich wollte verhindern, wollte weise sein . . . Ich war dir nicht wirklich ergeben. Ich lebte zu sehr für das Morgen! Was tun, wenn du beschlossen hast, mich zu verlassen, oder wenn du wieder Mutter bist?«

Ich kletterte zur Veranda zurück – vielleicht war sie im nächsten Baum. »Meine Ti-Puss, gefällt dir dein neues Leben? Und wo kannst du friedlich schlafen? Sag mir, glaubtest du, ich hätte dich aufgegeben, als du auf einmal in einem solchen wimmelnden Zirkus von einem Haus warst? Hattest du uns alle satt? Das Warten auf mich wäre für dich der einzige Grund zum Ausharren gewesen, und ich habe dir gar nichts von meiner Rückkehr gesagt.«

Wenn ich tief in mich hineinhorchte, hörte ich eine leise Stimme zu mir sagen: »Letzten Endes ist es deine Schuld, weil du dachtest, du könntest deine Katze in Kalimpong zurücklassen und so ihr Schicksal entscheiden, anstatt sie einzuschläfern oder zu versuchen, sie an Bord des Schiffes zu schmuggeln. Darum hast du ihr nichts von deiner Rückkehr gesagt. Natürlich spürte sie deine vorübergehende Treulosigkeit. Sie mochte nicht mehr von deiner Gnade abhängig sein und ging stolz davon. Sie hat getan, was du wolltest. Sie war durchaus der beste Freund. Und für dich ist das schmerzlicher, als wenn die Entscheidung nur bei dir gelegen hätte!«

Beryl hatte Kalimpong verlassen. Clio war wieder in ihrem Schulpensionat. Ich war allein. Aber meine Zeit war knapp. Nicht nur erwartete mich Lewis in Benares, sondern ich hatte schon längst meinen Schiffsplatz nach Europa gebucht. Zum erstenmal war ich von meiner Mutter, die nie Ansprüche an mich gestellt hatte, gebeten worden, zu ihr zu kommen. Sie brauchte mich, da mein Bruder schwer krank war.

Tagsüber machte ich meine Runde zweimal, ging vom Hinterhof der Kunstwerkstätten zum christlichen Friedhof und von meinem ersten Haus zu den verlassenen Totenschädeln der armen Leptscha.

Im Vergleich zu Kodai Road, einem sehr häßlichen Ort, war Kalimpong ein Paradies, wenn auch im Winter kalt, und Ti-Puss brauchte mich nicht mehr, falls der Bienenstich an ihrem Fuß nicht wieder eiterte. Eines Tages würde sie sicher nach »Flower Patch« zurückkommen – auf der Suche nach Milch oder einer freundlichen Hand –, wenn kein Mensch mehr die Geschichte ihrer vielen Pilgerfahrten kannte. Aber dann wurde sie vielleicht mit Steinen beworfen . . .

Sie hatte gewählt. Sie war diejenige, welche entschied, wie ihre Lebensgeschichte enden sollte: Auf einem kleinen Erdenfleck gegenüber dem fernen Himalaja. Sie fehlte mir viel mehr, als ich ihr jemals fehlen konnte.

Der Gärtner brachte mir ein einfältiges, pfeffergeflecktes Kätzchen. Was mir fehlte, war jedoch nicht nur eine Katze an sich, sondern unser zartes Verstehen, die vergangenen gemeinsamen Jahre, unser gegenseitiges Vertrauen. Ich hegte das Verlangen – ein Verlangen, das sich niemals stillen ließ –, zu wissen, daß sie den Menschen gegenüber keine Bitterkeit mehr empfand oder es übelnahm, verlassen worden zu sein. Wie konnte ich dieses Gefühl tilgen, daß ich sie im Stich gelassen, daß ich nicht der vollkommene Freund gewesen war, wie ich es gewünscht hatte?

Ich gab alle Hoffnung auf – ich mußte ja abreisen – und schlief bei den Odlings am westlichen Ende des Kammes. Beim Mittagessen kam von Mary die Nachricht, daß meine Katze in der vorigen Nacht an ihrem Hause vorbeigelaufen sei.

Ich kehrte sofort nach »Flower Patch« zurück und verbrachte dort den Tag, streifte durch die Schlucht, rief, hoffte, schaute mir die Augen aus. Meine kleine Katze wußte, daß ich wieder da war; bald würde ich ihren wunderschönen Körper streicheln, ihre geheilte Schulter . . .

Um zehn Uhr abends beschloß ich, da mir all dies zuwider war, Ti-Puss zu vergessen. Als Freunde kamen, mich abzuholen, beging ich meinen letzten Fehler und nahm an einem Ball in der »Himes High School« ganz am östlichen Ende des Kammes teil.

Eine mir unbekannte, schüchterne Dame, die eine halbe Stunde später dort erschien, trat zu mir und fragte: »Sind Sie Ella Maillart?«, worauf ich mit einem Versuch, witzig zu sein, die geistlose Antwort gab: »Ich glaube, so nennt man mich.« Sie sagte: »Mary läßt Ihnen ausrichten, daß Ihre Katze auf dem Baum neben der Veranda sitzt.«

Oh, diesmal aber rasch! Meine kleine Freundin suchte mich. Jemand erbot sich, mich die sechs Kilometer hinzufahren. Wie hatte ich meine entzückende kleine Katze vergessen können? Ich wollte für sie sorgen, was auch geschehen mochte. »Schnell, ach, bitte schneller! Ich brauche sie so sehr. Ich möchte sie nicht verfehlen; denn nun bin ich sicher, daß sie mich braucht!«

Ein blasser Mond ging auf, als ich wieder einmal durch den Obstgarten lief. »Mary? Ich bin es, Ella! Ti-Puss, meine Ti-Puss, wo bist du?« Vor einer halben Stunde hatte Mary der Katze, die immer noch in dem Baum saß, sehr behutsam Fleisch gebracht, und da war ihr dickes indisches Kindermädchen herausgerannt und hatte geschrien: »Madame, dort ist die Katze! Ich sehe sie!« Darauf war Ti-Puss entsetzt geflüchtet.

Ich beschloß, den Rest der Nacht Wache zu halten.

Alle fünf Minuten rief ich ihren Namen. Wieder einmal erfüllte die Stille meine Welt; nur ein leises Geräusch war zu vernehmen, wenn ein totes Bambusblatt den Boden berührte. Dann erhob sich der Wind und brauste so stark in den Büschen, daß ich ihre nahenden Pfoten nicht hätte hören können. Ab und zu wurde mir der säuerliche Geruch der Müllgrube zugetragen. Rätselhafte unterdrückte Laute . . . war es ein Eichhörnchen über mir? Oder ein Vogel? Und dort, war das der buschige Schwanz einer Wildkatze, was in jenem Baum herumhuschte? Zwei Schakale rasten plötzlich bergab, als sie mich in einen Strauch kriechen sahen.

Ich rief aus vollem Herzen, während meine fühlsamen Hände sich nach ihrer weichen Haut sehnten. Diesmal würde es gelingen, davon war ich überzeugt. Ich hörte ihren Schritt, ihre Stimme . . . Nein, es war nur der Mond, der sich dem weißen Thron des Kangtschendsongas näherte, dem Symbol unirdischer Vollkommenheit. Da Ti-Puss zweimal abends um zehn Uhr erschienen war, wollte sie vielleicht auf diese Weise mit mir eine Verabredung treffen? Gut! Ich wollte noch einen letzten Versuch machen, die Katze an die Brust drücken zu können. Ich wollte wiederkommen und von neun bis Mitternacht Wache halten.

Die letzte Tür im Hause ist zugeschlagen. Ich bin allein und lausche meiner schwachen Hoffnung. Unzählige Male glaube ich ein fernes »Mie« zu hören . . . Auf gleiche Weise erscheinen immerzu, wenn man in der Nacht nach einer unsichtbaren Küste segelt, an allen Punkten des Horizonts eingebildete Leuchttürme.

Die Lichter von Kalimpong sind in den Straßen verlöscht. Mitternacht. Ich kann noch nicht gehen! Noch eine Stunde . . . die letzte voller verzagter Hoffnungslosigkeit wie auch voller Hoffnung. Wird sie mich in ihrer Todesstunde vermissen, meine Hände vermissen, die ihren fiebernden Kopf streicheln? Wird sie sich nach der Ruhe, frei von Furcht, sehnen, die sie in einem Haus genossen hat?

Und ich? Ich muß ohne dieses weiche Wesen auskommen . . . Geliebte Ti-Puss, wirst du mein Herz lehren, sich aus sich selbst zu nähren, so daß es seine nutzlosen Streifzüge aufgibt und endlich seine eigene Fülle erkennt? Liebe und Schönheit und Wissen . . . du hast mich das Ewige schauen lassen. Wie kann ich es dir jemals vergelten?

»Ti-Puss, ich liebe dich – wo bist du? Ich gehe, mein Kleines.«

Dreimal raschelt es hintereinander! Ist sie's, die da zu mir klettert, weil meine Gedanken sie wie schon so oft herbeigezogen haben?

»Ti-Puss? Komm zu mir! Ich rufe zum letztenmal! Ti-Puss . . . Leb wohl, leb wohl!«

Einfältige Hunde antworten mir; sie bellen lästig.

Noch einmal raschelt es in den strohähnlichen Bambuszweigen unter der Terrasse . . .

Ich habe »Flower Patch«, habe dem unveränderlichen Kangtschendsonga den Rücken gekehrt.

Allein gehe ich zum letztenmal den Berg hinauf.

Herbert Rosendorfer

Bilanz

So einen Entschluß faßt man nicht spontan. Das heißt: es mag sein, daß hie und da ein Entschluß so spontan gefaßt und auch ausgeführt wird. Bei einem Mann wie Raimund Späth reift so ein Entschluß langsam heran, schleicht sich zunächst ungenannt in das Bewußtsein ein und wächst dann unheilbar wie der Krebs. Eines Tages ist dann der Entschluß da, ohne daß er eigentlich gefaßt ist. Es ist fast falsch, *Entschluß* zu sagen. Es war keine Aktivität der Gedanken mehr dabei, es war ein Zustand. Es war eben einfach so. Was man allenfalls hätte Entschluß nennen können, also einen datierbaren Einschnitt in Herrn Späths Bewußtsein, war die endgültige Bereitschaft, die bisherige Entwicklung anzuerkennen und den Lauf der Dinge nicht mehr aufzuhalten. Das war an einem Dienstag gewesen. An einem Dienstag – vormittags gegen zehn Uhr – nannte Späth die Dinge, oder vielmehr: das Ding, für sich beim Namen, nannte in Gedanken das Wort.

An sich hatte der Dienstag keine Bedeutung für Raimund Späth. Er saß an Dienstagen genauso an seinem alten Schreibtisch wie an allen anderen Wochentagen und oft auch an Sonntagen. Aber an den Dienstagen, genauer gesagt an Dienstag-Vormittagen, schrien immer die Schweine. Späth vermied deshalb nach Möglichkeit, am Dienstag vormittag zu Hause zu sein, aber manchmal war es unumgänglich, wenn er dringende Arbeiten erledigen mußte. Raimund Späth war Buchhalter. Er lebte seit dem Krieg in dieser merkwürdigen kleinen Stadt in den Bergen, in die er, damals noch ein junger Mann, in den Nachkriegswirren verschlagen worden war. Es war eine dunkle, graue und braune Stadt mit hohen Türmen und finsteren Toren. Alles in jener Gegend hatte etwas Gewaltsames: der Wechsel der Jahreszeiten war jedesmal ein Ringen und Toben der Elemente, eine blutige Revolution der Natur. Auch die Jahreszeiten selber, die niederschmetternde Hitze des kurzen Sommers und die unmäßige Kälte des langen Winters, die wie Keulenschläge aufeinanderfolgten, waren wie von einer düsteren, blinden Wut. Einen Frühling gab es fast nicht, der Herbst war kurz, dafür aber allerdings in manchen Jahren in den finsteren Wäldern um den Ort überirdisch schön, auch wieder fast gewaltsam schön, wenn einsame Bussarde über die flammenfarbenen Hochmoore kreisten.

Der Ort war zu den üblichen Ferienzeiten im Winter und im Sommer einige Wochen lang von Fremden überschwemmt, die ein unpassendes, aufgesetztes, hektisches Leben in die Stadt brachten. Außerhalb der Saison war der Ort tot. Die feindseligen Alteingesessenen zogen sich dann in ihre großen steinernen Häuser mit den alten eisernen Schwellen zurück wie Wespen in ihren Bau.

In diesen Ort war Raimund Späth gekommen, als er Ende der Zwanzig war. Heute war er einundfünfzig. Es war nicht zu leugnen, daß er es zu nichts gebracht hatte. Man brachte es hier in den seltensten Fällen zu etwas, wenn man nicht ein Alteingesessener war oder wenigstens eingeheiratet hatte. Späth hatte sich als Buchhalter etabliert, und zwar als quasi Wander-Buchhalter. Er machte für ein paar mittlere und kleinere Läden und Handwerker, bei denen es sich nicht rentierte, einen festen Buchhalter einzustellen, die Bilanzen und für manche auch die Korrespondenzen, was eben so anfiel. Bei manchen seiner Kunden arbeitete er dort, meistens nahm er aber die Sachen mit nach Hause, wo er dann vor seinem alten dunkelbraunen Schreibtisch saß, den er einmal beim Konkurs eines seiner Kunden für seinen ausstehenden Lohn bekommen hatte.

Bald nachdem er in den Ort gekommen war, hatte Späth geheiratet. Auch seine Frau war keine Alteingesessene. Sie war ein paar Jahre älter als er, heute war sie eine Greisin. »Sie ist eine Greisin«, sagte Späth oft zu sich selber, »eine Greisin«. Kinder hatten sie nicht. Seit langer Zeit – genau gesagt: seit vier Jahren nach ihrer Hochzeit – wohnten sie in dieser Wohnung in einem kleinen Haus, das dicht am Fuß des Hügels stand, der die eigentliche Altstadt trug. Sie hatten zwei Zimmer. Die Fenster beider Zimmer gingen auf die alte, fahlgelbe Quadermauer hinaus, die einen alten, fast burgartigen Bau stützte, der sich gewaltig über dem kleinen Haus erhob. Zwischen dem Haus und der Quadermauer zog sich ein schmaler Weg nach rechts entlang der Mauer hinauf, der bald zur Stiege wurde und in eines der finsteren Tore mündete. Der Weg und die Quadermauer waren die einzigen Ausblicke der Wohnung. Wenn man sich aus dem Fenster beugte und steil nach oben sah, konnte man den Turm der Burg, die Erker und auch den Himmel sehen.

Aber die Wohnung war eben billig. An den engen Ausblick hatte sich Späth gewöhnt, nicht daran gewöhnt hatte er sich, daß am Dienstag immer die Schweine schrien. In der alten Burg nämlich war ein Metzger, der nicht im Schlachthof, sondern im eigenen Haus schlachtete. Die Schlachträume gingen hinten hinaus und hatten ihre Fenster ziemlich genau über dem kleinen Haus mit Späths Wohnung. Dieser Metzger schlachtete jeden Dienstag. Späth hatte es nie gesehen, aber die Geräusche waren so deutlich, so plastisch, daß er sich alles genau vorstellen konnte. Die Schweine, die wohl ihr Schicksal ahnten, wurden in den heißen, dampfenden, gekachelten Raum getrieben. Die Metzgergesellen sangen und schrien dabei, trieben vermutlich rohe Späße mit den Tieren, die, sobald das erste abgeschlachtet wurde, gräßlich zu schreien anfingen. Kälber und Rinder blökten offenbar nur ganz kurz, und dann war es vorbei. Schweine aber schrien. Es war ein hohes, quiekendes, irgendwie würdeloses Schreien, das leider manchmal sehr menschlich klang. Dann kamen die dumpfen, satten, schmatzenden Schläge. Manchmal entkam, schien's, den Metzgern ein Schwein. Es raste dann wohl verzweifelt im Schlachtraum herum. Es war jedesmal eine große Gaudi für die Metzger, die johlend das Schwein wieder fingen. Immer weniger Schweine schrien, zum Schluß nur noch eins, dann noch ein satter, saftiger Schlag, und es war vorbei bis zum nächsten Dienstag.

Anfangs war dieser Dienstagvormittag Raimund Späth auf die Nerven gegangen. Er konnte dann nicht arbeiten, ging außer Haus. Mit der Zeit aber überwand er es, daran gewöhnen konnte er sich nie, und den Schinken kaufte er immer bei einem anderen Metzger, obwohl der Schinken des Metzgers in der Burg als der beste galt.

Raimund Späth hatte es zu nichts gebracht. Nicht, daß er nicht fleißig gewesen wäre, es waren eben die Möglichkeiten beschränkt. Es gab außer ihm noch zwei oder drei feine Buchhalter in dem Ort. Die Kunden wurden aber nicht mehr. Es war nicht zu übersehen, daß Späth vor einigen Jahren das volle Maß seiner Möglichkeiten ausgeschöpft hatte. Mehr würde er nicht erreichen. Es zeichnete sich eher ein Abwärts-Trend ab, denn die mittleren Unternehmen wuchsen, stellten feste Buchhalter an, und Späth war ja auch nicht mehr der Jüngste. Er versuchte, seinen Tätigkeitsbereich geographisch zu erweitern. Er mußte sich deswegen ein Motorrad, später wegen seines Nierenleidens statt dessen ein kleines Auto anschaffen, und das schluckte fast mehr, als die Arbeit in den Nachbargemeinden brachte.

Als es einmal ganz schlecht aussah – das war vor zwei Jahren gewesen, als Späth binnen eines Monats vier Kunden verloren hatte –, ließ er sich von einem kleinen Winkeladvokaten, einem seiner ältesten Kunden, der nebenbei auch ein wenig Grundstücke makelte und – meist halbseriöse – Geschäfte vermittelte, dazu verleiten, »Steuermanipulationen« mitzumachen. Der Winkeladvokat war auf ein gewisses System gekommen, wie man Steuerrückvergütungen erschwindeln konnte, das konnte er aber nicht ohne seinen Buchhalter verwirklichen. Er bot also dem Buchhalter die Beteiligung an dem angeblich harmlosen und völlig ungefährlichen Schwindel an. Raimund Späth stand vor der Wahl, entweder das illegale Geschäft mitzumachen oder in dem Monat den fünften Kunden zu verlieren. Er hätte dann wohl auch das Auto hergeben müssen, hätte die Arbeit bei den Kunden außen nicht mehr machen können, das Fernsehgerät und eine etwas voreilig angeschaffte Sitzgarnitur in gestreiftem Kunstleder waren noch abzuzahlen . . . Späth konnte nicht anders, als die Beteiligung an des Winkeladvokaten Manipulationen zu akzeptieren. Er konnte nicht anders, aber kriminell war es, strenggenommen, doch.

Vielleicht war das damals der heimliche Anfang des Entschlusses, denn Späth gewöhnte sich an den Gedanken, daß er Mitwisser und sogar Gehilfe eines gar nicht so arg kleinen Betruges war, fast noch weniger als an das Geschrei der Schweine am Dienstagvormittag, zumal die Ausbeute aus dem Schwindel für Späth eher kärglich war. Der Winkeladvokat hielt ihn kurz, denn leider konnte Späth nicht verbergen, daß er mehr Angst hatte als sein schäbiger Kunde.

Zwei Jahre ging der Schwindel gut. Er ging auch noch dieses Jahr gut, aber Späth, der ja in mehrere Betriebe Einblick hatte und dadurch auch einen besseren Überblick über das Gebaren des Finanzamtes, bemerkte so um März herum – vorsichtige Anfragen bestätigten seine Beobachtung –, daß die Revisoren nur Firmen, die mit »G« anfingen, überprüften. Sie machten also heuer nicht Stichproben wie sonst, sondern hatten sich eine zwar zufällige, aber fest umrissene Gruppe herausgegriffen. Späths Winkeladvokat hieß Grillhuber (*Dr.* Grillhuber ließ er sich nicht ungern nennen, obwohl er keinen Dr. hatte). Es wäre vielleicht noch Zeit gewesen, wenn schon nicht den ganzen Schwindel, so doch seinen Umfang durch neuerliche Manipulationen zu vertuschen. Aber Raimund Späth wollte nicht mehr.

Irmgard war Verkäuferin in einem kleinen Papier- und Zeitungsladen (nebst »Leihbücherei«), den Späth »buchhalterisch« – merkwürdigerweise wird das Wort unter Buchhaltern in jenem Landstrich auf der dritten Silbe betont – betreute. Späth kannte – als Bearbeiter ihrer Lohnunterlagen – selbstverständlich ihre Daten. Sie war genau in dem Monat geboren, in dem er in die Stadt kam. Ein Vierteljahr, nachdem Späth sie zum ersten Mal gesehen hatte, sagte er ihr das. Irmgard schien nicht beeindruckt. Späth bereute es sofort, so etwas offensichtlich Plumpes gesagt zu haben.

»Ich meine nur«, sagte er, und machte wohl alles nur schlimmer, weil er bis über die Glatze rot dabei wurde, »ich meine nur: was für ein Zufall.«

Späth glaubte sich nicht zu täuschen, als er das nächste Mal, da er in den Laden kam, Irmgard und die andere Verkäuferin hinter seinem Rücken kichern hörte.

Ein Mann von einundfünfzig Jahren, auch wenn er nur Buchhalter, klein, glatzköpfig und kurzsichtig ist, kann verliebt sein wie ein Zwanzigjähriger. Aber wehe, wenn er es zeigt. Die Zwanzigjährigen balzen auf der Straße herum, und alles lächelt: »San halt a so, die jungen Leut.« Bei einem Einundfünfzigjährigen heißt es nur: »Der verliebte alte Trottel.« Jahrhunderte der Commedia dell'arte haben davon gelebt, sich über einen alten Mann lustig zu machen, dessen einziges Verbrechen darin bestand, auch verliebt zu sein. Warum? Es scheint, als sei Jungsein ein Verdienst. »Die Menschheit ist ein primitives Volk«, dachte sich Raimund Späth. Es war einer seiner Lieblingssprüche: »Die Menschheit ist ein primitives Volk. Vielleicht werde ich mir das auf den Grabstein meißeln lassen.«

So kam alles zu allem, und eines Dienstagvormittags, als aus dem düster-fahlgelben Turm die Schweine schrien, faßte Raimund Späth den Entschluß. Das heißt: er stellte fest, daß er den Entschluß gefaßt hatte. Es war ein finsterer Märztag, der Schnee war schon aufgeweicht, aber der Himmel war mit jenen schwefelfarbenen Wolken verhangen, die einen Schneesturm ankündigen, der dann auch bald kam und die Welt in die kalte Enge des tiefen Winters zurücktrieb. Es gibt Momente, in denen auch ein Wander-Buchhalter von einundfünfzig Jahren »außer sich« ist. Raimund Späth sah zwei Gestalten draußen im beginnenden Schneegestöber: ein junges, schlankes Mädchen in hohen, engen Stiefeln, wie sie jetzt Mode waren, und einen alten Mann in einem abgetragenen Fischgrätenmuster-Mantel, mit einer abgewetzten Aktentasche und auf dem Kopf einen viel zu breitrandigen braunen Hut. Es half nichts, daß der alte Mann den unkleidsamen Hut abnahm, denn die Glatze darunter war noch weniger kleidsam. Irmgard und der Buchhalter Späth. Es war außer jeder Frage, daß er – Späth – keine *Attraktion* für Irmgard war und auch nie werden konnte. Vielleicht war der Moment dieser Erkenntnis der Moment, in dem es sich in Raimund Späth entschied, »freiwillig aus dem Leben zu scheiden«, wie es verschämt in bürgerlichem Sprachgebrauch heißt. Da war aber noch eine dritte Gestalt im Schnee: ein kleiner schwarzer Schatten. Der sollte später Bedeutung erlangen.

Raimund Späth entschied sich fürs Erhängen. Als Ort wählte er den Dachboden. Dort war ein geeigneter freier Balken in genügender Höhe. Späth kaufte eine Wäscheleine und nahm einen Hocker mit auf den Dachboden. Er würde auf den Hocker steigen und, nachdem er die zuvor am Balken befestigte Schnur um den Hals geschlungen, den Hocker mit dem Fuß wegstoßen. Die Wäscheleine war, in saubere Schlingen gelegt, in eine Klarsichtfolie verpackt. Späth beließ sie vorerst in der Folie, die Leine sollte nicht staubig werden. Späth wollte sich nicht mit einer staubigen Leine aufhängen, und es war noch einiges zu tun. Er verwahrte die Leine und den Hocker in einer Ecke des Dachbodens und stieg wieder hinunter. –

Ein Testament brauchte Späth nicht zu machen, denn erstens hatte er nichts, und zweitens war ja nur seine Frau da, und die war Erbin von Gesetzes wegen. Die Lebensversicherung war in Ordnung. Margarethe Späth würde nicht viel bekommen, aber sie würde nicht verhungern. Sie konnte außerdem nach seinem Tod das eine Zimmer untervermieten. Die Lebensversicherung wurde auch fällig – Späth las nochmals genau den Versicherungsvertrag durch (auch das Kleingedruckte) –, »wenn der Tod des Versicherungsnehmers durch dessen eigene Hand eintritt«. Mit den monatlichen Versicherungsbeiträgen war Späth immer, auch in schlechteren Zeiten, auf dem laufenden geblieben. Das Finanzielle war soweit klar, nur: der neue Herd und das Farbfernsehgerät waren noch nicht abbezahlt. Der Herd war dringend notwendig gewesen, das Farbfernsehgerät hatte Margarethe – kaum daß jenes Gerät, von dem oben die Rede war, bezahlt war – ertrotzt. Margarethe liebte Quiz-Sendungen, und es war ihr unerträglich, daß sie einen bestimmten Quiz-Meister, jetzt, wo das möglich war, nicht in Farbe sehen konnte. Die Begründung Margarethes, das Gerät amortisiere sich dadurch, daß sie bei sämtlichen Fernsehlotterien und ähnlichem mitmache, bestach Raimund nicht, denn Margarethe hatte bislang nicht mehr als einmal einen Kugelschreiber und zweimal eine Großpackung Waschpulver gewonnen. Nichts konnte Raimund Späth aber gegen das Argument Margarethes einwenden: sie habe ja sonst nichts vom Leben. Also wurde das Fernsehgerät gekauft. Für den Herd waren nicht mehr viel Raten zu bezahlen, wohl aber für den Farbfernseher. Auch das, beschloß Raimund, wird er vorher noch bereinigen. Er rechnete nach, zählte die Raten zusammen und kalkulierte den Nachlaß für vorzeitige Ratenzahlung ein: Wenn er sein Auto günstig verkaufen konnte, würde er die noch ausstehenden Raten bezahlen können.

Er befestigte einen Anschlag mit Kaufpreis usw. innen am Fenster seines Wagens, rückte auch eine kleine Annonce in das Bezirksblatt ein. Das Wichtigste aber: er wickelte seine Geschäftsbeziehungen zu den Kunden außerhalb der Stadt – die er ohne Auto nicht mehr bedienen konnte – ab. Es war ihm schmerzlich, aber irgendwie befriedigte ihn dieser ordentliche, saubere Abschied, von dem niemand ahnte. Bei allen auswärtigen Kunden ging die Abwicklung schnell vor sich, nur bei einem war die Jahresbilanz zu erstellen, bei der gewisse Schwierigkeiten auftauchten. Ein anderer Buchhalter hätte unverhältnismäßig lang gebraucht, sich einzuarbeiten. Späth hätte es als unkorrekt betrachtet, diese Bilanz nicht mehr zu erledigen. Am 30. April mußte die Bilanz erstellt sein. Späth setzte also den Termin seines Selbstmordes auf den 1. Mai fest. Dummerweise war gerade dieser Kunde (es war ein allumfassender Lebensmittel- und Landwirtschaftsbedarf-Laden) in einem kleinen Nest, das durch öffentliche Verkehrsmittel außerordentlich ungünstig zu erreichen war. Späth mußte also sein Auto bis Ende April behalten, wodurch sich wiederum die vorzeitige Ratenzahlung für Herd und Farbfernseher verzögerte.

Ausgerechnet beim letzten Mal, als Späth zu dem Laden in das Nest fuhr (so um den 27. April herum), beobachtete ein unvorsichtiger Bauer, der mit seinem Traktor von einem Feldweg in die Straße einbog, den Verkehr nicht sorgsam genug und fuhr Späth an den Wagen. Es war nicht viel passiert, aber immerhin war der rechte vordere Kotflügel von Späths Wagen beschädigt. Der Bauer gab nach einigem Hin und Her (mit leidvollen Ausführungen über die darbende Landwirtschaft) zu, daß er schuld sei, außerdem hatte ein Straßenarbeiter den Unfallhergang gesehen und stellte sich zur Verfügung, Späths Unschuld an dem Unfall zu bezeugen. Da der Schaden nicht sehr hoch war, zahlte die Versicherung des Bauern zwar anstandslos, aber Späth mußte den Wagen, bevor er ihn verkaufte, herrichten lassen. Ein wenn auch unverschuldet eingebeulter Kotflügel drückt den Preis.

Die Reparatur nahm vier Tage in Anspruch, die Versicherung zahlte nach weiteren acht Tagen. Der erste Mai war längst verstrichen.

Raimund Späth ging – am ersten Dienstagvormittag im Mai – auf den Dachboden und kontrollierte den Hocker und die immer noch in saubere Folie verpackte Leine.

– 1. Juni, sagte sich Späth. Die Sache mit dem Auto war nämlich gar nicht das eigentlich Aufhaltsame. Späth, der seine auswärtigen

Kunden »abgestoßen« hatte, mußte sich für die »Übergangszeit«, wie er es nannte – ein tiefer Gedanke, diese Spanne Übergangszeit zu nennen – einen finanziellen Ausgleich herbeiführen. Er nahm deshalb eine befristete Arbeit in einer größeren Firma an, die gerade verkauft werden sollte und bei der irgendwelche unvorhergesehenen buchhalterischen (auf der dritten Silbe betont) Bereinigungen vorgenommen werden mußten, für die das fest angestellte Personal nicht ausreichte.

Als der erste Juni herannahte, das Auto verkauft und die noch ausstehenden Raten für Herd und Farbfernseher getilgt waren, stellte sich erstens heraus, daß die befristete »Übergangs«-Arbeit schwieriger und langwieriger war, als man und insbesondere als Späth ursprünglich gemeint hatte. Da Späth sich nicht auf eine gewisse Zeit, sondern bis zur Fertigstellung dieser Arbeit der betreffenden Firma verpflichtet hatte, wurde es schon deswegen auch mit dem 1. Juni nichts. Zweitens verschwand Mitte Juni Herr Winkeladvokat »Dr.« Grillhuber spurlos aus der Stadt. Er hatte wohl von anderer Seite von der drohenden Revision durch das Finanzamt Wind bekommen. Selbstverständlich geriet Späth sofort in den Sog des Ermittlungsverfahrens. Nun war es Raimund Späth nicht um die Reinheit seines Namens und Andenkens zu tun. Es war ihm völlig klar, daß, wenn es ihm gelungen wäre, vor der Grillhuberschen Revision »freiwillig aus dem Leben zu scheiden«, Grillhuber sich auf Kosten des toten Späth herausgeredet hätte. Jetzt aber, da ein Ermittlungsverfahren gegen den flüchtigen Grillhuber und auch gegen ihn, Späth, lief, wäre es Späth unerträglich gewesen, vor Bereinigung der Sache sich umzubringen. Das wäre für das Gefühl Späths etwa so gewesen, als hätte er sich mit einem staubigen Strick aufgehängt.

Die Sache ging übrigens ziemlich gimpflich ab. Die Finanzrevisoren, bei denen der bescheidene und harmlose Späth eher beliebt war, gingen von vornherein davon aus, daß – das war ja im Grunde auch richtig – Grillhuber der eigentliche Gauner war. Späth brauchte sich fast nicht auf Kosten des verschwundenen Winkeladvokaten herauszureden, dann wurde die Sache, soweit sie Späth betraf, niedergeschlagen. Das war gegen Ende Juli. Mitte Juli aber war – drittens – der ganz große Triumph in Margarethe Späths Leben eingetreten: sie gewann einen Preis.

Margarethe Späth verfolgte nicht nur mit Passion die Quiz-Sendungen im Fernsehen, sie beteiligte sich ebenso gewissenhaft wie leidenschaftlich an allen Wettbewerben, mochten sie geartet sein, wie sie wollten.

»Warte!« hatte Späth gesagt, früher, als er noch mehr mit ihr redete, »Warte! du gewinnst womöglich ein Akkordeon. Und was dann?«

Margarethe Späth ließ sich nicht abhalten. Auch auf die Gefahr, ein Akkordeon zu gewinnen, füllte sie die vorgedruckten, beim Gemischtwarenhändler verteilten oder Zeitschriften beigelegten oder sonstwie ins Haus gekommenen Reklame-Wettbewerbs-Karten aus und brachte sie unermüdlich zur Post. Abgesehen von dem schon erwähnten Kugelschreiber und den beiden Großpackungen Waschpulver – die auf Fernsehlotterien zurückzuführen waren – verfügte Margarethe Späth über eine bereits recht reichhaltige Sammlung von Trostpreisen in Form von Schlüsselanhängern, nichtrostenden Aschenbechern, Plastik-Einkaufstaschen und Patent-Dosenöffnern, als der Triumph, das ganz große Glück, eintraf. Das heißt: das ganz große Glück, also der erste Preis, wäre eine Reise nach Hongkong (inklusive Rundfahrt mit Dschunke im Hafen) gewesen. Margarethe gewann den zweiten Preis: einen Flug für zwei Personen nach Holland zur Tulpenblüte.

Ein Vertreter der Firma, die das Preisausschreiben veranstaltet hatte, kam ins Haus, brachte Blumen und Glückwünsche, auch eine Fahrkarte in die Hauptstadt, wo Margarethe den eigentlichen Preis im Rahmen einer Feierstunde entgegennehmen durfte. Raimund Späth wollte gleich – er argumentierte: im August blühen auch in Holland keine Tulpen – den Preis in Geld umwandeln lassen, aber erstens ging das nach den Wettbewerbsvorschriften nicht, und dann hätte sich Margarethe nie dazu bereit gefunden. »Wenn du nicht mitfahren willst, fahre ich eben alleine, und die anderen Gutscheine verfallen eben.« Die Gutscheine und das Flugbillett verfallen zu lassen wäre Raimunds Natur hart gegen den Strich gegangen. Sie fuhren also, zunächst mit dem Zug in die nächste Stadt mit Flughafen, von dort mit dem Flugzeug nach Amsterdam. Die Tulpen blühten tatsächlich nicht mehr, aber es war dennoch eine große Aufregung. Für die Reise ließ sich Margarethe einen Hut aus weißem Netz, das mit Veilchen und Maiglöckchen bestickt war, machen. Während sie unten den Hut vor der Abreise auf den Kopf drapierte, betrachtete Raimund auf dem Dachboden den Hocker und die Leine.

»1. September«, sagte er leise und blies den Staub von der Klarsichtpackung. –

Der September war anfangs heiß, ein später, aber vollgültiger Ausläufer des Sommers. Der wolkenlose Himmel war, wie nicht selten im Herbst, tiefblau, von einem düsteren, drückenden Blau: ein transparentes blaues Tuch, das die schwarze Tiefe des Abgrunds durchschimmern ließ. »Oben« und »Abgrund« sind ja keine Widersprüche, wenn man in Kategorien des Alls rechnet. Erst um die Septembermitte schlug das Wetter um. Es wurde regnerisch und bald kalt. Es war diesmal ein Mittwochvormittag, und die Schweine schrien, denn der Metzger hatte am Dienstag ein Firmenjubiläum gefeiert und schlachtete ausnahmsweise am Mittwoch. Raimund Späth saß an seinem Schreibtisch und schaute in den Regen hinaus. Der Wind schlug den Regen gegen die Quadern der Burgmauer, deren Verputz bald eine nicht zu beschreibende Nicht-Farbe aus Fahlgelb und Grautönen annahm. Raimund Späth schaute – zwangsläufig, denn er konnte durch sein Fenster kaum woanders hinschauen – auf die Stelle, wo damals die drei Gestalten erschienen waren. Irmgards und Späths Schemen waren längst verschwunden. Nur der kleine schwarze Schatten war wieder da. Es war eine kleine Katze, die, so gut es ging, in einer Mauerecke saß, in die der Regen nicht so heftig fiel.

Späth stand auf und ging unmittelbar ans Fenster. Nun bemerkte die Katze ihn, legte den Kopf schief und schaute zum Fenster herauf. Wahrscheinlich war die Katze gar nicht so klein, sie war nur abgemagert, völlig durchnäßt und wirkte nur klein. Raimund Späth nahm seinen Regenschirm, ging hinunter, ums Haus herum und dorthin, wo die Katze saß. Sie kam ihm bereits entgegen und folgte ihm ins Haus. Am Fuß der Treppe hob Späth die Katze auf und trug sie hinauf.

»Sie heißt Sophia«, sagte er zu seiner Frau.

»Du wirst wohl nicht dieses Vieh in der Wohnung halten wollen?« sagte die Frau.

»Doch«, sagte Späth.

»Das Vieh kommt mir nicht in die Wohnung. Oder ich ziehe aus.«

Späth sagte gar nichts und nahm die Katze mit ins andere Zimmer. Sie legte sich unter den Schreibtisch und begann sich trockenzulecken. Es wäre zuviel gesagt, daß »Sophia« gehorcht hätte, aber immerhin hörte sie auf den Namen. Wie sie früher geheißen und ob sie überhaupt einen Namen gehabt hatte, erfuhr Späth natürlich nie. Übrigens zog Frau Späth nicht aus, wenngleich sie nie aufhörte, wegen der Katze zu giften.

»Vielleicht gewinne ich einen Hund«, sagte sie, »der deine Katze vertreibt«, und füllte verbissen die bunten Reklame-Wettbewerbskarten aus. Sie gewann Tauchsieder, Aluminium-Bestecke und Nähnadelfutterale, einmal sogar ein tiefgefrorenes Huhn; einen Hund gewann sie nicht. –

Ende November kaufte Raimund Späth wieder ein Auto, denn eine neue »Übergangsarbeit« fand sich auswärts. Mit einer gewissen Beklemmung bemerkte Späth, daß es mit seiner Buchhalterei bergauf ging, denn einer der anderen freien Buchhalter des Bezirks hatte eine feste Tätigkeit angenommen, und die meisten von dessen Kunden kamen zu Raimund Späth. Späth hatte auch diese Übergangsbeschäftigung angenommen, denn es mußte ja jemand für Sophia sorgen.

Sophia saß – wenn sie nicht einen ihrer Spaziergänge machte – an der rechten hinteren Ecke des alten Schreibtisches. Ihr Schwanz hing über die Tischplatte hinab und verriet durch gelegentliches Zucken die Anteilnahme Sophias an Späths Arbeit. Späth hatte keinen Zweifel daran, daß Sophia die Buchhaltungskunst nach wenigen Wochen bereits erlernt hatte. Sie verfolgte aufmerksam mit den Augen jede Bewegung von Späths Stift. Setzte Späth einen Schlußstrich unter eine besonders saftige Zahlenkolonne, so schnellte der Schwanz, wie von einem unsichtbaren Faden angerissen, in einem Kringel in die Höhe. Mit besonderem Interesse registrierte Sophia Späths Tätigkeit an seiner Rechenmaschine. Die alte Rechenmaschine (sie war zwar ein elektrisches Modell, aber sicher eines der ersten) stand an der linken hinteren Ecke des Schreibtisches. Zuweilen, wenn die Maschine surrte und rasselte, stand Sophia auf und schritt über den Tisch hinüber, drehte ihren Kopf fast um hundertachtzig Grad und beobachtete die glänzenden Tasten.

Zu Kunden in die nähere Umgebung begleitete Sophia Späth. Ging Späth weiter fort, so wartete die Katze bei schönem Wetter auf einem bestimmten Zaunpfosten, bei schlechtem Wetter unter einer Bank. Nicht lange, nachdem Späth seinen neuen Wagen gekauft hatte, begann er die Katze mitzunehmen, wenn er fortfuhr. Sie schlief dann – das Fenster blieb einen Spalt offen – auf dem Fahrersitz oder spielte mit einer Glocke, die eigens zu diesem Zweck am Rückspiegel hing. Wenn Späth außer Haus war, blieb die Katze erst in der Wohnung, als Margarethe Späth (etwa ein Jahr nach der Tulpenfahrt) ins Krankenhaus eingeliefert wurde. Die Nachricht, daß sie Krebs hatte, erschütterte Späth wenig. Noch einmal kam Frau Späth für einige Monate aus dem Krankenhaus heraus, dann mußte sie wieder hinein, gewann ihr letztes Spezialküchentuch und verschied.

Manchmal überlegte Raimund Späth, ob er die Katze nicht »mitnehmen« solle. Aber er entschied immer: nein. Er habe, sagte er zu sich, kein Recht, das Leben des Tieres abzukürzen. In Wirklichkeit war es natürlich so, daß aus dem Leben zu scheiden, nachdem er Sophia etwas angetan hatte, Späth der schiere Gipfel an Welt-Unordnung erschienen wäre. Die Katze im ungewissen zurückzulassen, war für ihn ohne jede Frage ausgeschlossen.

So stieg Späth hie und da, allerdings zunehmend seltener, in den Dachboden hinauf und blies den Staub von der Klarsichtpackung. Die neugierige Sophia, die diese Prozedur immer aus nächster Nähe musterte, mußte meist ziemlich heftig dabei niesen.

Gert Luithlen

Lafcadio und Scamp

Es ist unmöglich zu entscheiden, ob der Kater Lafcadio so vergeßlich wie eine Katze war oder ob er sich nach den bewährten, strategischen Erfahrungen nur den Anschein gab, nichts zu wissen. Jeder Kater ist ein Teil geborener Krieger, die meisten Jäger, und alle sind zu stolz und zu verschlossen, sich durchschauen zu lassen. Manchmal allerdings gemahnen auch diese eigenwilligsten aller Haustiere in ihrem Tun und Lassen an rastlose Kinder, die ahnungs- und hilflos dem Großen gegenüberstehen.

Jeder Morgen war seit Katergedenken für Lafcadio von großer Wichtigkeit. Er wußte seit langen Jahren und manchmal handgreiflicher Erinnerung, daß jeder Lärm von den schlafenden Menschen mißbraucht wird, um ihn aus dem gemeinsamen Zimmer zu jagen. Einst hatte er auch für eine Blumenvase büßen müssen, die er nur anstreifte und die aus eigenem, ganz ohne seinen Willen, umfiel, ihn sogar von oben bis unten durchnäßte. So wich er seitdem solchen tückischen Dingen aus, und auch die Festigkeit einer Tischdecke überschätzte er nicht mehr, seitdem sie ihm alle Gegenstände auf den Kopf geleert hatte. Im ersten Dämmern sagte ihm sein Ohr, Scamp, der kleine Kater, der gestern ins Haus gekommen war, übe sich im Mäusefangen, ein lächerliches Beginnen, er hatte nicht einmal einen grünen Grashüpfer in diesem Raum gefangen, höchstens Fliegen, und nach denen sah er schon lange nicht mehr, weil man sie sowieso kaum je erwischt. Doch seine Erfahrung ließ ihn den Kleinen bald im Vorraum erwarten, eine wenig angenehme Vorstellung, vor der er sich auf den höchsten Kasten zurückzog. Unerreichbar vermochte er von dort alles zu sehen und unbeteiligt zu erscheinen. Wirklich, nach kurzer Zeit wurde die Tür geöffnet, Scamp erschien. Der alte Kater erkannte ihn gleich wieder und rollte die Pfoten befriedigt von seiner Voraussicht ein, die Morgenstunden zu einem Schlummer benützend, doch immer wieder mit einem halbgeöffneten Auge zu dem anderen hinunterblinzelnd. Es reichte ihm zu hoher Genugtuung, den Eindringling nun in Ungnade zu wissen. Scamp störte ihn zwar mit seinem Herumturnen und vergeblichen Versuchen, den Kasten zu ersteigen, doch schließlich schlief auch der Kleine wieder ein.

Später erschien der große Weiße, wie alle Tage zur gleichen Zeit, wenn das Teebrett hineingetragen wurde. Hatte er es auch sonst einfacher und mußte erst dann von der Decke aufstehen, sobald das Frühstück wirklich begann, so strebte er heute rechtzeitig hineinzuschlüpfen, um nicht dann vor der Türe sitzen und rufen zu müssen. Für das seelische Gleichgewicht eines älteren Herrn ist nichts von solcher Wichtigkeit als regelmäßige und ungestörte Mahlzeiten. Deshalb bestand der Kater Lafcadio auch mit großem Nachdruck auf seinem gemeinsamen Frühstück. Des Morgens war er noch mehr als sonst bereit, zur Erzielung des von ihm Angestrebten alle großen und kleinen Kniffe und Künste zu zeigen. Hie und da waren die Menschen überrascht, an dem Kater zu bemerken, wie genau er alle ihre Gewohnheiten, großen und kleinen Schwächen beobachtete, kannte und zu benutzen verstand.

Die Mahlzeit am Morgen war eine geruhsame. Die Menschen waren mit ihrem Essen und vor allem mit dem Zeitungspapier beschäftigt, das sie alltäglich von neuem vornahmen, sie gaben bald keine Antwort und stellten keine lästigen und törichten Fragen in jenem Ton an ihn, welchen sie sonst ihren Babys gegenüber anzuwenden pflegten.

Fürs erste begehrte er seinen Anteil an der Semmel, je nach Laune verachtete er die weichen Teile und zog knusprige Rinde vor oder verweigerte diese, um nur das Innere anzunehmen. Der Kater wünschte heute in Anbetracht der herumstehenden Koffer eine ausgiebige Mahlzeit. Einst hatte ihn die Bedeutung der beginnenden Reise derart erregt, daß er nichts fressen konnte. Während der Fahrt aber war es ihm noch immer nicht möglich, auskömmliche Nahrung zu nehmen, kaum daß er sich zu einem Schluck Milch zwingen konnte, so daß er auf Reisen stets etwas Hunger litt. Lafcadio wußte, heute würde die Fahrt beginnen und, wie immer, erst am folgenden Tage in dem bekannten Hause enden. Es war nur ein rechtes Glück, mochte er denken, daß heute nicht der Tag ohne Semmeln war. An jenem regelmäßig wiederkehrenden Morgen verzichtete er von vornherein, sich um das Frühstück zu kümmern, es gab nur Brot oder eine Art Kuchen, die er haßte. Brot und Milch bekam er sowieso draußen, da brauchte er nicht auf die beiden da drinnen zu warten.

Solcherart waren wohl Lafcadios Erwägungen, der sonntags nie um ein Stück Semmel vorstellig wurde. Heute jedoch kaute er eifrig seine Schmolle und schielte empor, ob man ihm die Milchschüssel füllen werde. Er wußte, manchmal bekam er sie ganz ohne weiteres, manchmal mußte er, mit den Pfoten zum Tisch hinauf reichend, darum bitten, und wenn dies auch nichts half, so rieb er seinen runden Kopf an Tischen, Sesseln, Knien und etwa erreichbaren Händen. Gerne steckte er dann die kalte Nase in eine Handfläche, um so die Aufmerksamkeit auf seine Lage zu lenken. Wenn das alles nichts fruchtete, so rollte er sich mit schmeichelnder Grazie vor den Füßen der Menschen, schnurrte kaum hörbar, immer mit einem Auge den Napf beobachtend, der durch dieses nie versagende Mittel stets mit Milch gefüllt wurde. Es war ein genaues Register des Bittens und Forderns zwischen ihm und den Menschen vereinbart.

In behaglicher Seelenruhe, den lästigen Balg draußen wissend, hockte sich der umfangreiche und erfahrene Kater zu seiner Schüssel, recht befriedigt, bewiesen zu haben, welch ein Unterschied zwischen ihm und jenem bestünde. Innerlich bangte er ja doch sehr um seine Stellung in dem Haus da, abgesehen von seiner eifersüchtigen Liebe zu den bestimmten Menschen darin, denn schließlich sind die Menschen leider gänzlich unberechenbar, oftmals kindisch, aber jedenfalls viel stärker und mächtiger, und gegen einen gewissen Ton in ihrer Stimme gibt es keine Appellation. Nur seine Ohren wanderten auf und ab, wechselten ihre Stellung zu den Geräuschen. Ohne Zweifel würde nun der Neue verschwinden und alles wieder in Ordnung kommen, Lafcadios geregeltes Leben nicht weiter gestört werden.

Inmitten dieser erfreulichen Vorstellung wiedereinziehenden Friedens und gegenseitigen Verstehens mochte der Kater nun an die große, bevorstehende Sommerveränderung denken, die ihn und die Seinen Jahr für Jahr in jenen weiten Garten, das geräumige Haus mit dem nahen Wald führte, so daß er dort schon jeden Winkel, jeden Hausbewohner kannte. Mochte der Kleine hier allein zurückbleiben, er jedenfalls hätte seine Ruhe.

Es mußten friedvolle und angenehme Vorstellungen gewesen sein, denen Lafcadio über seiner geleerten Milchschüssel oblag, behaglich dahindämmernd mit milchgewärmtem Magen, daß er auf das krachende Gerassel im Vorraum mit schrillem Pfauchen emporfuhr. Auch die anderen sprangen hastig vom Frühstück auf, und als sich Lafcadio in gewohntem Wissensdurst und alter Neugier vor den Beinen der Menschen gefahrvoll durch die Tür zwängte, sah er mit dem ersten Blick Scamp in Nöten zwischen Himmel und Erde. Also war es ihm doch geglückt, den Kasten von heute morgen zu erklimmen, vermutlich infolge der dort hängenden Kleider, schätzte der Alte. Dann hatte er zu jenem einsamen Ding gewollt, das bisweilen am Abend leuchtete. Lafcadio mied dies ebenso, wie die Öfen in den Zimmern zu besteigen, diese verbrannten die Pfoten, jene wichen aus und pendelten, so angstvoll man sich auch an ihnen hielt, hin und her. Außerdem hatte Scamp den Wäschekorb zu Boden gestoßen und hutschte sich nun auf der Lampe. Lafcadio war es in solchen Situationen immer sehr kümmerlich zu Mute gewesen, denn man wußte nie, wie so etwas endete. Scamp aber schaukelte froh herum, hatte noch eine Pfote frei, um nach einer Hand zu greifen. Sichtlich ungern ließ sich das kleine Tier herunterlösen.

Insgeheim wunderte sich der alte Kater über die Geduld der Menschen.

Ihm wurden solche Streiche tagelang nicht nachgesehen, bis er sie sich eben nie mehr unterlaufen ließ. Auf seine Kinderzeit in diesem Hause hatte er längst vergessen und wähnte, immer der Ruhige und Überlegene von heute gewesen zu sein.

Zum Lohn erhielt der Kleine Milch und Semmel, und dessen ganze Aufmerksamkeit war der Nahrung gewidmet. Lafcadio sah ihm mißbilligend zu, er fraß so hastig, als ob er Fisch oder Leber vor sich hätte.

Eigentlich wäre er nun ausnehmend gerne auf seinen täglichen Ausflug gegangen. Neugier und Besorgnis hinderten ihn, sich weiter von den Fenstern, etwa in den Nachbarhof, die Gärten oder auf die umliegenden Dächer zu begeben. Es lag ihm daran, Scamp im Auge zu behalten, zu wissen, was der tat und was mit ihm geschähe, vor allem genau zu beobachten, wie die einzelnen Menschen sich zu dem Neuen stellten. Zu dieser Zeit wahrte Lafcadio noch eine ablehnende Gleichgültigkeit, wenn ihn auch Fröhlichkeit und Charme des Jungen manchmal überwältigten und in seinem Verhalten jünger machten, so daß er sich zu einem Spiel hinreißen ließ. Zwei gewichtige Enttäuschungen waren es aber, welche das Tier später bewogen, eine ganz andere Haltung einzunehmen, die eine endgültige, grundsätzliche schien und es auch eigentlich war. Doch letztlich nimmt jedes Lebewesen den Urgrund seines Verhaltens zur Umwelt aus dieser selbst und ist Gründen wie Erkenntnissen, sobald sie überzeugend wirken, nicht unzugänglicher als jeder andere Durchschnittslebende.

Lafcadio sah in diesem Morgen die helle Freude des Menschenkindes an dem fröhlichen, kleinen Kater; die uralte Leidenschaft des Katzengeschlechtes für Menschenkinder erwiderte in Scamp die Zuneigung. Das nahm der Kater hin, denn einem Kind, seinem geliebten Kind, etwas, was immer, zu verübeln, brachte er nicht zusammen. Seitdem er lebte, hatten seine Augen einen zärtlichen Glanz bekommen, sobald er das Menschenkind erblickte, und als die beiden da lärmend miteinander spielten, sah er zwei Kinder.

Doch das starke Interesse, die offensichtliche Einnahme des Herzens seiner Herrin durch Scamps Jugend und Grazie verstand er nicht, fühlte dies als furchtbare Enttäuschung und Schmerz. Kein Blick für ihn, kein Wort, keine Hand, nur die Befehle, dem Kleinen nichts zu tun.

Es mag sein, daß dies die tiefgehende Störung seines Gleichgewichtes bewirkte, die in den folgenden Tagen so arg wurde, daß er den Seinen auswich. Den Gipfel des Unglücks jedoch stellte es für das Tier dar, als er später gewahr wurde, der Kleine habe teil an seinen alten Vorrechten, vor allem, Scamp bliebe nicht zurück, sondern werde auf die Reise mitgenommen.

Der große Kater verließ an diesem Morgen das Haus nicht für lange, da ihn, des kommenden Aufbruches stets gewärtig, die Furcht quälte, zurückzubleiben, vergessen zu werden. Lafcadio kannte sein Heim, er liebte es auch, doch seine Heimat waren die drei Menschen, die er liebte und suchte, wenn einer abwesend war. Vielleicht würde er am Hause selbst mehr hängen, wenn er seine Nahrung erjagen müßte und es ihm die Unkenntnis der Fremde unmöglich machte, sein Haus und dessen vertraute Gründe zu verlassen. Doch dem Kater Lafcadio war dies fern, er lebte als Gleichberechtigter, nicht als Geduldeter. So war ihm auch die große Sommerreise angenehm. Ihr Beginn allerdings setzte ihn stündlich in fiebernde Erwartung, jedes Kommen und Gehen kontrollierte er.

Allein das Verhalten seines Herrn erschien ihm in diesen Tagen gerecht, halbwegs gerecht, wenngleich Lafcadio auch erwartet hätte, daß sein Herr solches Geschehen nicht zuließe. Zwar setzte sein Herr Scamp, den unerwünschten, ebenfalls Weißen, nicht zum Ziel seiner Liebkosungen ein, doch er lehnte ihn nicht ab, wie Lafcadio. Je inniger die Teilnahme, je aufrichtiger das Entzücken von Herrin und Kind wurden, desto heftiger verabscheute der Alte Scamp, der ihm seinen Platz stahl.

Eine Katze handelt nie voreilig, sobald sie ihre Jugenderfahrungen hinter sich hat. Sie wartet, und das ist das Geheimnis aller großen Strategien. Jede Katze ist in hohem Maße Stratege. Ist ein Haus, ein Gang, ein Garten oder Weg unübersichtlich, verzweigt, irgendwie kompliziert, wählt jeder Kater zum Ort seiner scheinbar weltenfernen, abgeschiedensten Ruhe jenen, oft einzigen, schwer zu erkennenden Schlüsselpunkt größter Vorsicht und der meisten Möglichkeiten. So wartete Lafcadio still, doch er konnte sich in dem größten Schmerz seines Lebens nicht so beherrschen, daß er unbeteiligt erschien.

Seine bernsteingelben Augen gaben eine beredte Sprache seiner Stimmung, er war verschüchtert und sprach niemanden an, gab keine Antwort, wandte kaum den Kopf, wenn er gerufen wurde. Er wartete still, doch seine Verzweiflung stieg mit jedem Blick, den Scamp empfing.

Nun war es aus den verschiedensten Gründen überaus wichtig, den Zeitpunkt der Abreise erfahren zu können. Verließ sein Herr wie alltäglich das Haus, so war wohl erst nach seiner Rückkehr mit dem Ereignis zu rechnen. Anderseits stand sein ihm wohlbekanntes

Korbhaus schon bereit, und der Kater schnüffelte erregt die Ecken aus. Jeden Sommer und Herbst tat er dies.

Scamp hatte sich, um von seiner morgendlichen Tatenlust Erholung zu finden, in den Korb, in dem er gekommen war, zurückgelegt. Der Alte betrachtete Korb und Katerkind, die Ahnung stieg ihm auf, Scamp würde vielleicht mitkommen. Plötzlich pfauchte er das schlafende, kleine Bündel an und sprang zum offenstehenden Fenster, von da in den Hof. Dort wartete er nun die weitere Entwicklung ab und erschien auch nicht mehr zu den folgenden Mahlzeiten.

Irgendwie mochte das kleine Katertier die Erregung des ganzen Haushaltes fühlen, und angesteckt, steigerte sich seine angeborene Munterkeit zu stürmischem Tun. Der Reihe nach erkletterte er sämtliche schwer erreichbare Höhen, und kaum oben, strebte er wieder hinab. Halfen ihm seine scharfen Krallen empor, so verstand er es noch nicht, sie zu lösen, so daß er mit dem Hinuntersteigen die größten Schwierigkeiten hatte. Immer wieder erscholl von den unwahrscheinlichsten Orten ein hilferufendes Weinen, und der spitze, kleine Kopf mit den lustigen Augen sah mit weitgeöffnetem, rosafarbenem Maul erwartungsvoll herab. Er gab den Menschen schwere Aufgaben; letztlich schien es ihm als eine neue, unendlich reizvolle Art des Versteckenspieles, sich in einer tiefen Vase, einem Bronzekübel oder Krug finden zu lassen. Seine Gelenkigkeit, das Geschick seiner vier schwankenden Pfoten übertraf bei weitem jene des ausgewachsenen Katers, und er voltigierte über Kasten, Bilder, Abgründe und Vorhangstangen, als wäre sein Vater nicht ein preisgekrönter Angora, sondern ein einfacher, aber ausnehmend geschickter Eichkater gewesen. Scamp zweifelte in seinem Vertrauen unwandelbarer Art zu den guten Menschen gar nicht, daß er auf sein Rufen auch gesucht werden würde, und dann trieb er es als herrliches Spiel. Schließlich wurde er in einem Korb konfiniert, denn er war imstande, für drei Menschen ausreichende Beschäftigung zu ersinnen. Fern lag es ihm, dies als Strafe aufzufassen, wie er den Begriff einer solchen überhaupt nie erkannte. Ganz im Gegenteil, nun begann ein fröhliches Wettspiel, wie lang er brauchte, den Deckel zu öffnen, den Bindfaden zu durchbeißen oder den Boden abzulösen. Er brauchte nicht lange hiezu, und letztlich entschloß man sich, eine Papierkugel aufzuhängen und ihm als Punchingball zu überantworten. Wie ein regelrechter Boxer setzte sich Scamp davor und arbeitete mit den beiden Vorderpfoten. Später allerdings verletzte er die Regeln und hing wie eine Traube an dem Ball, den Rücken zur Erde, die Hinterfüße in eifriger Zerfetzungstätigkeit. Als nur mehr die Schnur übriggeblieben war, hing er mit den Zähnen an ihr und beschrieb Bogen in der Luft. Schließlich kollerte er in einen Winkel, sprang auf seine Beine und galoppierte in das dichteste Papiergewühl.

Große Unterschiede in der Behandlung der Menschen kannte Scamp noch nicht. Während der große Weiße an den Gesichtern seiner Menschen ihre Stimmung abzulesen verstand und wußte, wie intensiv und herzlich er bitten müßte oder ob es füglich klüger sei, überhaupt nicht zu erscheinen, sprang Scamp jedem vergnügt entgegen, bereit, jeden Unsinn zu treiben, ein Spiel zu beginnen. Auch später, wenn einmal ein rauher Wind durch die Gemeinschaft der Menschen wehte, alle schweigsam waren und Lafcadio unhörbar und unsichtbar die Änderung des Wetters abwartete, dann konnte Scamp wohl eine Weile, von der Stimmung angesteckt, stillhalten. Schließlich aber hielt er es nicht aus und sprang mit wehenden Vorderpfoten an die Menschen heran, schnurrte und forderte sie so laut und deutlich auf, doch endlich vergnügt zu sein, daß die Fröhlichkeit dieses weißen Balles alle anderen erfaßte. Doch jetzt schon erkannte er die weiche Hand seiner Herrin, und jedesmal, ehe er müde einschlief, suchte er sie. Gerade diese erstaunliche, naturhafte erste Zuneigung trug ihm des anderen Abneigung und Eifersucht ein.

Für Scamp war sein neues Heim das Paradies des Spieles und der Fröhlichkeit; des mürrischen alten Katers abweisende Art nahm er einfach nicht zur Kenntnis, und so störte sie ihn nicht. In komischen Sprüngen umhopste er das übellaunige Tier, daß es dem manchmal schwerfiel, so unmutig und unnahbar zu bleiben, wie er es sich vorgenommen hatte.

Spätabends wurde Scamp in einen haltbareren Korb getan, Lafcadio betrat angesichts der fertig bekleideten Menschen und verschlossenen Koffer ungern, aber freiwillig sein Haus, nicht ohne eifrig zu reden. Er war immer sehr gesprächig auf Reisen, und seine mehr oder minder kläglichen Äußerungen ließen Fremde stets ein armes, gequältes Tier vermuten. In Wirklichkeit waren es dauernde

Ermahnungen des besorgten Hilflosen, ihn auf keinen Fall zu vergessen. Da aber bei einer Reise etwas vergessen werden muß, blieb ein Schirm auf der Strecke; dem Kater Lafcadio war das gleichgültig.

Es ist anzunehmen, daß die kleine Reisegesellschaft mit den beiden weißen Katern Heiterkeit und Aufsehen erregte. Lafcadio beschied sich in seine Lage und ertrug die Fahrt in dem rollenden, summenden und stoßenden Kasten mit stoischer Ruhe. Nicht so Scamp. Als erstes erzwang er durch sein auffallendes und jammerndes Rufen die Öffnung seines Korbes, nicht ohne vorher vergeblich selbst sein Bestes versucht zu haben. Vom Schoß seiner Herrin verfolgte er nun die vorbeitanzenden Lichter, griff nach ihnen und wich jedem begegnenden Fahrzeug erschreckt aus. Er sah die Stadt in ihrem nächtlichen Gewand zum erstenmal. Immer wieder strebte er dem Wagenlenker zu, jeder Stoß erschütterte sein Gleichgewicht, und die großen Ohren, die weitaufgerissenen Augen vermochten kaum die Fülle unverstandener Eindrücke aufzunehmen. Immer inniger schmiegte er sich den Menschen an, und doch wollte er hinaus, in dem herrlichen Spiel der tanzenden Lichter, der huschenden Schatten mitzuspielen.

Schließlich sah sich Scamp vor einer großen dunklen Fläche, auf der sich langgezogene Lichter spiegelten. Von ferne kam ein Rauschen und Pfauchen, wie er es noch nie gehört, lärmvoll, wie er es nie geahnt hätte. Der Alte im Korbhaus wurde unruhig, rief seine Mahnungen und Besorgnisse immer lauter hinaus, daß Scamp, angesteckt, vor Angst zu zittern begann. Näher und näher kam das Gelärme, Furchtbares kündend, da sah er einen riesenhaften weißen Koloß aus der Nacht auftauchen, schimmernd von Lichtern. Es rauschte und pfauchte immer stärker und näher, ein herzzerreißendes Pfeifen gellte auf, und mit Getöse kam das Schiff an den Landungssteg. Vergeblich erhob der Alte seine abmahnende Stimme, die Menschen ließen sich wieder einmal nicht raten und eilten in das Ungeheuer hinein.

Den beiden Katern schlug eine Fülle unbekannter Gerüche, Schrecken erweckender Geräusche, durcheinanderschreiender Stimmen entgegen. Die Stimme Lafcadios aber erhob sich zu unerhörter Höhe und Lautstärke, der Kater überschrie alles andere in der furchtbaren Angst, die seinen könnten in diesem Trubel nun schließlich doch, wie er es dauernd befürchtete, ihn vergessen und er, eingesperrt, sei unfähig, ihnen zu folgen, sie zu finden. Scamps etwaige Äußerungen hätte niemand gehört, und als man sich wieder um ihn kümmerte, schnurrte er vor Freude.

Dann kamen sie in eine Kabine, wurden aus ihren Behältern befreit und während Scamp voll Interesse das Neue betrachtete, suchte Lafcadio seine Menschen zusammen und war erst dann etwas beruhigt, als sie sich vollzählig in dem kleinen Raum versammelt hatten. Dann lief er die vier Wände ab, besichtigte die übereinanderliegenden Betten, stieß mehrere Male mit dem der gleichen Beschäftigung obliegenden Kleinen zusammen. Bald trat ein stetig wiederkehrendes, regelmäßiges Pfauchen hervor, als ob eine ungeheure, sicherlich sehr mächtige und kriegerische Katze das merkbar bewegte Ding, auf dem sie sich befanden, bewohnen würde. Die Menschen verschwanden aus dem Raum, es herrschte Stille, nur das regelmäßige Pfauchen hielt an. In der Ferne klirrte etwas, Schritte und Stimmen klangen vorüber.

Scamp sah sich den neuen Raum an, erkletterte die obere Ruhestätte und fand schließlich einen Platz, der ihm den Blick durch die Luke auf das schäumende Wasser freigab. Mißmutig und unglücklich saß der alte Kater am Boden, kauerte sich hin und brummte, sooft ihm irgendwer in die Nähe kam. Der Kleine aber hing an der Kajütenluke, starrte in das auf dem Wasser tanzende Mondlicht hinaus und schnurrte. Die Welt schien unendlich zu sein, Wasser floß und floß, Mondlicht, das eigenartige, angebetete, zum Herzen gehende Licht, das den Augen so wohltut, schien da draußen. Scamp schnurrte, der kleine Kater sang ein Lied von Glück und Wohlbehagen in die Nacht hinaus. Vergessen die Angst vor dem pfauchenden Koloß mit seinen unbekannten Geräuschen und Gerüchen; das kleine Tier hatte nur Augen für die Wunder der Welt da draußen vor der Luke. Später in der Nacht mußte man ihm die Sicht verhängen, und lange währte es, bis Scamp müde und erschöpft in der Kajüte des pfauchenden Riesen einschlief.

Das Ende dieser Reise war genauso, wie der kluge Kater Lafcadio erwartet hatte. Von dem Dampfboot kamen sie in ein kleines Boot, das sein Herr steuerte – rätselhafter Gipfelpunkt menschlichen Mutes in den Augen des Alten – und fuhren nach einer Weile knirschend auf Sand auf. Da wurde ihm sein Haus geöffnet, er sprang durch das bekannte Boot, hinaus auf den Sand.

Da waren die gleichen Erlen und Weidenbüsche wie jedes Jahr, der kleine Bach mündete, und ein wenig höher hing noch immer das alte, morsche Gartentor in den rostigen Angeln. Lafcadio hatte Dringendes am Strand zu tun, froh scharrte und schaufelte er in dem weißen Sand umher. Ja, der Garten, die unendliche Grasfläche mit den herrlichen Bäumen ist dort oben. Hinein, voraus! Da die kleine Hütte, der krumme Baum, das alte Sägehaus beim Bach, sehr bemerkenswert, dort sind Mäuse, der kleine Vorgarten, ums Haus herum an den Bach heran, die Stufen ins Haus hinauf. Die Tür war geschlossen, Lafcadio springt durch ein offenes Fenster, und die Leute im Hause werden gewahr, wer angekommen ist. Sie eilen zum Ufer, tragen die Gepäckstücke hinauf, und Lafcadio geht indes durch die Wohnung, sieht nach den alten Mauselöchern, schaut aus den Fenstern, ist daheim.

Auch der große Hauskater macht ihm Platz. Die Pfoten des Weißen sind seit Jahren bekannt und gefürchtet. Mit seiner alljährlichen Ankunft ist er Herr des Hauses.

Am Wasser unten hatten inzwischen die Menschen ihr Boot verlassen und begannen die Gepäckstücke auszuladen. Aus dem großen Haus kamen andere hinzu, halfen ihnen, und ein Einfältiger wurde heiter belehrt, der Kater in jenem Korb sei nicht der kleiner gewordene Lafcadio.

Kaum sah sich Scamp, der unwissende Ahnungslose, frei, tat er einen großen Sprung. Er kannte nicht Sand und Kies, nicht Gras und Sträucher, keinen Garten und nicht die herrliche Weite des strahlenden Himmels über ihm. Licht und Sonne, Weite und Freiheit machten das Katerkind froh, daß es anfing, toll in diese Schönheit hineinzulaufen, zu galoppieren, zu stürmen in ungebändigtem Frohsein.

Eine Sturzflut von Freiheitsdrang und Freiheitsgefühl hatte Scamp erfaßt, die Welt war wunderschön und wunderbar, das Gras, die singenden Vögel, die flatternden Schmetterlinge, die klare Sonne, die heiß sein weißes Fell wärmte. Die Böschung hinan, durch die

Sträucher des Zaunes hindurch sprang das kleine Tier; die Weite dieser frohen, ungekannten Welt bezauberte ihn, und als er gerade am weitesten in sein neues Reich, die Gefilde des uralten Raubtieres in ihm, einbrechen wollte, da wandte sich Scamp um, hielt jäh im Vorwärtsstürmen inne und sah sich nach den Menschen um, ob sie teilhätten an seinem Glück. Unendlich liebenswert schien diese plötzliche Gebärde des kleinen Kerls, wie er fröhlich hüpfend das hohe Gras durchbrach, um wieder zu den Seinen zu kommen.

Man wußte eigentlich nicht viel von Scamps Art. Sein heiteres Gemüt war vom ersten Tage an auffallend gewesen, doch es war kein Frohsinn so für sich allein; das Katerkind wollte nicht allein fröhlich sein, es wollte die geliebten Menschen, den großen Weißen, der der Mutter ähnlich war, alles Lebende in Heiterkeit um sich haben. Dazu schien die Sonne, deshalb wärmte sie sein Fell, der weite Garten war nur aus diesem Grunde da, die ganze Welt. Scamp begann erst da draußen wirklich zu leben, und seine allumfassende Zuneigung hatte etwas Seltsames, ganz eigen Berührendes. – Nur dann, wenn keiner mit ihm wollte, hüpfte er auf die Wiese hinaus und spielte im Sonnenschein allein. Diese ersten Tage im leuchtenden, spätfrühlinghaften Juni waren es, die den kleinen Weißen so nah an die Herzen aller brachten, und um keinen hat er so mit dem Aufgebot aller Liebe, unwandelbarer Zuneigung gekämpft, wie um Lafcadio. Dem ging aber noch eine wechselvolle Zeit voraus.

War dem Großen die Erscheinung eines zweiten Weißen staunendes Erleben gewesen, so erlebte Scamp bald nach der Landung ähnliches. Oben, dem Bach und Berge zu, stand das Sommerhaus, das Scamps Heim werden sollte. Ohne Zwang, den Menschen folgend, trabte der Kleine, immer wieder Gräser bezwingend, bergan, dem Hause zu. Am Fenster oben sah der Alte dem Einzug seiner Leute zu, keinen Augenblick mehr ungewiß, daß sie ihm folgen würden. Die ganze Reise hatte ihn die Furcht vor einer Trennung beherrscht, hier aber war er ihnen vorausgeeilt und erwartete sie, als sei er vom letzten Herbst zurückgeblieben, hätte den Winter über gewartet.

Scamp stieß unversehens auf eine im Gras schlafende Katze, eine graue Katze. Dieses graue Tier ließ den Kleinen erzittern, eine graue Katze hatte er noch nie gesehen, er meinte, es gäbe nur weiße, wie ihn, den Großen oben und seine Mutter. Starr blieb Scamp stehen, doch die Graue sah ihn kaum an, sie hatte Erfahrung, es wäre nichts Gutes daran, mit den des Sommers hier herrschenden Katern anzubinden, würdevoll ging sie in das alte Sägehaus hinauf. Noch zweimal staunte Scamp auf diesem Wege andersfarbige Katertiere an, es gab also auch so etwas und so viele. Wunderbare Welt! Warum wichen sie ihm aus? Später lernte er, daß fast jedes Haus da Katzen beherberge, harmlose, gejagte oder geduldete Mäuse- und Rattenfänger, mit denen es sich ganz gut auskommen ließ, herabschauend von seinem stets satten Magen seiner nie gejagten Seelenruhe, die jeder Gefahr trotzen konnte, da er keine kannte.

An der Tür aber saß Lafcadio und pfauchte Scamp an. Seine Wohnung, sein Haus war dies, und der Kleine starrte verwundert die drohenden Augen des Großen an. Furcht, nein, Furcht empfand er nicht, und so ging er an dem pfauchenden Torhüter ein wenig gedrückt vorbei. Der ließ ihn durch und sah ihm nach, wie er sich unverzüglich daranmachte, alles Papier, das er finden konnte, zu zerfetzen, die geöffneten Koffer zu durchstöbern und wieder ein fröhliches, unnützes Kinderspiel zu beginnen.

Lafcadio aber fand sich mit der Erscheinung des Kleinen ab. Recht und Unrecht kommt auch im Katerleben aus dem, der es begeht, und der große Alte wußte es alle Male tausendfach genauer, woran und warum er schuldig sei, als die Menschen, die ihm irgend etwas vorwarfen. War er schuldbewußt, so erzählte er das, lang bevor man es ahnen konnte, gleich selbst den Menschen, sie mußten ihn nur ansehen. Doch war er unschuldig, so konnten ihn die heftigen Worte nicht in Schrecken versetzen, eine Ursache, gedrückt zu sein, war es ihm nicht. Nur dann, wenn niemand und vor allem seine Herrin ihn nicht eines Blickes würdigte, kein Wort für ihn hatte, wurde er klein und verzagt und versuchte wohl irgendwie mit vielen Kunststücken und Bitten das gutzumachen, weshalb man ihn aus der Gemeinschaft ausschloß.

So entwaffnete ihn auch sichtlich das freie Gehaben Scamps, der sich ganz offenbar keines Verstoßes bewußt war. Tiere wissen auch untereinander Recht und Unrecht genau zu unterscheiden, würde sonst eines plötzlich, anscheinend grundlos die Flucht ergreifen, sobald ihn das andere in der Nähe seines Freßnapfes antrifft? Das eine Mal, da die Absicht oder die unrechte Tat bestand, fliehen sie, das andere Mal, da der Weg ein zufälliger, nicht vorbedachter Zweck war, gehen sie ruhig weiter, ohne an dem Erscheinen des anderen irgend etwas zu finden. Bösartigkeit und Feindseligkeit waren Lafcadio fremd, er wollte, er mußte nur der einzige sein und die Aufmerksamkeit seiner Menschen nicht geteilt wissen. Wurde er zum Kampf gezwungen, seinen Platz im Haus zu verteidigen, wie damals, als ihn der kurzbeinige Hund mit gellendem Gekläff ansprang, da stellte er sich mit Tapferkeit, mochte sein kleines Katerherz vor bleicher Angst noch so zittern. Und Lafcadio wurde zum Kampf gezwungen.

Die Schuld daran trugen allein die Menschen. Daß es so kam und die ersten frohen Tage des Sommers für den Kater voll von Grauen und Not waren, war allein dem Benehmen der Menschen zuzuschreiben. Er hatte nichts verbrochen, sich in keiner Weise gegen die genauen, aber ungeschriebenen Gesetze seines friedlichen Lebens mit den Menschen vergangen, so durften sie ihm auch nichts fortnehmen und entziehen, so war es ihre Pflicht, ihre Macht für sein Recht einzusetzen, sollte er es nicht selbst tun. Lange zögerte Lafcadio und kämpfte mit sich, und auch dann rang er sich nicht durch, das kleine Katerkind mit seinem Unverstand zu bekriegen, sondern er wandte sich mit erstaunlicher Folgerichtigkeit von den Menschen ab, die ungerecht waren.

Der Kater Lafcadio war eine einzige Behauptung: er hatte nichts verbrochen, und doch hatten die Menschen seinen altererbten, jahrelang innegehabten Platz auf der Decke der Herrin Scamp gegeben. Jeden Morgen bekam Scamp das erste Wort – der Kater horchte an der Tür, weil er es ablehnte, als Zweiter auf der Decke zu schlafen. Jeden Morgen erhielt Scamp zuerst Semmel und Milch, Lafcadio verweigerte sie und nahm nur das Nötigste in der Küche. Zu seinem Sommeraufenthalt hatte man Scamp mitgenommen. Wenn man in den Garten ging, wurde Scamp heruntergetragen oder gerufen; daß Lafcadio sich nie tragen ließ und sonst stets nur dann mitkam, wenn er wollte, führten wohl die Menschen nur zu ihrer Rechtfertigung an. Kamen Fremde ins Haus, bewunderten sie Scamp, während früher er das Ziel aller Aufmerksamkeit und Bewunderung gewesen war. War es ein Wunder, daß er lieber schon vorher aus dem Zimmer ging? Und wenn er unter dem Sessel der

Herrin lag, konnte er sicher sein, daß Scamp oben war. Hätte zu dieser Zeit Lafcadio, wenn man so sagen darf, einen selbständigen Erwerb gehabt und wäre er nicht mit eiserner Notwendigkeit an den Haushalt gefesselt gewesen, er wäre verschwunden und hätte seine Menschen gemieden.

Es war überaus schwer mit dem verletzten und störrischen Kater, der nun selbst ein gutes Wort nicht mehr als gut nehmen wollte und so tat, als gelte alles, was man zu ihm sprach, nicht etwa ihm, sondern Scamp. Wurde er abends eingeladen, seine Milch zu trinken, so wich er sofort aus, weil natürlicherweise der kleine Weiße auch zu dem Napf wollte. Lag er auf der Decke und kam der Kleine, so hastete er fort und sprang zum Fenster hinaus, aufdringlich zu beweisen, daß er weder stören noch hindern wollte. Vor den Fenstern saß er dann eine ganze Nacht und fror mit trauerndem Herzen. Am nächsten Morgen war er unausgeschlafen und so übellaunig, daß nun ihm jeder im Bogen auswich. Kam des Tages Scamp vergnügt an ihn heran, hob er keine Pfote, sondern ging ganz einfach fort, bisweilen auf einen Baum, um dem Kleinen auszuweichen. So lehrte er ihm übrigens ganz vorzüglich klettern.

Jeder sah, daß diese Angelegenheit nicht mehr eine zwischen den beiden Katern sei, sondern sich zu einer schweren Auseinandersetzung zwischen Lafcadio und den Menschen entwickelte. Entweder müsse man sich entschließen, das kleine Tier aus den Augen des Großen zu entfernen oder darauf verzichten, den netten, umgänglichen, munteren und klugen Gefährten zu besitzen, der Lafcadio durch alle diese Jahre war. Er wäre ein mürrischer, verstockter alter Kater geblieben.

Wie fast alles bei den Menschen wurde auch diese sehr wichtige Sache wohl gelegentlich erwähnt, und alle wußten darum, sie waren sich einig, daß etwas geschehen müsse, aber weder wußten sie, was, noch faßten sie einen Entschluß, noch taten sie etwas, um diesem unerträglichen Zustand ein Ende zu bereiten. Sie ließen die Sache laufen, und sie lief auch ganz von selbst.

Begreiflicherweise erregte das kleine Katertier, das weder wußte, was seine Rechte noch seine Pflichten seien, das drollig spielte und erst eine Menge lernen mußte, um zu einem angenehmen Mitglied des Hauses zu werden, das Interesse und die Teilnahme der Menschen scheinbar mehr als der Große, der aus jahrelanger Erfahrung ohnhin genau im Bild war, was jetzt geschähe. Ihm zum Beispiel mitzuteilen, daß man jetzt an das Wasser baden ginge, wäre doch lächerlich, denn das sah er ja mit seiner aufmerksamen Beobachtung selbst. Die Zeit des Essens kannte er so genau wie die Ankunft ihn interessierender Vorräte, und an der Kleidung der Menschen sah er, ob sie spazierengingen oder zu Hause blieben. Weil man das alles bei ihm voraussetzte und sich bemühte, dem Kleinen nebst seinem Namen – wie oft wurde der gerufen und wie selten Lafcadio – dies alles beizubringen, fühlte sich Lafcadio überflüssig, auf dem letzten Platz.

Jeden Abend, wenn es nicht regnete und die ersten Sterne am Himmel erschienen, der Tau zu fallen begann, war es Gewohnheit seiner Menschen, zum Strand hinunterzugehen und den langen, schönen und ebenen Weg entlang des Wassers zum Abendspaziergang zu benützen. Da saß der alte Kater schon nach der Mahlzeit auf der obersten Stufe der Haustreppe und wartete, bis sich seine Leute langsam in Bewegung setzten. Dann folgte er mit leisen und gemächlichen Schritten, hörte irgendwo vorne ihre Stimmen, kam ganz heran, verweilte ein wenig vor ihren Füßen im Sand, verschwand wieder in den Büschen und ging schließlich einer mit den anderen so weit mit, bis man umkehrte oder irgendwo sitzen blieb. Da gab es dann immer einige Worte für ihn, seine Herrin sprach allein für ihn oder eine vertraute Hand fand eine Stelle in seinem Pelz, die schon längst eines sanften Kraulens bedürftig war. Was gab es auf diesen denkwürdigen und schönen Spaziergängen nicht alles zu sehen, zu riechen, zu hören. Das war viel schöner und ruhiger, als wenn er allein auf die Jagd ging, ein strolchender Kater, der jedem Fremden im Bogen ausweichen mußte, eines Steines gewärtig. Da konnte man ganz ruhig am Weg liegenbleiben, und der sicherlich bösartige Fremde wagte nicht, an ihn anzukommen, waren doch seine Menschen zum Schutze mit ihm. Fledermäuse waren da, Bisamratten huschten, manchmal konnte man auch den Fuchs drüben necken und ihn zu unnützer Verfolgung locken, daß ihn dann knapp vor den Menschen bleiche Furcht packte, während er zwischen diesen verschwand. Der Abendspaziergang war eines jener Privilegien, auf die Lafcadio unter keinen Umständen verzichtete.

Der Kater saß an der Haustür und wartete, daß die Menschen mit ihrem umständlichen Essen fertig würden. Sie sprachen viel und laut, lachten oft, ein Zeichen, daß sie heute länger bei Tische sitzen bleiben würden; zudem hatten sie kleine Gläser vor sich, aus welchen sie oftmals tranken, ehe sie immer öfter lachten. Dem Alten waren vergnügte Leute lieber, sie waren umgänglicher und angenehmer als ernste. Endlich brachen sie auf und schickten sich an, den Garten herab, zum Strand zu gehen. Lafcadio machte einen runden Buckel, streckte die Vorderpfoten einzeln von sich, stand ebenfalls auf und folgte ihnen. Kaum zehn Schritte vom Hause entfernt, schoß Scamp aus irgendeinem Busch auf die Gruppe zu und lief mit. Zunächst hieß es, Scamp solle daheim bleiben, dann besannen sich die Menschen eines anderen, nicht Besseren, und riefen Scamp zum Mitgehen. Die Ohren des Alten waren in lebhafter Bewegung dem Gespräch gefolgt, und als er merkte, Scamp gehe mit, schlug seine buschige Rute vor Unmut Kreise.

Am Strand entlang gingen seine Leute, teils zusammen, teils mit anderen, die er genauso gut, oft besser kannte als sein Herr und seine Herrin. Scamp sprang bald dahin, bald dorthin, zum Wasser hinab, über den Sand zu den Uferfelsen, in die Gebüsche. Manchmal kam er den Rattenlöchern so nahe, daß Lafcadio unwillkürlich nachsprang, wußte er doch, daß diese großen Bisamratten des Abends stets am Eingang ihres Baues saßen und ein Biß den Kleinen zu ihrer Beute machen könnte. Der Alte regte sich sehr auf, denn auch er liebte da am Strandweg keinen Zusammenstoß mit den Ratten. Ehe man es ahnte, waren fünf, sechs dieser bösen Räuber über einem, lautlos, und die Menschen gingen weiter, konnten in den engen Ufersteinen gar nicht helfen, sahn auch zu wenig in der einfallenden Dämmerung.

Dann krebste Scamp wieder ganz nahe an das gefährliche Wasser heran; der alte Kater war etwas wasserscheu und haßte es, auch nur einen Spritzer auf sein Fell zu bekommen, geschweige an den Pfoten naß zu werden. Nasse Pfoten riskierte er nur dann, wenn er des Nachts aus des Hausherrn Fischbehälter, einträchtig mit dessen Katern, Fische stahl oder halb auf dem Trockenen liegende Reusen ausraubte. Lafcadio hatte viel zu tun, den Kleinen in dessen Unwissenheit vor Unheil zu bewahren, immer weiter gingen die Menschen und riefen wohl Scamp. Der blieb in den Gefahren zurück und wußte nicht, daß die Bisamratten scharenweise den Weg nach Abfällen absuchen, sobald Menschen vorübergekommen waren. Dort oben saß schon der grauweiße, alte Ratz, den Lafcadio tief verabscheute, er stank, war feige, tückisch und verräterisch, sein natürlicher Feind. Selbstverständlich hatte er Lafcadio schon erblickt, das weiße Fell leuchtete. Der Kater wurde noch einmal so groß, sein Pelz sträubte sich, und er wurde zum drohenden Raubtier. Der Nager zeigte ob dieser Vorbereitungen nur höhnisch die langen Zähne. Unwillkürlich tat auch Scamp sein Kriegsgewand an und machte lächerliche, kleine, steife Schritte. Ohne zu zögern, auf unhörbaren Sohlen schritt der Kater auf die Ratte zu, er wußte aus unzähligen Begegnungen, daß dieser ebenbürtige Gegner nur dann keine Hilfe bekam, wenn er in sein Loch schlüpfte und Furcht zeigte. Wirklich, die Ratte zog sich vor dem alten Kater und dem Kind zurück. Eine uralte Waldweisheit lehrt alle Tiere, man greife ausgewachsene Gegner, wenn sie ihr Junges bei sich haben, nur dann an, wenn man muß oder in riesiger Überzahl ist. Diese alte Ratte war nicht die erste, die Scamp für Lafcadios Sohn hielt. Fast alle, die die beiden sahen, glaubten dies.

Da kamen Schritte, sein Herr kam den Weg zurück und schalt den Alten, daß er nicht mitkomme. Der Kater meinte, er müsse doch die Ratten sehen, doch sein Herr war blind. Er nahm den Kleinen auf, und der große Weiße trabte den Weg bei seines Herrn Fuß, da und dort in die Büsche spähend.

An der Landzunge setzte sein Herr Scamp zu Boden, unweit saßen die anderen auf den Uferfelsen. Blauer, beißender Rauch kam von ihnen, in ihren Gesichtern glühte es. Lafcadio konnte Rauch und Rauchen gar nicht leiden; manchmal war es ganz gut, so verkrochen sich die anderen Tiere. Wahrscheinlich taten es die Menschen oft deshalb, wenngleich sie daran Vergnügen zu finden schienen, so unnatürlich und lästig es auch war. Kaum sah Scamp die Menschen, galoppierte er ihnen entgegen, in seinem schaukelnden, hüpfenden Springen, er hatte es noch nicht gelernt, würdevoll zu schreiten wie der Alte. Der wartete ja nur auf den Ruf der Herrin, die geliebte, melodische Lautfolge seines Namens aus ihrem Mund zu hören, um in der gleichen Eile zu ihr vorzustürmen. Er wartete umsonst, nur sein Herr ging gleichmäßig und langsam in die Nacht hinein, dem Wasser entlang und sprach mit ihm. Der Kater war ganz still und antwortete kein einziges Mal, doch er verlor keinen Laut aus dem Ohr, wenngleich er auch bei weitem nicht alles verstand.

Dann saßen die Menschen an der Landzunge, sahen auf das Wasser hinaus, ein Schiff kam vorüber, draußen fischte der rauhe Mann, der ihr Sommerhaus mitbewohnte und immer dort zurückblieb. Es wurde dunkler, Lafcadio öffnete seine Augen voll zu runden Bernsteinkugeln. Die Herrin sprach noch immer mit Scamp, und auch der anderen Aufmerksamkeit galt dem kleinen Tier, das die am Sand verrinnenden Wellen fangen wollte. Einige Male überwältigte es Lafcadio, seinen Platz zu verlassen und hinzugehen, seinen großen, runden Kopf in die Hand zu schmiegen, immer wieder beherrschte er sich. Einem Katertier ist es nicht gegeben, um Liebe zu bitten. Endlich stand er auf und ging heim. Keiner rief ihn, sooft er horchend zurücksah, alle schauten auf Scamp.

Am Heimweg, dem einsamen, dunklen Strand lauerte die große Ratte. Von ferne hörte sie schon die eiligen Schaukelschritte des Katers, er war allein. Kampflustig leuchteten die Augen des tückischen Nagers, leise pfiff er, und in den Büschen huschten die Seinen zum Überfall heran. Das scharfe Ohr des Katers hatte den Pfiff gehört, ohne zu zögern setzte er seinen Weg fort. Die Augen waren weit geöffnet, das Fell gesträubt und jeder Muskel Wachsamkeit. Die große graue Ratte lauerte, doch der Kater kam mit einem eigenartigen Tanzen direkt auf sie zu, bereit, beim leisesten Geräusch eines Überfalles hoch in die Luft zu springen, den Feind am Genick zu packen. Ganz nah war jetzt der Kater dem Grauen, tückisch blitzten dessen Dolchzähne, und aus dem Gesträuch leuchteten die Augen seiner feigen Gefolgschaft, bereit, sich erst auf den Kämpfenden zu stürzen. Die Ratte sperrte des großen Weißen Weg, sein Fell leuchtete vom Sand, riesengroß war er, und aus seiner Kehle kam ein tiefes Grollen. Lafcadio sang nicht nach Katzenart, ehe er angriff, wie er auch fast nie schnurrte, nur ein weiches oder drohendes Brummen hörte man von ihm. Die Ratte sah den Kater langsam näher kommen; ein friedloses, zorniges und drohendes Tier. Die Augen leuchteten tief und grün. In diesen furchtbaren, bösen Augen stand der

Tod. Furcht befiel den Wegelagerer, und mit einem kurzen ängstlichen Pfiff sprang er in das Wasser. Dort wußte er sich sicher. Lang stand der grollende Kater am Sand und wartete. Er wollte kämpfen, jede Fiber in ihm schrie nach Kampf, doch er blieb allein, in den Büschen und Steinen blieb es still, bis ein Rauschen aus der Luft kam und ein riesiger Uhu sich im letzten Augenblick besann, der große Weiße sei eine zu gefährliche Jagd. Wie ein zürnender Schatten fegte der Alte heim, aufgewühlt und aufgebracht.

Den Weg vom Strande heim verschlief Scamp in der Rocktasche seines Herrn. So ahnungslos, wie die Menschen selbst, die diesen Sandweg einsam und öde wähnten, kam das kleine Tier an den im Ufergestein versteckten Bisamratten, dem jagenden Fuchs, Marder und Iltis, dem schattenhaften, gebogenen Wiesel, dem Fischotter und dem schemenhaften Gespenst des Uhu vorüber. Nur ein paar Fledermäuse wurden von den Menschen bemerkt; daß ihnen unzählige Augen folgten, raubgewohnten Nasen Abscheu eingeflößt wurde, das wußten diese Blinden nicht. Deshalb verstanden sie auch nie ihren alten Kater, wenn ihn dieser kleine Weg erregte und munter machte.

Am Eingang des Gartens schreckte ein Hase davon, am Wege, das Gemüsebeet zu plündern. Das sahen die Menschen und schauten in die Dunkelheit hinaus, in der Richtung seiner Flucht, indes der alte Dieb in ihrem Rücken weiterfraß. Der Rammler nahm nur den Bauern ernst.

Scamp tappte wieder aus seiner Dunkelheit heraus, mit einem Schlage hatte sich die Welt um ihn verändert. Tiefblau stand der Himmel über ihm, unzählige Sterne hingen oben. Doch sie kamen herunter, tanzten einen zauberhaften Reigen durch Büsche und Blätter. Aufgeregt starrte das Katerkind in die Nacht hinein. Da, über dem Bach tanzten Sterne, ganz nahe vor ihm, dort im Baum flog ein anderer, auf einmal war sanfter Lichterglanz um ihn, Hunderte mattglühende Punkte hingen in der Luft.

Die Ohren des kleinen Katers gingen in vergeblichem Lauschen auf und ab, der Kopf drehte und wandte sich nach allen Seiten, jetzt vermeinte er die geisterhaften Sterne zu hören. Doch nichts unterbrach die Stille der Nacht, selbst die Menschen schwiegen einmal.

Ganz still staunte Scamp den Spuk der Sterne an, da kam einer zu ihm, flog vor seinen Augen empor. Es riß den Kleinen zur Höhe, seine Vorderpfoten trafen die Luft. Da wieder und wieder, immer mehr Glühwürmchen zogen heran, von den Bäumen in die Büsche, von den Büschen über die Blüten im Gras, hinunter zur Erde, empor zum Himmel. Scamp aber sprang in den Reigen, jagend und tanzend, mit allen vier Pfoten gleichzeitig in die Luft. Unzählige Gnomenlichter zogen durch den Garten, mit ihnen, unter ihnen ein tanzender, fröhlicher, junger Kater, klein und weiß, zierlich und behend, von gleichsam schwebender Heiterkeit, als begleite er einen Zug nächtlicher Luftelfen in ihrem Reigen.

Die Sterne des unnahbar fernen Himmels waren auch zu diesem kleinen Erdenkind in einer Nacht herabgestiegen, ihm Freude und Fröhlichkeit zu bringen, ihm die unfaßbaren Wunder zu zeigen, einer Welt, die für jene besteht und wirklich ist, die sehend sind. Ganz still waren die Menschen geworden und sahen, kaum verstehend, dem spielenden, fröhlichen kleinen Wesen zu und vergaßen fast, daß da ein Tier Wunder erlebte, einer Welt, die nicht müde war, einem solchen Kleinen, Unbedeutenden und Nichtverstehenden, kaum Ahnenden, Schönheit und Freude zu zeigen.

Dann aber zog Nebel vom Wasser herüber und deckte still und langsam die leuchtenden Sterne am Himmel, die leuchtenden Tänze unwirklicher Lichtelfen zu. Scamp kam heim aus dem Reiche des größten Zauberers mit glücklichen, sehenden Augen des Lebenden.

Zweierlei Erlebnisse hatten die beiden Kater der Leute in dem Sommerhaus am Strand gehabt. Kummer und Zorn des drohenden Kampfes der eine, heiteren Frohsinn seines harmlosen Jungseins der andere. Fröhlichkeit mit Kummer und Zorn gemengt, gibt nicht die Hälfte für beide, sondern Zorn und Kummer für alle.

Unter den Menschen gehen die seltsamsten Gerüchte um über Kater, die imstande sein sollen, ihre eigenen Jungen zu töten, daß es die vornehmste Sorge der Katzenmutter sei, ihre Kinder vor dem Vater zu schützen. Wieweit dieses alles wahr sei, wußten diese Leute nicht. Eines Katers Liebe und Zuneigung wird nicht an einem Tag geboren, und erst in dem Maße, als das Tier sie bestätigt findet, vermag sie in ihm zu wachsen. Fremd ist dem Katertier, wie dem Menschen, die alles duldende, hingebende, edle Liebe, die nichts erwartet und alles vergibt. Müttern ist sie eigen. Die Zuneigung des Katers ist eine gerechte, aufrechte, die so viel gibt, als sie nimmt, und doch dem Menschen immer ein wenig mehr gibt, denn er ist dem Tier alles, das Tier dem Menschen aber nur eines unter vielen lebenden Wesen. Aber auch die Welt des Katers, ist er nicht fried- und heimatlos, steht auf zwei geliebten Menschenaugen. Mag sein, daß er nicht still duldend geht, mag sein, daß er um das alles, was er in seinem kleinen Tierleben hat, kämpft, mag sein, daß er die Jungen, die ihm die Mutter entfremden, nicht liebt, zumal dann, wenn es nicht die eigenen sind. Auch bei anderen Lebewesen gibt es böse und lieblose, wenngleich man kaum ein schlechtes Tier so oft finden wird wie schlechte Menschen.

Alle diese Gedanken kamen den Leuten Lafcadios in den Sinn.

Der alte Kater war heimgekommen und hatte sich, sandig und schmutzig wie er war, auf die Decke der Herrin geworfen, vergrämt, den Kleinen vorgezogen zu sehen, zornig erregt von der Begegnung mit seinem alten Feind. Ein klein wenig Furcht hatte der Kater doch vor dem grauen Tier da unten, Haß war übermächtig, und dennoch mochte er den Tag der unvermeidlichen, endgültigen Abrechnung mit keinem sicheren Siegesgefühl erwarten. Ganz im Innern hoffte er nun auf ein gutes Wort, auf streichelnde Hände, den Blick geliebter Augen, wenngleich er dalag, als gehe nichts in der Welt Lafcadio an. Das alles, so wenig es war, galt ihm als Inhalt seines Katerlebens vom frühen Morgen bis in die späte Nacht. Er liebte die Menschen und lebte mit ihnen. So war es gewesen vom ersten Tag, und so sollte es bleiben bis an das Ende aller Zeiten, weite, weite Fernen.

Still lag der Kater auf der Decke, hörte die Menschen heimkommen, es wurde Licht im Raum. Er hörte alle die vertrauten Geräusche der zur Ruhe Gehenden, kaum rückte er auf der Decke, um Platz zu machen. Er schmiegte sich an die Menschen an und jetzt, jetzt kam das so lang und bitter entbehrte gute Wort, endlich Beachtung, Anerkennung, Liebe; Lafcadio sei da, das Alte, Gewohnte. Der Kater spann sich wohl in seinen Traum ein, daß er gar nicht merkte, wie Scamp auf die Decke gelegt, wie er gestreichelt wurde, wie man mit dem Kleinen sprach. Doch dann griff die Herrin nach seinem Kopf und zeigte ihm den Kleinen, der schon friedlich schlief.

Die Augen des Tieres wurden dunkel, und ein grollendes Pfauchen kam von ihm. Das wurde ihm verwiesen, und von neuem zeigte man ihm das kleine Tier. Erregung befiel den Kater, sein Haar richtete sich abermals drohend auf, doch nicht, wie es die Gerüchte erzählenden Menschen erwarten, gegen das kleine Junge; der alte Kater pfauchte seine Herrin an, die ihn zu verraten, zu mißachten schien. Abermals pfauchte Lafcadio, ein jammerndes, mutloses Pfauchen; nie in seinem ganzen Leben hatte er je das Geliebteste, das er hatte, angepfaucht. Wieder wurde Scamp gestreichelt, und dann bekam er einen sanften Schlag über seinen pfauchenden Kopf. Der Kater fuhr zusammen, schrillte auf, noch ein mahnender, leichter Schlag suchte ihn zur Vernunft zu bringen, doch die Dämonen der Eifersucht, der Mut des verzweifelten Verteidigers hatten ihn gepackt, er sprang auf den Arm der Herrin und blies ihr drohend ins Gesicht. Sekunden später mochte der Alte seinen Zorn schon bereuen, da hatten ihn zwei Hände mit jenem gefürchteten Griff knapp unter den Achseln gefaßt, daß jedes Entkommen, jedes Scharren mit den Hinterpfoten fruchtlos war. Zornig blickte er in die Augen seines Herrn, hielt den furchtbaren Blick tapfer aus, doch die Hände hielten ihn eisern, schüttelten ihn, wie seine Vorfahren vom siegreichen Feind geschüttelt worden waren. Schreckerregend war die Stimme, immer kleiner wurde der Kater, und die vorher so drohenden Augen blickten in furchtsamer Angst.

Unendlich lange währte ihm dies. Bis statt dem wehrhaften, kampflustigen Raubtier ein schuldbewußtes, kleines und hilfloses Tier in den Händen des Menschen lag. So sehr er auch nach Möglichkeiten der Flucht spähte, die Fenster waren geschlossen, die Hände hielten. Endlich, endlich lockerte sich der Griff, das Schütteln hörte auf, und die Stimme änderte sich, wurde weich, redete sanft zu ihm, und ein Streicheln kam über sein Fell. Erschöpft und erregt lag der große Weiße da, die Hände liebkosten ihn und strichen langsam die Aufregung, den Kummer, den ganzen großen Jammer aus ihm. Er versuchte seinen Kopf in die Hand zu legen, es wurde gewährt, und plötzlich fand er die alte Stimme seiner Herrin wieder, ohne Schreck, ohne Zorn, gut und ersehnt, wie sie gewesen war.

Das kleine Tier hatte den Raum verlassen, und Lafcadio war mit den Seinen allein. Diese Nacht schlief er den Schlaf der Erschöpfung, und am nächsten Morgen war die Welt anders. Als Scamp, wie jeden Tag, Lafcadios Milch trinken wollte, wurde es ihm bestimmt verwehrt, das erste Essen am Mittag bekam der Alte, direkt vom Tisch, er allein durfte zum Strand mitgehen, und niemand sah vor ihm den Kleinen an. Abends aber war wieder nur er da, der Kleine schlief irgendwo. Die alte, eifersüchtig bewahrte Welt hatte sich Lafcadio wieder aufgetan, er war nicht rechtlos, nicht gejagt. Er hatte nichts verbrochen und niemand berechtigt, ihm irgend etwas von dem, was er besaß, zu nehmen. Er hatte nur eine Welt.

Phyllis Briggs

Schnurrs Abenteuer

Fauchend vor Wut über die erlittene Demütigung stürmte der Kater durch den Wald. Er achtete nicht des Weges, noch wußte er, wohin er ging. Die Lust auf ein gutes Nachtmahl war ihm vollständig vergangen. Vergessen war auch die liebevolle Sorgfalt, mit der ihn sein Herr stets umgeben hatte, vergessen das gestrige Abenteuer mit Barry, dem Hund, und die nachträgliche Befreiung aus mißlicher Lage, die er einzig und allein dem Jungen verdankte. Peter hatte ihn geschlagen, und Prügel sind etwas, das eine Katze nicht so leicht vergißt. In des Katers Herz war nur Haß gegen den Jungen und Abscheu für alles, was mit dem Föhrenhaus und seinen Bewohnern zusammenhing.

Doch da auch der ärgste Zorn einmal verraucht, wurde das Tempo von Schnurrs wilder Jagd nach und nach gemäßigter. Plötzlich stand er vor einer Felsspalte, und ohne lang zu überlegen, kroch er hinein. Unbeweglich und mit geschlossenen Augen lag dann der Kater den ganzen Nachmittag in seinem Versteck. Draußen kündigten lange Schatten den herannahenden Abend an. Langsam überkam auch Schnurr ein Gefühl der Ruhe, zugleich verspürte er Hunger. Jenseits der schmalen Öffnung war eine ihm unbekannte Welt, in der es nun galt, etwas Eßbares aufzutreiben. Der Gedanke, in das Föhrenhaus zurückzukehren, erfüllte Schnurr mit Widerwillen. Es war ein Ort seiner Schande gewesen, wo Peter ihn bestraft hatte, als sei er ein ungezogenes Kätzchen. Sich behutsam aus der Höhle heraustastend, prägte Schnurr sich die Lage des Versteckes gut ein. Es war notwendig, einen sicheren Unterschlupf zu haben, wenn man nach den Mahlzeiten ruhen wollte. Vorderhand gab es allerdings noch nichts zu essen, und es sah nicht aus, als würde bald etwas

Jagdbares daherkommen. Überdies war Schnurr noch immer ein Fremdling in diesen unendlichen Wäldern. Bei jedem Geräusch fuhr er erschrocken zusammen. War es nicht viel wahrscheinlicher, daß er, anstatt Beute zu finden, von einem Stärkeren angefallen werden würde? Mit hängenden Ohren, den Körper so eng an den Boden drückend, daß die dürren Blätter aufrauschten, bewegte sich Schnurr vorwärts. Irgendwo knurrte eine Wölfin im Dickicht. Mit einem gewaltigen Sprung, als sei eine Granate unter ihm geplatzt, machte sich Schnurr davon. Die Wölfin verzog sich, ohne den Kater zu beachten. Schnurr faßte neuen Mut. Jedenfalls gab es hier Geschöpfe, die ihn ebenso fürchteten wie er sie. Diese Erkenntnis erhöhte das Selbstvertrauen, wenn sie auch die Lage nicht wesentlich beeinflußte. Das Zusammenleben mit den Menschen hatte Schnurr vieler seiner natürlichen Fähigkeiten beraubt. Noch manches war zu lernen, ehe man den Hunger stillen konnte. Alle Tiere des Waldes jagten oder wurden gejagt. Das Unheimliche daran war nur, daß dies alles lautlos geschah, während der Wind in den Bäumen raunte oder Regen vom Himmel fiel.

Schnurr hatte jetzt den Wald verlassen und spazierte am Rande des Hochmoors entlang. Ein Wesen mit elastischen Hufen, einem ungeheuren Schädel, mächtigen Hörnern und wulstigen Lippen graste in einiger Entfernung. Es sah wie ein Pferd aus, hatte aber kein Geschirr, wie es der Kater von der Stadt her kannte. Der zehnjährige Elchbulle, dessen vollentwickeltes Geweih im August fast einen Meter im Durchmesser haben würde, nahm von Schnurr überhaupt keine Notiz. Seine Äsung waren die saftigen Wasserpflanzen des kleinen Flüßchens, das das Moor durchfloß. Ein andauerndes Plätschern und Schlurren verriet, daß der Elchbulle sich das Abendessen gut schmecken ließ.

Schnurr zog es vor, sich unauffällig zurückzuziehen. Langsam gewöhnte er sich jedoch daran, anderen Tieren zu begegnen. Ein Fuchs schnürte im Unterholz, witterte in der Richtung der großen Katze, entschloß sich aber, anderswo nach einer Mahlzeit Umschau zu halten. Ein gutmütiger alter brauner Bär, der seinen Hunger an einem Abfallhaufen gestillt hatte, kam dahergetrottet. In weiter Ferne bellte ein Wolf, der das Moor nach einem fliehenden Hasen absuchte.

Bei jedem Geräusch fauchte der Kater bösartig. Immer wieder

floh er vor vermeintlichen oder wirklichen Feinden. Am liebsten hätte er das Jagen aufgegeben, aber der Hunger wurde immer größer. Trotzdem dachte das Tier keinen Augenblick daran, zu Peter zurückzukehren. Der Zauber der Wildnis hatte Schnurr ergriffen, hatte Gefühle wachgerufen, die nicht mehr zu unterdrücken waren. Nur zu essen sollte man haben!

Die längste Zeit trieb Schnurr sich nun schon ohne Erfolg umher. Da, am Rande einer Lichtung, wehte ihm endlich eine wohlbekannte Witterung entgegen. Es roch nach Maus, aber süßer und sauberer als in der Stadt. Schnurr pirschte sich an die Wühlmaus heran, als hinge sein Leben davon ab. Regen fiel jetzt in warmen Schauern nieder, ein Umstand, der Schnurr in seinen Bewegungen hemmte. Daß er seine Beute doch erwischte, hatte er einzig und allein der Unvorsichtigkeit der Maus zu verdanken. Das Tierchen hatte nicht den Warnungsruf seiner Mutter abgewartet, ehe es sich bewegte, und rannte blindlings ins dichte Gras. Die Rispen der hohen Halme schwankten verräterisch, und in der nächsten Sekunde hatte Schnurr sein Opfer gefaßt. Es war eine gute Beute, das Fleisch schmeckte vorzüglich, nicht ranzig, wie das der Stadtmäuse, die sich von Abfall nähren. Nichts als das Schwänzchen des Mäusekindes blieb schließlich übrig. Warum Schnurr dieses nicht verzehrte, bleibt ungewiß. Doch setzte er die Jagd auf Leckerbissen fort und erwischte noch zwei Mäuslein. Dann fühlte sich der Kater gesättigt. Seinen Durst löschte er an einer klaren Quelle, die aus einer Felswand hervorsprudelte. Er war nun restlos glücklich.

Diese kleinen Raubzüge waren so recht nach Schnurrs Geschmack. Sie bewiesen, daß er sich auch unter schwierigen Lebensbedingungen zurechtzufinden verstand. Jetzt sollte der Ruhe gepflogen werden, und zwar gleich an Ort und Stelle. Die bis an den Boden reichenden Zweige einer Tanne boten den gewünschten Schutz gegen Regen und Wind. Unter diese verkroch sich der Kater. Behaglich schnurrend lag er da, während um ihn das vielfältige Leben des Waldes pulsierte. Der Ruf des Tauchers klang vom offenen Marschland herüber, irgendwo brach ein Bär auf der Suche nach fetten Maden durch das Unterholz. Wärme und Müdigkeit ließen den Kater bald einschlafen. Der Wind strich sachte über das seidige Fell des ruhig atmenden Tieres.

Nach und nach kam eine seltsame Unruhe über Schnurr. So undeutlich war das Gefühl, daß sich der Kater nicht gleich zurechtfand. Sollte es das volle Bäuchlein sein, das ihn störte? Da, mit einemmal wußte er, was es war. Gefahr drohte ihm, unmittelbare Gefahr! Unter gleichen Umständen wäre ein Hase längst davongejagt, wissend, daß Zögern den Tod bedeutet. Aber der Kater rührte sich nicht, sondern spähte in das Unterholz. Kein Laut drang aus der Finsternis zu ihm, und so ahnte er nicht, daß er sein Leben in einer Weise aufs Spiel setzte, wie man es kein zweites Mal in dieser Bergwelt wagen darf. Schnurr war eben noch zu sehr Neuling in der Wildnis, um alle jene merkwürdigen Empfindungen zu verstehen, die die Menschen beim Tier Instinkt nennen. So wußte er auch jetzt nicht, daß ihn ein hinterlistiger Feind verfolgte.

Zwei winzige Punkte, bald da, bald dort auftauchend, wie eben das Wiesel sich duckte oder hochging, leuchteten aus dem Dunkel. Der kleine Räuber war schon die längste Zeit dieser neuen, vielversprechenden Witterung nachgelaufen. Das würde eine leckere Mahlzeit abgeben! Da erkannte endlich auch Schnurr die Gefahr. Ein heftiges Zittern ergriff ihn, daß er sich kaum weiterbewegen konnte. Wie gebannt blickte er auf die unheimlichen roten Punkte, plötzlich verschwanden sie. – Das Wiesel verbarg sich im dichten Gras – und diesen Augenblick benützte Schnurr zur Flucht. In großen Sprüngen jagte er über das Moor dahin, verfolgt von einem Feind, der ihm nach dem Leben trachtete. Wie harmlos war Barry dagegen gewesen! Ein Hund läßt sich einschüchtern, indem man ihn zum offenen, ehrlichen Kampf stellt. Doch dieses Raubtier da kroch lautlos nach, heftete sich an die Spur, ließ sich weder einschüchtern noch vertreiben.

Nachdem Schnurr ungefähr hundert Meter zurückgelegt hatte, blieb er stehen. Sein Atem ging in kurzen Stößen, seine Flanken zitterten. Um ihn herum war tiefster Friede. Da . . . da . . . blitzten sie wieder, diese unheimlichen Lichter! Schnurr miaute jämmerlich, als diese Augen immer näher und näher kamen. Doch der erste Schreck war vorbei, der Kater rannte nicht mehr blindlings davon, sondern auf die Felsen zu, die ihm Deckung gewähren würden. Dort wartete er, und das war sein Fehler. Ein Glück nur, daß ihn ein Wiesel jagte und nicht ein Wolf! Schnurr wäre verloren gewesen in seiner Sucht, mit dem Feind kämpfen zu wollen. Im Wald kommt es eben darauf an, seinen Gegner zu überlisten, eine Kunst, die der Kater noch nicht genügend beherrschte.

Die Hinterbeine fest an den Boden pressend, bereitete sich Schnurr zum Sprung vor. Sein Herz klopfte unregelmäßig, als die roten Punkte neuerlich auftauchten. Näher und näher kam das kleine Biest. Schon vernahm man leises Rascheln im dürren Laub . . . Schnurr konnte nicht länger an sich halten, er sprang aus der Dekkung und schlug mit der Pfote zu. Aber er hatte sich verrechnet. Der Gegner wich behend aus, indem er direkt an Schnurr vorbeisprang. Damit war aber ein Angriff von der Flanke aus gegeben. In der nächsten Sekunde saß der Wildling dem Kater im Nacken und saugte sich an ihm fest wie ein Blutegel.

Das Wiesel hatte diese Art des Angriffs unzählige Male angewendet und dabei so manchen Hasen besiegt, der zumeist aus Angst wie toll dahinschoß, um endlich kraftlos zusammenzubrechen. Aber Schnurr blieb geistesgegenwärtig, und es zeigte sich, daß nicht nur er Irrtümer beging. Diesmal war es das Wiesel, das daran glauben mußte. Der Kater wehrte sich verzweifelt. Obwohl er seinen Angreifer nicht beißen konnte, so hatte er doch die Pfoten frei und bearbeitete den kleinen Blutsauger mit den Krallen, daß dieser vor Schmerz schrie. Ein furchtbares Ringen begann zwischen den beiden Tieren. Sie kollerten ins Gras und, die sehnigen Körper fest aneinandergepreßt, kämpfte jedes um sein Leben. Aber Schnurr blieb Sieger. Bewegungslos lag das Wiesel endlich vor dem Kater, der einen Triumphgesang anstimmte. Kein Elch nach einer kampfdurchtobten Herbstnacht, wenn die Bullen um die Vorherrschaft im Revier kämpfen, hätte stolzer auf seinen Sieg sein können als Schnurr. Todmüde kroch er in eine Felsenhöhle zurück und träumte, auf der Erde liegend, von künftigen Heldentaten. Peter war vollkommen vergessen.

Der Wildkatze, Kater Schnurrs Schritt war nun weich und lautlos geworden wie der des Iltis. Er verstand es, sich vor dem Feind zu tarnen, daß dieser nicht einmal die grünen Augen wahrzunehmen vermochte; und wer behauptete, das Anspringen sei kein Hochgenuß, der verstand eben nichts von den Gefühlen eines wilden Katers.

Natürlich gab es immer wieder Rückfälle, wie damals, als der Wolf ihn verfolgte und er ins offene Land flüchtete, anstatt auf einen Baum zu klettern. Aber bei jedem Fehler, den Schnurr beging, lernte er zu. Schon lange fürchtete der Kater das blutgierige Wiesel nicht mehr; er kannte zumindest fünfzig verschiedene Arten, es zu verjagen, so daß mancher dieser kleinen Räuber wünschte, er wäre dem Kater nie in die Quere gekommen.

Nur eines vermißte Schnurr: Bewunderung für seine neuen Fähigkeiten. Denn wenn der Kater auch wild tat, im Grunde war er doch eine Schmeichelkatze und brauchte jemanden, der ihn verwöhnte. Manchmal empfand Schnurr direkt Sehnsucht nach Peter, und diese trieb ihn oft in die Nähe des Föhrenhauses. Der Junge ahnte ja nicht, daß sein Liebling ihm beim Holzfällen zusah, sich seelenruhig Pfoten und Fell säuberte, während er sich plagte. Aber wenn Schnurr den Ruf seines Herrn auch vernommen hätte, gekommen wäre er nicht. Der Kater hätte höchstens mit der Säuberung einen Augenblick lang ausgesetzt.

Eines Tages im Frühsommer spürte Barry den Kater auf. Schnurr war ein wenig nachlässig gewesen, denn er hatte eben einen harten Kampf mit einer Eule ausgefochten, als er plötzlich dem Hund gegenüberstand, der ihn übrigens sofort verbellte, daß es in den Wäldern widerhallte. Ach, einmal sich so recht in diesen unausstehlichen Kater verbeißen zu können, das wäre nach Barrys Geschmack gewesen. Der Hund näherte sich einem Wacholderbusch, unter dessen Zweigen Schnurr gemächlich lag. Der Kater sah Barry völlig gleichgültig entgegen. Längst hatte er gelernt, daß man bei einem Feind, den man einschüchtern will, Gleichmut bewahren muß. Barry blieb stehen und machte ein dummes Gesicht. Die Vorderbeine flach auf den Boden gepreßt, die hinteren hochgestellt, erweckte der Hund eher den Eindruck, als mache er vor Schnurr eine Verbeugung. Doch auch ein neuerliches Verbellen ließ den Kater ungerührt. Barry wurde verlegen. Was macht man mit einem Feind, der keine Furcht zeigt, sondern einen immer nur anstarrt? Ein drittes Mal versuchte der Hund, Schnurr durch heftiges Bellen zu beeindrucken. Der Kater gähnte gelangweilt, als wollte er sagen: Was soll der zwecklose Lärm? Willst du kämpfen, dann komm heran. Mir soll es recht sein. Eine Weile saßen sie einander gegenüber. Barry begann vor Ungeduld und Aufregung zu keuchen, wobei sein ganzer Körper zitterte. Der Kater grinste. Wozu verschwendete dieser Hund soviel Kraft? Ausgesprochen dumm von ihm. Bedächtig ließ Schnurr die Zunge über seinen Rücken gleiten. Man würde ja sehen, was dieses bellende Geschöpf vorhatte.

Mittlerweile war Barrys Haltung beinahe demütig geworden. Bewundernd sah er auf den Kater, dessen Fell wie poliertes Ebenholz glänzte. Und weil Hunde gern alles nachmachen, ließ Barry sich auf seine Hinterbeine nieder und leckte an einer kleinen Wunde, die er sich beim Durchkriechen eines Strauches wilder Rosen gerissen hatte. Schnurrs Ohren zuckten. Ein Gefühl der Überlegenheit überkam ihn. Er hatte gewonnen, hatte Barry kampflos besiegt.

Wie ungeschickt der Hund doch seine Wunde behandelte! Die Zunge streifte dabei den Boden und brachte Sand in das offene Bein. Sand drang auch in Barrys Schnauze, zwischen die elfenbeinweißen Zähne und dadurch neuerdings an die entzündete Stelle.

Der Kater streckte sich mit besonderer Sorgfalt, machte einige Schritte auf Barry zu, dessen Kampfgeist augenblicklich völlig erlahmt war. Nur das schmerzende Bein war wichtig. Immer näher kam Schnurr an den Hund heran. Was willst du? schien dieser zu fragen. Schnurrs Annäherung war Barry nicht ganz geheuer, er wußte nicht, was er davon halten sollte. Also wendete er sich wieder seiner Wunde zu. In die gutmütigen Hundeaugen kam ein Blick vollkommener Hilflosigkeit. Immer mehr näherte sich Schnurr und, wenn der Kater jetzt fauchte, geschah dies mehr aus Gewohnheit. Auch Barrys Knurren war nicht echt. Einige Minuten vergingen. Der wilde Kater besah sich die Zehen seines Gegners, als wollte er seine Stärke einschätzen, dann, als Barry neuerdings seine Wunde zu lecken begann, beteiligte sich auch der Kater an der Reinigung. Sein warmes, geübtes Zünglein glitt wohltuend über den schmerzenden Riß, um den schon die Fliegen surrten. Barry seufzte tief auf, dann legte er sich zurück und ließ den barmherzigen Helfer gewähren. Was die zwei miteinander sprachen, wird immer ein Geheimnis bleiben, weil wir Menschen nicht die Gabe besitzen, die Sprache der Tiere zu verstehen. Aber es muß wohl Freundliches gewesen sein, denn das weitere Verhalten bewies, daß Barry und Schnurr von nun an gesonnen waren, Frieden zu halten.

Als sich die neuen Freunde endlich trennten, befand sich Schnurr direkt in gehobener Stimmung. Dieser letzte, kampflose Sieg dünkte ihn der schönste. Wäre sein Schwänzchen länger gewesen, es hätte wie eine Lanze ausgesehen, so kerzengerade ragte es in die Höhe. Wenn jetzt selbst ein Elch dahergekommen wäre, Schnurr hätte es mit dem König des nordischen Waldes aufgenommen.

In überquellender Lebensfreude wanderte der Kater über die Grenze des Föhrenkammbesitzes hinaus. Nicht, daß große Entfernungen Schnurr etwas ausmachten. Im Gegenteil, er hatte gelernt, weite Strecken zurückzulegen und lief munter dahin. Gegen Abend erreichte er die nächste Siedlung.

Der Kater umkreiste die Hütten und Miststätten und gelangte endlich zu einem Haus, in dessen Fenster eine zierliche weiße Kätzin, kaum den Kinderjahren entwachsen, saß. Sie hatte Schnurr bereits herankommen gesehen und beobachtete ihn nun voll Interesse. Der schöne schwarze Kerl gefiel ihr außerordentlich. Kein Schloßfräulein hätte an ihrem Ritter mehr Gefallen finden können als Kaja an Schnurr.

Der war aber wirklich ein stattlicher Bursche. Sein ebenholzschwarzes Fell glänzte in der Abendsonne. Er hatte Muskeln wie Stahl und den federnden Gang eines Raubtieres.

Jetzt ließ er seinen Ruf erschallen, was in der Katzensprache ungefähr »Guten Abend, mein schönes Fräulein, haben Sie Lust, zu plaudern?« bedeutet, und die weiße Mieze gab allergnädigst ihre Zustimmung durch ein leichtes Miauen zu erkennen. Sie wollte schon ihren Rittersmann begrüßen, als eine wütende Stimme sich aus dem Innern der Hütte vernehmen ließ: »Mach, daß du fortkommst, du häßliches, altes Biest! (das galt Schnurr). Miaust da um die Hütte herum, daß es einem auf die Nerven geht! Und du bist still, Kaja! Du solltest dich schämen, so vorlaut zu sein!« Die alte Frau schlug energisch die Tür zu, und eine Zeitlang mußte Schnurrs Werbung unterbleiben.

Doch das Schicksal meinte es auch jetzt wieder gut mit dem Kater, denn gerade kehrte Jans Daniels heim und stapfte in seinen Schlafraum. Für den Bruchteil einer Sekunde stand die Eingangstür offen, und diese Zeitspanne benützte Kaja, um hinauszuschlüpfen.

Kaum wurde sie jedoch Schnurrs ansichtig, als sie sehr zurückhaltend tat. Dieser fremde Kater sollte nur nicht glauben, daß er der Herr dieser Wälder war, die sie als Königin beherrschte. Leichtfüßig stieg sie über die zahlreichen Unebenheiten des Bodens dahin, sah bald nach rechts, bald nach links. Nur Schnurr blickte sie nicht an. Das wäre gegen die Spielregeln gewesen.

Der wilde Kater lugte in stiller Bewunderung hinter einem Busch hervor. Kajas weißes Fell, ihre großen gelben Augen dünkten ihm wunderschön. Und erst der herrliche Schwanz! Was für ein armseliges Stümpfchen war der seinige dagegen. Schnurr näherte sich demütig seiner Angebeteten. Er sprach zu ihr in sanften Tönen, und sie hörte ihm andächtig zu.

Dann, als hätte sie plötzlich genug, ließ sie Schnurr stehen und stolzierte um die Hütte herum. Doch der Kater folgte ihr. Wenn sie rastete, ließ er sich anbetend neben ihr nieder. Dieses Spiel machte beiden Spaß, und sie setzten es so lange fort, bis die alte Frau wieder vor der Tür erschien. Einen Pantoffel in der Hand, zielte sie nach Schnurr. Doch der war geschwinder als sie. Mit einem Sprung verschwand er im Dickicht. Als es wieder still geworden war, kroch der Kater hervor, und die beiden jungen Tiere spielten noch lange im milden Schein der nordischen Sommernacht.

Zwei Tage später trug sich dann das denkwürdige Ereignis zu, das Kaja endgültig an Schnurr band. Das Katzenfräulein schlief in der Sonne, und wie es sich gehörte, bewachte der Kater ihren Schlummer. Mit einemmal strolchte ein riesiger Kerl heran. Sein gelbes Fell funkelte in der Sonne, die Ohren hatte er zurückgelegt, die Hinterbeine waren steif, als seien sie aus Holz. Je näher der andere Kater kam, um so steiler richteten sich Schnurrs Haare in die Höhe. Er streckte seine Beine und begann jenen merkwürdigen, aber für den Gegner höchst gefährlichen Tanz, der nichts anderes als ein Flankenangriff ist.

Kaja leckte ihr Mäulchen, hockte sich auf ihre winzigen Vorderpfoten und betrachtete voll Bewunderung die beiden Kämpfer. Der gelbe Kater hatte seine Schritte verlangsamt, dagegen begann er zu jaulen. Schnurr fühlte sich in bester Form und seinem Widersacher durchaus gewachsen, obschon es gewiß kein leichter Sieg werden würde, denn der Gelbe war von der Art, die sich eher in Stücke reißen läßt, bevor sie nachgibt. Das Jaulen verstärkte sich, wurde zum

Geheul. Die Gegner kamen einander immer näher. Dann, mit einem durchdringenden Schrei, holte Schnurr zum ersten Schlag aus. Der gelbe Kater ging nun seinerseits los. Es waren nicht zahme Püffe, die die beiden austeilten. Die scharfen Krallen rissen das Fell stückweise heraus, bohrten sich in das Fleisch.

Der Kampf ging nach ganz bestimmten Regeln vor sich. Die beiden Raufer hockten einander gegenüber und hieben abwechselnd der eine auf den andern ein. War Schnurr an der Reihe, so schloß der gelbe Kater die Augen und erwartete scheinbar gleichgültig den Hieb, den er aber dann um so heftiger zurückgab. Das ging alles so schnell vonstatten, daß ein menschliches Auge dem Zweikampf kaum zu folgen imstande war. Die Schlacht ging der Entscheidung entgegen. Rund um den Kampfplatz lagen schwarze und gelbe Fellfetzchen verstreut oder klebten zwischen den Pfoten der Kämpfer. Schließlich mußte der gelbe Kater weichen. Er jaulte gottsjämmerlich und riß aus. Doch Schnurr war hinter ihm her, umklammerte seinen Gegner, warf ihn zu Boden. Jetzt kämpften sie wie toll, Körper an Körper gepreßt. Sie rollten gegen die Wand der Hütte, in der Daniels wohnte. Das furchtbare Schreien der Wütenden brachte die alte Frau zur Tür. Sie kam eben zurecht, um Schnurrs Sieg beizuwohnen. Der Gelbe machte sich Schnurrs augenblickliche Ablenkung zunutze und schoß davon, so rasch ihn seine müden Beine tragen konnten. Doch auch für Schnurr war es an der Zeit, das Weite zu suchen, ehe die Alte zu einem mit Wasser gefüllten Eimer griff. Vorher sagte der wilde Kater aber noch rasch etwas zu Kaja. Es mußte ein Zauberwort gewesen sein, die Aufforderung ihm zu folgen und sein Jägerleben zu teilen. Das weiße Kätzchen konnte gerade noch dem Zugriff der alten Frau entgehen, dann lief es Schnurr nach in den Wald. »Dieser verdammte schwarze Teufel«, zeterte die Alte hinter ihr her. »Jetzt wird der Fuchs Kaja erwischen, so wie es bei Minna, Gerda und Anna geschah. Aber das weiß ich, so ein Biest von einem Kater kommt mir nicht mehr in die Nähe.« Die Tür flog ins Schloß, daß die Balken krachten und der gelbe Staub des Hausschwammes durch die Oberschwelle rieselte.

Der Kater schlich unbemerkt an den arbeitenden Männern vorüber und hielt eifrig nach Eßbarem Umschau. Zu diesem Zweck kletterte er auf eine windgebeugte Föhre und lugte ins Land. Wirklich unerhört von Kaja, ihn allein zu lassen! Weit und breit zeigte sich kein jagdbares Wild. Es war noch zu hell. Erst bei schwindendem Tageslicht regte es sich im Wald.

Im Dämmerschein in der Ferne am Uferrand erspähte er Fischotter. Wie lauert dieser Mörder dort auf sein Opfer, solange der Fischotter etwas Lebendes im Wasser erblickt, greift er zu, seien es Fische, Frösche, Wasserratten oder Schwäne.

Schnurr schlummerte ein wenig. Mit einemmal schien es ihm, als sei die Luft durch einen seltsamen Ton erschüttert worden. Der Kater öffnete die Augen und blickte um sich. Auf einem tiefgelegenen Zweig hatte sich eine Krähe niedergelassen und sah schreckerstarrt ins Weite.

Das war wieder einmal ein fetter Bissen! Schnurr bereitete sich zum Sprung vor. Die Krähe aber sah unentwegt in das helle Blau des nordischen Sommerhimmels. Der Adler, der sie verfolgt hatte und vor dem sie sich nun in Sicherheit wähnte, zog seine Kreise über dem Moor. Heute würde es keinen Krähenbraten in seinem Horst geben.

Der Kater wußte nichts von der Anwesenheit eines Adlers, er war ganz in den Anblick der Krähe versunken. Jung war sie und unerfahren und daher leicht zu erwischen. »Krah«, rief das dumme Ding jetzt auch noch, damit man ja nicht auf sie vergesse. Ein Sprung, und Vogel und Katze fielen zu Boden. Schnurr spuckte ein paarmal aus, irgendwie war Erde in sein Mäulchen geraten. Dann stellte er mit Befriedigung fest, daß alle seine Glieder heil geblieben waren. Ein paar Schritte von ihm entfernt lag die Krähe. Sie hatte sich bei dem Sturz das Genick gebrochen.

Der Kater betastete und beroch seine Beute, dann nahm er das reglose Ding zwischen die Zähne und trabte fort. Die Krähe hatte ein ansehnliches Gewicht und erwies sich als unangenehme Bürde. Indem Schnurr den Kopf hoch hielt und fest auftrat, war es ihm möglich, vorwärts zu kommen. Sein Hals schmerzte ihn, und er atmete schwer.

Den schwarzen Punkt, der über den Wolken schwebte, konnte er nicht wahrnehmen. Aber er sah ihn auch dann nicht, als der Punkt sich rasch vergrößerte. Erst das Rauschen der mächtigen Schwingen ließ Schnurr die unmittelbare Gefahr erkennen, in der er sich befand. Sofort entledigte er sich seiner Beute und stellte sich dem unbekannten Gegner. Dieses riesige Gefieder da schien es auf ihn abgesehen zu haben. Schnurr, der gefürchtete Jäger der Waldvögel, hatte bisher keine Ahnung von diesem Raubvogel gehabt. Majestätisch schwebte der Adler über dem Moor. Trotz seines ungeheuren Umfanges, die Spannweite seiner Flügel mochte gut drei Meter messen, schien er vollkommen gewichtslos zu sein. Der Anblick des Königs der Lüfte wirkte so furchterregend auf Schnurr, daß er die Flucht ergriff. Unter dem Wurzelgewirr einer vom Wind gefällten Tanne fand der Kater Schutz. Doch noch immer sauste es in den Lüften, als würden tausend Decken entfaltet werden.

Von seinem Versteck aus beobachtete Schnurr scharf, was vorging. Sein Kinn zitterte, halb aus Furcht, halb aus Hunger, denn er hatte heute noch nichts gefressen. Plötzlich hatte der Adler seine verloren geglaubte Beute entdeckt. Ein kräftiges Flügelschlagen, und er landete vor der toten Krähe. Da wurde Schnurr toll. Die Beute, das gute, fette Essen, das er Kaja zugedacht hatte, sollte ihm von dem andern weggeschnappt werden? Aus seinem Versteck hervorstürzend, fiel der Kater den Raubvogel an. Glaubte er, dem Adler die Krähe entreißen zu können, oder wollte er vielleicht Kaja mit einem Adler als Beute aufwarten?

Jedenfalls griff Schnurr in dem Augenblick nach der Krähe, als sich der Raubvogel erhob, und so wurde der Kater mit dieser zugleich in die Lüfte entführt. Das Gefühl des Aufsteigens war scheußlich. Die Bäume schrumpften ein, wurden seltsam flach, der Boden drehte sich mit schwindelerregender Schnelligkeit von Schnurr weg. Des Adlers unfreiwilliger Passagier jaulte vor Entsetzen und krallte sich fester in seinen Entführer. Würde er je wieder zur Erde zurückkommen, seine Höhle und Kaja wiedersehen?

Wenn der Kater schon Qualen ausstand, so waren sie nichts gegen die, die der Adler fühlte. Der hatte die Krähe für tot gehalten, und nun krallte sich etwas in sein Fleisch, hängte sich an ihn, daß er kaum fliegen konnte. Der große Vogel versuchte verzweifelt, dieses schreckliche Ding loszuwerden, das unkrähenhafte Heultöne von sich gab. Schließlich gelang es ihm auch, die Last abzuwerfen. Dadurch verlor der Kater seinen Halt und stürzte mit ab. Pfeilschnell sauste er durch die Luft, sich dauernd überschlagend, direkt auf die Baumkronen des Waldes zu. Krachend brach er durch die Zweige einer mächtigen Föhre und – landete – welch Zufall – aufrecht auf dem Körper der Krähe, welchem Umstand Schnurr wahrscheinlich sein Leben verdankte. Doch seine Eigengeschwindigkeit war so groß, daß er vornüber fiel und mit dem Kopf im Sand aufschlug. Eine Wolke weißen Staubes wirbelte auf. Dann rührte sich eine Weile lang nichts.

Hoch oben in den Lüften segelte der Adler. Der starke Blutverlust, den der König der Vögel anfangs gar nicht spürte, hatte ihn derart geschwächt, daß er sich nicht lange würde mehr halten können. Schon begann der mächtige Vogel abzusinken, er zog immer engere Kreise, schließlich schlug er auf die Erde hin. Hilflos lag der kühne Räuber da, seine Augen glühten wie Feuerbälle. Trotz seiner schweren Verletzungen war er noch immer ein gefährlicher Feind.

Langsam kam Schnurr zu sich. Anfangs wunderte er sich, was mit seiner Nase geschehen war. Wie ein hoher Berg türmte es sich vor seinen Augen auf und behinderte die Sicht. Den Berg mit der Zunge zu lecken erwies sich als unmöglich. Wenn Schnurr seinen Kopf auch nur ein ganz wenig bewegte, war es ihm, als bohrten sich tausend Nadeln in sein Gehirn. Da bemerkte der Kater, daß auch sein Entführer nicht unweit zu Fall gekommen war. Der Adler drehte den Kopf hin und her, der furchtbare Schnabel schloß und öffnete sich wie im Krampf. Ein unbeschreibliches Glücksgefühl ergriff Schnurr. Er, ein Fremder in diesen Regionen, hatte mit diesem geflügelten Ungeheuer gekämpft und es besiegt. Die Gewißheit versetzte den wilden Kater in einen Rauschzustand. Unter der schützenden Föhre hervorschießend, schlug er mit seinen Krallen grimmig auf den Vogel ein. Damit hätte Schnurr eine Drossel, aber niemals einen Adler erlegen können. Trotz seiner schweren Verletzungen sandte dieser den Kater heulend ins Gebüsch. Schnurr hatte schon mancherlei Getier gejagt, aber noch nie hatte er sich an eine Beute von solchem Ausmaß herangewagt. Zweimal versuchte er noch dem großen Vogel beizukommen, und jedesmal warf ihn dieser zurück. Endlich beim viertenmal kam es zu einem furchtbaren Nahkampf, in dessen Verlauf Schnurr ganze Arbeit verrichtete. Der Beherrscher der Lüfte hatte zu atmen aufgehört.

Des Katers Stolz kannte keine Grenzen. Gern hätte er den großen Vogel nach seiner Höhle abgeschleppt, doch das Gewicht allein machte das Vorhaben zunichte. Aber jedes Tier, an dem Kadaver vorüberkommend, würde an der Witterung erkennen, wer Sieger über den Adler geblieben war.

Schnurr kehrte nun zu der Krähe zurück. Zusammenhanglos dachte er plötzlich an Peter und wie seltsam es wäre, würde der Junge jetzt zwischen den Bäumen erscheinen. Vielleicht würde Peter lieb zu ihm sein und ihn streicheln. Der Kater war schon lange nicht gestreichelt worden und sehnte sich nach einer Liebkosung. Doch die Anwandlung verging so rasch, wie sie gekommen war. Der Kater hatte auch wirklich an andere Dinge zu denken. Es zeigte sich, daß selbst der Abtransport der Krähe keine leichte Sache war, wenn man eine geschwollene Nase hat. Nur mit Mühe gelang es Schnurr, die Beute zu fassen. Zwei volle Stunden vergingen, ehe er die Höhle erreicht hatte.

Angekommen, ließ Schnurr den Vogel beim Eingang fallen und guckte in das Versteck hinein. Zwei blasse Halbmonde leuchteten ihm entgegen. »Komm heraus und schau, was ich dir mitgebracht habe«, so ungefähr dürfte die Einladung gelautet haben, die Schnurr seiner Frau übermittelte. Doch Kaja schien nicht von ihr Gebrauch machen zu wollen. Sie rührte sich nicht. Schnurr fuhr fort, seine weiße Mieze zu locken, doch diese sah ihren Katzenmann gar nicht an. Warum blieb Kaja unentwegt in der Höhle, anstatt herauszukommen und die fette Krähe zu bewundern? Schließlich hatte Schnurr einen heldenhaften Kampf dafür gekämpft und verlangte zumindest Anerkennung seiner Leistung. Der Kater begann jämmerlich zu miauen. Als Antwort drang ein tiefer, zärtlicher Ton aus dem Innern der Behausung zu ihm. Kajas Stimme klang glückerfüllt, wenn auch ein wenig schläfrig. Und plötzlich vernahm Schnurr noch weitere Stimmchen, die viel eher ganz schwach einem Pfeifen glichen. Der Kater horchte auf. Es war natürlich nicht das erstemal, daß Schnurr Vater geworden war, doch diesmal nahm er an seinen Kindern Anteil. Er mußte Kaja zeigen, wie lieb er sie hatte. Also schob er mit seiner schmerzenden Nase die Krähe in die Höhle und ließ dabei ein zufriedenes Schnurren hören. Doch Kaja, die keinen Hunger hatte, wendete sich von dem Kadaver ab.

Schnurr, unglücklich über die Ablehnung, versuchte es neuerdings, indem er den Vogel noch näher an Kaja heranbrachte. Die junge Katzenmutter fühlte einen Stich in den Rippen, als eine der harten Kielfedern sie berührte. Schnurr bekam eine kräftige Ablehnung. Daraufhin zog sich der neugebackene Vater zurück und bezog seinen Posten beim Eingang der Höhle. Anscheinend wünschte Kaja nicht gestört zu werden. Der Kater streckte sich vor der Felsenspalte aus. Ein Versuch, das Gesicht zu waschen, mißlang vollkommen. Die Nase war und blieb eine schmerzliche Angelegenheit. Überdies war Schnurr ganz furchtbar müde.

Als die Nacht hereinbrach, schlief Schnurr noch immer. Im Innern der Höhle miauten dünne Stimmchen, als Kaja ihre vier winzigen Katzenkinder leckte und nährte.

In den nächsten Wochen unternahm Schnurr keine größeren Spaziergänge, sondern beschränkte seine Jagdgelüste auf die unmittelbare Umgebung. Dann und wann schlüpften auch die Kleinen aus dem sicheren Versteck und ergötzten sich an der wärmenden Sonne und dem weichen Boden des Waldes.

Schnurr gebärdete sich wie toll. Er spielte mit den Kätzchen, mimte den gefährlichen Feind, berührte aber die kleinen Dingerchen so zart, daß selbst Kaja es nicht hätte besser machen können. Anfangs hatte die fürsorgliche Katzenmutter dem Treiben ängstlich zugesehen, doch mit der Zeit lernte sie Schnurr zu vertrauen. Er wurde schließlich so geschickt im Heimtragen der Kleinen, daß sie ihm diese Arbeit allein überließ. In den ersten Wochen lehnten die jungen Katzen all die guten Fleischbissen ab, die Schnurr erjagte. Doch dauerte dieser Zustand nicht allzulange. Bald erlernten sie das Mäusefangen. Kaja lehrte die Kleinen, wie man das Fleisch von den Knochen reißt und wie man es richtig hinunterschlingt. So verbrachte die Katzenfamilie den Sommer. Ein Tag war wärmer und schöner als der vorhergehende, und zu essen gab es mehr als genug.

Was Schnurr nicht wußte, war, daß der Sommer in diesen Breiten nur von kurzer Dauer ist, und die trüben, kalten Monate des nordischen Winters heranrückten. Solange der Kater in London gelebt hatte, bedeutete der Winter nichts weiter als eine Zeit, während der es häufiger als sonst regnete. In der schwedischen Küstenstadt hatte Schnurr nie das Zimmer verlassen, war also auch dort mit Schnee und Eis nicht in Berührung gekommen. Auch jetzt noch, wenn die Abende empfindlich kühl wurden, rollte sich Schnurr in der Höhle nur enger zusammen, in der festen Überzeugung, morgen werde die Sonne wieder scheinen. Das schöne Herbstwetter bestärkte ihn in diesem Glauben. Doch mit jedem Tag ging die Sonne später auf und verschwand früher hinter dem Horizont.

Der Kater beachtete natürlich diese Vorgänge nicht. An sein früheres Leben erinnerte ihn nur die immer wiederkehrende Sehnsucht nach Peter. Der Junge war der erste gewesen, der ihm Gutes erwiesen hatte. Öfter als früher trieb es Schnurr in die Nähe des Hauses am Föhrenkamm, teils um mit Barry zu spielen, der nun zu seinen besten Freunden zählte, teils jedoch, um zu sehen, wie es Peter ging.

Einer seltsamen Empfindung gehorchend, ließ der Kater seine Gefährtin Kaja unvermutet stehen und machte sich auf den Weg zum Föhrenkamm. Er wollte mit Barry spielen, fand aber den Hund nicht vor, sondern nur einen Knochen, den dieser von seinem Mittagmahl übriggelassen hatte. Der Kater wollte sich eben an diesem restlichen Mahl erfreuen, als Barry herantrottete. »Du kleiner Lump, du«, rief der Hund dem Dieb von weitem zu. Doch beide ließen sich in keiner Weise stören. Sie spielten eine Weile miteinander, dann trabten sie gemeinsam, wie so oft zuvor, in den Wald. Heute jedoch spürte Barry mit dem sicheren Gefühl, das Tiere für kommende Ereignisse haben, daß etwas geschehen werde. Zu wiederholten Malen hob der Hund prüfend den Kopf und witterte. Ja, irgendwo mußte sich ein Unglück zugetragen haben.

Auch Schnurr ergriff jetzt eine würgende Angst, die ihm die Kehle zuschnürte. Mit einemmal wurde der Himmel rauchgeschwärzt. Rauch stieg aus verkohltem Holz auf, lag in dünnen Schwaden über der verbrannten Heide. Schnurr und Barry hatten die Stelle erreicht, an der der Brand entstanden war. Gespenstisch nahmen sich die beiden Tiere in der zerstörten Landschaft aus. Eine halbe Meile von ihnen entfernt tobte eine furchtbare Feuersbrunst, und mitten drinnen in diesem Flammenmeer befanden sich die vier Kätzchen. Freilich würde die Höhle vorderhand die Kleinen vor dem Äußersten bewahren, doch wie lange konnte sie ihnen Schutz bieten gegen die brausende Flammenbrandung?

Mit einem Sprung war Schnurr in der düster glühenden Dämmerung verschwunden. Er raste über den glutheißen Waldboden dahin. Was machte es ihm aus, daß seine Pfoten schmerzten, daß die Hitze sein Fell versengte? Die Kraft, die schon manche Katzenmutter in ein brennendes Haus getrieben hatte, um ihre samtweichen Kinderchen zu retten, drängte jetzt Schnurr vorwärts.

Barry, durch das plötzliche Davonschießen seines Freundes närrisch geworden, rannte am Rande des brennenden Waldes hin und her und verbellte die Katastrophe, bis er heiser wurde. Doch als Antwort kam nur das Prasseln der Flammen und das Krachen der stürzenden Bäume.

Indessen setzte Schnurr seinen verzweifelten Wettlauf mit dem Feuer fort. Der Kater rannte bereits über brennenden Grund. Schwer legte sich der Rauch auf seine Lunge, sein Atem ging in unregelmäßigen Stößen. Kam denn der Felsen noch immer nicht in Sicht? Oder hatte Schnurr den Weg verfehlt? Alle Landmarken, die sonst als Wegweiser dienten, waren verschwunden.

Plötzlich tauchte inmitten dichter Rauchschwaden, nur einige Meter von Schnurr entfernt, die Höhle auf. Die Fichte, die am Eingang stand, war eine einzige Feuersäule geworden.

Blindlings stürzte der Kater in die Loderhölle hinein. Er mußte die Kleinen retten oder mit ihnen in den Flammen untergehen.

Die Rettung kam keine Minute zu früh. Wimmernd krochen die Kätzchen auf Schnurr zu. Das nächste ergreifend, rannte der Kater davon. Sein Herz pochte wie toll. Endlos erschien ihm der Weg in die Sicherheit zu sein.

Taumelnd vor Anstrengung und beinahe blind geworden von dem schwelenden Dunst des Brandes erreichte Schnurr endlich die Lichtung. Barry hatte seinen Freund schon von weitem gesehen. Jetzt begriff der Hund, warum der Kater die Gefahren des brennenden Waldes auf sich genommen hatte, und lief ihm entgegen. »Gib mir das Kätzchen«, war wohl das, was er dem Kater sagte. »Ich hüte es dir, während du die anderen holst.«

Barry trug das zappelnde Wesen auf unversehrtes Gebiet und legte es ins kühle Gras. Um dem Kätzchen seine Liebe zu beweisen, leckte er es in seiner ungeschickten Art, unterbrach jedoch alle Augenblicke seine Betätigung, um ein jämmerliches Geheul loszulassen.

Schnurr kam ein zweites und ein drittes Mal. Jetzt ging er das vierte und letzte Kätzchen holen. Wieder gelangte der Kater zur Höhle, schleppte das Kleine heraus. Doch diesmal wollte der Rückweg wirklich kein Ende nehmen. Kraftlos bewegte sich das Tier. Sein Fell war versengt, der Körper mit Brandwunden bedeckt, die Augen waren völlig erblindet. Schnurr glaubte sich rasch zu bewegen, während er doch kaum mehr vorwärts kam. Eine Schwäche überfiel ihn, er drohte umzusinken, da hörte er Barrys durchdringendes Gebell. Im nächsten Augenblick fühlte sich der Kater emporgehoben und mitsamt dem Kätzchen über eine Strecke von fünfzig Metern getragen.

Auf der Lichtung, im weichen Gras liegend, fand endlich Kaja ihre Familie. Ohne sich um die Anwesenheit des Hundes zu kümmern, überhäufte sie Schnurr und die Kleinen mit Liebesbezeigungen. Ihre Zunge wurde nicht müde, die Fellchen ihrer Kinderchen zu lecken, und sie sah dauernd zu Schnurr hin, als wollte sie ihm sagen, daß auch er gleich drankommen würde. Nach und nach freundete sie sich auch mit Barry an, der wirklich das Seinige zur Errettung der Kätzchen beigetragen hatte.

Knapp vor Mitternacht fielen endlich die ersten Tropfen. Gleich darauf begann es in Strömen zu regnen. Die obdachlose Katzenfamilie drückte sich enger aneinander, und der gute Barry versuchte, so gut es eben ging, die Kleinen zu wärmen, indem er sich fest an sie schmiegte.

Die ganze Nacht stürzten ungeheure Wassermassen vom Himmel. Sie machten der Feuersbrunst ein jähes Ende. Dort und da züngelte noch eine Flamme empor, dann war auch die letzte Glut gelöscht.

Unaufhörlich trommelte der Regen auf das Dach des Hauses am Föhrenkamm. Die Bergstraße wurde zum schäumenden Gießbach, das Marschland verwandelte sich in eine einzige schlammige Masse. Der heiße, aber kurze schwedische Sommer war für dieses Jahr dahin.

Es dauerte geraume Zeit, ehe Schnurr von seinen Verwundungen genas. Kaja und Schnurr hatten jetzt nur ein Junges mehr. War es der Rauch oder der ausgestandene Schrecken gewesen, die drei anderen Kätzchen hatten die Katastrophe nicht überlebt. Um so sorgfältiger wurde dieses einzige umhegt. Es bekam die fettesten Bissen und wurde von den Eltern so andauernd geleckt, daß es stets in unerhörter Sauberkeit erstrahlte.

Schnurr war ängstlich geworden. Das Leben, das ihn leicht und sicher gedünkt hatte, war mit einem Male schwierig und gefährlich geworden. Der Regen wollte nicht aufhören, drang selbst durch das dichteste Gebüsch. Um wieviel besser war der Aufenthalt in der trockenen, gegen jeden Zug geschützten Höhle gewesen! Doch um keinen Preis der Welt wäre Schnurr in diese zurückgegangen. Eine schreckliche Zeit, dachte er. Sind die goldenen Tage für immer dahin?

Kaja nahm die neuen Lebensumstände mit Ruhe auf. Was sich nicht ändern ließ, mußte eben ertragen werden. Überdies hatte die Kätzin die Absicht, noch vor Einbruch der kalten Jahreszeit die Hütte der alten Frau aufzusuchen. Einmal wollte sie schon zu dem Winterquartier aufbrechen und gab Schnurr in ihrer anmutigen Weise zu verstehen, daß er sie begleiten solle. Doch dieser blinzelte als Antwort nur schwach mit den Augen und rührte sich nicht.

Dessenungeachtet wurden die Nächte immer kälter. Es hörte zu regnen auf, die Erde wurde trocken und hart, die Quecksilbersäule stieg nur wenig über den Nullpunkt. Scharfe Winde pfiffen über das Moor. Nur mit Mühe konnte Schnurr seinen kleinen Haushalt versorgen. Oft mußten die Eltern das Kätzchen zurücklassen und gemeinsam auf die Jagd gehen. Aber auch dann blieb die Ausbeute meist sehr gering. Und noch immer dachte der Kater nicht an die nächstliegende Lösung, die allen Schwierigkeiten ein Ende gemacht hätte!

Eines Nachts wurde es so kalt, daß das Katzenkind kläglich zu weinen begann. Schnurr preßte sich dicht an das Kleine, um es zu wärmen. Wenn er nur einen sicheren Unterschlupf für die Seinen finden könnte! Etwas kitzelte den Kater am rechten Ohr. Noch ehe er recht wußte, was es war, berührte es ihn wieder. Erschrocken blickte Schnurr um sich, und seine Augen wurden groß vor Erstaunen über das Ungewohnte, das sich ihm plötzlich bot. Kleine weiße Sternchen fielen vom Himmel. Erst da und dort eines, gleich darauf war die ganze Luft von ihnen erfüllt. Sie tanzten im Wind, trieben, drehten sich, legten sich dann sacht auf Baum und Strauch, auf Gras und Heide. Schnurr preßte sich noch fester an das Kätzchen. Die kleinen Sternchen sahen lustig aus, aber sie beunruhigten ihn. Er sah Kaja an. Ein feiner weißer Pulverstaub deckte ihr Fell. Nun fiel ein Sternchen Schnurr mitten auf die Nase, so daß er niesen mußte. Wie lange würden diese glitzernden Dinge fortfahren, vom Himmel herunterzufallen?

Der Wind nahm an Stärke zu, die feinen Sternchen wurden zu richtigen Flocken. Schon war die Sicht gering geworden, die Umrisse der Bäume und Sträuche erschienen verwischt. Schnurr wagte es nicht mehr, sich zu rühren, denn nur das Fleckchen Erde, das er mit seinem Körper bedeckte, blieb warm und trocken. Auch sein Fell trug schon die unheimliche weiße Hülle. Der Kater hatte versucht, sie abzuschütteln, aber da war ihm noch kälter geworden. Schnurr war zumute wie einem Mann, dem es in den Nacken regnet, nur daß der Kater keinen Kragen zum Aufstellen hatte.

Ein heftiger Sturm setzte jetzt ein. Er leitete den Winter ein. Meterhohe Schneetriften, eiskalte Nächte würden in der Folge kommen. Eine schlimme Zeit für die Tiere des Waldes, aber noch schlimmer für Schnurr und seine Familie, denn Katzen können im Freien nicht überwintern.

All dies spürte Schnurr irgendwie, während er immer tiefer in die weiche, flaumige Masse versank. Bald würde sie ihn völlig zugedeckt haben. Eine ungeheure Müdigkeit überkam ihn, er schloß die Augen, und dann wußte er nichts mehr von sich.

Am nächsten Morgen jagte Barry in großen Sprüngen über die schneebedeckte Heide, geradewegs auf die Stelle zu, wo er Schnurr zu finden hoffte. Trotzdem die Schneedecke nur wenige Zentimeter betrug, kam der Hund schwerer als sonst vorwärts. Atemlos erreichte er endlich den Busch, in dessen unmittelbarer Nähe Schnurr gelagert hatte. Doch von der Katzenfamilie war keine Spur vorhanden. Nichts als eine weiße Fläche, die in der Sonne glitzerte. Barry ließ ein schmerzliches Bellen ertönen. Wo waren seine kleinen Freunde hingeraten? Plötzlich bemerkte er unweit von sich ein Loch im Schnee. Ein anderer Hund hätte dies nicht gesehen, doch Barry kannte alle Zeichen des Winters.

In ein wütendes Gebell ausbrechend, begann er mit den Vorderpfoten zu graben. Kein Bernhardiner hätte seine Arbeit besser ausführen können als der gute Barry. Endlich kam die schlafende Katzenfamilie zum Vorschein. Schnurr hob als erster den Kopf. Wie seltsam alles um ihn herum aussah! Fragend blickte der Kater auf Barry. Woher war der Hund gekommen? Und dann wußte es Schnurr plötzlich: von Peter, Peter! Ja, das war es, was Schnurr seit Tagen irgendwie gefühlt hatte. Barry wohnte bei Peter und er, Schnurr, würde zu seinem früheren Herrn zurückkehren. Aber die Freiheit aufgeben, die er sich so schwer erkämpft hatte?

Da drang ein jämmerliches Weinen an Schnurrs Ohr. Das Kätzchen, das einzige, das am Leben geblieben war, fror nun, da Barry die wärmende Schneedecke entfernt hatte. Schnurr und Kaja würden vielleicht im Freien überwintern können, doch niemals das Kleine. Wie der Kater seine Ideen Barry und Kaja mitteilte, ist unerklärlich. Doch wurde der Heimweg in ganz bestimmter Reihenfolge angetreten. Barry ging als Wegbereiter voran, dann folgte das Katzenpaar. Es war eine lange und beschwerliche Reise. Kaja hatte schüchtern die Einwendung gewagt, daß es näher zur Hütte der alten Frau als zum Haus am Föhrenkamm sei, doch Schnurr wollte nichts davon hören. Der Kater hatte Sehnsucht nach Peters liebkosenden Händen, nach einem warmen Plätzchen beim Ofen.

Eine seltsame Prozession kam den Abhang herabgestiegen. Voran trabte ein Hund, der mit seinen Pfoten eine schmale Gasse durch den Schnee bahnte, dann laut bellend die Spur zurücklief, als ginge er jemanden holen.

Vor den erstaunten Männern erschien Schnurr, das Kätzchen im Maul. Einen Augenblick sah es aus, als sei der Kater am Ende seiner Kräfte. Die kostbare Bürde wurde für Sekunden in den Schnee gelegt, damit der Träger ein wenig verschnaufen könne. Nun näherte sich dem müden Vater die Katzenmutter und rieb sich zärtlich an ihrem Gatten. Wahrscheinlich sprach sie ihm Mut zu und tröstete ihn, da das Haus schon in Sicht sei und die beschwerliche Reise gleich ein Ende haben werde.

»Geht ins Haus hinein, wenn ihr wollt, daß die Katzenfamilie hierbleiben soll. Die Kätzin sieht ängstlich drein«, verkündete Turi. Diese Vorsichtsmaßregel war notwendig, denn Peter wäre, als er in dem fürsorglichen Kater seinen totgeglaubten Schnurr erkannte, diesem am liebsten entgegengestürzt. Aber der Finne blieb unerbittlich. Magnus und Peter mußten in die Stube zurückgehen, wo sie sich an den Kamin setzten. Die Tür wurde offengelassen, Turi hielt sich in der Nähe des Eingangs auf. Alle drei sahen sie wie gebannt auf das glitzernde weiße Rechteck, in das in der nächsten Minute Barry und seine Schützlinge treten mußten. Tapp, tapp, tapp. Kleine müde Füßchen steigen die Treppe hinauf. Barrys Kopf erscheint im Türrahmen. Stille. Dann schlägt der Hund an. Er steht am Eingang zur Stube, erblickt Magnus und springt schweifwedelnd an seinem Herrn empor. Hinter ihm kommt Schnurr hereingeschlichen und sieht sich vorsichtig um. »Guten Tag, Schnurr«, begrüßt Peter seinen Kater. Langsam geht dieser auf den Jungen zu, legt das Kätzchen vor ihn hin und setzt sich daneben. Schnurr kann einfach nicht mehr. Im nächsten Augenblick ist er in Peters Armen. Der Junge drückt sein Gesicht in das schwarze Fell seines wiedergekehrten Lieblings, und der Kater schnurrt, daß es in den Balken widerhallt.

Im weißen Rechteck des Eingangs steht noch eine kleine Gestalt. Scheu sieht sich Kaja um. Es ist nicht ihr Heim, fremde Männer sind da, und Kaja hat bittere Erfahrung mit Männern in Daniels Hütte gemacht. Aber hier sieht es wirklich gemütlich aus. Ihr Baby liegt auf dem Boden, ein Junge hat Schnurr im Arm. Ein anderer Mann schüttet Milch in einen Napf, ein zweiter holt einen lange unbenützt gewesenen Korb hervor, tut Decken hinein, die warm und weich sind.

»Komm herein, kleine Fremde«, ruft Turi. »Es geschieht dir nichts.«

Kaja horcht auf. Die Stimme ist gut, also wird auch der Mann gut sein, der die aufmunternden Worte sagt. Langsam schiebt sich Schnurrs kleine Frau in die Stube, während Magnus aufsteht und die Tür schließt. So sind alle vier glücklich im Haus am Föhrenkamm vereint.

Patricia Highsmith

Leer ist das Vogelhaus

Als Edith es zum erstenmal sah, mußte sie lachen. Einen Augenblick glaubte sie, sich geirrt zu haben; aber als sie zur Seite trat und noch einmal hinsah, war es immer noch da, nur etwas weniger deutlich. Ein Gesicht wie das eines Eichhörnchens, mit dämonisch-intensiven Augen, starrte sie aus dem runden Loch des Vogelhäuschens an. Es konnte natürlich nur eine Täuschung sein – wahrscheinlich lag es an den Schatten, oder an einem Astknoten in der hölzernen Rückwand des Häuschens. Die Sonne schien hell auf den kleinen Kasten, der in der Ecke zwischen Geräteschuppen und Hauswand aufgehängt und etwa zwanzig mal fünfundzwanzig Zentimeter groß war. Edith trat näher heran und stand jetzt etwa drei Meter entfernt. Das Gesicht verschwand.

Komisch, dachte sie, als sie ins Haus ging. Das muß ich heute abend Charles erzählen.

Aber sie vergaß es und sagte Charles nichts davon, und drei Tage später war das Gesicht wieder da. Diesmal sah sie es, als sie eben zwei leere Milchflaschen an die Hintertür gestellt hatte und sich wieder aufrichtete. Zwei schwarze Knopfaugen blickten sie gerade und unverwandt aus dem Vogelhäuschen an, und rundherum saß etwas wie bräunliches Fell. Edith fuhr leicht zusammen und blieb reglos stehen. Sie meinte, zwei rundliche Ohren zu sehen und einen Mund – es war weder eine Schnauze noch ein Schnabel, aber er sah böse und grausam aus.

Dabei wußte sie doch, daß das Vogelhaus leer war. Vor Wochen schon war die kleine Blaumeisenfamilie ausgeflogen – gerade noch rechtzeitig, denn Jonathan, der Kater der Nachbarn, hatte ein Auge auf die Jungen geworfen. Vom Schuppendach aus konnte er mit der

Pfote bis in das runde Loch des Kästchens reichen; Charles hatte es damals ein wenig zu groß gemacht für Blaumeisen. Edith und Charles hatten Jonathan mit einiger Mühe ferngehalten, bis die Vögel ihr Häuschen verlassen hatten. Ein paar Tage später hatte dann Charles das Vogelhaus abgenommen – es war wie ein Bild mit einer Drahtöse an der Wand befestigt – und gründlich geschüttelt, damit sich kein Schmutz darin festsetzte. Blaumeisen nisteten zuweilen ein zweites Mal, meinte er. Bis jetzt waren sie jedoch nicht wiedergekommen, das wußte Edith; sie hatte darauf geachtet.

Und Eichhörnchen wohnten niemals in Vogelhäusern. Oder vielleicht doch –? Aber hier gab es ja gar keine. Ratten? Die würden sich doch nicht in einem Vogelhaus niederlassen. Außerdem, wie sollten sie da hinaufkommen, sie konnten doch nicht fliegen.

Das alles ging Edith durch den Kopf, während sie das starre braune Gesicht anblickte und die scharfen Augen sie ebenso intensiv beobachteten.

»Ich geh einfach mal hin und seh es mir an«, dachte sie und trat auf den kleinen Pfad, der zum Schuppen führte. Doch sie ging nur drei Schritt weit, dann blieb sie stehen. Sie hatte keine große Lust, das Vogelhaus anzufassen und womöglich von irgendeinem unsauberen Nagetier gebissen zu werden. Heute abend wollte sie es Charles erzählen. Sie stand jetzt nahe vor dem Vogelhaus, und das Ding saß immer noch darin, deutlicher als zuvor. Von einer optischen Täuschung konnte nicht die Rede sein.

Charles Beaufort, Ediths Mann, war Ingenieur für Datenverarbeitung und in einem Betrieb angestellt, der acht Meilen von ihrem Wohnort entfernt lag. Als ihm Edith abends berichtete, was sie gesehen hatte, zog er lächelnd die Augenbrauen in die Höhe. »Tatsächlich?« fragte er.

»Ich *kann* mich irren, natürlich. Bitte nimm doch das Ding noch einmal herunter und schüttle es, damit wir sehen, ob irgendwas drin ist.« Auch Edith lächelte jetzt, nur ihr Ton war ernst.

»Schön, das werde ich tun«, versprach ihr Charles bereitwillig und ging dann zu einem anderen Thema über. Sie waren noch beim Dinner.

Edith mußte ihn an sein Versprechen erinnern, als sie das Geschirr in die Spülmaschine stellten. Sie wollte gern, daß er nachsah, bevor es dunkel wurde. Charles ging hinaus, und Edith blieb an der Tür stehen und schaute ihm zu. Charles klopfte an das Vogelhaus und horchte. Dann nahm er es vom Haken, schüttelte es und drehte es langsam um, so daß das Loch unten lag. Wieder schüttelte er es.

»Nicht das mindeste drin!« rief er Edith zu. »Nicht einmal ein Strohhalm.« Er lächelte nachsichtig und hängte das Kästchen wieder an die Mauer. »Was du da wohl gesehen hast? Du hast doch nicht vorher einen Whisky getrunken?«

»Aber nein, Charles. Ich hab's dir doch beschrieben.« Edith kam sich auf einmal ganz leer vor, als sei ihr etwas weggenommen worden. »Der Kopf war ein bißchen größer als bei einem Eichhörnchen, die Augen waren blank und schwarz wie Knöpfe, und der Mund sah – irgendwie streng aus.«

»Der Mund sah streng aus!« Charles warf den Kopf zurück und lachte, als er jetzt ins Haus kam.

»Ja – angespannt. Richtig böse«, beharrte Edith.

Mehr sagte sie nicht. Sie saßen im Wohnzimmer, Charles blätterte in der Zeitung und griff dann zu einem Ordner mit Geschäftsberichten. Edith hatte einen Katalog vor sich, aus dem sie Kacheln für die Küche aussuchen wollte. Was sollte sie nehmen – blau-weiß oder blau-weiß-rosa? Sie war nicht in der Stimmung, das zu entscheiden, und Charles war bei so etwas auch keine große Hilfe, er sagte immer nur freundlich: »Mir ist alles recht, was dir gefällt.«

Edith war vierunddreißig und seit sieben Jahren mit Charles verheiratet. Im zweiten Jahr ihrer Ehe hatte sie eine Fehlgeburt gehabt, an der sie im Grunde selbst schuld war, weil sie so panische Angst vor der Geburt gehabt hatte. Als sie dann die Treppe hinunterfiel, war das beinahe mit Absicht geschehen, das mußte sie – war sie ganz ehrlich – zugeben, wenn auch die Fehlgeburt dann einem Unfall zugeschrieben wurde. Zu einem zweiten Kind hatte sie nicht mehr den Mut gehabt; sie und Charles hatten darüber niemals auch nur mit einem Wort gesprochen.

Sie fand, daß sie eine glückliche Ehe führten. Charles hatte einen sehr guten Posten bei der Firma Pan Com Gerätebau, und sie hatten mehr Geld und Freiheit als ihre Bekannten, die durch zwei oder drei Kinder eingeengt waren. Sie hatten oft und gern Gäste bei sich, Edith vor allem im Haus und Charles auf dem 10-Meter-Motorboot, wo sie zu viert schlafen konnten. Bei gutem Wetter waren sie an den meisten Wochenenden auf dem Fluß und den inländischen Kanälen unterwegs. Edith war eine hervorragende Köchin, an Bord wie zu Hause, und Charles sorgte für Getränke, Angelgerät und Plattenspieler. Auf Wunsch tanzte er auch ein Solo zur Flöte.

An diesem Wochenende blieben sie daheim, weil Charles einiges zu arbeiten hatte. Edith warf immer wieder einen Blick auf das Vogelhaus, war aber ganz beruhigt, denn nun wußte sie ja, daß es leer war. Wenn die Sonne darauf schien, sah sie nichts als ein blasses Braun in dem runden Loch, das war die Rückwand des Kästchens; und wenn es im Schatten lag, war das Loch ganz schwarz.

Montag mittag stand sie im Schlafzimmer und bezog die Betten mit frischen Laken, denn um drei kam der Wäschemann. Als sie eine Decke vom Boden aufhob, huschte etwas darunter hervor, lief über den Fußboden und zur Tür hinaus – etwas Braunes, größer als ein Eichhörnchen. Edith schrak zurück und ließ die Decke fallen. Auf den Fußspitzen ging sie zur Tür und blickte auf die Treppe hinunter, von der sie die ersten fünf Stufen übersehen konnte.

Was war das für ein Tier, das überhaupt kein Geräusch machte, selbst nicht auf nacktem Holzfußboden? Hatte sie sich auch nicht getäuscht? War da wirklich etwas gewesen? Doch sie war ganz sicher, es war kein Irrtum. Sogar die kleinen schwarzen Augen hatte sie erkannt. Es war das Tier aus dem Vogelhaus.

Es half nichts – sie mußte es finden. Der Hammer fiel ihr ein – das wäre eine gute Waffe, falls sie eine brauchte, nur war der Hammer leider unten. Sie nahm statt dessen ein schweres Buch und ging vorsichtig die Treppe hinunter. Aufmerksam sah sie sich überall um, als sich am Fuß der Treppe das Blickfeld weitete.

Im Wohnzimmer war nichts zu sehen. Aber es konnte ja unter das Sofa oder unter den Sessel geschlüpft sein. Sie ging in die Küche und nahm den Hammer aus der Schublade, kehrte dann ins Wohnzimmer zurück und schob eilig den Sessel etwas beiseite. Nichts. Jetzt hatte sie doch tatsächlich Angst davor, unter dem Sofa nachzusehen – die Decke hing fast bis auf den Fußboden. Sie schob das Sofa eine Handbreit von der Stelle und horchte. Nichts war zu hören.

Es war ja immerhin *denkbar,* daß ihre Augen ihr einen Streich gespielt hatten. So was kam vor – ein Stäubchen, das einem vor den

Augen verschwamm, wenn man sich gebückt hatte. Sie beschloß, Charles nichts davon zu sagen. Und doch – was sie im Schlafzimmer gesehen hatte, war realer, konkreter gewesen als das Ding draußen im Vogelhaus.

Ein Yuma, dachte sie eine Stunde später, als sie in der Küche Mehl über den Braten stäubte. Ein junges Yuma. Wo hatte sie das auf einmal her? Gab es so ein Tier überhaupt? Hatte sie vielleicht in einer Illustrierten ein Foto gesehen oder das Wort irgendwo gelesen?

Edith zwang sich dazu, zunächst alles in der Küche zu erledigen, was sie sich vorgenommen hatte; dann ging sie ins Wohnzimmer, wo das große Lexikon stand, und suchte das Wort Yuma. Es stand nicht drin. Diesmal war es offenbar die Phantasie, die mit ihr durchgegangen war – so wie vorher die Augen, die ihr das braune Tier vorgegaukelt hatten. Aber es war merkwürdig, wie beides zusammentraf: als sei dies genau der richtige Name für das seltsame Tier.

Zwei Tage später, als sie und Charles ihre Kaffeetassen in die Küche trugen, sah Edith es unter dem Kühlschrank – oder vielleicht hinter dem Kühlschrank? – hervorwetzen, quer über die Schwelle huschen und im Eßzimmer verschwinden. Um ein Haar hätte sie ihre Tasse fallen lassen, die laut gegen die Untertasse klirrte.

»Was ist los?« fragte Charles.

»Da war es wieder!« sagte Edith blaß. »Das Tier –«

»Was für ein Tier?«

»Das – ich hab's dir nicht gesagt –«, die Kehle wurde auf einmal so trocken, als sei sie im Begriff, ein peinliches Geständnis zu machen.

»Das Ding – das Ding aus dem Vogelhaus, das habe ich wiedergesehen, am Montag, oben im Schlafzimmer. Und ich glaube, jetzt eben auch. Gerade eben.«

»Aber Liebling, im Vogelhaus war doch gar nichts.«

»Ja – als du nachgesehen hast, da nicht. Aber das Tier rennt ganz schnell – beinahe, als ob es flöge.«

Charles' Gesicht nahm einen besorgten Ausdruck an. Er sah hinüber auf die Schwelle, auf der auch Ediths Blick lag. »Und jetzt eben hast du es auch gesehen? Ich werde mal nachschauen.« Er trat ins Eßzimmer. Suchend sah er sich auf dem Fußboden um, warf einen

Blick auf seine Frau, bückte sich dann nachlässig und schaute unter den Tisch und zwischen die Stuhlbeine. »Also wirklich, Edith –«

»Schau doch noch mal ins Wohnzimmer«, sagte sie.

Charles suchte im Wohnzimmer, etwa fünfzehn Sekunden lang, dann kam er zurück und lächelte. »Tut mir leid, Kindchen, aber ich glaube, du bildest dir das ein. Außer wenn es eine Maus war, natürlich. Vielleicht haben wir Mäuse –? Ich will's ja nicht hoffen.«

»Ach, es ist viel größer und außerdem braun. Mäuse sind grau.«

»Ja«, sagte Charles obenhin. »Aber nun laß nur, mein Herz – du brauchst keine Angst zu haben, es wird dir nichts tun. Es läuft ja weg.« Und mit einer Stimme, die nicht sehr überzeugend klang, fügte er hinzu: »Wenn nötig, rufen wir den Kammerjäger.«

»O ja«, stimmte sie sofort zu.

»Wie groß war es denn?«

Sie hielt die Hände etwa sechs Zentimeter auseinander. »So groß.«

»Könnte ein Wiesel sein«, meinte er.

»Es ist noch flinker als ein Wiesel. Und es hat schwarze Augen. Eben – da blieb es einen Augenblick stehen und sah mir direkt ins Gesicht. Ganz bestimmt, Charles.« Ihre Stimme kippte fast über. Sie zeigte auf die Stelle neben dem Kühlschrank. »Genau da blieb es eine Viertelsekunde stehen und –«

»Komm, komm, Edith.« Er drückte ihr den Arm.

»Es sieht so böse aus, so – ich kann's gar nicht sagen.«

Charles sagte nichts, er sah sie nur an.

»Gibt es ein Tier, das Yuma heißt?« fragte sie.

»Yuma? Nie gehört. Warum?«

»Weil mir das heute auf einmal einfiel. Nur so. Ich dachte – weil mir das Tier immer im Kopf rumging, und weil ich noch nie so eins gesehen habe, wäre es möglich, daß ich den Namen irgendwo gelesen habe.«

»Yuma? Y-u-m-a?«

Sie nickte.

Charles lächelte. Die Sache schien sich zu einem lustigen Spiel zu wandeln. Er trat an das Bücherregal mit dem Lexikon und suchte das Wort, wie Edith es getan hatte. Er schlug den Band zu und nahm die Encyclopaedia Britannica im untersten Fach heraus. Nach einer Minute sagte er: »Weder im Lexikon noch in der Britannica. Ich glaube, das Wort hast du dir ausgedacht.« Er lachte. »Oder vielleicht ist es ein Wort aus Alice im Wunderland.«

Nein, es ist ein richtiges Wort, dachte Edith, aber sie hatte nicht mehr den Mut, es zu sagen. Charles würde ihr doch nicht glauben.

Edith war erschöpft und ging gegen zehn Uhr mit einem Buch zu Bett. Sie las noch, als Charles kurz vor elf ebenfalls hereinkam. In diesem Augenblick sahen sie es beide: es flitzte vom Fußende des Bettes, deutlich sichtbar, quer über den Teppich, verschwand unter der Kommode und dann, wie Edith meinte, zur Tür hinaus. Auch Charles mußte das geglaubt haben, denn er wandte sich schnell um und blickte ins Treppenhaus.

»Du hast es gesehen!« stellte sie fest.

Mit ausdruckslosem Gesicht machte Charles Licht auf dem Treppenflur, sah sich suchend um und ging dann hinunter. Er blieb etwa drei Minuten unten, und Edith hörte, wie er mehrere Möbel wegrückte. Dann kam er zurück.

»Ja, ich hab's auch gesehen!« Er sah auf einmal blaß und müde aus. Edith seufzte und lächelte kaum merklich, sie war erleichtert, daß er ihr endlich glaubte.

»Siehst du, jetzt weißt du, was ich meine. Ich hab's mir nicht eingebildet.«

»Nein«, stimmte er zu.

Edith saß aufrecht im Bett. »Das schreckliche ist, es sieht so – so unfangbar aus, weißt du.«

Charles begann sein Hemd aufzuknöpfen. »Unfangbar – was für ein Wort, Kindchen. Nichts ist unfangbar. Vielleicht ist es doch ein Wiesel. Oder ein Eichhorn.«

»Konntest du es denn nicht erkennen? Es ist doch genau an dir vorbeigelaufen.«

»Na ja, aber –« Er lachte. »Es rannte ja ziemlich schnell. Du hast es doch schon zwei- oder dreimal gesehen und auch nicht erkannt.«

»Hatte es einen Schwanz? Ich konnte nicht sehen, ob es einen Schwanz hatte oder ob der Körper allein so lang ist.«

Charles schwieg. Er griff nach seinem Morgenmantel und zog ihn langsam an. »Ich glaube, es ist kleiner, als es aussieht«, sagte er dann. »Es rennt sehr schnell, deshalb sieht es so lang aus. Vielleicht doch ein Eichhörnchen.«

»Aber die Augen sitzen vorne am Kopf. Beim Eichhörnchen sitzen sie doch mehr an der Seite.«

Charles bückte sich und blickte suchend unter das Bett. Er fuhr mit der Hand über die am Fußende eingesteckte Decke und ebenso darunter, dann stand er auf und sagte: »Paß mal auf. Wenn wir es nochmal sehen – *wenn* wir es überhaupt gesehen haben –«

»Was heißt das, *wenn*? Du hast es doch gesehen, das hast du selbst gesagt.«

»Na schön, ich glaub's ja auch.« Er lachte. »Aber wie kann ich wissen, ob mir nicht meine Augen oder Sinne etwas vormachen? Du hattest es ja sehr lebendig beschrieben.« Die letzten Worte klangen fast gereizt.

»Also – wenn was?«

»Ja – wenn wir es noch einmal sehen, besorgen wir uns eine Katze. Die findet es bestimmt. Wir leihen uns eine aus.«

»Aber nicht den Kater von Masons. Die möchte ich keinesfalls darum bitten.«

Sie hatten den Kater der Nachbarn nur mit kleinen Steinchen vom Vogelhaus fernhalten können, als die Blaumeisen flügge wurden. Das hatten die Nachbarn nicht gern gesehen. Sie standen immer noch auf gutem Fuß mit ihnen, aber weder Edith noch Charles wäre es eingefallen, sie um den Kater Jonathan zu bitten.

»Wir können doch den Kammerjäger bestellen«, sagte Edith.

»Ha – und was wollen wir ihm sagen? Wonach soll er suchen?«

»Nach dem, was wir gesehen haben«, sagte Edith leicht verärgert. Vor wenigen Stunden noch hatte Charles selber den Kammerjäger vorgeschlagen. Das Gespräch mit ihm spannte sie auf die Folter, und gleichzeitig deprimierte es sie. Es war alles so vage und hoffnungslos; sie wollte am liebsten schlafen und die ganze Sache vergessen.

»Wir versuchen es mal mit 'ner Katze«, meinte Charles. »Farrow hat eine, die hat er von den Nachbarn übernommen. Du weißt doch – Farrow ist der Buchprüfer, er wohnt in der Shanley Road. Er hat die Katze ins Haus genommen, als die Leute nebenan umzogen. Seine Frau mag aber keine Katzen, sagt er. Sie hat –«

»Ich bin auch nicht gerade wild darauf«, sagte Edith. »Wir wollen keine Katze ins Haus nehmen.«

»Nein, das nicht. Aber diese könnten wir bestimmt mal leihweise kriegen. Sie fiel mir gerade ein, weil Farrow sagt, sie wäre so ein fabelhafter Jäger. Es ist übrigens 'ne Katze, kein Kater. Neun Jahre alt, sagt er.«

Am nächsten Abend brachte Charles die Katze mit. Er kam eine halbe Stunde später als sonst, weil er mit Farrow nach Hause gefahren war, um die Katze zu holen. Er und Edith schlossen Türen und Fenster und ließen dann im Wohnzimmer die Katze aus dem Korb. Sie war weiß mit grauscheckigen Streifen und schwarzem Schwanz. Sie blieb steif mitten im Zimmer stehen und blickte ablehnend und mit leicht verdrossener Miene um sich.

»Komm, Pussy, komm – na komm doch her.« Charles bückte sich, berührte sie aber nicht. »Du bist ja nur für einen oder zwei Tage hier. Haben wir Milch im Hause, Edith? Oder Sahne, das wäre noch besser.«

Sie machten für die Katze ein Lager in einem Pappkarton, legten ein altes Handtuch hinein und stellten den Karton in eine Ecke des Wohnzimmers. Aber die Katze legte sich lieber ans Fußende des Sofas. Sie hatte das Haus oberflächlich inspiziert und keinerlei Interesse an Winkeln oder Schränken gezeigt, worüber Edith und Charles enttäuscht waren. Edith meinte, die Katze sei sicher viel zu alt, um irgend etwas zu fangen.

Am nächsten Morgen rief Mrs. Farrow an und sagte, sie könnten die Katze behalten, wenn sie wollten. »Es ist ein gesundes Tier, und sehr sauber. Bei mir ist es einfach so, daß ich Katzen nicht gern habe. Wenn Sie sie also mögen – oder wenn die Katze Sie mag –«

Edith wand sich mit überreichlichen Dankesworten und Erklärungen heraus; sie berichtete, warum sie die Katze brauchten, und versprach, Mrs. Farrow übermorgen wieder anzurufen. Sie sagte, sie und Charles hätten den Verdacht, es seien Mäuse im Haus; sie wollten aber gern sicher sein, bevor sie den Kammerjäger bestellten. Sie war einigermaßen erschöpft nach ihrem Wortschwall.

Die Katze verschlief den größten Teil des Tages, entweder auf dem Sofa oder am Fußende des Bettes oben im Schlafzimmer, was Edith nicht gern sah; aber sie wollte sie nicht reizen und tat deshalb nichts. Sie redete ihr sogar freundlich zu und trug sie auf dem Arm an die offnenen Schranktüren, wo sich Pussy jedoch jedesmal steif abwandte, nicht etwa aus Furcht, sondern aus Langeweile. Den Thunfisch, den Mrs. Farrow angeraten hatte, fraß sie jedoch gern.

Freitag nachmittag saß Edith am Küchentisch und putzte Silber, als sie das Ding neben sich über den Fußboden flitzen sah – es kam von hinten und schoß wie eine braune Rakete durch die Küchentür ins Eßzimmer. Sie sah, wie es sich nach rechts wandte und ins Wohnzimmer huschte, wo die Katze lag und schlief.

Edith stand schnell auf und trat an die Wohnzimmertür. Nichts war mehr zu sehen, und auf dem Sofa lag die Katze mit geschlossenen Augen, den Kopf auf die Pfoten gebettet. Ediths Herz klopfte laut. In die Angst mischte sich nervöse Ungeduld, einen Augenblick lang hatte sie das Gefühl von Chaos und völliger Verwirrung. Das Tier war hier im Zimmer, und die Katze rührte sich nicht! Und um sieben kam das Ehepaar Wilson zum Essen; sie hatte kaum Zeit, Charles die Sache zu erzählen, weil er sich vorher noch waschen und umziehen wollte, und in Gegenwart der Gäste konnte und wollte sie nichts davon sagen, obgleich die Wilsons alte Bekannte waren. Das Gefühl des Chaos wurde zu ohnmächtiger Empörung; Tränen brannten in ihren Augen. Sie stellte sich vor, wie der Abend verlaufen würde, wie nervös und ungeschickt sie sich gewiß benahm, alle möglichen Sachen würde sie fallen lassen und doch nicht sagen können, was eigentlich mit ihr los war.

»Das Yuma – das verdammte Yuma«, sagte sie erbost mit halblauter Stimme, als sie in die Küche zurückging und trotzig das Silber fertig putzte, bevor sie sich ans Tischdecken machte.

Das Dinner verlief dann jedoch sehr gut, ohne zerbrochenes Geschirr und verbrannte Speisen. Christopher und Frances Wilson wohnten am anderen Ende des Dorfes; sie hatten zwei Söhne von sieben und fünf. Christopher war Syndikus bei Pan Com.

»Du siehst ziemlich müde aus, Charles«, meinte Christopher. »Habt ihr nicht Lust, am Sonntag mit uns rauszufahren?« Er blickte seine Frau an. »Wir wollten nach Hadden zum Schwimmen und dann ein Picknick machen – nur wir und die Kinder. Schön viel frische Luft.«

»Ach –«, Charles wartete auf eine Ablehnung von Edith, aber sie schwieg. »Vielen Dank, bloß – wir wollten eigentlich mit dem Boot raus, weißt du, aber nun haben wir uns eine Katze ausgeliehen, und wir können sie wohl nicht gut den ganzen Tag allein lassen.«

»Eine Katze ausgeliehen?« fragte Frances Wilson.

»Ja – wir dachten, wir hätten vielleicht Mäuse im Haus, das wollten wir gern feststellen«, meinte Edith lächelnd.

Frances sagte noch ein paar Worte über die Katze, dann war das Thema erledigt. Pussy war jetzt sicher oben, dachte Edith. Sie verschwand immer nach oben, wenn Fremde ins Haus kamen.

Später, als die Gäste fort waren, erzählte Edith ihrem Mann von dem Tier, das sie wieder in der Küche gesehen hatte, und von der Katze, die so gleichgültig auf dem Sofa liegengeblieben war.

»Ja, das ist ja das Dumme: es macht keinerlei Geräusch«, meinte Charles und runzelte die Stirn. »Bist du auch ganz sicher, daß du es gesehen hast?«

»So sicher, wie daß ich es überhaupt jemals gesehen habe«, erwiderte Edith.

»Laß uns noch ein paar Tage abwarten mit der Katze«, schlug Charles vor.

Am nächsten Morgen – Samstag – kam Edith gegen neun von oben, um Frühstück zu machen, und blieb erstarrt stehen, als ihr Blick auf den Fußboden im Wohnzimmer fiel. Da lag das Yuma, tot – zerfleischt am Kopf und Bauch und Schwanz. Vom Schwanz war nur noch ein zernagter Stumpf von etwa fünf Zentimeter Länge zu sehen, vom Kopf gar nichts – es war keiner da. Das Fell war braun, an den noch blutig-feuchten Stellen fast schwarz.

Edith drehte sich um und lief die Treppe hinauf.

»Charles!«

Er war wach, aber noch verschlafen. »Ja – was ist?«

»Die Katze hat es gefangen. Es liegt unten auf dem Fußboden, mitten im Zimmer. Bitte komm doch runter, ja? Ich kann nicht – wirklich –«

»Aber natürlich, Liebes.« Charles warf die Decke zurück und war schon aus dem Bett. Sekunden später war er unten. Edith folgte ihm.

»Hm – ganz schön groß«, sagte er.

»Was ist es?«

»Das weiß ich nicht. Laß – ich hole die Schaufel.« Er ging in die Küche. Edith sah ihm in einiger Entfernung zu, wie er alles mit Hilfe einer zusammengerollten Zeitung auf die Kehrichtschaufel schob. Er betrachtete das blutige Häufchen, die zerbissene Luftröhre, die Knochen. Die Füße hatten kleine Krallen.

»Was ist es? Ein Wiesel?« fragte Edith.

»Keine Ahnung. Wirklich, ich weiß es nicht.« Charles wickelte die Reste eilig in Zeitungspapier. »Ich werd's in den Mülleimer tun. Montag ist doch Müllabfuhr, nicht wahr?«

Edith antwortete nicht.

Er ging durch die Küche, und sie hörte den Deckel des Mülleimers klappern, der draußen vor der Küchentür stand.

»Wo ist die Katze?« fragte sie, als er wieder hereinkam.

Charles wusch sich die Hände am Spülstein. »Keine Ahnung.« Er nahm den Mop, ging damit ins Wohnzimmer und scheuerte die Stelle, wo das Tier gelegen hatte. »Stark geblutet kann es nicht haben – ich sehe hier überhaupt kein Blut.«

Während sie noch beim Frühstück saßen, kam die Katze durch die vordere Haustür. Edith hatte sie geöffnet, um das Wohnzimmer zu lüften, obgleich sie keinerlei Geruch festgestellt hatte. Die Katze hob kaum den Kopf, blickte sie müde an und gab ein langes »Miauu« von sich – den ersten Ton, seit sie im Hause war.

»Brave Pussy!« sagte Charles laut. »Eine ganz brave Pussy bist du.«

Aber die Katze wich der Hand aus, die sie streicheln wollte, und schlich langsam in die Küche, wo der Napf mit dem Thunfisch stand.

Charles lächelte Edith zu, und sie bemühte sich, das Lächeln zu erwidern. Ihr Ei hatte sie aufgegessen, aber von dem Toast brachte sie keinen Bissen mehr hinunter.

Nach dem Frühstück holte sie den Wagen aus der Garage und machte ihre Einkäufe, aber es geschah wie in einem Nebel. Sie ging umher und grüßte wie üblich die Bekannten, die sie unterwegs traf, nur spürte sie keinerlei Kontakt zwischen sich und den anderen. Als sie nach Hause kam, lag Charles angezogen auf dem Bett, die Hände hinter dem Kopf verschränkt.

»Ich wußte gar nicht, wo du warst«, sagte Edith.

»Oh – entschuldige. Ich war ein bißchen müde.« Er setzte sich auf.

»Nichts zu entschuldigen. Schlaf doch ruhig, wenn du müde bist.«

»Ich wollte die Spinnweben aus der Garage rausmachen und mal gründlich durchfegen.« Er stand auf. »Bist du nicht froh, Kindchen, daß das – das Ding nun weg ist?« fragte er und zwang sich zu einem Lachen.

»Doch, natürlich. Weiß Gott, ja.« Aber ihr war immer noch deprimiert zumute, und sie merkte, daß es Charles ebenso ging. Zögernd blieb sie in der Tür stehen. »Was es wohl für ein Tier war? Das würde ich doch gern wissen.« Wenn wir bloß den Kopf gefunden hätten, dachte sie; aussprechen konnte sie es nicht. Der Kopf mußte doch noch irgendwo auftauchen, im Haus drinnen oder im Garten. Den Schädel konnte die Katze nicht gefressen haben.

»So was Ähnliches wie ein Wiesel, meine ich«, sagte Charles. »Wir können die Katze jetzt zurückbringen, wenn du willst.«

Sie beschlossen, noch bis morgen zu warten und dann die Farrows anzurufen.

Pussy schien jetzt zu lächeln, wenn Edith sie ansah. Es war ein müdes Lächeln, oder saß die Müdigkeit nur in den Augen? Sie war immerhin neun Jahre alt. Edith blickte immer wieder zu ihr hinüber, als sie an diesem Wochenende ihrer Arbeit nachging. Die Katze hatte jetzt ein anderes Gesicht: sie sah aus, als habe sie ihre Aufgabe pflichtgemäß erfüllt und wisse das auch, sei aber nicht besonders stolz darauf.

Es war komisch, aber Edith hatte das Gefühl, als bestehe da ein Bündnis zwischen der Katze und dem Yuma oder was immer es für ein Tier gewesen war. Als seien die beiden so etwas wie Bundesgenossen, oder seien es gewesen. Beide waren Tiere und hatten einander verstanden, das eine – das stärkere – war der Feind, das andere die Beute. Und die Katze hatte das Tier gesehen, vielleicht auch gehört, und hatte ihre Krallen in seinen Leib geschlagen. Vor allem hatte die Katze keine Angst gehabt, wie sie und sogar Charles Angst gehabt hatten. Und während ihr das alles durch den Kopf ging, wurde es Edith klar, daß sie die Katze nicht mochte. Sie sah so mürrisch aus, so voller Mißtrauen. Und bestimmt mochte die Katze sie und Charles auch nicht leiden.

Edith hatte sich vorgenommen, am Sonntag nachmittag gegen drei mit Mrs. Farrow zu telefonieren, aber Charles ging nach Tisch selbst an den Apparat und sagte, er werde anrufen. Sie hatte etwas wie Angst davor, auch nur Charles' Teil des Gesprächs mit anzuhören, doch sie blieb mit der Zeitung auf dem Sofa sitzen und hörte zu.

Charles bedankte sich zunächst überschwenglich und berichtete, die Katze habe ein Tier gefangen, das wie ein großes Eichhörnchen oder ein Wiesel aussehe. Das sei sehr erfreulich, aber behalten wollten sie Pussy nun doch nicht, so nett sie auch sei; könnten sie sie heute zurückbringen, so gegen sechs? »Ja, aber – die Sache ist ja nun erledigt, wissen Sie, und wir sind Ihnen schrecklich dankbar, aber . . . Ja, ganz bestimmt, ich werde mich im Betrieb mal umhören, ob dort jemand eine Katze gebrauchen kann.«

Er legte den Hörer aufatmend hin und öffnete seinen Kragen. »Uff – das war ein Stück Arbeit! Ich komme mir richtig schäbig vor. Aber es hat doch keinen Zweck zu behaupten, daß wir die Katze behalten möchten, wenn wir sie doch los sein wollen, findest du nicht?«

»Ganz bestimmt. Aber wir müßten ihnen irgendwas mitbringen, eine Flasche Wein oder so was.«

»Ja, das ist eine gute Idee. Haben wir noch Wein?«

Nein, Wein war nicht mehr da. An ungeöffneten Flaschen fand sich nichts als eine Flasche Whisky, die Edith befriedigt zum Mitnehmen vorschlug. »Sie haben uns ja wirklich einen großen Gefallen getan«, meinte sie.

»Ja, das stimmt«, sagte Charles lächelnd. Er wickelte die Flasche in eines der grünen Seidenpapiere ein, die der Weinhändler immer zum Verpacken benutzte, setzte die Katze in ihren Korb und machte sich auf den Weg. Edith hatte keine Lust mitzukommen, aber er sollte ja nicht vergessen, auch in ihrem Namen herzlich zu danken.

Sie setzte sich mit der Zeitung aufs Sofa und versuchte zu lesen, doch ihre Gedanken waren nicht bei der Sache. Die Augen schweiften durch das leere Zimmer, über die unteren Treppenstufen und durch die Wohnzimmertür. Es war ganz still im Haus.

Nun war es tot, das kleine Yumababy. Warum sie es sich immer als Baby vorstellte, wußte sie nicht. Was für ein Baby überhaupt?

Aber für jung hatte sie es immer gehalten, wenn auch gleichzeitig für grausam. Und es hatte die ganze Bosheit und Tücke der Welt gekannt, der menschlichen und der tierischen Welt. Das Genick war ihm durchgebissen worden, von der Katze. Sie hatten den Kopf nicht gefunden.

Edith saß noch auf dem Sofa, als Charles zurückkam. Langsam trat er ins Zimmer und ließ sich in den Sessel fallen.

»Du – sie wollten sie eigentlich gar nicht wiederhaben.«

»Wieso – was meinst du?«

»Ja – es ist nicht ihre eigene Katze, weißt du. Sie haben sie nur aus Freundlichkeit übernommen, als die Leute von nebenan wegzogen. Die sind nach Australien ausgewandert und konnten die Katze nicht mitnehmen. Nun treibt sie sich so ein bißchen in beiden Häusern herum, aber ihr Futter bekommt sie bei den Farrows. Eigentlich traurig.«

Unwillkürlich schüttelte Edith den Kopf. »Ich mochte sie nicht, Charles. Und für eine neue Familie ist sie auch schon zu alt, meinst du nicht?«

»Kann sein, ja. Na, verhungern wird sie jedenfalls nicht bei den Farrows. Würdest du uns wohl einen Tee machen, Kindchen? Das wäre mir lieber als was Alkoholisches.«

Abends rieb sich Charles die rechte Schulter mit Rubriment ein und ging dann früh ins Bett. Edith wußte, er fürchtete einen Rückfall des alten Rheumaleidens.

»Ich werde alt, du«, sagte er. »Jedenfalls komme ich mir heute abend richtig alt vor.«

Edith ging es ebenso. Melancholie hing über ihr. Sie stand vor dem Spiegel im Bad und besah sich die kleinen Falten unter den Augen, die ihr heute stärker auffielen als sonst. Der Sonntag war anstrengend gewesen. Aber das Grauen war nun aus dem Haus, das war eine große Erleichterung. Fast zwei Wochen hatte sie in Angst gelebt.

Das Yuma war tot, und jetzt wußte sie auch, was das alles zu bedeuten hatte, oder konnte es jedenfalls zugeben. Das Yuma hatte die Vergangenheit zurückgebracht, eine dunkle böse Schlucht. Es hatte die Zeit zurückgebracht, da sie ihr Kind verloren hatte – absichtlich. Charles' bitterer Kummer war wieder lebendig geworden und seine zur Schau getragene Ungerührtheit. Ihre alte Schuld war aufgestanden. Und Charles – war es ihm vielleicht ebenso ergangen? Kein Mensch, kein Erwachsener auf der ganzen Welt hatte eine völlig einwandfreie Vergangenheit, eine Vergangenheit ohne Schuld und Fehl . . .

Ein paar Tage später war Charles eines Abends dabei, mit dem Gartenschlauch die Rosen zu wässern, als er plötzlich in dem runden Loch des Vogelhäuschens ein Tiergesicht erblickte. Es war genau das gleiche Gesicht wie das andere, von Edith beschriebene, das er nie aus dieser Nähe gesehen hatte: starre schwarze Augen, ein rabiater kleiner Mund und die argwöhnische Bosheit, von der Edith so beeindruckt gewesen war. Charles vergaß den Schlauch, das Wasser spritzte hoch gegen die Mauer. Er ließ den Schlauch fallen und wandte sich zum Haus, um den Wasserhahn abzustellen; dann wollte er sofort das Vogelhaus abnehmen und nachsehen, was darin war. Gleichzeitig fiel ihm ein, daß das Kästchen ja gar nicht groß genug war für ein Tier, wie es die Katze gefangen hatte. Das konnte es also nicht sein.

Er lief auf das Haus zu und hatte es fast erreicht, als er Edith sah. Sie stand in der Tür und blickte auf das Vogelhaus.

»Da ist es schon wieder!«

»Ja.« Er drehte den Wasserhahn zu. »Jetzt werd ich mir mal ansehen, was das ist.«

Eilig ging er auf das Vogelhaus zu, doch auf halbem Wege blieb er stehen und starrte auf die Gartenpforte.

Durch die offene Tür kam Pussy, zerzaust und erschöpft, fast beschämt sah sie aus. Sie kam mit normalen Schritten und trottete dann etwas mühsam und mit gesenktem Kopf auf Charles zu.

»Sie ist wieder da«, sagte er.

Edith fühlte den Schleier aus dunkler würgender Angst, der auf sie zukam. Es war alles so vorausbestimmt, so fürchterlich unabwendbar. Mehr Yumas würden kommen, immer mehr. Wenn Charles jetzt gleich das Vogelhaus ausschüttelte, dann war natürlich nichts darin. Dann würde das Yuma wieder im Hause auftauchen, und Pussy würde es wieder fangen. Sie und Charles waren ihm ausgeliefert, sie konnten ihm nicht mehr entrinnen.

»Stell dir vor, die hat den ganzen Weg allein zu uns zurückgefunden – zwei Meilen!« Charles nickte seiner Frau überrascht lächelnd zu. Aber Edith mußte die Zähne zusammenbeißen, um nicht laut aufzuschreien.

Mary Eleanor Wilkins Freeman

Die Katze

Der Schnee fiel. Das Fell der Katze war hart und steif davon; aber sie blieb unbeeindruckt. Seit Stunden kauerte sie vor dem Loch im Boden, bereit zum todbringenden Sprung. Es war Nacht, doch diesem Umstand maß sie keine Bedeutung zu: Wenn sie auf eine Beute lauerte, war eine Tageszeit für sie so gut wie die andere. Sie lebte in diesem Winter allein, keinem menschlichen Willen untertan. Nirgends auf der Welt rief eine Stimme nach ihr, an keinem Herd wartete eine Mahlzeit auf sie. Sie war völlig frei, abgesehen natürlich von ihren eigenen Wünschen und Bedürfnissen, die sie beherrschten, wenn sie so unbefriedigt war wie jetzt – sie war nämlich sehr hungrig, um nicht zu sagen, völlig ausgehungert! Seit Tagen war es bitter kalt, so daß sich alle die kleineren wildlebenden Tiere, die normalerweise ihre Beute waren, in ihrem Bau oder im Nest aufhielten. So hatte die Katze, obwohl sie Tag für Tag lange unterwegs war, nichts fangen können. Hier wartete sie nun mit der über alle Begriffe zähen Ausdauer und Geduld ihrer Art; diesmal war sie ihrer Sache sicher. Sie war ein Geschöpf von großer Selbstsicherheit, und niemals war ihr Vertrauen getäuscht worden, wenn sie einmal von etwas überzeugt gewesen war.

Ein Kaninchen war an dieser Stelle in das Loch geschlüpft, zwischen den lose hängenden Fichtenzweigen hindurch. Inzwischen hatte dieser kleine Torweg einen dichten Schneevorhang bekommen, aber drinnen war es. Die Katze hatte es hineinhuschen sehen wie einen flüchtigen grauen Schatten, den nur ihre scharfen und geübten Augen als Lebewesen erkannt hatten; wie weggeweht war es verschwunden. So setzte sie sich nieder und wartete und wartete still in der weißen Nacht, ärgerlich nach dem Nordwind horchend, der sich in den oberen Höhen der Berge mit entferntem Heulen aufmachte, dann zu einem schrecklichen Crescendo der Wut anschwoll und herunterbrauste, dicke Schwaden von Schnee wie eine Wolke grimmiger Vögel in die Täler und Schluchten jagend. Die Katze befand sich an der Flanke eines Berges auf einem bewaldeten Plateau. Wenige Meter über ihr stieg die Felswand so jäh auf wie die Mauer einer Kathedrale. Die Katze hatte den Berg nie bestiegen – Bäume waren die Führer zu den Höhen ihres Lebens. Oft hatte sie die Felswand mit Verwunderung betrachtet und bitter und grollend miaut, wie man es tut gegenüber Dingen, die uns von der Vorsehung versagt sind. Zu ihrer Linken war der steile Abgrund. Hinter ihr war der gefrorene senkrechte Fall eines vom Berge kommenden Flusses, mit einem schmalen bewaldeten Streifen dazwischen. Vor ihr war der Weg zu ihrem Zuhause. Sobald das Kaninchen herauskam, sollte es gefangen werden; seine kleinen gespaltenen Füße konnten solche ungebrochenen Stufen nicht erklettern. Also wartete die Katze. Der Platz, an dem sie sich befand, sah aus, als wäre ein Malstrom darüber hinweggetobt. Verkrüppelte, ineinander verschlungene Bäume und Büsche krochen die Flanke des Berges empor, sich mühselig anklammernd. Krumm, abenteuerlich verrenkt, umarmten ihre Zweige krampfhaft alles, das einen Anhalt bot. Das Ganze wirkte seltsam und pittoresk, als wäre es vor Menschenaltern von einem Strom rasenden Wassers durcheinandergewirbelt worden. Nur daß es nicht Wasser, sondern der Sturm gewesen war, der alles zu diesem Wirrwarr verschlungen und verknotet hatte. Und jetzt breitete sich der Schnee über all dies Unentwirrbare, über Pflanzen, Gestein, abgestorbene Äste und Ranken. Wie Rauch wehte es herunter vom Kamm des Berges; es stand wie eine kreisende Säule, als erschiene etwas wie ein Geist im Totentanz der Natur über der Ebene, dann stürzte es sich über den Rand des Abgrundes hinab. Die Katze kauerte vor diesem wilden Unentrinnbaren dicht am Boden und baute auf diesen Umstand. Es war, als ob Eisnadeln ihre Haut durchstächen, durch ihr wundervoll dichtes Fell hindurch; doch sie wich und wankte nicht und klagte nicht. Sie konnte durch Schreien nichts gewinnen, aber alles verlieren; denn das Kaninchen würde sie ja schreien hören und dann wissen, daß sie hier wartete.

Dunkler und dunkler wurde es, seltsamer weißer Qualm wogte auf, trotz der natürlichen Schwärze der Nacht, einer Nacht voll Sturm und Tod. Die Berge waren alle verborgen, eingehüllt, furchteinflößend, selbst überwältigt von dem Orkan. Jedoch mitten in dem Inferno wartete, völlig unbesiegt, diese verkörperte, unbeirrbare lebendige Geduld und Kraft unter einem dünnen Panzerhemd von grauem Fell.

Ein heftiger Windstoß fuhr über den Felsen, blies einen gewaltigen Wirbel über das Plateau, stürzte in den Abgrund.

Dann sah die Katze zwei Augen, leuchtend vor Schrecken, wie irr im Impuls zur Flucht. Sie sah eine winzige, zitternde, hervorschnuppernde Nase, sah zwei aufgestellte Ohren, und sie wartete noch, alle empfindlichen Nerven und Muskeln gespannt wie Drähte.

Jetzt kam das Kaninchen heraus – es war nur ein Hauch von Flucht und Angst –, und die Katze hatte es.

Hierauf lief die Katze nach Hause, die Beute durch den Schnee schleifend.

Die Katze lebte in dem Hause, das ihr Herr gebaut hatte, so roh wie das Blockhaus eines Kindes; aber es war zuverlässig. Der Schnee lag schwer auf der niedrigen Schräge seines Daches, konnte sich aber nicht darunter festsetzen. Die beiden Fenster und die Tür waren verriegelt; dessenungeachtet wußte die Katze, wie sie hineinkommen konnte. Sie kletterte auf eine Fichte hinter dem Haus, obwohl das schwierig war mit dem schweren Kaninchen, und schlüpfte durch ein kleines Loch unter der Dachrinne; dann glitt sie über eine Leiter in das Zimmer darunter und sprang mit einem lauten Triumphgeschrei auf ihres Herrn Bett. Aber ihr Herr war nicht da. Er war im frühen Herbst weggegangen, und jetzt war es Februar. Vor dem Frühjahr würde er nicht zurückkommen. Er war ein alter Mann; die grausame Kälte des Gebirges setzte ihm sehr zu. Daher hatte er den Winter über in einer Siedlung Zuflucht gesucht. Die Katze wußte seit langem, daß ihr Herr fort war; aber ihr Verstand folgerte immer, daß Gewesenes wieder sein konnte. Obendrein hatte sie die wunderbare Kraft, warten zu können. So kam sie stets nach Hause in der Erwartung, ihren Herrn wiederzufinden.

Als sie sah, daß er noch nicht zurückgekehrt war, schleppte sie das Kaninchen auf das grobgezimmerte Lager, das das Bett darstellte, hielt mit einer Pfote den Kadaver fest und fing an zu fressen, den Kopf seitlich haltend, um ihre kräftigen Zähne zur Anwendung zu bringen.

Im Hause war es dunkler als im Wald draußen, und die Kälte war genauso tödlich, wenn auch nicht ganz so beißend. Hätte die Katze ihr dickes Fell nicht ohne besondere Bitte von der Vorsehung erhalten, so hätte sie Dankbarkeit gefühlt, es zu besitzen. Es war fleckig grau mit etwas Weiß an Brust und Füßen, so dick, wie ein Pelz nur sein kann.

Der Wind peitschte den Schnee mit solcher Gewalt gegen die Fenster, daß es knatterte wie Hagel. Das Haus erzitterte vom Sturm. Dann vernahm die Katze plötzlich ein Geräusch. Sie hörte auf, an dem Kaninchen zu fressen, und lauschte, die leuchtenden grünen Augen auf ein Fenster gerichtet. Sie vernahm einen heiseren Aufschrei, einen Laut voll Verzweiflung und Flehen; aber sie wußte, daß es nicht ihr Herr war, der heimkam, und sie wartete, eine Pfote noch auf dem Kaninchen. Als der Schrei sich wiederholte, antwortete die Katze. Sie sagte alles, was wesentlich war, ganz ehrlich nach ihren eigenen Begriffen. In ihrem Antwortruf war Frage, Auskunft, Warnung, Schrecken; und endlich das Angebot der Kameradschaft; jedoch der Mann draußen konnte es wegen des heulenden Sturmes nicht hören. Dann gab es einen lauten Stoß an der Tür, noch einen und noch einen. Die Katze zog ihr Kaninchen unter das Bett. Die Stöße folgten sich schneller und fester. Es war ein schwacher Arm, der sie tat; aber er wurde von Verzweiflung getrieben. Endlich gab das Schloß nach, und der Fremde kam herein. Die Katze blickte unter dem Bett hervor, blinzelte mit einem plötzlichen Aufleuchten, und ihre grünen Augen verengten sich. Der Fremde zündete ein Streichholz an und sah sich um. Die Katze erblickte ein Gesicht, das blau und verwüstet war vor Hunger und Kälte, und einen Mann, der ärmer und älter aussah als ihr armer alter Herr, einen Mann, den die Menschen verstoßen hatten wegen seiner Armut und wegen trüber Geheimnisse in seiner Vergangenheit. Sie hörte einen gemurmelten, unverständlichen schmerzlichen Laut aus der rauhen Kehle. Beides lag darin, Gottlosigkeit und Gebet. Aber davon verstand die Katze nichts.

Der Fremde befestigte die Tür, die er aufgebrochen hatte, nahm etwas Holz vom Vorrat im Winkel und zündete ein Feuer an in dem alten Ofen, so schnell er es mit seinen halberfrorenen Händen zustande brachte. Er zitterte so bemitleidenswürdig, während er arbeitete, daß die Katze unter dem Bett die Erschütterung fühlte. Dann setzte sich der Mann in einen der alten Stühle und kauerte sich an das Feuer, als wäre es die einzige Liebe und der einzige Wunsch seiner Seele. Seine gelben Hände hielt er darüber wie gelbe Klauen. Er war klein und schwach und gezeichnet mit dem Schrekken des Leidens, die er über sich gebracht hatte. Er stöhnte. Die Katze kam unter dem Bett hervor und sprang auf seinen Schoß mit dem Kaninchen im Maul. Der Mann schrie auf. Er war zutiefst erschrocken; er sprang auf, die Katze glitt auf den Boden, das Kaninchen hatte sie fallen lassen. Der Mann lehnte sich an die Wand, keuchend vor Angst, geisterhaft bleich. Die Katze packte das Kaninchen beim Nackenfell und legte es dem Mann vor die Füße. Dann stieß sie ihren schrillen Schrei aus und wölbte den Rücken; ihr Schwanz war wie eine prachtvoll wehende Feder. Sie strich an den Füßen des Mannes entlang, die aus den abgenutzten Schuhen hervorlugten.

Der Mann schob die Katze weg, ziemlich sanft, und durchsuchte die ganze Hütte. Er kletterte sogar die Leiter zum Speicher empor, riß ein Streichholz an und spähte angestrengt in die Dunkelheit. Er fürchtete, daß irgendwo ein Mensch verborgen wäre, weil eine Katze da war. Seine Erfahrungen mit Menschen waren nicht angenehm gewesen, genausowenig wie die Erfahrungen der Menschen mit ihm. Er war ein alter Wanderer, hatte das Glück gehabt, auf die Hütte eines Genossen zu stoßen, und war nun heilfroh, daß dieser Genosse nicht zu Hause war. Er ging zu der Katze zurück, bückte sich mit steifen Gliedern und streichelte ihren Buckel, den sie gewölbt hatte wie einen Bogen.

Dann nahm er das Kaninchen auf und betrachtete es im Licht des Feuers. Seine Kinnbacken arbeiteten, als hätte er es am liebsten roh verschlungen. Er suchte überall – die Katze folgte ihm auf Schritt und Tritt –, kramte auf einigen roh zubehauenen Regalen und einem Tisch und fand mit einem zufriedenen Grunzen eine mit Petroleum gefüllte Lampe. Er zündete sie an. Dann fand er eine Bratpfanne und ein Messer. Er streifte das Kaninchen und machte es zurecht. Die Katze strich unentwegt um seine Füße.

Als der Duft des Bratens durch die Hütte zog, sahen sie beide, der Mann und die Katze, geradezu wölfisch gierig aus. Der Mann wendete den Braten mit der einen Hand und bückte sich, um mit der anderen die Katze zu streicheln. Sie liebte ihn von ganzem Herzen, obwohl sie ihn erst so kurze Zeit kannte und obwohl der Mann ein Gesicht hatte, mitleiderregend und verschlagen zugleich, im Widerspruch stehend mit dem Besten aller Dinge. Das mürrische Grau des Alters hatte es gezeichnet, die Wangen waren vom Fieber ausgehöhlt, in den trüben Augen stand die Erinnerung an böse Dinge; jedoch die Katze erkannte den Mann ohne Vorbehalt an und liebte ihn. Als das Kaninchen halb gar war, war weder der Mann noch die Katze imstande, länger zu warten. Der Mann nahm den Braten vom Feuer, teilte ihn in zwei gleich große Stücke, gab der Katze das eine und nahm selbst das andere. Dann aßen sie. Danach blies der Mann das Licht aus, rief die Katze zu sich, zog die zerlumpten Decken hoch und schlief ein mit der Katze an der Brust.

Während des ganzen restlichen Winters war der Mann der Gast der Katze, und der Winter im Gebirge ist lang. Der rechtmäßige Besitzer der kleinen Hütte kehrte nicht vor Mai zurück. In dieser ganzen Zeit mühte sich die Katze schwer ab und wurde selbst ziemlich mager; denn sie teilte alles mit ihrem Gast, ausgenommen die Mäuse, die sie fing. Zuweilen war die Ausbeute kläglich; und die Frucht der Geduld von Tagen reichte kaum für zwei. Der Mann war krank und schwach und nicht imstande, viel zu essen, was ein rechtes Glück war, da er nicht selbst auf die Jagd gehen konnte. Den ganzen Tag lag er auf dem Bett, oder er saß über das Feuer gebückt. Es war eine gute Sache, daß das Brennholz wegnahmebereit dalag, keinen Steinwurf weit vom Hause entfernt; er brauchte es lediglich heranzuholen.

Die Katze versorgte ihn unermüdlich. Manchmal blieb sie tagelang weg; anfangs war der Mann ängstlich, weil er fürchtete, sie würde überhaupt nicht zurückkehren; aber dann hörte er den gewohnten Schrei, stolperte auf die Füße und ließ sie herein. Dann aßen die beiden zusammen, teilten immer zu gleichen Teilen; die

Katze blieb im Hause und schnurrte und schlief in den Armen des Mannes.

Als der Frühling nahte, wurde die Jagd ergiebiger. Mehr Kleinwild ließ sich verlocken, aus dem Versteck zu kommen, sowohl auf der Suche nach Liebe als auch nach Nahrung. Eines Tages hatte die Katze besonderes Glück: sie fing ein Kaninchen, ein Rebhuhn und eine Maus. Sie konnte gar nicht alles zugleich tragen; aber endlich hatte sie doch alles beisammen vor der Haustür. Sie schrie wie gewöhnlich; aber niemand antwortete. Alle Bergflüsse waren jetzt vom Eis befreit, und die Luft war voll vom Brausen vieler Wasser, gelegentlich übertönt vom Vogelgezwitscher. Die Bäume rauschten mit einem ganz neuen Laut im Frühlingswind. Da war ein Blütenmeer von Rosa und Goldgrün an der Wand eines entfernten Berges, durch eine Waldlichtung hindurch konnte man es sehen. Die Spitzen der Sträucher waren geschwollen und glänzend rot, und hier und da leuchtete schon eine Blüte; jedoch die Katze hatte keinen Sinn für Blumen. Sie stand neben ihrer Beute vor der Haustür und schrie und schrie, mit ihrem beharrlichen Ausdruck von Triumph, Klage und Rechtfertigung. Niemand kam, um sie einzulassen. Da ließ sie ihre Schätze vor der Tür liegen, lief zu der Fichte, kletterte mit Hast die Zweige hinauf, stieg durch das kleine Loch im Haus hinein und rannte über die Leiter in das Zimmer hinunter – es war leer, der Mann war fort!

Die Katze schrie wieder, die Klage des Tieres nach menschlicher Gesellschaft, die einer der traurigsten Laute in der Welt ist. Sie suchte in allen Winkeln. Sie sprang auf den Stuhl am Fenster und blickte hinaus; aber niemand kam. Der Mann war weggegangen, er kam niemals wieder.

Die Katze fraß ihre Maus auf dem Rasen neben dem Haus. Das Kaninchen und das Rebhuhn schaffte sie mit großer Mühe hinein. Allein, der Mann kam nicht, ihre Beute mit ihr zu teilen. Endlich, im Verlauf von ein oder zwei Tagen, fraß sie die Tiere allein; dann schlief sie lange Zeit auf dem Bett, und als sie erwachte, war der Mann immer noch nicht da.

Hierauf ging die Katze wieder fort zu ihren Jagdgründen und kam abends mit einem Vogel nach Hause. In ihrer unerschütterlichen Zuversicht nahm sie an, daß der Mann jetzt da sein würde, und da war tatsächlich ein Licht im Fenster. Als sie schrie, öffnete ihr erster Herr und ließ sie herein. Dieser Mann hielt gute Kameradschaft mit ihr; aber er hatte keine Zärtlichkeit für sie. Er streichelte sie nie wie jener andere, so viel sanftere Ausgestoßene; aber er war stolz auf sie und trug, wenn er da war, Sorge für ihr Wohlergehen, obwohl er sie ohne Skrupel den ganzen Winter sich selbst überlassen hatte. Er hatte keine Angst, daß ihr ein Mißgeschick zugestoßen sein könnte, weil sie so groß und kräftig war und ein so mächtiger Jäger. Als er sie daher vor der Tür erblickte in der Pracht ihres herrlichen Felles, mit dem Weiß an der Brust und im Gesicht, das strahlte wie Schnee in der Sonne, leuchtete sein Gesicht in freudigem Willkommensgruß auf, und die Katze umstrich seine Füße mit ihrem vor glücklichem Schnurren bebenden Körper.

Die Katze konnte ihren Vogel ganz allein für sich verspeisen; ihr Herr hatte sein eigenes Abendbrot, das schon auf dem Herd brutzelte. Nach dem Essen nahm der Besitzer der Katze seine Pfeife und suchte einen kleinen Tabakvorrat, den er wintersüber in seiner Hütte gelassen hatte. Er hatte oft daran gedacht; dies und die Katze waren gute Gründe gewesen, im Frühling nach Hause zu kommen. Jedoch der Tabak war fort, kein Stäubchen war übriggeblieben. Der Mann fluchte ein bißchen, grimmig, aber eintönig und nebensächlich, was der Gottlosigkeit einen Teil ihrer Wirkung nahm. Er war von jeher ein schwerer Trinker gewesen und war es noch; er hatte auf die Welt losgeschlagen, bis sich die Narben ihrer scharfen Ecken seiner ganzen Seele eingeprägt hatten. Er war dadurch hart geworden, sein ursprünglich sehr weiches Gefühl war abgestumpft. Er war ein sehr alter Mann. Er suchte nach dem Tabak mit stumpfer Beharrlichkeit. Dann blickte er mit einfältiger Verwunderung im Zimmer herum. Plötzlich fiel ihm verschiedenes auf, das sich geändert hatte. Die zweite Ofentür war entzwei, ein alter Teppichfetzen war vor ein Fenster gehängt, um die Kälte abzuhalten; sein Feuerholz war fort. Er schaute hin – da war auch kein Petroleum mehr in seiner Lampe. Er blickte nach den Decken auf seinem Bett, hob sie auf, und wieder gab er den merkwürdigen, gedankenschweren Ton von sich.

Dann suchte er noch einmal nach seinem Tabak.

Endlich gab er es auf. Er setzte sich ans Feuer, denn der Mai ist im Gebirge noch kalt. Er hielt die leere Pfeife im Mund; seine rauhe Stirn faltete sich.

Er und die Katze sahen einander an durch die Mauer des Schweigens, die seit Erschaffung der Welt zwischen Mensch und Tier errichtet ist.

Saki

Tobermory

Es war der kühle, regenverwaschene Nachmittag eines der letzten Augusttage – in jener nichtssagenden Jahreszeit also, in der die Rebhühner sich noch in Sicherheit oder in den Kühlhäusern befinden und es nichts zu jagen gibt. Ohne Ausnahme hatten sich die Gäste von Lady Blemleys Hausparty um den Tisch versammelt. Trotz der Öde der Jahreszeit und der Alltäglichkeit dieses Ereignisses deutete nichts auf jene schwelende Unruhe hin, die gleichbedeutend ist mit der Furcht vor einem Klavierkonzert oder einer beherrschten Sehnsucht nach einer Partie Bridge. Die unverhüllte, durch nichts verborgene Aufmerksamkeit der Anwesenden konzentrierte sich vielmehr auf die anspruchslose, unscheinbare Persönlichkeit des Mr. Cornelius Appin. Von allen Gästen Lady Blemleys war er der einzige, der in keinem festumrissenen Ruf stand. Irgend jemand hatte einmal erwähnt, daß Appin »klug« sei, und so schickte man ihm eine Einladung in der unausgesprochenen Erwartung – zumindest von seiten der Gastgeberin –, daß er wenigstens einen Teil seiner Klugheit zu der allgemeinen Unterhaltung beisteuern würde. Bisher hatte Lady Blemley jedoch nicht feststellen können, in welcher Richtung sich seine Klugheit – wenn überhaupt – bewegte. Weder war er witzig noch spielte er auffallend gut Krocket; weder verfügte er über hypnotische Fähigkeiten noch hatte er jemals eine Amateuraufführung inszeniert. Auch sein Äußeres deutete nicht auf einen jener Männer hin, denen die Frauen ein erhebliches Maß an mangelndem Geist nachsehen. Er war zu einem bloßen »Mr. Appin« hinabgesunken, und »Cornelius« schien nichts als eine durchsichtige Täuschung zu sein, die man bei seiner Taufe begangen hatte.

Jetzt aber behauptete er plötzlich, der Welt eine Entdeckung geschenkt zu haben, neben der die Erfindung des Schießpulvers, der Druckerpresse oder der Dampfmaschine belanglose Lappalien seien. Die Wissenschaft habe zwar im Verlauf der letzten Jahrzehnte atemberaubende Fortschritte auf allen Gebieten gemacht – seine Entdeckung schien jedoch eher auf dem Gebiet der Wunder als auf dem der Wissenschaft zu liegen.

»Und wir sollen Ihnen also glauben«, sagte Sir Wilfrid gerade, »daß Sie eine Möglichkeit gefunden haben, den Tieren die Kunst der menschlichen Sprache beizubringen, und daß sich der liebe alte Tobermory als Ihr erster erfolgreicher Schüler entpuppt hat?«

»Während der letzten siebzehn Jahre habe ich an diesem Problem gearbeitet«, sagte Mr. Appin. »Aber erst während der letzten acht oder neun Monate bin ich mit den Andeutungen eines Erfolges belohnt worden. Bis dahin hatte ich natürlich schon mit Tausenden von Tieren experimentiert – zuletzt jedoch ausschließlich mit Katzen, diesen wundervollen Geschöpfen, die sich in phantastischer Weise unserer Zivilisation angepaßt haben, ohne dabei ihren hochentwickelten Raubtierinstinkt aufzugeben. Hin und wieder stößt man bei Katzen auf einen überragenden Intellekt – genauso wie bei der Masse der menschlichen Geschöpfe; und als ich vor einer Woche die Bekanntschaft Tobermorys machte, merkte ich sofort, daß ich einer ›Über-Katze‹ von ungewöhnlicher Intelligenz gegenüberstand. Bei meinen letzten Versuchen war ich dem Erfolg ein großes Stück näher gekommen; bei Tobermory – wie Sie ihn nennen – habe ich jedoch mein Ziel erreicht.«

Mr. Appin beschloß seine bemerkenswerten Ausführungen in dem spürbaren Bemühen, seinen Triumph nicht laut werden zu lassen. Keiner der Anwesenden murmelte »Unsinn«, obgleich Clovis' Lippen ein zweisilbiges Wort formten, das diesem nagenden Unglauben vermutlich entsprach.

»Damit wollen Sie also sagen, daß Tobermory jetzt in der Lage ist, zu sprechen und einfache Sätze aus einsilbigen Wörtern zu verstehen?« meinte Miss Resker nach einer kurzen Stille.

»Meine liebe Miss Resker«, erwiderte der Wundermann geduldig, »in der von Ihnen erwähnten Form unterrichtet man kleine Kinder, Wilde und geistig zurückgebliebene Erwachsene. Wenn man jedoch erst einmal das Problem gelöst hat, bei einem Tier mit sehr hoch entwickelter Intelligenz den Anfang zu finden, braucht man diese ermüdende Methode nicht mehr. Tobermory ist in der Lage, unsere Sprache völlig korrekt zu sprechen.«

In diesem Augenblick sagte Clovis deutlich vernehmbar: »Wahnsinn!« Sir Wilfrid war zwar höflicher, jedoch nicht weniger skeptisch.

»Vielleicht ist es am besten, wir lassen Tobermory hereinholen und bilden uns dann selbst ein Urteil?« schlug Lady Blemley vor.

Sir Wilfrid begab sich auf die Suche nach dem Tier, und die übrigen lehnten sich bequem und in der anspruchsvollen Erwartung zurück, Zeugen eines mehr oder weniger geschickten Bauchrednertricks zu werden.

Nur Sekunden später stand Sir Wilfrid wieder in der Tür: trotz der Bräune war sein Gesicht blaß, und in den Augen spiegelte sich seine Aufregung wider. »Bei Gott – es ist wahr!«

Seine Erschütterung war echt, und seine Zuhörer waren auf einmal hellwach und blickten ihn gespannt an.

Sir Wilfrid ließ sich in einen Sessel fallen; das Erlebnis hatte ihm fast den Atem verschlagen. »Er war im Rauchzimmer und schlief. Ich rief ihm zu, er solle zum Tee kommen. Wie üblich blinzelte er mich an, und ich sagte: ›Los, Toby – wir haben keine Lust zu warten!‹ Und bei Gott – mit einer entsetzlich natürlichen Stimme erwiderte er daraufhin, daß er käme, wenn es ihm paßte! Mich hat es fast umgeworfen!«

Appin hatte vor völlig ungläubigen Zuhörern gepredigt; Sir Wilfrids Feststellung überzeugte jedoch sofort. Ein Durcheinander verwirrter, aufgeregter Stimmen erhob sich, in dem der Wissenschaftler schweigend in seinem Sessel saß und die ersten Früchte seiner erstaunlichen Entdeckung genoß.

Dann betrat Tobermory den Raum; auf seinen Sammetpfoten schritt er mit betonter Gleichgültigkeit zu der Gruppe, die um den Teetisch saß.

Alle Anwesenden waren plötzlich verlegen und befangen; niemand wagte es, eine Hauskatze anzusprechen, deren geistige Fähigkeiten denen der Anwesenden ebenbürtig waren.

»Möchtest du etwas Milch haben?« fragte Lady Blemley schließlich mit ziemlich aufgeregter Stimme.

»Meinetwegen«, lautete die Antwort, die in einem völlig gleichgültigen Ton gesprochen wurde. Ein Schauer unterdrückter Aufregung überlief die Zuhörer, und Lady Blemley goß die Milch mit bebender Hand in die kleine Schüssel. Aber das war verständlich.

»Ich glaube, ich habe etwas danebengegossen«, sagte sie entschuldigend.

»Schließlich gehört der Teppich nicht mir«, erwiderte Tobermory nur.

Wieder senkte sich ein Schweigen über die Anwesenden. Schließlich fragte Miss Resker mit ihrem hochmütigsten Gesicht, ob die menschliche Sprache schwer zu erlernen sei. Tobermory sah sie einen Augenblick aufmerksam an und senkte dann vorwurfsvoll den Blick, damit zeigte er deutlich, daß er nicht geneigt war, auf derartig einfältige Fragen einzugehen.

»Was hältst du von der menschlichen Intelligenz?« fragte Mavis Pellington schüchtern.

»Wessen Intelligenz meinen Sie im besonderen?« fragte Tobermory kühl.

»Zum Beispiel – zum Beispiel meine«, sagte Mavis und lachte dabei verlegen.

»Damit bringen Sie mich in eine peinliche Situation«, sagte Tobermory, dessen Ton und Benehmen jedoch keinerlei Peinlichkeit verrieten. »Als Ihr Name im Zusammenhang mit den Einladungen zu dieser Party genannt wurde, erhob Sir Wilfrid Einspruch, weil Sie die dümmste Frau seines ganzen Bekanntenkreises seien und weil zwischen Gastfreundschaft und der Wohltätigkeit für geistig Minderbemittelte ein erheblicher Unterschied bestehe. Lady Blemley erwiderte darauf, daß Ihr mangelnder Verstand doch gerade der Grund zu der Einladung sei, da Sie – Lady Blemleys Ansicht nach – der einzige in Frage kommende Mensch wären, der ihren alten Wagen kaufen würde. Sie kennen den Wagen doch, nicht wahr? Man nennt ihn hier den ›Neid des Sisyphos‹, weil er jede Steigung sehr flott nimmt, wenn man ihn schiebt.«

Lady Blemleys Protest wäre erheblich wirkungsvoller gewesen, wenn sie nicht am gleichen Morgen – ganz nebenbei – zu Mavis gesagt hätte, daß der fragliche Wagen genau das richtige für sie sei, da sie schließlich in dem hügeligen Gebiet von Devonshire wohne.

Um von diesem Thema abzulenken, stürzte Major Barfield sich in das Gespräch.

»Was ist eigentlich mit der gefleckten Stallkatze, mit der du dich dauernd herumtreibst? Antwort!«

Jeder der Anwesenden merkte im gleichen Augenblick, daß diese Frage ein großer Fehler war.

»Normalerweise redet man vor anderen nicht über derartige Dinge«, erwiderte Tobermory kalt. »Nach allem, was Sie sich seit Ihrer Ankunft in diesem Hause geleistet haben, würde es Ihnen aller Wahrscheinlichkeit nach auch nicht passen, wenn ich die Unterhaltung auf Ihre eigenen Affären brächte.«

Die Unruhe, die diese Worte auslösten, beschränkte sich nicht nur auf den Major.

»Könntest du vielleicht in der Küche nachfragen, ob dein Essen schon fertig ist?« schlug Lady Blemley sofort vor und versuchte damit die Tatsache zu übersehen, daß es bis zu Tobermorys Abendbrot mindestens noch zwei Stunden dauern würde.

»Nein, danke«, sagte Tobermory, »das hat noch Zeit. Ich möchte nicht an einer Magenverstimmung sterben.«

»Du weißt doch, daß Katzen neun Leben haben«, meinte Sir Wilfrid nachdrücklich.

»Möglich ist es«, erwiderte Tobermory. »Aber sie haben nur eine Leber.«

»Adelaide!« warf Mrs. Cornett ein, »willst du diese Katze etwa noch dazu ermuntern, draußen mit dem Personal über uns zu lästern?«

Das Entsetzen hatte inzwischen alle Anwesenden ergriffen. Vor den meisten Schlafzimmerfenstern lief nämlich eine schmale, mit Ornamenten verzierte Balustrade entlang, und man erinnerte sich auf einmal, daß sie zu jeder Zeit Tobermorys Lieblingsaufenthalt war, von dem aus er die Tauben beobachtete – und der Himmel allein wußte, wen noch! Mrs. Cornett, die einen erheblichen Teil ihrer Zeit vor dem Toilettenspiegel verbrachte und der man ein nomadenhaftes, wenn auch pünktliches Wesen nachsagte, machte einen genauso unruhigen Eindruck wie der Major. Sollte Tobermory in seiner offenen Art sich einiger Dinge erinnern, würde die Wirkung mehr als nur verwirrend sein. Miss Scrawen, die ausgesprochen sinnliche Gedichte verfaßte und ein makelloses Leben führte, zeigte nur Entsetzen; wenn man in persönlichen Dingen systematisch und tugendsam vorgeht, hat man nicht unbedingt das Verlangen, daß alle Welt es erfährt. Bertie van Than, der schon mit siebzehn Jahren so verdorben war, daß er bereits vor einiger Zeit den Wunsch, noch schlimmer zu werden, fallengelassen hatte, verfärbte sich und wurde kalkweiß; immerhin beging er nicht den Fehler, den Raum überstürzt zu verlassen – wie Odo Finsberry, ein junger Mann, der Theologie studierte und den der Gedanke, in die Skandale anderer Menschen eingeweiht zu werden, völlig verwirrte. Clovis besaß die Geistesgegenwart, äußerlich völlig unbeteiligt zu wirken. Er überschlug in Gedanken, wie lange es dauern würde, sich irgendwoher eine Kiste mit besonders zarten Mäusen schicken zu lassen – als eine Art Schweigegeld.

Selbst in dieser heiklen Situation konnte Agnes Resker es nicht ertragen, längere Zeit im Hintergrund stehen zu müssen.

»Warum bin ich nur hierhergekommen?« rief sie dramatisch aus.

Tobermory ergriff sofort die Gelegenheit.

»Nach allem, was Sie gestern Mrs. Cornett gegenüber während des Krocketspiels äußerten, sind Sie wegen des ausgezeichneten Essens gekommen. Von den Blemleys sagten Sie, sie seien die langweiligsten Menschen, die Sie kennten; dann meinten Sie jedoch, daß die Blemleys immerhin so klug gewesen seien, sich einen ausgezeichneten Koch zu halten – sonst wäre es Ihrer Ansicht nach auch kaum vorstellbar, daß irgendein Gast zum zweitenmal hierherkäme.«

»Nicht ein einziges Wort davon ist wahr! Mrs. Cornett ist mein Zeuge . . .«

»Mrs. Cornett wiederholte Ihre Worte gegenüber Bertie van Than«, fuhr Tobermory fort, »und sagte noch: ›Dieses Weib ist ein regelrechter Freßsack. Wenn sie weiß, daß sie ihre vier ausgiebigen Mahlzeiten pro Tag bekommt, geht sie überall hin!‹ Und Bertie van Than sagte . . .«

Glücklicherweise wurde der Bericht an dieser Stelle unterbrochen. Tobermory hatte Tom, den großen gelben Kater aus dem Pfarrhaus, entdeckt, der durch die Ziersträucher zum Stall schlich. Mit einem gewaltigen Satz war er durch die offenstehende Terrassentür verschwunden.

Nach der Flucht seines allzu gelehrigen Schülers fand sich Cornelius Appin plötzlich inmitten eines Orkans erbitterter Vorwürfe, ängstlicher Fragen und flehender Bitten. Allein bei ihm liege die Verantwortung für die entsetzliche Situation, und an ihm sei es jetzt, dafür zu sorgen, daß alles nicht noch schlimmer würde. Ob Tobermory seine gefährliche Begabung auch anderen Katzen mitteilen könne, war das erste, was man ihn fragte. Möglich sei es, erwiderte er, daß er seine intime Freundin, die Stallkatze, in seine neuen Fähigkeiten einweihe; es sei jedoch unwahrscheinlich, daß er damit Erfolg hätte.

»Meinetwegen mag Tobermory eine wertvolle Katze und ein besonders liebes Tier sein«, meinte Mrs. Cornett. »Du wirst jedoch zugeben müssen, Adelaide, daß man ihn möglichst schnell beseitigen muß – und die Stallkatze auch!«

»Glaubst du etwa, daß ich die letzte Viertelstunde besonders genossen habe?« sagte Lady Blemley verbittert. »Mein Mann und ich mögen Tobermory wirklich gern – wenigstens mochten wir ihn, solange er diese schrecklichen Fähigkeiten noch nicht besaß. Aber jetzt gibt es natürlich keine andere Lösung, als ihn so schnell wie möglich zu beseitigen.«

»Vielleicht könnten wir etwas Strychnin in sein Fressen tun«, meinte Sir Wilfrid. »Die Stallkatze werde ich persönlich ersäufen. Der Kutscher wird seinem Liebling zwar nachtrauern, aber ich werde einfach sagen, daß bei beiden Katzen eine ansteckende Räude ausgebrochen sei und daß wir fürchteten, sie könnten auch die Hunde infizieren.«

»Und meine einzigartige Entdeckung?« unterbrach Mr. Appin ihn. »Nach so vielen Jahren des Forschens und Experimentierens . . .«

»Meinetwegen experimentieren Sie mit Rindviechern weiter, die man eingesperrt halten kann«, sagte Mrs. Cornett. »Oder auch mit den Elefanten in den zoologischen Gärten. Elefanten sollen doch so intelligent sein, und außerdem sagt man von ihnen, daß sie sich weder in Schlafzimmern herumtreiben noch unter Sesseln verstecken!«

Ein Erzengel, der verzückt das Tausendjährige Reich verkündet hat und dann feststellen muß, daß es aus irgendeinem Grund auf unbestimmte Zeit hinausgeschoben wird, könnte kaum enttäuschter sein als Cornelius Appin über das Echo, das sein wunderbarer Erfolg ausgelöst hatte. Die öffentliche Meinung stand jedoch gegen ihn, und hätte man auf die Stimme der Allgemeinheit gehört, wäre eine bedeutende Minderheit vermutlich dafür gewesen, ihm ebenfalls eine strychningewürzte Speise vorzusetzen.

Schlechte Zugverbindungen und der nervöse Wunsch, das hoffentlich gute Ende noch mitzuerleben, verhinderten die sofortige Abreise der Beteiligten; aber trotzdem war das Abendessen kein gesellschaftlicher Erfolg. Besonders Sir Wilfrid hatte aufregende Stunden hinter sich – zuerst wegen der Katze, dann wegen des Kutschers. Agnes Resker begnügte sich – für alle sichtbar – mit einem trockenen Toast, in den sie jedoch hineinbiß, als sei er ihr persönlicher Feind. Mavis Pellington befleißigte sich eines störrischen Schweigens; Lady Blemley dagegen redete ununterbrochen und hoffte, daß man es als Unterhaltung ansehen würde, während ihre Augen immer wieder zur Tür wanderten. Auf dem Büfett stand eine Schüssel mit sorgfältig präpariertem Fisch – aber nachdem Nachspeise, Käse und Mokka abserviert waren, hatte man Tobermory weder im Speisezimmer noch in der Küche gesehen.

Der Leichenschmaus fand seine würdige Fortsetzung in der Nachtwache, die im Rauchzimmer abgehalten wurde. Essen und Trinken hatten zumindest zur Folge, daß die herrschende Verlegenheit bemäntelt und man von ihr abgelenkt wurde. Eine Partie Bridge stand jedoch bei der vorhandenen Nervenanspannung und auf Grund der allgemeinen Stimmung gar nicht zur Debatte. Um elf Uhr ging das Personal zu Bett, nachdem noch Bescheid gesagt worden ist, daß das kleine Fenster in der Anrichte – Tobermorys Privateingang – wie üblich offenstehe. Die Gäste hingegen lasen sich standhaft durch die vorhandenen Magazine hindurch und griffen sogar auf literarische Zeitschriften sowie auf die verschiedenen Sammelbände des *Punch* zurück. In regelmäßigen Abständen suchte Lady Blemley die Anrichte auf, kehrte jedoch immer mit einem Ausdruck dumpfer Niedergeschlagenheit zurück, der jede Frage überflüssig machte.

Um zwei Uhr brach Clovis das lastende Schweigen.

»Heute nacht kommt er doch nicht mehr. Vermutlich sitzt er in der Redaktion der hiesigen Zeitung und diktiert das erste Kapitel seiner Memoiren. Sie werden alles übrige aus dem Felde schlagen und die Sensation des Tages werden.«

Nachdem Clovis seinen Beitrag zur allgemeinen Unterhaltung beigesteuert hatte, begab er sich zu Bett. In längeren Abständen folgten die anderen Gäste seinem Beispiel.

Die Diener, die am folgenden Morgen den Frühstückstee auf den Zimmern servierten, gaben auf die stets gleiche Frage eine ständig wiederkehrende Antwort: Tobermory sei noch nicht nach Hause gekommen.

Das gemeinsame Frühstück verlief – wenn überhaupt möglich – noch unerfreulicher als das gestrige Abendessen; bevor man sich jedoch wieder erhob, wurde die Situation geklärt: Tobermorys Leichnam wurde ins Haus gebracht. Einer der Gärtner hatte ihn zwischen den Ziersträuchern gefunden. Aus der Bißwunde an seiner Kehle und den gelben Haarbüscheln an seinen Krallen wurde deutlich, daß er in dem ungleichen Kampf mit dem Tom aus dem Pfarrhaus unterlegen war.

Gegen Mittag hatten die meisten Gäste das Haus verlassen, und nach dem Essen hatte sich Lady Blemley wieder soweit erholt, daß sie an das Pfarrhaus einen äußerst unangenehmen Brief wegen des Verlustes ihres Lieblings schreiben konnte.

Tobermory war Mr. Appins erster erfolgreicher Schüler gewesen, und das Schicksal wollte es, daß er keinen Nachfolger bekam. Wenige Wochen später riß sich im Dresdener Zoo – ohne vorher die geringste Erregung zu zeigen – ein Elefant los und tötete einen Engländer, der ihn offenbar geärgert hatte. Der Name des Unglücklichen wurde von den Zeitungen verschieden angegeben: einmal als Oppin, dann wieder als Eppelin. Als Vorname wurde jedoch überall gleichlautend »Cornelius« genannt.

»Wenn er versucht haben sollte, dem armen Tier die deutschen unregelmäßigen Verben beizubringen, hat er es auch nicht anders verdient«, sagte Clovis.

Max Steele

Der Kater und die Kaffeetrinker

Manchmal frage ich mich, ob die Generation der Mütter, die zwischen 1910 und 1940 ihre Fünfjährigen in Miß Effie Barrs Kindergarten schickte, je ahnte, was ihre Sprößlinge in dem einzimmrigen Schulhaus lernten. Obwohl in den dreißiger Jahren das Städtchen in den Südstaaten nicht mehr klein und Miß Effie bereits einiges über siebzig war, kannte sie sämtliche Kinder schon mindestens ein Jahr, bevor sie in ihre Obhut kamen. Meine Mutter, korrekt mit Hut und Handschuhen ausgerüstet, führte mich ihr zum erstenmal zu, als ich vier war.

Es war ein Spaß, ihr Haus zu besuchen. Es war groß und grau und lag etwas abseits der Straße, an der ich wohnte. Es war das letzte *weiße* Haus vor dem schwarzen Stadtteil, und die ersten Negerhäuser waren noch bis zur Wirtschaftskrise im Besitz der Barrs gewesen. Vom Pfahl, an welchem man die Pferde anband, führten moosbewachsene Backsteintreppen zu einem Kiesweg, und von dort gelangte man zwischen wuchernden Buchsbäumen zu einer Vorhalle mit zwölf schlanken Säulen. Da pflegte zur Sommerzeit die schwarzgekleidete Miß Effie im Schatten der Schwarzeichen an einer Strickarbeit oder mit einer Stickerei zu sitzen, während ihr großer grauer Kater neben oder oft auch auf ihren Füßen kauerte. Durch das offene Fenster des Musikzimmers, in dem ihre ältere Schwester, Miß Hattie, Klavierstunden gab, klang langsames, undefinierbares Geklimper.

Bei solchen Besuchen schien Miß Effie dem Kind überhaupt keine Beachtung zu schenken; sie bot ihm weder Kekse noch Limonade an und versuchte sich auch sonst nicht beliebt zu machen. Sie zog es vor, sich mit der Mutter zu unterhalten, wobei sie sich beiläufig an das Kind wandte: »Du kannst ja auf der Wiese die wilden Zwiebeln ausziehen, wenn du nichts anderes zu tun weißt.« Nichts in ihrer Stimme verriet, daß dies ein Spiel sein sollte oder daß es dafür eine Belohnung gab. Sie stellte lediglich fest, was man unternehmen konnte, wenn man nur wollte. Und meistens tat man es.

Miß Effie kannte keine Umschweife. Eines Morgens gegen Ende September stand meine Mama mit mir und weiteren elf Müttern und deren Kindern auf dem Vorplatz. Eine Hand aufs Fliegengitter gestützt, musterte uns Miß Effie sorgfältig, und anhand einer Liste, die sie in der andern Hand hielt, kontrollierte sie die jungen Gesichter, um sich zu vergewissern, ob dies nun tatsächlich die Kinderschar sei, die sie im Laufe des Sommers unter den vierzig oder mehr Kandidaten ausgewählt hatte. Anscheinend befriedigt oder zumindest versöhnt durch die Tatsache, daß die Aufbesserung ihres Einkommens für ein weiteres Jahr gesichert war (denn in den Südstaaten schickte es sich für eine Dame ihrer Generation nicht zu *arbeiten*), öffnete sie die Tür weit und sagte in unbeteiligtem Tonfall: »Kinder herein.« Als eine der Mütter ihr zauderndes Söhnchen in den düsteren Salon führen wollte, erklärte Miß Effie: »Mütter hinaus.«

Kaum waren alle Kinder drin und die Mütter draußen, machte Miß Effie das Fliegengitter zu, dankte den Müttern, daß sie ihre Kinder hergebracht hatten, und erinnerte sie daran, daß der Unterricht von halb neun bis zwölf dauere. Das Schulgeld von zwei Dollar pro Woche sei jeweils freitags zu entrichten, und jedes Kind habe als Teil des Unterrichts die verantwortungsvolle Aufgabe, das Geld in einem Umschlag, der die Unterschrift der Eltern trug, abzugeben. Sie dankte den Müttern noch einmal in einem Ton, der ihnen nichts anderes übrigließ, als gemeinsam über den Kiesweg abzuziehen.

Nun wandte sich Miß Effie uns zu, die wir etwas enger gedrängt als nötig im dunklen Salon beieinanderstanden. »Dies ist euer erster Tag, und ich will euch jetzt alles zeigen, damit ihr später nicht dauernd herumguckt, statt zuzuhören.«

Sie zeigte uns den Perserteppich, die Pendeluhr, die Bücherregale mit den ledergebundenen Bänden, die Gestelle mit den Gesteinssammlungen, Muscheln, Vogelnestern und versteinertem Holz. Für dies eine Mal dürften wir alles betasten.

Zum Musikzimmer, das gerade leer war, hatten wir keinen Zutritt, aber sie zeigte uns durch die Türöffnung den großen Flügel ausländischer Herkunft, den roten Plüschsessel, auf dem Miß Hattie saß, während sie unterrichtete, die Notenregale, die Pflanzen und die Fensterbänke, die, wie sie sagte, mit Musiknoten vollgestopft seien. »Dieses Zimmer dürft ihr nie betreten«, sagte sie. »Nicht einmal ich gehe hinein.«

Dann zeigte sie uns das Eßzimmer, die Wohnstube, den Flur, und auf dem Treppenabsatz sagte sie: »Wir gehen jetzt hinauf – zum ersten- und letztenmal.« Barbara Ware, eins der drei Mädchen unserer Klasse, begann zu weinen. »Keine Angst«, tröstete Miß Effie sie. »Ihr kommt schon wieder runter. Aber es gibt keinen Grund, je wieder hinaufzugehen. Ihr sollt euch alles ansehen, damit ihr später keine persönlichen Fragen stellen müßt, denn das wäre der Gipfel der Unhöflichkeit, oder nicht? Wenn ihr nämlich wissen wolltet, wo ich schlafe und welches das Fenster von Miß Hatties Zimmer ist, ohne daß ich es euch von mir aus sage, so müßte ich euch für ungezogen halten. Deshalb zeige ich euch jetzt alles, damit ihr später nicht in Versuchung kommt, persönliche Fragen zu stellen.«

Wir gingen hinauf in ihr Zimmer, und sie zeigte uns, wo sie die Schuhe aufbewahrte (hinter den Stufen, die zu ihrem Himmelbett führten), wo ihre Kleider hingen (in zwei großen Schränken) und wo sie ihre Hutschachtel aufbewahrte (in einer Schiffstruhe aus Teakholz). Auf dieser Schiffstruhe, sagte sie, schliefe die Katze, sofern sie nachts zu Hause sei.

Dann klopfte sie an Miß Hatties Zimmertür und fragte ihre Schwester, ob wir hineinschauen dürften. Miß Hattie erklärte sich mit einem kurzen Besuch einverstanden. Danach zeigte uns Miß Effie das obere Badezimmer und erklärte, daß der Hahn der Badewanne die ganze Nacht tropfe, darum liege ein Handtuch drunter.

Als wir wieder unten waren, zeigte uns Miß Effie die *neue* Küche – Baujahr 1900 – und die hintere Veranda, die erst vier Jahre zuvor mit Fliegengitter und einem Törchen versehen worden war, durch das die Katze nach Belieben ein und aus gehen konnte. Wir waren von allem so beeindruckt, als hätten wir noch nie zuvor ein Haus gesehen.

»Und jetzt raus durch die Hintertür, alle miteinander.« Wir mußten uns vor der Treppe aufstellen, während sie an einem Stock, der sonst an einem Nagel bei der Tür hing, eine Stufe nach der andern zu uns hinabstieg.

»So, jetzt habt ihr mein Haus gesehen, aber das war das erste und letzte Mal – außer ich lade eure Mütter an Weihnachten zu Obstkuchen und Kaffee ein. Ich glaube nicht, daß ich es dieses Jahr tun werde. Habt ihr nicht auch genug von Obstkuchen und Kaffee an Weihnachten?«

Wir sagten ja, da es doch klar war, daß sie es satt hatte.

»Dort drüben ist die Scheune, die wir uns ein andermal anschauen werden. Und das ist das Gewächshaus – das werden wir oft besuchen. Hier ist das Klassenzimmer, für gewöhnlich unser Aufenthaltsraum.« Mit dem Stock zeigte sie auf ein quadratisches Backsteingebäude, das vor dem Bürgerkrieg als Küche gedient hatte. Die Tür stand offen.

Wie Schafe trieb sie uns mit ihrem Stock über den Backsteinpfad, wobei wir ihr nicht zu nahe kommen durften, damit sie nicht über uns stolperte. Vor der Tür befahl sie: »Hinein mit euch.«

Wir drängelten durch die Tür, und kaum waren wir alle drin, jagte sie uns wieder hinaus. »Welche von euch sind Buben?« Die neun Jungen hoben, ihrem Beispiel folgend, die Hände. »Und welche die Mädchen?« Die drei Mädchen hatten sich bereits von den Jungen getrennt und nickten eifrig. »Na also dann, junge Herren«, wandte sie sich an uns, »lassen wir erst die jungen Damen eintreten, sonst könnte man noch meinen, daß ihr alle junge Damen seid.«

Schüchtern und geschmeichelt traten die Mädchen ein – und wir hinter ihnen her.

»Einen Augenblick, ihr jungen Herren«, rief sie aus. »Habt ihr nichts vergessen?« Wir sahen uns nach einem weiteren Mädchen um.

»Mich!« verkündete sie. »Mich habt ihr vergessen!« Sie bahnte sich einen Weg durch unseren Knäuel, indem sie uns mit dem Stock auseinandertrieb, und marschierte in die Küche.

Die Küche war innen wie außen hauptsächlich aus Backstein. Aus Backstein waren die Wände, der Boden, der Herd und der riesige Kamin mit Ausnahme der Wandschränke zu beiden Seiten. Die

Decke bestand aus Balken und breiten Brettern, die Fenster aus gewellten Glasvierecken, die sich wie Läden nach außen öffnen ließen. Es gab drei große Holztische, und um jeden standen vier Stühle.

Auch hier wurde uns alles gezeigt. Der Kamin, sagte sie, würde nur bei eiskaltem Wetter benützt. Sonst diente ein gußeiserner Ofen auf der einen Seite des Zimmers als Heizung. Der Großvaterstuhl zwischen dem Kamin und dem Ofen gehörte nur ihr, und wir durften ihn nicht berühren. Der Nähtisch, auf dem sich Wolle und Stricknadeln häuften, durfte nur von ihr und nicht von uns benutzt werden. Der Schrank, bei dem sie stand, enthielt Geschirr. Sie öffnete ihn. Später würden wir auch in den andern Schrank hineinschauen dürfen. Die Tische und Stühle sowie ein paar Mantelhaken am andern Ende des Zimmers gehörten alle uns, und wir durften damit machen, was wir wollten. Das war, so erklärte sie uns, das Klassenzimmer, und als junge Damen und Herren würden wir sicher auf Ordnung halten.

Im übrigen könnten wir ja gleich mit der ersten Lektion beginnen, nämlich Fegen und Abstauben. Sie öffnete den andern Schrank und zeigte uns einen Mop, einen Eimer, ein paar Lappen und Bürsten sowie drei Besen. Wir wurden nicht in Arbeitsgruppen eingeteilt, und es wurden uns auch nicht bestimmte Abschnitte zugewiesen, daß man sehen konnte, wer am saubersten gewischt hatte. Sie erklärte uns lediglich, daß es für junge Damen selbstverständlich sei, mit einem Besen umzugehen, und bestimmt kämen auch junge Herren irgendeinmal im Leben in die Lage, ein Zimmer kehren zu müssen.

Die Unterweisung war denkbar einfach: »Griff festhalten, und los geht's!« Sie verteilte die drei Besen und ließ uns Buben vom Kamin zur Eingangstür fegen. Von Zeit zu Zeit korrigierte sie uns: »Du wirbelst ja Staub hoch, wenn du den Besen so rumschwingst . . . Bleib damit am Boden . . . Halt den Griff tiefer, so kriegst du mehr Schmutz . . . Bück dich nicht so, sonst bist du müde, bevor der Boden sauber ist.«

Während wir saubermachten, kochte Miß Effie in einem großen roten Emailtopf auf einem kleinen Spiritusbrenner. Da das Zimmer, wie sie selbst zugab, den ganzen Sommer nicht gereinigt worden war, kam ein ansehnlicher Haufen Ziegelstaub, Sand und Schmutz bei der Tür zusammen. »Und jetzt machen wir Frühstückspause«, erklärte sie schließlich. Es war bereits zehn Uhr. »Nach dem Frühstück zeige ich euch, wie man den Abfall zusammenkehrt und abstaubt. Das gehört zur Allgemeinbildung.«

Es stellte sich heraus, daß das »Frühstück« aus einer halben Tasse Kaffee pro Kopf bestand. Ein Löffel Zucker, erklärte Miß Effie, reiche vollauf, sofern wir überhaupt glaubten, Zucker zu benötigen – sie selbst brauchte keinen. Für solche, die schwarzen Kaffee nicht mochten, gab es Milch (sie sprach das aus, als sei es eine Charakterschwäche, Milch zum Kaffee zu nehmen). Wohl keiner von uns hatte je Kaffee zuvor getrunken, und Robert Barnes gab dies auch offen zu.

»Gut«, sagte Miß Effie. »Dann habt ihr also heute etwas Neues gelernt.«

Miriam Wells wandte allerdings ein, ihre Eltern würden es nicht gutheißen, wenn sie Kaffee tränke.

»Sehr schön«, entgegnete Miß Effie. »Dann trink eben keinen. Und sollte ich dir je wieder Kaffee anbieten, so sag einfach: ›Nein, danke, Ma'am!‹« (Am nächsten Tag trank Miriam Wells mit uns allen ihren Kaffee.) »Und eins laßt uns ein für allemal klarstellen – eure Eltern brauchen nicht zu wissen, was ihr tut, während ihr unter meiner Obhut seid.«

Ihre bestimmten Worte gaben uns ein angenehmes Gefühl, und von diesem Augenblick an wurde das Schulzimmer zu einem Platz, der Geborgenheit und einen Hauch von Geheimnis ausströmte.

An diesem Tag lernten wir noch Becher ausspülen und in einen Topf legen, in welchem sie dann ausgekocht wurden; wir lernten den Abfall zusammenkehren und abstauben. Am Mittag brachte uns Miß Effie bei, wie man ordentlich die Jacke oder den Mantel anzieht und wie man – einer nach dem anderen – auf die Lehrerin (oder sonst eine Dame, bei der man zu Besuch ist) zuzugehen hat, um danke schön zu sagen (für den Kaffee oder was immer aufgetischt wurde), und wie man sich verabschiedet und das Zimmer verläßt, ohne zu laufen oder zu lachen. Das war gar nicht so einfach, wie man es sich vorstellt.

Am folgenden Morgen wartete Robert Barnes vor seinem Haus auf der Treppe, als ich bei ihm vorbeikam. Von der ganzen Klasse wohnten wir beide am nächsten zu den Barrs, und so kamen wir als erste im Kindergarten an.

Miß Effie saß in ihrem Großvaterstuhl und bürstete die Katze, die auf einem hochbeinigen Hocker vor ihr lag. Wir traten stumm ein. Miß Effie sagte, ohne aufzublicken: »So, meine jungen Herren, jetzt wollen wir's nochmals versuchen – hinaus! Bevor man über eine Schwelle tritt, nimmt man die Mütze ab und sagt beim Eintreten: ›Guten Morgen, Ma'am!‹ Wer Lust hat, lächelt, wer keine Lust hat, eben nicht.« Sie selbst lächelte nicht, als wir hinausgingen und in der vorgeschriebenen Weise wieder eintraten. Doch diesmal blickte sie uns gerade in die Augen, als sie unser »Guten Morgen« erwiderte. Später wurde jedes Kind, das ihrer Ansicht nach unmanierlich ins Zimmer trat, wieder hinausgeschickt.

Merkwürdigerweise lächelte sie niemanden an, und in der Rückschau wird mir jetzt klar, daß ein Teil ihres Erfolges darin bestand, Kinder wie Erwachsene zu behandeln und jede Lektion wie eine ernste Aufgabe. Auch wenn es bei uns gelegentlich zu Tränenausbrüchen und Tobsuchtsanfällen kam, verlor sie nie ihre feste, vernunftbetonte Haltung. In ihrem Großvaterstuhl sitzend, schwarz gekleidet vom Scheitel bis zur Sohle, mit Ausnahme der Kameenbrosche, den kleinen Goldohrringen und dem goldenen Opalring an ihrer rechten Hand, war sie meistens so feierlich und würdevoll wie ein Richter auf seinem Richterstuhl. Seltsamerweise kann ich mich an ihren ruhigen Ausdruck und die Würde ihres Gehabens erinnern, nicht aber an einen einzigen Zug in ihrem eckigen Gesicht.

An diesem Morgen wartete Miß Effie, bis wir alle artig eingetreten waren, worauf sie auf die Katze wies, die auf dem Hocker thronte. »Dies ist Mr. Thomas. Er ist ein schlimmer Bursche und liebt Kinder gar nicht. Laßt ihn also in Ruhe! Ich hätte am liebsten auch nichts mit ihm zu tun, aber er gehört nun mal zufällig mir, wie schon seine Mutter und seine Großmutter. Die waren auch nicht besser. Aber da er nun einmal da ist, können wir uns ja über Katzen unterhalten.«

Sie zeigte uns, wie man Katzen bürstet und wie sie am Hals gekrault werden wollen, und erklärte, daß sie es nicht leiden können, an den Ohren oder am Schnurrbart berührt zu werden; wir sahen, wie Mr. Thomas horchend die Ohren aufstellte, wie er sich streckte und die Pfoten schloß, wenn man ihn am Bauch oder an den Füßen kitzelte, und wie er mit dem Schwanz zuckte, wenn man ihn ärgerte. »Mr. Thomas ist eine Kämpfernatur«, sagte sie und zeigte uns die Narben von einem guten Dutzend Schlachten, »allmählich wird er zu alt zum Kämpfen, aber er will das nicht kapieren.«

Sie blickte uns an, wie wir in einem mehr oder weniger großen Kreis um sie herumstanden. »So, und jetzt wollen wir mal sehen, wie ihr heißt. Ich kenne wohl eure Mütter, aber nicht eure Namen.« Sie sagte, sie würde der Reihe nach auf uns zeigen, und wir sollten laut und deutlich unsere Namen nennen und ihr dabei gerade in die Augen schauen. Dann konnten wir uns einen Stuhl an einem der drei Tische wählen. »Ich hasse die Art, wie die meisten Leute sich scheuen, ihren Namen zu sagen. Seid stolz auf ihn und sprecht ihn klar aus!«

Als die jungen Damen ihre Namen genannt hatten, wurden sie sehr gelobt; sie beschlossen, alle am selben Tisch zu sitzen. Ein, zwei Buben schrien ihre Namen in dummdreister Manier hinaus und mußten von vorn beginnen. Ein, zwei andere, die wegblickten, um sich einen Platz auszusuchen oder der Katze zuzuschauen, mußten ihn ebenfalls wiederholen. Weil ich nicht laut genug sprach, mußte ich meinen Namen dreimal sagen. Ein Junge, der seinen Namen nicht wiederholen wollte, wurde an diesem und am folgenden Tag Herr Namenlos genannt. Am dritten Tag erschien er nicht mehr, auch nicht am vierten und fünften. In der darauffolgenden Woche nannte ein neuer Junge von der Warteliste seinen Namen tadellos und nahm fortan den Platz von Herrn Namenlos ein.

Am zweiten Tag lernten wir also manches über Katzen und Namen. Am Tag darauf zeichneten sich Barbara Ware und Robert Barnes besonders aus, weil sie erklärten, der Kaffee schmecke ihnen am besten schwarz und ohne Zucker, genauso wie er nach Miß Effies Meinung getrunken werden sollte.

Am Ende der zweiten Woche wiederholten wir, was wir gelernt hatten, indem wir das Zimmer wieder kehrten und abstaubten. Und jeden Tag übten wir, anständig einzutreten und fortzugehen und unseren Namen so zu nennen, als wären wir auf ihn und auf uns selbst stolz – was wir allmählich auch waren.

In der dritten Woche erklärte Miß Effie, indem sie die Katzenbürste niederlegte und Mr. Thomas vom Hocker scheuchte, auch sie wäre stolz auf uns, wie wir uns mit forschem Blick, ohne zu zwinkern, vorstellten. »Aber jetzt will ich euch lehren, einen falschen Namen anzugeben, ohne die Miene zu verziehen.«

Sie saß da und klammerte sich mit den beiden dünnen Händen an den Armlehnen ihres Stuhles fest, während sie uns belehrte. Nicht jeder habe das Recht, unseren Namen zu erfahren, sagte sie. Gewisse Leute fragten einen aus, auch wenn es sie überhaupt nichts anging. Es wäre unhöflich, sie deswegen zurechtzuweisen, aber man konnte ihnen einen falschen Namen angeben. Sie sprach nicht von Kindsentführern, sondern von ruchlosen Handelsreisenden, von fremden Männern in Bussen und Zügen, von Landstreichern und Bettlern, die durch die Gegend strolchten.

Übungshalber lernten alle jungen Damen, den Namen Polly Livingstone höflich und überzeugend auszusprechen. Die Jungen mußten mit William Johnson antworten – ein Name, den ich heute noch mit größerer Sicherheit angeben kann als meinen eigenen. An diesem und am folgenden Tag mußten wir vor der Kaffeepause den richtigen und nach dem Kaffee den falschen Namen angeben. Es machte uns Spaß, auf Miß Effie zuzugehen, ihr die Hand zu geben, falls sie sie uns entgegenhielt, und ohne Wimpernzucken den falschen Namen auszusprechen. Wenn wir kicherten oder zögerten, mußten wir so lange am Kamin stehen, bis wir mehr Haltung beweisen konnten.

Am Ende des ersten Monats erklärte Miß Effie, daß sie mit unseren Fortschritten recht zufrieden sei. »Bis jetzt wißt ihr vor allem über Zimmer Bescheid. Die meisten Leute verbringen den größten Teil ihres Lebens in Zimmern, und jetzt kennt ihr euch wenigstens aus.« Sie rekapitulierte, was sie uns beigebracht hatte. »Was haben wir sonst noch über Zimmer gelernt?« fragte sie, indem sie Mr. Thomas auf seinen Lieblingsplatz, das sonnige Fenstersims, hinausließ.

»Wie man Kaffee trinkt«, rief Miriam Wells voller Stolz aus.

»Nein«, erwiderte Miß Effie, »das gehört in ein anderes Kapitel, nämlich wie man Dinge annimmt und wie man Dinge los wird, die man nicht will – fettes Fleisch, Knochen, Kerne, Schalen und« – fügte sie leise hinzu – »Eltern.« Einen Augenblick hielt sie befriedigt inne, als würde sie gleich zwinkern oder lächeln, aber ihr kantiges Gesicht veränderte sich kaum. »Nein. Abgesehen davon bin ich mit eurem Kaffeetrinken nicht zufrieden.« Dann hielt sie uns zum erstenmal die Rede, die sie in der Folge so oft wiederholte, daß wir sie am Ende des Jahres beim Spielen auf dem Heimweg laut aufsagten: »Kaffee ist ein Getränk, das man wegen seines Wohlgeschmackes genießt. Es ist kein Nahrungsmittel, das man mit Milch und Zucker anreichert. Nur eine bestimmte Sorte von Leuten versucht, sich davon auch zu ernähren. Es sind meistens jene, die ihre Gefühle öffentlich zur Schau tragen.« (Ich bin sicher, daß wir keine Ahnung hatten, was der Spruch bedeutete.) Sie erwartete, daß wir alle im Juni, vielleicht schon zu Weihnachten, den Kaffee schwarz tranken. »Müssen wir sonst noch etwas über Zimmer wissen?« fragte sie.

»Wie man sie baut«, antwortete Philip Pike.

»Das kann ich euch leider nicht sagen«, meinte Miß Effie. »Ich wünschte, ich wüßte es.« Nachdenklich blickte sie zum Fenstersims, wo sich Mr. Thomas schniegelte. »Fenster!« rief sie plötzlich aus. »Wie man Fenster putzt.«

Wieder wurde der Schrank geöffnet, und am nächsten Mittag wußten wir, wie man Fensterscheiben von innen und außen putzt und wie man alle Rolläden auf derselben Höhe befestigt.

Als es dann in November kalt wurde – kalt genug für den Ofen, aber nicht für den Kamin –, nahmen wir das eigentliche Werk in Angriff, das den Ruf von Miß Effies Kindergarten ausmachte: Lesen. Miß Effie las gerne, und es war in der ganzen Stadt und vor allem bei den Lehrern bekannt, daß die zwei- oder dreihundert Kinder, die sie unterrichtet hatte, als große Leseratten aufwuchsen. Sie versicherte, wir könnten zum Ende des Schuljahres besser lesen als die Drittkläßler, auch wenn wir erst fünf Jahre alt waren.

Wenn wir morgens ankamen, war der Ofen bereits warm. Erst pflegte Miß Effie eine Weile das Fell von Mr. Thomas zu bürsten, und wenn wir alle an unseren Plätzen saßen, verteilte sie die Lesebücher, die wir jeden Tag auf der ersten Seite aufschlugen und flach vor uns auf den Tisch legten. Während wir auf das Blatt starrten, setzte sie die große rote Emailkaffeekanne auf und gleichzeitig eine schwarze Eisenpfanne mit Haferbrei, weil wir jetzt etwas Nahrhaftes brauchten, um uns warm zu halten. Dann nahm Miß Effie Platz und ließ Mr. Thomas in ihren Schoß springen, worauf sie mit aufgeregter Stimme – immer auf Seite eins – zu lesen begann. Sie las genau bis zur Stelle, wo wir am Tag zuvor stehengeblieben waren, so daß sie notgedrungen jeden Tag schneller las, während wir die Seiten, die wir schon auswendig kannten, umdrehten, sobald wir sie das Blatt wenden sahen.

Dann traten wir einer nach dem andern vor, setzten uns auf den Katzenhocker beim Ofen und lasen laut vor, während die übrigen Kinder entweder zuhörten, mitlasen oder mit Bauklötzen spielten. Das Kind vorn auf dem Hocker bekam als Belohnung nach jedem Satz zwei Löffel Haferbrei, wenn es flüssig gelesen hatte, und einen, wenn es bei der Lektüre stockte. Da wir alle zweimal drankamen, einmal vor und einmal nach der Kaffeepause, waren wir nie sehr ausgehungert, wenn wir zur Mittagszeit den Kindergarten verließen, aber natürlich bekamen die guten und schnellen Leser mehr Haferbrei als die andern.

Neben den Leseübungen, die den größten Teil des Vormittags beanspruchten, lernten wir, mit Geld und Einkaufslisten Mr. Zenachers Lebensmittelgeschäft aufzusuchen, die Waren zu bezahlen und sie mitsamt dem Wechselgeld zurückzubringen. Gewöhnlich gingen wir zu zweit oder zu dritt in den Laden, der sich im nächsten Häuserblock befand. Während dieser Zeit lernten drei oder vier unserer Kameraden Blumentöpfe bemalen oder schlachtreife Brathähnchen im Hühnerhof hinter der Scheune einzufangen.

An sonnigen Wintertagen pflegten wir alle ins Gewächshaus zu gehen, wo wir Farne umpflanzten und Blumenzwiebeln in feuchte Beete setzten. Im März lernten wir Miß Effies Tennisplatz rechen, die Löcher mit feinem Sand ausfüllen und Schnüre fachgerecht auslegen und knüpfen, so daß später ein schwarzer Handwerker die Linien auf dem Platz mit Kalk bezeichnen konnte. Der Tennisplatz wurde im Frühling und Sommer halbtagweise an die Schüler und Schülerinnen des Gymnasiums vermietet.

Bis Ostern waren wir alle Experten im Fegen, Abstauben, Einkaufen, Blumenzwiebelnpflanzen, Lesen und Kaffeetrinken. Jetzt lag der Frühling in der Luft, und Miß Effie duldete es nicht mehr, daß wir den ganzen Vormittag um den Ofen hockten, wo wir den Winter zugebracht hatten. Meistens gingen wir nach einer Stunde gemeinsamen Lesens im Chor mit ihr in den Garten und schnitten den »ersten Hauch Frühling« ab: Jasminblüten, Osterglocken und die Zweige der Pfirsich- und Birnbäume, die wir im Treibhaus in Eimer mit Wasser stellten. Miß Effie malte ein Plakat BLUMEN ZU VERKAUFEN, das wir gemeinsam an einem Baum neben dem Gehsteig befestigten. Außer den Blütenzweigen, die wir zum Treiben gebracht hatten, verkaufte sie auch Farne und Narzissen, die wir gepflanzt hatten und die nun Knospen trugen.

Überhaupt gab es im Frühling alle Hände voll zu tun, aber ich erinnere mich nur noch an eine Sache, die wir lernten. Als wir an einem warmen Maimorgen in den Kindergarten kamen, lag Mr. Thomas mit bößen Rißwunden an den Ohren auf einem zusammengelegten Stück Teppich bei der offenen Schulzimmertür. Er hatte die Augen geschlossen und röchelte laut. Wir wollten ihn streicheln und ihm gut zusprechen, aber Miß Effie, die ihn nicht aus den Augen ließ, erlaubte es uns nicht. Sie sagte, er sei nicht nur ein böser, sondern allem Anschein nach auch ein leichtsinniger Kater gewesen. Er sei vermutlich von einem Wagen angefahren worden, als er vor einer Hundemeute Reißaus nehmen wollte, worauf die Hunde über ihn hergefallen seien. Sie und Miß Hattie hätten in der Nacht den Kampf gehört. Jedenfalls gelang es Mr. Thomas schließlich, unter die Treppe zu kriechen, wo die Hunde nicht mehr an ihn heran konnten. Beim Morgengrauen war sie dann heruntergekommen und hatte siedendes Wasser über die Hunde geschüttet und den Kater befreit.

Sobald ein Negerbursche aus der Praxis ihres Vetters, der Arzt war, gekommen sei, werde sie uns zeigen, wie man eine Katze einschläfert, sagte sie.

Wir fanden, Mr. Thomas schlafe bereits.

»Aber wir werden ihn so einschläfern«, bemerkte sie, ohne den Blick vom Kater abzuwenden, »daß er nicht mehr erwachen wird.«

»Werden Sie ihn töten?« fragte Robert Barnes.

»So kann man es auch nennen.«

Wir waren ganz außer uns, als uns klar wurde, daß wir jetzt Mr. Thomas zum letztenmal sahen. Aber Miß Effie hatte weder für den Kater noch für uns Mitgefühl. »Er leidet, und das soll er nicht, auch wenn er ein frecher Kater ist.«

Als Barbara Ware zu schluchzen begann, fuhr Miß Effie sie in strengem Ton an: »Tiere sind keine Menschen!«, so daß Barbara gleich zu weinen aufhörte.

Nachdem der Negerjunge das Paket abgegeben hatte, hörte Miß Effie mit Vorlesen auf und holte aus einem der Schränke einen Segeltuchsack mit einem Schnurverschluß. »Würden die jungen Damen bitte mitkommen. Dann werde ich die jungen Herren bitten, Mr. Thomas herzubringen.« Wir rannten alle hinaus, um je einen Zipfel des Teppichs zu erwischen und Mr. Thomas hinter ihr her durch den Garten zum Geräteschuppen zu tragen.

»Und jetzt wickelt ihn mal in den Teppich. Fest! Den Kopf und alles!« befahl sie uns, als wir beim Geräteschuppen waren.

Das taten wir, worauf Miß Effie das Paket öffnete und vorlas, was auf dem Etikett stand: Chloroform. Sie erklärte uns die Eigenschaften der Chemikalie, während wir den Kater fest verpackt, Schwanz voraus, in den Sack steckten. Miß Effie hieß uns zurückstehen und den Atem anhalten. Dann tränkte sie einen großen Lappen mit der Flüssigkeit und goß den Rest direkt über den Kopf des Katers und auf den Teppich. Sie stopfte den Lappen in den zusammengerollten Teppich, bis er Mr. Thomas ganz zudeckte, zog die Schnur zu und warf die Katze mitsamt dem Sack in den Geräteschuppen. Sie schloß energisch die Tür und schob den Riegel vor. »So kommt keine Luft rein«, erklärte sie.

Wieder im Schulzimmer, versuchten wir, uns auf ihr Vorlesen zu konzentrieren. Ihre Stimme war nicht so angeregt wie sonst. Aber wir dachten alle nur an Mr. Thomas im Geräteschuppen.

»Entschuldigt mich bitte für einen Augenblick«, sagte sie schließlich. »Ich will nachsehen, ob mein Kater tot ist.«

Vom Fenster aus beobachteten wir, wie sie an ihrem Stock durch den Garten zum Schuppen schritt, die Tür öffnete und sich lange über den Sack beugte. Schließlich richtete sie sich auf und schloß die Schuppentür wieder. Dann kam sie sicheren Schrittes zurück und blieb einen Augenblick in der Sonne stehen, ehe sie ins Schulzimmer eintrat.

»Wenn ich euch jetzt entlasse, geht ihr schnurstracks nach Hause.

Und wenn sie wissen wollen, warum ihr so früh zurück seid« – sie hielt inne und bohrte den Blick in den Boden, als suche sie dort nach ihrer Brosche oder den richtigen Worten –, »dann sagt ihr einfach, daß euch Miß Effie heute nur eine Sache beigebracht habe: wie man eine Katze tötet.«

Sie wartete nicht, bis wir fortgegangen waren, sondern marschierte in ihrer würdevollen Haltung den Backsteinweg entlang über die Hintertreppe ins Haus und ließ die Küchentür energisch hinter sich ins Schloß fallen. Ich weiß, daß dies nicht unser letzter Kindergartentag war, denn ich erinnere mich, wie wir zusammen Tischtücher über die Lesetische breiteten und den Müttern, die am Schlußtag zu Besuch kamen und auf dem Tennisplatz um einen Tisch herum standen, wo Miß Hattie Kaffee ausschenkte, Teegebäck anboten. Aber das letzte, endgültige Bild, das ich von Miß Effie habe, ist der Augenblick, da sie vom Geräteschuppen durch den Garten kam, unter der Tür stehenblieb und uns mitteilte, daß sie uns nichts mehr beizubringen habe.

GUSTAV SCHWAB

Wie durch eine Katze ganz Schilda abbrannte

In Schilda hatte es von alters her nie eine Katze gegeben, so daß es kein Wunder war, daß die Mäuse immer mehr zunahmen und selbst im Brotkorb nichts mehr vor ihnen sicher war. Was die Schildbürger nur neben sich stellten, wurde von den Tieren zernagt, und die Angst vor ihnen war groß. Da begab es sich, daß ein fremder Wandersmann durch Schilda kam. Er trug eine Katze auf dem Arm und kehrte beim Wirt ein. Der Wirt fragte ihn, was dies für ein Tier sei, und der Fremde sagte, es sei ein Maushund. Nun waren die Mäuse in Schilda so zahm, daß sie vor den Leuten gar nicht mehr flohen und am hellen Tage ohne Scheu hin und her liefen. Darum ließ der Wandersmann die Katze laufen, und sie erlegte vor den Augen des Wirts nicht wenige der Mäuse. Als der Gemeinde dies durch den Wirt gemeldet wurde, fragten die Schildbürger den Mann, ob ihm der Maushund wohl feil wäre, sie wollten ihn gut bezahlen. Er antwortete, der Maushund sei ihm zwar eigentlich nicht feil, weil er ihn zu gut gebrauchen könne, aber ihnen wolle er ihn doch für einen billigen Preis ablassen. Und so forderte er hundert Gulden dafür. Die Bauern waren froh, daß sie ihm die Hälfte sofort bezahlten, die andere Hälfte sollte er sich in einem halben Jahr holen kommen. Der Kauf wurde eingeschlagen, und der Fremde trug den Schildbürgern den Maushund in das Vorratshaus, in dem sie ihr Getreide liegen hatten, denn dort waren die meisten Mäuse. Der Wanderer aber zog eilig mit dem Geld davon, denn er befürchtete, der Kauf möchte sie reuen und sie möchten ihm das Geld wieder abnehmen. Nun hatten aber die Bauern vergessen, zu fragen, was der Maushund esse. Darum schickten sie dem Wanderer eiligst einen nach, der ihn danach fragen sollte. Als nun der mit dem Gelde sah, daß ihm jemand nachlaufe, eilte er nur um so mehr. Der Bauer aber rief ihm von ferne zu: »Was isset er? Was isset er?« Der Fremde antwortete: »Wie man's beut! Wie man's beut!« Der Bauer aber verstand: »Vieh und Leut! Vieh und Leut!« Er kehrte sehr bestürzt um und brachte dem Rat die furchtbare Nachricht. Die Ratsherren waren noch viel mehr erschrocken und sprachen: »Wenn er keine Mäuse mehr hat, dann wird er unser Vieh fressen und endlich uns selbst, obgleich wir ihn mit unserem guten Gelde für uns gekauft haben!« Sie hielten deswegen einen Rat über die Katze und wollten sie töten. Es hatte aber keiner das Herz, sie anzugreifen. Endlich beschlossen sie einmütig, das Haus, in dem die Katze sich befand, mit zu vertilgen. Denn ein geringer Schaden wäre besser, als daß sie alle um Leib und Leben kämen. Und somit zündeten sie ihr Vorratshaus an.

Als aber die Katze das Feuer roch, sprang sie zum Fenster hinaus und rettete sich in ein anderes Haus, während das verlassene bis auf den Erdboden niederbrannte. Niemand war in größerer Angst als die Schildbürger, da sie des Maushundes nicht Herr werden konnten. Sie hielten aufs neue Rat, kauften das Haus, in dem die Katze jetzt war, und zündeten es auch an. Aber die Katze sprang auf ein Dach, saß da eine Weile und putzte sich nach ihrer Gewohnheit mit der Pfote den Kopf. Die Schildbürger aber meinten, der Maushund hebe die Hand auf und schwöre, daß er ein solches nicht ungerächt lassen wolle. Da nahm einer einen langen Spieß, um nach der Katze zu stechen. Diese aber ergriff den Spieß und fing an, daran hinabzulaufen. Darüber entsetzten sich die Bürger und die ganze Gemeinde, liefen davon und ließen das Feuer brennen. Dieses verzehrte den ganzen Marktflecken bis auf das letzte Haus, die Katze aber kam gleichwohl davon.

Die Schildbürger aber, die so ihre Heimat verloren hatten und sich auch vor der Rache des Maushundes fürchteten, zogen auseinander, der eine hierhin, der andere dorthin. Und seitdem gibt es Schildbürger in der ganzen Welt.

Edgar Allan Poe

Der schwarze Kater

Ich verlange und erwarte nicht, daß man die höchst seltsame und doch einfache Geschichte, die ich hier niederschreiben will, glaubt. Es wäre auch töricht, dies zu tun, denn ich selbst vermag dem Zeugnis meiner Sinne kaum zu trauen. Doch ich bin weder wahnsinnig, noch habe ich geträumt. Morgen aber muß ich sterben und möchte darum heute meine Seele entlasten. Zu diesem Zweck will ich der Welt klar und bündig und ohne weitere Erörterungen eine Reihe rein häuslicher Begebenheiten vor Augen führen. Die Folgen dieser Begebenheiten haben mich dem Entsetzen, haben mich der Qual anheimgegeben und mich schließlich zugrunde gerichtet. Doch will ich nicht versuchen, sie weiter zu erklären. Mir haben sie ein Schaudern verursacht; anderen mögen sie vielleicht weniger schrecklich als sonderbar erscheinen. Später vielleicht wird ein denkender Geist meine Wahngebilde auf Selbstverständlichkeiten zurückführen – er wird, ruhiger, logischer und viel weniger nervös als ich, in all den Umständen, die ich nun mit Grausen erzähle, die gewöhnliche Folge ganz natürlicher Ursachen und Wirkungen erkennen.

Von früher Kindheit an war ich wegen meines gelehrigen, liebevollen Wesens bekannt. Die Zärtlichkeit meines Herzens war so ungewöhnlich, daß sie mich zum Gespött meiner Kameraden machte. Ich war ein großer Tierfreund, und meine Eltern gestatteten mir gütigst, eine ganze Anzahl solcher Lieblinge zu halten. Mit ihnen verbrachte ich den größten Teil meiner Zeit und fühlte mich nie so glücklich, als wenn ich sie fütterte und liebkoste. Diese Eigenheit meines Wesens wuchs mit den Jahren und war später im Mannesalter der Quell meiner größten Vergnügungen. Denen, die jemals Neigung für einen treuen und gelehrigen Hund gehabt haben, brauche ich wohl die Natur und die innige Befriedigung, die aus solch einer Liebhaberei entstehen kann, nicht weiter zu erklären. In der selbstlosen und aufopferungsfähigen Anhänglichkeit eines Tieres liegt etwas, das unmittelbar zum Herzen dessen spricht, der oft Gelegenheit gehabt hat, die Armseligkeit und Unbeständigkeit der Menschen – was Freundschaft und Treue angeht – zu erproben.

Ich heiratete früh und war glücklich, bei meiner Frau eine meinem Wesen entsprechende Gemütsart zu finden. Als sie meine Vorliebe für Haustiere bemerkte, ließ sie keine Gelegenheit vorübergehen, mir die gefälligsten zu verschaffen. Und so besaßen wir denn Vögel, Goldfische, einen schönen Hund, Kaninchen, einen kleinen Affen und einen – Kater.

Er war ein auffallend großes und schönes Tier, vollständig schwarz und erstaunlich klug. Meine Frau, die ein wenig abergläubisch war, machte oft, wenn sie von dieser Klugheit sprach, Anspielungen auf den volkstümlichen Aberglauben, nach dem alle schwarzen Katzen verkappte Hexen sind. Ich will nicht sagen, daß sie jemals ernsthaft daran glaubte, und ich erwähne es überhaupt nur, weil ich mich zufällig wieder daran erinnere.

Pluto – so hieß der Kater – war mein bevorzugter Liebling und Spielgenosse. Ich allein fütterte ihn, und er begleitete mich auf Schritt und Tritt im ganzen Haus herum. Ich konnte ihm nur mit Mühe verwehren, mir auch auf die Straße zu folgen.

Unsere Freundschaft hatte nun schon mehrere Jahre bestanden – Jahre, in denen mein Temperament und mein Charakter, wie ich mit Beschämung gestehen muß, durch den Dämon Unmäßigkeit allmählich eine vollständige Wandlung zum Schlimmen erfuhr. Ich wurde von Tag zu Tag trübsinniger, reizbarer, rücksichtsloser. Selbst meiner Frau gegenüber gestattete ich mir eine brutale Sprache und vergriff mich schließlich sogar tätlich an ihr. Meine Lieblinge mußten natürlich ebenfalls unter dieser Veränderung meiner Gemütsart leiden. Ich vernachlässigte sie nicht nur, sondern mißhandelte sie. Für Pluto jedoch empfand ich noch immer so viel Zuneigung, daß ich ihn wenigstens nicht quälte, obwohl ich mir kein Gewissen daraus machte, die Kaninchen, den Affen und selbst den Hund, wenn sie mir aus Zufall oder Anhänglichkeit in den Weg liefen, zu peinigen, wie ich nur konnte. Aber meine Krankheit gewann immer mehr Macht über mich – denn welche Krankheit ist an Hartnäckigkeit dem Hang zum Alkohol zu vergleichen? –, und zum Schluß mußte selbst Pluto, der anfing alt und infolgedessen etwas mürrisch zu werden, die Wirkungen meiner Verdüsterung an sich erfahren.

Eines Nachts, als ich vollständig betrunken aus einer meiner geliebten Kneipen in der Stadt spät nach Hause zurückkehrte, bildete ich mir ein, der Kater meide meine Gegenwart. Ich fing ihn ein, raffte ihn hoch, wobei er mir, wahrscheinlich aus Angst vor meiner Heftigkeit, mit den Zähnen eine kleine Wunde an der Hand beibrachte. In demselben Augenblicke ergriff mich eine wilde Wut; ich kannte mich selbst nicht mehr, es war, als sei meine Seele aus dem Körper entwichen; eine mehr als teuflische, vom Schnaps noch angefeuerte Bosheit zuckte in jeder Fiber meines Leibes. Ich zog ein Federmesser aus meiner Tasche, öffnete es, packte das arme Tier an der Gurgel und stach ihm ganz bedächtig eins seiner Augen aus der Höhle heraus. Oh! – es überläuft mich abwechselnd ein glühender und eisiger Schauer, da ich diese fluchwürdige Scheußlichkeit hier niederschreibe.

Als ich am anderen Morgen den Dunst meiner nächtlichen Ausschweifung verschlafen hatte und wieder zu Verstande kam, empfand ich über mein Verbrechen ein aus Abscheu und Gewissensbissen gemischtes Gefühl; doch war es nur eine schwache Empfindung, und in ihrer Tiefe blieb meine Seele von derselben unberührt. Ich überließ mich aufs neue meinen Unmäßigkeiten, und jede Erinnerung an die Tat ertränkte ich im Branntwein. Der Kater genas mittlerweile langsam. Seine leere Augenhöhle bot allerdings einen schauerlichen Anblick, doch schien er keine Schmerzen mehr zu leiden. Wie früher strich er im Haus umher, floh aber, wie leicht erklärlich, entsetzt davon, sobald ich in seine Nähe kam. Ich hatte mir noch so viel Gefühl bewahrt, daß mich die offenbare Abneigung eines Geschöpfes, das mir früher zugetan war, betrübte. Doch wich diese Empfindung bald einer tückischen Erbitterung. Und dann kam auch, um meinen endgültigen, unwiderruflichen Untergang zu besiegeln, der Geist der *Perversität* über mich. Die Psychologie hat sich noch nie mit diesem Dämon befaßt. Doch so wahr meine Seele lebt, ich glaube, daß die Perversität einer der Grundtriebe des menschlichen Herzens ist, eine der unteilbaren Urfähigkeiten oder Gefühle, die dem Charakter des Menschen seine Richtungslinie geben. Wem wäre es nicht hundertmal begegnet, daß er sich bei einer niedrigen oder törichten Handlung überraschte, die er nur deshalb beging, weil er wußte, daß sie verboten war? Haben wir nicht beständig die Neigung, die Gesetze zu verletzen, bloß weil wir sie als solche anerkennen müssen? Dieser Geist der Perversität kam also, wie ich schon sagte, über mich, um meinen Untergang zu vollenden. Jener unergründliche Drang der Seele, sich selbst zu quälen, ihrer eigenen Natur Gewalt anzutun und das Unrecht nur um des Unrechts willen zu begehen, trieb mich an, das unschuldige Tier, das ich schon so gräßlich mißhandelt hatte, noch weiter zu quälen. Eines Morgens legte ich kaltblütig eine Schlinge um seinen Hals und hängte es an dem Ast eines Baumes auf; hängte es auf, während mir die Tränen aus den Augen strömten und Gewissensbisse mein Herz folterten; hängte es auf, *weil* ich wußte, daß es mich geliebt, und *weil* ich fühlte, daß es mir nie eine Ursache zu dieser Mißhandlung gegeben hatte; hängte es auf, *weil* ich fühlte, daß ich mit der Tat eine Sünde beging, eine Todsünde, die das Heil meiner Seele vernichten konnte, sie, wenn es noch möglich gewesen wäre, dem Bereich der Gnade des allgerechten und allbarmherzigen Gottes hätte entziehen müssen.

In der Nacht, die dem Tage folgte, an dem ich die grausame Tat vollführt hatte, wurde ich durch Feuerlärm aus dem Schlafe geweckt. Die Vorhänge meines Bettes brannten, das ganze Haus stand schon in Flammen. Unter großen Gefahren entrannen meine Frau, unser Dienstbote und ich der Feuersbrunst. Alles wurde zerstört, mein ganzer Besitz an irdischen Gütern war dahin. Und ich selbst überließ mich von nun ab nur noch widerstandsloser dem Trunk.

Ich bin längst über die Schwäche hinaus, ein Verhältnis von Ursache und Wirkung zwischen diesem Unglück und der vorhergegangenen Schändlichkeit zu erblicken. Ich stelle nur eine Kette von Tatsachen fest und möchte dabei kein Glied unerwähnt lassen. Am Tag nach dem Brand besichtigte ich die Trümmer. Die Mauern waren bis auf eine zusammengestürzt: und zwar war die nicht sehr dicke Scheidewand in der Mitte des Hauses, an der das Kopfende meines Bettes gestanden hatte, stehengeblieben. Die Wandverkleidung selbst hatte dem Feuer auffallend gut widerstanden – ich führte dies auf den Umstand zurück, daß sie erst vor kurzem neu angeworfen worden war. Um diese Mauer herum hatte sich eine dichte Menschenmenge versammelt und schien einen bestimmten Teil derselben einer eingehenden, eifrigen Prüfung zu unterziehen. Worte wie »seltsam!« und »sonderbar!« und ähnliche Ausrufe erregten meine Neugierde. Ich näherte mich und erblickte auf der weißen Oberfläche, wie im Basrelief eingegraben, die Gestalt eines riesigen Katers. Die Konturen waren mit wunderbarer Sorgfalt ausgeführt. Um den Hals des Tieres lag ein Strick.

Als ich diesen Spuk – für etwas anderes konnte ich's kaum halten – erblickte, geriet ich vor Staunen und Grausen außer mir. Schließlich erinnerte ich mich, daß ich den Kater in einem Garten erhängt hatte, der dicht an mein Haus anstieß. Bei dem Feuerlärm hatte sich der Garten sofort mit Menschen gefüllt. Einer von ihnen mußte das Tier abgeschnitten und durch ein offenes Fenster – wahrscheinlich in der Absicht, mich aus dem Schlafe zu wecken – in mein Zimmer geschleudert haben. Beim Einsturz der anderen Mauer mußte irgendein Zufall das Opfer meiner Grausamkeit in die frisch aufgetragene Masse des Mauerputzes fest eingedrückt haben. Das Feuer hatte dann in Verbindung mit dem tierischen Alkali des Kadavers seine Umrisse fest in den Kalk eingebrannt.

Obgleich ich, was diese aufregende, rasch erzählte Tatsache angeht, meiner Vernunft, wenn nicht meinem Gewissen Genüge tat, machte sie nichtsdestoweniger einen tiefen Eindruck auf meine Phantasie. Monatelang konnte ich mich von der Spukgestalt des Katers nicht befreien, und eine unbestimmte Empfindung, die wie Reue erschien, es aber doch nicht war, kehrte in mein Gemüt ein. Ich fing sogar an, den Verlust des Tieres aufrichtig zu bedauern, und begann, mich in den niedrigen Schenken, die ich meist besuchte, nach einem anderen Tier derselben Art und von einigermaßen ähnlichem Aussehen umzusehen, das den Platz Plutos wieder ausfüllen konnte.

Eines Nachts, als ich, schon halb stumpfsinnig, in einer der allerniedrigsten Lasterhöhlen saß, lenkte sich meine Aufmerksamkeit plötzlich auf einen dunklen Gegenstand, der oben auf einem riesigen Oxhoftfaß voll Branntwein oder Rum lag, das ein Hauptstück der Ausstattung des Lokales bildete. Einige Minuten lang blickte ich fest nach dem in die Höhe gerichteten Boden des Fasses, und es setzte mich in Erstaunen, daß ich den betreffenden Gegenstand nicht eher bemerkt hatte. Ich ging darauf zu und berührte ihn mit der Hand. Es war ein schwarzer Kater – ein sehr großer schwarzer Kater –, ganz so groß wie Pluto und ihm, mit Ausnahme einer einzigen Abweichung, vollständig ähnlich. Pluto hatte an seinem ganzen Körper kein einziges weißes Haar; dieser Kater hatte dagegen einen großen, wenn auch undeutlich gezeichneten weißen Flecken, der beinahe die ganze Brust bedeckte.

Als ich das Tier berührte, erhob es sich sofort, begann laut zu schnurren, rieb sich an meiner Hand und schien über die ihm gespendete Aufmerksamkeit höchst erfreut. Dies war also wohl gerade das Tier, das ich suchte! Ich machte dem Wirt sofort ein Angebot, um es zu kaufen, aber der erhob überhaupt keinen Anspruch darauf, sagte, er kenne es nicht und habe es nie zuvor gesehen.

Ich fuhr in meinen Liebkosungen fort, und als ich mich auf den Heimweg machte, schien das Tier mir folgen zu wollen. Ich gestattete es und stand unterwegs hin und wieder still, um es zu streicheln. Zu Hause angekommen, gewöhnte es sich gleich ein und wurde sofort der Liebling meiner Frau.

In mir jedoch fühlte ich bald eine Abneigung gegen das Tier entstehen. Das war gerade das Gegenteil von dem, was ich erwartet hatte, aber – ich weiß nicht, wie und weshalb – seine augenscheinliche Anhänglichkeit an mich widerte mich an. Nach und nach verwandelte sich dies Gefühl des Widerwillens in erbitterten Haß. Ich mied die Katze; ein gewisses Gefühl der Beschämung und die Erinnerung an meine frühere Grausamkeit verhinderten jedoch, daß ich sie mißhandelte. Einige Wochen vergingen, ohne daß ich sie schlug oder sonst quälte. Aber allmählich – ganz allmählich – fing ich an, sie mit unaussprechlichem Abscheu zu betrachten und vor ihrer verhaßten Gegenwart wie vor dem giftigen Hauch der Pest schweigend zu entfliehen.

Was ohne Zweifel meinen Haß gegen das Tier noch verschärfte, war die Entdeckung, die ich gleich am ersten Morgen machte: daß das Tier, gerade wie Pluto, des einen Auges beraubt war. Dieser Umstand machte es meiner Frau nur noch lieber, die, wie ich schon sagte, in hohem Maße jene Zärtlichkeit des Herzens besaß, die auch einst mein hervorstechendster Charakterzug und die Quelle einfachster und reinster Freuden gewesen war.

Doch schien mit meinem Widerwillen gegen den Kater dessen Vorliebe für mich nur noch zu wachsen. Er folgte mir stets auf dem Fuße, mit einer Beharrlichkeit, die ich nur schwer beschreiben kann. Setzte ich mich nieder, so kauerte er sich unter meinen Stuhl oder sprang mir auf die Knie und überhäufte mich mit den häßlichsten Liebkosungen. Stand ich auf, um wegzugehen, so zwängte er sich zwischen meine Füße und warf mich fast zu Boden, oder er klammerte sich mit seinen langen, scharfen Krallen in meine Kleider und kletterte an mir fast bis zur Brust herauf. Und obgleich mich bei solchen Gelegenheiten das Verlangen packte, ihn mit *einem* Hiebe totzuschlagen, hielt mich immer wieder irgend etwas davon zurück, teils die Erinnerung an mein früheres Verbrechen, jedoch hauptsächlich – ich will es nur gleich gestehen – eine wirkliche *Angst* vor dem Tier.

Ich fürchtete mich nicht gerade vor einer körperlichen Verletzung durch den Kater – und doch wüßte ich nicht, wie ich sonst dies Gefühl erklären sollte! Ich gestehe mit Beschämung, selbst in dieser Verbrecherzelle mit Beschämung, daß der Schreck und der Abscheu, den das Tier mir einflößte, durch ein nichtiges Hirngespinst – so nichtig, wie man sich nur eins vorstellen mag – noch gesteigert wurde. Meine Frau hatte mich gelegentlich auf die Form des weißen Fleckens hingewiesen, von dem ich schon gesprochen habe, und der den einzigen sichtbaren Unterschied zwischen diesem seltsamen Tiere und dem von mir getöteten ausmachte. Der Leser wird sich erinnern, daß dieser Fleck, obgleich er groß war, nur sehr undeutliche Umrisse aufwies. Aber in ganz allmählichen, kaum wahrnehmbaren Steigerungen, die meine Vernunft sich vergeblich als Einbildungen einreden wollte, erlangten dieselben eine fürchterliche Deutlichkeit. Sie stellten jetzt einen Gegenstand dar, den ich zu nennen schaudere und dessentwegen allein ich das Ungeheuer verabscheute und fürchtete und mich von ihm befreit haben würde, hätte ich es nur *gewagt*. Es war das Abbild eines scheußlichen, spukhaften Gegenstandes – ich spreche es aus: es war die Zeichnung eines Galgens. O trauriges und furchtbares Mahnbild der Schande und der Sühne niedrigsten Verbrechens – voll Todesqual und Tod!

Und nun war ich elend – elend über alle Grenzen menschlichen Elends hinaus. Und ein unvernünftiges Tier – von dessen Geschlecht ich eines verächtlich getötet hatte –, ein vernunftloses Tier bereitete mir, einem Menschen nach dem Ebenbilde Gottes, eine solch unerträgliche Qual! Ach! Weder bei Tage noch bei Nacht empfand ich mehr die Wohltat der Ruhe. Tagsüber ließ mich das Tier keinen Augenblick allein, und des Nachts fuhr ich stündlich aus Träumen voll unaussprechlichsten Grauens auf, fühlte seinen Atem über meinem Gesicht und sein schweres Gewicht – wie einen körperlich gewordenen Nachtspuk, den ich abzuschütteln nicht die Kraft hatte – unablässig auf meiner Brust!

Unter dem Druck solcher Qualen schwand der schwache Rest dahin, der noch von Gutem in mir war. Schlimme Gedanken wurden meine einzigen Begleiter – schlimmste, finsterste Gedanken! Mein gewöhnlicher Trübsinn artete in Haß aus gegen alles in der Welt, ja gegen die ganze Menschheit: meist war es meine still duldende Frau, die unter den plötzlichen zügellosen Wutausbrüchen, denen ich mich jetzt oft blindlings überließ, bitter zu leiden hatte.

Eines Tages begleitete sie mich wegen irgendeiner häuslichen Angelegenheit in den Keller des alten Gebäudes, das zu bewohnen uns unsere Armut nötigte. Die Katze folgte mir die steilen Treppen hinunter und veranlaßte, daß ich stolperte und fast kopfüber hinuntergestürzt wäre. Dies erboste mich sehr. Ich ergriff eine Axt, vergaß in meiner kindlichen Wut die Angst, die bis jetzt meine Hand zurückgehalten hatte, und führte einen Streich auf das Tier, der sicher tödlich gewesen wäre, wenn er so getroffen hätte, wie ich es wünschte. Meine Frau jedoch hielt den Schlag auf. Dies versetzte mich in eine mehr als teuflische Raserei, ich riß meinen Arm aus den Händen meiner Frau los und hieb ihr die Axt in den Schädel. Ohne den geringsten Laut brach sie sofort tot zusammen.

Kaum war dieser grauenvolle Mord geschehen, als ich mich auch schon daranmachte, den Leichnam mit aller Überlegung zu verbergen. Ich sah ein, daß ich ihn weder bei Tag noch bei Nacht aus dem Hause schaffen konnte, ohne Gefahr zu laufen, von den Nachbarn bemerkt zu werden. Mancherlei Pläne kamen mir in den Sinn. Einmal dachte ich daran, den Körper in lauter kleine Teile zu zerschneiden und zu verbrennen, dann beschloß ich, ihn im Boden des Kellers zu vergraben, dann überlegte ich, ob ich ihn nicht in den Brunnen, der sich auf unserm Hofe befand, werfen solle – ja, ich dachte sogar daran, ihn wie eine Ware in eine Kiste zu verpacken und diese von einem Paketträger aus dem Hause wegschaffen zu lassen. Endlich blieb ich bei einer Idee, die mir bei weitem als beste erschien. Ich beschloß, ihn im Keller einzumauern, wie es nach verschiedenen Überlieferungen die Mönche des Mittelalters mit ihren Opfern gemacht haben sollen.

Der Keller schien mir für einen solchen Zweck wohl geeignet. Die Mauern waren leicht gebaut und erst kürzlich mit grobem Mörtel beworfen worden, der in der feuchten Kellerluft noch nicht vollständig verhärtet war. Überdies war an einer der Mauern ein Vorsprung, hinter dem sich ein falscher Kamin befand, den man ausgefüllt hatte, wodurch die Stelle den übrigen Wänden gleichgemacht war. Ich zweifelte nicht, die Ziegel an dieser Stelle leicht herausbrechen, den Leichnam in der Höhlung verbergen und das Ganze wieder so zumauern zu können, daß kein Auge irgend etwas Verdächtiges entdecken würde.

Und diese Annahme täuschte mich nicht. Ich entfernte mittels eines Brecheisens mit leichter Mühe die Steine, lehnte den Körper gegen die innere Wand, befestigte ihn etwas in dieser Stellung und stellte die Mauer, genauso, wie sie ursprünglich gewesen, wieder her. Da ich mir mit Verbrecherschlauheit Mörtel, Sand und Stroh verschafft hatte, bereitete ich einen Bewurf, der von dem vorigen nicht zu unterscheiden war, und verstrich die neugemauerte Stelle auf das sorgfältigste. Als ich fertig war, empfand ich eine große Befriedigung darüber, daß nun alles in Ordnung sei. An der Wand war nicht das geringste zu bemerken, den Fußboden säuberte ich mit peinlichster Sorgfalt von dem übriggebliebenen Schutt. Dann blickte ich mit triumphierenden Blicken umher und sagte zu mir: »Hier ist meine Arbeit wenigstens keine vergebliche gewesen.«

Mein nächster Gang galt dem Kater, der all dieses Elend verschuldet hatte und den ich nun mit Bestimmtheit töten wollte. Hätte ich ihn in dem Augenblick gefunden, so wäre sein Schicksal entschieden gewesen, doch es schien, als habe das schlaue Tier noch Furcht vor meinem wilden Zorn und vermeide es, sich vor mir in meiner augenblicklichen Stimmung blicken zu lassen. Es ist unmöglich, das tiefe, selige Gefühl der Erleichterung, mit welchem mich die Abwesenheit des verhaßten Wesens erfüllte, zu beschreiben oder gar sich vorzustellen. Auch am Abend kam es nicht wieder zum Vorschein, und so verbrachte ich die erste Nacht, seit es ins Haus gekommen war, in gesundem, tiefem Schlaf; ja, ich *schlief*, obwohl ein Mord meine Seele belastete!

Der zweite und dritte Tag verging – mein Peiniger kam nicht wieder. Noch einmal atmete ich in Freiheit auf. Das Untier war vor Schrecken aus meinem Haus entflohen! Ich würde es nicht mehr sehen! Mein Glück war unbeschreiblich. Das Andenken an meine schwarze Tat beunruhigte mich so gut wie gar nicht. Man hatte einige Nachforschungen angestellt, doch hatte ich sie bald zu erledigen gewußt. Sogar eine Haussuchung hatte stattgefunden, die natürlich ergebnislos verlaufen war. Ich fühlte mich vollständig ruhig und sicher.

Am vierten Tage nach dem Mord erschienen jedoch ganz unerwartet noch einige Abgesandte der Polizei und nahmen von neuem eine sorgfältige Haussuchung vor. Da ich jedoch vollkommen überzeugt war, daß man das verhängnisvolle Versteck nicht auffinden werde, blieb ich ganz kaltblütig. Die Beamten forderten mich auf, sie bei der Durchsuchung zu begleiten. Sie ließen keinen Winkel, keine Ecke außer acht. Endlich stiegen sie zum dritten- oder viertenmal in den Keller hinab. Ich zuckte mit keiner Wimper, und mein Herz schlug so ruhig wie das eines Menschen, der in Unschuld schläft. Ich durchschritt den Keller von einem Ende zum andern, kreuzte die Arme über die Brust und ging seelenvergnügt auf und ab. Die Beamten schienen befriedigt und schickten sich an, wieder hinaufzugehen. Die Freude meines Herzens war zu groß, als daß ich sie ganz hätte verbergen können. Es stachelte mich förmlich, meinem Triumph, wenn auch nur durch *ein* Wort, Ausdruck zu verleihen und sie in ihrer Überzeugung von meiner Unschuld zu bestärken.

»Meine Herren«, sagte ich endlich, als die Gesellschaft schon die Stufen hinaufschritt, »ich freue mich, daß sich Ihr Verdacht als unbegründet erwiesen hat. Ich wünsche Ihnen ein herzliches Lebewohl und für die Zukunft etwas mehr Höflichkeit. Im übrigen, meine Herren, ist dies ein sehr solide gebautes Haus!« (In dem wahnsinnigen Verlangen, irgend etwas Anzügliches leicht hinzuwerfen, wußte ich kaum selbst mehr, was ich sprach.) »Man könnte es fast ein außerordentlich solide gebautes Haus nennen! Diese Mauern – Sie gehen schon, meine Herren? – diese Mauern sind fest gefügt.« Und hier klopfte ich aus purer Prahlerei mit einem Stocke, den ich in der Hand hielt, heftig gerade gegen den Teil der Mauer, hinter dem der Leichnam jener Frau verborgen war, die ich von Herzen geliebt hatte.

Aber möge Gott mir gnädig sein und mich aus den Klauen des Erzfeindes befreien! Kaum war der Nachklang der Schläge in der Stille verhallt, als eine Stimme aus dem Innern des Grabes antwortete. – Es war ein Geschrei, anfangs gebrochen und halb erstickt, wie das Schluchzen eines Kindes, ein Geschrei, das dann zu einem langen, anhaltenden Laut anschwoll, der übernatürlich und unmenschlich klang – einem Geheul, einem kreischenden Wehklagen, in dem sich Schreck und Frohlocken zu mischen schienen, wie es sich nur den Kehlen der Verdammten in ihren Qualen und der Brust triumphierender Teufel entringen kann.

Es wäre unnütz, von meinen Empfindungen sprechen zu wollen. Einer Ohnmacht nahe, taumelte ich gegen die Rückwand des Kellers. Einen Augenblick standen die Polizisten im Übermaß des Entsetzens und Grausens regungslos und starr, im nächsten jedoch arbeiteten bereits ein Dutzend kräftiger Arme an der Mauer.

Sie war bald niedergerissen, und der schon stark in Verwesung übergegangene, mit geronnenem Blut bedeckte Leichnam meiner Frau stand aufrecht vor ihren Augen da. Auf dem Kopf, mit aufgerissenem roten Maul und seinem einzigen glühenden Auge, hockte das scheußliche Tier, dessen Gebaren mich zum Morde verleitet hatte und dessen verräterische Stimme mich jetzt dem Henker überlieferte.

Ich hatte das Ungeheuer mit in das Grab eingemauert.

Cécile Lauber

Nala

Im Januar 1934 bezogen wir unser eben erst erstelltes Haus am Felsberg in Luzern. Zu jener Zeit besaß ich keine meiner vielen Katzen mehr.

In den jungen Garten hatte ich einen großen Teil meiner Blumen, Beeren und Büsche und selbst die sorgfältig gelöste, hochgestiegene Glyzine aus dem alten Häuschen am Rosenberg herübertragen lassen. Sie gehörten zu der Hand, die sie aufgezogen hatte. Jetzt ruhte alles unter einer Decke von Schnee.

Aber das glitzernde Weiß trug geheime Schriftzeichen. Quer über die niedrigen Wellenhügel, geformt durch schlummernde Pflanzen, liefen Hasenpfoten; über die Hecke hatte in der Morgendämmerung des Tages, an dem wir einzogen, ein Reh gesetzt.

Damals gab es außer unserm Haus nur noch zwei weitere am Hügel. Keine Straße trennte wie heute den Garten vom nahen Wäldchen. Die Spuren im Schnee waren die schönste Begrüßung, die uns zuteil werden konnte.

Der Frühling setzte ein und brachte jeden Tag eine neue Überraschung. Alles hatte sich angewachsen mit Ausnahme eines einzigen Lorbeerbusches, der erfroren war. Und die Glyzinentrauben schaukelten blau und weiß vor den Fenstern.

Aus dem Wäldchen rief nachts der Kauz; in der Dämmerung konnte man ihn schwer und grau von Zweig zu Zweig huschen sehen.

Schreie kämpfender Igel wurden laut in mondhellen Nächten. Spatz und Meise wählten den Garten zum Bau ihrer Nester.

In den Lücken des unregelmäßig aufgeführten Mäuerchens warf

ein bronzefarbenes Eidechschen und zog eine große Zahl Junge auf. Es verhielt sich dabei so zahm, daß mein Finger liebkosend das schöne Arabeskenmuster seines Rückens streicheln durfte. Aber eine Katze fehlte.

Im Herbst überraschte ich ein Feldmäuschen dabei, daß es, aufrecht sitzend, Brot vom Frühstückstisch stahl, und im Winter schlüpften ihrer mehrere durchs Kellerfenster, benagten Kartoffeln und Dahlienwurzeln.

Und dennoch zögerte ich, in diese kleine, harmlose Welt Ungestüm und List eines großen Tieres hineinzutragen.

Jedoch im Herbst 1935 erlag ich der Versuchung, eine Katzenausstellung in Zürich zu besuchen. Kaufen wollte ich zwar nicht, bloß den Anblick der Tiere genießen. Mit leeren Händen fuhr ich hinüber, um am Abend mit einem geborgten Körbchen und einer Katze zurückzukehren.

Das war so zugegangen:

In heißen und dumpfen Räumen standen die Käfige hochgebeigt über- und nebeneinander, in denen herrliche Tiere schleifengeschmückt saßen oder schliefen oder zierliche Spiele aufführten, einige erregt und neugierig, gelassen die andern, aber unendlich gefaßter alle, als es Hunde in einer Ausstellung zu sein pflegen.

Da kauerte die große Birmakatze, ein starkes Tier, mit unergründlichen Augen und der langhaarigen Mähne eines Löwen, das in Tempeln gehalten wird; zierlich spielte die schmale Chinchilla, elfenbeinweiß, mit zarter Silberschnur längs des Rückgrates. Die Siamesin bewegte sich mit funkelndem Muskelspiel und türkisblassen Augen im Mohrengesichtchen; der Perser in Weiß, Beige und Schwarz, mit großen, ruhevollen Sternenaugen, saß unbeweglich hinter seinen Stäben; und unsere kleine, behende Landkatze mit klugem Tigerantlitz ließ ihre hochempfindlichen Ohren spielen.

Sie leckten sich und ihre Jungen, trieben stumme Kurzweil; kaum eine Stimme wurde laut.

Es ging dem Abend zu, und ich hatte mich müde auf eine Bank gesetzt. Ich mußte an all die Tiere denken, die mir gehört und mein Leben reich gemacht hatten. Ich dachte an Alteli und Flämmchen, an Mutz und Spiegelchen und daran, wie weh es jedesmal tat, wenn ich wieder eines von ihnen verlor, besonders das letzte Kätzchen: Mutz. Jetzt noch, alle paar Wochen einmal, durchstreifte ich die Gegend am Rosenberg, in der Hoffnung, auf Mutz, den Auswanderer, zu stoßen, und ich war überzeugt, daß ich nie wieder den Mut aufbringen würde, ein neues Tier zu erstehen.

Da, während ich so mutlos und traurig ausruhte, fühlte ich plötzlich mein Gesicht wie mit sanfter Gewalt nach oben gezogen. Ein Veterinär in weißer Schürze eilte vorüber. Seine Arme füllten ein halbes Dutzend winziger silbergrauer Perserkätzchen. Ein blaßblaues Löwenschnäuzchen schaute mich an aus schimmernden Bernsteinaugen. Unwillkürlich war ich aufgesprungen und ihm nachgeeilt.

Er trug die Tiere vor den Oberarzt, der jedes einzelne auf einen Tisch hob und prüfte. Viele Leute, vor allem Frauen, umstanden ihn und machten Angebote. Mein Herz klopfte beim Anblick der entzückenden Tiere. Es handelte sich, wie ich vernahm, um einen Wurf blauer Perser aus der Zucht der Gräfin Thurn-Valsassina in Wien; Junikätzchen, drei Monate alt, silberfarben, mit tiefblauer Haut, langem, seideglänzendem Haar, kurzen, flaumgefütterten Ohren an breitem Kopf. Ich hatte das hellste unter ihnen im Auge behalten.

Der Arzt faßte es an.

»Männliches Tier, gut geformt, weitaus der schönste Kopf unter allen.«

»Ich erstehe es«, hörte ich mich selbst zu meiner Überraschung sagen.

»Was bieten Sie?«

»Ich bezahle den Preis, den Sie verlangen«, sagte ich so gleichgültig, als ginge diese Seite der Angelegenheit mich nichts an. Dabei hatte ich noch nie im Leben eine Katze gekauft und wußte sie gar nicht einzuschätzen. Sie waren mir alle geschenkt oder zugetragen worden; aber darum konnte ich mich jetzt nicht kümmern; denn nicht ich – das Tier hatte mich gewählt; ich fühlte mich wie in einem Rausch. So muß es Spielern zumute sein.

Man nannte einen hohen Preis; ich schluckte ihn hinunter und nickte.

Die Katze glitt in andere Hand, und ich bekam sie vorläufig nicht mehr zu sehen. Ich wurde vor ein Tischchen gebeten und bekam eine Anweisung in die Hand gedrückt.

»Nehmen Sie das Tier gleich mit?« wurde ich gefragt.

»Freilich«, sagte ich verwirrt und platzte heraus: »Ich habe aber weder Geld noch einen Korb bei mir.«

Nun, das wurde »gefügt«. Ich mußte meinen Namen einschreiben; einen Korb bekam ich geborgt auf ehrenwörtliches Versprechen, ihn zurückerstatten zu wollen. Nach einiger Zeit wurde er mir verschlossen überreicht.

Behutsam und nachträglich mit nicht ganz gutem Gewissen trug ich ihn zur Bahn, behielt ihn aber auf meinen Knien. Sonderbarerweise konnte ich mir nun das Tier durchaus nicht mehr vorstellen. Ich mußte wohl sehr aufgeregt gewesen sein.

Zuweilen erlitt das Körbchen eine leichte Erschütterung von innen heraus. Es rührte sich etwas; es gab sanfte Stöße nach oben. Aber keine Stimme wurde laut.

Immer wieder mußte ich denken, daß mir da jemand etwas ganz anderes hätte einpacken können, etwa ein Kaninchen oder ein Huhn; denn ich war ja nicht zugegen gewesen, als das Körbchen gefüllt worden war. Ja, es konnte auch ein schwarzes Kätzchen sein, eines aus der Abteilung: »Herrenlose Katzen, kostenlos abzugeben.« Es wurde mir richtig bange zumute bei diesem Gedanken.

Unsicher entstieg ich dem Bahnhof in Luzern, wagte mich kaum mit meinem Körbchen sehen zu lassen. Auf dem Bahnsteig stand mein Gatte und lachte vergnügt.

»Eines wußte ich ganz gewiß«, sagte er immerzu lachend, »nämlich, daß du mit einer Katze nach Hause kommen würdest.«

»Es ist ein Juwel«, beeilte ich mich zu versichern, und konnte mir nun schon gar nichts mehr vorstellen; die Katzen der ganzen Ausstellung liefen mir kreuz und quer durch den Kopf. Im Körbchen blieb es totenstill; am Ende war das Tier erstickt und gestorben.

Zu Hause kam die ganze Familie angestürzt. Das Körbchen wurde unters Licht getragen und auf einen Stuhl gestellt. Ich öffnete mit klopfendem Herzen.

Aus langhaariger, seidenweicher Silberrolle hob sich verwundert und unschuldsvoll ein sanftes Löwenantlitz, blaßblau mit großen, strahlenden Bernsteinaugen, aus deren Mitte im Lichtschein eine sammetschwarze Pupille sich langsam großwuchs, bis von der Iris nichts mehr übrigblieb als ein schmaler Goldstreifen. Antlitz von unwiderstehlichem Liebreiz, das uns fragend anstaunte, ohne Falsch und ohne Furcht, mit verhaltener Neugier, wie es edlem Geblüt ansteht.

Ein Ausruf des Entzückens entfuhr jedermann.

Die Rolle im Körbchen wurde locker; sie wendete und bäumte sich, kleine blaue Zehen traten heraus. Mit größter Vorsicht wurde ein silbernes Pfötchen auf den Rand des Korbes gestellt. Ein Schütteln, ein Zuck, mit gewichtslosem Schwung stand der Körper des Tieres auf dem Tisch. Ein riesiger Schwanzbusch kam dabei zum Vorschein.

Ich sah vergnügt, es dachte keiner auch nur im entferntesten daran, meinen raschen Kauf zu mißbilligen; vielmehr beeilte sich jeder, etwas Angenehmes für den neuen Hausbewohner herbeizutragen: Brot, kleine Fleischstücke, Milch und Spielzeug.

Das Tier betrachtete seine Umgebung, die Menschen, die Gegenstände mit großem Ernst. Es tauchte zögernd seine Rosazunge in die Milch, schleuderte flüchtig und zerstreut einige weiße Perlen an die Schnauzhaare empor, wo sie bebend hangenblieben, schaute ringsum im Kreis.

Und auf einmal setzte es hinunter vom Tisch und begann in diese neue Welt weinend hineinzulaufen; es rief mit ängstlicher, hoher Stimme nach seiner Mutter und den vielen, lustig blauen Geschwistern.

Nun war mein Augenblick gekommen. Den Augenblick, in dem ich gutzumachen hatte, daß ich zum Räuber und Entführer geworden war. Ich hob das Kätzchen am Nacken auf, wie es die Mutter tut, sprach dazu mit leiser, schmeichelnder Stimme, seine Furcht einzuschläfern. Ich ließ eilig ein weiches Bettchen richten, im Schrankraum neben meinem Arbeitszimmer, legte das Kätzchen sanft darin zurecht. Ich strich mit angefeuchtetem Finger in kurzen Zügen über Hals, Rücken und Schenkelchen, um ihm das Gelecktwerden vorzutäuschen, und das Weinen hörte augenblicklich auf. Das Tierchen wurde ganz still; es schaute mich aufmerksam an; es gähnte; die angespannten Glieder lösten und streckten sich, und plötzlich brach aus seiner Kehle ein lautes, freudiges Schnurren.

Rasch wurde das Licht ausgedreht und weiter gestreichelt mit liebkosender Stimme. Das Schnurren verebbte, an den zuckenden Muskelschaudern erkannte ich, daß das sanfte und zutrauliche Tier eingeschlafen war.

ALFRED ANDERSCH

Grausiges Erlebnis eines venezianischen Ofensetzers

Giuseppe Rossi, der Ofensetzer und Kaminspezialist, war hereingekommen, gestern abend, in Ugos Bar und hatte einen Grappa bestellt. Alle, die zu Ugos Bar gehörten, mochten Giuseppe gern, obwohl er etwas unheimlich aussah, mit seinem bleichen, mageren Gesicht und den schwarzen Rissen darin. Giuseppe hatte keine Falten im Gesicht, sondern Risse. Er sah aus wie einer, der viel mit Eisen arbeitet, vor allem aber sah er aus wie das Innere eines Kamins, wie eine dieser Höhlen, die bleich und verwischt sind und in deren Spalten und Mauerfugen sich der Ruß absetzt. Giuseppe kannte viele von diesen geheimen Gängen in Venedigs Häusern.

»Seit wann trinkst du denn eigentlich Schnaps?« hatte Ugo ihn erstaunt gefragt. »Kenn ich ja gar nicht an dir!«

Alle sahen, wie Giuseppe sich schüttelte, nachdem er einen Schluck von dem Grappa getrunken hatte.

»Mein ganzes Abendessen hab ich heute wieder ausgekotzt«, sagte er.

»Geh zum Doktor«, hatte Fabio gemeint, »wenn du was am Magen hast.« Man kann es Giuseppe Rossi nicht ansehen, ob er krank ist, hatte er überlegt; er sieht so bleich aus wie immer.

»Ich war für heute nachmittag zu den Salesianern in San Alvise bestellt«, sagte Giuseppe, anstatt Fabios Aufforderung zu beantworten.

»Hat das was mit deinem Unwohlsein zu tun?« fragte Ugo.

»An der Pforte erwartete mich einer, der war so groß wie du«, sagte Giuseppe, zu Ugo gewendet. »Aber er sah ganz anders aus. Er sah aus wie der liebe Gott persönlich.«

»Einen lieben Gott gibt's nicht«, sagte Ugo gekränkt und beinahe wütend. Seine weiße Goliathschürze bewegte sich heftig, aber seine Pranken spülten die Gläser so zart wie immer. »Den hat's noch nie gegeben. Und wenn's ihn gibt, dann möchte ich nicht so aussehen wie der.«

»Nachher hab ich gemerkt, daß er der Prior ist«, erzählte Giuseppe. »Er führte mich ins Refektorium und sagte mir, der Kamin zöge seit ein paar Wochen nicht mehr richtig, der Rauch drücke in den Saal. Als wir im Refektorium standen, kam der Kater herein«, fügte er hinzu.

»Ein Kater?« fragte Fabio verwundert, weil Giuseppe Rossi eine so alltägliche Sache so betont vorbrachte.

»Ein gelbes Riesenvieh«, antwortete Giuseppe. »Ich kann diese gelbe Sorte Katzen nicht leiden.«

»Weil sie keine Weiber haben, die Schwarzen, haben sie Katzen«, sagte Ugo.

»Er strich erst um den Prior herum. Die Salesianer tragen diese glatten schwarzen Kutten. Es sind eigentlich keine Kutten, es sind Soutanen.« Nachdenklich sagte er: »Die Salesianer sind sehr gelehrte Patres. Der Prior sah aus wie ein sehr gelehrter Herr.«

»Ich denke, er sah aus wie der liebe Gott, den es gar nicht gibt?« warf Ugo spöttisch dazwischen.

»Ja, wie der liebe Gott und wie ein sehr gelehrter Herr. Er sah nicht aus wie . . .«, Fabio bemerkte, daß Giuseppe einen Moment zögerte, ». . . wie Petrus.«

»Aha«, sagte Ugo, »und davon ist dir also schlecht geworden?«

»Aber nein«, sagte Giuseppe. »Kannst du nicht warten?« Er war mit seinen Gedanken so sehr bei seiner Geschichte, daß er die Verachtung in Ugos Stimme überhaupt nicht bemerkte. »Der Kater«, berichtete er, »strich einmal mit seinem ekelhaften Gelb um die Soutane des Priors herum, und dann stellte er sich vor den Kamin und schrie mit seiner widerwärtigen Stimme den Kamin an. Natürlich habe ich zu diesem Zeitpunkt gar nicht darauf geachtet, es fiel mir erst nachher auf. Ich sah mir den Kamin an, es war kein richtiger, ganz offener Kamin mehr, sondern sie hatten einen dieser eisernen Ventilationskästen eingebaut und ihn nach oben dicht gemacht, bis auf eine Klappe über dem Feuerrost, der Kamin mußte also ziehen.

Ich fragte den Prior, wie lange sie den Kasten schon drin hätten, und er sagte: ›Drei Jahre‹, und da sagte ich, dann wären wahrscheinlich nur die Rohre und die Öffnung, die durch die Mauer nach außen führe, hinter dem Kasten, verschmutzt. Er sagte, das habe er sich auch gedacht. Ich fragte ihn, was hinter der Mauer sei, und er antwortete: ›Der Rione‹, und die Öffnung sei mindestens drei Meter über dem Wasser in der Wand, man käme von außen nicht dran. Ich sagte, wenn das so sei, dann müsse ich den ganzen Kasten herausnehmen. Ich solle nur das machen, was ich für richtig halte, sagte er, aber ich solle mich beeilen, sie könnten kaum noch essen im Refektorium vor Qualm. Und während der ganzen Zeit, in der wir uns unterhielten, schrie das gelbe Vieh von Zeit zu Zeit vor dem Kamin herum. Wenn nicht dieser vornehme Pater Prior dabeigewesen wäre, hätte ich ihm einen Tritt gegeben.«

Alle, die gerade in Ugos Bar waren, hörten jetzt Giuseppe zu. Der Ofensetzer trank den Grappa aus und schüttelte sich wieder. Ohne ein Wort zu sagen, schob Ugo ihm ein Glas Rotwein hin.

»Ich untersuchte den Kasten. Bei solchen Kästen sollte nur die Basis mit dem Feuerrost einzementiert sein, und der Kasten soll darauf gesetzt und gut eingepaßt werden, so daß man ihn jederzeit abnehmen kann. Aber die meisten machen es falsch und schmieren auch um die untere Fuge des Kastens Zement. Stümper!« Er schwieg einen Augenblick erbittert, ehe er fortfuhr: »Ich fing also an, den Zementkranz unten wegzuschlagen. Der Prior war hinausgegangen, aber ein paar Mönche waren hereingekommen und sahen mir bei der Arbeit zu, weshalb ich den Kater nicht hinausjagen konnte, der sich ein paarmal wie ein Verrückter benahm und den glatten Eisenkasten hinaufwollte. Er war so groß wie ein Hund . . .«

». . . und so fett wie ein Schwein«, unterbrach ihn Ugo. »Er war sicher so fett wie alle diese fetten, kastrierten Klosterkater.«

»Nein«, sagte Giuseppe, »er war überhaupt nicht fett. Er war auch bestimmt nicht kastriert. Alles an ihm war Muskeln, und er war so groß wie ein mittlerer Hund, und auf einmal bekam ich Angst vor ihm. Ich mußte ihn auf einmal ansehen, und als ich sein Gesicht sah und seine Muskeln, da sah ich, daß ich ihn nicht hätte verjagen können. In diesem Augenblick bemerkte ich, daß wieder der Pater Prior neben mir stand, obwohl ich nur seine Füße sehen konnte, denn ich kniete unter dem Kaminbalken, und ich hörte, wie er sagte: ›Was hat das Tier nur?‹ ›Vielleicht wittert es Mäuse‹, hörte ich einen von den Mönchen sagen. Ich mußte grinsen, da unten, in meinem Kamin, und ich wollte schon etwas sagen, aber der Prior nahm es mir ab. ›Unsinn‹, sagte er, ›wenn eine Katze Mäuse wittert, verhält sie sich ganz still.‹ Ich dachte, das ist nicht nur ein gelehrter Herr, sondern ein Mann, der wirklich etwas weiß. Man kann sehr gelehrt sein und doch nicht wissen, wie eine Katze sich benimmt, wenn sie ein Mäuseloch findet.«

»Mach weiter!« sagte Ugo. »Wir wissen schon, daß er der liebe Gott persönlich war.«

»Ich hatte den Zementkranz bald losgeschlagen und richtete mich auf, um den Kasten herauszuheben, aber das war gar nicht so einfach, er war schwer, und das Eisen war eingerostet, und ich brauchte eine ganze Weile, bis ich ihn richtig gelockert hatte. Während der ganzen Zeit stand dieses gelbe Vieh neben mir, ich sage, es stand, es saß nicht, wie eine normale Katze, die auf etwas wartet, sondern es stand auf gestreckten Beinen, und ich sah, daß es die Krallen herausgestreckt hatte. Ich bat einen der Mönche, mir zu helfen, den Kasten wegzurücken, und während wir ihn anfaßten und begannen, ihn zur Seite zu schieben, mußte ich nun doch dem Kater einen Tritt geben, weil er nicht von meinen Füßen wegging. Er flog ein paar Meter in den Saal hinein, richtete sich fauchend wieder auf und sah mich an, als wolle er sich auf mich stürzen.« Giuseppe Rossi unterbrach sich. »Ich glaube, ich sollte doch nicht weitererzählen«, sagte er. »Es ist zu unappetitlich.«

»Wir sind hier alle sehr zart besaitet«, sagte Ugo und blickte auf die Männer, die vor dem Bartisch standen. »Und vor allem haben wir es sehr gern, wenn einer mitten in einer Geschichte aufhört.«

»Nun bring schon die Leiche hinter deinem Kamin heraus!« sagte Fabio. »Wir sind darauf gefaßt.«

»Keine Leiche«, sagte Giuseppe. »Wir hatten also gerade den Kasten weggerückt, der Mönch und ich, da sah ich schon, daß die Luftöffnung nach draußen ganz verstopft war. Der Kamin konnte nicht mehr ziehen, so verstopft war sie. Mit Stroh und allerhand Dreck. Und ich merkte, daß sich etwas darin bewegte. Zuerst konnte ich nichts erkennen, weil der Luftschacht ganz dunkel war von all dem Zeug, das sich darin befand, aber dann sah ich etwas Spitzes, Helles, das sich bewegte. Eine Rattenschnauze.«

Er griff nach dem Weinglas, aber er trank nicht daraus, sondern setzte es nach einer Weile wieder auf die Zinkplatte des Tisches.

»Ich zog mich ein wenig zurück«, fuhr er fort, »und war gerade dabei, dem Prior zu sagen, was ich bemerkt hatte, als der Kater auch schon heran war. Er schoß wie eine Kugel auf die jetzt freigelegte hintere Wand des Kamins zu, und ich dachte, er wäre mit einem Satz im Luftschacht drin, aber statt dessen bremste er ganz plötzlich ab und duckte sich unter dem Loch auf dem Boden, er lag mit dem Bauch auf dem Boden, hatte seine Vorderpfoten ausgestreckt und den Kopf nach oben gerichtet, während sein Schwanz ganz gerade von ihm abstand. Er war völlig unbeweglich, und ich glaube, die Mönche und der Prior und ich, wir alle waren genauso erstarrt, denn im Eingang des Schachts war eine Ratte erschienen . . . eine Ratte, sage ich . . .«

Der Ofensetzer starrte auf die Wand hinter Ugo, und Fabio hätte sich nicht gewundert, wenn in seinen Pupillen das Doppelbildnis der Ratte, die er gesehen hatte, erschienen wäre.

»In meinem Beruf hat man häufig mit Ratten zu tun«, sagte Giuseppe. »In meinem Beruf und in einer Stadt wie der unseren. Aber ihr dürft mir glauben, wenn ich sage, daß ich so ein Trumm von einer Ratte noch nie gesehen habe. Sie stand da oben, im Eingang ihres Lochs, und sie füllte das Loch völlig aus. Wie sie jemals hinter dem Ofen herausgekommen ist – denn sie muß ja nachts herausgekommen sein –, ist mir völlig schleierhaft. Na, jedenfalls, sie stand da oben, ihr Fell war nicht grau, sondern weiß, ein schmutziges, scheußliches Weiß, und der gelbe Kater stand unter ihr und stieß ein Knurren aus. Aber während ich nicht den Kopf wegdrehen konnte, sagte der Pater Prior zu einem der Mönche: ›Pater Bruno, holen Sie eine Schaufel!‹ Und er fügte hinzu: ›Schließen Sie die Türe, wenn Sie hinausgehen und wenn Sie wieder hereinkommen!‹ Ich muß schon sagen, der Mann hatte die Ruhe weg.

Dann ging alles sehr schnell, und ich kann euch sagen, die schwarzen Soutanen der Mönche tanzten nur so an den weißen Wänden des Refektoriums entlang, als die Ratte herunterkam. Ich bin auch gesprungen, und nur der Pater Prior ist ganz ruhig stehengeblieben und sah sich die Sache an. Die Ratte machte zuerst einen Fluchtversuch, aber der Kater hatte natürlich ganz schnell seine Krallen in ihrem Rücken, und da entschloß sie sich und griff ihn an. Sie hatte einfach keine andere Wahl. Jetzt, wo sie im Saal war, konnte man sehen, wie groß sie war. Sie war natürlich nicht so groß wie der Kater, aber für eine Ratte war sie enorm groß. Sie war ein Ungeheuer, sie war ein schmutziges weißes Ungeheuer, fett und rasend, und der Kater war ein Ungetüm, ein gelbes, widerwärtiges, muskulöses Ungetüm. Habt ihr schon mal gesehen, wie eine Ratte eine Katze angreift?« Niemand gab eine Antwort. Ugo hatte mit seinem ewigen Gläserspülen aufgehört, und alle sahen angeekelt auf das bleiche Gesicht des Ofensetzers.

»Sie kommen von unten«, sagte er. »Diese da drehte sich um und wühlte sich mit ein paar Bewegungen unter den Kater und verbiß sich in seinem Hals. Der Kater raste wie ein Irrsinniger ein paarmal durch den Saal, aber er bekam die Ratte nicht von seinem Hals weg, und zuerst schoß das Blut aus seinem Hals wie eine kleine Fontäne hoch, aber dann sickerte es nur noch, und er konnte nichts anderes tun, als die Kopfhaut und die Rückenhaut der Ratte mit seinen Krallen und seinen Zähnen aufreißen. Das Katzenblut und das Rattenblut versauten den ganzen Saal. Ein paar von den Mönchen schrien geradezu vor Entsetzen.«

»Mach's kurz!« sagte einer von Ugos Gästen, und ein anderer: »So genau wollten wir's nicht wissen.«

»Ich hab euch ja gewarnt«, erwiderte Giuseppe. »Ich bin auch schon fertig. Nur von dem Prior muß ich noch etwas erzählen. Als wir es beinahe nicht mehr ausgehalten hätten, hörten wir Schritte auf dem Gang, und der Pater Bruno kam mit der Schaufel herein. Er blieb erschrocken stehen, als er sah, was vorging, aber der Pater Prior war mit ein paar Schritten bei ihm und nahm ihm die Schaufel aus der Hand. Ich hatte gedacht, er wolle die Schaufel, um die Ratte damit totzuschlagen, aber er tat etwas ganz anderes. Er schob die Schaufel unter die beiden Tiere, die jetzt in der Mitte des Saales miteinander kämpften, sie kämpften nun schon langsamer, ineinander vergraben, die Schaufel war zu klein, um die beiden verrückten Riesenviecher zu fassen, aber sie ließen nicht voneinander ab, und so hingen sie rechts und links von der Schaufel herunter, das eine ekelhaft gelb und das andere dreckig weiß und beide von Blut überströmt, und der Prior schrie uns plötzlich an: ›Steht doch nicht herum! Öffnet ein Fenster!‹, und ich riß eines der großen Fenster im Refektorium auf, und der Prior trug die Schaufel zum Fenster und kippte die Tiere hinaus. Wir hörten das Klatschen, mit dem sie unten auf das Wasser des Kanals aufschlugen. Keiner schaute hinaus, nur der Prior, und dann drehte er sich wieder zu uns um, gab dem Pater Bruno die Schaufel zurück und sagte: ›Waschen Sie das Blut ab!‹, und zu den anderen sagte er: ›Holt Eimer und Besen, damit wir das Refektorium schnell wieder sauber kriegen!‹, und zu mir sagte er: ›Glauben Sie, daß Sie den Kamin heute abend in Ordnung haben?‹, und ich sagte ›ja‹ und fing gleich mit der Arbeit an, aber eine Weile später mußte ich hinaus auf die Toilette, weil es mir hochkam.«

»Salute«, sagte Ugo, »ich gebe eine Runde Grappa aus. Wer will keinen?« Niemand sagte nein, und Ugo stellte die Gläser auf den Tisch.

»Das ist ein Mann, der Prior«, sagte Giuseppe, »er ist nicht nur gelehrt, er weiß auch wirklich etwas, und nicht nur das: er tut auch etwas. Er war der einzige von uns, der sich die Sache ansah und im voraus wußte, was zu tun war, und etwas tat.«

»Kurz und gut – ein Mann wie der liebe Gott. Du brauchst es nicht noch einmal zu betonen«, sagte Ugo.

»Ihr werdet es komisch finden«, sagte Giuseppe Rossi, der Ofensetzer, »als er so ruhig im Saal stand, mit gekreuzten Armen, während die Viecher herumtobten und wir von einer Ecke in die andere sprangen, da dachte ich einen Moment lang: das ist kein Mensch.«

Spät in der Nacht ging Fabio mit Giuseppe nach Hause. Rossi wohnte in der Nähe von San Samuele, so daß sie ein Stück weit den gleichen Weg hatten. Als sie sich verabschiedeten, vor der Türe, hinter der sich seine Werkstatt befand, sagte der Ofensetzer unvermittelt: »Er ist aber doch ein Mensch.«

»Du meinst den Prior?« fragte Fabio. Ohne eine Antwort abzuwarten, fügte er hinzu: »Sicherlich ist er ein Mensch.«

»Er äußerte etwas Seltsames«, sagte Giuseppe. »Als ich ging, gab er mir die Hand und fragte: ›Geht's Ihnen wieder besser?‹, und als ich nickte, sagte er bedauernd: ›Diese unvernünftigen Tiere!‹ Und dann fragte er mich: ›Finden Sie nicht, daß Gott den Tieren etwas mehr Vernunft hätte verleihen können?‹«

Fabio stieß einen Laut der Verwunderung aus.

»Nicht wahr, das ist doch eine merkwürdige Frage?« sagte Giuseppe.

»Für einen Mönch ist sie ungewöhnlich«, stimmte Fabio zu. »Und dabei sieht er aus wie ein wirklich frommer Mann«, sagte Giuseppe. »Ich wußte nicht, was ich ihm antworten sollte, und er hat auch, glaube ich, keine Antwort erwartet. Aber ich frage mich jetzt, Fabio, ob man fromm sein kann, richtig fromm, und doch nicht alles für richtig zu halten braucht, was Gott tut.«

Die Nacht war, wie die Nächte in Venedig sind: still. Still, aber nicht tot. Fabio hörte das Wasser des Canalazzo an den Landesteg von San Samuele klatschen.

»Ich weiß es nicht«, antwortete er.

Brüder Grimm

Der gestiefelte Kater

Ein Müller hatte drei Söhne, seine Mühle, einen Esel und einen Kater; die Söhne mußten mahlen, der Esel Getreide holen und Mehl forttragen und die Katz die Mäuse wegfangen. Als der Müller starb, teilten sich die drei Söhne in die Erbschaft: der älteste bekam die Mühle, der zweite den Esel, der dritte den Kater, weiter blieb nichts für ihn übrig. Darüber ward er traurig und sprach zu sich selbst: »Ich hab es doch am allerschlimmsten kriegt; mein ältester Bruder kann mahlen, mein zweiter kann auf seinem Esel reiten, was kann ich mit dem Kater anfangen? Laß ich mir ein paar Pelzhandschuhe aus seinem Fell machen, so ist's vorbei.« – »Hör«, fing der Kater an, der alles verstanden hatte, was er gesagt, »du brauchst mich nicht zu töten, um ein paar schlechte Handschuh aus meinem Pelz zu kriegen. Laß mir nur ein Paar Stiefel machen, daß ich ausgehen kann und mich unter den Leuten sehen lassen, dann soll dir bald geholfen sein.« – »Was? Ein Paar ordentliche Stiefel willst du wie andere Leute auch?« – »Das sollt ich meinen«, sprach der Kater. Der Müllerssohn verwunderte sich, daß der Kater so sprach; weil aber eben der Schuster vorbeiging, rief er ihn herein und ließ ihm ein Paar Stiefel anmessen. Als sie fertig waren, zog sie der Kater an, nahm einen Sack, machte den Boden desselben voll Korn, oben aber eine Schnur daran, womit man ihn zuziehen konnte, dann warf er ihn über den Rücken und ging auf zwei Beinen wie ein Mensch zur Tür, klinkte sie auf und mir nichts, dir nichts durch die Gassen zum Tor hinaus.

Dazumal regierte ein König in dem Land, der aß die Rebhühner so gern; es war aber eine Not, daß keine zu kriegen waren. Der ganze Wald war voll, aber sie waren so scheu, daß kein Jäger sie erreichen konnte. Das wußte der Kater und gedacht seine Sache besser zu machen; als er in den Wald kam, tat er den Sack auf, breitete das Korn auseinander, die Schnur aber legte er ins Gras und leitete sie hinter eine Hecke. Da versteckte er sich selber, schlich auf und ab, schaute und lauerte. Die Rebhühner kamen bald gelaufen, fanden das Korn, und eins nach dem andern hüpfte in den Sack hinein. Der Kater fing an zu spinnen vor Vergnügen, daß alles so wohl ging; doch hielt er sich, bis eine gute Anzahl darin war; da zog er den Strick zu, lief heran und drehte ihnen den Hals um; dann warf er den Sack auf den Rücken, war guter Dinge und ging geradeswegs nach des Königs Schloß. Die Wache rief: »Halt! Wohin?« – »Zu dem König«, antwortete der Kater kurzweg. »Bist du toll? Ein Kater zum König?« – »Laß ihn nur gehen«, sagte ein anderer, »der König hat doch oft lange Weil; vielleicht macht ihm der Kater mit seinem Brummen und Spinnen Vergnügen.« Der Kater zog den Schwanz auf den Rücken und trat ein. Als er vor den König kam, machte er eine Reverenz und sagte: »Mein Herr, der Graf (dabei nannte er einen langen und vornehmen Namen) läßt sich dem Herrn König empfehlen und schickt ihm hier Rebhühner, die er eben in Schlingen gefangen hat.« – »Daß dich«, sagte der König erstaunt, als er die schönen Rebhühner sah, blies daran und fühlte, ob sie auch recht fett wären, wußte sich vor Freude nicht zu fassen und befahl, dem Kater soviel Gold aus der Schatzkammer in den Sack zu tun, als er tragen könne: »Das bring deinem Herrn und dank ihm noch vielmal für sein Geschenk!«

Der arme Müllerssohn aber saß zu Hause am Fenster, stützte den Kopf auf die Hand und dachte, daß er nun sein Letztes für die Stiefel des Katers weggegeben, und was werde ihm der Großes dafür bringen können. Da trat der Kater herein, warf den Sack vom Rükken, schnürte ihn auf und schüttete das Gold vor den Müller hin: »Da hast du etwas für die Stiefel; der König läßt dich auch grüßen und dir viel Dank sagen.« Der Müller war froh über den Reichtum, ohne daß er noch recht begreifen konnte, wie es zugegangen war. Der Kater aber, während er seine Stiefel auszog, erzählte ihm alles; dann sagte er: »Du hast zwar jetzt Geld genug, aber dabei soll es nicht bleiben. Morgen zieh ich meine Stiefel wieder an und geh aus; du sollst noch reicher werden. Dem König hab ich auch gesagt, daß du ein Graf bist.«

Am andern Tag ging der Kater, wie er gesagt hatte, wohl gestiefelt wieder auf die Jagd und brachte dem König einen reichen Fang. So ging es alle Tage, und der Kater brachte alle Tage Gold heim und ward so beliebt wie einer bei dem König, daß er aus und ein gehen durfte und im Schloß herumstreichen, wo er wollte.

Einmal stand der Kater in der Küche des Königs beim Herd und wärmte sich, da kam der Kutscher und fluchte: »Ich wünsch, der König mit der Prinzessin wär beim Henker. Die plagt wieder die Langeweile. Ich wollt ins Wirtshaus gehen und einmal trinken und Karte spielen, da soll ich sie spazierenfahren an den See.«

Wie der Kater das hörte, schlich er nach Haus und sagte zu seinem Herrn: »Wenn du willst ein Graf und reich werden, so komm mit mir hinaus an den See und bad dich darin!« Der Müller wußte nicht, was er dazu sagen sollte, doch folgte er dem Kater, ging mit ihm, zog sich splitternackend aus und sprang ins Wasser. Der Kater aber nahm seine Kleider, trug sie fort und versteckte sie. Kaum war er damit fertig, da kam der König dahergefahren. Der Kater fing sogleich an erbärmlich zu lamentieren: »Ach allergnädigster König, mein Herr, der hat sich hier im See gebadet, da ist ein Dieb gekommen und hat ihm die Kleider gestohlen, die am Ufer lagen. Nun ist der Herr Graf im Wasser und kann nicht heraus, und wenn er länger darin bleibt, wird er sich erkälten und sterben.« Wie der König das hörte, ließ er haltmachen, und einer von seinen Leuten mußte zurückjagen und von des Königs Kleidern holen. Der Herr Graf zog die prächtigsten Kleider an, und weil ihm ohnehin der König wegen der Rebhühner, die er meinte von ihm empfangen zu haben, gewogen war, so mußte er sich zu ihm in die Kutsche setzen. Die Prinzessin war auch nicht bös darüber; denn der Graf war jung und schön, und er gefiel ihr recht gut.

Der Kater aber war vorausgegangen und zu einer großen Wiese gekommen, wo über hundert Leute waren und Heu machten. »Wem ist die Wiese, ihr Leute?« fragte der Kater. – »Dem großen Zauberer.« – »Hört, jetzt wird der König bald vorbeifahren. Wenn der fragt, wem die Wiese gehört, so antwortet: Dem Grafen! Und wenn ihr das nicht tut, so werdet ihr alle totgeschlagen.« – Darauf ging der Kater weiter und kam an ein Kornfeld so groß, daß es niemand übersehen konnte; da standen mehr als zweihundert Leute und schnitten das Korn. »Wem ist das Korn, ihr Leute?« – »Dem Zauberer.« – »Hört, jetzt wird der König vorbeifahren. Wenn der fragt, wem das Korn gehöre, so antwortet: Dem Grafen! Und wenn ihr das nicht tut, so werdet ihr alle totgeschlagen.« – Endlich kam der Kater an einen prächtigen Wald, da standen mehr als dreihundert Leute, fällten die großen Eichen und machten Holz. – »Wem ist der Wald, ihr Leute?« – »Dem Zauberer.« – »Hört, jetzt wird der König vorbeifahren. Wenn er fragt, wem der Wald gehört, so antwortet: Dem Grafen. Und wenn ihr das nicht tut, so werdet ihr alle umgebracht.« Der Kater ging noch weiter, die Leute sahen ihm alle nach, und weil er so wunderlich aussah und wie ein Mensch in Stiefeln daherging, fürchteten sie sich vor ihm.

Er kam bald an des Zauberers Schloß, trat kecklich hinein und vor ihn hin. Der Zauberer sah ihn verächtlich an und fragte ihn, was er wolle. Der Kater machte eine Reverenz und sagte: »Ich habe gehört, daß du in jedes Tier nach deinem Gefallen dich verwandeln könntest. Was einen Hund, Fuchs oder auch Wolf betrifft, da will ich es wohl glauben, aber von einem Elefant, das scheint mir ganz unmöglich; und deshalb bin ich gekommen, um mich selbst zu überzeugen.« Der Zauberer sagte stolz: »Das ist mir eine Kleinigkeit«, und in dem Augenblick verwandelte er sich in einen Elefant. »Das ist viel; aber auch in einen Löwen?« – »Das ist auch nichts«, sagte der Zauberer und stand als ein Löwe vor dem Kater. Der Kater stellte sich erschrocken, kroch in eine Ecke und rief: »Das ist unglaublich und unerhört, dergleichen hätt ich mir nicht im Traume in die Gedanken kommen lassen. Aber noch mehr als alles andere wär es, wenn du dich auch in ein so kleines Tier, wie eine Maus ist, verwandeln könntest. Du bist gewiß geschickter als irgendein Zauberer auf der Welt, aber das wird dir doch zu hoch sein.« Der Zauberer ward ganz freundlich von den süßen Worten und sagte: »O ja, liebes Kätzchen, das kann ich auch« und sprang als eine Maus im Zimmer herum. Der Kater war hinter ihm her, fing die Maus mit einem Sprung und fraß sie auf.

Der König aber war mit dem Grafen und der Prinzessin weiter spazierengefahren und kam zu der großen Wiese. »Wem gehört das Heu?« fragte der König. – »Dem Herrn Grafen«, riefen alle, wie der Kater ihnen befohlen hatte. – »Ihr habt da ein schön Stück Land,

Herr Graf«, sagte er. Danach kamen sie an das große Kornfeld. »Wem gehört das Korn, ihr Leute?« – »Dem Herrn Grafen.« – »Ei, Herr Graf, große, schöne Ländereien.« – Darauf zu dem Wald. »Wem gehört das Holz, ihr Leute?« – »Dem Herrn Grafen.« – Der König verwunderte sich noch mehr und sagte: »Ihr müßt ein reicher Mann sein, Herr Graf, ich glaube nicht, daß ich einen so prächtigen Wald in meinem ganzen Reiche habe.«

Endlich kamen sie an das Schloß. Der Kater stand oben an der Treppe, und als der Wagen unten hielt, sprang er herab, machte die Türe auf und sagte: »Herr König, Ihr gelangt hier in das Schloß meines Herrn, des Grafen, den diese Ehre für sein Lebtag glücklich machen wird.« Der König stieg aus und verwunderte sich über das prächtige Gebäude, das fast größer und schöner war als sein Schloß. Der Graf aber führte die Prinzessin die Treppe hinauf in den Saal, der ganz von Gold und Edelsteinen flimmerte.

Da ward die Prinzessin mit dem Grafen versprochen; und als der König starb, ward er König, der gestiefelte Kater aber Erster Minister.

Johannes V. Jensen

Katzenkinder

Auf der Schwelle zur Pantry saß eine schwarze Katze mit gelben Augen und betrachtete jeden, der vorbeikam, aufmerksam und nicht ohne Furcht. Man schaute hinein zum Obersteward und fand hinter der Tür eine Kiste mit Lappen drin und zwei kleinen schwarzen, schlafenden, noch hilflosen Katzenkindern. Die Mutter kuschelte sich zu ihnen und sah auf mit diesen gelben Augen, voller Muttersorgen. Es war im Hamburger Hafen, mit Frost und Eisgang draußen, die Spille auf Deck dauernd in Bewegung, und pausenloses Getrampel, raus und rein, von ungeduldigen Leuten, wie immer, bevor ein Schiff losmacht. Aber hier in der Ecke war ein warmes kleines Nest, wo das Leben im kleinen entstand, was sich auch sonst immer draußen abspielen mochte.

»Ja, jetzt bleibt sie hier drinnen«, sagte der Obersteward, »nun hat sie ja Junge. Das ist der vierte Wurf hier an Bord. Wenn sie groß sind und verschenkt werden, geht sie an Land und verlobt sich wieder, und dann bekommen wir sie wieder hier in die Kiste.«

Ungefähr eine Woche später, als wir in der Spanischen See liegen, hört man am Morgen laute Ausgelassenheit von der Pantry her, rauhe Stimmen, Schiffsjungen und rohe Gesellen, die beim Steward aus und ein gehen. Und beim genaueren Hinsehen stellt sich heraus, daß der Steward einen Korken mit einer Schnur an die Türklinke gebunden hatte. Noch ein wenig unsicher auf den Beinen, steht eins der Jungen aufrecht an der Tür und gibt dem Korken kleine Ohrfeigen mit den Pfötchen, zur allgemeinen Heiterkeit dieser rauhen Brüder, die sich vor Lachen schütteln und schuldbewußt dreinschauen, als sie entdeckt werden. Dick in der Nase, murmelt der Steward etwas wie: »Sie wollen ja gern spielen«, womit er die

Jungen meint. So groß sind sie also schon in der kurzen Zeit geworden.

In den folgenden Tagen, als die Luft milder geworden ist, sieht man sie sich über die Schwelle hinaus auf den Gang wagen und manchmal sogar ganz hinaus aufs Deck, in die große weite Welt. Doch von hier schleppt die Mutter sie zurück, sooft sie auch hinauskrabbeln, und legt sie wieder in die Kiste. Mannschaft und Offiziere, die vorbeikommen, bemerken nach und nach die kleine Familie, und so wird sie populär.

Wiederum eine Woche später, im Mittelmeer, wird die Kiste hinaus aufs Deck gestellt, und die Jungen begeben sich auf Entdekkungsreisen in die vielen Löcher und Rinnen unter den Spillen, zum größten Kummer der Mutter, die sie einfach nicht mehr zusammenhalten kann. Sie sind nun vollkommen selbständig und können sogar schon aus einer Untertasse schlappen. An der Matte legen sie sich ganz flach auf die Lauer und überfallen sich gegenseitig, tanzen mit krummen Rücken in der Luft und spielen mit irgendeinem Ding, das sich bewegt, ganz nach Katzenkinderweise. Nur selten hat die Mutter sie noch bei sich in der Kiste, dann werden sie geleckt, und mit den gelben, seltsam mütterlichen Augen schaut sie dann auf.

Eines Morgens sind die Jungen fort. Die Kiste ist leer, und auf die Nachfrage beim Steward erfährt man, daß sie nun groß genug seien, um von der Mutter genommen zu werden. Das eine sei oben beim Koch und das andere bei einem gewissen Andersen. Die Mutter schleicht umher in den Schlupflöchern unter den Spillen und miaut jämmerlich, betrachtet jeden, der kommt, und man kann nicht übersehen, daß sie fragt, sie schaut und fragt: Wo sind meine Kinder? – Aber natürlich, sie müssen sich ja doch einmal trennen.

Als wir beim Frühstück sitzen, hören wir das klägliche Miauen vom Gang.

»Was ist das für ein Miauen?« brüllt der Kapitän barsch in Richtung Pantry. Und sich wieder seinem Teller zuwendend fügt er aufgebracht hinzu: »Ich kann dieses Katzenmiauen einfach nicht aushalten.«

Der Steward kommt heraus, wegen des Seegangs unmöglich schräg, mit feierlichen Augen, dick in der Nase. Und da er gefragt wird, muß er die Sache ja erklären. »Ja, der Obersteward wollte die Jungen jetzt nicht mehr hier haben, wo es so warm wird. Sie stinken, sagt er, und darum sind sie nun zum Koch und zu Andersen gekommen.«

»Das ist doch, zum Kuckuck, zu früh«, sagt der Erste Meister und kann nicht seine Anteilnahme verbergen – obgleich es natürlich nur eine Bagatelle ist. »Das ist eine Woche zu früh. Sie können ja überhaupt noch nicht für sich selber sorgen.«

»Jawohl«, sagt der Steward höflich, mit seinen weitauseinanderliegenden Augen undurchschaubar. Schließlich steht er ja hier zwischen zwei Feuern, dem Obersteward und den Offizieren. Er soll die Wahrheit sagen und gleichzeitig seine eigene Meinung zurückhalten.

»Ja, und wenn sie auch schon ein wenig allein trinken können«, ließ sich der Meister wieder ärgerlich vernehmen, »so könnte man ihnen doch, zum Kuckuck noch mal, einen Kasten mit Sand hinstellen, wenn es das ist, was stinkt. Das bißchen, was solche kleinen Dinger machen. Es ist doch ihre Natur, aus eigenem Antrieb gehen sie in den Kasten und verscharren es hinter sich – wie Katzen es tun. Das ist doch bloß Überempfindlichkeit von dem Obersteward.«

»Mir ist es Wurscht, wo die Katzen hinkommen«, bullert der Kapitän, »aber ich will das Miauen nicht haben.«

Bedrückte Pause; der Steward steht schräg, stumm, gehorsam wie ein Schaf, und Haarsträhnen fallen ihm ins Gesicht.

»Sie verstehen eben keine Katzen«, bemerkt der Meister mit irritiert leidendem Ton obenhin. »Es ist viel zu früh, ihr die Jungen wegzunehmen. Wenn sie größer werden, geht's ganz von selber, aber jetzt sind sie noch zu klein. Ich kenne sie nämlich, sie ist praktisch meine Katze. Wir bekamen sie in Australien, und ich brachte sie selber mit an Bord, nicht größer, als daß sie hier in meiner Jakkentasche liegen konnte. Vier Jahre ist sie nun hier an Bord. Und obgleich sie an Land geht, weiß sie doch genau, wo sie hingehört. Ich habe die Katze in Antwerpen sogar auf dem Kathedralsplatz getroffen, und dieser ist ein ordentliches Stück vom Schiff entfernt. Aber als wir am nächsten Morgen losmachten, war sie an Bord. Nicht so, als ob sie überall an Land ginge. Achtet mal drauf, wenn wir nach Java kommen, da setzt sie keinen Fuß an Land, nein, sie bedankt sich. In Australien oder Kopenhagen – da geht sie an Land und macht Bekanntschaften in Lagerhäusern und auf Dächern – das ist der zärtlich-wehmütige Gesang, den wir so gut kennen. Aber wenn wir fahren, ist sie immer zur Stelle. Doch nun haben wir einen neuen Obersteward«, schließt der Meister bitter, »und der neue hat kein Verständnis.«

»Da muß ich doch mit dem Obersteward halten, daß er die Katzen nicht im Proviantraum haben will«, wirft der Kapitän ein, »da haben sie nichts zu suchen. Im übrigen ist es mir egal.«

Der Erste Steuermann, ein großer blonder Jütländer, sieht mit frommen, gutmütigen Augen von einem zum andern. Das Gespräch kommt auf Katzen und Tiere an Bord im allgemeinen. Der Meister hat viel erlebt, und er kann so gut erzählen. Er erinnert sie an Sidse, ein Schwein, das sie als lebenden Proviant mithatten. Sidse war zwei Jahre auf dem Schiff und stand jedesmal an der Salontür, wenn sie aßen; sie grunzte und bettelte, aber niemals ging sie über die Schwelle, denn sie wußte, daß sie das nicht durfte. Damals im Roten Meer verlor sie ihren Verstand. Sie sprang über Bord, die Hitze war ihr in den Kopf gestiegen. Erst galoppierte sie dreimal um die Luke herum und dann hinein in den Bach. Aber dann schwamm sie buchstäblich um ihr Leben. Ein Hai war nämlich in ihrem Kielwasser, und sie schrie fürchterlich. Lieber Gott, wie sie schrie. Ein Rettungsboot wurde ins Wasser gelassen, das Schiff lief volle Kraft rückwärts, und von der Brücke schoß der Kapitän auf den Hai. Sidse kam wieder an Bord, für diesmal von ihren Selbstmordgedanken kuriert. Später mußte sie geschlachtet werden, als wir nach England kamen, dort war nämlich für Tiere Quarantäne. Aber keiner wollte sie abstechen. Schließlich hat der Steuermann sie mit seinem Armeerevolver erschossen. Und das soll auch gesagt werden, daß die Mannschaft mit feuchten Augen später am Tisch saß und lustlos die Blutwurst auf den Tellern anstarrte. Das war Sidse. – Ein anderes Mal hatten wir vier Schweine an Bord, von denen eines plötzlich anfing, Junge zu kriegen. Niemand hatte geahnt, daß es trächtig war. Man hatte sich wohl gewundert, daß es so dick wurde, und hatte mehr aus Spaß ab und zu seine Seite befühlt. Aber eines Tages, als der Meister gerade neben ihm beim Waschen war, begannen die Jungen auf einmal zu kommen. Wie er selbst sagte, verlor er vollständig die Fassung und stürmte zum Kapitän um Hilfe. Aber niemand wußte Bescheid. Schließlich stöberte man einen alten, verheirateten Matrosen auf. Dieser machte einen Knoten in die Nabelschnur eines jeden Ferkels, sobald es zum Vorschein kam, und schnitt die Schnur dann durch. Man sollte gesehen haben, wie sich das Baby sofort dann auf alle viere stellte und davonstiefelte, den Knoten hinter sich herschleppend.

Aber nun Katzen . . . Und hier verlor sich der Meister wieder in unendliche Beispiele für die Klugheit der schwarzen Katze und dafür, wie falsch man ihren Charakter verstand. Das weckte nun die Streitlust des Kapitäns, und obgleich man wohl den Eindruck hatte, daß er Katzenhasser war, hielt er eine Lobrede auf eine Katze namens Sophus, die sie einmal an Bord gehabt hatten. Pünktlich auf die Minute erschien sie jeden Morgen, den Schwanz senkrecht in der Luft, wenn sie wußte, daß der Kapitän frühstückte, weil sie dann immer einen Leckerbissen bekam. »Nun sollen Sie mal sehen«, sagte der Obersteward dann oft, wenn die Katze ganz hinten im Schiff war, und gab dem Messer ein paar Striche auf dem Schleifstein. Augenblicklich war Sophus zur Stelle und legte beide Pfoten auf die Tischkante, denn er wußte, daß der Obersteward dann Wurst schneiden würde. Aber es wirkte gar nicht, wenn ein anderer das Messer wetzte, er kannte genau den Rhythmus, so und so, wie es eben der Obersteward machte. Sophus war etwas Besonderes. Und er war so tüchtig zum Mäuse- und Rattenfangen. Katzen müssen auch was arbeiten, sonst sind sie nicht mehr wert als einen Sandsack und dann über Bord.

»Ha – jetzt sollte man eine Katze wohl nur danach beurteilen, welchen Nutzen sie bringt«, fiel der Meister ein, mit Spott und Protest in der Stimme, doch nicht ohne Humor. Ob der Kapitän sich erinnere, wie sie einmal zahme Mäuse im Salon gehabt hätten, zwei, die der Steuermann gezähmt hatte, die zu den Mahlzeiten kamen und Krümel bekamen? Da war der Kapitän wohl Mäusehasser gewesen? Sollte man übrigens Pussi danach beurteilen, so gibt's wohl keine bessere Mäusekatze auf der Welt als sie. Und da und da, wo sie gelöscht hatten, fing sie an einem Vormittag vierundfünfzig Mäuse und legte sie alle auf einen Haufen. Sie nahm drei auf einmal, eine mit dem Maul und eine mit jeder Vorderpfote, in einem

Satz. Oder als sie einmal im Sturm eine Ratte jagte, die auf Deck gekommen war, die sie durch eine grüne See hindurch verfolgte – Katzen, die sonst so wasserscheu sind. Ja, die Ratte schwamm durch fußhohes Wasser, das über Deck gespült wurde, und die Katze hinterher, mit verbissenen Schwimmbewegungen, bis sowohl See als auch Ratte über Bord gingen – und Pussi blieb mit allen vier Pfoten in den Wanten hängen. Katzen fallen immer auf die Füße. Wenn es auf Nützlichkeit ankommt – gibt's dann wirklich Gründe, ihr die paar kümmerlichen Schwarten, die zu ihrem Unterhalt gingen, zu mißgönnen, ha? – Das war jedenfalls die Meinung des Meisters. Die Katze ließ sich wieder draußen auf dem Gang hören, ein herzzerreißendes Miauen, als ob etwas in ihrer Brust in Stücke gegangen wäre.

»Ich kann dieses Jaulen nicht aushalten«, sagte der Kapitän wieder vor sich hin. »Dieser Andersen, ist das der Kannibale mit den schwarzen Haaren? Was soll der mit dem Jungen?«

Nach dem Frühstück ging der Kapitän kurzentschlossen hin, holte die Jungen und legte sie eigenhändig wieder zurück in die Kiste. Die Mutter schmiegte sich glücklich an sie und brachte jene eigentümlichen Laute hervor, mit denen Katzen ihre Freude ausdrücken; so war also die Familie wieder vollständig, offenbar auch zur großen Erleichterung des Stewards, der auch auf der Seite der Katzen gewesen war, aber nichts zu sagen gewagt hatte. Im übrigen ist es den Jungen keineswegs schlecht ergangen, solange sie fort gewesen sind, ganz im Gegenteil. Das eine kehrte mit einem gelben Zigarrenkistenbändchen zurück, das zu einer zierlichen Schleife um seinen Hals gebunden war. Es war der Kannibale Andersen, der das Junge auf diese besondere Weise ausgezeichnet hatte.

Am nächsten und übernächsten Tag wurde bei den Mahlzeiten viel über Katzen geredet, ausführliche Erzählungen. Der Kapitän ergänzte seine Legende über den einzigartigen Sophus mit einem Bericht darüber, wie Sophus, der ja ein Kater gewesen war, in jedem Hafen an Land ging und oft zurückkam mit Beulen, einmal mit einem aufgeplatzten Augenlid – ganz wie Seeleute, wenn sie an Land gewesen waren und Schlägereien gehabt hatten. Die Matrosen hatten viel Sympathie für ihn, und aus Spaß banden sie ihm einen Groschen um den Hals, daß er sich auch was leisten könnte, wenn das

Schiff im Hafen lag. Und Sophus hatte es so eilig, an Land zu kommen, daß sie ihn festhalten mußten, bis die Landungsbrücke heruntergelassen war. Und dann, wenn sie ihn losließen, stürmte Sophus wie aus der Pistole geschossen davon. Und immer kam er schleichend zurück, nicht mitten über die Treppen, nein, ganz an die eine Seite gedrückt, um nicht gesehen zu werden. Ja, Sophus war ein Mensch.

Als ob die Ausgaben, die man mit dem Kater gehabt hatte, schon der Rede wert gewesen wären, prahlte der Meister: »Pussi kommt jedesmal, wenn sie zum ›Trippeln‹ war, mit einem Taler nach Hause.« (Allgemeine Heiterkeit, Beifall, besonders von seiten des Ersten Steuermanns, der Steward reserviert, ernst wie ein Grab.

Als wir am Abend beim Bridge sitzen, miaut die Katze wieder draußen auf dem Gang. »Warum jault sie denn nun schon wieder, sie hat doch ihre Jungen wiederbekommen?« donnerte der Kapitän.

»Sie sagt gute Nacht«, sagt der Maschinenmeister sanft, »können Sie das nicht hören? Sie haben auch überhaupt kein Verständnis.« Aber er geht trotzdem hinaus, um nachzusehen. Und richtig, Pussi ist ausgesperrt, der Obersteward ist schon zu Bett. Da packt der Meister einfach die Katze, geht mit ihr außen herum und steckt sie zum Bullauge hinein, abwartend, bis er von drinnen das zufriedene Schnurren hören kann.

In den folgenden Tagen beginnen die Seeleute, nur leicht bekleidet auf den Luken zu sitzen, die Mützen tief in die Augen gezogen, mit nackten tätowierten Armen. Es ist Sonnenwende; nun weiß man, wie es daheim ist, dunkel den ganzen Tag, Licht in den Geschäften und Weihnachtsdekorationen auf ›Strøget‹, schwarze Ströme von Menschen und wahrscheinlich auch schwarzer, zertretener Schnee in den Straßen. Nun feiern sie Weihnachten. An Bord sprechen sie oft darüber, obgleich sie Weihnachten nicht zu Hause feiern können. Runde Plätzchen mit Zucker und Zimt gibt es zum Tee – der Obersteward hat gebacken. Natürlich sollen sie auch an Bord Weihnachten haben, und ein Weihnachtsbaum ist eigens dafür mitgenommen worden. Aber die Berechnungen ergeben, daß man am Heiligen Abend gerade in Port Said liegt und löschen muß. Es wird daher beschlossen, den Heiligen Abend um vierundzwanzig Stunden zu verschieben und ihn im Kanal oder im Roten Meer zu feiern.

Einige von den Offizieren haben noch kein Weihnachten zusammen mit ihren Familien erlebt. Sie sprechen davon wie von einem hohen, heiligen Sakrament, an dem sie vielleicht einmal durch die eine oder andere gute Fügung teilhaben werden.

Seeleute sind ja praktisch niemals zu Hause; nach einer halbjährigen Reise vielleicht zwei, drei Tage, manchmal nur Stunden, am Morgen im Hafen, am Abend wieder in See, wieder auf einer Halbjahresreise. Und es kommt auch vor, daß sie überhaupt nicht nach Hause kommen. Man erhält die Order draußen und muß dann ein weiteres halbes Jahr unterwegs bleiben, bevor man Fracht in die Heimat hat. Es gibt verheiratete Leute, die ihre Kinder nur ein paarmal gesehen haben, und die Kinder erkennen sie überhaupt nicht, wenn sie heimkommen. Die Mutter dressiert sie darauf, daß sie dem Vater entgegenlaufen und sagen sollen: Guten Tag, Vater. Doch auf dem Weg können sie dann plötzlich nicht mehr, und der Vater kann es auch nicht.

So leben und sterben sie schließlich auf dem Schiff. In ihren kleinen Kammern hängen Fotografien von der Geliebten, zusammen mit anderen Schönheiten, von denen sie träumen, Filmstars – wie auf See zu erwarten, von rot-weiß gemalten Rettungsringen eingerahmt. Angenagelte Postkarten mit kleinen Bildern vom Land, eine sommerliche Landstraße, ein Pferd mit einem Fohlen berichten ihnen von einer Welt, von der der Seemann vollkommen ausgeschlossen ist.

Als Ausgleich sollte wohl das Leben auf See eine Romantik bewahrt haben. Aber nein. Sie sehen nicht einmal mehr die Welt. In den Häfen, wo sie anlegen, bleibt ihnen keine Zeit, um an Land zu gehen. Löschen und andere schwere Arbeit, und dann wieder weiter, um keine Zeit zu verlieren. Wie die Wölfe fahren sie in die Maschinen, wenn sie stilliegen, um zu reparieren und nachzusehen; Maschinenmeister und Assistenten kommen Tag und Nacht nicht einmal an Deck, solange die Maschine nicht läuft, geschweige denn an Land. Und die übrige Zeit laufen und laufen die Maschinen Monate und Monate in einem fort.

Es ist ja schließlich ein Motorschiff. Neue Zeit – neue Methoden. Einen Kessel braucht man nicht mehr, und der Heizer ist in die Geschichte eingegangen; er lebe wohl. Keine Kohlen, keinen Bunker, man nimmt flüssigen Brennstoff mit einem Schlauch an Bord, und – von den Kohlestationen unabhängig – läuft man viel weitere Strekken. Der Dieselmotor setzt den Brennstoff direkt um, der Zylinder ist Kessel und Antrieb zugleich. Die Erfahrungen mit Benzinmotoren ziehen auch hier ein und verdrängen den Dampf. Die zwei großen Acht-Zylinder-Motoren – jeder Zylinder so groß, daß ein Mann darin stehen kann – arbeiten genau wie ein Automobil, achtern beim Mast kann man vom Auspuff den bekannten heiseren Takt hören, wie das Hecheln eines Jagdhundes in der Hitze. Das ist der Puls der Zeit, nun auch auf See. Doch sendet man den alten, schönen Dampfmaschinen einen wehmütigen Gedanken, den tanzenden, öltriefenden Pleuelstangen und dem Dampfgeruch im Maschinenraum. Dieselmotoren riechen wie eine Großstadtstraße nach Auspuffgas, und der Maschinenraum ist voller Rauch, als ob eine Lampe geblaffert hätte. Die Zeit wird schneller, explosiver und verbrennt mehr. Das kann man auch den Maschinenleuten ansehen, sie haben einen ungesunden, wachsartigen Teint. Warum bleiben sie eigentlich nicht auf Land? Dort warten mindestens zwanzig auf jeden einzelnen Platz draußen auf See; aber nein – sie bleiben, wo sie sind.

Und dann läuft das Schiff aus mit seinen gut dreißig Mann Besatzung an Bord, nicht eine Frau an Bord, bis zu den Luken beladen mit Waren aus aller Welt. Oben von der Bottnischen Bucht und von Oslo, von Hamburg, mit schwerem Maschinengut auf Deck, Teile für Zementfabriken, die auf Sumatra aufgebaut werden sollen, Waren für Java, Australien. Täglicher Verkehr – aber riesige Dimensionen – auch Stoff für die Phantasie. Der moderne Austausch bringt schwere Güter von arktischen Regionen hinunter in die Tropen, andere Waren wieder zurück, damit die einfachsten täglichen Bedürfnisse überall erfüllt werden können. Aber der Seemann ist, was das Heim betrifft, betrogen. Alle Achtung seiner Treue und Resignation. Solch ein Schiff faßt 10.000 Tonnen Last, zusammen mit der Last ist es viele Millionen wert. Daß es von Kontinent zu Kontinent fährt, bedeutet Arbeit und Brot für viel mehr Menschen als nur die direkt damit beschäftigten, viele wissen überhaupt nichts davon. Respekt vor den großen Dimensionen und den Köpfen, die so umfassende Riesenunternehmen in Gang halten.

Eine Reise mit einem Dampfer, obendrein in nahem Fahrwasser

wie von Hamburg nach Port Said, bietet nichts Neues. Wie gesagt, es fehlt jede Seeromantik. Man ist nicht einmal isoliert, jedes Schiff hat Radio, wir bekommen Zeitungen mit dem gewohnten Geschrei – alle Seereisen sind fast gleich, wie auch das moderne Leben immer gleich ist. Ganz geisttötend ist die Reise aber auch nicht, es ist kein Passagierschiff wie die riesigen schwimmenden Hotels, die die Meere durchfahren. Es fehlen zwar hier die Damen an Bord; das ist ein Mangel; man entbehrt sie. Aber die See bewahrt doch ihre alte Anziehungskraft, das alte Element hat seine Melancholie und die Sehnsucht behalten, macht den Blick weit, trotz seiner Grenzen – jetzt wie immer schon. Gleichbleibend und ewig ist die See. Bilder kommen und Bilder vergehen. Ein ursprünglicher Instinkt muß die Ursache sein, daß dieser kleine Kreis von Menschen seinerzeit die See wählte, und nun läßt sie sie nicht mehr los, wie sie selber sagen.

Ein sehr tief begrabenes Gefühl und die Sehnsucht nach Häuslichkeit kommen nun in der Aufmerksamkeit zum Vorschein, die der kleinen Katzenfamilie zuteil wird. Menschen im Lande machen sich überhaupt keine Vorstellung davon, wie stark dieses Sehnen ist. Die Leute sitzen auf der Luke und nähen, mit wehmütiger Erinnerung an die abwesenden Frauensleute, halten einen langen Faden in der Nadel den Katzenkindern hin, daß sie danach springen, machen allerlei Spaß mit ihnen und lachen wie große, plumpe Kinder über die Bocksprünge der Jungen. Manchmal wird es direkt heftig und wild, lautes Brüllen, wenn der eine meint, daß ein anderer zu rauh mit den kleinen Geschöpfen umgeht – das soll er noch einmal wagen. Im Wesen der Seeleute sind große Gegensätze vereinigt. Der Kapitän droht dem Steward mit dem Tod, weil er die Pantrytür hinter sich offen und im Seegang hin und her schlagen läßt. Ärgerlich wendet er sich dem Tisch wieder zu und brummt vor sich hin: Wenn eins von den Jungen auf die Schwelle springt und die Tür im selben Moment zuschlägt, ist es hin.

Dort auf der Luke ist ein wirkliches kleines Paradies. Die zwei Jungen spielen in der Sonne, ein wenig tolpatschig noch, doch schon mit der eleganten Grazie der Katzen. Sie kugeln umher, wenn sie nach etwas schlagen, und will man sie streicheln, bekommt man von der klitzekleinen Pfote einen Schlag wie von einer Daune. Und die Mutter schaut mit diesen schwefelgelben Augen zu, in denen die Pupillen senkrechte Spalten sind, Krokodilsaugen, in denen die stumme Machtlosigkeit steht. Es sieht aber so aus, als ob Welt und Menschen sie und ihre Kinder schonen wollten. Sich selbst läßt Miss aber nicht streicheln, sie weicht leicht aus, wie ein Schatten. Sie ist Australierin und wünscht nicht, berührt zu werden.

Das Raubtier ist auch bei den kleinen Biestern zur Stelle. Der Steuermann kommt vorbei und legt geschabtes Fleisch für die Abgötter auf die Luke. Und die Jungen, so klein sie noch sind, bemerken sofort den Blutgeruch. Sie hauen ihre spitzen Zähne ins Fleisch und ziehen sich knurrend mit ihrem Raub zurück. Und als der Steuermann – der Spender der Gaben – dieses Geschöpf Gottes streicheln will, haut es ihm fünf nadelfeine Krallen in den Zeigefinger, so daß er es erst hoch in die Luft halten muß, bevor es seinen Finger freigibt. Jubel auf der Luke – und auch der Steuermann ist ganz entzückt und begeistert über die Tüchtigkeit des kleinen Tigers. Die letzten paar Tagereisen vor Port Said ist das Mittelmeer endlich blau geworden, stahlblau, wie der Bottich mit Waschblau, in dem die Wäsche gespült wird. Bis kurz vor Tunis war das Wetter noch rauh, doch nun erstrahlt der Himmel in klarem Licht. Feuerstrahlen blitzen von der See auf, die wie in einem weiten blauen Ring daliegt, eine endlose See, nicht ein einziges Schiff ist zu sehen. Das ist nun etwas anderes als das Packeis und der dunkle Nebel in dem eisbedeckten Hamburger Hafen. Am Abend leuchtet die Venus in königlicher Pracht wie ein großer Diamant am Himmel, so hell, daß sie einen Lichtschimmer aufs Meer wirft. Die Mondsichel sieht mittlerweile ganz türkisch aus, und im Norden ist der Große Bär zum Horizont hinuntergeglitten.

Zu diesem Abend hätte Musik gehört, dankbar hätte man den bekannten, traurigen Harmonikaklängen aus den Mannschaftsräumen gelauscht, die eigentlich nicht von einem Schiff zu trennen sind. Die Harmonika, das Instrument des Seemanns, ausdehnbar wie die Seele des Matrosen, zeitweise auch leck, mit einer Menge Luft darin, wie Wind und Wetter; und zeitweise bedrückt wie die Brust des Seemanns, sehnsuchtsvoll, eine Stimme der Einsamkeit auf einem Ozean von Heimweh – doch auf diesem Schiff erklingt keine Harmonika, es ist arm auch in bezug auf Musik. Es gibt zwar ein Grammophon, doch das ist vernagelt.

Diese kleine Gruppe von Menschen lebt hier auf ihrer Insel gesittet und ordentlich, ohne sich jemals Luft machen zu können, nicht einmal mit einer Harmonika. Und es wird sie doch drücken, jetzt, wo es auf Weihnachten zugeht. In der Mannschaftsmesse mit den rohen Bänken und den nackten Wänden sitzt noch spätabends ein Kerl mit einer wollenen, ölverschmierten Unterjacke, Ruß in den Haaren, kaut am Federhalter und versucht zu schreiben. Den hat's wohl schlimm gepackt.

RUDYARD KIPLING

Die Katze geht ihre eigenen Wege

Hör zu und paß auf und gib acht, denn dies ereignete und begab sich und trug sich zu, als die Haustiere noch wild waren. Der Hund war wild, und das Pferd war wild, die Kuh war wild, und das Schaf war ebenso wild, und das Schwein war so wild, wie es nur sein konnte, und alle liefen auf wilden Wegen im nassen wilden Wald herum. Aber das wildeste aller wilden Tiere war die Katze. Sie ging ihre eigenen Wege, und es war ihr gleichgültig, wohin diese Wege sie führten.

Natürlich war der Mensch auch wild. Er war sogar furchtbar wild. Und er dachte nicht daran, zahmer zu werden, bis eines Tages der Mann die Frau traf und die Frau dem Mann sagte, daß es ihr nicht gefiele, auf so wilde Weise zu leben. Sie suchte eine hübsche trockene Höhle als Schlafstätte aus, weil ihr das Lager des Mannes, ein Haufen nasser Blätter, nicht angenehm genug war, und sie streute sauberen Sand auf den Boden und machte ein feines Holzfeuer hinten in der Höhle und hängte – mit dem Schwanz nach unten – die getrocknete Haut eines wilden Pferdes vor den Eingang der Höhle und sagte: »Streich dir die Füße ab, wenn du nach Hause kommst, mein Herz, und nun wollen wir ein glückliches Familienleben anfangen.«

An diesem Abend aßen sie wildes Hammelkotelett, das sie auf heißen Steinen geröstet und mit wildem Knoblauch und wildem Pfeffer gewürzt hatten. Als zweiten Gang aßen sie Wildente, die mit wildem Reis, wilden Kastanien und wilden Äpfeln gefüllt war, und schließlich Brötchen, die mit dem Mark wilder Ochsen belegt waren, dazu wilde Kirschen und wilden Kuhkäse. Darauf legte sich der Mann dicht vor dem Feuer zum Schlafen nieder und schlief selig ein, aber die Frau blieb noch auf und kämmte ihr Haar.

Dann nahm sie den Schulterknochen eines Hammels – jenen großen flachen Knochen – und sah sich an, wie merkwürdig er gezeichnet war. Sie warf mehr Holz in das Feuer, und dann machte sie einen Zauber. Dies war der erste Zauber, der je in der Welt gemacht worden ist.

Draußen in den nassen wilden Wäldern standen alle die wilden Tiere beieinander und sahen nach dem Schein des Feuers hinüber, das weithin sichtbar war, und sie zerbrachen sich die Köpfe, was es bedeuten könne.

Da stampfte das wilde Pferd mit seinem wilden Huf auf und sagte: »O Freunde und Feinde, warum haben der Mann und die Frau ein so großes Licht in der großen Höhle gemacht, und wieviel Böses haben wir davon zu erwarten?«

Der wilde Hund streckte seine wilde Nase empor und erschnüffelte das wilde Hammelkotelett und sagte: »Ich will hingehen und nachsehen und euch Bescheid sagen – das kann uns ganz nützlich sein. Katze, du sollst mich begleiten.«

»Nein, nein«, sagte die Katze, »ich bin die Katze, die ihre eigenen Wege geht. Ich pflege nicht in Begleitung zu gehen. Ich komme nicht mit.«

»So werden wir nie wieder Freunde sein«, sagte der wilde Hund und machte sich auf den Weg nach der Höhle. Als er ein kleines Stückchen fort war, sagte die Katze zu sich selbst: ›Mir ist's gleichgültig, wohin meine Wege führen. Warum soll ich nicht auch dorthin gehen und mir alles ansehen und wieder fortgehen, wie es mir paßt!‹ So schlich sie dem wilden Hund leise, ganz leise nach und versteckte sich an einer Stelle, wo sie alles mitanhören konnte.

Als der wilde Hund an den Eingang der Höhle kam, schob er die getrocknete Pferdehaut mit seiner Nase empor und sog den Duft des wilden Hammelkoteletts mit vollen Zügen ein. Als die Frau, die noch immer den Schulterknochen betrachtete, ihn bemerkte, lachte sie und sagte: »Da kommt der erste. Wildes Tier aus wildem Wald, was willst du?«

Der Hund antwortete: »O Feindin und Frau meines Feindes, was riecht so herrlich im wilden Wald?«

Da nahm die Frau einen schönen Knochen, der von einem wilden Hammelkotelett übriggeblieben war, warf ihn dem Hund hinüber und sagte: »Wildes Tier aus wildem Wald, koste und friß.« Der Hund nagte den Knochen ab und fraß ihn auf, und er schmeckte herrlicher als alles, was er jemals gegessen hatte, und er sagte: »O Feindin und Frau meines Feindes, gib mir noch einen.«

Die Frau antwortete: »Wildes Tier aus wildem Wald, hilf am Tage meinem Mann jagen und bewache die Höhle in der Nacht, und ich gebe dir so viele Knochen, wie du willst.«

»Aha«, sagte die Katze in ihrem Versteck, »das ist eine kluge Frau, aber sie ist nicht so klug wie ich.«

Der wilde Hund kroch in die Höhle und legte seinen Kopf der Frau in den Schoß und sagte: »O Freundin und Frau meines Freundes, am Tage will ich deinem Mann jagen helfen, und nachts will ich deine Höhle bewachen.«

»Aha!« sagte die Katze in ihrem Versteck, »das ist ein zu blöder Hund.« Und sie wandelte zurück durch die nassen wilden Wälder, schwenkte ihren Schwanz und ging ihre eigenen wilden Wege. Aber sie erzählte niemandem ein Wort.

Als der Mann aufwachte, sagte er: »Was tut der wilde Hund hier?«

Und die Frau antwortete: »Er ist kein wilder Hund mehr, sondern unser bester Freund, denn er will für ewig und alle Zeit bei uns bleiben. Nimm ihn mit, wenn du auf die Jagd gehst.«

Am nächsten Abend schnitt die Frau auf den Wasserwiesen große grüne Büschel frisches und schönstes Gras ab, viele Armvoll, und trocknete es vor dem Feuer, daß es wie frisch gemähtes Heu duftete. Sie setzte sich an den Eingang der Höhle und flocht einen Halfter aus Pferdehaut und betrachtete wieder den Hammelknochen, den großen flachen Schulterknochen, und versuchte von neuem ihren Zauber. Dies war der zweite Zauber, der in der Welt geschah.

Draußen in den wilden Wäldern waren all die wilden Tiere besorgt, was wohl dem wilden Hund zugestoßen sein konnte, und schließlich stampfte das wilde Pferd mit seinem Huf auf und sagte:

»Ich will gehen und nachsehen und euch Bescheid sagen, warum der wilde Hund nicht wiedergekommen ist. Katze, begleite mich.«

»Nein, nein«, sagte die Katze, »ich pflege stets meine eigenen Wege zu gehen. Ich begleite dich nicht.« Aber trotzdem folgte sie dem wilden Pferd leise, ganz leise, und verbarg sich an derselben Stelle, wo sie alles genau hören konnte.

Als die Frau das wilde Pferd stampfen und über seine lange Mähne stolpern hörte, lachte sie und sagte: »Da kommt der zweite. Wildes Tier aus wildem Wald, was willst du?«

Das wilde Pferd antwortete: »O Feindin und Frau meines Feindes, wo ist der wilde Hund?«

Die Frau lachte, nahm den Schulterknochen auf und sah ihn an und sprach: »Wildes Tier aus wildem Wald, du bist gar nicht wegen des wilden Hundes gekommen, sondern weil du dies herrliche Heu gewittert hast.«

Und das Pferd sagte stampfend und schnaubend: »Du hast recht – gib mir etwas davon.«

Die Frau sagte: »Wildes Tier aus wildem Wald, beuge dein stolzes Haupt und trage, was ich dir aufpacke, dann sollst du dreimal am Tage herrliches Heu von mir bekommen.«

»Aha!« sagte die Katze in ihrem Versteck, »das ist wirklich eine sehr kluge Frau, aber sie ist nicht so klug wie ich.«

Da beugte das Pferd sein stolzes Haupt, und die Frau streifte ihm schnell den Halfter aus Pferdehaut über, und das Pferd sagte, mit dem Kopf vor den Füßen der Frau: »O Herrin und Frau meines Herrn, ich will gerne dein Diener sein, wenn ich dies herrliche Heu immer bekomme.«

»Aha!« sagte die Katze in ihrem Versteck, »das ist ein zu albernes Roß!« Und sie wandelte nach Hause durch den nassen wilden Wald, schwenkte ihren Schwanz und ging auf ihren eigenen wilden Wegen. Wieder erzählte sie niemandem ein Wort.

Als der Mann und der Hund von der Jagd nach Hause kamen, sagte der Mann: »Was macht denn das wilde Pferd hier?« Und die Frau antwortete: »Es ist kein wildes Pferd mehr, sondern unser bester Diener, denn es wird uns für ewig und alle Zeit von Ort zu Ort tragen. Reite auf seinem Rücken, wenn du zur Jagd willst.«

Am nächsten Tag ging die wilde Kuh nach der Höhle. Sie hielt ihren wilden Kopf so hoch sie nur konnte, damit ihre wilden Hörner nicht im wilden Gebüsch hängenblieben, und die Katze folgte ihr und versteckte sich wie zuvor.

Und alles geschah ganz genau wie zuvor, und die Katze sagte genau dasselbe wie zuvor, und als die wilde Kuh versprochen hatte, der Frau jeden Tag ihre Milch zu geben, und die Frau versprochen hatte, daß die Kuh jeden Tag von dem herrlichen Klee bekommen sollte, der im Garten der Frau wuchs, da ging die Katze durch den wilden nassen Wald nach Hause und schwenkte ihren Schwanz auf einsam-wilden Wegen, genau wie zuvor. Und sie erzählte wieder niemandem ein Wort.

Als der Mann mit dem Pferd und dem Hund von der Jagd nach Hause kam und dieselben Fragen gestellt hatte wie zuvor, sagte die Frau: »Das ist jetzt kein wildes Tier mehr, sondern sie schenkt uns herrliches Essen. Für ewig und alle Zeit wird sie uns ihre warme weiße Milch geben, und ich werde für sie sorgen, während du mit deinem treuesten Freund und deinem besten Diener auf die Jagd gehst.«

Am nächsten Tage paßte die Katze auf, ob wieder ein wildes Tier nach der Höhle gehen würde, aber nichts rührte sich im nassen wilden Wald. So ging die Katze ihre eigenen Wege, und sie sah die Frau die Kuh melken und sah den Feuerschein in der Höhle und roch die herrliche weiße Milch.

Die Katze sagte: »O Feindin und Frau meines Feindes, wo mag nur die wilde Kuh sein?«

Die Frau lachte laut und sagte: »Wildes Tier aus dem wilden Wald, geh nur wieder nach Hause, denn ich habe den Schulterknochen mit seinen Zauberkräften fortgelegt, weil wir keine Freunde oder Diener in unserer Höhle mehr brauchen können.«

Die Katze sagte: »Ich bin kein Freund, ich bin kein Diener, ich bin die Katze und gehe meine eigenen Wege, und ich wünsche in die Höhle gelassen zu werden.«

Die Frau sagte: »Warum bist du denn nicht mit unserem besten Freund in der ersten Nacht gekommen?«

Die Katze wurde sehr ungehalten und sagte: »Hat der wilde Hund mich etwa bei dir verklatscht?«

Da lachte die Frau und sagte: »Ich denke, du gehst deine eigenen Wege? Ich denke, du bist weder Freund noch Diener? Also bitte, begib dich auf deine eigenen Wege, wohin sie dich auch führen.«

Da tat die Katze so, als ob sie sehr traurig wäre, und sagte: »Darf ich wirklich nicht in die Höhle hinein? Darf ich niemals am warmen Feuer sitzen? Darf ich niemals warme weiße Milch trinken? Du bist so klug und schön. Du solltest zu einer Katze nicht so grausam sein.«

Die Frau sagte: »Ich weiß, daß ich klug bin, aber ich wußte nicht, daß ich schön bin. Ich danke dir für das Kompliment, und darum will ich ein Abkommen mit dir treffen. Wenn ich auch nur einmal von dir etwas Gutes sage, dann darfst du in die Höhle kommen.«

»Und wenn du es zweimal sagst?« fragte die Katze.

»Darauf kannst du lange warten«, sagte die Frau. »Aber schön: wenn ich zweimal von dir etwas Gutes sage, darfst du in der Höhle am Feuer sitzen.«

»Und wenn du es dreimal sagst?« fragte die Katze.

»Unmöglich«, sagte die Frau. »Aber wenn ich wirklich drei gute Worte für dich übrig habe, bekommst du von mir auf ewig und alle Zeit dreimal am Tage die schöne weiße warme Milch zu trinken.«

Da machte die Katze einen Buckel und sagte: »Mögen denn der Vorhang am Eingang der Höhle und das Feuer am Ende der Höhle und die Milchtöpfe, die neben dem Feuer stehen, nie vergessen, was meine Feindin und Frau meines Feindes gesagt hat.« Und sie wandelte fort durch den nassen wilden Wald, schwenkte ihren wilden Schwanz und suchte sich ihre einsam-wilden Wege.

Als am Abend der Mann mit dem Pferd und dem Hund von der Jagd nach Hause kam, erzählte die Frau nichts von dem Abkommen, das sie mit der Katze getroffen hatte, weil sie Angst hatte, daß er sich darüber ärgern könnte.

Die Katze ging weit, weit fort und versteckte sich in den nassen wilden Wäldern auf den allereinsamsten Wegen für eine lange Zeit, bis die Frau sie und das Abkommen längst vergessen hatte. Nur die Fledermaus – die kleine Kopf-nach-unten-Fledermaus –, die sich im Inneren der Höhle aufzuhängen pflegte, wußte, wo sich die Katze versteckt hatte, und jeden Abend flog sie zur Katze und erzählte ihr, was sich Neues zugetragen hatte.

Eines Abends sagte die Fledermaus: »Sie haben ein Baby in der Höhle. Es ist rund und rosig und neu und winzig, und die Frau hat es sehr lieb.«

»Aha!« sagte die Katze, »und wen hat das Baby lieb?«

»Das Baby hat alles lieb, was weich ist und kitzelt«, sagte die Fledermaus. »Es hält gern etwas Warmes im Arm, wenn es einschlafen will. Es hat sehr gern, wenn man mit ihm spielt.«

»Aha!« sagte die Katze, »dann ist meine Zeit gekommen.«

In der nächsten Nacht wanderte die Katze durch den nassen wilden Wald und versteckte sich nahe der Höhle, bis der Morgen kam und der Mann mit dem Pferd und dem Hund zur Jagd ging. Die Frau hatte an diesem Morgen gerade viel mit dem Kochen zu tun, und das kleine Kind schrie und störte sie unaufhörlich. Sie trug es vor die Höhle und gab ihm eine Handvoll schöne bunte Steine zum Spielen. Aber das kleine Kind schrie immer weiter.

Da streckte die Katze ihre weiche Pfote aus und streichelte dem Kind über die Backe, und das Kind quiekte vor Vergnügen. Dann rieb sich die Katze an seinen dicken Knien und kitzelte es mit dem Schwanz an seinem dicken Kinn. Und das Kind lachte. Als das die Frau hörte, lächelte sie.

Da sagte die Fledermaus, die sich im Inneren der Höhle aufgehängt hatte: »O gnädige Gastgeberin und Frau meines gnädigen Gastgebers und Mutter des gnädigen Sohnes meines Gastgebers, ein wildes Tier aus dem wilden Wald spielt ganz herrlich mit deinem Kind.«

»Tausend Dank dem lieben wilden Tier«, sagte die Frau und richtete sich von ihrer Arbeit auf, »denn ich hatte heute früh sehr viel zu tun, und es hat mir einen großen Dienst erwiesen!«

In derselben Minute und Sekunde fiel die getrocknete Pferdehaut, die mit dem Schwanz nach unten vor den Eingang zur Höhle gespannt war, herunter – rrrups! –, denn sie erinnerte sich an das Abkommen, das die Frau mit der Katze getroffen hatte, und als die Frau die Haut wieder aufhängen wollte – sieh und staune! –, saß die Katze ganz gemütlich im Eingang der Höhle.

»O Feindin und Frau meines Feindes und Mutter meines Feindes«, sagte die Katze, »ich bin es nur, mit Verlaub. Du hast etwas Gutes über mich gesagt, und nun darf ich für ewig und alle Zeit in der Höhle sitzen. Aber ich bleibe trotzdem die Katze, die ihre eigenen Wege geht.«

Die Frau ärgerte sich, biß die Lippen zusammen, nahm ihr Spinnrad und begann zu spinnen.

Aber das Baby schrie, weil die Katze nicht mehr bei ihm war, und die Mutter konnte es nicht beruhigen. Es strampelte und schlug um sich und wurde ganz blau im Gesicht.

»O Feindin und Frau meines Feindes und Mutter meines Feindes«, sagte die Katze, »nimm einen Faden von dem Garn, das du gerade spinnst, und binde einen Stein daran und ziehe ihn über den Boden. Ich will dir einen Zauber zeigen, der dein Baby so laut lachen läßt, wie es jetzt weint.«

»Das will ich tun«, sagte die Frau, »denn ich weiß mir nicht mehr anders zu helfen, aber diesmal werde ich mich nicht bei dir bedanken.«

So band sie denn einen kleinen Stein an den Faden und zog ihn über den Boden, und die Katze sprang dem Stein nach, nahm ihn zwischen ihre Pfoten, ließ ihn los, kugelte kopfüber hinter ihm her, warf ihn sich über die Schulter, stieß ihn zwischen ihre Hinterbeine, tat so, als hätte sie ihn verloren, und dann sprang sie plötzlich mit einem Satz auf ihn drauf, bis das Baby so laut lachte, wie es vorher geweint hatte. Es reckte die Ärmchen nach der Katze und jubelte, daß die Höhle widerhallte, bis es müde wurde und sich zum Schlafen hinlegte – die Katze im Arm.

»Jetzt«, sagte die Katze, »werde ich dem Kind ein Lied singen, daß es eine Stunde lang schlafen soll.« Und sie begann zu schnurren, laut und leise, leise und laut, bis das Baby fest eingeschlafen war. Die Frau lächelte, als sie auf die beiden hinabsah, und sagte:

»Das hast du fein gemacht! Du bist wirklich sehr gescheit, liebe Katze.«

In dieser selben Minute und Sekunde kam der Rauch des Feuers in dichten Wolken vom Ende der Höhle herangequalmt – pfff! –, denn er erinnerte sich an das Abkommen, das die Frau mit der Katze getroffen hatte, und als sich der Rauch verzogen hatte – jetzt sieh und staune! –, saß die Katze gemütlich dicht beim Feuer.

»O Feindin und Frau meines Feindes und Mutter meines Feindes«, sagte die Katze, »du hast jetzt zum zweitenmal etwas Gutes über mich gesagt, und jetzt darf ich neben dem warmen Feuer am Ende der Höhle für ewig und alle Zeiten sitzen. Aber ich möchte ausdrücklich bemerken, daß ich trotzdem noch meine eigenen Wege zu gehen gedenke.«

Da hat sich die Frau sehr, sehr geärgert, und sie warf mehr Holz auf das Feuer und suchte den großen flachen Schulterknochen des Hammels hervor und fing an, einen Zauber zu machen, der sie davor bewahren sollte, ein drittes Mal etwas Gutes über die Katze zu sagen.

Es war ein ganz stiller Zauber, und nach und nach wurde es so still in der Höhle, daß ein kleines Mäuschen aus einem Loch in der Ecke herauskam und über den Boden lief.

»O Feindin und Frau meines Feindes und Mutter meines Feindes«, sagte die Katze, »gehört diese kleine Maus auch zu deinem Zauber?«

»Huh, nein, ksch«, rief die Frau und legte den Schulterknochen nieder, so schnell sie konnte, und sprang auf den Schemel am Feuer, weil sie Angst hatte, daß die Maus ihr die Röcke hinauflaufen würde.

»Aha!« sagte die Katze, »dann wirst du wohl nicht böse sein, wenn ich die Maus fresse?«

»Nein«, sagte die Frau und hielt ihre Röcke hoch, »friß sie schnell, und ich will dir auch immer dankbar sein.«

Die Katze tat einen Sprung und fing die kleine Maus, und die Frau sagte: »Tausend Dank! Selbst unser treuester Freund, der Hund, ist nicht geschickt genug, um eine Maus so schnell zu fangen wie du. Du mußt wirklich sehr schlau sein.«

In dieser Minute und Sekunde krachte der Milchtopf, der neben dem Feuer stand, in zwei Teile – kllkr! –, denn er erinnerte sich an das Abkommen, das die Frau mit der Katze getroffen hatte, und als die Frau von dem Schemel herabgesprungen war – sieh und staune! – schleckte die Katze die warme weiße Milch, die in dem zerbrochenen Topf gewesen war.

»O Feindin und Frau meines Feindes und Mutter meines Feindes«, sagte die Katze, »jetzt hast du zum drittenmal etwas Gutes von mir gesagt, und jetzt darf ich für ewig und alle Zeit die weiße warme Milch dreimal am Tage trinken. Aber trotzdem – merk dir das! – bleibe ich die Katze, die stets ihre eigenen Wege geht.«

Da lachte die Frau und stellte der Katze einen Napf mit schöner warmer Milch hin und sagte: »O Katze, du bist so klug wie ein

Mensch, aber jetzt denke daran, daß du mit dem Mann und mit dem Hund kein Abkommen getroffen hast! Ich weiß nicht, was sie tun werden, wenn sie nach Hause kommen.«

»Was geht das mich an?« sagte die Katze. »Wenn ich meinen Platz in der Höhle beim Feuer habe und meine Milch täglich dreimal bekomme, kümmere ich mich nicht darum, was der Mann und der Hund tun.«

Als an diesem Abend der Mann und der Hund in die Höhle kamen, erzählte ihnen die Frau die ganze Geschichte, während die Katze am Feuer saß und lachte. Da sagte der Mann: »Schön und gut, aber mit mir und allen richtigen Männern, die nach mir kommen, hat die Katze kein Abkommen getroffen.« Dann zog er seine schweren Stiefel aus und nahm eine kleine Steinaxt (das waren schon drei Gegenstände), und schließlich holte er sich ein Scheit Holz und ein Beil (das wären alles in allem fünf Gegenstände!) und legte sie alle in eine Reihe und sagte:

»Jetzt wollen auch wir unser Abkommen treffen. Wenn du nicht für ewig und alle Zeit Mäuse fängst, werde ich mit diesen fünf Gegenständen nach dir werfen, sooft ich dich sehe, und so werden es alle richtigen Männer machen, die nach mir kommen.«

›Aha‹, dachte die Frau, ›die Katze ist wohl sehr klug, aber der Mann ist noch klüger.‹

Die Katze betrachtete sich die fünf Gegenstände (sie sahen recht kantig aus) und sagte: »Ich will für ewig und alle Zeit Mäuse fangen. Aber das sage ich gleich: Ich bleibe trotzdem die Katze, die stets ihre eigenen Wege geht.«

»Nicht, wenn ich da bin«, sagte der Mann. »Wenn du das jetzt nicht gesagt hättest, würde ich diese fünf Sachen für ewig und alle Zeit fortgelegt haben. Aber von nun an werde ich meine Stiefel und meine Axt nach dir werfen, sooft ich dich sehe.«

Darauf sagte der Hund: »Einen Augenblick, bitte. Die Katze hat mit mir noch keinen Vertrag gemacht, mit mir und allen richtigen Hunden, die nach mir kommen.« Er zeigte seine Zähne und fuhr fort: »Wenn du nicht nett zu dem kleinen Kind bist, für ewig und alle Zeit, werde ich dich jagen, bis ich dich packen kann, und wenn ich dich gepackt habe, werde ich kräftig zubeißen. Und das werden alle Hunde machen, die nach mir kommen.«

›Aha‹, dachte die Frau, ›die Katze ist schon recht klug, aber der Hund ist viel klüger.‹

Die Katze zählte die Zähne des Hundes (sie sahen recht spitz aus) und sagte: »Ich will nett zu dem Kind sein, solange es mich nicht zu arg am Fell rupft, für ewig und alle Zeit. Aber ich bleibe und bleibe trotz allem die Katze, die ihre eigenen Wege gehen wird!«

»Nicht, wenn ich in der Nähe bin«, sagte der Hund. »Wenn du das jetzt nicht gesagt hättest, würde ich dir für ewig und alle Zeit meine Zähne niemals wieder gezeigt haben; aber von nun an werde ich dich auf einen Baum hinaufjagen, sooft ich dich treffe.«

Dann warf der Mann seine zwei Stiefel und seine kleine Axt nach der Katze, und die Katze rannte aus der Höhle hinaus, und der Hund jagte sie auf einen Baum hinauf, und von jenem Tag an werfen drei richtige Männer von fünfen alles mögliche Zeug nach einer Katze, sooft sie eine treffen, und jeder richtige Hund jagt sie auf einen Baum. Aber die Katze hält ihr Abkommen auch. Sie fängt Mäuse und ist nett zu kleinen Kindern, sooft sie im Hause ist und solange sie ihr nicht das Fell zu sehr rupfen.

Aber danach, und auch zwischendrin, und wenn der Mond aufgeht und wenn die Nacht kommt, dann geht die Katze auf ihren eigenen Wegen. Dann wandelt sie hinaus in den nassen wilden Wald oder klettert auf nasse wilde Bäume oder auf nasse wilde Dächer und schwenkt ihren wilden Schwanz auf einsam-wilden Pfaden.

Albert Ehrenstein

Der Selbstmord eines Katers

O Mensch, sei lieb
Nicht nur zu dir!
Was stieß und trieb
Das arme Tier,
Den kleinen, schwarzen Kater fort?
Im Leben hilft nur selige Tat,
Zu spät wird Reue Wort.

Seine Eltern hab ich nicht gekannt. Auf unserm Hof ist er nicht aufgewachsen. Es muß ihm aber jedenfalls hundeschlecht gegangen sein, denn gewöhnlich verlassen Katzen das Haus ihrer Jugend absolut nicht. Der arme, schwarze Teufel kam zu mir, rieb sich an meinen Füßen und bat mich inständig um meine Protektion. Daß er zu mir kam, ist ein Wunder. Fremde Kater sind sonst sehr scheu. Er war total verhungert und räudig. Da nahm ich ihn auf. Denn auch ich war räudig. Ich hatte bei der Matura nicht geahnt, daß man zur Füllung von Thermometern außer Weingeist und Quecksilber auch Toluol verwenden kann. Und ich wußte noch eine Menge derartiger Toluole nicht. Nachprüfung. Ich bin allein und zähl die Blätter, die von den Bäumen fallen. Ich laß das Fenster offen: es wär mir ein Erlebnis, wenn mich eine Gelse stechen wollte.

Wie gesagt, brachte er ein schwarzes Fell über sich. Beim Gesinde hieß er deswegen Zigeuner: Zsigan. Ich nannte ihn Kerouen. Thomas Kerouen. Die zwei Namen dürfen nicht befremden. Meine Kater haben immer Vor- und Zunamen. Ich füll sogar einen Meldezettel für sie aus. Die Polizei wünscht es.

Er war noch jung, etwa ein Jahr alt. Oft spielte er mit einem kleinen, braunen Hund namens Libor.

Tagsüber war er im Bureau – auf den Fruchtböden gab es Legionen von Mäusen, die ihn nicht zu Atem kommen ließen. Er blieb bei ausgezeichneter Verköstigung so schlank, so mager wie zuvor. Man wird fragen, viele Leute wird es interessieren, was Kerouen gegessen hat? Nun, so opulent wie bei hanseatischen Mahlzeiten ging es nicht her. Es galt für ihn die gewöhnliche, auf Milch, Milchbrei, einfache Mehlspeisen, Suppen, Grünzeug, Fleischabfälle, Hühnerknochen beschränkte Katzendiät. Aber wenn er nach erfolgreicher Jagd durchs offene Fenster zu mir aufs Sofa sprang, zu spinnen begann und die dürren, staubbedeckten Flanken an mir zu reiben versuchte, dann konnte ich ihn unmöglich mit dieser ordinären Hausmannskost abspeisen.

Ich hätt nicht so gut zu ihm sein sollen. Das wär für uns beide besser gewesen. Bei Licht schien er ein alltäglicher Gesell, in der Nacht wirkte er leicht unheimlich. Ich mußt ihn einige Zeit durch bei mir im Kabinett übernachten lassen. Er fing die Mäus weg, gut – doch wenn ich aus schweren Alpträumen erwachte, saß der schwarze Dämon mit grün glitzernden Augen auf meiner Brust und schnurrte irgendeinen Siegeshymnus. Ich ließ ihn nicht mehr ins Kabinett. Aber damit er nicht glaube, ich gönn ihm etwa die darin befindlichen Mäus nicht, stellt ich Fallen auf. Fing sich ein Tierchen, ging ich mit der Falle zum Brunnen, ersäufte die Maus und wartete mit ihr dem Kater auf. Kerouen hatte sonderbarerweise keine Abneigung gegen Mausfallen, es fiel ihm nicht ein, die Konkurrenz zu zertrümmern, er lebte offenbar in der Idee, das seien in seinen Diensten stehende Vorrichtungen, tributäre Instrumente, die ihm aus irgendwelchen Gründen Nahrung zu liefern hätten. Andererseits brachte er sie mit mir in Beziehung, er ließ sich nichts schenken, revanchierte sich regelmäßig: ab und zu, wenn er eine besonders fette Maus erwischt hatte, schleppte er sie zu mir, legte sie vor meinen Füßen nieder und sah mich an. Um ihn nicht zu beleidigen, mußt ich die Maus annehmen.

Wenn es besonders heiß war, pflegt ich nach Tisch im Schatten der Mauern auf einer Wiese zu schlafen, die hart am Hinterhaus lag. Hie und da besuchte mich Kerouen. Er staunte über die Flugsprünge der Heuschrecken, hüpfte in drolligen Schwüngen hinter ihnen her, und manchmal gelang es ihm sogar, eine zu haschen. Die grätenartigen Beine biß er weg, das übrige behagte ihm. Seine Besuche waren also nicht ganz uneigennützig. Ich fühlte mich dadurch nicht gekränkt, sondern ging noch einen Schritt weiter: ich machte ihn auf die Frösche aufmerksam. Aber er verschmähte selbst die jüngsten, zartesten, behendesten, ließ sie unbehelligt ihren Weg ziehen zu den seligen Sümpfen. Ich bin überzeugt: manche Katzen haben dieselbe Abneigung gegen Froschschenkel, wie wir sie gegen Hundefleisch besitzen.

Ich hab eine aufregende Bekanntschaft gemacht. Sie heißt Miaulina, trägt ein blaues Seidenschleiferl um den Hals und beschäftigt drei Kater. Kerouen ist einer von ihnen. Miaulina und Kerouen geben sich hie und da auf der Wiese ein Rendezvous. Es ist ihm also gar nicht eingefallen, meinetwegen die Wiese zu besuchen! So ein Schlankel!

Auch wir haben eine neue Wirtschafterin bekommen. So sehr ich mich gegen aufdringliche Parallelismen sträube: Kerouen und ich scheinen Schicksalsgenossen zu sein. Sie heißt gräßlicherweise Sabine, trägt einen Rosenkranz um den Hals und beschäftigt, soviel ich sehen kann, nur zwei Kater. Ich hätt also das Recht, zu Kerouen ›Etsch!‹ zu sagen. Wenn ich's unterlaß, liegt das daran, daß der eine Kater für zwei ausgibt. Es erhöht die Freude des Wettbewerbs, so der Konkurrent ein Cousin ist. Kompliziert und gefährlich wird die Sache erst dann, wenn der Betreffende nicht nur Cousin, sondern auch Hauslehrer ist. Ich hab mich ja der neuen Wirtschafterin noch nicht entschieden genähert, es wär mir aber sehr peinlich, falls mich Robert einmal bei ihr träfe und sagte: »Albrecht! Wo sind wir stehngeblieben? Geh lieber Physik lernen.« Als ob das nicht die wahre Physik wäre.

Ich sah Zeichnungen von Rops durch, als Sabine in mein Kabinett trat. Schnell klappt ich die Mappe zu, damit sie mich frage, warum ich die Mappe so schnell zugeklappt hab. Natürlich fiel sie hinein. Ich verweigerte die Auskunft. Sie sagte: »Sie werden mir's schon zeigen, Herr Wodianer!« Ich zweifelte nicht daran.

Robert hat einen größeren Schnurrbart. Er ist auch drei Jahre älter und bald Kadettoffizierstellvertreter. Zwischen seinem und meinem

Kabinett liegt Sabines Schlafzimmer. Sie schläft nicht allein, zu ihren Füßen auf einem Strohsack schnarcht das Küchenmädchen. In der Nacht begann der Trampel zu schreien. Ich eilte ins Schlafzimmer, da hörte die Neidische auf zu brüllen: sie wies auf Sabines Bett – es war leer. »Der Herr Robert hat sie zu sich ins Kabinett getragen!« heulte die Magd.

Auch Kerouen ging es nicht gut. Seinen Geschmack billigte ich nicht. Miaulina war eine Allerweltskatze und zog ihm einen mächtigen, graugestreiften Angorilla und einen einäugigen Kater vor, der einen lichtbraunen, grobkarierten Anzug trug. Sie lief ihnen schnurrend und spinnend entgegen, warf sich auf dem Rücken hin und her, als wär ihr Rückgrat gebrochen, bot ihnen werbend den Bauch, wälzte sich wollüstig und schrie abscheulich. Der schmächtige Kerouen siegte nicht immer in den Kämpfen, und dann geschah es oft, daß sich ein fremder Kater im Hinterhof breitmachte und die ganze Nacht hindurch in der Brunst wie ein Schwein grunzte, wie ein Hund murrte, wie ein Kind klagte. Kerouen hatte das Seinige getan, der faulen Miaulina oft eine Riesenmaus gebracht, aber Mäuse sind in der Liebe nicht das einzig Ausschlaggebende. Und nach so einer Nacht, die von dem frechen Miauen, von dem unverschämten Gewinsel des graugestreiften Katers erfüllt gewesen, war der besiegte und verschmähte Kerouen immer sehr melancholisch gestimmt: er kam wieder zu mir. Ich wußte, daß unglückliche Liebe vernichtet, und trachtete, ihm nach Kräften zu helfen.

Kaum Nacht über die Erde gefallen war, ob nun Regenschauer uns anprusteten oder aus blauhinhallendem Himmel der Mond uns sein kalkweißes Licht ins Gesicht schlug, Kerouen und ich zogen zu Felde, gingen nach dem Hinterhof. Er lief murrend einige Schritte voraus, ließ mich nicht nahkommen; ich schlich bewaffnet hinterdrein. Irgendwo im Dunkel ruhte gewöhnlich Miaulina und eilte Kerouen entgegen. Sie hatte für jeden Liebhaber dieselben Formalitäten, das Weitere allerdings mußten die Kater untereinander ausmachen. Im Hinterhalt lagen handliche Jauche- oder Wasserkübel, aber weder meine intelligenten Güsse noch Steinwürfe, durch welche die armen Kerle mit unbarmherziger Sicherheit von ihren Dächern weggefegt wurden, konnten die fremden Konkurrenten auf die Dauer verscheuchen. Miaulina besaß irgendwelche, für mich nicht sichtbare Reize: für jeden Kater, der, aus seiner Höhe gestürzt, mit gebrochenen Rippen ausschied, fanden sich schnellstens zwei Surrogate ein. Und gelang es einmal meiner strategischen Umsicht, die ganze Katerherde zu eliminieren, dann war regelmäßig auch Miaulina verschollen. Ihr in Feindes Land zu folgen, iniquo loco mit den Nebenbuhlern zu kämpfen, wagte Kerouen nicht recht, er war ja noch klein, erst ein Jahr alt, und bei einer derartigen Gelegenheit hatte einst ein Gourmand, ein alter, weiser Kater, untersucht, wie ein Ohr Kerouens schmecke. Die Leiden des jungen Kerouen konnte ich also auf diese Art nicht lindern. »Käterchen«, sagte ich, »siehst du, mir geht es auch nicht besser. In vierzehn Tagen aber wird Robert zur Waffenübung einrücken, dann werd ich wohl Sabine Rops zeigen können. Übrigens besitz ich große Konnexionen. Jetzt soll die zweijährige Dienstzeit eingeführt werden. Vielleicht läßt es sich unter Einem durchführen, daß auch die ältern Kater zur militärischen Dienstleistung einberufen werden. Ich will dem Kriegsminister einen diesbezüglichen Vorschlag unterbreiten.«

Man glaube nicht, ich hätte mich etwa aus Selbstlosigkeit Kerouen angeschlossen. Ich lud ihn ein, wieder bei mir im Kabinett zu schlafen, damit ich mir nicht ganz einsam und verlassen vorkomme. Er nahm an, und Punkt zehn Uhr gingen wir täglich zur Ruh. Wenn ich die Tür öffnete, gestattete ich ihm immer den Vortritt, denn er war mein Gast. Mäuse ließ ich ihn nicht mehr fangen, dies wäre mir wie Eigennutz und Entwürdigung der Freundschaft erschienen. Übrigens war ja nicht mehr die alte Wirtschafterin da, die streng darauf achtete, daß die Katzen ihr Futter verdienten. Die Alte hatte sich sehr vor den Mäusen gefürchtet. Als ob so eine arme Maus sich nichts Besseres wüßte, als ihr zwischen die Beine zu geraten.

Wie gesagt: Es paßte mir nicht, daß mein Freund arbeiten sollte wie ein gewöhnlicher Mausfänger. Da er aber doch Sachverständiger war, ernannte ich ihn zum Inspektor. Um ihn aufzuheitern, schaffte ich neuartige Fallensysteme an und demonstrierte sie ihm. Er sah sehr intelligent zu und schlug en passant die Krallen ins Drahtgeflecht, wie um dessen Stärke zu prüfen. In der Folge brachte er weder mir noch Miaulina Mäuse: er war ja Industrieller.

Im übrigen benahm er sich jedoch keineswegs wie ein Parvenü. Es fiel ihm längst nicht mehr ein, nachts auf meiner Brust zu hokken, sondern er saß bescheiden und manierlich zu meinen Füßen auf der Decke. Er wurde zutraulich und lief mir den ganzen Tag nach. In der Wohnung. Denn mir auf die Gasse zu folgen – das vermochte ich bei ihm nicht durchzusetzen. Wenn ich ihn gewaltsam hinaustrug, begann er zu kratzen. Ebensowenig wollte er mir im Hof Gesellschaft leisten. Sein Grundsatz schien: im Haus dien ich, außer Haus bin ich mein eigener Herr. Nicht etwa, daß er mich ignoriert hätte; es waren Reste von Wildheit, jener unbändigen Freiheitsliebe der katzenartigen Raubtiere, die in seinem Benehmen zutage traten. Die spitzfindigsten Versuche, ihn durch Delikatessen außer Haus an mich zu ziehn, nützten nichts; er verzehrte das Gebotene und war dann nicht mehr für mich zu sprechen, verschwand. In mir aber lag der Wunsch und Trieb, alles zu knechten. Ich wollt ihn nicht brechen, aber ins Unendliche biegen, seine Seele aus ihrem Reich jagen, sie über all ihre Grenzen hinaus an mich bringen.

Ich hab meinen besten Freund verraten. Es war nicht der erste Verrat, den ich beging, und ich verriet auch nicht das Gute um des Bessern willen. Feigheit und Eigensucht, die schamvolle Furcht, vom Freund besiegt zu werden an Größe der Ergebenheit, mit einem Wort: Mein niedriges Trachten trieb mich zum Mord. Geschah mir was, vergriff sich jemand an mir, wurde mir irgendein geringfügiges Leid getan, schrie ich Zeter und Mordio, erzählte Fremden, Gleichgültigen und Übelwollern meine Qualen. War aber ich der Herr und hatte die dominierende Position, drängte sich da ein liebesdurstiges Herz an mich, sich an mir zu wärmen, und war es selbst ein Herz, um das ich inbrünstig geworben hatte – ich vergaß nie, ich konnte es nicht verzeihn, daß ich so lang ohnmächtig unten hatte werben, dienen müssen, und beförderte das Herz, das Freundesherz, mein eigenes Herz mit einem Fußtritt auf den Düngerhaufen.

Durchs Dorf zum nahen Steinbruch zieht täglich ein Mordskerl, ein berüchtigter Raufbold, mit seinem wilden Riesenroß. Der Brandfuchs heißt »Teufel«. Der grausame Knecht reizt ihn unaufhörlich, dann wird das Pferd ungebärdig, schlägt aus, beißt, läßt niemanden nahekommen. Wenn das rote Ungetüm besonders stark tobt, schwingt der Lümmel seine Nagelpeitsche, reißt an dem Stachelzaum, bis der gebändigte Hengst das Bäumen aufgibt, mit blutig aufgerissenem Rücken, blutendem Maul stillsteht. Dann brüllt, lacht, grinst, höhnt der Bauernkerl triumphierend: »Halloh! der Oberteufel bin i!«

Mir stand kein höllisches Pferd, nur ein armer, kleiner, magerer Kater zur Verfügung, nichtsdestoweniger könnt ich mit größerer Berechtigung in die Welt schreien: »Halloh! der Oberteufel bin i!« Ich hab mich nicht geschämt, das kleine Tier zuschanden zu reiten.

Sonnenuntergang. Im Nachbarhaus ließ ein junger Slowak seine Schwermut in eine Harmonika strömen. Zu tun gab es nichts. Ich stand mitten im Hof und lauschte. Erst in drei Tagen sollte Robert einrücken. Mittlerweile war nichts zu machen. Ich dachte daran, auf achtundvierzig Stunden wegzufahren, nach Bruckenthal oder nach Sarmingstein, mir belanglose Dinge anzusehen, den Zusammenfluß zweier Ströme etwa, den Flug der Kiebitze über die Sümpfe hin, vielleicht auch waren einige Wildenten zu schießen. Sogar ein Ausflug auf unsere aussichtsvollsten Berge (den Großwolkner und den Hochnebel – nebst regenfreudiger Einkehr beim Wetterpechbauern) war projektiert. Da kam Sabine auf mich zu. Und gleich darauf, von einer anderen Seite her, hier einer provokanten Gluckhenne, dort mit großem Satz einer Kotlache ausweichend: Kerouen. Es war das erste Mal, das er mich im Hof aufsuchte. Mir galt es, nicht der Miaulina, nicht den Heuschrecken, jetzt galt es mir. Aber es war nicht Liebe. Es war Eifersucht. Etwas Weiches schmiegte sich werbend an meine Füße. Ah, auf einmal schien es ihm pressant, zu mir zu kommen! Aber ich stellte nicht vor, ich sagte nicht: »Dies ist Kerouen. Thomas Kerouen. Der Kater meiner Seele, der einzige Kater, der existiert.« Ich schämte mich meines Freundes, wollte die kindliche Gefühlsweichheit meiner Seele verstecken wie eine geflickte Stelle im Gewand. Ich tat hart und tyrannisch. Und er war zu mir gekommen!

Ein Fußtritt – etwas Schwarzes überschlug sich in der Luft, wirbelte einen Augenblick zappelnd über dem Düngerhaufen und fiel dann auf einen psychisch minderwertigen weißen Hahn nieder, der empört »Kotkotkodutot« schrie.

»Halloh! der Oberteufel bin i!«

Der Arbeiter Janku auf dem Fruchtboden droben sah zu und grinste meiner Roheit Beifall. Der Kater, vergeltungsweise auch einmal von Jauche über und über bedeckt, lag zunächst ganz still, schrie nicht wie jener Pariahahn und war auf einmal verschwunden. Sabine besaß die übertriebene Freundlichkeit, mir mitzuteilen, Robert habe einen längeren Aufschub seiner Waffenübung erwirkt.

Ich verneigte mich und ging – ging in der Richtung, die Kerouen eingeschlagen hatte. Aber er war nicht mehr zu erblicken, hatte sich mit seinem Leid verkrochen. Mein Opfer war vergeblich gewesen, und nun wollte auch er mich nicht sehn. Und ich hätt ihm doch so gern die ganze Sache erklärt! Diese meine Untat war nicht die erste. Die Kindheit und Jugend von Verbrechern muß Dinge enthalten, die den spätern Befriedigungen irgendwie analog sind. Und sie enthält sie auch. Ich habe schon früher Katzen umgebracht. Als Kind hab ich uralte oder ganz junge Katzen, mit denen ich einige Zeit gut Freund gewesen, plötzlich gepackt und aus der Höhe von Stiegen und Böden in die Tiefe geschleudert – um zu kontrollieren, ob sie auch richtig auf die Füße fallen. Man nenne das nicht kindlich-grausame Experimentiersucht, die früh der Gottheit: dem Lesebuch den Glauben kündigt. Bei Katzen, die im kräftigsten Alter standen, unterließ ich derartige Proben: ich ahnte, sie könnten sie bestehn.

Es wär übrigens ein Irrtum anzunehmen, ich hätte Kerouen durch jenen Fußtritt getötet. Er erfreute sich auch fernerhin der besten Gesundheit. Ich hab ausdrücklich hervorgehoben, daß Kerouen sich nicht über schlechte oder wenig reichhaltige Kost zu beklagen hatte. Als Knabe liebte ich einst ein schwarzes Hähnchen, es starb – und dies war teilweise meine Schuld – jung und ohne Leibeserben zu hinterlassen. Nichtsdestoweniger dürfte mich jeder verstehn, wenn ich sage, ich hätte Kerouen gewissermaßen mit den Knochen und Überresten dieses Hähnchens gemästet, indem ich ihn oft mit Hühnerbraten traktierte. Jede junge Freundschaft wird von den Resten der alten, in Feindschaft verwandelten ernährt. Zumal, wenn sie bereits wieder brüchig zu werden droht. Also lebte Thomas – ich war taktlos genug, jetzt intimer zu werden und Kerouen beim Vornamen zu rufen – er lebte wie ein Grandseigneur, es ging ihm nichts ab. Kein Kater der Welt dürfte so viel Mausfallen besessen haben wie er. Und gar an dem Tag, wo er zum Kommerzialrat ernannt wurde, ging es hoch her. Aber er wollte nicht mehr, er war meiner und dieser Welt müde.

Denn sonst hätt er nie tun können, was er mir tat. Kerouen hatte es doch wahrlich nicht nötig, und auch das Verbotene konnte ihn nicht reizen, dazu stand er ethisch zu hoch: er war überfüttert. Ich hatte mich endlich doch entschlossen, hatte gepackt und war weggefahren, nach Bruckenthal oder nach Sarmingstein, mir endlich belanglose Dinge anzusehen, den Wetterpechbauern oder einen Flug der Kiebitze über die Sümpfe hin – aber bevor ich noch darangehn konnte, kam die Nachricht: »Kerouen schwer erkrankt!«

Es griffen die Keren nach Kerouen.

Was war ihm Wurst und Speck! Es ist nicht denkbar, daß er nach derlei Dingen gegiert hätte. Gut: er hatte dem Arbeiter Janku täglich aus dem abgelegten Rock Frühstückswurst und Mittagsspeck gestibitzt. Aber doch nicht, um diese unsäglich gemeinen Sachen zu verzehren. Vulgär war sein Geschmack nie. Nicht einmal aus Freude am Metier, an diesem männlichen Metier, brach er ein, nein! Er stahl, um dafür halbtot, totgeprügelt zu werden. Er hatte mir noch immer nicht den Fußtritt vergeben. Der Freund hatte ihn verlassen, da verließ er den Freund. Er machte sich meine Abwesenheit zunutz, sich zu entfernen.

Es sah wie ein Zufall aus, der Arbeiter Janku spielte dabei die lächerliche Rolle eines Werkzeugs. Kerouen hatte bemerkt, wie Janku den Fußtritt beifällig begrinst hatte. Früher hätte Janku sich nicht unterstanden, über Kerouen auch nur despektierlich zu denken. Aber er hatte zugesehn, als ich den Kater mißhandelte – und Kerouen seinerseits hatte ihn dabei gesehn, lief zu dem Arbeiter und stahl ihm die Wurst. Zu andern Zeiten hätte Janku Schadenersatz verlangt und nicht selbst den Richter gespielt. Nun aber besaß er ein neues Erlebnis, faßte meinen längst zurückgenommenen Fußtritt als Aufforderung und Erlaubnis auf, dem Kater den Rest zu geben. Den komplizierten Windungen unseres Benehmens nachzuirren, war er nicht geschaffen, er gehorchte einem Weltgesetz: Wen der Herr tritt, erschlägt der Knecht. Nein, Janku trug nicht Schuld, und dann war er schon dreißig Jahr im Haus, ihn konnte man nicht entlassen. Sicherlich hatte er geglaubt, mir einen Dienst zu leisten. Warum auch, sagte er, war der faule Zsigan nicht lieber nach den Mäusen der Welt gelaufen, statt ihm den Speck zu stehlen?

Das Bild des toten Katers weicht nicht aus meinem Kopf. Ein

Steinwurf hatte dem armen Kerouen den Schädel zerschmettert, den Leichnam auf ein Stoppelfeld geschleudert. Er lag unweit einer Mauer – wie die Kater, die ich seinetwegen von den Dächern herabgeholt hatte. An seinem dünnen ›Es ist erreicht‹-Schnurrbart klebten spärliche Tropfen geronnenen Blutes. Das Rot seines Blutes war ein anderes als das des Ziegels, von dem er sich töten ließ. Er war nicht aus der Welt geschlichen – aufrecht, überlegen war er aus der Welt gegangen, mich ließ er höhnisch zurück in der Mausfalle des Lebens. Die Pfoten hatte er ein für alle Male dezidiert von sich gestreckt, ein Rabe aber bekannte sich zu ihm, flog vom Weingebirg heran auf seinen Leichenschwingen, stieg hernieder, krächzte ruhmredig und verkündete die Annexion. Kerouen sollte also noch jemandem zugute kommen. Möge er, dachte ich, möge ihn der Rabe zu sich nehmen, vielleicht kann er damit wieder einen Propheten in der Wüste ausspeisen.

Aber für den Zweck stank mein Frevel wohl schon allzusehr zum Himmel, der Rabe erhob sich Rache krächzend und überließ mich wieder meinem Opfer. In der Selbstmörderecke des Bauernfriedhofs, wo die Wanderer und Zigeuner ruhn, wollte ich Zsigan nicht beerdigen lassen. Wo sein Grab liegt, darf nur ich wissen. Er hinterließ – wie gewöhnlich – nur wenig, und hatte es vorher schon anstandshalber zugescharrt. (Wenn er stark gejaust hatte, eilte er zu einem Sandhaufen, begann zu scharren, machte mit gequälter Miene einen Buckel, seine Vorderfüße kamen fast zwischen die Hinterbeine zu stehen, und das Resultat verscharrte der Schatzgräber sorgfältig.) Soweit ich die Menschheit kenne, wird sie sich um diesen Nachlaß nicht kümmern.

Der Nachbar hat mich auf Schadenersatz verklagt. Ich habe Miaulina mit einem Flobertgewehr erschossen. Sie soll nicht triumphierend des Lebens genießen, während Kerouen verwesen muß. Der Sabine habe ich gekündigt, nicht ohne ihr vorher Rops gezeigt zu haben. Dies alles war Rache für Thomas Kerouen. Doch was konnten die armen Katzen dafür? Sie ahnten nicht, was sie verbrachen. Sie konnten nicht anders. Aber ich, ich! Wie kann ich mich züchtigen?

Er hat es eilig gehabt, er hat sich auf und davon gemacht, ohne sich auch nur Zeit zu nehmen, seinen Schnurrbart zu putzen: vom

Blut zu reinigen. Aber ich will mich vom Blut reinigen, ich will meine Tat sühnen. Eine Zeitlang hockte wohl nachts auf meiner Decke ein schwarzes Gespenst, verwaiste Mausfallen begannen zu rasseln – Kerouen drohte mich zu ersticken, mir die Kehle durchzubeißen.

Ich fahr auf, aber dann ist ja alles wieder verschwunden, und der Schlaf kehrt zurück. Klein, außer allem Verhältnis zur Schuld ist die Strafe, und groß sind die Gewissensbisse. Wenn ich den Kater wenigstens eigenhändig umgebracht hätte! Doch er hat mich umgebracht, und ich habe mich unsterblich blamiert. Und kann mich nicht rächen: ein armseliges Tier übertraf mich an Seelengröße, vollzog geschickt das Harakiri, und mir ließ es das Leben!

Im Keltischen heißen Burgruinen: Kerouen. Aber nicht er war in Trümmer gefallen. Ich blieb als Ruine zurück. Kerouen, Kerouen!

Ich hab mich dem Kommissariat gestellt: »An meinen Händen klebt Blut«, sagte ich, »ich hab meinen Kater erschlagen.« – »Sie waren doch der Herr«, behauptete der Polizist, »Sie durften machen, was Sie wollten.« Dann fiel es ihn an, ich sei nicht recht bei Trost, und er rief den Beamten. Ich blieb bei meiner Anzeige. »Derart feine Rechtsbegriffe machen Ihnen alle Ehre, Herr Wodianer, aber wohin käm man da!« – »Das wär auf dieser Erde nur logisch«, erlaubt ich mir einzuwerfen. Da geriet der Beamte in Rage. »Sie sind reif fürs Irrenhaus!« Ich brauch also die Nachprüfung nicht zu machen. (Hier ging es ohne Toluol.)

Mir bleibt nichts übrig, als vor Leuten zu warnen, die ein Tagebuch führen. Wenn ihnen ein Freund erschlagen wird, wissen sie, daß das Rot seines Bluts ein anderes ist als das des Ziegelsteins, der ihn entfernte. Ich war niederträchtig genug, diese Geschichte zu schreiben, die Leute werden sie ausgezeichnet finden, man wird nicht den Verkehr mit mir abbrechen, man wird weder mir noch sich ins Gesicht spucken. Alle Menschen sind wie ich. Ich stelle die Menschheit dem Kommissariat.

Herbert Rosendorfer

Die blinde Katze

Es war am vorletzten Werktag des alten Jahres. Prof. Borjahn wollte – aus steuerlichen Gründen – am nächsten Tag, dem letzten Werktag im Jahr, einen namhaften Betrag auf seine verschiedenen Bausparverträge einzahlen, und um eben diesen Betrag kassieren zu können, mußte das Gutachten »T« bis morgen fertig sein. Prof. Borjahn kassierte – auch aus steuerlichen Gründen – solche Honorare für Gutachten in bar. Die Universitätsverwaltung mußte ja nicht unbedingt Wind von den Dingen bekommen.

Zwischen Weihnachten und Dreikönig ist kein Mensch im Institut, abends schon gar nicht. Prof. Borjahn konnte in Ruhe die Tippfehler des von drei seiner Assistenten gefertigten Gutachtens ausbessern. Alles war still. Der Keller mit den Versuchsanordnungen war weit weg. Die Sekretärin war längst gegangen. Der Professor blinzelte von seinem Manuskript auf und schaute zum Fenster hinaus: kein Stäubchen Schnee. – Hoffentlich ist es in der Schweiz besser. Irgendwann muß sich ja das Chalet in Arosa amortisieren.

»Herr Professor!«

Borjahn riß es herum wie vom Rheumatismus durchfahren. – Hatte da jemand »Herr Professor!« gerufen? Es war niemand da. Borjahn steckte den kleinen Finger erst in das linke, dann in das rechte Ohr und beutelte ihn ein wenig hin und her, rieb sich auch die Augen und schüttelte den Kopf –

»Herr Professor Borjahn!«

»Die Nerven«, dachte Borjahn, »die ewige Anspannung – die blöden Studenten, die Fernsehinterviews, die Einkommensteuer, die Bauherrenmodelle, daß seine Frau hinter die Sache mit Susi gekommen ist, der Sohn neigt zu den Grünen – hoffentlich schnappe ich nicht über . . .«

»Hier sitze ich, Herr Professor – Sie können mich sehen, ich Sie nicht.«

Auf einem Bord über der Heizung saß eine getigerte Katze.

Borjahn sprang auf, der Stuhl fiel hinter ihm um.

»Was machst denn du da?«

Aber er hob – betont ruhig – den Stuhl wieder auf und setzte sich. – Die Nerven, die Anspannung . . . man redet schon laut mit einer Katze. Hoffentlich hat das niemand gehört. Zum Glück ist um diese Zeit keiner im Haus.

»Entkommen«, sagte die Katze.

»Entkommen«, sagte Professor Borjahn tonlos und mit belegter Stimme.

»Ja«, sagte die Katze, »entkommen. Weil Sie gefragt haben, wie ich hierherkomme. Mein Versuch war ja abgeschlossen – wenn das Possessivpronomen in dem Fall erlaubt ist. Aber ein Sträfling sagt ja auch ›mein Gefängnis‹ –«

»Versuch war abgeschlossen«, sagte Professor Borjahn, immer noch tonlos.

»Na ja – ich bin verbraucht. Aber lebe noch. Also – habe es überlebt. Und sollte *entsorgt* werden. Bin aber dem Hausmeister entkommen; auf dem Weg zur Entsorgung. Die anderen sechzehn nicht. Und da habe ich Ihr Büro gesucht und, wie Sie sehen, gefunden. Obwohl ich keine Augen mehr habe, aber ich habe noch Ohren und eine Nase.«

»Woher weißt du –«

»Sie können ruhig *Sie* zu mir sagen«, unterbrach ihn die Katze, »ich duze Sie auch nicht.«

Der Professor hüpfte auf, keuchte, sprang mit einem Satz um seinen Schreibtisch herum und griff nach der Katze.

Die Katze wischte mit der rechten Vorderpfote, der Professor hatte eine blutige Strieme auf der Stirn, und die Brille war weggeflogen.

»Du Bestie!« schrie Borjahn, »– ich seh nichts, ohne Brille seh ich nichts . . .« Er tappte herum, auch auf dem Bord in der Nähe der Katze. Die Katze schnarrte ihm noch eins über die Finger.

»Auuuu«, schrie Borjahn und steckte die Finger in den Mund, »ich sehe nichts.«

»Ich auch nicht«, sagte die Katze, »weil mir dein Assistent, Herr Dr. Hammerbichler, die Augen herausgeschnitten hat. Mir und den sechzehn anderen. – Trotzdem weiß ich, wo deine Brille liegt.«

»Du hast keine Chance«, zischte der Professor.

»Das weiß ich«, sagte die Katze, »und ich weiß auch, daß du jetzt gleich auf deine Brille drauftrittst.«

Der Professor blieb erschrocken stehen – einen Fuß schon angehoben. »Was willst du?« jammerte Borjahn.

»Ich will erst einmal, daß du dich hinsetzt«, sagte die Katze, »in einem gewissen Abstand zu mir.«

»Aber dann trete ich womöglich auf meine Brille – und . . .«

»Einen Schritt!« befahl die Katze, »und Vorsicht – ja – jetzt noch einen Schritt . . .«

Der Professor gehorchte. Mit dem vierten Schritt stand er wieder an seinem Schreibtischstuhl und setzte sich.

»So«, sagte Borjahn, »und?«

»Zweitens sollen Sie nicht *du* zu mir sagen.«

»Lächerlich. Ich kann doch eine Katze . . .«

»Dann kannst du deine Brille vergessen. Und das Gutachten auch. Und die Bausparverträge auch . . .«

»Gut!« schrie Borjahn. »Was wollen Sie, Fräulein Katze?«

»Sie Trottel«, sagte die Katze, »ich bin ein Kater. Aber im übrigen klingt das, was Sie sagen, jetzt schon besser.«

»Wo ist meine Brille?«

»Später«, sagte der Kater, »erst werden Sie mir ein paar Fragen beantworten.«

Borjahn brummte.

»Soll das *ja* heißen?«

Borjahn nickte.

»Ich sehe nicht, ob Sie nicken oder den Kopf schütteln. Ich bin blind. Habe ich Ihnen doch gesagt. Also?«

»Ja«, schrie Borjahn.

»Sie brauchen nicht so zu schreien. Katzen sind außerordentlich empfindlich gegen Geschrei. Manchmal hat mich dieses Gedudel von ›Bayern 3‹, das Ihr Assistent Dr. Hammerbichler bei seinen Versuchen mit uns zu hören pflegt, fast mehr gequält als die Versuche selber.«

»Und welche Fragen, wenn ich also bitten darf?«

»Warum tun Sie das?«

»Wenn ich da nicht vor dem 31. einzahle, muß ich das ganze überschüssige Geld versteuern –«

»Ich meine nicht die Bausparverträge, ich meine Ihre Versuche mit uns.«

Prof. Borjahn brummte.

»Wie bitte?« fragte der Kater.

»Darüber bin ich niemandem Rechenschaft schuldig.«

»Dann, fürchte ich, werden Sie Ihre Brille nicht mehr finden –«

»Es reicht mir!« schrie Professor Borjahn, »ich bin keiner Katze Rechenschaft schuldig. Ich bin nicht einmal einem Menschen Rechenschaft schuldig. Es geht niemanden etwas an, was in meinem Institut geschieht, es ist alles legal – und außerdem . . . und außerdem – schließlich ist die Medizin . . . die dem Menschen dient –«

»Wenn Sie weiter so schreien, sehe ich schwarz.« Der Kater schnaubte, vielleicht bedeutete das Lachen. »Sehr gut: sehe ich schwarz. Ich sehe *immer* schwarz.«

Professor Borjahn strich – um sich zu beruhigen – mit den flachen Händen über den Schreibtisch. »Bin niemand Rechenschaft schuldig«, sagte er dann. »Außerdem –«

»Außerdem?« sagte die Katze.

»Außerdem ist alles legal.«

»So«, sagte die Katze.

»Ja. Ist legal. Ob es Ihnen paßt oder nicht. Wir haben ein Tierschutzgesetz. Das ist ziemlich streng, soviel ich weiß. Wenn unnötige Quälereien passieren *sollten* – dann wäre doch sofort der Staatsanwalt zur Stelle.«

»Wäre sofort zur Stelle?«

»Ja«, sagte Professor Borjahn.

»Wenn er es *wüßte*«, sagte die Katze.

»Das ist schließlich *seine* Sache –«, schrie der Professor. »Ich bin Professor für chirurgische Forschung, und nicht Staatsanwalt. Das ist nicht meine Sache. Ich brauche doch nicht auch noch – ich brauch doch nicht doch – ich brauche doch –«

»Es ist ziemlich beschämend für einen Professor, was Sie da zusammenstottern. Außerdem brauchen Sie nicht zu schreien. Habe ich schon gesagt. *Hören* kann ich noch. Im Gegensatz zum Sehen. Und offensichtlich verlieren Sie den Faden, wenn Sie schreien. Vielleicht macht das ein Rest von schlechtem Gewissen.«

»Ich habe kein schlechtes Gewissen. Bei uns werden keine Tierversuche gemacht. Basta.«

»Und *ich*?« fragte die Katze leise.

»Außer in Ausnahmefällen. Und dann nur unter Narkose!«

»Mir hat man die Augen ohne Narkose *herausgeschält*.«

»Soll ich mich dann vielleicht selber anzeigen?« schrie Professor Borjahn. »Reicht es nicht, was die alle gegen uns hetzen? Du hast ja ohnedies ein ganzes Heer an Freunden. Alle jammern: die armen, armen Tiere . . . diese ganze aufgebauschte Hetzkampagne, die mich fatal –«, Borjahn fing sich wieder, da er ins gewohnte Fahrwasser des Dozierens geriet, »– die mich fatal an jene Zeit erinnert, wo ein Kesseltreiben gegen Juden, Zigeuner und Homosexuelle veranstaltet wurde, die mich fatal an ›Stürmer‹-Zeiten erinnert –«

»Ach«, sagte die Katze. »Die verfolgten Wissenschaftler, die sich förmlich in Katakomben verstecken müssen und dennoch nicht aufhören, für die Menschheit segensreich zu wirken. Mir kommen fast die Tränen – besser gesagt: mir kämen sie, wenn ich noch Augen hätte.«

»Ich werde dir etwas sagen –«

»*Ihnen*, wenn ich bitten darf.«

Der Professor fauchte – der Professor, nicht die Katze –: »Ihnen was sagen: diese ganzen sogenannten Tierschützer – wenn sie krank sind, dann kommen sie auf den Knien angerutscht und wollen behandelt werden, und dann ist es ihnen völlig gleichgültig, daß die Mittel nur durch . . . besser gesagt: *Ob* die Mittel mit Tierexperimenten –«

»Ich frage mich«, sagte die Katze, »warum Sie dann weiter forschen? Wenn die Menschheit so undankbar ist und lohnt Ihre aufopfernden Versuche so schlecht – warum lassen Sie es dann nicht?«

Der Professor riß die Augen auf. »Was? Wie?«

»Ja. Strafen Sie doch die bösen Tierschützer und lassen Sie es sein, neue Medikamente zu erfinden.«

»Es geht nicht um neue Medikamente, es geht um den Fortschritt der Medizin!«

»Der wiederum den blöden, rufmordenden Tierschützern zugute kommt. Sie verlängern deren Leben. Lassen Sie den Fortschritt der Medizin – und die Tierschützer sterben ab.«

»Ja – aber . . . aber . . . ich . . . das . . .«, sagte der Professor.

»Wieso sind Sie sprachlos?«

»Der Gedanke . . . ich muß gestehen –«, Borjahn lachte gequält, »– ein bestechender Gedanke. Die Blödmänner in ihrem eigenen Saft schmoren lassen. Aber . . .«

» . . . es geht nicht«, sagte die Katze.

»Der Fortschritt der Wissenschaft«, sagte Borjahn.

»Und außerdem müssen Sie ja auf Ihre Bausparverträge einzahlen.«

»Ich bervitte mir – ich merwitte bir – ich bermitte vier –«

»Immer wenn Sie schreien, kommen Sie ins Stottern«, sagte die Katze. »Darf ich Ihnen deshalb behilflich sein. Sie wollten sagen: ich verbitte mir die Einmischung in meine finanziellen Angelegenheiten. Wollten Sie sagen.«

»Ja. Und jetzt lehne ich jede weitere Diskussion ab.«

»Sie nehmen mir das Wort aus dem Mund«, sagte die Katze müde, stand auf und machte einen Buckel.

»Wo ist meine Brille?« schrie Borjahn.

»Neben dem hinteren linken Stuhlbein.«

Professor Borjahn setzte die Brille auf, lief zum Schrank, sperrte ihn auf, nahm seinen Revolver heraus – er führte ihn legitim, denn er hatte einen Waffenschein erhalten, nachdem einmal anonym (wahrscheinlich von einem Tierschützer) angerufen worden war – und schoß. Die Katze fiel vom Fensterbord. Professor Borjahn nahm sie beim Schwanz und trug sie zur Mülltonne im Hof.

Was im übrigen folgte, war eine Katastrophe. Das Gutachten wurde nicht rechtzeitig abgeliefert, weswegen das Honorar nicht rechtzeitig bezahlt wurde. Der Professor mußte es daher versteuern. Seine Frau, der er unter dem Siegel der Verschwiegenheit das alles erzählte, glaubte ihm kein Wort und schrie ihn an: er sei wohl, statt das Gutachten zu korrigieren, bei seiner Susi gewesen. Die Feiertage waren verpatzt. Außerdem fiel immer noch kein Schnee. Professor

Borjahn konnte sich nicht einmal beim Skifahren abreagieren. Am ersten Arbeitstag nach Dreikönig ordnete Borjahn eine neue Versuchsreihe an. Den Katzen, sagte er, brauchten die Stimmbänder nicht durchgeschnitten zu werden. Wenn sie schrien, sagte er, mache das nichts. Er höre es sogar gern. Dr. Hammerbichler nickte. Da *er* aber das Geschrei nicht gern hörte, drehte er ›Bayern 3‹ noch etwas lauter.

Bram Stoker

Die Squaw

Zu jener Zeit war Nürnberg noch nicht so von Touristen überlaufen, wie es heute ist. Irving war noch nicht als *Faust* aufgetreten, und sogar der Name der alten Stadt war der großen Masse der Reisenden kaum bekannt. Da meine Frau und ich bereits die zweite Woche auf der Hochzeitsreise waren, lag uns daran, daß eine dritte Person sich uns anschloß. Als dann jener aufgeräumte Fremde namens Elias P. Hutcheson aus Isthmian City, Bleeding Gulch, Maple Tree District (im Staate Nebraska), am Bahnhof in Frankfurt auftauchte und so nebenbei bemerkte, er sei unterwegs, den garantiert urältesten Methusalem eines Städtchens in Yurrup aufzusuchen, glaube aber, das lange Alleinreisen könnte einen intelligenten, unternehmungslustigen Bürger womöglich noch in die Abteilung für Depressive in einem Irrenhaus treiben, da honorierten wir diesen Wink mit dem Zaunpfahl und schlugen ihm vor, sich uns doch anzuschließen. Etwas später hatten meine Frau und ich Gelegenheit, uns über diesen Entschluß etwas deutlicher auszusprechen – und da fanden wir heraus, daß wir eigentlich etwas kritischer und zögernder hatten antworten wollen, um uns nicht den Anschein zu geben, allzu großes Interesse für den Vorschlag des Fremden zu bekunden. Warf es doch auf unser noch so junges eheliches Leben ein nicht allzu günstiges Licht! Diese Absicht aber war uns gründlich vereitelt worden, da wir beide zur selben Zeit zu reden begonnen hatten; dann schwiegen wir beide zugleich – und sprachen im nächsten Augenblick beide weiter. Gleichviel, es war nun einmal geschehen: Elias P. Hutcheson leistete uns von da an Gesellschaft. Und sogleich enthüllte sich für Amelia und mich ein angenehmer Vorteil: anstatt uns zu zanken, wie wir das vorher getan, fanden wir den hemmenden

Einfluß eines Dritten so groß, daß wir von da an eine jede Gelegenheit wahrnahmen, in allen möglichen Ecken miteinander zu kosen. Amelia erklärt, sie rate seither – gestützt auf diese Erfahrung – all ihren Freundinnen, einen Freund auf die Hochzeitsreise mitzunehmen. Nun, wir ›erledigten‹ Nürnberg zusammen und genossen behaglich die kühnen Bemerkungen unseres Freundes aus Übersee, der seiner seltsamen Sprechweise und den wunderbaren Abenteuergeschichten nach, die er ständig von sich gab, geradewegs einem Roman hätte entsprungen sein können. Als letzte Sehenswürdigkeit der Stadt hatten wir uns die Burg aufgehoben. Und so spazierten wir denn an dem dafür vorgesehenen Tag der östlichen Außenseite der Stadtmauer entlang.

Die Burg thront auf einem die Stadt überragenden Felsen, und ein unerhört tiefer Graben schirmt sie auf der Nordseite. Nürnberg hat das große Glück gehabt, daß es nie geplündert und gebrandschatzt wurde; denn sonst wäre diese Stadt heute nicht so blitzsauber und perfekt. Der Graben hat seit Jahrhunderten seine eigentliche Aufgabe nicht mehr erfüllen müssen, so daß sich jetzt hier Gartenlokale und Obstkulturen breitmachen, und ein paar der Bäume haben eine bemerkenswerte Höhe erreicht. Als wir so der Mauer entlang bummelten, die in der heißen Julisonne dalag, mußten wir immer wieder stehenbleiben und die prachtvolle Aussicht bewundern – die herrliche weite Ebene, wie besät mit Städten und Dörfern bis zum Horizont, der von einer blauen Hügelkette abgeschlossen wurde –; man wurde an ein Bild von Claude Lorrain erinnert. Und dann drehten wir uns mit noch größerem Entzücken dem Blick auf die Stadt zu, mit ihren Tausenden von malerischen alten Dachgiebeln und dem Meer von roten Ziegeldächern, aus dem sich in ganzen Reihen die Fensterluken abhoben. Rechts von uns stiegen die Türme der Burg in den Himmel, uns am nächsten drohte der Folterturm, wohl schon immer die interessanteste Sehenswürdigkeit der ganzen Stadt. Seit Jahrhunderten hat die Eiserne Jungfrau von Nürnberg als Beispiel des Schreckens und der Grausamkeit gegolten, deren der Mensch fähig ist; lange schon hatten wir uns danach gesehnt, diese Eiserne Jungfrau zu sehen. Da also befand sie sich.

Während einer Rastpause lehnten wir uns über die Mauer und blickten hinunter. Der Garten befand sich gut und gern zwanzig

Meter unter uns, und die Sonne brannte mit einer regelrechten Ofenhitze darauf. Und darüber erhob sich die furchteinflößende graue Mauer von scheinbar nicht enden wollender Höhe, die sich nach rechts und links in den Winkeln von Bastion und Böschung des Festungsgrabens verlor. Bäume und Sträucher krönten den Wall, und darüber wiederum stiegen die kühnen Bauten der Burg in den Himmel, deren massive Schönheit durch ihr Alter noch unterstrichen wird. Direkt unter uns sahen wir etwas Niedliches: eine riesige schwarze Katze lag ausgestreckt in der Mittagssonne da, und um sie herum tollte graziös ein winziges junges, ebenso schwarzes Kätzchen. Die Mutter bewegte ständig ihren Schwanz hin und her, damit das Junge etwas zum Spielen habe; dann wieder stieß sie das Kätzchen mit ihren Pfoten von sich, um es zu weiterem Spiel zu ermuntern. Sie befanden sich beide direkt am Fuße der Mauer, und Elias P. Hutcheson wollte zu diesem Spiel beitragen, indem er einen Kieselstein mittlerer Größe vom Spazierweg aufhob.

»Sehen Sie mal her«, sagte er, »ich lasse den Stein nun neben das Kätzchen fallen, und die beiden werden sich fragen, wo er herkam.«

»Ach, passen Sie aber doch ja auf«, mischte sich meine Frau ein, »Sie könnten das Kleine treffen!«

»Ach wo, gnädige Frau«, gab Elias P. zurück. »Na, ich bin so empfindlich wie ein Kirschbäumchen aus Maine. Aber nein doch! Ich würde dem kleinen Tierchen so wenig etwas zuleide tun, als ich ein hilfloses Menschenkind skalpieren würde! Und darauf können Sie Ihre farbigen Strümpfe wetten! Sehen Sie nur, ich werfe den Stein möglichst weit außer Reichweite der beiden, damit nichts passiert!« Und während er das sagte, lehnte er sich über die Brüstung, hielt seinen Arm so weit hinaus wie nur möglich und ließ den Stein fallen. Nun ist es möglich, daß eine gewisse Anziehungskraft besteht, die kleinere Dinge zu den größeren hinzieht; es ist auch möglich, daß die Wand nicht genau senkrecht war, sondern an der Basis etwas breiter – was wir von oben jedoch nicht sehen konnten. Jedenfalls fiel der Stein mit einem ekelerregenden Geräusch – wir konnten das deutlich vernehmen – direkt auf den Kopf des Kätzchens und verspritzte dessen Gehirn nach allen Richtungen. Die schwarze Katze warf einen blitzschnellen Blick zu uns herauf und faßte Elias P. Hutcheson genau ins Auge, wobei ihre Augen wie in grünem

Feuer leuchteten. Dann aber wandte sie ihre Aufmerksamkeit ihrem Jungen zu, das mit noch zuckenden Gliedern dalag, während sein Blut in einem dünnen roten Faden aus der klaffenden Wunde floß. Mit einem unterdrückten kleinen Schrei, als sei sie ein menschliches Wesen, beugte sich die Katzenmutter über ihr Junges und leckte seine Wunde, wobei sie jammernde Laute von sich gab. Plötzlich schien ihr bewußt zu werden, daß ihr Junges tot war. Und da schaute sie noch einmal zu uns herauf. Nie werde ich diesen Blick vergessen können: er verkörperte absoluten tödlichen Haß. Ihre grünen Augen blitzten in düsterem Feuer, und ihre weißen, scharfen Zähne blitzten durch das Blut, mit dem sie ihr Maul und ihren Schnurrbart besudelt hatte. Sie knirschte mit den Zähnen, und die Krallen an allen vier Pfoten waren in ihrer ganzen Länge deutlich zu erkennen. Und dann rannte sie wild an der Mauer hoch, als wollte sie an uns herankommen, doch als der Anlauf verebbte, fiel sie zurück, was ihr Aussehen noch entsetzlicher gestaltete, denn sie fiel genau auf das Kätzchen, so daß ihr schwarzes Fell von dem Blut und dem Hirn des toten Jungen beschmiert wurde. Amelia fiel in eine tiefe Ohnmacht, so daß ich sie von der Mauer herabheben mußte. Gleich bei uns stand ein Stuhl im Schatten einer Platane. Dort setzte ich sie hin, und sie kam wieder zu sich. Dann begab ich mich zu Hutcheson zurück, der bewegungslos dastand und auf die wütende Katze hinabschaute.

Als ich zu ihm trat, sagte er:

»Well, das ist so ziemlich das wildeste Biest, das ich je gesehen habe – mit Ausnahme jener indianischen Squaw vom Stamm der Apachen. Die hatte es auf ein Halbblut abgesehen, das man ›Schächter‹ nannte – wegen der Art und Weise, in der es ihr Kind zugerichtet hatte, das es bei einem Überfall auf das Indianerdorf gestohlen hatte. Und das tat es, um seine Mutter zu rächen, die von den Indianern mit Feuerbränden gefoltert und umgebracht worden war. Diese Apachen-Squaw schaute genauso drein, und zwar ständig. Sie spürte Schächter über drei Jahre lang nach, bis ihn schließlich die Bravados erwischten und ihr auslieferten. Und jene Kerle haben behauptet, sie hätten nie einen Mann – sei er Weißer oder Indianer gewesen – so langsam und so qualvoll sterben gesehen. Die Apachen hätten ihn auf furchtbare Weise zu Tode gemartert. Das einzige Mal, daß ich jene Squaw lächeln sah, war damals, als ich sie erledigte. Kam gerade zurecht, den Schächter in jenem Lager den Geist aufgeben zu sehen, und wie gern der starb! Er war ein harter Bursche, und obgleich ich es seit jener Geschichte mit dem Indianerkind nie mehr über mich gebracht hatte, ihm die Hand zu geben – es war ja auch eine bitterböse Gemeinheit, was er damals tat, obschon er aussah wie ein Weißer und sich auch entsprechend hätte benehmen sollen –, mußte ich zugeben: er war mit gleicher Münze bezahlt worden. Verdammt noch mal, ich nahm mir ein großes Stück von seiner Haut, die an einem Schindpfahl hing, und hab mir dann daraus eine Geldtasche anfertigen lassen! Da hab ich sie bei mir!« Und mit diesen Worten schlug er sich mit der Hand auf die Brusttasche seiner Jacke.

Die ganze Zeit, während er erzählt hatte, versuchte die Katze an der Mauer herauf an ihn heranzukommen. Sie nahm dabei jedesmal einen Anlauf und gelangte auch wirklich ein großes Stück die Mauer herauf. Und es schien ihr nichts auszumachen, daß sie nach jedem Versuch einen schweren Fall tat, denn sie versuchte es mit erneuter Wut immer wieder. Und nach jedem Fall sah sie schrecklicher aus. Hutcheson war ein gutartiger Mann – meine Frau und ich hatten wiederholt beobachten können, wie nett er zu Tieren und Menschen sein konnte –, und der Zustand ohnmächtiger Wut, in den die Katze sich hineingesteigert hatte, schien ihm ernstlich zu denken zu geben.

»Nununu! Ich muß schon sagen, das arme Tier scheint wirklich verzweifelt zu sein! Beruhige dich doch, du armes Ding! Es war doch nur ein Unfall – zwar bringt dir das dein Kleines nicht wieder zum Leben. Sieh! Ich würde so etwas doch nie absichtlich tun! Das zeigt wieder mal, was für ein linkischer Tropf ein Mann sein kann, wenn er spielen möchte! Scheint, als sei ich nicht mal imstand, mit einer Katz zu spielen, wenn mir die Hand derart ausrutscht! Sie, Herr Oberst!« – er hatte eine gewinnende Art, den Leuten freigebig Titel zu verleihen – »Ich hoffe doch, Ihre Frau ist mir nicht bös wegen dieses unangenehmen Zwischenfalls? Ich gäbe alles darum, wenn ich ihn ungeschehen machen könnt!«

Dann kam er zu meiner Frau herüber und entschuldigte sich überschwenglich, und sie in der ihr üblichen Herzensgüte beeilte sich, ihm zu versichern, sie verstehe das alles durchaus und daß es sicherlich ein unglücklicher Zufall gewesen sei. Und dann traten wir alle wieder zur Mauer und schauten hinunter.

Da es der Katze nicht gelungen war, Hutcheson ins Gesicht zu springen, war sie auf die andere Seite des Grabens gegangen, wo sie sich sprungbereit hingesetzt hatte; und wirklich: in demselben Augenblick, als sie Hutchesons wieder ansichtig wurde, sprang sie tatsächlich, und das mit einer blinden, unvernünftigen Wut, die lächerlich gewirkt hätte, wäre sie nicht so schrecklich echt gewesen. Sie versuchte diesmal nicht, die Mauer hochzukommen, sondern sprang durch die Luft auf Hutcheson zu, als könnten der Haß und die Wut ihr Flügel verleihen, mit denen sie die große Distanz zwischen ihnen zu überbrücken vermöchte. Amelia, wieder einmal ganz fraulich, wurde sehr ernst und sagte zu Elias P. mit warnender Stimme:

»Oh, Sie müssen aber sehr, sehr vorsichtig sein! Dieses Tier würde ohne weiteres versuchen, Sie zu töten, wenn es an Sie herankönnte! In seinen Augen steht Mord!«

Er aber lachte gutmütig dazu: »'tschuldigen, Madame, aber nun muß ich wirklich lächeln. Ich, der Mann, der gegen Grislybären und Indianer gekämpft hat, soll mich davor in acht nehmen, daß ich nicht von einer Katz ermordet werde!«

Als die Katze ihn lachen hörte, änderte sich ihr Benehmen schlagartig. Sie versuchte überhaupt nicht mehr, die Mauer hochzuspringen oder zu laufen, sondern sie schlich still zu ihrem toten Jungen hinüber, setzte sich zu ihm und leckte und säuberte es, als wäre es noch am Leben.

»Da siehst du's wieder einmal!« sagte ich. »Das ist die Wirkung eines wirklich willensstarken Menschen. Sogar dieses Tier in seiner aufgepeitschten Wut erkennt die Stimme seines Meisters und beugt sich vor ihm!«

»Wie 'ne Squaw!« war alles, was Elias P. dazu zu sagen hatte, als wir nun auf unserem Spaziergang dem Stadtwall entlang weitergingen. Immer wieder schauten wir dabei über die Mauer hinunter – und konnten jedesmal bemerken, daß die Katze uns im Graben unten verfolgte. Anfangs war sie ständig zu ihrem toten Jungen zurückgelaufen; dann jedoch, als ihr die Entfernung zu groß wurde, hatte sie ihr totes Junges mit dem Maul gepackt und schleppte es mit sich. Nach einiger Zeit aber mußte sie es doch fallen gelassen haben, denn nun folgte sie uns allein; offenbar hatte sie die kleine Leiche irgendwo versteckt. Amelias Angst wurde immer größer, je länger sie sich von der Hartnäckigkeit der Katze überzeugen konnte, und sie gab dieser Angst durch wiederholte Warnungen Ausdruck. Der Amerikaner aber lachte belustigt darüber. Schließlich, als er sah, daß sie sich ernstlich Sorgen zu machen schien, tröstete er sie mit den Worten:

»Also hören Sie, gnädige Frau, Sie müssen sich wegen dieser Katz wirklich keine Sorgen machen! Ich bin nämlich bewaffnet, verstehen Sie!« Und mit diesen Worten tätschelte er auf seine Pistolentasche an der Hüfte. »Also wirklich! Ehe Sie sich meinetwegen Sorgen machen müssen, hab ich das Biest schon erschossen, wenn's sein muß jetzt und hier, auf die Gefahr hin, daß die Polizei sich in die Angelegenheiten eines amerikanischen Staatsbürgers einmischt und ihn wegen Waffenbesitz, was ja gegen die Vorschrift ist, bestraft!« Noch während er sprach, blickte er über die Mauer hinunter, und im Moment, als die Katze ihn erblickte, verzog sie sich knurrend in ein Blumenbeet, um sich seinem Blick zu entziehen. Elias P. fuhr weiter:

»Ich will gesegnet sein, wenn das Biest dort nicht mehr Sinn und Verstand dafür hat, was gut für es ist, als ein Christ! Ich rechne, wir haben sie zum letztenmal gesehen. Wetten, jetzt geht sie zum kaputten Jungen zurück und beerdigt es ganz allein für sich!«

Amelia wollte nicht mehr darüber reden, aus Angst, er könnte seine Drohung doch noch wahr machen und die Katze erschießen. So gingen wir denn unseres Weges weiter und schritten über die kleine hölzerne Fallbrücke, von der aus ein steiler, gepflasterter Weg von der Burg zum fünfeckigen Folterturm führte. Beim Überqueren der Brücke sahen wir plötzlich die Katze wieder unter uns. Kaum hatte sie uns erblickt, schien sich ihre Wut zu erneuern, und sie machte gewaltige Anstrengungen, über die steile Mauer an uns heranzukommen. Hutcheson sah lachend hinunter und sagte:

»Ade, alte Dame. Tut mir leid, daß ich deine Gefühle verletzt habe, aber du wirst schon wieder darüber hinwegkommen! Auf Nimmerwiedersehn!« Und dann schritten wir auch schon durch den langen, düsteren Bogengang, nach welchem wir das Burgtor erreichten.

Als wir nach der Besichtigung dieses herrlichen alten Gebäudes – das nicht einmal die gutgemeinten Anstrengungen der Gotik-Restaurateure vor vierzig Jahren zu beschädigen vermochten, obgleich das Gebäude nach seiner Restauration in grellem Weiß dastand – wieder ins Freie kamen, hatten wir die unangenehme Episode vom Vormittag längst vergessen. Der alte Lindenbaum mit seinem von neun Jahrhunderten gezeichneten Stamm, der tiefe Ziehbrunnen, der einst von den Gefangenen dieser Burg aus dem harten Fels herausgehauen worden war, sowie die herrliche Aussicht von der Stadtmauer, auf welcher wir, fast eine Viertelstunde lang, die unzähligen Glocken der Stadt bimmeln hörten, all das hatte mitgeholfen, den Zwischenfall mit dem erschlagenen Kätzchen aus unserem Gedächtnis zu verwischen.

Wir waren an jenem Morgen die einzigen Besucher des Folterturmes – wenigstens behauptete das der alte Wächter –, und da wir also das ganze Gebäude sozusagen für uns allein hatten, vermochten wir einen genaueren und befriedigenderen Überblick zu gewinnen, als das sonst der Fall gewesen wäre. Der Wächter, der in uns seine einzige Einnahmequelle des Tages sehen mußte, war darum bereit, uns in jeder Weise entgegenzukommen. Dieser Folterturm ist in der Tat ein finsteres Gebäude, auch heute noch, wo die vielen Tausenden von Besuchern einen Strom von Leben und die Lebensfreude, die dazu gehört, an diesen Ort gebracht haben. Doch gerade zu jener Zeit, von der hier die Rede ist, sah der Turm besonders finster und grausig aus. Der Staub der Jahrhunderte schien sich überall niedergelassen zu haben, und die Dunkelheit und das Entsetzen beim Gedanken an das, was hier einst geschah, wurden so spürbar, daß auch die pantheistische Seele von Spinoza oder Philo damit zufrieden gewesen wäre. Das untere Verlies, in das wir als erstes eintraten, schien in seinem normalen Zustand in konstantes Dunkel getaucht; sogar das durch die Türe hereinströmende Sonnenlicht wurde sozusagen von den dicken Mauern verschluckt. Man konnte gerade noch knapp die Maurerarbeit erkennen, als wäre eben erst das Gerüst entfernt worden. Und alles war mit grauem Staub bedeckt, und da und dort zeigten sich dunkle Flecken, die – könnten Mauern sprechen – entsetzliche Erinnerungen an Furcht und Schmerzen hätten von sich geben können. Wir gingen ganz gern die staubige Holztreppe zum nächsten Stockwerk hinauf, wobei der Wächter die Eingangstüre offenließ, damit wir doch wenigstens den Weg zu finden vermöchten; denn unsere Augen hatten an der einen blakenden Kerze, die als Wandleuchte einen übelriechenden Schein von sich gab, wenig Hilfe. Als wir nun durch die offene Falltüre in der einen Ecke des Verlieses heraufkamen, klammerte sich Amelia so eng an mich, daß ich ihren Herzschlag zu spüren vermochte. Wenn ich ehrlich sein soll, muß ich gestehen, daß mich ihre Angst nicht in Erstaunen versetzte, denn dieser obere Raum war noch grausiger als der darunterliegende. Gewiß, hier war es etwas heller, aber doch bloß um so viel, daß wir die schrecklichen Einzelheiten dieses Ortes genauer erkennen konnten. Die Erbauer des Turms hatten offensichtlich beabsichtigt, daß nur die Menschen zuoberst das Tageslicht genießen sollten. Dort oben gab es – wie wir von außen hatten feststellen können – ganze Reihen von Fenstern, von mittelalterlicher Enge zwar. Doch überall sonst an diesem Turm gab es bloß schmale Schießscharten, wie sie im Mittelalter zur Verteidigung üblich waren. Und hier nun gaben einige wenige davon spärliches Licht, und dazu befanden sie sich so hoch oben an den Wänden, daß man von keiner Stelle des Raumes aus das Tageslicht oder den Himmel sehen konnte, weil die Mauern so dick waren. In Gestellen oder auch einfach unordentlich an den Wänden lehnend, fanden sich Richtschwerter, große Zweihänder mit breiter Klinge und scharfen Schneiden. Dicht daneben gab es verschiedene Holzblöcke zu sehen, auf welche die Verurteilten ihren Kopf hatten legen müssen. In den Holzblöcken ließen sich tiefe Kerben feststellen, dort, wo das Schwert hineingesaust war, nachdem es den Kopf abgetrennt hatte. Im ganzen Raum herum verstreut sahen wir allerlei Folterinstrumente, bei deren Anblick das Herz sich verkrampfte – Stühle mit scharfen Nägeln darin, die augenblicklich die schrecklichsten Schmerzen verursachen mußten; Liegebetten und Stühle mit stumpfen Höckern, die auf den ersten Blick weniger qualbereitend aussahen, die jedoch mit der Zeit bestimmt nicht weniger schmerzhaft wirkten; Streckmechanismen, Eisengürtel, Stiefel, Handschuhe, Kragen, alle zum Einschnüren konstruiert; Körbe aus Stahl, in denen der Kopf des Gefolterten langsam zermalmt werden konnte, bis nur noch eine breiige Masse übrigblieb; sogenannte Wächterhaken mit langem Griff und scharfer Klinge, die durch jeden Widerstand zu schneiden vermochte – es ist dies eine alte Nürnberger Spezialität der Polizeitruppe; schließlich eine Unzahl von andern Folterinstrumenten, mit denen der Mensch den Menschen quälen konnte. Amelia war leichenblaß geworden beim Gedanken an all das Entsetzen, fiel aber, Gott sei Dank, nicht in Ohnmacht. Sie setzte sich in einen Folterstuhl, sprang aber mit einem Schrei des Entsetzens wieder auf. Nun hatte sie keine Lust mehr, in Ohnmacht zu fallen. Wir beide gaben vor, zu glauben, sie habe wegen der Beschädigung ihres Kleides durch den Staub und den Rost auf dem Stuhl so geschrien. Mr. Hutcheson quittierte diese meine Erklärung mit einem gutmütigen Lachen.

Doch das wichtigste Stück in dieser Kammer des Schreckens war bestimmt jener Apparat, der als Eiserne Jungfrau bekanntgeworden ist. Sie stand fast genau in der Mitte der Kammer und stellte auf ordinäre Art eine Frauengestalt dar, eine Frauengestalt in Glockenform – oder, wenn wir einen genaueren Vergleich anstellen wollen, sie sah aus wie die Gestalt der Frau Noah in jenem Kinderbuch über die Arche, doch ohne jene schlanke Taille und die vollkommene Rundung der Hüften, wie sie für den ästhetischen Typ der Noah-Familie so charakteristisch ist. – Eigentlich hätte man das Ding gar nicht als menschliche Figur erkannt, wenn nicht der Erbauer in groben Zügen das Gesicht einer Frau daran angebracht hätte. Auf der Außenseite war der Apparat fast völlig mit Rost und Staub überzogen; auf der Vorderseite der Figur war ein Ring angebracht, der mit einem Seil verbunden war, ungefähr dort, wo die Taille hätte sein müssen. Das Seil lief über eine Rolle an einer hölzernen Säule, die die Decke zu stützen hatte. Der Wächter zog am Seil und zeigte uns so, daß ein Teil der Vorderseite der Eisernen Jungfrau sich wie eine Türe an zwei Angeln öffnen ließ. Und dann erkannten wir, daß der Apparat eine beträchtliche Dicke aufwies, so daß ein Mann ganz knapp darin Platz fand. Die Türe war ebenfalls sehr dick und von erstaunlichem Gewicht. Der Wächter mußte beim Öffnen seine ganze ihm zu Gebote stehende Kraft anwenden, obgleich die Rolle ihm diese Arbeit etwas erleichterte. Die Schwere der Türe hatte offensichtlich einen bestimmten Zweck zu erfüllen: sie sollte sich von selber nach unten schließen, sobald man das Seil losließ. Die Innenseite war dick mit Rost bedeckt – und mit noch etwas anderem, denn Rost allein hätte sich kaum so tief in die eisernen Wände eingefressen. Und erst, als wir uns die Innenseite der Türe genauer besahen, erfaßten wir die diabolische Absicht des Erbauers. Es befanden sich an der Türe eine Anzahl langer spitzer Nägel, an ihrer Basis vierkantig, breit und massiv. Sie waren so angebracht, daß sie – sobald die Türe losgelassen wurde – die Augen des Opfers durchbohren mußten, die unteren Nägel hingegen das Herz und den Unterleib. Diesmal war es wirklich zuviel für Amelia: als sie die teuflische Einrichtung voll erfaßte, fiel sie in tiefe Ohnmacht, und ich mußte sie die Treppe hinuntertragen und draußen im Freien auf eine Bank legen. Wie sehr sie damals bis ins Innerste entsetzt sein mußte, zeigte sich später deutlich: mein ältester Sohn hat auf seiner Brust ein häßliches Muttermal davongetragen, das die ganze Familie einstimmig als ein Bild der Eisernen Jungfrau von Nürnberg erkannt hat ...

Als wir dann in die Folterkammer zurückkamen, stand Hutcheson immer noch vor der Jungfrau; offenbar hatte er darüber philosophische Betrachtungen angestellt, denn er ließ uns sogleich an seinen Gedanken teilhaben:

»Well, schätze, ich habe hier was gelernt, während Madame ihre Ohnmacht überstanden hat. Scheint mir doch, wir sind auf unserer Seite des großen Schluck Wassers noch ziemlich hinter dem Mond zu Hause. Wir in den weiten Ebenen des Westens waren bisher immer der Meinung, der Indianer könne uns beibringen, wie man einem Menschen das Leben verdammt unangenehm machen kann; aber nun vermute ich, eure mittelalterlichen Gesetzeshüter hätten unserem Indianer noch viel beibringen können. Jener ›Schächter‹ verstand es zwar recht gut, der Squaw zu imponieren, aber diese hier, die junge Dame, hat ihm gegenüber sämtliche Trümpfe in der Hand. Die Spitzen dieser Nägel sind immer noch recht scharf, obschon sogar ihre Kanten von dem zerfressen sind, was an ihnen hängengeblieben sein muß. Das täte unseren Rothäuten ganz gut, wenn sie ein paar Exemplare dieses Spielzeugs im Lande herumschicken würden, damit sie endlich sehen, daß ihre harten Männer – und die harten Weiber – von der alten Zivilisation noch einiges lernen können. Schätze, ich werde nun doch noch einen Moment in diese Kiste steigen, nur um so'n bißchen zu sehen, wie das ist!«

»O nein! Nein!« schrie Amelia auf. »Das ist doch zu entsetzlich!«

»Schätze, Madame, nichts ist zu entsetzlich für einen wahren Forscher. Ich bin in meinem langen Leben in etlichen seltsamen Lagen gewesen. Hab 'ne Nacht in einem toten Pferd verbracht, als ein Waldbrand über mich wegfegte – das war in Montana –, und ein andermal übernachtete ich in einem toten Büffel, als die Komantschen auf dem Kriegspfad waren und es mir nicht paßte, ihnen meine Visitenkarte unter die Nase zu halten. Einmal bin ich zwei Tage lang in dem verschütteten Gang einer Goldmine von New Mexico eingeschlossen gewesen, dann wieder war ich einer von jenen vier Männern, die Dreiviertel eines Tages in einer umgestürzten Zementkiste verbringen mußten, als wir die Fundamente für die Buffalo-Brücke gossen. Noch nie bin ich einem unangenehmen Erlebnis aus dem Weg gegangen, wenn es sich mir bot. Warum sollte ich jetzt?«

Wir sahen ein, daß er sich nicht von seinem Plan abbringen ließ, darum sagte ich rasch:

»Nun gut, beeilen Sie sich damit, alter Herr, und bringen Sie die Geschichte hinter sich!«

»Zu Befehl, Herr General«, gab er zurück, »aber ich glaube, wir sind noch nicht ganz soweit. Die Herren, die vor mir in dieser Blechbüchse standen, haben sich nicht freiwillig dafür gemeldet – wohl kaum! Und ich vermute, sie wurden recht ornamental zusammengeschnürt, ehe der entscheidende Schlag gegen sie geführt wurde. Ich will dieses Experiment nach allen Regeln der Kunst durchgeführt sehen, darum muß ich auch entsprechend dafür vorbereitet werden. Ich will doch hoffen, der alte Bursche hier wird imstand sein, etwas Schnur zu beschaffen und mich damit zu fesseln, genau nach Muster?«

Das sagte er in fragendem Ton zum Wächter, doch dieser, der zwar den allgemeinen Sinn der Rede zu erfassen schien – obschon er vielleicht die dialektischen Feinheiten nicht ganz mitbekam –, schüttelte den Kopf. Sein Protest war jedoch bloß formaler Art und leicht zu überwinden. Der Amerikaner drückte ihm ein Goldstück in die Hand und bemerkte dazu: »Nimm's nur, Kumpel! Es gehört dir. Und hab bloß keine Angst. Das hier ist keine Hängepartie, der du beiwohnen mußt!« Der Wächter brachte eine etwas dünne, zerschlissene Schnur zum Vorschein, die ausreichte, unseren Begleiter für den beabsichtigten Zweck genügend fest zu binden. Als der obere Teil seines Körpers gefesselt war, sagte Hutcheson:

»Jetzt wart mal 'ne Sekunde, Richter. Schätze, ich bin zu schwer für dich, als daß du mich in die Blechkiste hineinheben kannst. Laß mich mal selber 'reinsteigen, und dann kannst du mit meinen Beinen fertigmachen.«

Während er sprach, hatte er sich rückwärts durch die enge Öffnung gedrängt, die gerade groß genug war, ihn aufzunehmen. Es war eine äußerst knappe Sache. Amelia schaute mit angsterfüllten Augen zu, mochte sich aber offenbar nicht dazu äußern. Dann vollendete der Wächter seinen Auftrag und band die Füße des Amerikaners fest zusammen, so daß dieser nun völlig hilflos in seinem freiwillig aufgesuchten Käfig stak. Er schien die Situation regelrecht auszukosten, denn das immerwährende Grinsen auf seinem Gesicht erblühte zu einem richtigen Lächeln, als er nun sagte:

»Schätze, die Eva da wurde aus der Rippe eines Zwergs geformt! Läßt einem ausgewachsenen Bürger der Vereinigten Staaten nicht viel Platz zum Umsichschlagen. In Idaho sind ja die Särge geräumiger als das da. So, Richter, jetzt laß mal langsam die Türe da herab, aber wirklich langsam! Ich will denselben Genuß empfinden wie jene anderen Vögel, die vor mir hier drin staken, als diese Nägel sich auf ihre Augen zuzubewegen begannen!«

»Oh, nein! Nein! Nein!« fing nun Amelia hysterisch zu schreien an. »Das ist einfach zu entsetzlich! Ich ertrage es nicht, so etwas zu sehen – ich ertrage es nicht!« Doch der Amerikaner zeigte sich halsstarrig. »Sagen Sie mal, Oberst: wie wär's, wenn Sie Madame auf einen kleinen Spaziergang führten? Ich möcht um alles in der Welt ihre Gefühle nicht verletzen; wenn ich aber schon hier bin, nachdem ich achttausend Meilen dafür hergereist bin, wär's doch wirklich eine harte Sache, das Experiment, nach welchem ich mich so gesehnt hab, einfach aufzugeben. Es ist doch selten, daß ein Mann sich vorkommen darf wie Eingemachtes! Ich und der Richter da werden die ganze Geschichte im Nu hinter uns haben, und dann kommt ihr beide zurück, und wir lachen uns eins!«

Und wieder einmal gewann der aus Neugier geborene Entschluß

die Oberhand, und Amelia klammerte sich fest und zitternd an meinen Arm, während der Wächter die eiserne Türe durch Nachgeben des Seiles Zentimeter um Zentimeter herabzulassen begann. Hutchesons Gesicht strahlte direkt, als er sah, wie sich die Nägel zu bewegen begannen.

»Well«, sagte er, »schätze, ich hab seit Nuyork nicht so viel Genuß gehabt. Ausgenommen ein Streit mit einem französischen Matrosen in Wapping – und das war dann etwa auch kein Picknick für mich –, hat's für mich in diesem verdammt faulen Kontinent nicht den Schein eines wirklichen Vergnügens gegeben, denn hier gibt's ja keine Bären und keine Indianer, und selten triffst du 'nen Mann, der bewaffnet rumläuft. – Langsam jetzt, Richter! Mach ja nicht zu schnell bei diesem Geschäft! Für mein Geld will ich eine regelrechte Schau aus diesem Spiel gemacht sehen – worauf du dich verlassen kannst!«

Der Wächter mußte wohl etwas vom Blut seiner Vorfahren, die in diesem Turm gehaust hatten, in seinen Adern haben, denn er betätigte den Apparat mit berechnender und quälender Langsamkeit, was Amelia nach fünf Minuten – während welcher die Türe sich kaum um die Hälfte an Zentimetern bewegt hatte – den Rest gab. Ich sah, wie ihre Lippen schneeweiß wurden, fühlte, wie ihr Druck an meinem Arm nachließ. Einen Augenblick lang sah ich mich nach einem Ort um, an dem ich sie hinlegen könnte, und als ich mich ihr wieder zuwandte, bemerkte ich, daß ihre Augen starr auf einen Punkt neben der Eisernen Jungfrau gerichtet waren. Ich folgte ihrem Blick – und da sah ich die schwarze Katze, die sich insgeheim hereingeschlichen hatte, zusammengekauert dahocken. Ihre grünen Augen leuchteten wie Warnungslampen aus dem dunklen Winkel hervor, und das Grün hob sich besonders deutlich gegen das rote Blut ab, das immer noch ihren ganzen Pelz besudelte, ihr Maul verschmierte. Ich schrie auf:

»Die Katze! Nehmt euch vor der Katze in acht!« Denn in demselben Moment sprang sie aus ihrem Versteck auf den Apparat zu. Sie sah dabei aus wie ein triumphierender Dämon. Ihre Augen sprühten vor Wildheit, ihre Haare standen vom Körper ab, so daß sie doppelt so dick schien, als sie in Wirklichkeit war, und ihr Schwanz peitschte durch die Luft wie der eines Tigers vor seiner Beute. Elias P. Hutcheson mußte lächeln, als er ihrer ansichtig wurde, und auch seine Augen funkelten, aber vor Vergnügen, während er ausrief:

»Will verdammt sein, wenn die Squaw nicht in Kriegsbemalung aufgetreten ist! Schlagt sie einfach weg, falls sie einen ihrer Tricks an mir versuchen will! Ich bin nämlich so für ewige Zeiten zusammengeschnürt vom ›Chef‹ hier, daß ich – bei meiner verdammten Haut – nicht mal meine Augen vor ihr zu schützen vermag, falls sie sie haben will! Sorgfältig jetzt, Richter! Laß mir das Seil nicht fahren, sonst bin ich geliefert!«

In diesem Augenblick fiel Amelia wieder in Ohnmacht, und ich mußte sie um die Taille festhalten, sonst wäre sie zu Boden gesunken. Während ich mich noch um sie kümmerte, sah ich, wie die schwarze Katze zum Sprung ansetzte; ich sprang auf die Füße, um das Tier hinauszuwerfen.

Doch im gleichen Moment schleuderte sich die Katze mit einem höllischen Schrei nicht – wie wir erwartet hatten – auf Hutcheson, sondern dem Wächter mitten ins Gesicht. Ihre Krallen rissen wild an seinem Gesicht, wie das der chinesische Drache auf Zeichnungen zu tun pflegt, und ich konnte genau sehen, wie die eine ihrer krallenbewehrten Pfoten dem armen Mann ins Auge fuhr, es durchriß und dann die ganze Wange hinunter eine breite Blutspur hinterließ. Das Blut schien aus jeder der betroffenen Adern zu spritzen.

Mit einem fürchterlichen Entsetzensschrei, der rascher gekommen sein mußte als das Schmerzgefühl, sprang der Mann rückwärts – und dabei ließ er das Seil fahren, das die Tür zur Eisernen Jungfrau festgehalten hatte. Ich machte einen Sprung darauf zu, aber ich kam zu spät: das Seil lief wie der Blitz über die Rolle – und die schwere Eisenmasse fiel durch ihr Eigengewicht vorwärts.

Noch als die Türe sich schloß, konnte ich einen Blick auf das Gesicht unseres unglücklichen Begleiters werfen. Er schien vor Schreck erstarrt. Seine Augen stierten in betäubter Angst, und von seinen Lippen kam kein Laut.

Und dann taten die Nägel ihr Werk. Glücklicherweise kam das Ende schnell, denn als ich die Tür zurückriß, sah ich, daß die Nägel ihn so tief durchbohrt hatten, daß sie sich in den Schädelknochen festgefahren hatten und ihn nun buchstäblich aus seinem eisernen

Gefängnis herausrissen. Und gebunden wie sie war, fiel die Leiche mit einem Übelkeit erregenden glucksenden Ton zu Boden, so daß sie mit dem Gesicht nach oben zu liegen kam.

Ich rannte auf meine Frau zu, hob sie auf und trug sie hinaus, denn ich fürchtete um ihren Verstand, falls sie plötzlich aus ihrer Ohnmacht erwachen sollte und das grausige Bild sehen würde. Ich legte sie draußen auf die Bank und rannte in den Folterraum zurück. Der Wächter lehnte an der Holzsäule und stöhnte vor Schmerzen. Er hielt sein Taschentuch, das sich rasch mit Blut tränkte, vor seine Augen. Und auf dem Kopf des armen Amerikaners saß die Katze und schnurrte laut, während sie das Blut leckte, das aus den Augenhöhlen des Mannes sickerte.

Ich glaube, daß keiner mich für grausam halten wird, weil ich nun eines der alten Richtschwerter in beide Hände nahm und die Katze in zwei Teile spaltete, während sie so dasaß.

George Freedley

Herr Katz

Herr Katz kommt an

Katzenlos und allein war mein Status im Sommer 1943. Deborah, meine entzückende Malteserkatze, die bei meinen Eltern in Westchester lebte, war von einem Auto überfahren und getötet worden. Keine Katzenhaare zierten meine Wohnung in Manhattan, kein Kratzer, keine Schramme war an meinen Polstermöbeln. Weder morgens noch abends ertönten gebieterische Rufe nach Aufmerksamkeit und Futter. Es war keine Katze in meinem Leben – ausgenommen die Erinnerungen an die vielen, die ich seit früher Kindheit gekannt und gehegt hatte. Kurz: ich sehnte mich nach der sanften Zuneigung, dem munteren Sinn, der Schönheit und Heimeligkeit einer Katze im Haus. Unter diesem Aspekt rief ich eine Bekannte an, die gerade die Tierhandlungen der East Side durchstreifte, da ihr Mann plötzlich eine Leidenschaft für kleine Fische entwickelt hatte. Ich sagte, sie könne vielleicht auch gleich nach einem Perserkätzchen Ausschau halten, das mein Leben zu bereichern und es wieder schmackhaft zu machen vermöge.

Etliche Tage später hörte Ruth beim Betreten eines Ladens in der Second Avenue vage Geräusche von unverkennbar kätzischer Herkunft. Nachdem Ruth sich gewissenhaft den Angelegenheiten ihres Gatten gewidmet hatte, stellte sie diskrete Nachforschungen an und wurde sogleich vom Inhaber hinter den Laden geführt, wo er vier winzige Fellbällchen zutage förderte.

»Ich hatte sofort das Gefühl«, erzählte sie mir am gleichen Abend, »daß meine Suche vorbei war.« Ich dankte ihr höflich, doch behutsam und sagte, ich werde morgen hingehen und sie mir mal ansehen.

Was für ein eingebildeter und ahnungsloser Narr war ich! Wenn das Bedürfnis nach Katzengesellschaft so groß war, wie meins es war, geht man nicht einfach hin und sieht sich ein paar Kätzchen »mal an«. Am nächsten Nachmittag, jenem schicksalhaften 2. August 1943, betrat ich den Laden und fragte, ob auch ich die hier wohnhaften Kätzchen sehen dürfe. Auch ich wurde nach hinten geführt; man zeigte mir einen kleinen Hühnerkorb und ließ mich listigerweise allein.

Vier kleine Persianer strömten heraus und erforschten mit glänzenden Augen die Welt. Vier kleine Persianer, doch nur einer blickte in meine Richtung. Ich streckte versuchsweise einen Finger aus, und zwei weiche Pfötchen klammerten sich an ihm fest. Zufriedenes Schnurren erklang – auf beiden Seiten, vermute ich.

War da eine Entscheidung zu treffen? Außerdem: war dies nicht das hübscheste und ohne Zweifel intelligenteste und freundlichste? Außerdem: hatte es denn nicht mich erwählt? Wirklich, die Suche war vorbei.

Meines Kätzchens Vater, dem ich dann vorgestellt wurde, war ein hübscher kastanienbrauner Kater. Papa verhielt sich der ganzen Transaktion gegenüber äußerst gleichgültig und machte sich wenig aus der Frucht seiner Schäkerei und offensichtlich noch weniger aus mir. Mama lernte ich nicht kennen, dieweil sie im Haus gehalten wurde und wegen eines einsamen Kätzchens unabkömmlich war.

Ich trug meine Erwerbung in einem Pappkarton, den wir sorgsam mit Luftlöchern versehen hatten. Als der Inhaber sich verabschiedete, vermeinte ich, in seinem Auge einen Ausdruck stiller Genugtuung erspähen zu können, so, als habe er am Scharm seines Kätzchens niemals Zweifel gehegt.

Auf der Heimfahrt im Taxi gab der Karton ein paar gedämpfte Schreie von sich. Der Wagen hielt an, und mein Fahrer drehte sich mit einem anklagenden Blick um, den ich schnellstens entkräftete.

»Eine Katze!« sagte er verwundert. »Sie haben eine Katze in dem Karton! Geräusche! Ich hör dauernd Geräusche, und ich guck überall hin, und ich kann nix sehn. Eine Katze! Ich dacht schon, ich wär übergeschnappt.«

Nachdem sich beide beruhigt hatten, setzte das Taxi seinen Weg fort, und ein paar Minuten später bogen wir von der Madison Avenue westlich in die 55. Straße ein und hielten vor unserer Tür. (Ich dachte bereits in der Mehrzahl.) Unser Haus also war ein umgebautes fünfstöckiges Gebäude, dessen Eingang zwischen zwei Ladenfenstern versteckt lag. Jedes Stockwerk des Hauses hatte nur zwei Wohnungen, und unsere war ganz oben.

In dem Augenblick, da ich, vorsichtig meinen Karton balancierend, den Fahrstuhl betrat, kam meine Nachbarin hinzu, mit der ich den fünften Stock teilte. Als sie das sanfte Kätzchenmiauen hörte, legte sie in rasendem Französisch los (vielleicht können sie's nicht anders). Dem wenigen, was ich aufschnappte, entnahm ich, daß sie Katzen und Kätzchen *liebe* und meins gern kennenlernen würde. Ob sie hereinkommen dürfe?

»Natürlich.«

Gemeinsam betraten wir meine Wohnung, und als ich die Verschnürung löste, wurde der Deckel des Kartons von einem kleinen Köpfchen hochgehoben. Ich stellte den Karton auf den Boden und neigte ihn ein wenig, so daß alsbald ein sehr keckes Kätzchen zum Vorschein kam.

»Darf ich's aufnehmen?«

Sie durfte.

»Un chat. Un chat persien! Mademoiselle ou Monsieur?«

Diese Frage klärte sie, indem sie trotz unwilligen Jaulens am anderen Ende den Schwanz hob.

Sie nickte: *»Monsieur Chat.«*

Und so kam Herr Katz zu seinem Namen.

Herr Katz war sechs Wochen alt, als ich ihn bekam, also ist sein offizieller Geburtstag der sechzehnte Juni. Dies schreibe ich jetzt über sechzehn Jahre später, und er ist immer noch derselbe – alert, munter, gesellig und schön. Er ist größer, natürlich, und älter, aber nicht fettleibig, wie es manche Männer in zunehmendem Alter werden. An jenem Augustnachmittag, als ich eine »Toilette« und eine Schüssel Milch holte, war es Herr Katz und nicht ich, der den Weg ins Badezimmer wies. Dieser Marsch, mit erhobenem Schwanz, war die erste von etlichen Tausend »Pussi-Paraden«. Mögen sie niemals enden!

Herr Katz erkundet

Von Toilette zu Toilette wuchs Herr Katz heran, und eines Tages beschloß er – ohne daß ich den mindesten Verdacht hegte –, die sanitäre Frage auf seine Art zu lösen. Er entdeckte die Feuerleiter, die an der hinteren Hauswand heraufkam, und da ich die Fenster der beiden Schlafzimmer stets einen Spaltbreit offenließ, nutzte Herr Katz meine häufige Abwesenheit am Abend (Besuch oder Theater) aus, um auf eigene Faust die Gegend zu erkunden. Wenn ich zurückkam, war er immer wohlbehalten in der Wohnung, so daß es eine Weile dauerte, ehe ich diese Expeditionen entdeckte.

Ein Ausflugsziel war das Gartenhäuschen unseres Hausmeisters. Dieser ehrwürdige Herr war in längstvergangenen Jahren Laufbursche für Mr. Rupert d'Oyley Carte gewesen und hatte häufig Sir W. S. Gilbert und Sir Arthur Sullivan persönlich getroffen und konnte uns viele Anekdoten von den berühmten Partnern erzählen. Seine Frau war die Garderobiere der amerikanischen Schauspielerin und Gesellschaftsgröße Clara Bloodgood gewesen.

Beide hießen Herrn Katz bei seinen Besuchen willkommen, vorausgesetzt, daß er die Heiligkeit ihrer Blumenkästen respektierte. Ich fürchte, dies war nicht immer der Fall, doch dauerte es Wochen, ehe ich dahinterkam.

Herr Katz wagte sich auch zu den Hinterfenstern der Nachbarschaft oder in einen der vielen Läden der Madison und Fifth Avenue. So kletterte er also nach Belieben an Feuertreppen herauf und hinunter und war bald ein gewohnter Anblick. Ich hätte mir über dieses Kommen und Gehen keine Sorge zu machen brauchen, denn Fremden gegenüber war er allgemein vorsichtig. Einmal zum Beispiel hatte ich ihn zum Fotografieren auf die Straße gebracht, und er hatte vor Angst geschrien und sich an meiner Schulter festgekrallt. Eilends transportierte ich ihn wieder in die Wohnung und entschied, daß künftig nur noch Innenaufnahmen in Frage kämen.

Nachbarn hatten ihn in meine Fenster schlüpfen oder ein Sonnenbad auf meiner Feuertreppe nehmen sehen, so daß sie wußten, wo er hingehörte. Er trug kein Halsband oder eine Erkennungsmarke, da ich in meiner Selbstzufriedenheit der Meinung war, daß er solcherlei Dinge nicht brauche. Aber das ist eine andere Geschichte.

Zwei Damen in einem der unteren Stockwerke unseres Gebäudes gehörten zu seinen Lieblingsgastgeberinnen. Sie zogen sich früh zurück, doch dies kümmerte Herrn Katz wenig. Er landete mit einem Dröhnen auf ihrem Bett und weckte sie und erzählte drauflos. Sogar ausgesprochenen Katzenliebhabern kann das einmal zuviel werden.

»Wir freuen uns immer über seinen Besuch«, versicherten sie mir später, »aber wir beschlossen, daß es wirklich besser wäre, wenn wir uns Fenstergitter zulegten.«

Ich machte mir häufig Gedanken darüber, wie Herr Katz reagiert haben mochte, als er zum erstenmal vor den Gittern stand. Vielleicht war er beleidigt; aber das muß sich gelegt haben, denn er machte weiterhin seine Besuche, sooft das Gitter einladend geöffnet wurde.

Herr Katz unternahm auch gefährliche Spaziergänge auf den Fensterleisten an der Vorderseite des Gebäudes und besuchte dort seine Freunde. Oftmals machte ich mir Sorgen, daß er seinen Appetit verloren hatte, dabei kam das nur daher, daß er an mehr als einer Stelle gut gefüttert worden war.

In dieser Zeit ungefähr begann er – eher nach Hunde- denn nach Katzenart –, unterwegs »Geschenke« zu finden und sie mir nach Hause mitzubringen. Zuerst waren es nur Stücke der gestrigen Zeitung etwa oder eine alte Zigarettenpackung, so daß ich mich nicht allzusehr aufregte, doch später entwickelte sich Herr Katz zu einem veritablen Klemmer.

Er hatte die Werkstätten entdeckt, die man überall auf der Madison Avenue über den Läden finden kann. Dort wirken ein halbes Dutzend oder so geschäftige junge Frauen an den Hüten oder Kleidern, die später in den Geschäften erscheinen und schließlich an unseren modischen Damen. Natürlich waren die Fenster dieser Werkstätten vergittert, aber das richtete sich gegen menschliche Eindringlinge (vielleicht einen Spion von einem anderen Laden!) und nicht gegen eine kleine Katze. Es muß das Paradies auf Erden gewesen sein, als Herr Katz diese Räumlichkeiten entdeckte, und bald waren Bänder, Fäden und Stücke Filz unter den Gaben, die er heimbrachte und mir stolz zu Füßen legte. Einige wurden beseitigt, die bedeutendsten »Funde« jedoch wurden ihm zum Spielen überlassen und als Herrn Katz' Beute bezeichnet.

Eines Tages brachte er einen Strohhut an, komplett mit Band, nur ohne Etikett. Welcher Aufruhr muß am nächsten Morgen in einer Werkstatt stattgefunden haben! Ein andermal zerrte er einen ausgewachsenen grauen Rock die Feuerleiter herauf.

Ich glaube, Herr Katz hatte eine besondere Vorliebe für Stumpen, denn er brachte mir mehrere. Einen tiefbraunen eignete sich eine Dame meiner Bekanntschaft mit einem Schrei des Entzückens an. Wir haben nie erfahren, woher er stammte, doch meine Bekannte traute sich zu, ihn selber herzurichten. Sie rief in einigen Läden der Nachbarschaft an und stellte unverfängliche Fragen, um sich über die neueste Mode zu informieren, und als sie fertig war, machte sie den Fehler, mich eines Nachmittags in ihrem neuen Hut abzuholen. Herr Katz sah sie mit traurigem Erstaunen an, und ich drängte schnell zum Aufbruch.

Besonders erinnere ich mich der Zeit, da er anfing, sich für Bandmaße zu interessieren, denn im Laufe von drei Wochen erschien er mit vierzehn Stück. Danach fand er keins mehr, also vermute ich, daß die Mädchen beschlossen haben müssen, ihre Metermaße abends mit nach Hause zu nehmen. Zu gern möchte ich wissen, ob sie jemals dahintergekommen sind, wer der Bandmaß-Fetischist war.

Natürlich erhebt sich die Frage, ob er mir mal etwas mitgebracht habe. Nun, eines Winterabends kehrte er vor dem Zubettgehen mit einem grauen linken Wildlederhandschuh zurück. Er stieß seinen üblichen Trompetenruf aus und ließ ihn mir zu Füßen fallen.

»Du ungezogener kleiner Dieb«, wies ich ihn streng zurecht. »Was nützt mir ein Handschuh?«

Etliche Abende darauf warf ich Herrn Katz dies in Anwesenheit der Schauspielerin Kay Strozzi wieder vor. Ich probierte ihn an, um Kay zu zeigen, daß er haargenau passe, und legte ihn dann auf die Mahagoni-Kommode in meinem Schlafzimmer, während er in stummer Hauteur aus dem Raum stolzierte. Eine halbe Stunde später unterhielten wir uns noch, da kehrte Herr Katz mit einem Handschuh im Maul zurück. War er auf meine Kommode geklettert? Kay hob ihn auf und stieß einen Schrei aus.

»Georgie! Es ist ein rechter Handschuh!«

Und so war's. Es war das Pendant. Ich probierte sie beide an. Da sie paßten, ließ ich sie reinigen und trug sie mehrere Jahre. Aber ich fürchte, dies war das einzige praktische Geschenk, das er mir jemals machte, obwohl ich ihn auf zerknitterte Fünf-Dollar-Scheine abzurichten versuchte.

Durch diese Erkundungen und (wie ich hoffe) harmlosen Diebenreien wurde Herr Katz berühmt. An einem Winterabend kam Lillian Gish nach einer Premiere mit mir in die Wohnung und plauderte mit Herrn Katz, während ich meine Rezension tippte. »Ich möchte seine Trophäen sehen.«

Ich ging zum Schrank und holte den Korb mit all jenen Beutestücken, die mir nicht von Freunden zurückentwendet worden waren. Ich warf sie zu Lillians Füßen auf den Boden. Herr Katz schnurrte und sah mit offensichtlichem Wohlgefallen zu.

Schließlich beugte sich Lillian vor, sah ihn direkt an und sagte: »Herr Katz, ich habe deinen Herrn und Meister stets für einen aufrichtigen Mann gehalten, aber dies ist zuviel. Er muß dir diese Dinge geschenkt haben.«

Herr Katz erwiderte ihren Blick und verließ stumm den Raum. Während wir uns weiter über das Stück unterhielten, kam er zurück, ignorierte mich vollkommen und ging schnurstracks zu Lillians Füßen, wo er etwas fallen ließ. Sie hob es auf: es war eine kleine schwarze Samtschleife.

Sollten Sie Lillian Gish begegnen und sie trägt eine schwarze Samtschleife, dann fragen Sie sie, ob Herr Katz sie ihr gegeben habe.

Herr Katz und das Kleintierleben

Trotz meiner Bemühungen, dem Wachstum von Herrn Katz mit immer größeren Toiletten gerecht zu werden, zog er für seine Bedürfnisse weiterhin das große »Draußen« vor. Intensiv erforschte er den quadratischen Block, in dem wir wohnen, und ich berichtete bereits von seinen Abenteuern, die ihn durch die Fenster unserer Nachbarn und in die Werkstätten führten.

Eines Abends kehrte er mit einem sich windenden Mausebaby im Maul heim und legte es mir zu Füßen. Die Maus versuchte natürlich alsbald, das Weite zu suchen, doch Herr Katz verfolgte sie, fing sie und brachte sie mir zurück. Warum hebst du sie nicht auf, schien er zu sagen.

Dieses Spielchen wurde eine Weile fortgesetzt und machte ihm offensichtlich noch mehr Spaß als sein Zellophanbausch, dessen Knistern ihn immer noch aus einem tiefen Verdauungsschläfchen zu wecken vermag. Die Maus war ein Spielzeug, das von selber lief! Zum Leidwesen von Herrn Katz sah ich hierin nichts Spaßiges, und ich holte ein Glas und fing die rasende Maus ein. Zimperlich trug ich sie in die Toilette. Herr Katz sah äußerst mißbilligend zu.

Ich kehrte zu meinem Sofa und meinem Buch zurück. Innerhalb von zwanzig Minuten kam Herr Katz mit einem zweiten sich sträubenden Mäuschen wieder, bereit, das Spiel von neuem zu beginnen. Ich war ihm gewachsen.

Dann kam die dritte Maus und endlich die vierte. Es war ein Uhr nachts durch, als Herr Katz mit seiner fünften Maus auftauchte (wo, oh, wo war die wandernde Mutter dieser Brut?). Ich hatte genug. Ich packte Herrn Katz und marschierte mit ihm ins Bad.

»Dieses Mal wirst du sehn, wie das ist«, drohte ich, aber natürlich ließ ich mich erweichen, ehe ich ihn seinen verflossenen Spielkameraden nachsandte.

Ein paar Monate später machte Herr Katz seinen denkwürdigsten Fang. Er kam am frühen Abend herein, während im Wohnzimmer noch die Lichter brannten, damit ich seine Geschicklichkeit um so besser bewundern könne. In seinem Maul ruhte ein kleines dunkles Objekt, etwas größer als eine Maus. Als er es auf den Rücken legte, entpuppte es sich als eine kleine ungeziefrige und giftige Fledermaus mit flatternden Flügeln. (Ein Fledermausliebhaber meiner Bekanntschaft hat mich informiert, daß Fledermäuse kein Ungeziefer sind, doch damals kamen sie mir gewiß so vor.) Sie quiekte, und ich quiekte ebenfalls und eilte in die Küche, um mich zu bewaffnen. Ich packte das Biest mit einem Papierhandtuch und trat meinen mittlerweile schon gewohnten Marsch ins Badezimmer an. Herr Katz folgte mir entrüstet nach.

In die Toilette, mit Papier und allem, wanderte die Fledermaus, und ich spülte mit einem Gebet. Würde sie runtergehn oder nicht. Ich hielt den Atem an. Ich konnte schon den Hauswirt anrufen hören:

»Verzeihung, aber ich muß Ihnen mitteilen, daß der Abfluß verstopft ist. Ich hab grad eine Fledermaus gespült.«

»Was haben Sie gespielt?«

»Ich, Sir, spiele nicht. Eine Fledermaus ist soeben in meine Wohnung gekommen.«

Natürlich durfte kein Hinweis darauf fallen, daß Herr Katz es war, der sie dort hingebracht hatte.

Am nächsten Morgen war die Fledermaus zum Glück weg, und die Beschwerde von der Hausverwaltung blieb aus.

Herr Katz verschwindet

Eines Junimorgens war Herr Katz zum erstenmal nicht am Fuß meines Bettes, als ich erwachte, noch irgendwo in Rufweite. Nie zuvor hatte er sich diese ersten fünf Minuten des Streichelns oder Balgens entgehen lassen, die mein Aufstehen begleiteten.

Ich lehnte mich zum Fenster hinaus und rief die Feuerleiter hinab, aber es kam kein antwortendes Trompeten. Ich ließ einen Zellophanball knistern, bis meine Hand lahm wurde. Dieses Geräusch hatte er noch immer gehört, einerlei, wo er sich auch verstecken mochte. Keine Antwort, kein Herr Katz.

Ich zog mich an und richtete mein Frühstück und seins und lehnte mich aus den Erkerfenstern des Wohnzimmers und ließ Zellophan knistern. Umsonst. Schließlich ging ich schweren Herzens zur Arbeit. Mittags kam ich auf einen Sprung nach Hause, aber die Wohnung war immer noch katzenlos und das Frühstück unberührt. Auch am Abend kehrte er nicht heim. Und ein Tag folgte elend dem andern, ohne sein vertrautes Schnurren und seinen lieben Anblick.

Am dritten Tag gab ich eine Anzeige in zwei Morgenzeitungen auf und rief die verschiedenen Tierheime an, doch war keine Katze eingeliefert worden, auf die seine Beschreibung zutraf. Er hatte weder Halsband noch Geschirr, noch Erkennungsmarke, weil ich so sicher gewesen war, daß er nicht allein auf die Straße gelangen könne. An diesem Abend schlief ich nur schwer ein. Etliche Male träumte mir, ich hätte ihn gehört. Der nächste Tag verging ohne seine Rückkehr; viele Tage vergingen . . .

Da ich tagsüber wenig unternehmen konnte, erbot sich eine alte Bekannte von mir und ehemalige Kollegin an der New York Public Library, eine intensive Suchaktion in die Wege zu leiten. Sie interviewte Polizisten, Portiers, Fensterputzer und Hausmeister und blieb mit dem Tierheim in Verbindung. Schließlich stückelten wir so etwas wie eine fortlaufende Geschichte zusammen: ein Polizist erinnerte sich, am Morgen von Herrn Katz' Verschwinden auf den Stufen eines Wohnhauses zwei Gebäude westlich des unsrigen eine Katze gesehen zu haben.

Damit konnte man nun nicht allzuviel anfangen, doch war der Polizist zum Glück selber ein Katzenliebhaber und hatte beobachtet, daß diese Katze zur Fifth Avenue eilte und sich dort gen Norden wandte. Mit weiterer Tierheim-Unterstützung und mit Hilfe von freundlichen Polizeidetektiven wurde zwei Wochen nach Herrn Katz' Abgang die ganze traurige und teilweise selbstsüchtige Geschichte rekonstruiert. Wenn wir vielleicht auch kein vollständiges Bild zusammenbrachten, so hatten wir doch genügend Einzelheiten, um uns vorzustellen, was wahrscheinlich geschehen war.

Nachdem Herr Katz sich auf der Fifth Avenue nach Norden gewandt hatte, suchte er Zuflucht unter dem Schaukasten eines berühmten Handschuhgeschäfts. Als der Laden am Morgen geöffnet wurde, entdeckte der Geschäftsführer eine an die Tür geschmiegte verängstigte Katze. Sie versteckte sich sogleich im Innern des Ladens, konnte jedoch nach einiger Zeit zum Hervorkommen überredet werden und betrat langsam die freundliche Atmosphäre.

Als Herrn Katz' Angst sich gelegt hatte, wurde ihm klar, daß er in eine wahre Goldgrube von Spielsachen gestolpert war: die Handschuhe und Handtaschen waren unwiderstehlich. Nachdem aber die Verkäuferinnen ihre Waren etliche Male zurückerobert hatten, erlahmte ihre Begeisterung. Sie hatten immer noch keinen Anhaltspunkt für seine Identität und waren nicht willens, ihn in das Tohuwabohu der Fifth Avenue zu entlassen. Während man schließlich auf einen Abgesandten des Tierheimes wartete, trug der Geschäftsführer einem Fahrstuhlstarter-Assistenten auf, Herrn Katz zu bewachen. Doch als der Wagen ankam – keine Katze!

»Ich weiß nicht«, sagte der Starter. »Er is weggelaufen, schätz ich.« Und jedermann kehrte zu seinen Pflichten zurück.

Meine Ex-Bibliotheks-Sonderuntersuchungsbeamtin war mit dieser Geschichte ebensowenig zufrieden wie ich, aber ich wurde dringend geschäftlich nach Philadelphia gerufen. Nachdem sie den Hergang so weit rekonstruiert hatte, erregte etwas ihren Verdacht. Sie untersuchte die Kammer, aus der die Katze dem Vernehmen nach entkommen war. Sie nahm den Starter mit der Geschicklichkeit eines Staatsanwalts ins Kreuzverhör, bis er zusammenbrach: Nein, Herr Katz war nicht entkommen. Einer der Fahrstuhlführer hatte eine Tochter, die Tochter hatte keine Katze, die Katze hatte keinen Besitzer, der Starter hatte kein Gewissen.

Als ich, erhitzt und niedergeschlagen, aus Philadelphia zurückkam, hatte ich noch keinen Schimmer, daß die Affäre auf ihrem Höhepunkt angelangt war. Müde stieg ich unter die Brause, da hörte ich, wie die Wohnungstür aufgemacht wurde. Ich rief eine Warnung, aber in diesem Augenblick knarrte ein Korb. Fröhlich miauend kam der Herr ins Bad gelaufen und legte seine Pfoten und sein strahlendes Gesicht auf den Rand der Wanne – ungeachtet des abscheulichen Wassers. Er war wieder daheim!

Herr Katz gibt einen Ball

Obwohl Herr Katz sich im Alter von sechs Monaten einen Eingriff gefallen lassen mußte, hat er nie seinen maskulinen Appeal verloren wie Spivys berühmter Kater mit Nachtklubruhm, dessen Profil darunter litt. Sowohl auf seinen nächtlichen Wanderungen wie auch während verschiedener Weekends und Ferien fand Herr Katz viele Freundinnen. Seine größte Eroberung war unzweifelhaft eine kurzhaarige bunte Tabby-Queen, die ihm überallhin folgte.

Diese Dame spielte mit Herrn Katz auf dem flachen Nachbardach bis zum dritten Sommer seines Lebens, als ein neues Element eingeführt wurde. Eine geflüchtete französische Baronin zog in unser Haus – mit fünf weißen langhaarigen Siamesen. (Jawohl, ich sagte langhaarige, denn Madames Streben ging dahin, eine neue Rasse einzuführen.)

An späten Nachmittagen und warmen Abenden brachte sie ihre

Familie von fünf aufs Dach, damit sie sich auslaufen und Luft schnappen sollten. Herr Katz saß regungslos auf seinem Fenstersims und beobachtete diesen Vorgang ohne Kommentar, doch seine Tabby-Freundin bekam's mit der Angst und nahm Reißaus, sooft die Gesellschaft auftauchte.

Die Siamesen hießen Bubu und Basil (die Mama und der Papa), während die drei halbstarken Kätzchen auf die Namen Bebé, Bijou und Baronne hörten. Sie vergnügten sich, wobei Herr Katz gedankenvoll zusah; er machte keine Anstalten, sich ihnen beizugesellen, obwohl es nur eines kurzen Sprunges bedurft hätte. Zwei der Siamesen, Bebé und Bijou, hatten es deutlich und zärtlich auf Herrn Katz abgesehen, und schließlich fragte die Baronin, ob sie in Herrn Katz' Haus herüberkommen und mit ihm spielen dürften.

Dies war nun wirklich ein Experiment, aber ich beschloß, das Risiko einzugehen. Sie reichte sie einzeln herüber, wozu der Herr beifällig schnurrte. Ganz plötzlich schlug er Bijou einen Ball zu, und sie überkugelten sich bei dem Versuch, ihn zu fangen. Der Startschuß war gefallen, das Spiel lief!

Bijou fing den Ball, und Bebé jagte ihn unermüdlich. Ungefähr eine halbe Stunde währte das Vergnügen, dann wurden sie seiner überdrüssig, und die Baronin versammelte ihre Mannschaft. Dies war das erste vieler solcher Spiele in unserm Wohnzimmer oder draußen auf dem Dach.

Für eine Weile beaufsichtigte die Baronin das Unternehmen äußerst besorgt; sie war so vorsichtig wie eine Königinwitwe, die über ihr Geschlecht wacht. Dann aber kam es zu einer ausgedehnten, hysterischen Konversation über das Thema »Sex« – hier, leider, nicht wiederzugeben –, und hinfort hatte sie keine Befürchtungen mehr, daß persisches Blut in die reinen siamesischen Adern eindringen könnte. Schließlich fand die ganze Familie den Weg in unser Haus, und Herr Katz sah diesen Zusammenkünften erwartungsvoll entgegen. Das bedeutet das zeitweilige Ende seiner Freundschaft mit der Bunten, aber so ist's nun mal mit der Wankelmütigkeit der Katzen. Durchaus menschlich.

Eines Sonntagabends, als ich vom Strand heimkam, läutete beharrlich mein Telefon. Herr Katz hatte zu mir aufgeschaut, als ich hereinkam, machte indes keine Anstalten, mich wie gewöhnlich zu begrüßen oder mir zum Telefon zu folgen, wie er's ansonsten liebend gern tat. Statt dessen schien er meinen mit einem Überzug versehenen Sessel fest im Auge zu behalten.

Die Baronin war am Telefon. – »Ist Bijou da? Sie ist verschwunden.«

Ich antwortete verneinend, doch plötzlich schoß mir ein Gedanke durch den Kopf, und ich bat sie, am Apparat zu bleiben. Tatsächlich: als ich den herabhängenden Überzug hob, entdeckte ich eine niedergekauerte Bijou, die sich nicht herauszukommen traute. Herrn Katz war offensichtlich an ihrem Bleiben gelegen gewesen, und er hatte seine Wünsche unmißverständlich zum Ausdruck gebracht.

Wohl wissend, welche Ängste ein Katzenbesitzer ausstehen kann, verlor ich keine Zeit, zum Telefon zurückzukehren. Die beruhigte Baronin begab sich sogleich aufs Dach, um ihr katzenentführtes Kätzchen in Empfang zu nehmen. Herr Katz sah mich äußerst tadelnd an, als ich die zarte Bijou durchs Fenster reichte und in die wartenden Arme ihrer Herrin legte.

»*Mon Dieu*«, rief die erleichterte Dame aus, »ich bin froh, daß *Monsieur Chat* sein eine Neutrum.«

Als ich die langen Haare meiner Katze zauste, mußte ich daran denken, daß eine schöne Französin es gewesen war, die ihn zum erstenmal bei seinem Namen genannt hatte.

Hiernach wurden die Siamesen sorgfältiger im Auge behalten, und Herrn Katz' Freundin, die Bunte, trat wieder in seinen Gesichtskreis. Sie folgte ihrem Idol so getreulich wie immer, bis eines Tages »etwas« geschah und sie eine neue Art von Liebe entdeckte, die Herr Katz ihr nicht geben konnte. Auch sie entschwand dann größtenteils aus seinem Leben.

Ehe dies jedoch geschah, gab Herr Katz einen Ball.

Eines Nachts lag ich im Bett und las, da hörte ich das unverkennbare Dröhnen einer Katze, die vom Fensterbrett herabspringt. Ich blickte auf und sah den Herrn ins Wohnzimmer spazieren. Da hierbei nichts Ungewöhnliches war, widmete ich meine Aufmerksamkeit wieder meinem Buch. Einen Augenblick später aber hörte ich einen zweiten Plumps und blickte erstaunt auf. Es war die hübsche

Bijou persönlich, die mit gerecktem Schwanz majestätisch hereingesegelt kam.

Dann ertönte ein drittes Plumpsen, und als ich diesmal aufschaute, war es Herrn Katz' alte Flamme Tabby, die den Gang hinunterschlidderte, um die andern einzuholen. Meine Neugier war geweckt, doch ich beschloß abzuwarten, ehe ich den Dingen nachging.

Da brach auch schon die Hölle los! Ich hörte Geräusche von schlagenden und laufenden und stolpernden Körpern. Ganz leise stand ich auf und ging zur Tür, ohne daß sie mich sahen. Jede Katze hatte ein anderes Spielzeug aus Herrn Katz' Korb. Bälle wurden über den Fußboden geschoben (es war Sommer, und der Boden war teppichlos und herrlich glatt), und die drei schienen bei ihrer Jagd einem meisterhaften Choreographen zu gehorchen. Herr Katz ging zu seinem Korb zurück und wählte seinen ganz speziellen Lieblings-Cellophanball und quetschte ihn, um ihm seinen Wohlklang zu entlocken. Wie ein zufriedener und erfolgreicher Gastgeber beobachtete er seine Gäste.

Fast war es, als könnte ich ihn sagen hören: »Hab ich's euch denn nicht gesagt? *Er* schläft, und wir können mal 'n ordentlichen Zauber veranstalten.«

Leise schlich ich mich ins Bett zurück und machte das Licht aus. Eine halbe Stunde später etwa stahlen sich drei müde Katzen an meinem Bett vorüber. Zwei sprangen aufs Fensterbrett und auf die Feuerleiter, die dritte war mit einem Satz am Fußende meines Bettes und rollte sich zusammen und schlief prompt ein.

Herr Katz fährt mit der Vorortbahn – oder bleibt zu Hause

Im ersten Sommer, der auf seine Ankunft in der 55. Straße folgte, überlegte ich, daß es interessant sein müsse zu erfahren, ob Herr Katz sich nicht über ein bißchen frische Luft und grünes Gras freuen würde – in einer Gegend, die die New Yorker »auf dem Lande« nennen. Ich besaß damals im oberen Westchester, nicht weit von der Putnam-County-Linie, ein weitläufiges weißes Fachwerkhaus mit zwei Morgen Wiese und einem kleinen Gehölz.

Der erste Schritt war, einen Tragekorb für Herrn Katz zu kaufen.

Ich hatte ihn einmal ohne Korb transportiert, als ich ihn mit sechs Monaten zum Tierarzt brachte, und diese Erfahrung werden wir beide nicht so bald vergessen. Er kreischte wie ein Affe und krallte sich in seiner Angst an mich. Der Gedanke, diese Tortur noch einmal durchstehen zu müssen (und auf der New York Central!), hatte nichts Verlockendes. Jedesmal, wenn ich eine Katze sehe, die gesittet an der Leine geht oder in stummer Würde neben ihrem Besitzer hockt, packt mich der Neid. Herr Katz hatte eine Abneigung gegen Leinen. Er schaltete den Rückwärtsgang ein und sträubte sich nach Kräften, so daß jeder Zuschauer mich für den grausamsten Herrn auf Erden halten mußte. Ich ließ jeden Gedanken an eine Leine fahren und hielt sie nur für den Notfall parat.

Anfangs fügte Herr Katz sich sanft und ohne Protest in sein Tragekorb-Schicksal. Im Taxi jaulte er leise. Auf dem Weg durch Grand Central Station zum unteren Bahnsteig und zu unserem Zug erhob er seine Stimme ein wenig. Zuerst lächelten die Zuhörer mitfühlend, mit zunehmend lauter werdenden Protesten jedoch erhoben sich langsam die Augenbrauen, während ich die ganze Zeit versuchte, Würde zu bewahren.

Ich dachte, er werde sich vielleicht besser benehmen, wenn er sich umschauen könne, also hob ich den Deckel, und er streckte seinen Kopf heraus, um seine Umgebung zu mustern. Er vergewisserte sich sorgfältig, wo er war, inspizierte seine Mitreisenden, wobei er die Fingerschnalzer seiner Gewohnheit nach ignorierte, und dann: Mord und Totschlag! Ein gellender Schrei fuhr durch den Bahnhof. Eine Sekunde später tauchte er in den Tiefen seines Tragkorbs unter, und von da an protestierte er nur noch leise murmelnd vor sich hin.

Als wir in Westchester ankamen, erkundete Herr Katz eingehend das Haus, ehe er sich zur Gazetür vorwagte und um größere Ausblicke bat. Aus Sicherheitsgründen legte ich ihm an diesem Punkt seine Leine um, da ich auf dieser vielbefahrenen Straße seine Vorgängerin verloren hatte, deren Wagemut zu weit gegangen war. Dann spürte Herr Katz zum erstenmal richtigen Rasen unter sich. Es gefiel ihm nicht. Es gefiel ihm ganz und gar nicht. Er hob seine Pfoten, als würde er gezwungen, eine Pfütze zu durchwaten. Wo das Gras ein bißchen höher war, kitzelte es sein Bäuchlein, so daß er sich duckte und auf Känguruhart fortbewegte. Ich folgte diesem linkischen Gehopse, so gut ich konnte, bis wir die Terrasse erreichten, wo auf mich, gottlob, Cocktails warteten und auf ihn eine Portion Fisch.

Zur Essenszeit wurde die Rückkehr zum Haus in ziemlich der gleichen Weise bewältigt. Als er sich wieder sicher auf einem zivilisierten Hartholzfußboden befand, sank er dankbar nieder, und bis zur Rückfahrt in die Stadt weigerte er sich, auch nur einen Schritt aus dem Haus zu tun. Nein, das Land war entschieden nichts für ihn. Hoffnungsvoll wiederholte ich diesen Versuch noch ein- oder zweimal, aber das Ergebnis blieb das gleiche. Er wünschte entschlossen, eine Stadtkatze zu bleiben.

Da es nun klar war, daß Weekends auf dem Lande für Herrn Katz kein Vergnügen bedeuteten, blieb mir nur die Wahl, entweder selber darauf zu verzichten oder aber einen Weg zu finden, der es mir ermöglichte, ihn in guter Obhut in der Stadt zu lassen. Ihn in eine Katzenpension zu geben, kam, was mich betraf, einer Zuchthausstrafe gleich. Die Freunde, die am ehesten Katzen verstanden, besaßen unglücklicherweise selber eine, so daß es unmöglich war, ihn zu »verleihen«.

Ich hielt nach jemandem Umschau, der zweimal täglich kommen könnte, um ihn zu füttern, um sich mit ihm zu unterhalten und mit ihm zu spielen. Die meisten meiner Freunde jedoch waren während des Sommers selber Weekenders. Gäbe es doch nur noch eine Katze wie Herrn Katz, dachte ich, die das Land genauso haßt wie er, dann könnte ich mich mit deren Herrn abwechseln.

Als ich mich ungefähr damit gefunden hatte, einen langen Urlaub in der Stadt verbringen zu müssen, rief plötzlich eine Freundin von Herrn Katz aus seinen Kätzchentagen an und stellte sich freudig als Katzensitter zur Verfügung. Ich war entzückt, und so wurde diese Dame, ein ehemaliges Mitglied meines Bibliotheksstabs, Anstandsdame Nummer eins.

Miß Hill verwöhnte Herrn Katz natürlich erbarmungslos. Als ich zurückkam und versuchte, ihn wieder auf normale Kost zu setzen, brachte er unmißverständlich zum Ausdruck, daß er mein spartanisches Regiment ganz und gar nicht schätze. Ich verstünde wohl nicht, sagte er, daß er so oft gefüttert zu werden habe, wie er es wünsche, und bitte: nicht diese Leberwurst-Sandwiches! (Es war Krieg, und für sie brauchte ich keine Fleischmarken.) Wo waren, wollte er wissen, die köstlichen Nieren- und Lebermahlzeiten, die es bei Miß Hill gegeben hatte?

Als ich in den Ferien nach Westchester fuhr, um meine Eltern zu besuchen, schickte Herr Katz sich darein, mich zu begleiten. Wir gingen zu Fuß zum Laden und zur Post, um kostbares Benzin zu sparen, und schließlich fand Herr Katz sich einigermaßen mit dem Gras ab, das ihn wie eine Schlange kitzelte. Das Innere des Hauses aber zog er entschieden vor, und am allerliebsten war er daheim in der Stadt, wo er nach Lust und Laune über Dächer wandern und an Feuerleitern klettern konnte.

Als er vier Jahre alt war, mußte ich für längere Zeit verreisen, und seine Katzensitterin übernahm das Regiment. Zuerst kam die Eröffnung von Margo Jones' *Theatre 47* in Dallas, wo Bill Inges erstes Stück, *Farther Off From Heaven*, aufgeführt wurde. Dann sollte Hollywood kommen, und endlich die American Library Association Conference in San Franzisko.

Während ich unterwegs war, mußte mir eine dringende Nachricht übermittelt werden, also drahtete Miß Hill an die Davis' in Beverly Hills. Da sie der Meinung war, daß sie vielleicht nicht wüßten, wer sie sei, wenn sie nur mit ihrem Namen unterschriebe, fügte sie hinzu: »Anstandsdame von Mr. Cat«. Bis heute ist das Rätsel ungelöst geblieben, wieso die Telegrafenbeamten in Hollywood hellseherisch entschieden, daß dies nur heißen könne: G. P. Hill, Anstandsdame von Mr. Katz.

Herr Katz in Fire Island

Gegen Ende des Sommers 1946, als Herr Katz drei Jahre alt war, erkor ich zum erstenmal als Ferienziel jenen mit Tannen, Stechapfel und Wildkirschbäumen gesprenkelten, windumtosten Streifen von Düne und Strand, der allgemein (und ungenau) unter dem Namen

Fire Island bekannt ist. Das Haus, in dem ich zuerst wohnte, war winzig und einstöckig und hatte offene Sparren und ein großes, abgeschirmtes Deck.

Ich dachte mir, daß Herr Katz eine Chance haben solle, die Möglichkeiten von Fire Island zu erforschen, und ich drückte beide Daumen, daß er dem Strand mehr abgewinnen möge als Westchester und dem »Land«. Wegen Autos brauchte ich mir hier keine Sorgen zu machen, dieweil es keine gab, wenn auch die vier Fuß breiten hölzernen Gehsteige, die sich kreuz und quer über die Insel ziehen, offiziell als New York State Highways bezeichnet werden. Die Hauptsorge, so stellte ich mir vor, liege in der großen Hundebevölkerung, die alle Arten und Größen und Temperamente umfaßte, von sanft bis streitsüchtig, wie beim Menschen.

Meine Sorgen wurden bald zerstreut, denn Herr Katz akzeptierte Fire Island wie ein Beet frischer Katzenminze. Ich denke natürlich an jene besonders köstliche Katzenminze, die Freunde einst frisch von Connecticut zu schicken pflegten.

Am Tage konnte Herr Katz umherstreunen, soviel er wollte, doch zum Abendessen, also etwa ab acht Uhr, trat Ausgangssperre in Kraft. Seine Siesta hielt er größtenteils auf dem luftigen Deck. Beliebt war auch der feuchte Sand unter dem Cottage, wo das Brennholz lagerte, das im Herbst und Frühling in den Kamin wanderte, und wo alle möglichen unbrauchbaren Gegenstände aus dem Hause auf den jährlichen Großreinemachtag warteten.

Herrn Katz' erstes Auftreten als Mit-Gastgeber bei einer der traditionellen Fire-Island-Cocktailpartys fand am Labor Day Weekend statt. Doch, o weh, die Party wurde zu groß, und Herr Katz kletterte auf den höchsten Schrank und von dort auf die Sparren, wo er für die Dauer der Veranstaltung blieb. Unter den Gästen war eine sehr schöne Frau, die schreckliche Angst vor Katzen hatte – besonders, wenn sie über ihrem Kopf hockten. Herr Katz hatte nicht die Absicht, herunterzuspringen (des bin ich sicher), aber es machte ihm Spaß, ihr auf seiner günstig gelegenen höheren Ebene nachzupirschen, wenn sie sich unten im Raum hierhin und dorthin bewegte.

Alle Katzentiere riechen Angst, und sie haben eine natürliche Tendenz, jene armen Menschenwesen zu quälen, die mit einer Antipathie gegen Katzen behaftet sind. Diese Dame entfloh schließlich Herrn Katz' Reichweite, indem sie sich auf die Veranda zurückzog. Als er merkte, daß das Spiel aus war, reagierte er mit einem geringschätzigen Blick und einer Zuckung des Schwanzes. Nun war niemand mehr zum Necken da, also blieb er, trotz vieler Bitten, herabzukommen und die Festlichkeiten mitzumachen, beharrlich in hochmütiger Herrlichkeit dort oben hocken. Die erste Zeichnung, die je von Herrn Katz angefertigt wurde, zeigt ihn auf einen Sparren geduckt mit dem Aussehen eines räuberischen Biestes, das gar nicht zu seinem hübschen Gesicht paßte.

Ein Jahr später erfolgte der Umzug ins erste »St. Georg und der Drache«, ein altes (1880) holländisches Kolonialhaus, das vom Long-Island-Festland mittels Schiff zur Buchtseite von Fire Island geschleppt worden war, wo es seinen Besitzern als Sommer-Cottage diente. Später wurde es von einem Arzt und seiner Frau erworben (er war Chefarzt in einem Hospital bei Islip), die ihr Segelschiff an der Haustür festmachen konnten. Nach dem Tode seiner Frau kehrte der Doktor aufs Festland zurück, und das Cottage war zu vermieten.

Ums Haus herum war Wald und Sand und wuchsen Riesenbinsen, und für Herrn Katz konnte es kein idealeres Erkundungsgelände geben. Der einzige Zugang war ein langer gewundener Gehweg zwischen den Bäumen durch zur Küchentür an der Rückseite, da die Vordertür unmittelbar an der Bucht lag. Herr Katz fand diesen Weg aufregend, und er ging zwischen den Bäumen auf die Pirsch, als befinde er sich in einem ausgedehnten Wald. Er hatte sich noch nie etwas daraus gemacht, Bäume zu erklettern, wenn ich ihn auch bisweilen auf einem sehr kleinen entdeckte. Telefonmasten ignorierte er natürlich. Abgesehen davon gab's in St. Georg keine.

Entschlossen verteidigte Herr Katz sein Anwesen gegen marodierende Katzen und Hunde, ungeachtet ihrer Größe. Streng ging er gegen alle Mäuse vor, und einmal ließ er sich sogar erfolgreich mit einer Ratte und einem kleinen Kaninchen ein. Bei einem weisen alten Hasen jedoch scheiterte er, und er ließ es klugerweise bei einer Politik der friedlichen Koexistenz bewenden. Gelegentlich sah ich, wie die beiden am selben Tuff harten Seegrases nagten, einer auf jeder Seite, wobei sie sich standhaft ignorierten.

Vögel tolerierte er, außer Tauben natürlich, und viele Jahre lang besuchte uns eine orange-schwarze Schildkröte. Sie ist nun verschwunden, aber nicht vergessen.

Einmal kam ein Boxer zu Besuch, deren es viele auf der Insel gibt, und stieß seine Schnauze sanft gegen die Drahttür der Küche. Herr Katz machte einen fliegenden Satz von drinnen und landete mit allen vieren am Draht und spuckte Verwünschungen. Der verdutzte Boxer retirierte schleunigst zum Weg, von wo aus er vorwurfsvoll auf das unfreundliche Katzenwesen zurückblickte, das er als Spielgefährte hatte besuchen wollen und nicht als Beute. Herr Katz kannte einfach den Unterschied nicht, da er nicht mit Hunden zusammen groß geworden war und sie als seine natürlichen Feinde betrachtete.

Bei einer anderen Gelegenheit, etliche Jahre später, bat mich unsere Reinemachefrau um die Erlaubnis, einen kleinen Jungen aufs Vorderdeck mitbringen zu dürfen, um ein hübsches Privatwasserflugzeug anzuschauen, das in der Bucht nahebei vor Anker lag. »Natürlich«, sagte ich, aber wie groß war meine Bestürzung, als ich den kleinen Jungen in Begleitung eines riesigen Labrador-Apportierhundes sah! Herr Katz war nicht da, also hoffte ich nur, daß sie gingen, ehe er zurückkam.

Plötzlich fiel mir eine Bewegung auf. Er war's höchstpersönlich; er sah über doppelt so groß aus wie sonst und stieg die Außenstufen hinan. Ich schrie dem Hund zu, er solle verschwinden, doch Herr Katz blockierte die Treppe und rückte unerbittlich näher. Der Labrador winselte und zog sich in eine Ecke des offnen Decks zurück. Es war nur drei Fuß zur Erde, also gestikulierte ich und schrie:

»Spring doch, du Narr, spring!«

Und das tat er – Herr Katz hinterdrein. Der Apportierhund kam nie wieder.

Und jetzt, zwölf Jahre später, sind wir in ein neues »St. Georg und der Drache« gezogen. Herr Katz ist Miteigentümer. Er hat ein neues lohnendes Terrain zum Erforschen gefunden, und ich bin sicher, daß er mit seinen vorzüglichen imaginativen Kräften das Beste daraus machen wird. Noch immer verachtet er die Katzenvögel, die ihn mit ihren Miau-Rufen nicht einen Augenblick foppen können, was ihnen bei mir bisweilen gelingt.

Herrn Katz' menschliche Freunde

Herr Katz hat viele Freunde und Bekannte, darunter Bibliothekarinnen, Schauspielerinnen, Reinemachefrauen, Theaterkritiker, Verleger, Dramatiker und einen Hauswirt, der ihn toleriert und respektiert, es sei denn, er dringt in den Balkonkastengarten ein. Wie er Lillian Gish kennenlernte, ist schon berichtet worden. Sie ist noch immer eine Bewunderin und ergebene Freundin. Ebenso ihre Schwester Dorothy. Herr Katz hat sie häufig unterhalten, besonders dann, wenn sein Herr davon in Anspruch genommen war, sich auf eine Party vorzubereiten. Ich denke an den schneewirbelnden Nachmittag, da fast eine Stunde vor Beginn einer Party die Türglocke ertönte. In aufgelöster Verfassung ging ich zur Tür, und da standen die Schwestern Gish in Samt und Seide.

Herr Katz wartete hinter mir, um auch seinem Beifall Ausdruck zu verleihen.

»Ist's der falsche Tag? Die falsche Zeit?«

Die Bestürzung auf meinem Gesicht gab die Antwort.

»Ich habe dir ja gesagt, daß wir zu früh kommen, Lillian. Wir werden einen Spaziergang um den Block machen.«

Die Gish-Schwestern wieder in den Schneesturm hinauszuschikken, kam natürlich gar nicht in Frage, also sagte ich, ob es ihnen etwas ausmache, sich eine Weile mit Herrn Katz zu unterhalten. Sie waren gern bereit, und Herr Katz tat, was ihm sonst kaum jemals einfiel: Er nahm zwischen ihnen auf dem Sofa Platz, so, als sei er sich seiner sozialen Position bewußt, und ließ sich ihre Aufmerksamkeiten und Zuneigungsbeweise mit großem Ernst gefallen.

Bei einer anderen Gelegenheit geriet er mit der unermüdlichen Theaterkritikerin und internationalen Ein-Mann-Theater-Schauspielerin Rosamond Gilder in Verwicklung. Während sie zwischen Mary Stewart French vom State Department und Wilva Breen, der Gattin des damaligen ANTA-Exekutiv-Sekretärs, auf dem Sofa saß, stolzierte Herr Katz über die Rückenlehne und bandelte mit dem kleinen Schleier auf Rosamonds Hut an.

Als ihr Kopf in schwungvolle Bewegung kam (sie erklärte gerade einen wichtigen Punkt in der internationalen Theaterpolitik), knabberte Herr Katz versuchsweise an dem Schleier. Dann noch einmal.

Die übrigen Gäste sahen stumm und fasziniert zu. Erst als der Hut nahezu entblößt war, entdeckte ich den Schaden von der anderen Seite des Raumes. Rosamond blickte überrascht auf, als ich ihr zu Hilfe eilte, doch Herr Katz blieb gelassen.

Offensichtlich vergab sie ihm, denn aus allen Teilen der Welt kommen Postkarten mit Bildern fremder Katzen, adressiert an Mr. Cat, c/o G. Freedley, Esq. und unterschrieben mit R. G.

James und Pamela Mason mieden alle Partys, nachdem ihr allzu formloses Bild-Interview in der Zeitschrift *Life* erschienen war, aber sie willigten ein, Herrn Katz und ein paar seiner Freunde zu besuchen. Während Clarence Derwent, die wie ein gütiger, doch gebieterischer Papst aussah, und Vinton Freedley, damals würdevoller Präsident des ANTA – American National Theatre and Academy –, ernsthaft mit ihm plauderten, stahl sich Masons Hand hinunter, um Herrn Katz' Kopf und andere verständnisvolle Stellen zu streicheln. Mit gebogenem Hals saß mein verzärtelter Kater zufrieden unter James' agilen und katzenerfahrenen Fingern.

Eines Sonntagnachmittags, als Maurice Evans seine brillante Produktion von *Man and Superman* vorbereitete, kam er mit George Schaeffer, seinem Regisseur, und anderen zu einem einleitenden Gespräch über Nachforschungen zu mir. Maurice ist befangen, was Katzen anbelangt, aber er war im voraus gewarnt worden und bereit, der Tatsache ins Auge zu blicken. Er wählte einen Sessel am Fenster zur Bucht, und Herr Katz saß weit weg an der gegenüberliegenden Wand des Raumes.

Plötzlich sah ich Maurices blaue Augen größer und größer werden, und sein Mund formte ein kleines »o«. Die Gestalt der französischen Baronin lehnte an dem Gitter zwischen ihrem Dach und meinem Fenster, und in ihrer Hand hielt sie eine langhaarige Siamesin, während sie hereinrief:

»Darf Bijou zum Spielen kommen.«

Die Konferenz wurde vertagt.

Herr Katz hat viele Freunde – manche berühmt, viele unbekannt –, aber besonders erinnere ich mich des Abends, da er mit seiner größten Besetzung auftrat. Bei einer Party zu Ehren von Flora Robson, die gerade in dem Stück *Black Chiffon* spielte, kam Miß Gertrude Lawrence mit ihrem Gatten Richard Aldrich ziemlich früh.

Nachdem sie ihre Freunde begrüßt hatte, ließ sie sich in einem antiken Louis-Quinze-Sessel nieder und streichelte Herrn Katz, der sich sogleich unter eine Lampe setzte und seinen Kopf der wohltuenden Wärme entgegenreckte. (Diese Haltung wurde als »brät sein Gehirn« bekannt.)

Von aufmerksamen Anbetern umgeben, hielt Peggy Wood in einem hohen Lehnstuhl hof. Judith Evelyn glitt mit Bedacht in einen Washington Irving Sleepy Hollow Chair, woraufhin ihre Bewunderer sich ihr zu Füßen auf dem Boden niederließen.

Als Flora Robson kam, erinnerte Herr Katz sich ihrer und sprang zur Erde, um sie zu begrüßen. Flora sah sich mit ihren schönen grauen Augen um, erkannte die Situation und entschied sich, der besten Wirkung halber stehenzubleiben. Schließlich wurde die Party für sie gegeben. Sie hatte Erfolg, möchte ich sagen, bis auf jene Augenblicke, da Herr Katz zur Lampe zurückkehrte und alle Augen »Mrs. A.« folgten, die ihren selbstzufriedenen Co-Star mit Leckereien versorgte.

Herr Katz liebäugelt mit der Bühne

Punkt neun eines Morgens klingelt das Telefon auf meinem Schreibtisch in der Bibliothek. Am Apparat war John van Druten. »George, wo kann ich eine Katze herbekommen, die Onkel Elizabeth in *I Remember Mama* spielt?«

»Wie wär's mit Herrn Katz?« schlug ich vor.

»Wird er zum Vorsprechen kommen?«

»Komm du Sonntag um fünf«, antwortete ich streng. »Herr Katz kommt nicht – Herr Katz empfängt. Sollen R. und H. (Rogers & Hammerstein) dabeisein?«

»Ich bin sowohl der Regisseur«, entgegnete John, »als auch der Autor, und ich glaube, Dick und Oskar werden's mir überlassen.« Vorsichtig fügte er hinzu: »Mit Ausnahme der Gage. Ich sei zu großzügig, behaupten sie. Ich bin um sechs da, fünf schaff ich nicht.«

Herr Katz war natürlich nicht nach seiner Meinung gefragt worden, aber ich wußte aus Erfahrung, daß er Schauspielerinnen gern hatte, ja sogar einige Schauspieler. Ich hatte die Geschichten nicht gelesen, auf denen das Stück basierte, daher wußte ich nichts von Onkel Elizabeth, ausgenommen, daß er/sie eine Katze war. Ich kannte den als öffentliches Vorsprechen bezeichneten modernen Sklavenblock so gut, daß ich entschlossen war, Herrn Katz hintenherum ein privates zu verschaffen.

Trotzdem glaubte ich, daß eine moralische Stütze nicht verkehrt sein könne, also lud ich ein paar seiner Freunde zum Drink, um das Ereignis unformell und festlich zu gestalten.

John van Druten kam um sieben und nahm einen Drink an. Die Unterhaltung wendete sich Katzen zu und einer bestimmten Katze im besonderen. Diese Katze saß mitten auf dem Fußboden und putzte sich und genoß die Konversation ausgiebig. Als jedoch das Thema gewechselt wurde, fing sie an, unruhig zu werden und im Zimmer umherzustreifen.

Nun sitzt Herr Katz selten auf jemandes Schoß und niemals auf dem eines verhältnismäßig Fremden. Was also mochte ihm wohl dazu veranlassen, ausgerechnet den Schoß von John van Druten zu wählen?

»Ich weiß, daß Schauspielerinnen versuchen sollen, auf diese Weise zu Rollen zu kommen«, sagte er erstaunt, »aber doch nicht Katzen!«

Dies muß John besonders behutsam gemacht haben: »Ich weiß, wir wollten nicht von Gagen reden«, gab er zu, »aber ich hätte ganz gern eine gewisse Vorstellung . . .«

»Ich verlange nur das Tier-Billigkeits-Minimum«, sagte ich, »da er keine Bühnenerfahrung hat.«

»Fünfundsiebzig die Woche«, keuchte John. »Ich glaube nicht, daß R. und H. da mitmachen. Außerdem«, so konstatierte er mit Bestimmtheit abschließend, »ist er nicht der Typ.«

»Glaubst du an Typenbesetzung?« fragte ich erhaben.

»Wenn es sich um Katzen dreht, ja!«

So kam Herr Katz schließlich doch nicht zu einem Bühnendebüt in *I Remember Mama*. Ich verzieh John genügend, um ihm den Namen einer Dame in Greenwich Village zu geben, die vierzehn Katzen besaß und willens war, dem Auftreten von einer zuzustimmen – ohne Gage, jedoch gegen Erstattung des Fahrgeldes. John interviewte sie und wählte eine schwarz-weiße Kurzhaar als den Typ aus.

»Sie wünschen Gwendolyn?« fragte die Dame.

»Ja, bitte.« – Einen Augenblick überlegte sie, dann bereute sie offenbar das Ganze.

»Ich glaube nicht«, sagte sie, nahm ihre Brieftasche und schob dem verdutzten Stückeschreiber zwei Dollar hin. »Gehen Sie zum Leonora Speyer Home«, riet sie ihm, »und kaufen Sie sich eine Katze.«

John nahm ihren Rat an, wenn auch nicht die zwei Dollar, und kaufte sich eine Katze, die bei der Premiere in New Haven und Boston überschwengliche Kritiken einheimste. Bei der ersten Matinee-Vorstellung in Boston jedoch war Onkel Elizabeth nirgends zu finden, und der Beginn wurde um angstvolle fünf Minuten verzögert, während ein Assistent zu Filene's Basement raste und eine ausgestopfte Katze holte.

Am Abend tauchte der legitime Onkel Elizabeth wieder auf: Er hatte sich im Keller hinter einem Stapel alter Dekorationen auf seinen Lorbeeren ausgeruht. Hastig wurde eine Konferenz einberufen, und er bekam die Genehmigung, weiterhin aufzutreten, doch ermächtigte man Oscar Hammersteins kleine Tochter, eine Straßenkatze aufzutreiben, die im Bedarfsfall als Rollenvertreterin fungieren könnte. Schließlich wurde eine gefunden, und ihre offizielle Bezeichnung lautete »Ist Gut« (von Mamas wiederkehrender Zeile im Stück), während die ausgestopfte Katze den Namen »Ist Schlecht« bekam.

I Remember Mama lief und lief, und schließlich wurde Onkel Elizabeth launisch und vornehm tuend. Wie es so häufig mit schwierigen Schauspielerinnen geschieht, die sich krank melden, wurde Onkel Elizabeth gewaltsam in den Kulissen festgehalten, während Ist Gut seinen Text ablieferte. Es war das letztemal, daß sie mit ihrem reuigen Star Schwierigkeiten hatten, obgleich er und Ist Gut sich später in der ersten und zweiten Besetzung abwechselten, ohne daß das Publikum dahinterkam.

Ist Schlecht bekam nach jener einzigen Matinee in Boston keine Chance mehr.

Eine Saison später brauchte der Produzent für das Stück *Trio* eine Perserkatze für seine Produktion und hatte von Herrn Katz gehört, aber das Thema des Stücks war ungezogen, also lehnte ich das Angebot ab. Ich wollte nicht, daß Herr Katz mit der grünen Minna ins Gefängnis fuhr, wie weiland Helen Menken und Basil Rathbone an dem Abend, als die Polizei in *The Captive* erschien, oder Mae West, als *Sex* geschlossen wurde. Schließlich war ich ganz und gar nicht sicher, daß sie auf Welfare Island über die angemessenen Einrichtungen für Katzen verfügten.

Etliche Jahre später schrieb John van Druten, *Bell, Book And Candle*, aber als Katze habe er mit voller Absicht eine Siamesin gewählt, erzählte er mir, um zu vermeiden, daß er sich noch einmal mit Herrn Katz in die Haare gerate. Eine kurzhaarige Siamesin, fügte er schnell hinzu, als ich ein gutes Wort für die Baronin einlegen wollte.

Herrn Katz' Opfer

In diesem Augenblick scheint es wie Jahrzehnte, aber es war erst vor gut fünf Jahren, als Herr Katz zum zweitenmal verschwand. An einem Junimorgen erwachte ich früh, und er lag nicht neben meinem Bett. Als ich mich anzog und das Haus verließ, war ich mehr verärgert denn besorgt.

»Er wird auf dem Dach eingeschlafen sein«, murmelte ich vor mich hin. »Oder er hat sich mal wieder in jemandes Wohnung einschließen lassen.« Das war tatsächlich einmal passiert, und er hatte zwei Tage warten müssen, ehe sie von ihrem Weekend zurückkamen.

In den letzten Nächten war er so oft über die Feuerleiter hinausgegangen und hereingekommen, daß ich sicher war, noch vor dem Verlassen des Gebäudes seinen Trompetenruf zu hören. Und natürlich trug er jetzt ein Geschirr mit einer Erkennungsmarke, so daß er nicht verlorengehen konnte.

Mittags rief ich den Hauswart an. Er sah in der Wohnung nach und berichtete, sie sei leer. Als er abends noch nicht heimgekehrt und sein Fressen noch unangetastet war, wuchs meine Besorgnis, aber ich machte mir klar, daß ich nichts andres tun konnte als warten und hoffen. Kurz nach dem Essen ging ich zu Bett, doch jedes Geräusch in dem alten Haus weckte mich in der eitlen Hoffnung, daß der verlorene Sohn zurückgekehrt sei. Endlich mußte ich dem

Unvermeidlichen ins Auge schauen. Ich rief das Tierheim an und gab wieder Anzeigen in den Zeitungen auf. Keine Perserkatze war abgegeben worden, und keine Antwort kam auf die Annoncen – abgesehen von Freunden und Nachbarn, die sich erkundigten.

Eine Dame rief an und sagte, sie sei überzeugt, eine Perserkatze unter einem Auto in Beekman Place gesehen zu haben, fast eine Meile von seinem Zuhause. Sie habe versucht, sie hervorzulocken, als sie merkte, daß sie jemandem gehörte, aber sie sei weggelaufen. Ich dankte ihr, obwohl ich bezweifelte, daß es Herr Katz war.

Mit Hilfe eines Freundes verteilte ich eine hektographierte Beschreibung des Verlorenen, komplett mit Abgangszeit und -datum, Adresse und Privat- und Büro-Telefonnummer. Wir steckten sie in alle Briefkästen der Nachbarschaft und des Beekman-Place-Gebiets. Wir gaben sie sogar in den Geschäften und Bürohäusern der Fifth Avenue und Madison Avenue ab – eingedenk seiner letzten Erfahrung.

Die örtliche Polizei wurde alarmiert, bis sie meiner Stimme überdrüssig gewesen sein müssen. Unser Hauswart setzte seine sämtlichen confrères auf Herrn Katz' Fährte an. Sie trafen sich in ihrem »Klub«, einer Bar auf der Lexington Avenue. (Wie sich herausstellte, gehörte ein Hauswart unglücklicherweise nicht ihrem Klub an.) Sie gingen jedem Gerücht nach, ob es sich nun um einen Perser oder einen Malteser handelte, um grau oder weiß oder was sonst.

Und aus Tagen wurden Wochen, bis ein Punkt erreicht war, wo jede freundliche Nachfrage Pein verursachte. Wenn ich jetzt angerufen wurde, war es bestimmt irgendein Freund, der sich erkundigte, ob es etwas Neues gebe. Meine Antworten wurden weniger höflich, allerdings auch resignierter. Wo war Herr Katz?

Als es in die fünfte Woche ging, konnte ich nicht mehr glauben, daß ich ihn jemals wiedersehen werde. Ich konnte nicht glauben, daß er je einwilligen würde, ein neues Zuhause zu akzeptieren. Ich hielt mich an die Hoffnung, daß er wieder gekidnappt worden war und eines Tages freikommen werde und seinen Weg zu mir zurück fand.

Gegen Ende der fünften Woche klingelte das Telefon. Eine fremde Stimme fragte: »Sind Sie Mr. Freedley? Haben Sie eine Katze verloren?«

Meine Stimme zitterte, als ich beides bejahte. »Haben Sie – haben Sie ihn gefunden?«

»Ich hab seinen Gurt gefunden«, entgegnete die Stimme, »mit seinem Namen und Ihrem, da hab ich Sie angerufen. Ich bin der Hauswart hier, 16 East 56th, das Fiberglass-Haus. Wir legen air-conditioning rein, und das Loch im Boden im Zimmer der Sekretärin war mit einem Brett abgedeckt. Morgen legen wir neuen Fußboden, da hab ich das Brett weggenommen und in das Loch reingeguckt, und da hab ich den Gurt gefunden.«

»Glauben Sie . . .?« fragte ich.

»Machen Sie sich keine Hoffnung«, sagte der Hauswirt. »Ich hab in das Loch reingerufen, und ich hab nichts gehört. Sie sagen, es ist beinahe sechs Wochen her, und dann diese Backofenhitze. Vielleicht war er da und ist abgehauen. Vielleicht ist er da, aber . . .«

Ich verstand nicht, wieso er die hektographierte Anzeige nicht bekommen hatte, die wir in jedem Gebäude, seines inbegriffen, abgegeben hatten, aber dafür war jetzt keine Zeit. Das Büro schloß um fünf, und ich wollte dann hinfahren.

Nie ist mir ein Nachmittag länger geworden. Ich versuchte, vernünftig zu sein. Sechs Wochen! Und der heißeste Juli seit Jahren. Der gesunde Menschenverstand sagte mir, daß er nach sechs Wochen ohne Nahrung und Wasser nicht mehr am Leben sein konnte. Wenn er da war – würden seine fragenden Augen noch immer leuchten und bereit sein, mich zu begrüßen?

Ich zog mir meine ältesten Sachen an, um unter Fußböden herumkriechen zu können, und holte seinen alten Tragekorb hervor und einige seiner Spielsachen. Ihr Anblick ließ meine Augen feucht werden. Kalte Vernunft gab mir ein, auch ein Tuch zum Bändigen mitzunehmen. Man weiß von Katzen, die toll geworden sind . . .

Eine einsame Sekretärin saß an ihrem Schreibtisch, als ich mit dem Hauswart dort ankam. Zuerst riefen wir das Tierheim an. »Stimmt es«, fragte ich, »daß Sie Katzen zwischen Gebäuden retten und unter Fußböden hervorholen?«

Sie versicherten mir, so nur die geringste Hoffnung vorhanden sei, würden sie kommen und den ganzen Boden aufreißen.

Ich nahm das Brett ab und rief seinen Namen.

»Herr Katz«, rief ich, »Herr Katz.«

Schweigen. Dann, von ganz weit her, ein schwaches Miauen.

Sechs Wochen!

Ich zitterte vor Erregung, als ich weiter in das Loch hineinrief und mit ihm sprach. Das Gesicht des Hauswarts war ein Bild, als er mir seine Taschenlampe gab. Die Sekretärin riß den Mund auf.

Ich kniete nieder und steckte meine Hand ins Loch. Eine kleine Pfote klapste an meine Hand.

Mehr wollte ich nicht tun, damit er sich in seiner Angst nicht ganz zurückzog. Ich schlenkerte sein Lieblingsspielzeug, den Cellophanball, und sah ihn langsam erscheinen. Langsam zog ich den Ball zu mir, und langsam kam er ihm nach. Welche Erinnerungen mögen ihm durch den Kopf gegangen sein, als er diesen schlichten Cellophanbausch sah und hörte, der einst einem lieblichen Kätzchen solche Quelle unschuldigen Vergnügens gewesen war? Er zitterte, und sein ganzer Körper wurde sichtbar. Ich ließ die Schnur fallen und packte ihn, sanft aber fest, und zog ihn herauf.

Und vor Verblüffung hätte ich ihn beinah fallen lassen! Er hatte fast fünfzehn Pfund gewogen, als ich ihn verlor; jetzt wog er nur noch etwas über ein Pfund. Sein langes Fell hatte diese Abzehrung verhüllt, bis ich ihn in meine Arme nahm. Nur seine Augen schienen größer und glänzender, aber das war natürlich im Vergleich zum übrigen.

Dann sprach er ganz deutlich mit mir. »Na, das war ja wohl Zeit, daß du herkamst«, schien er zu sagen. »Wo, um Himmels willen, hast du denn bloß gesteckt?«

»Sechs Wochen«, sagte der Hauswart verwundert.

Wir riefen das Tierheim an und machten unser Hilfegesuch rückgängig, aber der Wagen war schon unterwegs; also bat ich einen Freund, herüberzukommen und ihnen zu erklären, was geschehen war.

Behutsam legte ich Herrn Katz in den Tragekorb, wobei ich das Tuch zum Bändigen als Kissen benutzte. Dem Himmel sei Dank, ich hatte es nicht gebraucht!

Was die Vorübergehenden auf der Madison Avenue in jener frühen Augustdämmerung dachten, als sie einen Mann mit einem Tierkorb und einer Handvoll Spielzeug und tränenüberströmtem Gesicht vorübereilen sahen, werde ich nie erfahren. Noch soll's mich kümmern. Herr Katz war wieder da.

Als ich ihn zu Hause hatte, hob ich ihn aus dem Tragekorb und stellte ihn auf die Beine. Er versuchte, mir in die Küche zu folgen, aber er sackte vor Schwäche zusammen. Ich hielt ihn in den Armen, während ich ein bißchen Milch warm machte, und setzte ihn neben die Untertasse. Er roch an der Milch, ging aber nicht dran. Er hatte vergessen, wie man trank.

Endlich tauchte ich meinen Finger in die Milch und hielt ihn an seine Lippen. Er leckte ihn wie ein frisch entwöhntes Kätzchen. Ich wiederholte das, bis er sich allmählich daran gewöhnte, selber die Milch aufzulecken. Auf diese Weise fütterte ich ihn zwei Stunden lang alle zehn Minuten, bis wir beide vor Müdigkeit umfielen.

Der Freund, der den Wagen vom Tierheim abgewartet hatte, kam am nächsten Morgen vorbei. Er erzählte mir, der Mann habe sich die bewegende Geschichte ungerührten Gesichts angehört und habe in sein Buch die lakonische Notiz eingetragen: »Hat Katze selber rausgeholt.«

Herr Katz heute

Da ich diese Zeilen schreibe, hat Herr Katz, am 16. Juni 1959 sechzehn Jahre alt, das Manuskript mehrfach zerrissen, weil er unbedingt darauf liegen will. Wir sind an meinem Schreibtisch im neuen »St. Georg und der Drache« auf Fire Island, und ich habe ihn mit Gewalt vertreiben müssen. Jetzt sitzt er mürrisch auf der Couch am Ende des Zimmers. Systematisch beseitigt er sein Fell, wie er's jedes Jahr im August und Anfang September tut, um sich auf das neue vorzubereiten, das im November voll ausgewachsen sein wird.

Herr Katz ist ein wenig langsamer geworden, aber an Sonntagnachmittagen merkt man davon nicht das geringste. Wird eine Außentür geöffnet, ist er wie der Blitz draußen, denn irgendwie weiß er, daß heute der Tag ist, an dem wir packen und für die Woche nach Hause zurückkehren.

Er hat ein genaues Gefühl für den Fahrplan der Fähre, und wenn er sich draußen verstecken kann, bis das letzte Schiff abgefahren ist, besteht die Möglichkeit, daß wir noch einen Tag bleiben, vielleicht eine Woche.

Aber er hat noch nicht gefrühstückt, also muß er zu diesem Zweck drinnen bleiben. Und jetzt hat er gefrühstückt, also bekommt er für den Rest des Tages Hausarrest.

Ist er einmal in seinem Tragekorb, findet er sich mit dem Unvermeidbaren ab und läßt zu, daß man ihn zum Pier trägt und in die Stadt zurückbefördert. Einmal brach auf dem Weg zum Dock der Boden des Korbes auf, und er fiel schimpflich heraus. Trotzdem machte er keine Anstalten wegzulaufen, sondern saß da, verlegen ob dieses würdelosen Auftritts, bis schnell ein Kofferriemen gefunden wurde, der den Tragekorb notdürftig instand setzte.

Eben hat er sein Frühstück beendet und wendet mir seine Aufmerksamkeit zu. Jetzt heißt es wachsam sein, denn es ist Rückkehrtag für uns beide.

Rosemarie Hauff

Vier Katzenkinder bleiben am Leben

»Guter Gott«, sagte Mammi und warf einen forschenden Blick auf Kleopatra, die sich andächtig auf einer Kommode in einem Spiegel betrachtete, was sie mit Vorliebe tat. »Ich hatte eigentlich nie den Eindruck, daß sie sich überfrißt, aber sie ist wirklich fetter geworden.«

Als hätte Kleopatra verstanden, sträubte sie ihre Barthaare und lachte mit aufgeblähten Backen. Daddy, der sich hinter die Zeitung vergraben hatte, nahm von Mammis Feststellung keine Notiz. Aber Billi stieg auf das Thema ein.

»Sie ist wirklich dicker geworden«, stimmte sie zu. »Es wird nichts übrigbleiben, als sie in der kommenden Zeit auf Diät zu setzen.«

Fräulein Marie, die für das Wohlergehen ihres Lieblings fürchtete, stieß ein überlegenes Lachen aus. Sie wußte längst, was die Glocke geschlagen hatte, war aber nicht bereit gewesen, den übrigen Familienmitgliedern eine Andeutung zu machen. Jetzt schien ihr der richtige Zeitpunkt dazu gekommen.

»Was ihr nicht sagt«, meinte sie spöttisch, »diesmal scheinen auch Billis Tierkenntnisse zu versagen. Kleopatra bekommt einfach Junge.«

Fräulein Marie warf einen triumphierenden Blick in die Runde. Wie von der Tarantel gestochen, schnellte Daddy hinter seiner Zeitung hervor.

»Das ist zuviel«, stöhnte er. »Der Himmel ist mein Zeuge, daß ich eine Katze geduldig ertragen habe. Wo ich mir doch geschworen habe, nie ein solches Tier ins Haus zu lassen. Aber Nachwuchs kommt auf gar keinen Fall in Frage.«

Er dehnte die einzelnen Worte, um ihnen das nötige Gewicht zu verleihen. Schon oft genug hatte er nachgeben müssen, bezwungen durch weibliche Übermacht und jene Tricks, die Frauen zu eigen sind. Aber diesmal würde er auf den Rechten eines Familienoberhaupts bestehen.

Unterdessen hatte sich Billi mit einem begeisterten Aufschrei auf Kleopatra gestürzt, sie vorsichtig auf den Rücken gedreht und ihren geschwollenen Bauch eingeschätzt. Schon sah er im Geiste ein halbes Dutzend Kätzchen durch die Wohnung trudeln. Aber auch Mammi dämpfte ihre Begeisterung. Wie meistens stimmte sie mit Daddy restlos überein.

»Das hat uns gerade noch gefehlt«, seufzte sie laut. »Wenn ich an das Katerkonzert zurückdenke, das sich bei Vollmond auf unserem Dach abgespielt hat, kriege ich jetzt noch genug. Eine zweite Katze ist wirklich zuviel. Vom Rest ganz zu schweigen.«

Billi, die sich um ihre schönsten Hoffnungen betrogen sah, schossen die Tränen in die Augen.

»Ihr seid gemein«, fuhr sie auf und spürte Abneigung gegen alles, was erwachsen und vernünftig schien.

»Nicht dieser Ton«, reagierte Mammi bestimmt. »Ich bilde mir ein, daß wir weiß Gott genügend Verständnis für deine Wünsche haben. Aber was zuviel ist, ist zuviel.«

Unergründlich lächelte Fräulein Marie und ähnelte Kleopatra, die scheinbar teilnahmslos ihre Pfoten unter dem Bauch gefaltet hielt und Löcher in die Luft starrte, als ginge sie die ganze Unterhaltung nichts an.

Jeden Tag wurde Kleopatra ein bißchen dicker. Aber stets bewegte sie sich mit der gleichen Geschmeidigkeit, tauchte unerwartet aus einer Ecke auf und verschwand geheimnisvoll auf leisen Sohlen. Sie schien sich völlig an ihre Last gewöhnt zu haben und überhaupt nicht behindert zu sein. Bis zuletzt wagte sie ihre steilen Sprünge nach vorüberfliegenden Schmetterlingen, die sie mit Vorliebe verspeiste, wobei sie die Flügel auf die Erde spuckte. Die Beziehungen zwischen ihr und Billi vertieften sich, denn Kleopatra zeigte sich liebenswürdiger als je zuvor. Oft kletterte sie jetzt auf Billis Rücken und tapste mit angezogenen Krallen auf ihr herum, bis sie sich dann aus voller Kehle schnurrend auf ihren Füßen niederließ.

»Du ahnst nicht, was deinen Kindern bevorsteht«, seufzte Billi mit schlechtem Gewissen und erinnerte sich an ihren Eid, jedem Tier zu helfen, das in Not geraten war. »In der eigenen Familie geht es an«, dachte sie und beschloß, nichts unversucht zu lassen, die Katzenkinder zu retten.

Überall fragte sie herum, ob jemand eine junge Katze haben wolle, aber sie wurde von Pech verfolgt. Niemand ging auf ihr Angebot ein.

Sorgenvoll rief Billi den Klub zusammen.

»Man wird die Katzenkinder ertränken«, sagte sie trostlos und hätte Kleopatra am liebsten im vorhinein um Verzeihung gebeten.

»Ach was«, fuhr Gaby sie an, die so etwas nicht hören konnte. »Das kommt überhaupt nicht in Frage. Wir lassen das einfach nicht zu. Wenn Kleopatra erst einmal ihre Jungen geboren hat, dann werden wir sie verstecken, bis sie groß geworden sind, daß man sie nicht mehr töten kann. Wenn Kätzchen sehen, bringt sie kein Mensch mehr um. Solange sie blind sind, glauben die Leute, daß sie nichts davon spüren, wenn man sie tötet.«

»Blöd«, sagte Katharina mit abgrundtiefer Verachtung.

Nur Thomas blieb männlich objektiv.

»Viele Katzen kosten eine ganze Menge Futter«, meinte er nüchtern.

»Die können sich doch Mäuse fangen, wenn sie größer sind. Hauptsache, man läßt sie am Leben, Katzen sind zäh. In Italien gibt es eine Menge wilder Katzen, die niemand gehören.« Susis Augen funkelten vor Empörung. »Sollen sich die Leute keine Viecher halten, wenn sie Angst vor den Folgen haben«, setzte sie wütend hinzu.

»Danke«, sagte Billi und fühlte sich komischerweise für ihre Eltern angegriffen. »Schließlich ist uns Kleopatra zugelaufen, und niemand hat sie gezwungen zu bleiben. Oder glaubt ihr, daß wir sie in einen Käfig sperren? Eigentlich war es von meinen Eltern recht nett, daß sie zu unseren beiden Hunden auch noch die Katze genommen haben. Ich möchte bezweifeln, daß andere Leute dazu bereit gewesen wären.«

Billi warf einen erbitterten Blick auf Susi, die Anklägerin, und war sichtlich bereit, sich weiter auszulassen. Aber Kathinka trennte die beiden Streithähne und appellierte an ihre Vernunft.

»Soll nun Kleopatra geholfen werden oder nicht?« fragte sie kurz.

»Was für eine Frage«, riefen Billi und Susi im Verein und waren wieder völlig einer Meinung. »Dazu sind wir ja hier.«

Der Schuppen war noch immer nicht zu gebrauchen und verschandelte den Garten, wie Fräulein Marie zu sagen pflegte. Aber Daddy hatte vorsichtshalber zwei stützende Balken einziehen lassen, weil Mammi noch immer an dem Alptraum litt, daß er eines Tages über den Kindern zusammenbrechen könnte. Seitdem er ausgebessert war, hatte sie weniger gegen ihn einzuwenden. Im Gegenteil! Sie hatte sogar verzichtet, Gerümpel abzustellen, und ihn großmütig ihrer Tochter und deren Freunden überlassen. »Bis sich eine Gelegenheit bietet, ihn abzureißen«, hatte sie vorbeugend dazugesetzt.

Aber im Augenblick dachte niemand daran. Das Gespräch hatte die Gemüter der Kinder erhitzt.

»Wann ist es soweit, daß die Katze ihre Jungen wirft?« fragte Helga.

»In den nächsten Tagen, hat Fräulein Marie gesagt«, antwortete Billi.

»Und die muß es wissen, weil sie bei sich zu Hause auch Katzen hatte. Wenn sie auch sonst nichts von meinen Tieren hält, bei Kleopatra ist sie hundertprozentig auf meiner Seite. Anmerken läßt sie sich nichts, nur ihre Laune hat sich in den letzten Tagen ganz schön verfinstert. Man wagt schon kaum mehr, sie anzusprechen. Selbst Daddy hat neulich zu Mammi gesagt, daß wir alle unter ihrer Tyrannis leiden.«

»Viel Zeit haben wir nicht mehr«, unterbrach Kathinka Billis familiäre Betrachtung. »Tatsache ist, die Katze muß weg. Wenn sie hier ihre Kinder bekommt, dann sind sie verloren. Gegen die Alten kommen wir doch nicht auf.«

»Weiß ich selbst«, knurrte Billi, die es auch nicht ertragen konnte, wenn man ihre Eltern zum alten Eisen zählte. »Wenn du mir einen Platz sagst, wo sie hin kann, bitte schön! Vielleicht möchte sie einer von euch mit nach Hause nehmen.«

Die Freundinnen überlegten, aber eine nach der anderen schüttelte traurig den Kopf. Welches Elternpaar würde sich schon bereit erklären, eine fremde Katze unter solchen Umständen aufzunehmen.

»Wir müssen sie im Schuppen verstecken«, sagte Billi. »Das ist die einzige Möglichkeit. Zu dumm, daß ich erst jetzt auf den Gedanken gekommen bin. Seitdem Mammi nichts mehr gegen das wacklige Dach vorbringen kann, hat ihn keine Seele außer uns betreten. Obendrein habe ich einen Schlüssel, der paßt.«

»Ob Kleopatra mitmacht?« fragte Helga zweifelnd. »Sie wird nicht verstehen, warum wir sie einschließen müssen, und versuchen zu fliehen.«

»Glaub ich gar nicht«, erwiderte Billi. »Kleopatra ahnt eine Menge. Hauptsache, daß wir ihr erst einmal ein anständiges Lager bauen. Alles übrige wird sich schon finden.«

Sorgfältig überprüften die Kinder den Schuppen nach Löchern, durch die Kleopatra in ihr Verderben schlüpfen konnte. Aber die Holzwände erwiesen sich stabiler gebaut, als sie angenommen hatten. Billi fand auf dem Speicher einen alten Korb. »Für die Kinder«, sagte sie, »denn gewöhnlich begnügt sich Kleopatra nachts mit einem kleinen Kissen. Meist zieht sie es allerdings vor, durch das offene Fenster auf den Balkon zu steigen und dort auf der Brüstung zu promenieren, wenn sie nicht gerade mit einem ihrer zahlreichen Verehrer waghalsige Klettertouren auf dem Dach unternimmt.«

Der Korb wurde in den hintersten Winkel des Schuppens gestellt, dort, wo kaum Licht einfiel und man nichts mehr erkennen konnte. Dann galt es, mit der Katze zu sprechen.

»Hör zu, Kleopatra«, sagte Billi zu ihr. »Du weißt, daß wir es gut mit dir meinen. Leider sind wir die einzigen, möcht ich dir sagen, die Erwachsenen wollen deine Jungen ertränken. Vielleicht kann ich sie retten, aber dann mußt du mir helfen und dich tagsüber im Schuppen verstecken, bis deine Katzenkinder sehen können. Nachts lasse ich dich heraus.«

»Mrri«, schnurrte Kleopatra zustimmend und rieb ihre feuchte Nase an Billis Arm. Dann folgte sie ihr dicht auf den Fersen zum Schuppen, strich um den Korb, maunzte, sprang auf ihr Lager und schlug eine Kuhle in die alten Kissen. Ihre schwarzgeränderten Augen leuchteten schwefelgelb. Behutsam schloß Billi die Türe hinter ihr zu.

Vor dem Schlafengehen sagte Mammi, der die kommenden Katzenmorde schwer auf der Seele lagen, zu ihrem Mann:

»Ich weiß gar nicht, wo Kleopatra steckt. Man kann sie schon nicht mehr ansehen, ohne ein schlechtes Gewissen zu haben. Den ganzen Tag hat sie sich heute verdrückt. Wahrscheinlich ahnt sie, was ihren Jungen blüht, und lehnt die gesamte Familie ab. Manchmal wünsche ich mir, sie würde fortlaufen und nicht mehr wiederkommen, damit es uns erspart bleibt, ihre Kinder ertränken zu lassen.«

Bei Mammis letztem Satz fuhr Daddy steil in die Kissen. Übles begann ihm zu schwanen.

»Wer soll die Kinder eigentlich umbringen?« erkundigte er sich mißtrauisch und schüttelte sich bei dem Gedanken.

»Du hast dabei doch hoffentlich nicht an mich gedacht. Ich bin auf jeden Fall völlig unfähig dazu.«

»Du sagst mir nichts Neues«, beruhigte ihn Mammi mit einem liebevollen Lächeln. »Ich habe heute mit Herrn Falkner gesprochen, dem macht es nichts aus.«

Herr Falkner war der Bauer, von dem die Familie ihre Milch bezog. Halbwegs erleichtert bettete sich Daddy wieder zur Ruhe. Ein zärtliches Gefühl für Mammi überflutete ihn. Wie angenehm, wenn man eine Frau hatte, die bereit war, einem die scheußlichen Dinge des Lebens abzunehmen.

»Ich wollte, wir hätten das Ganze schon hinter uns gebracht«, seufzte er abgrundtief. »Manchmal habe ich den leisen Verdacht, daß uns Billi seitdem als potentielle Mörder betrachtet.«

Kleopatra hatte die Nacht auf dem Dach des Schuppens verbracht, um sich am Morgen von Billi einsperren zu lassen. Merkwürdigerweise sagte Fräulein Marie kein Wort, als sie den Verlust der Kaffeesahne im Eisschrank entdeckte. Schweigend nahm sie das Fehlen eines Bücklings in Kauf und blickte verständnisinnig, als Mammi nach Kleopatra suchte und sich dabei vorkam, als müßte sie einen armen Sünder zu seinem letzten Stündlein rufen.

Kleopatra blieb auch am nächsten Morgen verschwunden. Ihr Futternapf stand unberührt in der Küche.

»Wenn sie nur nicht verhungert«, meinte Mammi, von Vorwürfen geplagt. »Übertrieben groß schien mir ihre Vorliebe für Mäusebraten nie.«

Fräulein Marie dachte an ein fehlendes Stück Leber und lächelte in sich hinein.

Billi war in der Schule, wo sie ihre Englischkenntnisse in einer kniffligen Übersetzung an den Mann beziehungsweise an die Lehrerin bringen mußte. Sie kam erst gegen ein Uhr zurück, und ließ die langwierige Prozedur des Mittagessens über sich ergehen.

»Total erledigt«, seufzte sie und gähnte vernehmlich in die Runde.

»Leg dich hin, mein Liebes«, schlug Mammi ihr vor.

»Hat doch keinen Zweck«, knurrte Billi resigniert. »In diesem Haus wird man ununterbrochen gestört.« Wieder gähnte sie herzzerreißend und brachte es fertig, todmüde auszusehen.

»Ich schwöre dir, daß wir dich schlafen lassen und schleichen werden«, warf Mammi ein. »Sei vernünftig, zieh die Vorhänge zu und ruh dich aus. Lies aber nicht!«

»O. k.«, sagte Billi halbwegs überzeugt und verschwand. Leise verschloß sie ihr Zimmer hinter sich, zog die Vorhänge zu und stieg frisch und munter aus dem offenen Fenster, duckte sich an der Hauswand entlang und erreichte den Schuppen. Aufgeregt stürzte Kleopatra auf sie zu.

»Ist was los?« fragte Billi, kraulte das weiche Katzenfell und musterte Kleopatras Bauch mit sachverständigem Blick. Noch konnte sie keine Veränderung entdecken.

»Du Ärmste«, sagte sie mitleidig, »wie lange willst du noch warten. Es muß ja todlangweilig in der Dunkelheit sein.«

Die Katze starrte Billi verständnislos an. Soviel menschliche Dummheit hatte sie nicht für möglich gehalten. Höchste Zeit, ihre Freundin aufzuklären. So entschloß sie sich, aus voller Kehle zu schnurren, schnappte nach Billis Schuhband und zog sie hinter sich her.

Im Korb lag ein schwarz-weiß-grau gesprenkeltes Knäuel.

»Kleopatra«, sagte Billi fassungslos und setzte sich neben den Korb. Sie empfand eine tiefe Hochachtung vor ihrer Katze, die ihre schwere Arbeit ganz allein verrichtet hatte. Stolz blähte Kleopatra ihre Nüstern, stelzte auf Samtpfoten um den Korb, richtete ihren Schwanz in die Höhe, maunzte, trug die Kätzchen nacheinander im Maul, um sie behutsam auf Billis Schoß zu legen. Ganze vier Stück! Kein Zweifel, daß sie Billi vorschlug, die fehlende Vaterstelle zu vertreten und die Verantwortung mit ihr zu teilen. Gemeinsame Last trägt sich eben leichter. Vor allem für den, der einen Teil von ihr abgegeben hat. Noch war die Schlacht nicht zu Ende geschlagen. Neun Tage lang durften sich die Kätzchen nicht erwischen lassen. Sorgenvoll kratzte sich Billi den Kopf und blickte auf ihre frisch adoptierten Kinder.

»Ihr müßt euch immer noch verstecken«, sagte sie eindringlich zu Kleopatra.

»Mip«, schrie das schwarze Kätzchen auf Billis Schoß und lutschte hungrig an ihrem Finger. Kleopatra brachte es in den Korb zurück.

»Für die Ernährung fühle ich mich zuständig«, schien sie zu sagen.

Das graugescheckte Kätzchen versuchte sich aufzurichten und schwankte auf vier dünnen Beinchen, die den großen, kugelrunden Kopf kaum tragen konnten.

»Süß sind sie schon«, bestätigte Billi aus tiefster Seele und legte die zwei andern Katzenkinder auf das Kissen zurück.

Plötzlich war der Nachmittag vorbei. Eine Uhr schlug sechs, und Billi fuhr aus ihrer süßen Beschäftigung auf.

»Du liebe Güte«, sagte sie erschrocken zu Kleopatra.

»Mammi wird sicher schon nachgeschaut haben, ob ich immer noch schlafe.«

Vorsichtig wollte sie gerade den Schuppen abschließen, als sie ihre Mutter aus der Haustür kommen sah. Blitzschnell verschwand der Schlüssel in der Hosentasche.

Es gab kein Entrinnen. Das beste war, völlig harmlos zu tun. Leider besaß Mammi mal wieder die eigenartige Begabung, ihre Tochter zu durchschauen. Eine unangenehme Eigenschaft, wie Billi fand.

»Wo kommst du her?« fragte Mammi, eitel Erstaunen im Gesicht.

»Bin draußen gewesen«, antwortete ihre Tochter wahrheitsgemäß.

»Ich dachte, du würdest schlafen.«

»Konnte nicht. Mir liegt ein Druck auf dem Kopf.« Schmerzlich tippte Billi auf ihre Stirn. Mammi warf einen prüfenden Blick.

»Seit wann bist du dort?« fragte sie mißtrauisch und deutete auf den Schuppen.

»Ich hab mal hineingeschaut«, sagte Billi und gab ihre Verwunderung ob solch überflüssiger Fragen zu verstehen.

»Was ihr nur immer da drin zu suchen habt«, bemerkte Mammi noch und ging auf ein anderes, nicht minder verfängliches Thema über.

»Hast du Kleopatra heute gesehen?«

Billi entschloß sich, diese Frage zu überhören.

»Muß noch Schulaufgaben machen«, sagte sie eilig und drängelte ins Haus. »Weil eine gewisse Mathematiklehrerin uns mit viel zu vielen Aufgaben belastet«, setzte sie spitzbübisch dazu. Neue Zweifel stiegen in Mammi hoch. Billi war im allgemeinen nicht neckisch, besonders wenn es um Schulaufgaben ging, bei denen sie die gesunde Abneigung eines wehrlosen Schülers gegen alle Lehrer der Welt empfand. Mammi warf einen bedeutungsschweren Blick zum Schuppen, beschloß aber, vorläufig nichts zu untersuchen. Im Augenblick fühlte sie sich wirklich nicht in der Lage, etwas zu entdecken und eine unangenehme Entscheidung zu treffen. Erst spät am Abend, als Billi schon schlief, schreckte sie plötzlich aus ihrem Sessel hoch.

»Ich befürchte etwas«, sagte sie zu Daddy und Fräulein Marie.

»Billi wird Kleopatra im Schuppen eingeschlossen haben. Vielleicht hat sie längst ihre Jungen bekommen. Wir müssen schnell handeln, solange sie noch blind sind, sonst ist es wirklich zu spät. Morgen früh, wenn Billi fort ist, schau ich nach.«

Keine Antwort. Daddy zog es vor, in seinen Wälzer vertieft zu bleiben, und Fräulein Marie nähte verbissen und schwieg. Mammi fühlte sich auf eine ungerechte Art im Stich gelassen.

»Typisch, daß alles Unangenehme an mir kleben bleibt! Euch kümmert nichts, denn ich werde es schon richten«, sagte sie empört, knallte die Tür zu und ließ einen verdutzten Ehemann und ein achselzuckendes Fräulein Marie zurück.

»Was wird Billi wohl von mir halten?« dachte Mammi sorgenvoll, bevor sie sich zum Einschlafen entschloß.

»Aber einen ganzen Wurf kleiner Katzen aufzuziehen ist wirklich zu viel. Niemand kann es mir übelnehmen, daß ich mich dagegen wehre.« Getröstet durch diese Erkenntnis, beschloß sie im stillen, wenigstens eins der Kätzchen am Leben zu lassen. Damit Kleopatra nicht ganz um ihre verdienten Mutterfreuden betrogen wurde und Billi den Tod der anderen leichter überwand.

Am nächsten Morgen jedoch, als Mammi ausgeschlafen und mit Energie geladen den verschlossenen Schuppen mit einer Eisenstange aufstieß, fand sie nichts. Es erwies sich als völlig umsonst, daß sie mit Brachialgewalt das verrostete Schloß zerstört hatte. Weder von Kleopatra noch von irgendwelchen Jungen eine Spur. Vergeblich hatte Mammi sämtliche Winkel durchstöbert. Erleichtert, daß nichts vorzufinden war, machte sie sich auf den Weg zur Schule, den ihre Tochter schon vor zwei Stunden beschritten hatte. »Ich habe meine Pflicht getan«, sagte sie sich und beschloß, das leidige Problem wenigstens für die nächsten Stunden aus ihrem Kopf zu verbannen.

Als Billi im D-Zug-Tempo aus der Schule gerast kam, war ihr erster Gang in den Schuppen. Auf dem Heimweg hatte sie mindestens eine Viertelstunde einsparen können und wurde bestimmt noch nicht zu Hause erwartet. Sie kramte den Schlüssel, den sie überall mitschleppte, aus der Tasche und entdeckte das zerstörte Schloß. Ihre Knie wurden weich, sie wehrte sich heftig, über irgendeine Vermutung nachzudenken. Mit einem verzweifelten Ruck stieß sie die angelehnte Tür auf. Keine Kleopatra kam ihr entgegen. Der Korb samt Katzenkindern war verschwunden. Müde ließ sich Billi in eine Ecke des Schuppens fallen. Nicht daß sie weinte, aber ein unbekannter Druck schnürte ihr die Kehle zusammen. »Aus«, murmelte sie und starrte in die Dunkelheit.

Erst Fräulein Maries durchdringendes Geschrei nach Billi brachte sie wieder auf die Beine.

»Tag«, sagte Billi, ohne jemand anzuschauen, und stocherte abwesend in ihrem Essen. Besorgt musterte Mammi ihr blasses Gesicht.

»Ist irgend etwas nicht in Ordnung?« fragte sie.

»Heuchlerin«, dachte Billi und nahm den Gedanken wieder zurück. Im Grunde meinte es Mammi nur gut. Die Erwachsenen waren nicht zu beneiden, weil sie solche Entscheidungen treffen mußten. Sicherlich war es Mammi entsetzlich schwer gefallen, die Katzen ertränken zu lassen. Wahrscheinlich war ihr schrecklich zumute, wenn sie sich auch nichts anmerken ließ. Einen Augenblick fühlte Billi, wie sie ihre Fassung verlor, und die Lust, zu schreien, anzuklagen und jemand weh zu tun, erfüllte sie ganz, aber dann sank sie wieder zusammen. Wenn man so traurig war, konnte man kein Theater machen.

»Wo ist Kleopatra?« fragte sie leise und hätte sich am liebsten vor jeder Antwort die Ohren zugehalten.

»Weiß ich doch nicht«, sagte Mammi erstaunt. »Entschuldige, daß ich den Schuppen aufgebrochen habe, aber nach gestern mußte ich doch wirklich annehmen, du hättest sie dort versteckt.«

Mammi log nie. Die Gewißheit vom Tod der Katzen schmolz in ein Nichts.

»He«, sagte Billi und ließ den erhobenen Löffel in die Kompottschüssel fallen, daß der Saft über das blütenweiße Tischtuch spritzte. »Tut mir leid«, sagte sie prompt und strahlte bis über beide Ohren, daß ihr Fräulein Marie am liebsten eine runtergehauen hätte.

»Freu dich nicht umsonst«, beugte Mammi vor. »Du weißt, daß wir nicht mehr als eine Katze halten können. Es nützt nichts, daß sich Kleopatra versteckt.«

Wieder überwältigte sie das Gefühl, was sie ihrer einzigen Tochter antun mußte. »Es tut mir so leid, Billi«, sagte sie. »Zu schade, daß wir niemand gefunden haben, der kleine Katzen haben will. Ich selbst habe auch noch mal in der ganzen Nachbarschaft gefragt. Aber glaub mir, wir tun ihnen nichts Böses. Sie spüren gar nichts von ihrem Tod, weil sie das Leben erst gar nicht kennenlernen dürfen. Darum ist es besser, wenn wir sie gleich finden, dann, wenn sie gerade geboren sind. Auch für Kleopatra wird es einfacher sein.«

Billi ließ den Kopf hängen. Sie konnte ihre Mutter verstehen, wollte aber nicht einsehen, was man ihr sagte. Es war zwecklos, darüber zu sprechen. »Wer weiß, wohin sich Kleopatra mit ihren blinden Kleinen verkrochen hat«, dachte sie. »Ich will mit den Mitgliedern des Klubs beraten, was man tun kann, um ihr zu helfen. Vielleicht sollte man Anja auf ihre Spur setzen.« Aber das war kein guter Gedanke. Billi verwarf ihn sofort. Anja hatte sich noch immer nicht mit Kleopatras Anwesenheit abgefunden. Sie fürchtete die Katze und würde bestimmt keinen Wert darauf legen, ihren persönlichen Gegner nach Hause zu holen. Noch dazu, wenn die Katze Verstärkung durch ihren Nachwuchs hatte.

Am späten Nachmittag trat der Klub zur Beratung zusammen. Billi eröffnete die Sitzung mit ihrem Bericht.

»Hier im Schuppen ist sie noch gestern gewesen und hat mir ihre Kinder gezeigt«, beteuerte sie. »Ich habe die Tür fest verschlossen, und es gab überhaupt keine Möglichkeit für sie, mit ihren Jungen zu verschwinden, noch dazu mit dem Korb.«

»Vielleicht hat sie deine Mutter doch gefunden«, wandte Helga ein.

»Und dann wollte sie es nur nicht zugeben, damit du nicht traurig bist. Solche Lügen sind beinahe erlaubt, hat meine Mutter gesagt.«

»Nicht bei Mammi«, erwiderte Billi mit Überzeugung. »Mammi haßt es, wenn man lügt, und geniert sich nie, die Wahrheit zu sagen, auch wenn sie einen damit trifft.«

Beifällig klopfte Anja mit ihrem Schwanz.

Sie redeten sich heiß, machten Vorschläge und verwarfen sie wieder. Es fiel ihnen einfach nichts Vernünftiges ein. Gaby, Susi, Kathinka, Thomas, Helga und Billi suchten in allen möglichen und unmöglichen Ecken. Sie lockten Kleopatra mit sanftem Rufen und lautem Schreien. Aber die Katze war und blieb verschwunden. Schon begann Billi zu überlegen, ob es nicht besser gewesen wäre, die Katzenjungen ihrem Schicksal zu überlassen und wenigstens Kleopatra zu behalten. Beinahe bereute sie, die Katze im Schuppen versteckt zu haben. Wäre Kleopatra, wie gewohnt, im Haus geblieben, hätte sie dort ohne Argwohn ihre Kinder geboren.

Schließlich überstanden es eine Menge Katzen, daß man ihnen die Jungen wegnahm.

»Es gibt sogar welche, die sich gar nichts aus ihren Kindern machen«, sagte Kathinka noch zu allem Überfluß. »Wer weiß, ob Kleopatra überhaupt an ihrem Nachwuchs interessiert gewesen ist. Eine Katze kann mindestens jedes Jahr neue Kinder bekommen. Das ist gar keine Sache für sie. Sicher war es Kleopatra einfach zu langweilig, im Schuppen zu bleiben, und sie ist deshalb weggelaufen. Vielleicht hat sie angenommen, daß ihr sie nicht länger im Haus behalten wolltet, und war einfach beleidigt.«

Niedergeschlagen ließ Billi solche Reden über sich ergehen. Dann aber wurde es ihr plötzlich doch zu bunt. Das war wirklich das letzte, ihr auch noch die Schuld am Verschwinden der Katze in die Schuhe zu schieben.

»Vielleicht erinnert ihr euch gefälligst, daß wir gemeinsam beschlossen haben, sie im Schuppen zu verstecken«, schrie sie aufgebracht.

»Hinterher alles besser zu wissen ist auch kein Kunststück«, pflichtete ihr Thomas bei.

»Was geschehen ist, ist geschehen«, spendete Susi billigen Trost. »Es hat gar keinen Wert, sich graue Haare wachsen zu lassen.«

Billis Zorn ergoß sich über die unschuldige Rednerin.

»So ein Quatsch«, sagte sie wütend. »Sich keine grauen Haare wachsen zu lassen. Deine sind auf jeden Fall ganz schön schwarz geblieben. Eure Katze ist es ja auch nicht«, fügte sie überflüssigerweise hinzu.

Ein Sturm der Entrüstung ließ die Wände des Schuppens erzittern.

»Such deine Katze doch allein, wenn du so etwas denkst.«

»Warum hast du uns überhaupt geholt.«

»Glaubst du vielleicht, daß ich mich deshalb mit meiner Mutter herumgezankt habe, um zu euch zu kommen.«

»Alles, was recht ist, das haut einen um.«

»Jetzt reicht's mir«, sagte Thomas mit männlicher Kürze, drehte dem Weibergezänk seinen Rücken und schwang sich aufs Rad.

»Er hat recht«, meinte Helga bissig und ließ Billi stehen. Kummervoll schüttelte Gaby ihre Beatle-Mähne. Man konnte sich schließlich nicht alles bieten lassen.

»Mit dir ist ja nicht zu reden«, sagte sie und verschwand.

Susi war wegen der mangelnden grauen Haare ohnehin beleidigt. Und selbst Kathinka vergaß ihre angeborene Besonnenheit.

»Tschau«, sagte sie schnippisch und ließ Billi mit ihrem Katzenproblem allein. Da saß sie, wütete vor sich hin und verkniff sich die Tränen.

»Haut nur ab«, murmelte sie tief gekränkt und trat den Rückzug ins Haus an, wo sie ausgerechnet Mammi in die Arme laufen mußte. Gutgemeinte Fragen rufen manchmal merkwürdige Reaktionen hervor.

»Was machst du denn für ein Gesicht?« fragte Mammi unsicher, noch immer im Bewußtsein ihrer Schuld. Mit einem Aufschrei wischte Billi an ihr vorbei und verschwand in ihrem Zimmer. Mammis ausgeprägter sechster Sinn brachte das merkwürdige Verhalten ihrer Tochter sofort mit der verschwundenen Katze in Zusammenhang. Seufzend beschloß sie, sich zurückzuhalten, da sie doch nicht helfen konnte. Billi warf sich aufs Bett und heulte im Vollgefühl des Unrechts, das ihr und Kleopatra widerfuhr. Die ganze Welt hatte sich gegen sie verschworen. Vergeblich versuchte Anja, sie mit sanfter Pfote zu beruhigen.

»Laß mich in Ruhe!« schluchzte Billi undankbar und vergaß, daß sie sich vorgenommen hatte, ihren Kummer stolz und schweigsam für sich zu behalten. Ein Häufchen Unglück vergrub seinen Kopf in das Kissen und weinte, als ob es um sein Leben ging. Vor solchem Schmerz konnte niemand gefühllos bleiben. Mammi saß in ihrem Zimmer und hielt sich die Ohren zu, wobei sie sich ernstlich fragte, ob sie keine Rabenmutter sei. Aufgescheucht aus friedlicher Ruhe machte sich Daddy auf den Weg zu seiner Tochter.

»Was ist denn los?« fragte er ungeduldig, wie immer tief getroffen von der Verantwortung, daß jemand aus seiner Familie unglücklich war. Statt einer Antwort schnüffelte Billi ihre Tränen nach oben und zog ein blütenweißes Taschentuch aus ihres Vaters Jacke, um sich die Nase zu putzen. Diesmal wagte Daddy keinen Einwand, obwohl er es im allgemeinen nicht ausstehen konnte, wenn man sich an seinem persönlichen Eigentum vergriff. Mammi zum Beispiel zeigte eine ausgesprochene Vorliebe für seine Pullover, obwohl sie seiner Meinung nach selbst den ganzen Schrank voll hatte und ihm nur eine bescheidene Ecke blieb.

»Es ist wegen Kleopatra«, sagte Billi und starrte ihren Vater vorwurfsvoll an.

»Ich weiß auch nicht, wo sie sein kann«, entgegnete er hilflos und hockte sich zu seiner Tochter aufs Bett. Überwältigt von so viel Ausweglosigkeit überließ sich Billi aufs neue ihrem Schmerz. So viel Kummer konnte Daddy einfach nicht ertragen. Er kam sich überfordert vor und hätte liebend gerne den Rückzug angetreten. Aber er fand den richtigen Abgang nicht. So blieb ihm nichts übrig, als neben seiner schluchzenden Tochter auszuharren, bis ihn das Schicksal in Gestalt von Fräulein Marie erlöste. Die Arme in die Hüften gestemmt, fragte sie streng: »Was ist eigentlich los?« und bedachte Vater und Tochter mit mißbilligenden Blicken.

»Erkundigen Sie sich lieber selbst«, meinte Daddy, nutzte die Gelegenheit und entwischte durch die offene Tür. Billi hielt den Kopf in das Kissen vergraben und zeigte keine Lust, noch irgend jemand Rede und Antwort zu stehen. Aber sie hatte nicht mit Fräulein Maries Beharrlichkeit gerechnet.

»Hör auf zu heulen«, sagte diese mitleidslos und packte Billi mit gekonntem Griff im Genick. »Au!« schrie Billi empört, rieb sich den Hals und schnellte von ihrem Bett, um aus dem Zimmer zu laufen. Aber Fräulein Marie verstand es, solche Pläne zu vereiteln.

»Du bleibst!« befahl sie und drückte ihr Opfer auf einen Stuhl. »Sag jetzt, was los ist, und untersteh dich, noch länger ein solches Theater zu machen.«

Solch rauhe Töne war Billi von ihren Eltern nicht gewöhnt. Aber der Erfolg von Fräulein Maries erzieherischem Eingriff war nicht zu bestreiten. Aus einem heulenden Etwas wurde wieder ein vernünftiger Mensch.

»Es ist wegen Kleopatra«, schnüffelte Billi, unterdrückte einen letzten Schluchzer und suchte nach einer Möglichkeit, sich auf anständige Art die Augen zu wischen.

»Im Schrank oben links«, bemerkte Fräulein Marie kurz und wartete, bis sie ein Taschentuch gefunden hatte. Etwas wie Achtung vor so viel Gefühllosigkeit konnte Billi Fräulein Marie nicht versagen. Nur geschlagen gab sie sich nicht. Schließlich war es ihr gutes Recht, über so viel elterlichen Unverstand zu heulen. »Kannst du mir sagen, warum ich aufhören soll, verzweifelt zu sein, wo sich doch nichts daran geändert hat, daß Kleopatra vor uns geflüchtet ist?« fragte sie stumm.

Aber für stille Monologe zeigte sich Fräulein Marie taub. Statt dessen gab sie laute Kommandos von sich.

»Wasch dir die Hände, komm mit und halte den Schnabel!«

Eine jähe Handbewegung unterstrich ihre Worte. Noch nie hatte Billi Fräulein Marie so lebhaft gesehen, gewöhnlich blieb diese steif wie ein Stock. Selbst wenn sie sich ereiferte, was mindestens dreimal am Tag geschah. Jetzt öffnete sie die Tür, beugte den Oberkörper vor und spähte in den Flur, als fürchte sie einen Überfall. »Wie ein Indianer auf Kriegspfad«, dachte Billi und mußte trotz allen Kummers lachen. Eine unerwartete Spannung wuchs in ihr, als sie

Fräulein Marie auf Zehenspitzen zu ihrem Zimmer folgte. Das Zimmer war abgeschlossen. Geheimnisvoll kramte Fräulein Marie den Schlüssel aus ihrer Schürzentasche. Ganz Auge und Ohr sah Billi ihr über die Schulter, als Fräulein Marie die Tür aufsperrte, Billi hinter sich herzog und das Zimmer von innen verriegelte, als ob sie einen Überfall befürchten mußte.

Auf ihrem Bett stand ein wohlbekannter Korb, den Billi mit unbeherrschtem Jubel begrüßte. Ein unsanfter Rippenstoß ließ sie verstummen. Im Korb saß Kleopatra, von ihrer Brut umgeben, und blickte ihnen vielsagend entgegen.

»Sie sind ein Engel«, flüsterte Billi, fiel Fräulein Marie um den Hals und verabreichte ihr einen Sturm von Küssen. Fräulein Marie schüttelte sich. Von Zärtlichkeiten hatte sie noch nie viel gehalten.

»Es reicht!« prustete sie entrüstet und befreite sich von Billis Übergriffen. Verständnisvoll strich Kleopatra um ihre Beine, als wollte sie betonen: Wir beide verstehen uns. Vier kleine Katzen kugelten sich vergnügt im Korb. Im Geiste schüttelte Billi anerkennend Fräulein Maries Hand.

»Wir sind uns einig«, sagte diese, und Billi nickte. Noch vier Tage, dann würden die Kätzchen sehen, dann hatten sie es gemeinsam geschafft.

Sogar in der Schule hielt Billi den Mund, nur ihre Nase streckte sie noch vorwitziger als sonst in die Luft, zumal sie die übrigen Mitglieder des Klubs übersahen.

»Ihr werdet euch wundern«, dachte sie siegesbewußt und überraschte Mammi mit vier richtigen Lösungen in einer Mathematikarbeit.

Noch drei Tage, und Fräulein Marie und Billi blinkerten sich im tiefen Einverständnis zu. Zwei Tage, und Daddy wunderte sich, daß Billi Kleopatra einfach vergessen hat. »Kein guter Charakterzug«, stellte er fest. Der letzte Tag schlich langsam dahin. Dann war es soweit. Die Flaggen wurden auf Sieg gehißt und Fräulein Marie der Verantwortung enthoben. Was jetzt noch kam, war einzig Billis Sache. Der Korb mit den sehenden Kätzchen wanderte in ihr Zimmer.

»Hört, bitte«, sagte Billi zu ihren Eltern und trug überraschende Züge töchterlicher Bescheidenheit im Gesicht. »Ich habe eine Überraschung für euch.«

Fräulein Marie verschwand zu einem Spaziergang, um ihre Hände in Unschuld zu waschen. Nichts Böses ahnend, betraten Mammi und Daddy das Zimmer. Kleopatra hatte sich zu einem hochmütigen Katzenlächeln herabgelassen. Vier Katzenkinder balgten sich auf dem Federbett.

»Ich muß mich setzen«, sagte Mammi und hielt sich an der Türklinke fest. Daddy fiel ein Stein vom Herzen, er sah seine Tochter wieder in gutem Licht und konnte ihr seine Anerkennung nicht versagen.

»Auch wenn ihn fast der Schlag getroffen hatte«, wie er später sagte. Halb ängstlich, halb siegestrunken nutzte Billi den Augenblick und setzte Mammi ein Kätzchen auf den Arm. Kleopatra gestattete sich ein verhaltenes Fauchen. Mechanisch kraulte Mammi im weichen Fell des Kätzchens. Nur Daddy erschauerte, als er an die Katzenbevölkerung in seinem Haus dachte. Noch waren sie hilflos, süß und unschuldig und taten niemand etwas zuleide. Aber später würden sie Vögel verfolgen und Gefallen am tödlichen Spiel mit Mäusen finden. Ohne ihre Jungen aus den Augen zu lassen, wandte sich Kleopatra verächtlich ab. Kein Zweifel, daß sie Gedanken las.

Die Kätzchen stellten das Haus auf den Kopf. Ausgerechnet der Nachbardackel, einst Struppis Verehrer, wurde ihr bester Freund. Mit Verachtung bestrafte die Hundedame ihren ungetreuen Kavalier. Bei jeder Gelegenheit kehrte sie ihm ihren struppigen Rücken zu. Der Dackel hatte seinen Liebeskummer längst überwunden und betätigte sich als Katzenvater. Er besuchte seine Pfleglinge beinahe jeden Tag. Kleopatra nahm es gelassen hin.

Die Kätzchen entwickelten sich zu Katzen. Im Laufe eines Jahres fanden drei von ihnen doch noch einen anderen Platz. Fünf Katzen wurden Daddy und den Hunden wirklich zuviel. Es war auf die Dauer einfach nicht mehr zu machen.

Nur Hinzi, der Kater, blieb Kleopatra erhalten. Mit rührender Sohnesliebe hing er an seiner Mutter. Er schlappte die Milch aus ihrer Schüssel und nahm auch sonst ihre Gewohnheiten an. So sprang er mit Vorliebe auf Struppis Korb und wartete ab, bis dieser beleidigt das Feld geräumt hatte. Dann ließ er sich häuslich im Körbchen nieder und fauchte unverschämt, wenn ihm die Hunde zu nahe kamen. Er wurde ein fetter, launischer Herr und ließ sich von keinem etwas gefallen. Oft zwängte er seinen dicken Kopf durch Ritzen und Löcher. Dann mußte ihn Billi mühsam befreien. Als einzige der Familie fand sie Gnade vor seinen Augen.

Ihr hatte er schließlich sein Katerleben zu verdanken.

Robert Walser

Katze und Schlange

Ich schreibe beim Licht der Lampe. Wie mich dies jünglinghaft anmutet! Beinahe erbleiche ich in meiner Seele über mein heutiges Eingeständnis. Will ich hier irgend etwas gestehen? Man hat mir mit Recht oder ungerechtfertigterweise Geziertheit des Schreibens vorgeworfen. Eine schöne Frau schrieb mir einen Brief, über den ich dachte, er töne zu ernsthaft. »Was will sie von mir? Will sie sich an mir rächen?« sprach ich zu mir. Vielleicht war dieser Gedanke total unbegründet. »Ein Schwert wird dich durchfahren«, prophezeite mir einmal eine arme Semmelausträgerin. »Zwei, die sich lieben«: lautet nicht so der Titel eines Buches, dessen Umschlagzeichnung mir kürzlich in die Augen fiel? Jetzt ist mir aparterweise zumut, als stehe hinter meinem Rücken eine mich beaufsichtigende, teils sorgenvolle, teils vergnügt lächelnde Ratgeberin. Bei dieser Gelegenheit gebe ich gern bekannt, daß eine Entschlossenheit in mir lebt, nunmehr eine Schlange in Betracht zu ziehen. Mit Freuden gebe ich zu, daß ich mich für einen ungewöhnlich trockenen Schriftsteller und Menschen halte; aber steht nicht die Tatsache zu eben Gesagtem in einem Widerspruch, daß mir ein Wohlwollender neulich schrieb, Stellen in meinen Schriften, die ja übrigens bis heute noch nicht gesammelt herausgegeben worden sind, hätten ihn sozusagen tief gerührt? Lakonisch antwortete ich ihm: »Dies war einmal. Mich freut es, wenn ich in Ihrem Herzen Bewegung hervorrief, aber Sie werden begreifen, daß ich mit jeder Faser der Gegenwart gehöre und mich durch Lobeserhebungen nicht in meiner Alltagsfestigkeit beeinträchtigen lassen darf.« Sogleich wird ein Kätzchen auftreten.

Halt, da fällt mir ein, daß eine nicht unimportante Persönlichkeit meiner Unwichtigkeit gegenüber die bedenkenerweckende Bemerkung fallenließ, ich könne nicht Deutsch. Der Nachthimmel ist mit blümchenhaft glitzernden Sternen geziert, indem ich mich anschicke, vom Kätzchen verlauten zu lassen, es habe mich scheinbar sehr geliebt, aber aus irgendwelchen Gründen sei mir eingefallen zu glauben, es habe sich in meiner Umgebung unmöglich gemacht, derart, daß ich es abschaffen zu sollen meinte. Ich weiß mit Bestimmtheit, daß sich das Kätzchen unentbehrlich zu sein einbildete. Bis dahin duldete ich sein Beisein mit Vergnügen; plötzlich jedoch war ich seinethalb unduldsam geworden, und da mich gleichzeitig eine gewisse Sehnsucht erfüllte, der Schlange eine Gefälligkeit zu erweisen, gewann der Gedanke nach und nach in mir Ausdehnung, das Unbeliebte, das sich nach wie vor geschätzt glaubte, worin es sich irrte, zur Ersehnten zu tragen, die sich bei mir beliebt zu machen verstanden hatte. Schön und einsam, in glühendkalter prächtiger Zusammengerolltheit verbrachte das Wunder an Eleganz ihre Tage in gezwungen-träger Gleichförmigkeit. Mit dem Kätzchen hatte ich immerhin Mitleid, aber mit der Schlange nicht minder. Dazu kam, daß ich die Beute einer Bewunderung gegenüber letzterer geworden zu sein nicht abzuleugnen vermochte, und dann wird mich wohl auch der Umstand beeinflußt haben, daß so ziemlich alle sowohl dem Kätzchen zugetan waren wie die Schlange abschätzig beurteilten, deren Vortrefflichkeit keinesfalls nach jedermanns Geschmack ist. Die Gefürchtete, Gehaßte liebte ich. Die Einziggeartetheit ihrer Körperform, speziell die Geöffnetheit ihres Rachens, die mir etwas Entsetzliches und Köstliches zugleich zu sein schien, bewog mich zum an sich womöglich bedauerlichen Schritt, und nun macht man sich sicher kaum einen Begriff, wie es kläglich aussah, als es zu ahnen, fühlen anfing, was ihm ungefähr bevorstehe.

Mit einmal kannte es nämlich sein Los mit geradezu possierlicher Unwiderleglichkeit. Seine Krällelein klammerten sich in meinen Anzug, als wolle es sich für immer aufs unzertrennlichste mit mir vereinigen, eins mit mir werden. »Zu spät, Unvorsichtiges!« sprach ich zu ihm. »Warum warst du stets sorglos? Nun tritt die Vergeltung an deine Unbekümmertheit heran, die einen Anspruch bedeutete, der mir immer unaussprechlich lächerlich vorkam. Bereite dich auf eine ernste Erfahrung vor! Sei gefaßt, ersuche ich dich eindringlich.«

Mit solchen Worten ging ich mit dem Schätzchen zum Ungeheuer, für dessen fremdartiges Dasein ich Verständnis besaß.

Das Kätzchen betrachtete sich nunmehr zitternd nur noch als Schlangenfutter.

Paul Gallico

Übernahme

Als ich ein sehr junges Kätzchen war, hatte ich das Unglück, meine Mutter zu verlieren und mich im Alter von sechs Wochen allein in der Welt zu finden. Aber darüber war ich nicht unmäßig betrübt, denn ich war intelligent, nicht unschön, nie um einen Ausweg verlegen und voll Vertrauen zu mir selbst. Auch war mir das Glück einer mehrwöchigen Belehrung durch meine Mutter zuteil geworden, ehe sie den unglücklichen nächtlichen Zusammenstoß mit einem Auto hatte.

Nach etwa einer Woche des Hundelebens auf dem Lande, mit einem höchst empörenden Speisezettel aus Raupen und Insekten, beschloß ich, eine Familie zu übernehmen und eine Hauskatze zu werden. Ich machte mich sofort daran, mein Ziel zu erreichen.

Mit Freundinnen besprach ich öfters den Weg, der mich zum Erfolg geführt hat: und da ich mit Eitelkeit nicht geschlagen bin, war ich in der Lage, auf die außerordentliche Auffassungsgabe, die jedem meiner Schritte zugrunde lag, und die überragende Klugheit auf meiner Seite hinzuweisen.

Sie waren so bewegt von meiner Geschichte, daß sie mich baten, alles niederzuschreiben und überdies meine Erfahrungen und Ideen, unsere Beziehungen zu den menschlichen Wesen betreffend, zu einem Buch von Regeln und Vorschriften zusammenzustellen, zum Besten unserer Kleinen, die eine ähnliche Laufbahn einschlagen wollen.

Das habe ich getan. Zunächst aber einen kurzen Bericht, wie ich meine eigene Familie »übernommen« habe. Ihr Name soll unerwähnt bleiben, denn ich will sie nicht in Verlegenheit bringen.

Das Wort »Übernahme« der menschlichen Sprache ist noch nicht alt und sollte vielleicht am besten erklärt werden. Es ist jetzt vor allem bei Geschäften im Schwung. Eine Anzahl Leute besitzt eine Fabrik oder Aktien eines Konzerns, der ein gewisses Produkt unter einem gewissen Namen in einer gewissen Gegend herstellt. Eines Morgens wachen diese Leute auf, nehmen die Zeitung und erfahren, daß sie die Gesellschaft nicht mehr besitzen, auch die Erzeugnisse und den Namen nicht mehr, sondern daß sie jetzt zu jemandem anderen gehören, der ein völlig anderes Erzeugnis in einer völlig anderen Gegend fabriziert. Mit einem Wort: sie sind »übernommen« worden.

Ich weiß kein besseres Wort für den Vorgang, mit dem wir uns der menschlichen Wesen annehmen. Über Nacht ändert sich das Leben für sie. Ihre Wohnungen, sowohl wie mit der Zeit auch ihre Gewohnheiten und Sitten, gehören nicht mehr ihnen. Von nun an gehören sie uns, die Leute, meine ich. Ihr braucht gar keine Angst zu haben, euch auf eine solche Unternehmung einzulassen. Nur die Umstände, die Methoden und die Leute wechseln. Der Übernahmeinstinkt lebt in uns allen und hat uns ermöglicht, unverändert und beherrschend Tausende Jahre in einer ständig sich wandelnden Welt zu überleben. Wir haben immer verstanden, auf unseren Vorteil bedacht zu sein, und es ist unbegrenzt, was wir erreichen können. Blickt einmal zurück auf unsere Geschichte, und ihr werdet sehen, wie wahr das ist! In Ägypten, vor weniger als fünftausend Jahren, haben wir uns zu Göttern gemacht. Hunde durften von Pontius zu Pilatus geschickt werden – aber jedem, der uns beleidigte oder uns etwas tat, wurde der Kopf abgeschnitten.

Nun, also, ich kam aus den Wäldern, hungrig, abgestoßen von der rohen Natur, und entdeckte auf einer Lichtung ein kleines, freundlich weißes Haus mit grünbemalten Läden, einem Schuppen nahebei, Blumengarten, Gemüsegarten, Fischteich usw. Haus und Grundstück waren sauber gehalten und gehörten offensichtlich Leuten von einiger Wohlhabenheit. Ein treuer Wagen in der Garage bestätigte mir das. Ihr kennt den Spruch: »Schöne Gefühle öffnen keine Hummerdose.« Wenn ihr eine arme Familie übernehmen wollt, bitte sehr, das ist eure Sache. Meine sollte es nicht sein.

Ich schritt zur Hintertür des Hauses und erkundete. Ein Mann und seine Frau saßen drinnen beim Frühstück. Es gab keinen Hinweis auf Kinder, auch nicht auf Personal, und das war alles nur sehr gut. Kinder sind gelegentlich in Ordnung, man wird ihrer auch Herr, aber es ist besser, wenn möglich, eine Familie zu übernehmen, bevor die Kinder kommen. Dienstpersonal macht eine Menge Verdruß.

Das Paar sah genau aus wie die Familie, die ich brauchte, also sprang ich zum Fliegengitter der Tür und wimmerte mitleiderregend.

Sie schauten vom Frühstück auf und zu mir her. Ich wußte genau, wie ich denen an der anderen Seite des Gitters erschien: unwiderstehlich! Ich tat, als verlöre ich den Griff auf dem Gitter, ließ mich fallen und krabbelte wieder hinauf, die ganze Zeit weinend.

Die Frau sagte: »Schau! Das arme kleine Ding! Es möchte herein. Vielleicht ist sie hungrig. Ich werde ihr Milch geben.«

Genau, was ich erwartete! Ich hatte schon Eindruck gemacht. Alles, was noch fehlte, war, eine Pfote durch die Tür zu bekommen, und – aber so einfach war das nicht. Da gab es noch den Mann! Er begann zu knurren, zu schimpfen, auf dem Stuhl zu rutschen, Fäuste auf den Tisch zu hämmern und zu schreien, daß er Katzen hasse und keine im Haus wünsche. Dann begann er mit all diesen langweiligen Klischees: was für ein Ärgernis wir seien, daß wir unsere Pfoten in alles steckten, die Möbel zerkratzten und das Haus verstänkerten. Er schrie weiter: »Nix! Nix da! Wenn du sie füttern mußt, gib ihr im Schuppen Milch und schau, daß du sie los wirst. Herein kommt sie mir nicht!«

»Oho«, sagte ich zu mir, »du willst mit mir anhängen, mein Freund, ich, *ich* bin es, die weiß, wie das geht!« Vielleicht glaubt ihr mir das nicht, aber ich war fast froh über seine Gegnerschaft. Es war eine Herausforderung. Wenn es etwas gibt, was vergnüglich zu überwältigen ist, dann ein Mann, der sich als Katzenfeind aufspielt. Inzwischen, während diese Gedanken mir durch den Kopf gingen, fuhr ich fort, vom Fliegengitter zu fallen und wieder hinaufzuspringen, immer noch zum Herzbrechen wimmernd.

Die Frau öffnete, nahm mich auf und sagte zum Mann: »Ich bitte dich, mach doch keinen solchen Radau, Liebling. Ich geb ihr nur einen Tropfen Milch. Wir setzen sie nachher an die Luft.«

Der Witz ist, das werdet ihr begriffen haben, daß man den Männern, je mehr sie sich aufregen, herumfuchteln, knirschen und zetern, um desto weniger Gehör schenkt. Denn während er immer noch randalierte und protestierte – wo war ich? Drinnen! Und schlabberte Milch aus einem Teller.

Einmal im Haus, wußte ich genau, was zu tun war, denn meine Mutter, die selber mit einer schwierigen Mannsperson umgehen mußte, hatte mir viel von den Männern erzählt, und wie man sie zu behandeln hatte. Ich ignorierte ihn einfach und spielte mit der Frau, die alle möglichen sanften Laute herausließ, schmeichelnde Töne, und mich »Liebes«, »Liebling«, »Süßes« und »Kleiner Engel« nannte.

Und natürlich, je mehr Umstände sie mit mir machte, desto ärgerlicher wurde er und schrie schließlich: »Schluß jetzt, genug. Los, hinaus mit ihr!«

Die Frau zum Mann: »Gewiß, Liebling, alles, was du sagst, wird geschehen.« Sie hob mich auf, setzte mich vor die Tür und flüsterte: »So, lauf jetzt, Kleines.« Aber natürlich wußte ich, daß es nicht ihr Ernst war, also sprang ich noch einmal auf das Gitter und weinte um Einlaß, bis der Mann kreischte: »Na also. Da siehst du, was du angestellt hast! Geh und bring sie hinüber in den Wald!«

Sie gehorchte, aber sowie sie sich umwandte, folgte ich ihr zurück zum Haus. Das geschah dreimal, während der Mann aus dem Haus kam, Hut auf dem Kopf, in sein Auto kroch und uns beobachtete. Beim viertenmal setzte ich mich einfach vor den Bäumen hin und schaute miserabel drein. Der Mann küßte seine Frau, aber das letzte, was er vor dem Abfahren tat, war, sich umzudrehen und mich da sitzen zu sehen, ganz allein, verlassen. Ich war zufrieden, denn ich wußte, ich hatte ihm seinen Tag verdorben, und alles, woran er noch denken konnte, war ich.

Natürlich, sowie der Wagen um die Kurve der Straße verschwunden war, kam die Frau aus dem Haus, hob mich auf und trug mich hinein. Wie vorausgesehen. Ich hatte sie, wo ich sie wollte. Wir verbrachten einen wunderbaren Tag zusammen.

Knapp vor Abend nahm sie mich in die Arme, küßte mich und sagte: »Nun, Liebling, mußt du leider weg. Er wird gleich zurückkommen.« Sie setzte mich an die Luft, und bald schwang das Licht des Wagens um die Kurve. Der Mann kam nach Hause.

Ich wartete, bis es ziemlich dunkel war, und dann, als ich mich soweit hatte, daß ich mir selber leid tat (denn ich war einsam und hungrig), setzte ich mich wieder vor die Tür und weinte, weinte, weinte einfach.

Im Eßzimmer brannte das Licht. Durch das Fenster sah ich sie ihr Nachtmahl essen. Ich ging unter das Fenster und weinte lauter.

Plötzlich warf der Mann Messer und Gabel hin und rief: »Ich kann diesen Lärm nicht ertragen!«

»Welchen Lärm denn?« fragte die Frau.

Der Mann bellte: »Dieses verdammte Katzenvieh. Ich hab dir doch in der Früh gesagt, wie das ausgehen wird.«

Verdammtes Katzenvieh – ja, so redete er von mir. Na, bevor wir miteinander fertig waren, sollte er noch auf den Knien rutschen!

Ich legte alle meine Kraft in meine Miaus. Das mußte ein Herz von Stein erweichen.

Die Frau: »Das arme kleine Ding! Sie muß wieder hungrig sein.«

»Zum Teufel«, rief er, »warum läßt du sie nicht herein und fütterst sie?«

Die Frau begann: »Weil du gesagt hast . . .«

Der Mann antwortete: »Was hab ich denn schon gesagt? Du kannst sie ja nachher wieder hinauslassen. Ich höre mich ja selbst nicht essen bei diesem dauernden, verdammten Gewinsel.«

Die Frau kam also heraus, fing mich, und ich bekam wieder eine gute Mahlzeit. Nach dem Essen nahm mich die Frau, anstatt mich an die Luft zu setzen, auf ihren Schoß, spielte mit mir, liebkoste mich, und ich begann sofort zu schnurren und ihr den Hof zu machen. Der Mann las seine Zeitung, immer wieder aber senkte er sie und warf uns finstere Blicke zu.

Nach einer Weile legte die Frau mich auf ihren Stuhl, ging hinaus und kehrte nicht zurück. Ich tat, als ob ich schliefe, beobachtete aber den Mann, der immer zu mir herüberschaute. Ich wußte genau, was er dachte: er hätte mich gern auf seinem Schoß gehabt. Das konnte er aber nicht zugeben.

Nach einiger Zeit rief die Frau von oben: »Liebling, ich gehe gleich zu Bett. Willst du die Katze hinauslassen?«

Der Mann knurrte laut und warf die Zeitung fort: »Ich? Warum läßt du sie nicht hinaus? Du hast sie doch hereingelassen!«

»Liebling, ich hab dir doch gesagt, ich bin schon ausgezogen. Bring du sie hinaus in den Wald.«

Der Mann rief hinauf: »Verdammt noch mal! Also los!« – hob mich hoch, nahm eine Taschenlampe und trug mich hinaus. Er hielt mich sehr ungeschickt, und als ich meinen Kopf unter sein Kinn praktizierte, murmelte er: »Laß das schon, Kleine«, und ich wußte, daß ich ihn jetzt gleich soweit haben würde, wenn ich ihn bloß mit dem Bart ein wenig gestreichelt und dabei geschnurrt hätte. Aber keine Eile! Ich wußte jetzt, daß ich ihn kriegen konnte, wann immer ich wollte. Ich beschloß, ihn derart weich zu reiten, daß er zur gegebenen Zeit mein bedingungsloser Sklave würde. Je elender ich ihn machen konnte, desto besser. Also bohrte ich meine Krallen in sein Hemd und schrie, als er sich bei den Bäumen meiner entledigen wollte.

Er machte mich los und setzte mich ab. Ich schrie weiter, als er ging, und natürlich drehte er sich wie erwartet um und leuchtete mit seiner Lampe, um zu sehen, ob ich ihm folge. Was ich natürlich tat. Er hob mich auf, knurrte: »Verdammt noch einmal, Kleine, bleib da!«, aber ich verankerte mich wieder in seinem Hemd. Wir wiederholten alles mehrmals. Gelegentlich bohrte ich meinen Kopf unter sein Kinn und er fing an mit »Na, was dann!« . . ., und da begann ich zu schnurren! Er sagte aber: »Daß du dich nur nicht täuschst, mein Kätzchen!« und marschierte mit mir davon. Diesmal aber brachte er mich in den Schuppen, wo er herumrumorte, bis er eine alte Pappschachtel gefunden hatte, in die er mich steckte. »So«, sagte er, »hier kannst du bleiben, aber sei um Himmels willen still!« Dann ging er, aber er konnte sich wieder nicht enthalten, sich umzuwenden und das Licht auf mich zu richten, weil er sehen wollte, ob ich ihm wieder folgte. Diesmal tat ich's nicht. Ich saß nur da, schaute ihn an, den Kopf aus der Schachtel gestreckt, und er stand da und schaute mich an. Und so verabreichte ich ihm das stumme Miau.

Der Erfolg war wie erwartet. Der Mann wurde ganz weich. Er stand völlig hilflos da und fragte: »Um Himmels willen, Kleine, was willst du denn jetzt noch?«

Ich gab ihm das stumme Miau nochmals.

Er kehrte in den Schuppen zurück und sah verwirrt drein, holte mich aus der Schachtel und sagte: »Was möchtest du eigentlich,

Kleine, zum Teufel?« Ich schob meinen Kopf in seinen Nacken und schnurrte wie verrückt. »Nichts da«, sagte er, »zurück ins Haus kannst du nicht.« Und dann: »Aha, ich glaube, die Schachtel ist dir nicht gut genug, wie? Na, schauen wir einmal, was wir für dich tun können.«

Er legte mich nieder und kramte herum, bis er ein altes Stück Tuch gefunden hatte, das er ausschüttelte und zu einem kleinen Nest für mich zusammenfaltete. »So also, besser jetzt, Kleine?« fragte er.

Ich beschloß, daß es an der Zeit war, es ihm zu zeigen: also kehrte ich in die leere Schachtel zurück. Er nahm mich heraus und legte mich auf das Tuch. Ich ging wieder in die Schachtel zurück. Er verlor die Haltung und schrie: »Verdammt noch einmal, jetzt bleibst du aber in der Schachtel!« und wollte hinausgehen. Aber ich wußte, er würde noch einmal zurückschauen, und als es geschah, war ich auf dem Posten. Ich bediente ihn diesmal mit einem lauten Miau.

Er stammelte: »Um Himmels willen, Kleine, ich kann doch nicht die ganze Nacht hier herumstehen. Was willst du denn?«

Ich gab es ihm noch einmal. Er kehrte zurück, nahm mich heraus, hob das Tuch auf, legte es in die Schachtel und senkte mich wieder hinein. Das war es, was ich wollte, und ich ließ es ihn wissen, indem ich ein paarmal in der Schachtel herumkreiste, mein Bett machte, mich einrollte und schnurrte. Er sah einen Augenblick auf mich herab und sagte: »In Ordnung, Kleine, jetzt hab ich verstanden«, und dann ging er zurück ins Haus. Seine Frau mußte an der Tür auf ihn gewartet haben, denn ich hörte sie sagen: »Liebling, was hast du denn getrieben? Du warst ja endlos weg!« und dann seine Antwort: »Ich dachte, es könnte regnen. Ich hab die Katze in den Schuppen getan. Dort kann sie bleiben!«

Ich und dort bleiben! Was für ein schlechter Witz! Ich lachte mich in den Schlaf. Nach alledem dauerte es natürlich nicht mehr lang, und schon am nächsten Abend hielt ich die Zeit für gekommen, ihn ganz zu erledigen.

Es war ein heißer, schwüler Sommerabend. Ich saß auf dem Schoß der Frau und störte sie beim Nähen. Der Mann las wie gewöhnlich in seiner Zeitung. Ich sprang vom Schoß der Frau, machte einen schönen runden Buckel, wanderte hinüber, setzte mich und schaute den Mann an. Zuerst tat er, als sehe er mich nicht. Endlich aber legte er die Zeitung nieder und seufzte: »Na, was willst du, Kleine?«

Ich gab ihm die volle Kur – das große – »Hallo« mit dem Anreiben um die Fesseln. Wie ich erwartete, ging der Mann ganz aus dem Leim und sagte: »Na, du Süße, möchtest du auf meinen Schoß?« Womit er mich aufhob, dort absetzte und begann, mich unter dem Kinn zu streicheln. Ich drehte das Schnurren an, entwickelte Anmut und bediente ihn mit Rollen im Schoß und Anschmiegen, leckte seine Hand ein paarmal. Kurzum, ich trug mächtig dick auf.

Natürlich schmolz er total hin und begann idiotische Sachen zu murmeln, wie »Na, was haben wir denn jetzt vor, Kleine?«, was er fortwährend wiederholte, triumphierende Blicke auf seine Frau werfend, die nur dortsaß, nähte und nichts sagte.

In diesem Augenblick begann es zu blitzen, schmetternd zu donnern, und der Regen rauschte herunter. Sie gingen durchs Haus, alle Türen zu schließen, der Mann trug mich dabei herum und sagte: »Keine Angst, kleines Mädchen. Nur ein dummes Gewitter, das ist alles.«

Später verzog sich das Unwetter, aber es regnete weiter, und die Frau sagte: »Ich glaube, wir gehen zu Bett. Wirst du die Katze hinausbringen?«

Der Mann warf ihr einen Blick zu, als sei sie wahnsinnig geworden, und rief: »Was? Sie in einer Nacht wie dieser hinausbringen? Bist du verrückt?«

»Warum? Sie hat's doch gut im Schuppen, oder nicht? Ich glaube, du willst keine Katze im Haus . . .?«

Der Mann wurde wild. »Nun ja, ich will keine Katze im Haus«, rief er, »aber das heißt doch nicht, daß ich sie in den Regen hinausjage. Sie zittert wie Espenlaub. Hast du denn gar kein Herz?«

»Espenlaub« war gut. Ich hatte Mühe, nicht laut aufzulachen.

Die Frau hob die Schultern: »Gut, wie du willst. Aber ich habe nur gesagt, was du gesagt hast, als wir . . .«

»Ganz bestimmt werde ich tun, was ich will! Wir können in der Küche für sie ein Polster auf den Boden legen.«

Sie gingen hinauf in ihr Schlafzimmer und ich hörte sie herumgehen. Nach einer Weile verlöschten sie das Licht und die Frau sagte: »Du hast die Schlafzimmertür nicht geschlossen.«

»Na, und wenn das Gewitter zurückkommt?« antwortete er. »Und die Kleine kriegt's mit der Angst, und wir würden sie nicht hören, was dann?«

So ging ich also während der Nacht natürlich hinauf und aufs Bett, schlief auf der Decke, darunter seine Füße waren, und da war es gemütlich und warm.

Am Morgen weckte ich ihn, indem ich auf sein Gesicht spazierte und meinen Fuß in seinen Mund steckte. Er setzte sich auf, nahm mich und flötete: »Na, kleine Süße, wer hat dich denn eingeladen? So, und jetzt laß dich einmal anschauen.« Und er begann mit mir zu spielen. Ich steckte meinen Kopf wieder unter sein Kinn und schnurrte.

Seine Frau sagte: »Lieber, meinst du wirklich, daß wir sie auf dem Bett haben sollten . . .«

Er warf ihr einen bösen Blick zu. »Warum nicht? Was ist falsch dran? Schau her, sie ist verrückt nach mir. Katzen sind doch, sagt man, sauber?«

»Ja schon, aber . . .«

»Aber was? Sie ist doch auf meiner Seite im Bett. Ich weiß nicht, warum du dich aufregst?«

Wir nahmen alle das Frühstück in der Küche unten, und ich saß auf seiner Schulter oder lag auf der Lehne des Stuhls hinter seinem Hals.

Der Mann sah höchst selbstzufrieden drein und sagte: »Schau dir den kleinen Bastard an. Was ist in ihn gefahren?«

Seine Frau sagte: »Kein Bastard. Sie ist eine sie. Ich glaube, sie ist in dich verliebt.«

Diese Behauptung hatte einen höchst kuriosen Effekt auf den Mann. Er begann lauter zu lachen als nötig war, fummelte nach Zigaretten und wußte nicht, was er mit seinen Händen beginnen sollte. Er errötete wahrhaftig und stotterte: »Unsinn, ich habe nur gewußt, wie ich sie beim Gewitter behandeln soll. Sie ist einfach dankbar.«

Ich rutschte auf meinem Sitz hin und her, rieb mich an seinem Nacken und schnurrte. Als er an diesem Morgen zur Arbeit fuhr, küßte er seine Frau zum Abschied, sagte »Wiedersehen, Kleine« zu mir und dann noch, ehe er hinausging, zur Frau: »Kümmere dich um meine Kleine.«

An diesem Abend sprang ich nach dem Abendessen auf seine Schulter, als er die Zeitung las, und blieb dort.

Plötzlich legte er das Blatt hin, gähnte, streckte sich und bemerkte: »Schlafenszeit, nicht wahr? Komm, Kleine.«

Vom Schuppen war keine Rede mehr. Auch von der Küche nicht. Wir gingen alle nach oben. So kam ich in mein Haus.

P. G. WODEHOUSE

Der Katzenhasser

Es war Harold, der uns miteinander bekannt machte, als ich eines Abends im Café Britannique, in Soho, zu Abend aß. Das Café Britannique besitzt die Eigenart, daß man dort immer und selbst im Winter Fliegen antrifft. An jenem Abend fiel Schnee, als ich durch die Tür trat; als ich mich jedoch umblickte, bemerkte ich verschiedene bekannte Gesichter. Mein alter Bekannter Percy, der Brummer, sah trotz seiner Jahre ungeheuer rüstig aus und beschäftigte sich gerade schweratmend mit einem Hammelkotelett, so daß er nur ganz kurz innehielt, um mir zuzunicken; sein Vetter Harold dagegen, der immer Tätige, sichtete mich ebenfalls und setzte sich sofort in Bewegung, um mich zu begrüßen.

Er hatte gerade sein Spiel mit meinem rechten Ohr beendet und kreiste langsam in der Luft, wobei er überlegte, wie er mich noch unterhalten könnte, als es plötzlich in der Luft rauschte, eine Serviette an meinem Kopf vorbeizischte und Harold nicht mehr war.

Ich wandte mich zur Seite, um meinem Retter zu danken, der am Nebentisch saß. Es war ein Franzose, ein melancholisch aussehender Mann. Alles in allem ähnelte er einem Menschen, der mit einer brennenden Kerze das Loch in der Gasleitung des Lebens gesucht hat und den die geballte Faust des Schicksals unterhalb des dritten Knopfes seiner Gemütsweste getroffen hat.

Mit einer Handbewegung wischte er meinen Dank beiseite. »Eine Bagatelle!« sagte er. Wir freundeten uns an. Er setzte sich an meinen Tisch, und beim Kaffee schlossen wir Bruderschaft.

Plötzlich wurde er unruhig. Mit dem Fuß stieß er unter dem Tisch nach einem unsichtbaren Gegenstand. Seine Augen funkelten ärgerlich. »Psst!« zischte er. »*Va-t'en!*«

Ich blickte seitlich unter den Tisch und gewahrte die Restaurantkatze, die sich würdevoll auf dem Rückzug befand.

»Mögen Sie Katzen nicht?« sagte ich.

»Ich 'asse alle Tiere, Monsieur. Katzen besonders.« Er furchte die Stirne. Er schien zu zögern.

»Ich werde Ihnen meine Geschichte erzählen«, sagte er. »Sie werden Sympathie empfinden. Sie 'aben ein sympathisches Gesicht. Es ist die Geschichte von der Tragik eines Mannes. Es ist die Geschichte eines zerstörten Lebens. Es ist die Geschichte einer Frau, die nicht verzei'en wollte. Es ist die Geschichte . . .«

»Ich bin um elf verabredet«, sagte ich.

Er nickte geistesabwesend, zog an seiner Zigarette und begann zu erzählen.

Daß ich Tiere 'asse, Monsieur, 'abe ich vor vielen Jahren in Paris gemerkt. Tiere sind für mich ein Symbol für vergessene Jugendträume, für vereitelte Absichten, für grausam unterdrückte künstlerische Impulse. Sie sind erstaunt. Sie fragen, warum ich so etwas sage, und ich werde es Ihnen erzählen.

Ich bin in Paris, jung, brennend, künstlerisch begabt. Ich wünsche Bilder zu malen. Ich 'abe das Genie, die Begeisterung. Ich wünsche, Schüler des großen Bouguereau zu sein. Aber nein. Ich bin von der Unterstützung durch meinen Onkel ab'ängig. Er ist reich. Er ist Besitzer des großen 'otels Jules Priaulx. Ich 'eiße ebenfalls Priaulx. Er 'at kein Mitgefühl. Ich sage: »Onkel, ich 'abe das Genie, die Begeisterung. Erlaube mir zu malen.« Er schüttelt den Kopf. Er sagt: »Ich gebe dir eine Stellung in meinem 'otel, und du verdienst dir deinen Lebensunter'alt.« Was tun? Ich weine, aber er mordet meine Träume, und ich werde Kassierer im 'otel meines Onkels mit einem Ge'alt von fünfunddreißig Francs die Woche. Ich, der Künstler, werde eine Maschine für Geldwechseln bei verdammt schlechtem Ge'alt. Was 'ätten Sie gemacht? Was tun? Ich bin ab'ängig. Ich ge'e in das 'otel, und dort lerne ich, alle Tiere zu 'assen. Katzen besonders.

Ich will Ihnen den Grund sagen. Das 'otel meines Onkels ist ein bekanntes 'otel. Reiche Amerikaner, reiche Ma'aradschas, reiche Leute aus jeder Nation kommen in das 'otel meines Onkels. Sie kommen, und bei sich 'aben sie ihre Schoßtiere. Monsieur, es war ein richtiger Alptraum. Wo'in ich blickte, sind Tiere. 'ören Sie zu. Da ist ein indischer Fürst. Er 'at zwei Dromedare bei sich. Da ist ein anderer indischer Fürst. Er 'at eine Giraffe bei sich. Die Giraffe trinkt täglich ein Dutzend Flaschen besten Champagner, damit der Pelz schön bleibt. Ich, der Künstler, 'abe mein Glas Bier, und mein Pelz ist nicht schön. Da ist ein Gast mit einem jungen Löwen. Da ist ein Gast mit einem Alligator. Aber da ist vor allem eine Katze – ein Kater. Er ist fett. Sein Name ist Alexander. Er ge'ört einer Amerikanerin. Sie ist auch fett. Sie zeigt ihn mir. Er ist in eine Création aus Seide und Pelz gehüllt, wie eine Operndiva. Jeden Tag zeigt sie ihn. Immer 'eißt es »Alexander 'ier« und »Alexander dort«, bis ich Alexander sehr 'asse. Ich 'asse alle Tiere, aber besonders Alexander.

Und so, Monsieur, geht es weiter, Tag für Tag, in diesem 'otel, das ein Zoologischer Garten ist. Und jeden Tag 'asse ich die Tiere mehr. Aber besonders Alexander.

Wir Künstler, Monsieur, sind Märtyrer unserer Nerven. Es wurde unerträglich, diese Geschichte. Jeden Tag wurde es unerträglicher. Nachts träume ich von allen Tieren, eins nach dem anderen – die Giraffe, die beiden Dromedare, der junge Löwe, der Alligator und Alexander. Besonders Alexander. Sie 'aben von Leuten ge'ört, die die Gesellschaft einer Katze nicht ertragen können – wie sie aufschreien und in die Luft springen, wenn eine Katze unter den Anwesenden ist. *Hein?* Ihr Lord Roberts? Richtig, Monsieur. Ich 'abe sehr viel gelesen. Also 'ören Sie zu. Ich bin langsam wie er geworden, fast. Ich schreie nicht auf und springe nicht in die Luft, wenn ich den Kater Alexander se'e, aber ich knirsche mit den Zähnen, und ich 'asse ihn.

Ja, ich bin ein untätiger Vulkan, und eines Morgens erleide ich einen Ausbruch. Es war folgendermaßen. Ich werde es Ihnen erzählen.

Zu dieser Zeit bin ich nicht nur Märtyrer meiner Nerven, sondern auch von Zahnschmerzen. An jedem Morgen 'abe ich die Zahnschmerzen sehr schlimm. Ganz fürchterlich sind die Schmerzen. Ich stöhne, während ich die Zahlen in meinem Buch zusammenzähle.

Während ich stöhne, 'öre ich eine Stimme.

»Sag M. Priaulx guten Morgen, Alexander.« Bedenken Sie meine

Empfindungen, Monsieur, als dieser fette, bestialische Kater auf meinen Tisch gesetzt wird, direkt vor mich 'in!

Das brachte das Wasser zum Überlaufen – nein, die Redensart 'eißt anders: das Faß. Das brachte das Faß zum Überlaufen. Mein ganzer unterdrückter 'aß auf die Tiere bricht aus. Ich kann meinen 'aß nicht mehr verbergen.

Ich ste'e auf. Ich war fürchterlich. Ich packe ihn am Schwanz. Ich schleudere ihn fort – wo'in, das weiß ich nicht. Es interessiert mich nicht. Damals nicht. Später ja, aber damals nicht.

Ihr Longfellow 'at ein Gedicht geschrieben. Ungefähr so: »Ich schoß einen Pfeil in den 'immel. Er kam auf die Erde zurück – wo, weiß ich nicht.« Und dann 'at er ihn gefunden, den Pfeil, im 'erzen seines Freundes. Richtig? Genauso tragisch war es mit mir. Ich schleuderte den Kater Alexander weg. Mein Onkel, von dem ich ab'ängig bin, geht in diesem Moment vorbei. Er 'at den Kater mitten in sein Gesicht bekommen. –

Mit dem Instinkt des Künstlers für einen »Vorhang« schwieg mein Tischnachbar. Er sah sich in dem hellerleuchteten Restaurant um: überall das Klirren von Messer und Gabel und dazu das klare, scharfe Geräusch jener, die ihre Suppe schlürften. In einer fernen Ecke rief ein kleiner Kellner mit einer kräftigen Stimme dem Koch irgendwelche Namen zu. Es war ein fröhliches Bild; meinen Tischnachbarn machte es jedoch keineswegs fröhlich. Er seufzte tief und erzählte weiter.

– Ich überge'e schnell die peinliche Szene. Es entsteht Lärm. Mein Onkel ist ein 'eißblütiger Mann. Der Kater ist ein schwerer Kater. Ich 'abe ihn kräftig weggeschleudert, denn meine Nerven und meine Zahnschmerzen und mein 'aß 'aben mir die Kraft eines Giganten verlie'en. Allein das ist genug, um meinen 'eißblütigen Onkel in Wut zu bringen. Ich arbeite in seinem 'otel, Sie verste'en, als Kassierer, nicht als Katzenwerfer. Und davon einmal ganz abgese'en, 'abe ich den geschätzten Gast beleidigt. Sie 'at das 'otel noch am selben Tag verlassen.

In meinen Gedanken ist kein Zweifel, was nun kommt. Mit dieser Überzeugung erwarte ich mein *congé*. Und nach peinlicher Szene ist es soweit. Ich muß ge'en. Sofort. Er 'at der zornigen amerikanischen Dame versprochen, daß ich sofort ge'e.

Er 'at mich in sein Privatbüro gerufen. »Jean«, 'at er schließlich und endlich gesagt, »du bist ein Dummkopf, ein Tölpel, ein nichtsnutziger Idiot. Ich gebe dir gute Stelle in meinem 'otel, und du 'ast nichts Besseres zu tun, als Katzen 'erumzuwerfen. Ich will dich nicht mehr se'en. Aber selbst jetzt kann ich nicht vergessen, daß du das Kind meines lieben Bruders bist. Ich werde dir jetzt eintausend Franc geben und dich nie mehr wiederse'en.«

Ich 'abe ihm dafür gedankt, denn für mich bedeutet das Reichtum. Noch nie 'atte ich eintausend Francs für mich allein besessen.

Ich verlasse das 'otel. Ich ge'e in ein Café und bestelle ein Glas Bier. Ich rauche eine Zigarette. Es ist notwendig, daß ich Pläne ausdenke. Soll ich mit den tausend Francs ein Atelier im Quartier mieten und mein Leben als Künstler beginnen? Nein. Ich 'abe immer noch das Genie, die Begeisterung, aber ich 'abe keine Ausbildung. Um mich selbst im Malen von Bildern auszubilden, muß ich lange studieren, und sogar tausend Francs 'alten nicht für ewig vor. Was also soll ich tun? Ich weiß nicht. Ich bestelle ein zweites Glas Bier und rauche noch ein paar Zigaretten, aber ich weiß immer noch nicht.

Und dann sage ich mir: »Ich werde zu meinem Onkel zurückkehren und mich mit ihm unter'alten. Ich werde günstige Gelegen'eit abwarten. Ich werde mich ihm nach dem Abendessen nä'ern, wenn er guter Laune ist. Dazu muß ich jedoch in der Nä'e sein. Ich muß – wie sagen Sie – auf Deck sein.«

Ich 'abe mich entschlossen. Ich 'abe einen guten Plan.

Ich bin zum 'otel meines Onkels zurückgekehrt, und ich 'abe ein nicht zu teures 'otelzimmer genommen. Mein Onkel weiß nichts. Er ist immer noch in seinem Privatbüro. Ich schließe mein Zimmer ab.

Ich esse an diesem Abend billig, aber ich ge'e in das Theater, und nach dem Theater soupiere ich, denn 'abe ich nicht meine tausend Francs? Es ist spät, als ich mein 'otelzimmer betrete.

Ich ge'e zu Bett. Ich schlafe ein.

Aber ich schlafe nicht lange. Eine Stimme 'at mich geweckt.

Es ist eine Stimme, die sagt: »Eine Bewegung, und ich schieße! Eine Bewegung, und ich schieße!« Ich liege regungslos. Ich rühre mich nicht. Ich bin tapfer, aber ich bin unbewaffnet.

Und die Stimme wieder'olt: »Eine Bewegung, und ich schieße!« Vielleicht Räuber? Oder ein Marodeur, der in mein Zimmer gedrungen ist, um mich auszuplündern?

Ich weiß nicht. Ich denke: vielleicht ja.

»Wer sind Sie?« 'abe ich gefragt.

Keine Antwort.

Ich nehme allen Mut zusammen. Ich springe vom Bett. Ich stürze zur Tür. Kein Pistolenknall. Ich ste'e auf dem Korridor und schreie um 'ilfe.

'otelangestellte laufen 'erbei. Türen öffnen sich. »Was ist los?« rufen Stimmen.

»In meinem Zimmer ist ein bewaffneter Räuber«, versichere ich beru'igend.

Und dann 'abe ich es gemerkt – nein, ich 'abe mich geirrt. Meine Tür ist, wie Sie sich vorstellen können, weit offen. – Und wie ich diese Worte ausgesprochen 'abe, da kommt ein großer grüner Papagei 'erausge'üpft. Mein Mörder ist bloß ein grüner Papagei.

»Eine Bewegung, und ich schieße!« 'at er zu denen gesagt, die auf dem Korridor zusammengekommen waren. Dann 'at er mich in die 'and gebissen und ist weitergeflattert.

Ich bin verärgert, Monsieur. Aber nur für einen Moment. Dann 'atte ich meinen Ärger vergessen. Denn eine Stimme sagt aus einer Tür, die sich geöffnet 'at, voller Freude: »Es ist mein Polly, den ich 'eute abend verloren 'abe!«

Ich dre'e mich um. Mir verschlägt es die Luft vor Bewunderung. Ich vergesse alles – nur nicht, daß sie anbetungswürdig ist. Ich vergesse die Leute, die um mich 'erumste'en. Ich vergesse, daß der Papagei mich in die 'and gebissen 'at. Ich vergesse sogar, daß ich dort im Pyjama ste'e, mit nichts an den Füßen. Ich kann sie nur anstarren und anbeten.

Ich finde wieder Worte.

»Mademoiselle«, 'abe ich gesagt, »ich bin 'ocherfreut, daß ich der Anlaß war, Ihnen diesen Vogel wiederzuverschaffen.«

Sie 'at mir mit den Augen gedankt, und dann auch mit Worten. Ich bin verzaubert. Sie ist göttlich. Ich merke gar nicht, daß meine Füße kalt werden. Ich wünsche, die ganze Nacht dort ste'en und mit ihr sprechen zu können.

Sie 'at einen Schrei der Bestürzung ausgestoßen.

»Ihre 'and! Sie sind verwundet!«

Ich blicke meine 'and an. Ja, sie blutet, wo der Vogel mich gebissen 'at.

»Ah bah, Mademoiselle«, 'abe ich gesagt. »Eine Bagatelle.«

Aber nein. Sie ist unglücklich. Sie ist, was Ihr Dichter Scott gesagt 'at, ein gottgesandter Engel! Sie 'at ihr Taschentuch zerrissen und verbindet meine Wunde. Ich bin entzückt. Diese Schön'eit! Diese Freundlichkeit! Ich kann kaum widerste'en, vor ihr auf die Knie zu fallen und ihr meine Leidenschaft zu erklären.

Wir sind Zwillingsseelen. Sie 'at mir wieder gedankt. Sie 'at den Papagei beschimpft. Sie 'at mich angelächelt, als sie sich in ihr Zimmer zurückzieht. Es genügt. Nichts ist gesagt – aber ich bin ein Mann mit Sensibilität und Urteilsvermögen, und ich verste'e, daß sie nicht beleidigt sein wird, wenn ich versuche, unsere Freundschaft bei einer passenderen Occasion zu erneuern.

Die Türen schließen sich. Die Gäste sind in ihre Betten zurückgekehrt, die 'otelangestellten an ihre Arbeit. Und ich ge'e in mein Zimmer zurück. Aber ich schlafe nicht. Es ist sehr spät, aber ich schlafe nicht. Ich liege wach und denke an sie.

Sie werden sich vorstellen können, Monsieur, mit welchen gemischten Gefühlen ich mich am nächsten Morgen er'ob. Auf der einen Seite muß ich scharf auf meinen Onkel achten, denn ich muß ihn meiden, bis er – wie sagt man in Ihrer Sprache? Richtig, jetzt 'abe ich es – bis sein Zorn verraucht und er sich wieder gefaßt 'at. Auf der anderen Seite muß ich auf meine Dame mit Papagei achten. Ich zähle die Minuten bis zu unserem Wiederse'en.

Ich ge'e meinem Onkel erfolgreich aus dem Weg, und als die Zeit des *déjeuner* kommt, se'e ich sie. Sie spricht mit einem alten Gentleman. Ich 'abe mich verneigt. Sie 'at gelächelt und mich mit einer 'andbewegung aufgefordert, näher zu kommen.

»Vater«, 'at sie gesagt, »das ist der Gentleman, der Polly eingefangen 'at.«

Wir 'aben uns die 'and gegeben. Er ist ein nachsichtiger Papa. Er 'at gelächelt und sich ebenfalls bedankt. Wir 'aben uns gegenseitig unsere Namen genannt. Er ist Engländer. Er besitzt viel Land in

England. Er ist länger in Paris gewesen. Er ist reich. Er 'eißt 'enderson. Er spricht mit seiner Tochter und nennt sie Marion. In meinem 'erzen nenne ich sie ebenfalls Marion. Sie werden merken, daß ich – wie sagt man bei Ihnen – ziemlich weit gegangen bin.

Die Zeit zum *déjeuner* ist gekommen. Ich bitte sie, meine Gäste zu sein. Ich kann es mir leisten, verste'en Sie, denn in meiner Tasche sind noch sehr viele Francs von meinem Onkel. Sie nehmen meine Einladung an. Ich bin – wie sagt man bei Ihnen – im siebenten 'immel.

Alles ist gut. Unsere Freundschaft 'at sich mit wunderbarer Schnelligkeit entwickelt. Der alte Gentleman und ich sind bald gute alte Freunde. Ich 'abe ihm meine Träume von künstlerischem Ruhm anvertraut, und er 'at mir erzählt, wie sehr er Ihren Lloyd George verachtet. Er 'at erwähnt, daß er und Miss Marion noch am selben Tag nach London abfahren. Ich bin verzweifelt. Mein Gesicht verfällt. Er 'at meinen Gram gemerkt. Er 'at mich eingeladen, sie in London zu besuchen.

Stellen Sie sich meinen Schmerz vor. Sie in London zu besuchen, ist mein einziger, mein größter 'erzenswunsch. Aber wie? Ich nehme die Einladung dankbar an, aber ich frage mich, wie ich es tun kann. Ich bin ein armer Lump, der nichts als neun'undert Francs besitzt. Er 'at es als selbstverständlich genommen, daß ich wohl'abend bin.

Was soll ich tun? Ich verbringe den Nachmittag mit dem Versuch, einen Plan auszudenken. Und dann 'abe ich einen Entschluß gefaßt. Ich will zu meinem Onkel ge'en und sagen: »Onkel, ich 'abe die großartige Chance, die Tochter eines wohl'abenden englischen Großgrundbesitzers zu 'eiraten. Schon jetzt ist sie mir dankbar. Bald – denn ich bin jung, 'übsch und 'öflich – wird sie mich lieben. Sei vernünftig, alter Knabe, und lege das Geld für diese Affäre auf den Tisch.«

Ich bin fest entschlossen, diese Worte meinem Onkel zu sagen.

Ich kehre zum 'otel zurück. Ich betrete sein Privatbüro. Ich verrate kein Ge'eimnis, wenn ich sage, daß er nicht 'erzlich zu mir ist.

»Zehntausend Teufel!« 'at er geschrien. »Was tust du 'ier?«

Ich beeile mich, ihm alles zu erzählen, und bitte ihn sehr, kein Spielverderber zu sein. Er glaubt nichts.

»Wer ist es?« fragt er. »Dieser englische Gutsbesitzer? Wie 'ast du ihn kennengelernt? Und wo?«

Ich sage es. Er ist verblüfft.

»Du 'ast die teuflische Unverschämt'eit, dir in meinem 'otel ein Zimmer zu nehmen?« 'at er geschrien.

Ich bin listig. Ich bin Diplomat.

»Wo denn sonst, lieber Onkel?« sage ich. »In ganz Paris gibt es kein ebenso gutes 'otel. Die Küche – exquisit! Die Betten – wie Rosenblätter! Die Bedienung – süperb! Auch wenn nur für eine Nacht, 'abe ich mir gesagt, dann nur dieses 'otel.«

Ich 'abe – wie sagt man bei Ihnen – ins Schwarze getroffen.

»In dem, was du sagst«, meint mein Onkel, »liegt etwas Wahres. Es ist wirklich ein gutes 'otel, mein 'otel!«

Das einzige 'otel, 'abe ich ihm versichert. Das Meurice? Pah! Ich schnipse mit den Fingern. Das Ritz? Pah! Wieder schnipse ich mit den Fingern. »In ganz Paris gibt es kein 'otel wie dieses.«

Sein Zorn ist verraucht. Er 'at sich wieder gefaßt. »Erkläre mir noch einmal deine Pläne, Jean.«

Als ich ihn verlasse, 'aben wir uns geeinigt. Wir 'aben abgemacht, daß ich noch eine letzte Chance bekommen soll. Wegen eines 'alben Eimers Teer will er dieses vielversprechende Schiff nicht unterge'en lassen. Er wird mir Geld für meine Zwecke geben. Aber er 'at gesagt, als wir uns trennten, wenn ich versage, will er mit mir nichts mehr zu schaffen 'aben. Er kann noch nicht vergessen, daß ich das Kind seines lieben Bruders bin. Aber wenn es mir nicht gelingt, die göttliche Miss Marion zu gewinnen, glaubt er, daß es ihm doch möglich sein wird.

Es ist gut. Eine Woche später folge ich den 'endersons nach London.

In den nun folgenden Tagen, Monsieur, bin ich im Paradies. Mein Gastgeber 'at ein sehr 'übsches 'aus am Eaton Square. Er ist reich, ist bekannt. Es gibt viel Geselligkeit. Und ich – ich 'abe *succès fou*. Ich bin jung, 'übsch und 'öflich. Ich kann nicht sehr gut Ihre Sprache sprechen – nicht so gut wie jetzt –, aber es geht. Ich komme zurecht. Ich bin intelligent, liebenswürdig. Alle lieben mich.

Nein, nicht alle. Captain Bassett, der liebt mich nicht. Und warum? Weil er die bezaubernde Miss Marion liebt und merkt, daß ich ihr auffalle wie ein in Flammen ste'endes 'aus. Er ist *ami de famille*. Er ist Captain bei Ihrer *Garde Ecossais*, und mein Gastgeber 'at mir erzählt, daß er sich als Soldat sehr ausgezeichnet 'at. Das mag sein. Als Soldat, vielleicht. Aber in der Konversation ist er weniger gut. Er ist ein ziemlich netter Bursche, verste'en Sie? 'übsch – ja. Tapfer – ja. Aber er brilliert nicht. Er 'at nicht meine *verve*, meinen *élan*. Ich – wie sagt man bei Ihnen –, ich stecke ihn glatt in die Tasche.

Aber was denn! Damals 'ätte ich die ganze britische Armee in die Tasche gesteckt! Jawohl, und dazu noch das ganze *Corps Diplomatique*. Denn ich bin inspiriert. Liebe 'at mich inspiriert. Ich bin Eroberer.

Aber ich will Sie nicht mit den Details meines Werbens langweilen, Monsieur. Sie sind mitfühlend, aber ich darf Sie nicht langweilen. Sagen wir also nur, daß ich in vier oder fünf Tagen den bemerkenswertesten Fortschritt erzielte und mich dem tragischen Ende nä'erte.

Fast könnte ich es Ihnen in vier Worten erzählen. In ihnen ist nahezu fast alles enthalten. Damals gab es in London ein Lied, das sehr beliebt war, ein komisches, vulgäres Lied aus den Ballsälen: »Die Katze kam zurück.« Kennen Sie es? Ja? Ich 'abe es auch ge'ört, damals, ohne mir etwas dabei zu denken. Es war für mich keine un'eilvolle Warnung. Ich empfand es nicht als Omen. Und dennoch liegt in diesen vier Worten meine Tragödie, Monsieur.

Wieso? Ich werde es Ihnen erzählen. Jedes einzelne Wort ist ein Schwert, das in meinem 'erzen 'erumgedreht wird, aber ich werde es Ihnen erzählen.

Eines Nachmittags saßen wir beim Tee. Alles ist gut. Ich bin leb'aft, lustig, Miss Marion ist charmant, graziös. Anwesend ist auch eine Tante, Mr. 'endersons Schwester. Aber um sie kümmere ich mich nicht sehr. Es ist Marion, zu der ich spreche – sowohl mit meinen Lippen als auch mit meinen Augen.

Wie wir so sitzen, wird Captain Bassett annonciert.

Er ist eingetreten. Wir 'aben uns 'öflich, aber kühl begrüßt, denn wir sind Rivalen. Er 'at etwas an sich, das mir nicht gefällt – eine Art ver'altenen Triumph, ge'obene Stimmung.

Mir ist nicht wohl – aber nichts Bestimmtes, verste'en Sie? Ich 'abe nicht die geringste Vorahnung, daß er nun gleich mein Todesurteil sprechen wird.

Er wendet sich an Miss Marion. Es ist Jubel in seiner Stimme.

»Miss 'enderson«, 'at er gesagt, »ich 'abe eine verdammt gute Nachricht für Sie. Sie erinnern sich doch bestimmt an die Katze in dem Pariser 'otel, die der Amerikanerin ge'örte und von der Sie mir soviel erzählt 'aben? Gestern abend 'abe ich beim Essen neben ihr gesessen. Zuerst war ich mir nicht sicher, ob sie es war. Dann sagte ich mir, daß es nicht zwei Mrs. Balderstone Rockmettler in Europa geben kann, und so erwähnte ich ihre Katze. Kurz und gut: Ich 'abe mir erlaubt, Ihnen den Kater Alexander als Geschenk mitzubringen.«

Ich 'abe einen Schrei des Entsetzens ausgestoßen, der aber wegen Miss Marions Schrei des Entzückens nicht vernommen wurde.

»Oh, Captain Bassett«, 'at sie gesagt, »wie großzügig von Ihnen! Seit ich Alexander zum ersten Mal sah, 'abe ich ihn geliebt. Ich kann Ihnen gar nicht sagen, wie dankbar ich bin. Es erstaunt mich jedoch, daß Sie sie veranlassen konnten, sich von ihm zu trennen. In Paris 'at sie alle meine Angebote abgelehnt.«

Er 'at geschwiegen, verwirrt.

»Die Tatsache ist«, 'at er dann gesagt, »daß zwischen ihr und Alexander eine gewisse Kühle existiert. Er 'at sie getäuscht, und sie liebt ihn nicht mehr. Unmittelbar nach Eintreffen in London 'atte er das Mißgeschick, sechs kleine Kätzchen zu bekommen. Aber aus Unglück entsteht Glück, und so war ich in der Lage, ihn für Sie zu besorgen. Er ist unten in einem Korb.«

Miss Marion 'at geläutet und befohlen, daß er sofort nach oben gebracht wird.

Ich will die Begegnung nicht beschreiben, Monsieur. Sie sind mitfühlend. Sie werden meine Gefühle verste'en. Eilen wir ganz schnell weiter.

Stellen Sie sich vor, Monsieur, in welchem Ausmaß ich verwirrt war. Ich bin Künstler. Ich bin ein Mensch mit Nerven. In Gegenwart einer Katze kann ich nicht lustig, nicht brillant, nicht 'öflich sein. Trotzdem ist die Katze immer da. Es ist fürchterlich.

Ich merke, daß ich in dem Rennen zurückfalle. Ihre Dankbarkeit ist schuld, daß sie diesem Captain Bassett gegenüber immer reizender wird. Sie lächelt ihn an. Und wie ein Gockel bei Sonnenaufgang schlägt er mit den Flügeln und kräht. Er ist nicht mehr der schweigsame Zu'örer. Ich bin es, der zum schweigsamen Zu'örer geworden ist.

Ich 'abe mir selbst gesagt, daß irgend etwas passieren muß.

Zufall 'at mir den Weg gezeigt. Eines Nachmittags bin ich zufälligerweise allein in der 'alle. In seinem Käfig 'üpft der Papagei Polly.

Ich spreche mit ihm durch das Gitter.

»Eine Bewegung, und ich schieße!« 'at er geschrien.

Tränen sind mir in die Augen gestiegen. Wie deutlich steht die Szene mir wieder vor Augen!

Während ich weine, gewahre ich, daß der Kater Alexander sich nähert.

Ich 'abe einen Plan ausgedacht. Ich 'abe die Käfigtür geöffnet und den Papagei 'erausgelassen. Der Kater, so denke ich, wird den Papagei, dem Miss 'enderson so zugetan ist, angreifen. Sie wird ihn nicht mehr lieben. Er wird verbannt werden. –

Er verstummte. Wahrscheinlich hatte mein Gesicht den Ausdruck angeblichen Mitgefühls zu einem Teil verloren, als er von diesem teuflischen Komplott berichtete. Selbst Percy, der Brummer, wirkte erschreckt. Er hatte sich zuvor auf der Zuckerschale niedergelassen, aber bei diesen Worten erhob er sich sichtlich verstört und verließ den Tisch.

»Sie billigen es nicht?« sagte er.

Ich zuckte die Schultern.

»Es geht mich nichts an«, sagte ich. »Aber finden Sie nicht selbst, daß Sie sich damit unter Ihr Niveau begeben hatten? Kam Ihnen nicht – wenn auch nur dunkel – der Gedanke, daß Ihr Verhalten dem Vogel gegenüber etwas grob war?«

»Das schon, Monsieur. Aber was 'ätten Sie getan? Es ist notwendig, das Ei aufzuschlagen, um eine Omelette zu machen. Im Krieg und in der Liebe ist, wie es 'eißt, alles erlaubt, und 'ier war beides. Außerdem müssen Sie verste'en, daß ich dem Papagei doch nicht befahl, was er tun sollte. Er ist in seinen Entschlüssen frei. Ich 'abe nur die Käfigtür geöffnet. Sollte er 'eraus'üpfen und auf dem Fußboden spazieren, wo die Katz' ist, so ist das seine Affäre. Ich werde fortfahren, ja?«

– *Alors*! Ich öffne die Käfigtür und entferne mich diskret. Es ist nicht 'öflich, Zeuge dessen zu sein, was sich abspielen wird. Es ist nötig, daß ich ein Alibi 'abe. Ich ge'e in das Wohnzimmer, wo ich verbleibe.

Beim Abendessen 'at Mr. 'enderson gelacht.

»Zufällig 'abe ich 'eute nachmittag in der 'alle eine verdammt komische Sache erlebt«, sagt er. »Dein Papagei, Marion, ist wieder einmal aus seinem Käfig entwischt und stritt sich mit dem Kater, den Captain Bassett dir geschenkt 'at.«

»Oh! 'offentlich 'at Alexander dem armen Polly nichts getan, wo ich ihn doch so gern 'abe«, sagt sie.

»Dazu ist es gar nicht erst gekommen«, sagt Mr. 'enderson. »Du kannst überzeugt sein, daß der Vogel sich schon allein zu 'elfen weiß. Als ich dazukam, 'atte die Katze sich in eine Ecke verkrochen und machte mit gesträubten 'aaren einen Buckel, während Polly vor ihr stand und sagte, daß er sie bei der ersten Bewegung erschießen werde. Und die Katze rührte sich auch nicht, bis ich den Papagei ergriffen und wieder in den Käfig gesperrt 'atte; dann aber sauste sie wie ein Blitz die Treppe 'inauf. Nur durch bloße Charakterstärke 'at der Vogel einen unblutigen Sieg errungen. Ich trinke auf sein Wohl!«

Sie können sich meine Gefühle vorstellen, Monsieur. Ich bin wie die Mäuse und Menschen des Dichters, deren ausgeklügelte Pläne vereitelt worden sind. Ich bin sprachlos. Ich bin entmutigt. Ich weiß nicht, was ich tun soll. Ich muß einen neuen Plan machen; ich weiß aber nichts mehr.

Wie soll ich den Kater beseitigen? Soll ich ihn umbringen? Nein, denn man könnte mich verdächtigen.

Soll ich jemanden beauftragen, ihn zu stehlen? Nein, denn mein Komplize könnte mich verraten.

Soll ich ihn selbst stehlen? Ah – das ist schon besser. Das ist ein sehr guter Plan.

Bald 'abe ich ihn fertig, den Plan. Monsieur, 'ören Sie gut zu; es ist folgendermaßen. Es ist ganz einfach, aber es ist gut. Ich warte eine günstige Gelegen'eit ab. Ich schaffe die Katze 'eimlich aus dem 'aus. Ich bringe sie zu einer Speditionsfirma. Ich ordne an, daß sie sofort in das Katzenasyl gebracht wird und daß *M. le Directeur* veranlaßt wird, sie sofort zu töten. Es ist ein ganz einfacher Plan, aber es ist ein guter Plan.

Ich führe ihn aus, ohne jede Störung. Es ist nicht schwierig, die Katze zu fangen. Sie schläft im Wohnzimmer. Niemand ist in der Nä'e. Ich 'abe in meinem Schlafzimmer eine 'utschachtel, die ich aus Paris mitgebracht 'abe. Ich 'abe die Katze 'ineingetan. Ich 'abe das 'aus unbemerkt verlassen. Die Katze 'at einen Schrei ausgestoßen, aber keiner 'at etwas ge'ört. Ich 'abe die Spedition erreicht. Ich 'abe die Schachtel mit der Katze abgegeben. Der Manager ist 'öflich, mitfühlend. Ein Bote ist mit einem Wagen zum Katzenasyl losgefahren. Ich 'abe einen Seufzer der Erleichterung ausgestoßen. Ich bin gerettet.

Das ist es wenigstens, was ich mir bei meiner Rückkehr sage. Meine Sorgen sind weg, und ich bin wieder vergnügt, 'öflich, leb'aft zu Miss Marion, denn nie mehr wird der Kater Alexander anwesend sein und mich irritieren.

Als ich zurück bin, gibt es im 'ause einen Aufruhr. Ich komme auf der Treppe an Domestiken vorbei, die dauernd »Puß, Puß!« rufen. Der Butler zwitschert laut und stochert mit einem Schirm unter den Möbeln. Alles ist Konfusion und Aufregung.

Im Wohnzimmer ist Miss Marion. Sie ist in großer Not.

»Nirgends«, sagt sie, »ist der Kater Alexander zu finden, dem ich so zugetan bin. Nirgends im 'ause ist er. Wo kann er nur sein? Er ist verlorengegangen.«

Ich bin freundlich, mitfühlend. Ich wage es, sie zu trösten; ich deute an, ob ich nicht vielleicht ein vollwertiger Ersatz für den scheußlichen Kater bin. Sie ist jedoch untröstlich. Ich muß Geduld 'aben. Ich muß den richtigen Moment abwarten.

Captain Bassett wird gemeldet. Er ist darüber informiert, was passiert ist. Er ist in Sorge. Er 'at etwas an sich, als wollte er ebenfalls wagen, 'öflich zu sein und zu trösten. Aber ich bin auf Deck. Ich bleibe, bis er gegangen ist.

Am nächsten Tag wieder: »Puß, Puß!« Wieder 'at der Butler mit dem Schirm unter den Möbeln gestochert. Wieder ist Miss Marion in großer Not. Wieder 'abe ich gewagt, sie zu trösten.

Dieses Mal glaube ich, nicht ganz ohne Erfolg zu sein. Sie verstehen: Ich bin jung, 'übsch, mitfühlend. Noch zwei Momente, und ich ergreife ihre 'and und erkläre ihr meine Leidenschaft.

Aber bevor ich dazu komme, wird Captain Bassett gemeldet.

Er 'at angefangen zu sprechen.

»Miss 'enderson«, 'at er gesagt, »ich 'abe mal wieder verdammt gute Nachrichten. Ich glaube fast, ich 'abe die Spur des vermißten Alexander gefunden – verste'en Sie?«

Miss Marion 'at vor Freude einen Schrei ausgestoßen. Aber ich bin ru'ig, denn ist Alexander gestern nicht getötet worden?

»Es ist folgendermaßen«, 'at er weiter gesagt. »Ich 'abe mich gefragt, wo kann eine verlorengegangene Katze 'öchstwahrscheinlich sein? Und ich 'abe mir geantwortet: im Katzenasyl. Ich ge'e also heute vormittag zum Katzenasyl, und dort se'e ich eine Katze, die entweder der verlorengegangene Alexander selbst oder sein lebendiges Ebenbild ist. In seinem ganzen Ausse'en gleicht er genau dem verlorengegangenen Alexander. Aber wie ich ihn kaufen will, gibt es eine komische Schwierigkeit, die mir keiner erklären will. Sie brauchen etwas Zeit, sagen sie, um alles zu überlegen. Sie können darüber nicht sofort entscheiden.«

»Aber das ist doch Unsinn!« 'at Miss Marion geschrien. »Wenn die Katze meine Katze ist, dann müssen sie sie mir zurückgeben! Kommen Sie«, 'at sie gesagt, »wir drei fahren gleich zusammen mit einem Wagen zum Katzenasyl. Wenn wir den verlorengegangenen Alexander wiedererkennen, dann müssen sie ihn mir sofort zurückgeben.«

Monsieur, mir ist unbe'aglich. Ich 'abe Ahnungen. Aber wir fahren. Was tun? Wir fahren in einem Mietwagen zum Katzenasyl.

Der *directeur* ist 'öflich und mitfühlend. Er 'at uns mit der Katze bekannt gemacht, und mein 'erz bleibt ste'en, denn es ist Alexander. Warum ist er nicht getötet worden?

Der *directeur* spricht. Ich 'öre ihn wie in einem Traum.

»Wenn Sie ihn als Ihre Katze wiedererkennen, Miss«, 'at er gesagt, »ist die Angelegenheit damit erledigt. Mein Zögern, als Sie, Sir, sich mir heute morgen in dieser Angelegenheit nä'erten, entspringt der Tatsache, daß der Bote die Anweisung mitbrachte, ihn sofort zu töten.«

»Ziemlich übel, was, diese Geschichte mit dem Boten, jawohl!« 'at der Captain Bassett gesagt. Er ist lustig, verste'en Sie, denn er ist Eroberer.

Ich ver'alte mich still. Ich bin nicht lustig. Denn ich fühle schon – wie sagt man –, ich komme in Teufels Küche.

»Nicht der Bote, Sir«, 'at der *directeur* gesagt. »Sie 'aben mich mißverstanden. Es war der Kater, der getötet werden sollte, entsprechend der Anordnung des anonymen Absenders.«

»Wer konnte nur so gemein gewesen sein?« 'at Miss Marion unwillig gefragt.

Der *directeur* 'at sich gebeugt, und unter einem Tisch 'at er eine Schachtel 'ervorge'olt.

»In dieser Schachtel«, 'at er dann gesagt, »wurde das erwähnte Tier abgeliefert. Ein Begleitbrief lag nicht dabei. Der Absender war anonym.«

»Vielleicht«, 'at Captain Bassett gesagt – und immer noch 'öre ich ihn wie in einem Traum –, »vielleicht steht auf der Schachtel irgendwo ein verdammter Name, was?«

Ich 'alte mich am Tisch fest. Das Zimmer dreht sich immer schneller um mich. Ich 'abe keinen Magen mehr – nur Leere.

»Donnerwetter, ja«, 'at der *directeur* gesagt, »Sie 'aben recht, Sir. 'ier 'abe ich es schon. Komisch, daß es mir nicht vor'er eingefallen ist. 'ier steht ein Name, und auch eine Adresse. Der Name 'eißt Jean Priaulx, und die Adresse lautet: 'otel Jules Priaulx, Paris.« –

Mein Tischnachbar schwieg unvermittelt. Mit einem Taschentuch fuhr er sich über die Stirne. Dann griff er mit einer schnellen Bewegung nach seinem Glas und stürzte den Likör auf einmal hinunter.

»Monsieur«, sagte er, »Sie werden nicht wünschen, daß ich die Szene schildere? Es ist nicht nötig, daß ich – *hein*? – einem Zola nacheifere. Sie können es sich vorstellen?«

»Sie schmiß Sie raus?« In gefühlsbetonten Augenblicken ist es die schlichteste Sprache, die einem über die Lippen kommt.

Er nickte.

»Und heiratete Captain Bassett?«

Er nickte wieder.

»Und Ihr Onkel?« sagte ich. »Wie nahm er es auf?«

Er seufzte.

»Wieder einmal«, sagte er, »entstand Lärm.«

»Und er wollte von nun an nichts mehr von Ihnen wissen?«

»Nicht ganz, Monsieur. Er war ärgerlich, aber er gab mir noch eine Chance. Ich bin immer noch das Kind seines lieben Bruders, Monsieur, und das kann er nicht vergessen. Ein Bekannter von ihm, ein Mann des Wortes, ein M. Paul Sartines, benötigte dringend einen Sekretär. Der Posten war nicht gut bezahlt, aber es war eine Dauerstellung. Mein Onkel bestand darauf, daß ich ihn übernahm. Was tun? Ich nahm ihn. Es ist die Stelle, die ich 'eute noch 'abe.«

Er bestellte einen neuen Likör und stürzte ihn hinunter.

»Der Name ist Ihnen bekannt, Monsieur? Sie 'aben von M. Sartines schon ge'ört?«

»Das glaube ich kaum. Was ist er?«

»Er ist ein Gelehrter, ein *savant*. Fünf Jahre lang 'at er sich schon mit einem großen Werk beschäftigt. Und das ist es, wo ich ihm be'ilflich bin, indem ich Fakten dafür sammle, damit er sie verwenden kann. 'eute nachmittag 'abe ich im Britischen Museum Fakten gesammelt. Morgen ge'e ich wieder 'in. Übermorgen auch, und den dann folgenden Tag ebenfalls. Das Buch wird noch zehn Jahre beanspruchen, bis es vollendet ist. Es ist sein Lebenswerk.«

»Den Eindruck habe ich auch«, sagte ich. »Wovon handelt es?«

Er gab dem Kellner ein Zeichen.

»*Garçon*, noch einen Likör. Das Buch, Monsieur, ist eine Geschichte der Katze im alten Ägypten.«

Lafcadio Hearn

Die Geschichte von dem Jungen, der Katzen zeichnete

Es lebten vor langer, langer Zeit in einem kleinen Dorfe in Japan ein Bauer und seine Frau. Das waren gute, aber arme Leute, die eine Reihe Kinder hatten und es schwer fanden, sie alle zu ernähren. Der älteste Sohn war schon mit vierzehn kräftig genug, seinem Vater zu helfen, und die kleinen Mädchen lernten, kaum daß sie gehen konnten, ihrer Mutter zu helfen.

Aber das jüngste Kind, ein kleiner Junge, schien für schwere Arbeit nicht geschaffen. Er war sehr gescheit – gescheiter als alle seine Brüder und Schwestern, aber er war ganz schwach und klein, und die Leute sagten, er werde nie sehr groß werden. Deshalb dachten seine Eltern, es wäre für ihn besser, Priester zu werden als Bauer. So gingen sie eines Tages mit ihm zum Dorftempel und fragten den guten alten Priester, der dort lebte, ob er ihren kleinen Jungen als Gehilfen haben und ihm alles beibringen wolle, was ein Priester wissen müsse.

Der alte Mann sprach freundlich mit dem Jungen und stellte ihm ein paar schwere Fragen. Doch der gab so gescheite Antworten, daß der Priester sich bereit fand, den kleinen Kerl als Gehilfen anzunehmen und ihn zum Priesteramt auszubilden.

Der Junge lernte schnell, was der Priester ihm beibrachte, und war in den meisten Dingen sehr gehorsam. Aber er hatte einen Fehler. Er zeichnete gern Katzen während des Unterrichts und zeichnete Katzen sogar dorthin, wohin man Katzen überhaupt nicht zeichnen darf.

Immer, wenn er allein war, zeichnete er Katzen. Er zeichnete sie auf die Ränder der Bücher des Priesters und auf alle Wandschirme im Tempel. Der Priester sagte ihm mehrere Male, das sei nicht recht, aber der Junge hörte nicht auf, Katzen zu zeichnen. Er zeichnete sie, weil er nicht anders konnte. Er hatte, was man das Genie eines Künstlers nennt, und aus ebendiesem Grunde war er zum Priesterschüler nicht ganz geeignet – ein guter Priesterschüler sollte aus Büchern lernen.

Eines Tages, als er gerade einige sehr gute Katzenbilder auf einen Papierschirm gezeichnet hatte, sagte der Priester streng zu ihm: »Mein Junge, du mußt diesen Tempel sofort verlassen. Aus dir wird nie ein guter Priester werden, aber vielleicht ein großer Künstler. Laß mich dir noch einen letzten Ratschlag geben, und sieh zu, daß du ihn nie vergißt: *Meide große Plätze zur Nacht, halte dich an kleine!*«

Der Junge wußte nicht, was der Priester damit meinte, wenn er sagte: *Meide große Plätze zur Nacht, halte dich an kleine!* Während er sein kleines Bündel mit Kleidern schnürte, überlegte er und überlegte, konnte aber die Worte nicht verstehen und hatte Angst, den Priester noch einmal anzusprechen, außer ihm auf Wiedersehn zu sagen.

Er verließ den Tempel in großer Sorge und wußte nicht, was er tun sollte. Wenn er stracks nach Haus ginge, würde ihn sein Vater sicher bestrafen, weil er dem Priester ungehorsam gewesen war. Deshalb hatte er Angst, nach Hause zu gehen. Da fiel ihm plötzlich ein, daß im nächsten Dorf, zwölf Meilen entfernt, ein sehr großer Tempel war. Er hatte gehört, daß eine Reihe von Priestern in diesem Tempel waren, und so entschloß er sich, zu ihnen zu gehen und sie zu fragen, ob sie ihn als Priesterschüler haben wollten.

Der große Tempel war zwar inzwischen geschlossen worden, doch davon wußte der Junge nichts. Der Grund für diese Schließung war folgender: Ein böser Dämon hatte den Priestern Angst eingejagt und sie vertrieben und danach von dem Tempel Besitz ergriffen. Später waren ein paar tapfere Krieger nachts in den Tempel gegangen, um den bösen Dämon zu töten; aber keiner hat sie je lebend wiedergesehen. Niemand hatte dem Jungen von diesen Dingen erzählt. Der ging daher den langen Weg zu dem Dorfe und hoffte, freundlich von den Priestern aufgenommen zu werden.

Als er in das Dorf kam, war es schon dunkel, und jedermann war bereits zu Bett gegangen. Er aber sah den großen Tempel auf einem

Hügel am Ende der Hauptstraße liegen, und er sah, daß im Tempel Licht war. Leute, die diese Geschichte erzählen, sagen, daß der böse Dämon Licht machte, um einsame Wanderer zu verlocken, nach Unterkunft zu fragen. Der Junge ging stracks zu dem Tempel und klopfte an. Aber drinnen rührte sich nichts. Er klopfte wieder und wieder, doch niemand kam. Schließlich drückte er sacht gegen die Tür und stellte zu seiner Freude fest, daß sie nicht verriegelt war. Da ging er hinein und sah eine Lampe brennen – sah aber keinen Priester.

Er dachte, ein Priester werde sicher bald kommen, setzte sich nieder und wartete. Da fiel ihm auf, daß alles im Tempel grau von Staub und dicht mit Spinnenweben bedeckt war. Er dachte bei sich, die Priester würden sicher gern einen Schüler haben, um den Tempel sauberzuhalten. Er konnte jedoch nicht verstehen, weshalb die Priester alles hatten so staubig werden lassen. Was ihn aber am meisten erfreute, waren ein paar große weiße Wandschirme, auf denen sich gut Katzen malen ließen. Obwohl er müde war, sah er sich sogleich nach Schreibzeug um, fand es auch, rieb Tusche an und begann Katzen zu malen.

Er malte ziemlich viele Katzen auf die Wandschirme, und dann wurde er sehr, sehr müde. Er wollte sich gerade neben einen der großen Wandschirme niederlegen, als er sich plötzlich der Worte erinnerte: *Meide große Plätze zur Nacht, halte dich an kleine!*

Der Tempel war sehr groß, und er war ganz allein. Als er da an diese Worte dachte – obwohl er sie nicht ganz verstehen konnte –, fing er zum erstenmal an, sich ein wenig zu fürchten. Und er beschloß, sich nach einem *kleinen Platz* umzusehen, um dort zu schlafen. Er fand auch einen kleinen Raum mit einer Schiebetür, ging hinein und schloß sich ein. Dann legte er sich nieder und schlief ganz fest ein.

Tief in der Nacht wurde er von einem ganz schrecklichen Lärm geweckt – einem Lärm wie von Kampf und Geschrei. Es klang so fürchterlich, daß er sogar Angst hatte, durch einen Spalt des kleinen Raumes zu gucken. Er lag ganz still und hielt den Atem an vor lauter Angst.

Das Licht, das im Tempel war, ging aus, aber die greulichen Geräusche hörten nicht auf und wurden noch greulicher. Der ganze

Tempel begann zu beben. Nach langer Zeit trat Stille ein. Doch der Junge fürchtete noch immer, sich zu bewegen. Er rührte sich nicht, bis die Strahlen der Morgensonne durch die Ritzen der kleinen Tür in den Raum fielen.

Dann verließ er sein Versteck sehr vorsichtig und sah sich um. Als erstes sah er, daß der ganze Boden des Tempels voll von Blut war. Und dann sah er, tot inmitten des Tempels liegend, eine ungeheure abscheuliche Ratte – einen Rattendämon –, größer als eine Kuh!

Aber wer oder was hatte sie wohl getötet? Kein Mensch oder auch kein anderes Lebewesen war zu sehen. Doch plötzlich fiel dem Jungen auf, daß die Schnauzen all der Katzen, die er am Abend zuvor gezeichnet hatte, rot und naß von Blut waren. Da wußte er, daß der Dämon von den Katzen getötet worden war, die er gezeichnet hatte. Und dann erst verstand er auch, weshalb der weise alte Priester zu ihm gesagt hatte: *Meide große Plätze zur Nacht, halte dich an kleine!*

Später wurde aus dem Jungen ein sehr berühmter Künstler, und noch heute zeigt man in Japan den Reisenden einige der Katzen, die er gezeichnet hat.

M. Mackenzie Scott

Das Geburtstagsgeschenk

Es war Miezes dreizehnter Geburtstag. Da Mieze kein glückliches kleines Mädchen war, sondern eine abgelebte, ziemlich schäbige, ingwerfarbene Katze, ahnte sie nicht, was ein Geburtstag zu bedeuten hatte; denn ihre eigene instinktive Zählmethode kannte keine Ziffern. Aber die Worte »dreizehnter Geburtstag« wurden ihr schon zu früher Morgenstunde wiederholt ins Ohr gerufen, als ihre Herrin, die Pförtnerin eines alten Hauses in Buda, sie aus ihrem Korb nahm und in einer für Mieze sehr unangenehmen Verrenkung an die Brust preßte. Mieze war jedoch so unangenehme Stellungen und so temperamentvolle Liebesbezeugungen gewohnt.

»O mein Liebling! Mutters einziges Kätzchen! Heut ist ja dein dreizehnter Geburtstag, und Mutter hat ein wunderschönes Geschenk für dich!« Mieze wurde gedrückt, geschüttelt und viele Male unter Freudenrufen durch die Luft geschwenkt, bevor sie endlich wieder in ihrem Körbchen landete. »Dreizehn Jahre lang warst du Mutters Trost!« pries die Pförtnersfrau, während sie umherschlurfte und mit viel Lärm das Schlafzimmer aufräumte. »Heute vor dreizehn Jahren wurdest du geboren, genau um vier Uhr nachmittags. Und ich hielt der armen Cilli das Pfötchen, bis alles vorüber war.« Die Frau beugte sich abermals über den Korb, und die alte Katze wurde wiederum ihres Gleichgewichts beraubt und zappelte hilflos wie ein herumgedrehter Käfer auf dem Rücken, die Beine in der Luft. Sie mußte alles über sich ergehen lassen, denn ihre Behendigkeit hatte sie längst eingebüßt.

Ihre Herrin hing über dem Korb und streichelte sie unaufhörlich. Ihr gealtertes Gesicht war mit Rouge und Puder hübschgemacht, ihre Zähne waren mit viel Gold gefüllt. Perlen, so groß wie kleine

Monde, waren an ihren Ohrläppchen befestigt, und ein rotes Baumwolltuch bedeckte ihren Kopf. »Meine arme Mieze ist Witwe«, fuhr die Frau fort, »aber du hast deinen Max nicht vergessen, der von einem bösen Hund totgebissen wurde . . . He, Teri! Die Milch brennt an!« Die Tür hinter sich zuschlagend, stürzte sie in ihre kleine Küche.

Erlöst von der lauten Stimme und den allzu liebevollen Händen, kam Mieze allmählich wieder zu sich. Nachdem sie sich im Zimmer umgesehen und einen Augenblick noch den Stimmen in der Küche gelauscht hatte, begann sie ihre Morgentoilette. Die erste Bewegung war ein oberflächliches Lecken über das weiße Fell ihrer Vorderpfoten und ihrer Brust. Damit hatte sie sich sozusagen zu dieser Arbeit entschlossen, und sie reinigte ihre rechte Pfote jetzt gründlich von beiden Seiten, außen und innen, die Krallen herausstreckend und emsig die staubigen Büschel dazwischen mit ihren alten, stumpfen Zähnen herausbeißend. Nachdem sie ihre Pfoten für sauber hielt, feuchtete sie die rechte mit der Zunge an und legte sie an die rechte Schläfe, um sich etwas Störendes aus dem Auge zu wischen, das sie zuweilen plagte. Nun begriff sie in diesen Reinigungsprozeß noch ihre Nase ein, die trotz ihren fortgeschrittenen Jahren derselbe niedliche weiße Kopf geblieben war wie in ihrer Kindheit. Ziemlich schnell ging ihre Pfote über das rechte Ohr weg, denn das war unwichtig, weil ein Teil davon in ihrer Jugend von einem Hund abgebissen worden war. Aber das Ohrinnere wurde säuberlich und mit viel Sorgfalt gebürstet, gerieben und poliert.

Endlich machte Mieze eine Pause. Sie blieb tief aufatmend sitzen und starrte mit ihren blanken goldenen Augen das Tischbein an. Nachdem sie auch noch Rücken und Bauch gesäubert hatte, stieg sie bedächtig aus ihrem Korb und ging ans offene Fenster. Sie sprang auf einen Stuhl und sah durch das Drahtgitter hinaus, das die Öffnung verschloß. Sie mochte den Draht nicht, denn er hielt ihre Krallen fest, wenn sie die Pfoten durchzustecken versuchte, und wenn sie ihre Nase in eines der Löcher steckte, wurden ihre Schnurrhaare beschädigt. In ihrem Gedächtnis spukte noch immer eine schwache Erinnerung daran, wie sie früher frei in der Sonne auf dem Fensterbrett sitzen konnte neben dem alten Kater Max, der lange Jahre ihr Kamerad gewesen war. Aber sie wußte nicht, wie lange das zurücklag, noch brachte sie den Maschendraht mit dem Verschwinden von Max in Zusammenhang.

Mieze fühlte sich ziemlich schläfrig nach ihren Anstrengungen; aber ihre Herrin fegte gerade den Hof mit einem langen Besen aus Weidenzweigen, und ihre schnellen, lebhaften Bewegungen fesselten Miezes Aufmerksamkeit.

»He, Teri! Mach endlich den Vogelkäfig sauber!« rief sie ihrer Schwester zu, während sie den Staub aus den Winkeln tanzen ließ.

»Ja, ja«, piepste eine Stimme aus der Küche, und Teri erschien im Hof. Sie war eine schwächliche kleine Person mit einem ziemlich langen Rock und einem blauen Tuch um den Kopf. Ihre Augen spiegelten die Geduld und die Ängstlichkeit derer, denen Sprechen und Hören schwerfällt.

»Das ist der letzte Tag, an dem ich die Arbeit für die Baronin mache«, knurrte die Pförtnerin, während Teri das Näpfchen des Kanarienvogels ausschüttete. »Kein Mensch würde sich ihr Keifen und ihren Geiz gefallen lassen, aber ich wollte doch durchaus meiner lieben kleinen Mieze das schöne Geschenk machen.« Die hinter dem Drahtgitter hockende Katze öffnete die Augen beim Klang ihres Namens. »Zwanzig Pengö monatlich ist sehr wenig für Geschirrabwaschen und Dielenputzen jeden Nachmittag! Aber als der Mann mir sagte, das Geschenk würde zwanzig Pengö kosten, habe ich zugesagt und mir das Geld auf diese Weise verdient.«

Jetzt erschien der Schuster, der im Hof wohnte, im Rahmen seiner Tür. Er war ein dicker ältlicher Mann mit rotem Gesicht und rotem Haar, das zu ergrauen begann. »Na, wie steht es nun mit dem Geburtstagsgeschenk?« erkundigte er sich heiter.

»Der Mann wird es um halb sechs herbringen«, antwortete die Pförtnersfrau aus ihren Staubwolken heraus. Dann warf sie den Besen auf ein leeres Blumenbeet an der Mauer und verzog sich in ihre Küche. Teri folgte ihr bald darauf. Jetzt war nichts mehr im Hof, das Miezes Schläfchen stören konnte, außer der Stimme des Kanarienvogels, der im Sonnenschein trillerte; aber das war schon lange zur Gewohnheit geworden.

Gegen Mittag erwachte sie von einem Geräusch, das sie beunruhigte. Zuerst wußte sie nicht, wo sie war, als sie die Augen öffnete. Die Pförtnerin rannte herein und hinaus und setzte Näpfe auf den

Boden vor den Korb. An den Ausrufen und den verschiedenen Gerüchen merkte Mieze, daß ihr heutiges Mittagsmahl etwas Besonderes war. Aber als sie ihr Körbchen verließ, um es in Augenschein zu nehmen, bückte sich die Pförtnerin und hob sie auf den Schoß. »Meine Mieze muß hübsch sein an ihrem dreizehnten Geburtstag!« rief sie und begann ihr ein blaues Seidenband um den Hals zu binden. »Bist doch meine brave Mieze! Keine unerlaubten Wege! Kein Entwischen in der Nacht! Es ist deine Ehrbarkeit, Mieze, die dich jung erhalten hat. So, jetzt bist du hübsch und bereit für deinen Geburtstagsschmaus!« Die Pförtnerin sprang auf, und die steife alte Katze plumpste auf den Boden neben die Reihe der für sie bestimmten Schüsselchen. Erst mußte sie einen Augenblick stehenbleiben, bis sie ihr körperliches und geistiges Gleichgewicht wiedererlangt hatte; dann machte sie sich daran, den delikatesten Geruch herauszufinden.

Nachdem die Nachmittagsstille über das Haus gekommen und die Pförtnerin weggegangen war, um die Hausarbeit bei der Baronin zu verrichten, öffnete Teri die Tür zum Schlafzimmer. Mieze wartete an der Seite, damit beschäftigt, den Nachgeschmack ihrer Mahlzeit von Lippen und Kinn zu lecken; dann schlüpfte sie schnell hinter Teri her, um in die Sonne hinauszukommen. In der Mitte des Hofes setzte sie sich nieder und ließ die Schwanzspitze unternehmungslustig zucken, als wollte sie ihre wiedergewonnene Unabhängigkeit dartun. Ihre Hast war unnötig gewesen; denn Teri war ein armes, behindertes Geschöpf, das sie nicht zurückholen konnte. Mieze fühlte sich irgendwie belästigt durch das blaue Band, das unter ihrem Kinn hing, und versuchte, es mit ihrer Pfote abzustreifen; aber ihre Anstrengungen waren vergeblich. Sie streckte nun ein Hinterbein ganz weit aus, um es dann umständlich wieder einzuziehen und sich mit der Pfote hinterm Ohr zu kratzen. Nachdem sie sich diese kleine Erleichterung verschafft hatte, blinzelte sie gemächlich in die Runde, als erwartete sie den guten Einfall, der entscheiden würde, was sie jetzt beginnen sollte.

Über ihr trillerte verlassen der Kanarienvogel; drüben saß der Schuster in seiner offnen Tür und klopfte hölzerne Stifte in eine Schuhsohle. Mieze glitt lautlos in die Nähe seiner Tür.

»He, Mieze«, rief der Schuster weiterpochend, »du ahnst gar

nicht, was dir bevorsteht, du alte Schraube! Hahaha! Du wirst ein Geschenk bekommen, worüber dir die Haare auf deinem alten Kopf zu Berge stehen werden!«

Mieze wendete ihren also bedrohten Kopf vorsichtig von der Tür weg. Obwohl sie nicht wußte, was der Schuster ihr da prophezeite, fühlte sie, daß sie von ihm reichlich genug hatte. Sie glitt an der Mauer entlang und bog in den Torweg ein, der zur Straße führte. Er war eng, zwei Türen lagen in der Mitte einander gegenüber. Eine davon war halb offen. Mieze näherte ihre Schnurrhaare dem Spalt.

»Mach, daß du wegkommst, du schmutziges Vieh!« rief eine helle Frauenstimme. »Untersteh dich, in meine Küche zu kommen! Geh weg.« Ein Besen kam so plötzlich durch den Spalt geflogen, daß er Mieze an der Brust traf und sie mit ungewöhnlicher Gelenkigkeit zur Seite springen ließ. Jetzt öffnete sich die Tür auf der andern Seite, und eine fette Frau mit einem Tuch um den Kopf sah heraus. Es war die Zeitungshändlerin, die das einzige Zimmer an dieser Seite bewohnte.

»Arme Mieze, arme alte Katze!« rief sie in tröstendem Singsang. »Können sie dich dort nicht leiden? Beschimpfen sie dich?! Na, laß gut sein!«

Die junge Frau mit dem Besen stieß ihre Tür auf. Sie war groß und hatte ein blasses, mürrisches Gesicht. Seit wenigen Wochen war sie verheiratet; aber ihre Augenlider waren ständig vom Weinen gerötet. »Ich will dieses schmutzige alte Vieh nicht in meiner Küche haben«, sagte sie herausfordernd. »Man muß sehen, daß man es loswird, es ist ungesund, es in der Nähe zu haben.« Vor Nervosität kamen ihr Tränen in die Augen, während sie sprach, und die dicke Frau betrachtete sie mit mitleidigen, mütterlichen Augen.

»Komm doch in mein Zimmer, meine Liebe«, sagte sie freundlich, »ich will das Radio anstellen; es wird dir guttun, ein bißchen Musik zu hören.«

Mieze kehrte um und stahl sich durch den Torweg zu den krummen Stufen, die zu der einzigen Wohnung im ersten Stock führten. Den inneren Teil der Wohnung vermied sie, weil sie aus Erfahrung wußte, daß dort Fremde – oft sehr unliebenswürdige Fremde – logierten. So durchschritt sie die Küche und ging auf die kleine Veranda, die gleichzeitig das Dach der Pförtnerswohnung bildete. Die Veranda war ein schmutziger Platz mit halbwelken Blumen, die in schmalen Kästen im Winkel standen. Verblaßte Photographien in Muschelrahmen schmückten die Wände. Ein verrottetes Brett, bedeckt mit kleinen Portionen von gekochtem Vogelfutter, lag nahe dem eisernen Geländer, durch das man in den Hof hinabsehen konnte. An der Seite der Veranda stand eine große hölzerne Truhe mit Dünger, der dafür bestimmt war, die Erde in den Blumenkisten zu verbessern. Auf dieser Truhe hielt der Besitzer der Wohnung gewöhnlich sein Nachmittagsschläfchen. Mieze war der Anblick seines kahlen Kopfes, der am Ende der Truhe auf einer Matte ruhte, ebenso vertraut wie die Bewegungen seines grauen Schnurrbarts, die dem Rhythmus seines Schnarchens entsprachen. Als sie auf die Truhe sprang, bemerkte sie einige Fliegen, die um des Mannes heraufgezogene Knie herumsummten. Sie stand ein paar Sekunden bewegungslos, bis eine von ihnen sich auf der grauen Hose niederließ; da hob sie die Pfote und schlug danach.

»He!« schrie der alte Mann, unsanft geweckt von dem Tatzenhieb. »Geh weg, Mieze! Scher dich weg, alter Störenfried!« Er setzte sich auf, trampelte laut auf den Fußboden und klopfte mit seiner langen Pfeife gegen die Truhe.

Mieze sprang auf den Boden und verbarg sich hastig; aber nachdem er sich wieder ausgestreckt hatte, um weiterzuschlafen, kehrte sie zurück, saß da und beobachtete die Fliegen, die ihn umschwirrten. Eine Fliege ging spazieren von dem kahlen roten Schädel bis zu den Augenbrauen, danach vom Genick zum Hals und erhob sich dann, anscheinend frohlockend und befriedigt, um gleich darauf ihre Reise von neuem zu beginnen. Der Anblick der winzig kleinen, beweglichen Körper erweckte in Miezes Brust eine seltsame Erregung. Die Spitze ihres Schwanzes zuckte, und zuletzt konnte sie es nicht länger ertragen, hob die Pfote und schlug auf den kahlen, roten Kopf.

»Oh, mein Gott!« schrie der Auffahrende, »kann denn ein alter Mann nicht einmal auf seiner eigenen Veranda Ruhe haben? Diese verdammte Katze will mich nicht schlafen lassen!« Brummend und seinen Hinterkopf reibend, schlurfte er in die Küche.

Aus Widersprüchen zusammengesetzt, wie die Katze nun einmal von der Natur geschaffen ist, verlor Mieze jetzt plötzlich das Interesse an den Fliegen. Sie drehte sich um und sprang, ihre Kräfte zusammennehmend, auf den einzigen Stuhl, der auf der Veranda stand. Es war ein altes Strohding, vom Wetter geschwärzt und abgenutzt. In der Mitte des Sitzes war ein Loch, aber Mieze war es gewohnt, auf der Kante zu balancieren. Sie nahm ihre Lieblingsstellung ein, die Beine unter dem Körper.

Ermutigt von der Stille auf der Veranda, hüpften ein paar Sperlinge vom Dach herab und begannen an dem Futter auf dem Brett zu picken. Mieze beobachtete sie bewegungslos mit unergründlichen Augen, während sie nahe dem Geländer herumhüpften, zwitscherten und sich zankten. Jeder versuchte die andern von den Blumentöpfen zu verscheuchen. Mieze war viel zu alt, um ihnen gefährlich zu werden.

Als sie jetzt zum Himmel hinaufblickte, sah sie die Schwalben, die sich für ihren großen Herbstflug in den Süden übten. Eine Amsel saß auf dem Rand des Schornsteins, mit dem Schwanz wippend und in den dunklen Rauchfang hinabschauend. Vor langer Zeit war Mieze gern über die Dachziegel geglitten, die Schwalben beobachtend, wie sie hin und her schossen, gelegentlich auch einmal einen unachtsamen Sperling fangend, dort oder drüben an der Regenrinne. Sie war auf dem Dachfirst entlanggekrochen und oft genug sehr dicht herangekommen an die frechen Amseln, die auf dem Schornsteinsims saßen. Während sie jetzt hinaufstarrte, waren diese Erinnerungen weniger als Bilder in ihrem Kopf vorhanden, sondern als ein Bewußtsein in ihren steifen alten Muskeln. Ihre Augen schlossen sich ein- oder zweimal, als sie den Schwalben nachsah, und zuletzt sank ihr Kopf mit einer beinahe feierlichen Bewegung hinunter. Sie zog die Beine näher an den Körper. Nacheinander hüpften die Sperlinge nun auf den Rand der Veranda. Miezes Kopf begann hin und her zu schwanken wie der Kopf einer sehr alten Frau. Sie konnte nicht mehr nach den Sperlingen springen oder aufs Dach hinauf klettern; aber sie konnte in ihren Nerven noch immer das Hochgefühl von geschmeidigem Aufwärtsfliegen und mühelosem Absprung nachempfinden.

Als die Sonne im Sinken war, wurde Mieze von Schritten auf der Veranda geweckt. Eine Frau kam aus der Küchentür. Mieze wußte sofort, daß es eine Fremde war, noch während sie einige Schritte von ihr entfernt war, weil ihr Kleid lieblich und neu roch. Die Kleider der Leute im Hof rochen nach ranzigem Fett und Tomatensuppe oder nach Tabak; manchmal rochen sie ebenso wie die rostigen Gitter auf dem Pflaster vor dem Hause. Als die Fremde nahe an sie herankam, sah Mieze zu ihrem Gesicht auf, und die Fremde blickte zu ihr herunter und murmelte ein Wort vor sich hin. Mieze wußte zwar nicht, was das Wort bedeutete; trotzdem erfüllte es sie mit einem plötzlichen, unerklärlichen Entzücken. Da sie wußte, daß sie ihren Kopf nicht an dem Kleid der Fremden reiben durfte – sie hatte das aus sehr schlechten Erfahrungen mit Frauen, deren Kleider neu rochen, gelernt –, zupfte sie mit zitternden Pfoten das Stroh vom Sitz des Stuhles, während sie laut, mit hocherhobener Nase, schnurrte. Ihre Sinne waren wie hochempfindliche Antennen. Sie verrieten ihr, daß die Fremde gütig war, freundlich eingestellt ihr gegenüber und fähig, ihr wunderbare und unbegrenzte Wohltaten zu erweisen. Als ihr Schnurren erwartungsvoll anschwoll und ihre Krallen den Stuhlsitz immer aufgeregter bearbeiteten, hörte sie die Tür der Wohnung aufklinken und ihrer Herrin Schritte hereinkommen.

»Mieze! Mieze!« rief die Pförtnerin, als sie die Veranda erreichte.

Mieze sprang von ihrem Stuhl und rannte zu der Fremden. Ihr Instinkt sagte ihr, daß sie sicher und wohlbehütet sein würde, wenn sie sich an die Fremde hielte, und daß dann ihr tägliches Unglück aus ihrem Leben verschwinden würde. Und als sie sich hinter der Fremden versteckte, konnte sie nicht widerstehen, schnell einmal den Schwanz um eines ihrer Beine zu winden.

»Ist das Ihre Katze?« fragte die Fremde die Pförtnerin, indem sie auf die Katze niederschaute.

»Ja, seit dreizehn Jahren habe ich sie. Und heute ist gerade ihr Geburtstag!« lachte die Pförtnersfrau. »Eine anständigere Katze hat noch nie gelebt, glauben Sie mir! Sie hat nur einmal in ihrem Leben ein Junges gehabt, und sie schien ganz erschrocken über das arme kleine Ding . . . Komm jetzt, Mieze, komm mit herunter zu Mutter!«

Vergeblich versuchte Mieze dem Eingefangenwerden zu entgehen, indem sie sich um die Beine der Fremden herum zurückzog; das Schicksal, das für sie immer irgendein menschliches Wesen bedeutete, war unerbittlich. Die Fremde lachte und trat zur Seite, die Pförtnerin schoß auf Mieze herab, und dann wurde sie, obwohl sie mit den Beinen strampelte und den Schwanz aufrührerisch schlug, nach unten getragen.

Im Hof sprach die dicke Zeitungsfrau gerade mit Teri. Sie hatte bereits ihre hellgrüne Wolljacke angezogen, weil sie in einer halben Stunde die Abendzeitungen austragen mußte. »Ich habe eben Teri von dem armen jungen Ding erzählt«, berichtete sie, der Pförtnerin ins Haus folgend. »Sie ist Waise, und sie besaß nichts außer ihren Kleidern, als sie ihn heiratete. Er kaufte die Möbel, und jetzt macht er ihr nun das Leben zur Hölle.«

»Was Sie nicht sagen!« antwortete die Pförtnerin geistesabwesend, während sie Mieze in ihren Korb setzte. »Oh, da ist er ja!« rief sie, zum Fenster hinausschauend und in die Hände klatschend. »Endlich bringt er ihn!«

Mieze setzte sich auf und leckte die Haare an ihrer Brust zurecht; dann zerkratzte sie das blaue Band, das sie um den Hals trug. Ihre Stimmung verdüsterte sich. Ihrem Empfinden nach hatte der Tag gerade genug unerwartete Dinge gebracht. Da war nach ihrem Geschmack viel zuviel Kommen und Gehen. Sie starrte den fremden Mann im Türrahmen mit schmal gekniffenen Augen voller Abneigung an.

»Guten Tag, liebe Frau! Ich bringe die Arbeit wie versprochen. Sieht sehr hübsch aus, muß ich sagen.« Der Mann begann das große Paket, das er trug, zu öffnen; aber die Pförtnerin verwies es ihm: »Ich möchte nicht, daß sie ihn nach und nach zu sehen bekommt«, sagte sie aufgeregt. »Sie muß ihn gleich im ganzen sehen, nachdem er ausgewickelt ist. Ich werde ihn hinter dem Bett auspacken.«

Der Mann zog ein zerknittertes Blatt Papier aus der Tasche. »Zwanzig Pengö, wie wir ausgemacht haben«, sagte er und reichte es ihr.

Die Pförtnerin öffnete eine Schublade und nahm ein abgenutztes Portemonnaie heraus. Sie seufzte, als sie das Geld in des Mannes schmutzige Handfläche zählte. Zwei große Silberstücke und zehn kleinere Münzen. Es war alles, was die Börse enthielt.

»Danke, liebe Frau, es stimmt«, sagte der Mann und steckte das Geld in die Tasche. »Wenn Sie es später einmal wieder wünschen«, fügte er hinzu, mit seinem kurzen Zeigefinger auf Mieze weisend, »dann rechne ich Ihnen nur fünfzehn Pengö.«

Die dicke Zeitungsfrau begann zu kichern, als der Mann das Zimmer verließ, und die Pförtnerin ließ sich auf die Knie nieder, um das Paket hinter dem Bett auszupacken. »Miezes Geburtstagsgeschenk ist da!« rief sie durch das Fenster dem Schuster auf der gegenüberliegenden Seite des Hofes zu. »Kommen Sie es doch ansehen!«

Aufrecht in ihrem Korb sitzend, wurde Mieze zusehends kleiner. Ihre goldenen Augen glitten von einem Gegenstand zum andern. Ihre scharfen, beinahe übernatürlichen Sinne hatten ihr gesagt, daß etwas Seltsames bevorstand. Was es war, wußte sie nicht, auch nicht, wo es war. Die Ahnung von etwas Unangenehmem machte alle Geräusche und alles, was sie sah, fremd – so das Papiergeraschel am Ende des Bettes, das Kichern der Zeitungsfrau, das Tischbein neben ihrem Korb und die leere Kohlenkiste an der Tür. Mieze warf einen trüben Blick auf den Schuster, der soeben eintrat; aber ihre Furcht stand in keinem Zusammenhang mit ihm, auch mit Teri nicht, die hinter ihm kam. Sie hatte nie zuvor so viele Menschen in dem kleinen Zimmer gesehen, noch so viel Gelächter gehört, und ihre Nerven vibrierten.

»Hier ist dein Geburtstagsgeschenk!« rief die Pförtnerin, indem sie sich auf den Boden neben Miezes Korb setzte. »Hier ist dein geliebter Max! Zurückgekommen zu seiner Mieze! Sieh ihn dir an, Mieze! Er sieht genau so aus, als ob er lebte!«

Mieze starrte auf das Ding auf dem Fußboden vor ihr, und jedes Haar in ihrem Körper sträubte sich. Das Ding sah Max ähnlich; aber es roch nicht wie Max! Es glotzte sie an mit glänzenden Augen, deren Unbeweglichkeit eine Drohung enthielt, der sie nicht gewachsen war. Und der Geruch war todesähnlicher, abstoßender als alles andere, was Mieze bisher gekannt hatte. Einen Augenblick blieb sie unentschieden und bewegungslos; dann brach ihre Seelenangst in einem gellenden Schrei aus. Spuckend und fauchend wich sie rückwärts über den Rand ihres Korbes aus und versuchte, auf das Bett zu springen. Aber sie verrechnete sich in der Entfernung und glitt auf den Fußboden zurück, die Bettdecke mit ihren Krallen herunterziehend.

»O guter Gott, Mieze!« jammerte die Pförtnerin. »Sie ist erschrocken vor Max!«

Sie wollte die Katze von der Bettdecke lösen; aber Mieze wehrte sich und schlug ihr die Zähne in die Hand. Die Pförtnerin riß sich mit einem Schrei von ihr los, und Mieze sprang erneut auf das Bett, flog über die Kissen und landete, ihre schwachen Kräfte zusammenreißend, schreiend auf dem Kleiderschrank. Das da unter ihr schien ihr ein Höllenspuk.

»Was geht denn hier vor?« fragte der Kohlenträger durch das offene Fenster. Er hatte wie allwöchentlich seine Last Holz nach oben getragen und im Hof den Lärm gehört.

»Oh, du mein Himmel, Mieze ist verrückt! Mieze ist verrückt!« piepste Teri mit zitternden Händen. Sie sah aus wie ein verängstigter Gnom mit ihrem Kopftuch und ihrem schleppenden Rock.

»Mein armer Liebling!« jammerte die Pförtnerin. »Es ist doch ihr dreizehnter Geburtstag, und ich wollte ihr etwas Gutes antun!«

»Ich werde sie einfangen«, sagte der Schuster, indem er einen Stuhl heranzog.

Mieze fauchte oben auf dem Kleiderschrank; ihre Augen glühten rot. Niemand kam es in diesem Augenblick in den Sinn, zu sagen, daß das eine Stuhlbein zerbrochen gewesen und nur notdürftig angeleimt war. Der Schuster stieg hinauf, das Bein gab nach, und bei dem Bemühen, sein Gleichgewicht zu bewahren, trat er mit dem Fuß so heftig auf den dünnen Holzsitz, daß er ebenfalls zerbrach. Die Schreckensschreie der Frauen begleiteten seinen Sturz.

»Jesus Maria!« Der Kohlenträger schrie laut auf, während er sein rundes, verschwommenes Gesicht an das Drahtgitter preßte.

»Ich werde sie schon herunterkriegen«, sagte der Schuster in unheilvollem Ton. Mit gerötetem, ärgerlichem Gesicht stieß er die Frauen zur Seite und verließ die Stube, sich die Sitzfläche reibend. Kurz darauf kehrte er mit einem Eimer voll Wasser und einem langstieligen Besen zurück.

»Einen Besen nehmen für meine Mieze!« wehklagte die Pförtnerin und rang die Hände.

»Besser wäre es, ihr würdet die ausgestopfte Katze verstecken«, riet der Kohlenträger, indem er eine bequemere Stellung vor dem Fenster einnahm.

Teri hob Max vom Fußboden auf und verbarg ihn in einer Kommode.

»Jetzt müßt ihr zurücktreten«, sagte der Schuster, den Eimer neben dem Schrank niedersetzend. Er packte den Besen in der Mitte mit einer Hand und hob ihn wie einen Speer über den Kopf. Als die Borsten über den Rand von Miezes Versteck kamen, begann sie zu spucken und dagegen zu kämpfen. Der Schuster bewegte den Besen von einer Seite zur andern; denn er wollte nicht, daß ihm Mieze auf den Kopf sprang. Als sie unversehens auf die andere Seite schoß, flog der Besenstiel zurück, schlug gegen die Hängelampe und zerbrach das dünne Glas.

»Die ist dahin!« rief der Kohlenträger draußen vor dem Fenster.

»Halt den Mund, du Landstreicher!« brüllte der Schuster mitten in der Arbeit. »Sonst will ich dir eins versetzen, damit du Grund hast, ihn aufzumachen!«

»Steigen Sie hier drauf«, sagte die Zeitungsfrau, indem sie ihm einen Küchenschemel reichte. »Er ist fest«, keuchte sie und wischte sich mit dem Handrücken die Lachtränen aus den Augen.

Der Schuster stieg auf den Schemel. Er konnte Mieze nicht sehen; denn es dämmerte stark, und sie war bis zur Wand zurückgewichen. Er fühlte jetzt, daß der Besen etwas Festes berührte, das Widerstand bot. Mit einem frohlockenden Siegesruf stieß er zu, und eine alte Küchenuhr, die dort seit Jahren vergessen gelegen hat, polterte herab. Sie landete ausgerechnet in dem Wassereimer. Der kleine Hof widerhallte von dem Freudengeschrei des Kohlenträgers. Die Pförtnerin begann zu weinen; Teri machte sich mit erschrockenem Gesicht daran, das übergeschwappte Wasser aufzuwischen. Der Schuster gönnte der Uhr einen einzigen Blick, dann schlug er mit dem Besen wütend auf die Decke des Schrankes ein, bis der Besen Mieze traf. Mit zornigem Schwung warf er sie auf das Bett. Schlapp fiel sie auf den Rücken. Er ergriff sie beim Nackenfell, tauchte sie zweimal ins Wasser und warf sie mit der abschließenden Bemerkung »So, das wäre getan!« auf den Boden.

Tränen strömten über das Gesicht der Pförtnerin, als sie Mieze aufnahm und mit einem Handtuch trockenrieb. Die alte Katze lag in ihren Armen und rührte sich nicht, nur krampfhafte Zuckungen zitterten zuweilen über ihren Körper.

»Vielleicht kommt sie wieder in Ordnung, wenn sie trocken ist«, sagte die Zeitungsfrau zweifelnd und beugte sich nieder, um Augen und Zähne der Katze zu untersuchen. »Sie ist nicht verrückt, sie hat sich nur furchtbar erschrocken.« Mißbilligend schüttelte sie den Kopf. »Den Lohn für einen Monat Arbeit für das Ding dranzugeben – das war kein glücklicher Einfall«, fügte sie hinzu. Dann drehte sie sich um und hastete aus dem Zimmer, denn es wurde jetzt höchste Zeit für sie, den abendlichen Rundgang anzutreten.

Teri trug den Eimer auf den Hof hinaus und kam zurück, um ein warmes Tuch um die Schultern zu nehmen; denn auch sie mußte jetzt zu ihrer abendlichen Arbeit weggehen. Draußen im Hof tauschten der Schuster und der Kohlenträger einige grobe Worte, bevor sie sich trennten.

Nachdem alles ruhig war, legte die Pförtnerin Mieze in ihren Korb und stopfte ein Stück Flanell um sie herum, um sie warm zu halten. Dann stellte sie den Korb draußen auf die Türschwelle und setzte sich daneben in dem milden Herbstabend. Des Schusters Lampe schien von der gegenüberliegenden Seite in den Hof heraus, und wieder klopfte sein Hammer. Über dem alten Schornstein erschien ein Stern, und plötzlich war die Farbe am Himmel ausgelöscht. Die Pförtnerin schluchzte in ihre Schürze. »Arme Mieze, arme, arme Mieze!« sagte sie erstickt mitten in ihren Tränen. Endlich hob sie ihr tränennasses Gesicht und lehnte den Kopf an den Türrahmen. »Oh, lieber Gott«, flüsterte sie in die Dunkelheit hinein, »dafür zwanzig Pengö! Und ich hätte so nötig neue Schuhe gebraucht!«

In dem Korb neben ihr lag die alte Katze ohne jede Bewegung, denn die Zuckungen quälten ihre steifen Glieder nicht mehr.

Maxim Gorki

Sasubrina

Das runde Fenster meiner Zelle ging auf den Gefängnishof. Es lag sehr hoch, doch wenn ich den Tisch an die Wand rückte und hinaufkletterte, konnte ich alles sehen, was draußen vor sich ging. Über dem Fenster, unter dem Dach, hatten Tauben ihr Nest gebaut, und wenn ich aus dem Fenster auf den Hof sah, gurrten sie über meinem Kopf.

Ich hatte ausreichend Zeit, von meinem erhöhten Ausguck aus die Insassen des Gefängnisses kennenzulernen, und ich wußte: Der Lustigste unter all den finsteren, grauen Gestalten hier hieß Sasubrina . . .

Er war ein dicker, untersetzter Bursch mit rotem Gesicht und hoher Stirn, unter der die großen hellen Augen stets munter blitzten.

Seine Mütze trug er im Nacken, die Ohren standen höchst lächerlich von seinem geschorenen Kopf ab, das Band seines Hemdkragens war nie zugebunden, die Jacke nie zugeknöpft, und jede Bewegung ließ erkennen: dies war ein Mensch, unfähig, traurig oder zornig zu sein.

Immer lachend, immer beweglich, immer laut, war Sasubrina der Liebling des Gefängnisses; stets war er von einer Schar seiner grauen Genossen umringt, und er belustigte und zerstreute sie durch allerlei drollige Streiche. Seine ehrliche Heiterkeit verschönte dieses triste, öde Leben hier.

Einmal kam er aus seiner Zelle mit drei geschickt an eine Leine gespannten Ratten. Sasubrina rannte auf dem Hof hinter ihnen her und rief dabei, jetzt fahre er Troika. Die von seinem Geschrei geradezu rasend gemachten Ratten sausten kreuz und quer, und die Gefangenen, die zusahen, freuten sich wie die Kinder über den dicken Sasubrina und seine Troika.

Er schien überzeugt, einzig und allein zur Belustigung seiner Mitmenschen dazusein, und scheute deshalb auch vor nichts zurück, dies zu erreichen. Manchmal freilich nahm sein Einfallsreichtum grausame Formen an. So klebte er zum Beispiel einmal das Haar eines schlafend auf der Erde mit dem Rücken zur Wand sitzenden Jungen mit irgend etwas an die Wand an und weckte ihn dann jäh auf. Der Junge sprang schnell hoch und fiel sofort wieder zu Boden, wobei er sich aufweinend mit seinen dünnen, mageren Ärmchen nach dem Kopf griff. Die Gefangenen lachten, und Sasubrina war zufrieden. Später – ich sah es von meinem Fenster aus – liebkoste er den Jungen, von dessen Haar ein reichliches Büschel an der Wand kleben geblieben war.

Außer Sasubrina gab es im Gefängnis noch einen allgemeinen Liebling – ein dickes rotes Kätzchen, ein kleines, von allen verwöhntes, munteres Tier. Jedesmal, wenn die Gefangenen zum Spaziergang in den Hof kamen, wußten sie es irgendwo zu finden und spielten dann lange mit ihm; sie gaben es von Hand zu Hand, jagten ihm über den Hof nach und ließen sich von ihm die Hände und die vom Spiel mit dem Liebling belebten Gesichter zerkratzen. Wenn die Katze auf dem Schauplatz erschien, wandte sich aller Aufmerksamkeit ihr zu und von Sasubrina ab. Mit solcher Bevorzugung aber konnte Sasubrina sich keinesfalls zufriedengeben. Denn er war seinem ganzen Wesen nach Künstler und als Künstler ein Mensch mit allzu großem Geltungsbedürfnis und übersteigerter Eigenliebe. Sobald sich sein Publikum mit dem Kätzchen amüsierte, blieb er allein, hockte irgendwo auf dem Hof in einem Winkel und beobachtete von dort aus seine Genossen, die ihn nun vergessen hatten. Und ich beobachtete ihn von meinem Fenster aus und spürte all das, was seine Seele in solchen Augenblicken bewegte. Es war mir klar: Sasubrina mußte die Katze bei der ersten sich bietenden Gelegenheit totschlagen, und es tat mir in der Seele weh um den lustigen Mitgefangenen, der stets so darauf aus war, der Mittelpunkt der allgemeinen Aufmerksamkeit zu sein. Von allem, was in einem Menschen vorgeht, wird die Seele durch nichts so schnell abgetötet wie durch die Begier, anderen Menschen zu gefallen.

Wenn man im Gefängnis sitzt, erscheint einem selbst das Wachstum der Pilze an der Wand interessant; so wird die Aufmerksamkeit verständlich, mit der ich von meinem Fenster aus das kleine Drama dort unten und diese Eifersucht eines Menschen auf eine Katze beobachtete, und verständlich ist auch die Ungeduld, mit der ich die Katastrophe erwartete. Und sie trat tatsächlich ein. Das kam so:

An einem hellen, sonnigen Tag, als die Gefangenen aus ihren Zellen auf den Hof strömten, entdeckte Sasubrina in einer Ecke des Hofes einen Eimer mit grüner Farbe, den die Maler stehenlassen hatten, als sie die Dächer des Gefängnisses strichen. Er trat heran, dachte nach, steckte einen Finger in die Farbe und machte sich seinen Schnurrbart grün. Dieser grüne Bart unter dem roten Gesicht erregte natürlich allgemeines Gelächter. Ein Halbwüchsiger, der es Sasubrina nachtun wollte, kam nicht dazu, denn Sasubrina tauchte die Hand in den Eimer und schmierte ihm flink das ganze Gesicht voll Farbe. Der Bursche prustete und schüttelte seinen Kopf, Sasubrina tanzte um ihn herum, und das Publikum schüttelte sich aus vor Lachen und feuerte seinen Spaßmacher mit Beifall an.

Genau in diesem Augenblick erschien das rote Kätzchen auf dem Hof. Langsam ging es über den Hof, hob zierlich die Pfötchen, ließ den hocherhobenen Schwanz spielen und hatte offensichtlich gar keine Angst, unter die Füße der Menge zu geraten, die um Sasubrina und den von ihm beschmierten Burschen herumtanzte, der mit aller Gewalt die klebrige Ölfarbe mit den Händen abzuwischen suchte.

»Brüder!« rief einer. »Miezchen ist da!«

»Ach, Miezchen, der kleine Schelm!«

»Die Rote . . .! Das Kätzchen!«

Das Tierchen wurde hochgenommen und ging von Hand zu Hand, von allen gestreichelt und gehätschelt.

»Sieh, wie sich's sattgefressen hat! Wie dick sein Bäuchlein ist!«

»Wie schnell es wächst!«

»Er kratzt, der kleine Teufel!«

»Laß es! Soll's doch rumspringen!«

»Ho – ich halt den Rücken hin . . . Spring, Miezchen!«

Um Sasubrina wurde es leer. Er stand allein, wischte sich mit den Fingern die Farbe vom Bart und blickte auf das Kätzchen, das über Rücken und Schultern der Gefangenen sprang. Wollte es bei einem auf der Schulter sitzen bleiben, so schüttelte der das Kätzchen ab, das dann schnell auf die nächste Schulter sprang. Das machte allen so viel Spaß, daß das Lachen nicht aufhören wollte.

»Brüder! Wir wollen die Katze färben!« ertönte da Sasubrinas Stimme. Es klang so, als sei sein Vorschlag zu dieser neuen Belustigung zugleich eine Bitte um Einverständnis.

Sofort ging ein Lärmen los.

»Davon wird sie krepieren!« rief einer.

»Von der Farbe? Red doch keinen Unsinn!«

»Los, Sasubrina! Mach fix!«

Ein Breitschultriger mit feuerrotem Bart schrie: »Da hat sich der Satan wieder einen schönen Streich ausgedacht!«

Schon hielt Sasubrina die Katze in den Händen und ging mit ihr zu dem Farbeneimer.

»Seht, Brüder, sehet hier . . .«,

sang Sasubrina,

»die rote Katze färben wir
in der grünen Farbe ganz –
und dann gibt es einen Tanz.«

Eine Lachsalve erdröhnte, die Gefangenen hielten sich die Seiten, sie traten auseinander, und ich konnte sehen, wie Sasubrina das Kätzchen am Schwanz hielt, es in den Eimer tauchte und herumtanzend sang:

»Halt, nicht miaut,
den Taufpaten nicht gekraut!«

Das Gelächter schwoll an. Einer kicherte mit dünner Stimme: »Oh – oh – oh! Oh, du dickwanstiger Spaßvogel!«

»Ach, Batjuschki . . .!« stöhnte ein anderer.

Das Lachen wollte ihnen fast den Atem nehmen, ihre Körper krümmten sich, es schallte und dröhnte über den Hof – gewaltig, sorglos, und steigerte sich fast bis zur Hysterie. Lachende Gesichter, von weißen Tüchern umrahmt, sahen aus den Fenstern der Frauenabteilung auf den Hof. Der an der Mauer lehnende Aufseher hielt sich den dicken Bauch mit den Händen und stieß ein lautes, tiefes, erstickendes Gelächter aus.

Lachend zerstreute sich alles. Sasubrina aber tanzte, wirbelte die Beine, sprang tief in die Hocke, schnellte sich hoch und sang dazu:

»Ei, lustig ist das Leben, schau!
War einst 'ne graue Katzenfrau,
und ihr roter Katersohn
geht jetzt grüngefärbt davon!«

»Genug, genug, hol dich der Teufel!« schrie stöhnend der Rotbart.

Aber jetzt war Sasubrina erst in Stimmung. Um ihn dröhnte das tolle Gelächter all der grauen Menschen, und er wußte, daß er allein es war, der dieses Lachen herbeigezaubert hatte. Jede Geste, jede Grimasse seines beweglichen Hanswurstgesichts ließ dieses Bewußtsein deutlich werden, und sein ganzer Leib zuckte und bebte im Genuß dieses Triumphes. Hoch hielt er die grüne Katze über dem Kopf, schüttelte das Zuviel an Farbe aus ihrem Fell, tanzte unermüdlich in der Ekstase des Künstlers, der sich seines Sieges über die Masse bewußt ist, und improvisierte dazu:

»Meine lieben Brüder, seht,
was in dem Kalender steht;
die Katze muß 'nen Namen ha'n,
daß man sie danach nennen kann.«

Alles ringsum lachte – es lachte die von stürmischer Heiterkeit erfaßte Menge der Gefangenen, es lachte die Sonne auf den eisenvergitterten Fensterscheiben, es lachte der blaue Himmel über dem Gefängnishof, und es war, als lachten selbst die alten, schmutzigen Mauern, mit dem Lächeln eines Wesens, das seine Heiterkeit unterdrücken muß, damit sie nicht allzu laut werde. Auch die weiblichen Strafgefangenen lachten hinter ihren Gitterfenstern, und weiße Zähne blinkten in der Sonne.

Alles ringsum war wie verwandelt, das öde Grau abgeworfen, jenes Grau, das so trostlos, so mutlos machte. Alles lebte auf, durchdrungen und mitgerissen von diesem reinigenden Lachen, das, wie die Sonne, sogar den Schmutz zwingt, sauberer zu erscheinen.

Sasubrina hatte das grüngefärbte Kätzchen auf das Gras gelegt, das hier und da zwischen den Steinen wuchs und dem Gefängnishof etwas Farbe gab, und immer noch führte er schwitzend, atemlos, erregt seinen wilden Tanz auf.

Aber jetzt erlosch das Gelächter. Es hatte alles Maß überschritten und die Lachenden ermüdet. Der eine und der andere winselten noch hysterisch, einige lachten noch, aber schon mit Pausen . . . Und schließlich kam der Augenblick, da alle verstummten; Sasubrina sang und tanzte immer noch, und das Kätzchen, das mühselig über den Rasen kroch, miaute leise und kläglich. Es war in der Farbe vom Gras kaum zu unterscheiden und kroch – wahrscheinlich durch die Farbe geblendet und in seinen Bewegungen gehindert – dahin, dickköpfig und klebrigglatt, auf zitternden Beinchen, blieb liegen, wie an den Rasen geklebt, und miaute in einem fort . . .

»Kommt, ihr Leut, und seht,
der grüne Kater geht,
seht, die früher rote Katz
findet heute keinen Platz.«

So sang Sasubrina zu den Bewegungen des Kätzchens.

»Sieh an, wie geschickt!« sagte der Rothaarige. Das Publikum betrachtete seinen Künstler mit übersättigten Augen.

»Wie's miaut«, sagte der Halbwüchsige mit einer Kopfbewegung nach dem Kätzchen hin und sah seine Kameraden an. Sie schwiegen und beobachteten das Tierchen.

»Bleibt's denn nun sein Leben lang grün?« fragte der Junge.

»Wie lange wird's denn noch leben?« fragte ein großer Grauhaariger und hockte sich neben dem Kätzchen nieder. »Die Farbe trocknet in der Sonne, die Haare kleben ihm zusammen, es wird krepieren . . .« Das Kätzchen miaute herzzerreißend – und jetzt bewirkten diese Klagelaute bei den Gefangenen einen Stimmungsumschwung.

»Es krepiert!« rief der Junge. »Und wenn man es abwäscht?« Keiner antwortete. Das winzige grüne Klümpchen quälte sich zu Füßen dieser rauhen Menschen, bemitleidenswert in seiner Hilflosigkeit.

»Hui! Ich bin wie gebraten!« rief Sasubrina und warf sich erschöpft auf die Erde. Keiner achtete auf ihn.

Der Junge näherte sich dem Tierchen, nahm es in die Hand, legte es aber sofort wieder auf den Rasen und sagte: »Es ist ganz heiß . . .«

Dann sah er die Kameraden an und sprach in traurigem Ton:

»So geht's dem Miezchen! Und wir werden kein Miezchen mehr haben! Warum habt ihr das arme Tier umgebracht . . .?«

»Ach, es wird sich schon wieder erholen«, meinte der Rothaarige.

Das grüne mißhandelte Geschöpfchen kroch noch immer über den Rasen, zwanzig Augenpaare folgten ihm, aber auf keinem Gesicht lag auch nur noch der Schatten eines Lächelns. Alle waren finster, alle stumm, alle wurden so traurig wie das Kätzchen, so, als hätte sich ihnen sein Leiden mitgeteilt, und alle fühlten seine Qualen mit.

In schmerzlichem Hohn lachte der Junge auf: »Es wird sich wieder erholen . . .« Er erhob seine Stimme: »Was nicht noch . . . Wir hatten das Miezchen . . ., alle hatten wir es lieb . . . Warum quält ihr es so? Schlagt's doch lieber tot . . .«

»Und wer hat's getan?« rief der Rothaarige böse. »Der da ist der Anstifter, der Satan!«

»Na«, sagte Sasubrina ausweichend, »wir alle zusammen wollten es doch . . .« Und er krümmte sich wie vor Kälte.

»Alle zusammen!« äffte ihm der Junge nach . . . »Auch noch. Du allein bist schuld . . . du . . . ja!«

»Ach, du Schaf, blök nicht«, entgegnete Sasubrina geringschätzig.

Der grauhaarige Alte nahm das Kätzchen in die Hände, untersuchte es eingehend und meinte:

»Wenn man's in Petroleum baden könnte, ginge die Farbe ab!«

»Na, und meine Meinung ist, man sollte es am Schwanz nehmen und über die Mauer werfen«, lachte Sasubrina. »Das ist das allereinfachste!« – »So-o?« brüllte der Rothaarige los. »Und wenn ich das mit dir täte? Willst du?«

»Du Teufel!« schrie der Junge Sasubrina an, riß die Katze aus den Händen des Alten und stürzte davon, gefolgt von dem Alten und einigen anderen.

Sasubrina stand allein, in einem Kreis von Menschen, die ihn nun mit bösen, finsteren Augen ansahen. Es war, als erwarteten sie etwas von ihm.

»Ich war's doch nicht allein, Brüder!« sagte Sasubrina kläglich.

»Halt's Maul!« rief der Rothaarige, sich im Hof umsehend. »Nicht allein! Wer vielleicht denn noch?«

»Ja, aber alle doch . . .«, entfuhr es dem Spaßmacher.

»Uh – du Hund!«

Der Rothaarige stieß ihm seine Faust ins Gesicht. Der Künstler wankte, aber schon traf ihn von hinten ein Schlag ins Genick.

»Brüderchen ...«, flehte er angstvoll. Aber seine Brüderchen hatten gesehen, daß die beiden Aufseher weitab waren. Ganz dicht umringten sie Sasubrina, und so schlugen sie auf ihren Liebling ein. Ein paar Hiebe streckten ihn nieder. Von fern konnte man meinen, dort stehe eine dichtgeschlossene Gruppe, die sich lebhaft unterhält. Von seinen Kameraden umringt und verdeckt, lag Sasubrina am Boden. Ab und zu gab es einen dumpfen Laut: dann stießen sie ihn mit den Füßen in die Rippen. Sie taten es ohne Hast, und sie warteten dabei, bis der wie eine Schlange sich windende Mensch ihren Fußtritten eine besonders günstige Gelegenheit bot.

Drei Minuten vergingen so. Da plötzlich schrie der Aufseher:

»He, ihr Teufel! Auseinander da!« – Doch die Gefangenen hörten nicht sofort auf, Sasubrina zu peinigen. Einer nach dem andern ging langsam fort, aber jeder verabschiedete sich im Weggehen mit einem Fußtritt von seinem Opfer. Als sie auseinandergegangen waren, blieb Sasubrina auf der Erde liegen, die Brust nach unten. Seine Schultern bebten, wahrscheinlich weinte er, er hustete und spie. Dann versuchte er vorsichtig, als habe er Angst zu zerbrechen, sich von der Erde aufzurichten; mit der Linken stützte er sich auf, zog ein Bein an und setzte sich so auf den Boden. Dabei winselte er wie ein kranker Hund.

»Laß dir ja nichts anmerken!« rief der Rothaarige drohend.

Sasubrina drehte sich herum und stand schnell auf.

Wankend ging er auf die Gefängnismauer zu, eine Hand an die Brust gepreßt, die andere nach vorn gestreckt. So lehnte er sich an die Wand, senkte den Kopf, hustete ...

Ich sah, wie dunkle Tropfen auf die Erde fielen; ich erkannte deutlich, wie sie vor dem grauen Hintergrund der Mauer erschienen und wieder verschwanden.

Und um das Staatsgebäude nicht mit seinem Blut zu besudeln, gab sich Sasubrina alle Mühe, daß kein Tropfen an die Wand kam.

Er wurde ausgelacht ...

Das Kätzchen war seit jener Zeit verschwunden. Und Sasubrina brauchte sich mit niemandem mehr in der Gunst der Gefängnisinsassen zu teilen.

Svend Fleuron

Katzenvolk

Grauchen

Noch glänzt der Maimond weiß und rund am Himmel; aber im Osten, hinter den Hügeln, dort, wo das Dach eines Gehöftes aufragt, lugt der erste, zarte Rosenschimmer der Morgendämmerung hervor . . .

Eine Hauskatze kommt den Feldrain, der am Gehöft beginnt, entlang geschlichen. Ab und zu steht sie still und späht zurück – um gleich darauf weiterzueilen. Langsam nimmt das Tagen zu, das Land ringsum erweckend. Im Zenit ist der Himmel jetzt blau, die fernen Sterne gehen nach und nach zur Ruhe; die Menschenstimmen aber und der Lärm sind noch mit Zauberbanden an die Federbetten der Gehöfte gefesselt . . . nur ein einziger, mächtiger Chor unsichtbarer Lerchen tiriliert.

Die Katze scheint von ganz gewöhnlicher Rasse zu sein. Der kleine, runde Kopf sitzt auf einem festen, gedrungenen Hals; die Beine sind kurz, der Schwanz ist rundlich und geschmeidig, die gebogene Rückenlinie voller Anmut. Auf der Unterseite aber ist die Miez nur Bauch und Wanst. Wie ein gefüllter Sack beutelt das Bauchfell von der Brust bis hinab zu den Leisten – die Katze hat in ihrem Leben so manchen Wurf Junge zur Welt gebracht – das läßt sich nicht verbergen.

Ein Pfeifen oben am Zaun wie von Mäusen läßt sie auf der Stelle innehalten und diese Gelegenheit ergreifen. Die Ohren spitzen sich und werden mit einem Mal unverhältnismäßig lang, sie sehen aus, als gehörten sie zu einem Kaninchenkopf – das sind schon mehr Löffel als Katzenohren: nur daß ihnen der Zipfel fehlt. Aus den Nachtdünsten der Senken erheben sich die grünen, taubenetzten Flächen der Sommersaat, und an Rainen und Gräben entlang beginnen die Blumen sich in die sprühenden Farben der Sonne zu hüllen. Auch die Farbe des Katzenfells wird jetzt deutlich erkennbar. Die Miez ist mausgrau und getigert, in weißen Schuhen stekken schwarze Strümpfe. Aber über Brust und Flanken zieht sich – ein seltener Zufall – ein Band aus rostroter und isabellfarbener Wolle.

Grauchen schlägt wieder den Weg in die Felder ein! Die Maus, die sie glücklich gefangen, ist schon verzehrt. Eine Sekunde lang gab sie ihrem Verlangen, mit der Beute zu spielen, nach, aber ein Hundegekläff vom Gehöft her brachte sie schnell auf andere Gedanken. Sie schleicht nicht mehr, nein, sie jagt von dannen . . .

Sie war das Kätzlein des Knaben gewesen, er hatte sie liebkost, mit ihr gespielt, sie durfte in den Stuben ein und aus gehen.

Die Zeit vergaß sie ihr Leben lang nicht – und der Raum jenseits der Türschwelle, in den nur Menschen kamen, den nie ein Hahn oder eine Henne, keine Kuh und kein Pferd, ja nicht einmal Boxer betreten durfte, spukte noch immer, so alt sie auch geworden, in ihren Gedanken. Oftmals bei Frühlingskälte und Winterstürmen konnte es geschehen, daß die immer sommerliche Stube wie eine Erscheinung vor ihr erstand.

Wohl einen Monat hatte die Herrlichkeit gewährt – dann hieß es: Hinaus! Und mit Stiefel und Besenstiel wurde dem Rufe Nachdruck verliehen.

»Grauchen ist so diebisch«, sagte die Frau. »Setzt man Fleisch und Sahne auf den Küchentisch, so sind sie nicht eine Minute vor ihr sicher. Grauchen stiehlt . . . im Haus ist sie unmöglich!«

Was verstand sie von den Gesetzen der Menschen! Waren Fleisch und Sahne nicht für die Katze da? Sie nahm, was sie erwischen konnte; das war ihre Natur! Oben im Hauptgebäude bei den Menschen durfte sie nicht bleiben; sie mied sie so lange, daß ihr die Scheu bald zur Gewohnheit wurde. Aus der Stube ließ sie sich in den Hof hinausjagen und vom Hof in den Kuhstall . . . nur den Anblick des Futtermeisters konnte sie ertragen!

Im Sonnenschein am Stallflügel hatte manch ein Sommermorgen

sie gefunden; mit anderen Katzen des Hofes saß sie hier und säugte ein dürftiges Junges. Man teilte sich in die Pflege des Kindes und betrachtete es gleichsam als Gemeingut, während man im übrigen auf die baldige Rückkehr des Milchwagens von der Weide wartete.

Jetzt hören sie ihn von ferne, ja, es ist der Trab der alten Stute – und kurz darauf poltert er mit Getöse zum Hoftor herein. Wie Stöcke ragen ihre Schwänze in die Luft; sie machen steife Läufe – das große Ereignis steht ja bevor.

Kaum hat der Wagen haltgemacht, da sind sie auch schon oben; sie gieren nach dem Duft der süßen, frischgemolkenen Milch.

Dann bekommen sie vom Futtermeister ein wenig in einer Schale vorgesetzt, das sie sich teilen müssen . . . Das Schälchen ist aber schnell leergeschleckt – und jetzt gilt es, sich so viel wie irgend möglich zu ergaunern!

Setzt der Futtermeister einen leeren Eimer aus der Hand, husch, ist auch schon eines der Kätzlein zur Stelle, kippt kopfüber hinein und leckt ihn blitzsauber. Man klammert sich mit den Vorderläufen an und zieht sich im Klimmzug bis zur Seihe hinauf . . . Man tut ja alles um der süßen Kuhmilch willen!

Jede einzelne kann der Futtermeister am Schwanze packen und hoch in die Luft heben, sie strecken nur alle viere von sich . . .

»Die kleine Maus, die kleine Miez!« singt der tierfreundliche Kuhhirte mit lockender Stimme während dieser Freiübung – und zu einem zufälligen, staunenden Zuschauer gewandt, fügt er erklärend hinzu:

»Sie verstehen, ich tue ihnen ja nichts!«

Ja, man bekleckert sich sogar in dem Maße mit Milch, daß man nachher viele Stunden damit zu tun hat, sich gegenseitig rein und trocken zu waschen.

All diese Dinge indes lagen für sie in weiter Ferne! Daß sie sich so etwas gefallen lassen konnte! Sich am Schwanz in die Höhe heben lassen – und dann: einer anderen Junges reinwaschen!

Sie ließ sich auch jetzt noch im Hofe sehen, meistens zu früher Morgenstunde oder spät am Abend. Aber sie traute sich nie mehr auf den Hofplatz und zeigte sich überhaupt nur höchst selten. Am liebsten stand sie oben auf dem Heuboden und lugte durch die Futterritze in den Stall hinab; aber sowie sie nur den Schimmer eines Menschen erblickte, war sie fort.

Kam ein Knecht nach oben, um Stroh oder Heu für die Kühe zu holen, und stieß zufällig auf sie, dann empfing sie ihn mit Gefauch. Der Futtermeister aber, der ja die Katzen liebte, setzte ihr trotzdem etwas Milch hin. Die blieb dann den lieben langen Tag unberührt stehen, bis sie in der Nacht geholt wurde . . .

»Der Teufel mag begreifen, was Grauchen fehlt«, sagte er oft. »Sollte Boxer hinter ihr her gewesen sein . . . Sie ist ja so scheu, sie ist ja rein wie wild, das Vieh!«

Ja, wild war sie schon vor langer Zeit geworden!

Vom Kuhstall hatte sie sich auf die Tenne zurückgezogen, hatte sich's zur Gewohnheit gemacht, sich auf Hahnenbalken und in Stallkammern zu verbergen. Sie hatte begonnen, die Bäume zu erklimmen, an den Strohdächern auf und nieder zu wandern, am Giebel entlangzulaufen und sich ihre Bettstatt oben hinter einem der Schornsteine zu errichten.

Und je mehr die Zeit verstrich, desto wunderlicher war sie geworden . . .

Sie war nicht wie die anderen Katzen des Hofes, deren Junge man ertränken durfte, einen Wurf nach dem anderen, und die nur wehklagend nach ihnen miauen konnten. Nein, einmal ließ sie sich's bieten, aber da begriff sie, daß sie ihre Jungen schlecht versteckt hatte. Von selber vermochten sie ja nicht davonzulaufen!

Als sie das nächste Mal werfen sollte, verbarg sie die Jungen tief drinnen in einem Strohhaufen; aber die Jungen des Futtermeisters, die immer und ewig im Stroh herumkrochen, hörten ihr Piepsen und zerrten sie hervor – und so wurden auch diese aus der Welt geschafft. Nur eines war zurückgeblieben, gleichsam verloren und vergessen lag es mitten auf dem Heuboden.

So manche andere Katzenmutter hätte sich seiner gefreut und die übrigen Kinder über dem einen vergessen. Sie aber konnte nicht vergessen, sie ging umher, suchte und suchte und miaute und klagte unaufhörlich. Dann nahm sie das Kätzlein, trug es zu einem leeren Taubenschlag in einer unbewohnten Häuslerhütte; hier wuchs es heran, ohne je Menschen zu Gesicht zu bekommen. Bis es eines schönen Tages von Boxer zerrissen wurde . . . In diesem Frühling aber, als sie wiederum werfen sollte, hat sie sich aufs Feld hinaus geflüchtet, zu den alten, hohlen Weiden.

Kein lebendes Wesen würde die Jungen je finden!

Großmiez

Stämmig und von starkem Gliederbau, mit kurzem Schwanz, kräftigen Beinen und einem Rücken, der sich biegsam an sein rundliches und wohlgenährtes Bäuchlein schmiegte! Große, aufmerksame Augen, Festigkeit und Schläue im Blick. Kleine Ohren, die dauernd spielten – das war Großmiez.

Er war als einziger von allen Jungen zum Jäger geboren, lag meistens in lauernder Stellung auf dem Bauche, den Hals gereckt. Jede Flocke, die der Wind vorüberwirbelte, fing er im Handumdrehen; jeden Schmetterling, jede Fliege, die in seine Nähe kamen, verfolgte er mit Leidenschaft. Wenn eines seiner Geschwister heranschlich, gab es ihm einen Ruck; sofort stellte er sich lauernd auf und kroch dann behutsam dem »Braten« nach . . .

Immer war er es, der ein »Verwechselt das Bäumelein« in Gang brachte . . . und er begann jedes Greifenspiel damit, in einem Satz über den Spielkameraden hinwegzuspringen; ein ausgesprochener Hohn, womit er des Widersachers Unterlegenheit bewies.

Obwohl Großmiez nur erst ein kleiner halberwachsener Bursche war, kribbelte ihm die Jagdlust doch schon gewaltig in den Pfoten, und in seinem Gemüt gärte ein heftiger Drang in die Ferne. In der Mittagsruhe wagte er sich mutig vom Hause fort und schlich sich bei warmen, trockenem Wetter weit hinaus durchs Korn, an Rainen und Gräben entlang. Ihm war die Fähigkeit in die Wiege gelegt, jede Falte im Erdreich auszunutzen, er verstand es, sich hinter Grasbüscheln zu verbergen und dort zu lauschen, bis er weiterschlich.

Mit krummen Knien, den Bauch am Erdboden entlang schleifend, konnte er halbe Stunden lang dahingehen, sich dann in einem Büschel oder Gestrüpp versteckend, wo er sich ausruhte und wieder erholte. So vorsichtig konnte er sich vorwärtsschleichen, daß kaum das Gras sich bewegen durfte – keine zitternde Blume, kein schwankender Stengel verrieten seinen Weg.

Eines Tages war er durch den Graben weit hinausgelangt . . . Er war so richtig in Jagdstimmung! Alles rief seine Verwunderung hervor: jede Schwalbe, jede Fliege. Jetzt galt es nur, einen Streich zu vollführen!

Er strengte sich gewaltig an, hob die Beine hoch auf, damit sie keinen Lärm machten, kroch auf einen Stein, um besseren Ausblick zu haben, und hockte oftmals nieder, den Hals ausreckend. Bei jedem Geräusch warf er die Ohrmuscheln hin und her, während er sich zum Sprunge krümmte.

Seine Anstrengungen waren von Erfolg gekrönt: er spürte ein wunderliches, kleines, erdfarbenes Tier auf, das sich in ein Loch drückte. Er hätte sofort darauf zuspringen sollen, aber er überlegte erst. Da fuhr das Geschöpf auf und flatterte davon, bis es schließlich in einen nahen Busch flog.

Hier saß nun der junge Star mit seinem gebrochenen Flügel, die Aussicht genießend und meinend, er sei mit heiler Haut davongekommen.

Vor nur wenigen Tagen war er aus dem Nest geschlüpft und trug auf dem Bauche noch den ersten Flaum. Ein langes, langes Leben, meinte der Bursche, habe er schon hinter sich!

Wie verwundert hatte er doch immer aus dem Starenkasten gestarrt und lange Augen hinter den Alten gemacht, wenn sie auf Nahrungssuche gingen.

Und eines schönen Morgens hatte er zum ersten Mal erschauernd seine Beine auf den Erdboden gesetzt . . . irgend etwas hatte ihn dabei heftig erschreckt; hüpfen und laufen konnte er freilich, aber trotzdem fühlte er sich hier unten nicht gerade überlegen. In die Luft wollte er, immer in die Luft – hinauf und fliegen!

Bald waren die ersten kleinen Schwierigkeiten des Anfangs überwunden, im Gleitflug konnte er von Zweig zu Zweig gelangen. Und dann mit einem Male vermochte er die Flügel zu meistern, er konnte drehen und wenden und in Kurven fliegen, er konnte sich wie eine Schraube in die Höhe winden und sich ebenso wieder zur Erde hinabschrauben. Er hatte ausgelernt – und die Welt ward groß und die Erde schön, denn nun hatte er das Leben vor sich!

Da geschah es, daß er eines Tages in den Gemüsegarten des Pächters geriet, der im Blumenschmuck prangte und in den Farben der Früchte aufglühte, rot und verlockend lagen sie auf der Erde, es war gerade Erdbeerzeit. Aber da bekam er Schrot zu kosten!

Das Sonderbare geschah: Plötzlich nach einer solchen Ladung vermochte er nicht mehr sich aufzuschwingen und in die Höhe zu kommen, er überschlug sich in der Luft. Er lief und lief – jagte hinter den anderen her, der Richtung des gedehnten Schreckenspfiffs folgend, den der Schwarm in der Luft nach sich zog.

Tagelang war er umhergehüpft, war immer weiter in die Felder hinausgelangt . . . das Schicksal aller flügellahm geschossenen Starenjungen hier im Busch erwartend.

Großmiez machte denn auch kurzen Prozeß! Der Fang war für seine noch ungeübte Jägerkunst vom Schöpfer selbst offenbar bereitgehalten. Den Vogel zu überwinden, kostete nur einen leichten Kampf.

So verschwand die Welt mit ihren Farben und Erscheinungen vor dem jungen braunen Star . . . scharfe Zähne bohrten sich in seinen Hals, und gierige Lippen tranken sein Blut.

Großmiez wollte die Beute nicht auf der Stelle verzehren. Er hatte die schlechte Angewohnheit – eine Folge seiner Überlegenheit als Hochwildjäger –, immer mit seinen Erfolgen prahlen zu müssen. Er begab sich also hurtig auf den Heimweg, um die Beute draußen vor der Katzenburg herumzuzeigen.

Aus dem grünen Grase tritt er behutsam und vorsichtig hervor, zuerst erscheinen seine weißen Vorderbeine . . . es sieht so aus, als fragten sie sich vorwärts. Dann folgt ein runder Kopf, sein kugeliger Körper und der Schwanz mit dem beweglichen Zipfel. Die breiten Kiefer erscheinen doppelt so groß, und es scheint, als sei der Hals geschwollen, denn im Rachen trägt er seinen Vogel.

Er hat ihn an Bauch und Schenkeln gepackt. Der Kopf und der Hals baumeln zur einen Seite herab, Beine und Schwanz starren zur anderen heraus; aber unter ihm hängen die schlaffen Flügel hernieder. Er tritt ständig auf die eine Flügelspitze, die am Erdboden schleift . . . Einen Augenblick muß er die Beute niederlegen und sich setzen, um auszuruhen – dann packt er sie aufs neue; seine kleine, kahle, rote Nasenspitze wird plattgedrückt, und die grimmigen, schiefblickenden Augen kneift er beim Bisse böse zu.

Zufällig ist keines der Geschwister draußen vor der Höhle, und irgendwelchen Beifall erntet er daher bei der Ankunft nicht sogleich; aber da beginnt er umherzulaufen und zu miauen, bis er die ganze Bande herausgerufen hat. Sie sollen ihn als Sieger bewundern.

Mit dem aus dem Munde baumelnden jungen Star schreitet er, den Schwanz stolz gen Himmel erhoben, unter ihnen einher. In kleinen Abständen schlägt er ihnen den einen Flügel um die Nase und läßt sie neidisch danach schnappen. Dann legt er sich schließlich nieder und verzehrt den Fang in marternder Ruhe und Langsamkeit.

Der Star ist indessen mehr, als er auf einmal fressen kann – und da er satt ist, beginnt er mit ihm zu spielen. Leider ist er ja tot; aber Großmiez tut alles, um ihm Leben einzuhauchen. Er packt ihn mit den Vorderpfoten und schleudert ihn hoch in die Luft, ergreift ihn dann und knurrt dumpf und wild. Er legt ihn vor sich hin und ritzt ihn mit dem Rand eines Nagels. Das Tier rutscht bei seinem Stoße weiter. Da wächst seine Phantasie gar mächtig: er meint, daß die Beute ihm entschlüpfen will, und schlägt schnell seine Krallen hinein.

Oder er fegt mit wütigen Pfotenschlägen das Starenjunge unter sich, schon während er in raschen Sätzen zurückjagt – und nun saust er im Galopp um sein eignes Hinterteil, legt sich auf den Rücken und spielt mit dem toten Vogel Fangball.

Rund um ihn her drücken sich die Geschwister hinter Steinen und Büscheln lauernd ins Versteck; steife Ohrenzipfel und bebende Spitzen hastig vibrierender Schnurrbärte gucken hervor . . . sollte nicht das Wunder sich ereignen, daß der Vogel so aus Versehen einem von ihnen zuflöge?

Eine Möwe kommt im selben Augenblick herbei, niedrig über den Hügel gleitend, und als sie plötzlich die Katzenschar unter sich erblickt, erschrickt sie derart, daß sie Kot fallen läßt. Der weiße Spritzer trifft Großmiez auf Stirn und Nase . . .

Er tut einen Sprung nach dem »Schützen« – und bedarf nun einer längeren Reinigung, so daß er eine Zeitlang den Star vergißt.

Als er zurückkehrt, ist der weg; Nesthäkchen sitzt mit der unschuldigsten Miene da, und Rotkopf hat eine Flaumfeder in der Schnauze hängen.

Er hätte die beiden frechen Viecher züchtigen müssen; aber er war ein Grandseigneur, der obendrein im Augenblick satt gefressen war. Er konnte ja in die Felder hinausgehen und sich einen anderen fangen – davon war er überzeugt!

Schwarz

Dieser Bursch war nur mit Vorsicht zu genießen!

Fauchen und Zischen waren seine Antwort auf ein gutes Wort – und dann streichelte er nie sanft die Nase, sondern kratzte vielmehr, daß es schmerzte. Spaß verstand er nicht, alles nahm er für grimmen Ernst, weshalb er auch mit seinen Geschwistern in ständiger Fehde lag. Sie kannten ihn – und nur im äußersten Notfalle, wenn eines von ihnen keinen anderen zum Spielen finden konnte, nahm man mit Schwarz vorlieb.

Dahingegen mischte er sich von selber, so oft es ihm behagte, auf eine eigenartig herausfordernde Weise in ihr Spiel!

Gut gewachsen war er und stark und kräftig; aber er hatte grobe Pfoten – und was schlimmer war: er hatte kein ansprechendes Gesicht. Eine hohe, stark gewölbte Stirn sprang über den ungewöhnlich tiefliegenden Augen hart hervor. Sie waren goldengrün – und das Bösartige und Grimmige lag immer in ihnen wie eine drohende, düstere Wolke an einem klaren Horizont und lauerte im Blick. Und das Wilde in den Augen wurde verstärkt durch die meist zurückgelegten Ohren.

Eine seiner besonderen Fähigkeiten bestand im Erklimmen der Bäume! Sein herausforderndes Benehmen schaffte ihm immer die Übermacht an den Hals, so daß er, wenn er sich auf andere Weise nicht zu helfen wußte, »bäumte«.

Das Hinaufkommen war ja leicht genug, das konnte jedes Kätzchen, aber hinuntergleiten konnte keines so wie Schwarz. Die anderen rutschten nur und machten dadurch die Krallen stumpf, er dagegen hatte das richtige Kletterblut in sich; ihm war die Kunst angeboren, Satz für Satz hinunterzusteigen, in unzähligen kleinen Absätzen, die er rechtzeitig unterbrach, indem er alle vier Krallenbündel in den Stamm schlug.

Nach und nach war er Herr der Bäume, so gut wie ein Marder, und sprang behende von Spitze zu Spitze fast wie ein Eichhörnchen. Ein anderer würde sich auch kaum aus der Jauchegrube haben retten können!

Wie Samsons geheime Kraft in des Riesen Haarwuchs verborgen lag, so saß sie bei Schwarz in seinen Krallendolchen – er benutzte freilich auch jeden freien Augenblick, sie zu wetzen! Am häufigsten traf man ihn an jenem alten Heckpfahl an, wo er auf seinem Hinteren saß und die Vorderpfoten am Pfahl hinaufgleiten ließ, während er voller Wonne dem Kratzen der Nägel an dem harten, winddürren Holz lauschte. Am Pfahlrande strich er sie auf und nieder, um die Spitzen scharf zu schleifen.

Keiner der anderen konnte auch nur annähernd seine Waffen aufweisen!

Und als er heranwuchs und mit Jagen begann, führte er sogar kluge, alte Vögel damit hinters Licht! So wurde eines Tages ein alter Sperlingsvater, der sich im Wegstaub badete, Gegenstand seiner Betrügerkunst. Der Sperling, der Lebenserfahrung hatte, dachte: pah, so ein Katzenjunges! Und er hätte sich auch rechtzeitig in die Luft gerettet, hätte er eine gewöhnliche kleine Katze vor sich gehabt.

So aber irrte er sich – wie das Chamäleon, das blitzschnell mit der Zunge das ferne Insekt ergreift, so vermochte Schwarz im entscheidenden Augenblick die Krallen herauszuschnellen und so den Vogel zu erreichen. Er verlängerte geradezu die Pfote mit Hilfe der Nägel; jede einzelne Zehe wurde in dem Augenblick, wo er den verräterischen Nagel hervorstreckte, dreimal so lang.

Seine Geschwister hatten auch früh genug erfahren müssen, daß nichts vor ihm sicher war!

Wenn die Alte eine Beute zerlegte und er kam hinzu, so setzte es Krallenhiebe für Hans Naseweis. Aber Hans Naseweis schlug wider; es war, als ob er sagte: hier wird wohl auch für mich noch Platz sein! Und die alte Katze lernte ihn bald achten seiner flinken, scharfen Ohrfeigen wegen.

Scheu und einsam war er sonst . . . sobald die Jungen auf dem

Feldweg in der Nähe Menschen witterten, machte er einen Buckel und sträubte die Bürste, um sich dann eilends zu verbergen.

Einen seiner ersten Ausflüge unternahm er, als der Hafer gerade so hoch war, daß er ihn deckte. Trotzig schlenderte er durch die Halme und fragte den Kuckuck danach, ob der Ackergrund weich und trocken war. Lange Wolkenschatten jagten herbei und hüllten ihn ein, der blaugrüne Hafer wurde schwarz, und er verschwand sicher und ungesehen in ihm.

Aber jetzt, als der Himmel blank wurde und die Sonne ihren Lichtteppich vor ihm ausbreitete, eräugte er einen kleinen, braunen Klumpen in dem Grün. Er knickte in die Knie, zog den Körper lang, schob Schwanz, Bauch, Hals und Kinn am Boden entlang – und nun sah er, daß der Klumpen ein Vogel war, so schwer und fett, daß der Distelbusch, auf dem er saß, sich niederbog.

Da schrie es plötzlich in der Luft über ihm:

»Krah, krah!«

Und kurz darauf lärmte ihm ein Kiebitz um die Ohren. Er war von hinten an ihn herangekommen und ertappte ihn nun auf frischer Tat; der Klumpen hatte ihn zu stark in Anspruch genommen, als daß er Zeit zum Sichern gehabt hätte.

Fliehen wollte er nicht, so peitschte er denn nur mit dem Schwanz um sich, während die wachsame Fliegerschar ihn festhielt!

Zwei Krähen hingen auf flatternden Flügeln dicht über ihm und schalten und schmälten, daß ein zorndrohendes Zittern ihm in die Knurrhaare stieg. Und das Kiebitzpaar reizte ihn, indem es abwechselnd von vorn und von hinten auf ihn einhieb, während die verwirrten Lerchen, um ihn besser in Augenschein nehmen zu können, sich auf dem Heckpfahl nicht weit entfernt niederließen.

Den Klumpen auf dem Distelbusch mußte er nun aufgeben; aber allein der Umstand, daß er ihn gesehen und ihm so nahe gewesen war, kam ihm doch wie ein Ereignis vor.

Sowie die Dämmerung hereinbrach, begab er sich wieder auf den Weg. Lange wanderte er vergebens dahin, an den Blüten schnuppernd, bis er endlich an einem Steinhaufen auf einen neuen braunen Klumpen stieß. Hätte er Erfahrung gehabt und geahnt, mit wem er sich hier einließ, so hätte er sich vielleicht bedacht; so aber schwebte er in glücklicher Unwissenheit und sprang zu. Der Klumpen, ein junges Wiesel, das sich aus dem gleichen Grunde draußen herumtrieb wie er, schoß mit einem Zischen hoch. Es begriff sofort, worum es sich hier handelte! Obwohl dünn wie ein Stecken und nicht länger als ein Maulwurf, zeigte es ihm sofort mit einer Grimasse, daß es Zähne hatte, die sich wohl mit den seinen messen konnten.

Aber Schwarz wollte sich dieses Mal nicht von dem Klumpen an der Nase herumführen lassen; er griff ganz plötzlich und unvermutet an, verwandelte sich in einem Nu aus einem schwarzen Schatten in ein lebendiges, bissiges Wesen. Mit gesträubter Bürste und phosphoreszierenden Augen, die in der Dämmerung grünlich schimmerten, vollführte er seinen Sprung. Das Wiesel wich aus und versetzte ihm einen ersten scharfen Riß am Halse. Es hatte in seiner Art, sich zu wehren, etwas vom Iltis an sich, es setzte sich nicht offen zur Wehr, sondern fiel voller List blitzschnell hinterrücks an. Ein Teufel wohnte dem kleinen Raubtier inne; aber in Schwarz wohnten zuzeiten zwei! Er war ein Pantherjunges, wenn es ihn packte – und ohne sich durch den Riß am Hals anfechten zu lassen, gab er dem Wiesel mit der Vorderpfote einen Backenstreich und machte es darauf durch einen schnellen Biß quer über die Schnauze wehrlos.

Dieses Wiesel drehte sich im Kreise; aber jetzt saß das Pantherkätzchen ihm im Nacken und versetzte ihm überlegen den Todesstoß, als wäre es nur eine große Maus.

Ihm schien, die Beute rieche ein wenig streng; aber er war zu jung und zu hungrig, um wählerisch zu sein . . . Er schleppt mit ihr davon . . . und gelangt durch Ackerraine und über Erdhügel bis in die Nähe des Hünengrabes.

Ob wohl jemand auf dem Feldweg ist?

Einen Augenblick später ist er an dessen Rand angelangt und weiß, er muß hinüber. Er geht so gern auf ihm entlang, aber nicht mit Beute! Gesetzt den Fall, einige seiner Geschwister träfen ihn, sähen ihn, neideten ihm seinen Fang! Er will seinen Braten in Frieden genießen – mit Haut und Haaren und Eingeweiden! Er will nicht noch einmal wegen seiner Beute genasführt werden oder seinen Appetit bei der Aussicht, teilen zu müssen, einbüßen.

Der schwarze Schimmer in seinem Pelz bekommt einen tiefen

Glanz, seine Ohren sind nach vorn geneigt und wachsam gespitzt . . . während er sacht vorwärtsschleicht, sich seiner Jagdstimmung und dem Siege hingebend.

Da krächzt es wieder über seinem Kopfe . . .

Sich verstecken und niederwerfen, wenn er auf dem Jagdpfad ist, ist noch nicht seine Sache! Jetzt lernt er, daß, wenn solches während der Jagd gilt, dasselbe in noch höherem Maße nötig ist, wenn man sich seine Beute erst gesichert hat.

Da hat sich also wieder dieses Vieh von Krähenpapa zu ihm geschlichen, er hängt über seinem Kopf und mißgönnt ihm seinen Fang, während er aller Welt verkündet, wo Schwarz sich aufhält.

Das fehlte ja gerade, daß er sich seine Jagdfreude von ihm zerstören lassen sollte!

Von allen Seiten strömten Geschwister herbei und an ihrer Spitze die alte Mutter Grauchen; sie erscheint mit knisternden Rückenhaaren, voller Angst, daß etwas geschehen sein könnte.

Sie nähern sich ihm; sie können jedoch nicht verstehen, was in ihn gefahren ist! Über einem Etwas zusammengekrümmt, das er zu verbergen sucht, hockt er da. Die Ohren sind zurückgelegt, und die Augen leuchten vor Gier. Und schon von weitem vernehmen sie sein drohendes Fauchen.

Nicht einmal Grauchen wagt sich dicht an ihn heran; seine mannigfaltigen, warnenden Laute werden immer zusammenhängender . . .

Ängstlich drücken sich die übrigen Jungen an die Mutter heran, die ganze Familie ist sprachlos . . . zum ersten Male vernimmt man eines bösen Katers düstere klangvolle Musik.

Au-u-au-uuu . . . mauu, mauu, mauu . . .

Und dann zermalmte er seinen Braten so hörbar, daß der Geifer mitklang!

Graufellchen

Eine so kurzbeinige, kleine Katze hat es wohl noch nie gegeben. Das kam daher, daß sie sich mehr kriechend und schleichend über den Erdboden dahinbewegte, als daß sie ging. Sie hatte ihrer Mutter unverhältnismäßig große, Hasenlöffeln ähnliche Ohren geerbt und übertraf daher auch all die anderen an Gehör. Bei dem geringsten Laut warf sie den Kopf hoch und drehte sicher und ohne Zögern die langen, dreieckigen Gehörtrichter in die Richtung, aus der der Laut kam, während Schläue und Hinterlist aus ihren sonst so unschuldigen Augen leuchteten.

Sie war eine kleine, nachdenkliche Natur, die sich anscheinend niemals einer Sache mit besonderer Leidenschaft widmete. Es war, als überlege sie jeden Schritt, den sie tat!

Stundenlang konnte sie, den Schwanz sorgsam um die zusammengezogenen Pfoten geringelt, dasitzen und das Treiben der anderen beobachten. Ein gut Teil Geduld und die Kunst zu warten, wohnten ihr inne; die anderen glaubten, daß sie schlafe, sie aber sah und hörte trotzdem alles.

Ihr war die echte, unverfälschte Katzennatur eigen; dazu gehörten das morgenländische Phlegma und ein eigentümliches Sich-mit-dem-Schicksal-Abfinden. Außerdem verstand sie es, mit ihrem Raub gut hauszuhalten, ihn zu vergraben und aufzubewahren. Sparst du in der Zeit, so hast du in der Not!

Rund um den Fuß des Hünengrabes und an Graben und Hecke entlang schlich sie oft von dannen – und stieß sie auf ein kleines Loch in der Erde, das ihr bewohnt erschien, setzte sie sich sogleich bereit. Dieses eintönige Warten auf Fang behagte ihr; ob es auch in Schauern niederprasselte, ob sie in Sturm und Schlamm fast ertrank – sie hielt getreulich aus. Es war ihr eine Lust zu lauern!

Ihr Gehör war ja so fein, daß es ihr Unterhaltung genug bot, auf das Rascheln der Maus unter der Erde zu lauschen; Minute reihte sich an Minute mit der Schnelligkeit des Blitzes, und obgleich scheinbar auch nicht das geringste geschah, war es ihr doch die ganze Zeit, als erlebe sie große Dinge.

Sie war auch Meister im Libellenfang, aber freilich auf andere Art als ihr Bruder Groß. Sie vermochte diese Flieger gleichsam durch ihren Blick an sich zu ziehen. Taumelte eine Libelle über ihren Kopf hinweg, so setzte sie sich hin und starrte sie unentwegt an, und was es nun war, das zog, ihre Farbe oder ihre Augen – die Libelle kam ihr schließlich so nahe, daß sie nur mit den Krallen nach ihr zu greifen brauchte.

Eines Abends, als der rote Sonnenring das Hünengrab umschloß und der Sauerampfer zwischen den Bautasteinen glühte, als sei er mit Ziegeln bedeckt, schleicht sie feldeinwärts.

Des Tages letzte Stunde ist gekommen . . .

Die Fensterscheiben des Hügelhofes funkeln, und über die weißen, schwellenden Sommerwolken legt sich ein violetter, weinrot verbrämter Schein. Überall, wo sie auftaucht, ist man beim Mahle: Pferde und Ochsen lassen sich's schmecken nach dem mühseligen Tagewerk. Sie lugt nach rechts, nach links – und lauscht.

Setzt sich dann nieder – und lauscht, lauscht . . .

Regt sich's irgendwo? Nein! Nun, dann also vorwärts, nur lautlos vorwärts . . .

Mit gesenkten Lenden und halbgebogenem Schwanze, den Vorderkörper aber erhoben und den Hals gereckt, windet sie sich durch das Gras, als gehe sie auf glühenden Kohlen.

Ein Ruck plötzlich – ein Forschen und Spähen! Nein, wieder war es blinder Alarm! Und Graufellchen kriecht weiter und stöbert einen neuen Mäusegang auf . . .

Die Dämmerung fällt herab, und die großen, schwarzen Mistkäfer beginnen sie in ihre Tonfäden einzuhüllen. Ein Pferd hat seinen Dung dicht neben dem Orte fallen lassen, wo sie sitzt – und der ist ein gefundenes Fressen für die Käfer.

Über das Brachfeld huscht der Steinschmätzer mit seinen Jungen, die kleinen, grauen Vögel verschwinden in der Dunkelheit, einen schwachen Schimmer nach sich ziehend, der von dem weißen Sterz aufleuchtet. Schlank und elastisch hoppelt der Junghase in hohen Sätzen feldeinwärts, hier und da stehenbleibend und an einer Pflanze schnuppernd . . .

Graufellchen sitzt noch immer vor ihrem Loch und horcht auf das Rascheln der Mäusebeine unter der Erde; die Minuten schwinden, ihr Bewußtsein ist wie ausgelöscht, sie denkt nur an dies eine – Mäuse! Da ertönt vor ihr ein fernes, feines Pochen, Sandkörner rieseln herab, und das Dröhnen im Mäusegang, das kein menschliches Ohr vernehmen würde, wird stärker, bis der Klang in einem leisen Schlag endet. Eine junge Maus mit dünnen weißen Hinterbeinen und einem Schwanz, dreimal so lang wie sie selbst, sitzt zusammengekrümmt am Rande.

Wie eine kleine Kugel auf Füßen, ohne den Körper zu strecken, wagt sie sich durch die Halme vorwärts ...

Nun ist das Geräusch nicht mehr dumpf, nein, die junge Maus reibt sich an den Halmen, daß sie im Katzenohr wie Violinsaiten kreischen. Graufellchens garstige Fängerseele wird zu einem Resonanzboden, in dem alle Schreie einzigartig widerzittern ...

Nach allen Regeln der Kunst schleicht sie der Maus nach und bekommt sie trotz einem höchst ungeschickten Sprung unter ihre Tatze.

Es war Graufellchens erste Maus, und sie konnte sich an ihr nicht satt sehen. Der Schwanz ringelte sich unaufhörlich, die Augen strahlten vor Wonne ... zu denken, daß diese kleinen Mäusebeine einen so fürchterlichen Lärm machen konnten!

Sie konnte sich nicht entschließen, die Maus in ihren Magen zu befördern, sie wollte sich den ganzen Heimweg an ihr freuen. Alle Augenblicke blieb sie stehen, legte sie vor sich hin und unterhielt sich damit, mit dem unglücklichen Opfer zu spielen.

Und sie war wie Großmiez unvernünftig genug, sich mit ihrer Beute dem ganzen Geschwisterschwarm vorzustellen, ja, sie legte das Kleinod sogar zur allgemeinen Ansicht aus. Das kam ihr teuer zu stehen. Sie tat es seitdem niemals wieder.

Schneeweißchen

Wenn der Wind eine Kunde von Menschen draußen vom Feldwege herübertrug, so stellten die Kätzchen sofort ihr Spielen ein! Grauchen hatte sie frühzeitig vor den Menschen gewarnt, und ihr zorniges Knurren rief die Kleinen gewöhnlich in die Höhle zurück. Seitdem sie sich aber immer weniger zu Hause aufhielt und die Kätzchen sich selber überlassen waren, wurden die Charaktereigenschaften des einzelnen für ihr Verhalten ausschlaggebend.

Groß und Nesthäkchen nahmen immer noch ihre Zuflucht zur Höhle; Schwarz schauderte es; er sank tief in die Lenden und schleifte fast den Bauch am Erdboden entlang, während er scheue Blicke in die Richtung warf und zuweilen mit Gefauch verschwand, Graufellchen und Rotkopf blieben meistens gleichgültig liegen;

Schneeweißchen aber machte einen steifen Schwanz vor Begeisterung, huschte umher und schnurrte und spann.

Sie war ein munteres und freundliches kleines Kätzchen, das für den Ernst des Lebens nicht geschaffen war. Ihr großer Hang zur Zerstreuung und das mangelnde Vermögen, des Lebens Möglichkeiten auszunutzen, hatten sich frühzeitig geltend gemacht. Wie sie immer jede Gelegenheit ergriffen hatte, um mit dem Schwanz der Mutter zu spielen, so hatte sie früher auch mit ihren Saugwarzen gespielt, wobei sie häufig des Tropfens Milch verlustig ging, der ihr zukam.

Sie war daher auch nicht besonders groß und stark geworden, es war aber zu hoffen, daß sie mit Hilfe ihres Liebreizes und ihrer guten Laune in der Welt vorwärtskommen würde.

Wie gewöhnlich saß sie wieder da und schmückte und putzte sich. Fiel auch nur ein einziger Tautropfen auf ihren Pelz, so hatte sie ihn auch schon aufgeschleckt. Jeden Spritzer auf einem Haare merkte sie, und ihr war unbehaglich zumute, solange sie nicht den Schmutz entfernt hatte. Ihre freien Stunden – und deren gab es viele – füllte sie damit aus, sich abseits zu setzen, ihre Pfoten zu benetzen und sich dann um Brust und Bauch zu waschen, die Augen zu reinigen, die Gesichtshaut zu glätten und einen Scheitel bis auf die Stirn herab zu ziehen. In ihrem einschmeichelnden kleinen Katzengesicht mit den sanften, lieblichen Zügen saßen die leuchtenden, wasserblauen Augen anmutig schräg wie bei einer blitzsauberen, wohlfrisierten kleinen Geisha.

Wie Nesthäkchen sog sie noch immer an der Mutter Brust, und nichts ließ darauf schließen, daß dieses Abhängigkeitsverhältnis ein Ende haben würde. Sie schloß sich daher am liebsten Nesthäkchen an; aber der Jüngste, der klüger war, als er aussah, begriff sehr wohl seiner kleinen, ungeschickten Schwester Unvermögen, ihm – der auch nicht gerade Hochwildjäger war – beizustehen. Er lehnte sie schlankweg ab – sie sollte lieber ebenso wie er sich auf die Seite eines großen Bruders schlagen!

Nesthäkchen

Nesthäkchen glich weder einem Herkules noch war es einer! Mager und zwerghaft sah es aus, hatte einen großen Kopf und große, kluge Augen.

Meist lag es und schlief. Es hatte eine ganz besondere Stellung, in der es am liebsten der Ruhe pflegte: zusammengekrümmt, die Hinterbeine dicht unter sich gezogen, den verhältnismäßig großen Kopf zwischen die Vorderbeine gesteckt. Es schien fast, als preßte es damit zugleich die Ohren zu, um das Getöse um sich her nicht zu vernehmen.

Seine Natur konnte als träge und gleichzeitig besonnen bezeichnet werden; im übrigen war es aber nicht so dumm, wie es aussah! Es besaß zum Beispiel eine besondere Fähigkeit ganz seltener Art: es hatte ein sehr feines Ahnungsvermögen in bezug auf das Wetter!

Diese seine Anlagen zum Wetterpropheten wären indes ohne Wert gewesen, wenn der Bursche seine Prophezeiungen für sich behalten hätte, aber ganz im Gegenteil – sowie ein Wetterumschlag bevorstand, konnte er es nicht unterlassen, seinen Gefühlen Luft zu machen.

Man verstand sofort, woran man war!

Standen zum Beispiel feuchte Tage zu erwarten, dann ging er umher, schüttelte sich, ließ den Schwanz hängen und miaute fortwährend. Dann suchte er Verstecke auf, in denen er warm lag und vor Regen geschützt war.

Stand aber wieder gutes Wetter bevor, so zeigte er sich mit aufrecht erhobenem Schwanze, spinnend und schnurrend vor Wohlbehagen.

Er war eigentlich nicht nur ein Wetterprophet, er war mehr: er war ein wahres kleines meteorologisches Observatorium! Angeblich rührten seine armen, überempfindlichen Nerven von der Behandlung her, die der grimmige Vater ihm in seiner frühesten Jugend hatte widerfahren lassen.

Bruder Schwarz – der Krieger –, dessen oft wahnwitzigen Streifzügen er heimlich von weitem nachschlich, so daß er rechtzeitig bei der Hand sein konnte, um sich voll Demut und mit ehrerbietiger

Geste die Überreste zu erbetteln, lernte bald, sich seine Wetterkunde nutzbar zu machen.

Schwarz jagte am liebsten bei Anbruch der Dunkelheit; merkte er aber, daß der Kleine tagsüber miauend umherstreifte, während er am Heckpfahl saß und die Krallen wetzte – so wußte er, daß er zusehen mußte, rechtzeitig herauszukommen; denn in der Nacht würde es Regen geben!

Schwarz ließ sich von Nesthäkchen anbeten. Seinen bewundernden Blicken und ehrerbietigen Bewegungen konnte der zürnende Mars nicht widerstehen.

Übrigens litt der kleine Bursche oft an Übelkeit. Die vielen Federreste der Kükenflügel, die er fand, und das bißchen Fleisch brachten seine Verdauung arg in Unordnung. Er mußte tagsüber viel scharfes, bitteres Hundsgras in sich hineinfressen, sobald er vom Schlaf erwachte. Trotz allem war er aber der einzige Humorist des Wurfes, dank seinem ungewöhnlich langen und kühnen Schwanze, der so auffallend wohlgenährt aussah, daß er als ein selbständiges Wesen in Erscheinung trat. Der Kleine konnte seine Pfoten darin abtrocknen und das Schwanzende ganz um den Hals schlingen. Langweilte er sich, so bot der Schwanz immer Zerstreuung; er spielte geradezu »Besuch« mit ihm.

O ja, der Schwanz war sein Trost – bei kaltem, feuchtem Wetter schlang er ihn um die Nase und wärmte sich an ihm! In jeder anderen Hinsicht war dieser Jüngste eine nur mittelmäßige Katze, und namentlich als Kater erfüllte er keinerlei Voraussetzungen – er konnte ja nicht ertragen, daß jemand ihn betrachtete. Er war so bange um sein liebes Leben, daß schon ein drohender Blick ihm den Garaus machen würde.

Wenn er ab und zu, ins Blaue hinein, auf eigene Faust kleine Ausflüge unternahm, so konnte er zufälligerweise durch die eine oder andere instinktiv sichere Beobachtung zu einer Beute gelangen: So sah er eines Tages eine Goldammer in einem welken Grasbüschel untertauchen; er eilte herbei – und verschlang den leckersten Eierkuchen!

Dann traf er eines Tages auf eine Ammer im Kampf mit einer Lerche. Die Hecke war das Reich der Ammer, wie das Feld der Lerche gehörte, und keine duldete der anderen Zehe auf ihrem Gebiet – so kämpften sie denn miteinander und drehten sich wie ein Kreisel, bis sie japsend ins Gras fielen.

Einen solchen Zwiespalt auszunutzen, verstand er meisterhaft! Es tat ihm wohl, hinauszuschlüpfen. Draußen war immer einiges zu holen!

Rotkopf

War Nesthäkchen ein kleiner Pfiffikus, so war Rotkopf ein arger Gauner!

Schon ihre Farbe konnte auf allerlei hindeuten: scharfe, gelbe Querstreifen, die sich um Beine und Schwanz in Ringen fortsetzten, zogen sich über den fuchsroten Körper.

Und mit dem Körper konnte sich keines von den anderen messen; der war lang, dünn und geschmeidig . . . beim Gehen wiegte er hin und her wie ein frischgepolstertes Sofa!

Sie liebte es, sich zu recken und zu strecken; es war, als könne sie den Körper nicht leicht und geschmeidig genug machen. Keiner konnte ihr daher auch an Behendigkeit das Wasser reichen; sie spielte den übrigen einen Streich nach dem anderen – und balgten sie sich mit ihr, so verstand sie sich so zu winden, daß sie unbeschädigt sogar Schwarz' und Groß' Pfoten entkam.

Ein Turner, ein Geschicklichkeitskünstler war Rotkopf! Zu ihren übrigen körperlichen Reizen gehörten zwei Paar hohe, schlanke Läufe, die sie instand setzten, sich jedes Widersachers einfach durch Flucht zu entledigen.

Sie war noch nicht alt, als Boxer eines Tages auf offenem Felde sie verfolgte; dank ihren Beinen aber rettete sie sich im äußersten Augenblick mit weitgeöffneter Schnauze, während die rote Zunge ihr triefend aus dem Halse hing, auf ein Strohdach hinauf. Hätten sie da ein Paar Menschenaugen betrachtet, sie hätten gesagt, daß sie zum erstenmal eine schwitzende Katze gesehen!

Ihre hinterhältigen, feuergelben Augen blicken selten offen. Meistens kneift sie sie zusammen, als habe sie den Wunsch, ihren scheelen, unsicheren Blick zu verschleiern. Man kann sie immer an Steinrändern und Büscheln entlangschleichen sehen, oft tauchte sie ganz plötzlich und überraschend auf. Wenn die anderen sich im Spiel ergehen, zieht sie es vor, im Hintergrunde zu verschwinden, und sich dann dadurch zu verraten, daß sie auf den Zunächststehenden springt, ihn umwirft und unter ihre Krallen nimmt.

An Schlauheit übertrifft sie alle! Sie lieben auch ihre Anwesenheit nicht, wenn sie einen guten Bissen bekommen haben; sie kennen aus Erfahrung ihr hochentwickeltes Talent, ihnen das Fressen abzuluchsen. An jenem Tag, als Mutter Grauchen mit Heringen kam, erhielt jedes seinen Happen von der leckeren Speise. Groß, der sich des Kopfes bemächtigt hatte, saß abseits für sich und verzehrte ihn mit Bedacht in kleinen Bissen. Ein Rest des schuppigen Heringsmauls war noch übrig; der lag dicht vor ihm, während er mit geschlossenen Augen selig einen Mundvoll hinunterschluckte. Als er die Augen öffnete, war das Heringsmaul weg – und ein roter Schwanzzipfel verschwand eilends hinter dem nächsten Bautastein.

Die Natur stattet in der Regel alle ihre Geschöpfe in reichem Maße mit der einen oder anderen Fähigkeit aus; bedient man sich nur dieser, so ist der Kampf ums Leben leicht.

Und Rotkopfs Talent lag im Stehlen!

Sie läßt sich indessen niemals abfassen; eine ungewöhnliche Entschlußfähigkeit, gepaart mit hochentwickelter Vorsicht, ist ihr eigen, und niemals vergreift sie sich an einer Beute, wenn nicht die Umstände günstig sind. Ihr tägliches Streben nach materiellem Wohlsein und ihr Verkehr mit den entwickelteren Geschwistern, denen gegenüber ihre Fähigkeit und ihr Talent als Jäger den kürzeren ziehen, haben ihren Instinkt, zu stibitzen, wo es möglich ist, stark ausgebildet.

Sie versteht es, immer Zwietracht zu säen, wenn die anderen mit Beute kommen – und während sie sich zanken, fischt sie im trüben. Sie jagt auf ihre Art; aber jagt zumeist, was schon eines anderen Beute war. Ihre Sympathien gehen mannigfache Wege, es fehlt ihr an Persönlichkeit! Bald hilft sie Schwarz gegen Großmiez, bald Graufellchen gegen Großmiez, tut sich immer mit dem, der zufällig nichts besitzt, zusammen gegen den, der im Augenblick Gegenstand ihres Überfalls werden soll . . . sie tritt für gemeinsamen Besitz ein und ist der rote Kommunist in der Schar!

Aber sie versteht es großartig, ihre Leidenschaft zu verhehlen, ist nicht nur ein Meister im Verschwinden, sondern auch ein großer Verstellungskünstler . . . man sieht es am Schwanze, der während der spannendsten Augenblicke steif wie ein Stecken wird.

Von ihrer Raub- und Diebesnahrung, die sie sich innerhalb der Gebiete der Katzenburg ergaunert, kann sie indessen auf die Dauer allein nicht leben; sie muß ebenso wie die übrigen Geschwister ihre Jagdgründe erweitern.

Wenn Groß, Schwarz und Graufellchen mit Schneeweißchen und Nesthäkchen im Schlepptau nächtlicherweile in Feld und Wiesen umherschleichen und bis hinüber zum Gemeindewäldchen sich wagen, ihren gewundenen, verschlungenen Jagdpfaden folgend, dann schlendert Rotkopf über die Felder, bis sie auf Menschenspuren stößt.

Aber es geschieht auch, daß die menschliche Spur ihr Leckerbissen erschließt, die Feinschmecker wie Großmiez und Schwarz ganz schwindelig im Kopfe machen würden; die Knechte, die in die Felder gehen, suchen nämlich mit Vorliebe nach Vogelnestern, nicht um sie zu zerstören, sondern nur um sie zu betrachten.

Diese Nester findet Rotkopf alle miteinander, ihre Schläue, Klugheit und ihr findiger Sinn sind ihr behilflich!

Vor einigen Tagen nahm sie ein Lerchennest aus. Die ganze Nacht hindurch war sie einer Menschenfährte nachgegangen, die über Wiese und Klee und Rüben führte. An einer bestimmten Stelle brach die Fährte ab und lief dann rund um ein Büschel weißer Margeriten. Drei Nächte hintereinander hatte sie nun in diesem fernen Teil des Feldes diese Spur angetroffen und festgestellt, daß sie immer gerade an dieser Stelle im Gras abbrach. Und das sollte nicht seine Gründe haben? Sonderbar?

Sie mußte dem Spurenring genauer nachgehen und die Nase in die dampfenden Fährten stecken – wo der menschliche Fuß lange verweilte, brannte es, das wußte sie!

Da schoß denn auch ein Vogel aus dem Büschel hoch. Sie grub die Zähne in das Nest und schlabberte die fast ausgewachsenen Jungen hinunter . . .

Es stimmte: Wo der menschliche Fuß trat, da war Überfluß!

An langen, stillen Abenden lärmte es immer drinnen in dem mächtigen »Steinhaufen«, in den die meisten Spuren, auf die sie stieß, früher oder später ausliefen. Sie wagte sich oftmals bis ganz in seine Nähe und saß und lauschte. Unruhe und Lärm tönten ununterbrochen daraus hervor, lautes Geschrei, tiefes Gebrüll, Krähen und Gackern schlugen an Rotkopfs Ohren. Ein würziger Duft, als sei der Steinhaufen gleichsam in ein ungeheures Butterbrotpapier gewikkelt, wurde vom Wind herübergetragen.

Eines schönen Abends saß sie mit angelegten Ohren am Rand eines Kornfeldes und sah einen Menschen auf klappernden Holzschuhen, die Vorderpfoten tief im Pelz vergraben, herauskommen und vorübergehen.

Der Knecht hatte Boxer bei sich . . .

Der Hund witterte Katze und fing einen Schimmer des Rotpelzes auf – und nun jagten sie im Galopp durch das Korn.

Der hochbeinige Boxer rückte ihr dicht auf den Pelz, sie mußte an einer kleinen Weide in die Höhe klettern und dort mit Aufbietung aller ihrer Kräfte in der Schwebe hängen bleiben. Boxer vollführte einen wilden Kriegstanz um die Weide und versuchte seine höchsten Sprünge; als aber seine Energie versagte, stellte er sich, den Rücken zum Baume gekehrt, auf und begann zu heulen, um dadurch Hilfe vom Hof herbeizuholen.

Mit einem Male vernimmt er hinter sich einen Laut. Er schnellte herum, kann aber des hohen Grases wegen nichts entdecken. Er blickt zur Weidenkrone hinauf. Die Krone ist leer – und erst jetzt geht ihm ein Licht auf. Der rote Lümmel hat glücklich einen Vorsprung gewonnen, und die Nase auf die Fährte geheftet, stürzt Boxer nun hinterdrein . . .

Die Fährte führt in einen Graben hinunter – Boxer also nach!

Jetzt geht sie unter einer Überführung weiter – und Boxer in vollem Galopp unter der Überführung weg! Die aber ist aus Stein und eng, viel zu eng für seinen wohlgenährten Leib, er sitzt festgekeilt und kann weder vor noch zurück.

Er hat nicht einmal Platz, um bellen zu können; seine Rippen sind wie in eine Zwangsjacke gepreßt, er kann nur ächzen, nicht einmal zu heulen vermag er.

Den ganzen Abend über behielt ihn die Steinwölbung in ihrem

Gewahrsam, und auch die Nacht über mußte er hier hängen, die Pfoten im Wasser – bis endlich am späten Nachmittag des folgenden Tages seine Lenden so weit eingeschrumpft waren, daß er sich rückwärts aus dem Hohlweg ziehen konnte.

Überglücklich kam er gegen Feierabend zum Hofe heimgesprungen, wo er obendrein noch den Schimpf erdulden mußte, weidlich gescholten zu werden.

Wo in aller Welt hatte er so lange gesteckt? War er nun wieder in den Nachbargemeinden auf Liebesabenteuer aus? Oder war er im Fischerdorf bei Fischers gelber Möpsin gewesen? O ja, er war ein Herumtreiber, ein Vagabund ...

Nimm dich in acht! drohte man ihm. Er habe des Nachts im Hofe zu bleiben und aufzupassen!

Am nächsten Tage wurde er an die Kette gelegt.

Man sollte glauben, Rotkopf hätte durch diese wilde Jagd einen solchen Schreck bekommen, daß sie für immer den Hof und seine Umgebung meiden würde; das war aber ganz und gar nicht der Fall – derlei Mißgeschick übte keinerlei Wirkung auf sie aus.

Das war nun einmal eine Begleiterscheinung ihrer Arbeitsweise; es lohnte sich nicht, dergleichen allzu tragisch zu nehmen!

An einem der folgenden Abende sitzt sie wieder am Rande des Kornfeldes, und da kein Mensch herauskommt und kein Hund sie davonjagt, meint sie natürlich, sie sei damit eingeladen, nun ihrerseits hereinzukommen.

Sie schleicht am Gartenzaun herbei und drückt sich ungesehen an der Stallwand entlang bis zum Komposthaufen, wo sie in ungestörter Ruhe die ganze Nacht zubringt und »das große Butterbrotpapier« durchwühlt. Sie kehrte von nun an regelmäßig dorthin zurück und wurde frecher und immer frecher ...

An einem frühen Morgen, als die Hausfrau in die Speisekammer hinauskommt, erblickt sie eine fremde Katze, die auf einem der Regale sitzt und frißt. Sie ergreift den Schrubber und holt nach dem Vieh aus, schlägt aber in ihrer Erregung derart daneben, daß eine tiefe Schüssel voller Sahne sich in einem See über den Erdboden ergießt.

Und jetzt wird die Frau Pächter erst recht wütend! Hat der rote Teufel die Sahne geholt, so kann er die Fleischbrühe daneben auch gleich mitnehmen . . . und sie schlägt wild und ziellos um sich . . .

Während Rotkopf sich durch den Spalt rettet, durch den sie gekommen.

»War es eine Katze?«

Der guten Frau stiegen plötzlich Zweifel auf, als sie sich beruhigt hatte. Sie kannte keinen in der ganzen Gegend, der eine solche Katze besaß . . .

War es nicht eher ein junger Fuchs, der da sein Unwesen trieb?

Quellenverzeichnis

Andersch, Alfred: *Grausiges Erlebnis eines venezianischen Ofensetzers*, aus: Alfred Andersch »Meistererzählungen«, Copyright © 1992 by Diogenes Verlag AG, Zürich

Briggs, Phyllis, *Schnurrs Abenteuer*, aus: »The Cat of Pine Ridge«, aus dem Englischen von Vini Gibson, © Hutchinson Publishing Group c/o Random House UK Limited, London

Edwards, Monica: *Cheetah*, aus: »Alle meine Katzen«, 1967, © Verlag Müller Rüschlikon, Cham

Ehrenstein, Albert: *Der Selbstmord eines Katers*, aus: »Gedichte und Prosa«, © Luchterhand Verlag, Darmstadt

Fleuron, Svend: *Katzenvolk*, aus: »Katzenvolk«, © Eugen Diederichs Verlag, München

Freedley, Georg: *Herr Katz*, aus: »Die schönsten Katzengeschichten«, Tosa Verlag, Wien, © Bookman, Kopenhagen

Freeman, Mary Eleanor Wilkins: *Die Katze*, aus: »Liebe zu Katzen« von Era Zistel (Hg.), © 1954 Verlag Müller Rüschlikon, Cham

Gallico, Paul: *Übernahme*, aus: »Tyrann auf sanften Füßen«, Paul W. Gallico und Suzanne Szasz, Mathemata AG, 1964, © by Müller Rüschlikon, Cham

Hauff, Rosemarie: *Vier Katzenkinder bleiben am Leben*, aus: »alle Tiere hab' ich gern«, © Südwest Verlag, München

Hearn, Lafcadio: *Die Geschichte von dem Jungen, der Katzen zeichnete*, aus: Japanese Fairy Tales, 1898–1903, in: »Die schönsten Kurzgeschichten aus aller Welt«, © Verlag Das Beste, Stuttgart

Highsmith, Patricia: *Leer ist das Vogelhaus*, aus: Patricia Highsmith, »Der Schneckenforscher«, Copyright © 1973 by Diogenes Verlag AG, Zürich

Jansson, Tove: *Die Katze*, aus: Tove Jansson, »Das Sommerbuch«, übersetzt von Birgitta Kicherer, © Paul List Verlag, München

Jensen, Johannes V.: *Katzenkinder*, aus: »Die besten Katzengeschichten«, Diogenes Verlag, Zürich, © Gyldendal Förlag, Kopenhagen

Keller, Gottfried: *Spiegel, das Kätzchen*, aus: »Die Leute von Seldwyla«, © Edition Reclam Verlag, Ditzingen

Kipling, Rudyard: *Die Katze geht ihren eigenen Weg,* aus: »Das kommt davon«, in: »Gesammelte Werke«, © Paul List Verlag, München

Lauber, Cécile: *Nala,* aus: Gesamtwerk C. Lauber, Band 1, © Benteli-Werd Verlag, Bern

Luithlen, Gert: *Lafcadio und Scamp,* aus: »Die schönsten Katzengeschichten«, © Tosa Verlag, Wien

Maillart, Ella: *Ti-Puss,* aus: Ella Maillart, »Ti-Puss«, © Verlag Müller Rüschlikon, Cham

Maypassant, Guy de: *Über Katzen,* aus: »Gesamtausgabe der Romane und Erzählungen von Guy de Maupassant«, © Goldmann Verlag, München

Poe, Edgar Allan: *Der schwarze Kater,* aus: »Geschichten des Grauens«, Band 2, Heyne Verlag, © by Ullstein Verlag, Berlin

Rosendorfer, Herbert: *Bilanz,* aus: »Die besten klassischen und modernen Katzengeschichten«, Diogenes Verlag AG, Zürich, und *Die blinde Katze,* aus: »Die Frau seines Lebens«, Deutscher Taschenbuch Verlag, München, beide © by Autor

Saki: *Tobermory,* aus: Saki, »Die offene Tür«, aus dem Englischen von Günter Eichel, Copyright © 1964, 1973 by Diogenes Verlag AG, Zürich

Scott, M. Mackenzie: *Das Geburtstagsgeschenk,* aus: Era Zistel, »Liebe zu Katzen«, © Verlag Müller Rüschlikon, Cham

Seton, Ernest Thompson: *Die Katze aus dem Hinterhof,* aus: Eva Zistel, »Liebe zu Katzen«, © Verlag Müller Rüschlikon, Cham

Steele, Max: *Der Kater und die Kaffeetrinker,* aus: »Die schönsten Kurzgeschichten aus aller Welt«, © 1974 Verlag Das Beste, Stuttgart

Stoker, Bram: *Die Squaw,* aus: Bram Stoker, »Draculas Gast«, Copyright der Übersetzung © 1968 by Diogenes Verlag AG, Zürich

Vickers, Roy: *Miss Paisleys Katze,* aus: »Mord. Kriminalgeschichten aus England und Amerika.« Ausgewählt von Mary Hottinger. Copyright © 1972 by Diogenes Verlag AG, Zürich

Walser, Robert: *Katze und Schlange,* aus: »Maskerade«, in: »Gesamtwerk«, © Helmut Kossodo Verlag, Lignon

Wodehouse, P. G.: *Katzen wollen Katzen sein,* aus: Era Zistel, »Liebe zu Katzen«, © Verlag Müller Rüschlikon, Cham, und *Der Katzenhasser,* aus: P. G. Wodehouse »Der Pennymillionär«, Copyright © 1964 by Diogenes Verlag AG, Zürich

Wir danken den jeweiligen Autoren und Verlagen für die freundliche Genehmigung zum Abdruck vorstehender Beiträge. Sollten in unserer Anthologie Werke von noch geschützten Autoren aufgenommen worden sein, deren Quellen hier nicht angeführt sind, so konnten diese trotz intensivem Nachforschen des Verlages nicht ermittelt werden. Wir bitten die Besitzer solcher Rechte, sich mit uns in Verbindung zu setzen.